I0572932

Bibliografische Information der Deutschen Nationalbibliothek:
Die Deutsche Nationalbibliothek verzeichnet diese Publikation in
der Deutschen Nationalbibliografie; detaillierte bibliografische
Daten sind im Internet über dnb.b-nb.de abrufbar.
TWENTYSIX - der Self - Publishing Verlag
Eine Kooperation der Verlagsgruppe Random House und BoD -
Books on Demand

Herstellung und Verlag:
BoD - Books on Demand, Norderstedt

ISBN: 9 783740710491

Carl Rüsow

Im Schatten des Sandkornes

Liebesroman

Pour mon Rĕve réalisée

Erstes Buch

I

„Peter, du willst mir wohl meine Karriere versauen!" Rebeccas Augen funkelten wild und zornig." Warum soll ausgerechnet ich jetzt Gerald Piller dazu bringen, uns eine Exklusivstory zu geben. Du weißt genau, welches Statement er immer abgegeben hat."

"Ja, das weiß ich sehr wohl!" Peter Andrasch versuchte ein gütiges Lächeln auf seine Lippen zu zaubern, aber es schien Rebeccas Zorn eher noch mehr anzustacheln.

„Genau, seine Aussage ist immer die: er schreibt Romane, die jeder lesen kann, aber er wird niemals darüber sprechen, was ihn zu seinen Thematiken bewegt hat. Und da glaubst du, dass er ausgerechnet mir jetzt Rede und Antwort stehen wird. Noch dazu, da ich seinen vorletzten Roman leicht verrissen habe. Da lache ich doch! Das Geld für den Flug nach Nassau kannst du dir sparen!"

Peter lächelte noch immer über seine Lesebrille hinweg." Gerade deshalb glaube ich, dass du eine Chance besitzt, mit ihm ins Gespräch zu kommen. Ich baue da ein bisschen auf Pillers Eitelkeit. Er kennt deinen Namen und wird sich die Chance nicht entgehen lassen, dich für sich einzunehmen, auch weil du sein letztes Werk ja positiv beurteilt hast."

„Ich musste das Buch ja so bewerten, nachdem er dafür etliche Auszeichnungen erhalten hatte. Da noch einmal einen Verriss zu schreiben, wäre journalistischer Selbstmord gewesen." Rebecca stand auf und begann den Tisch zu umrunden, so wie sie es immer tat, wenn es in ihr innerlich zu brodeln begann." Rote Bougainvilles – allein schon der Titel ist eine Phrase und der Roman in seiner Gesamtheit nicht unbedingt das, was ich mir, gerade als Frau, unbedingt kaufen würde, um einen Leseabend vor dem Kamin zu verbringen! Ich weiß wirklich nicht, was an diesem Werk so preiswürdig ist?"

„Aber gerade die Frauen sind doch diejenigen, die ihm seine Bücher förmlich aus der Hand reißen, kaum dass sie auf dem Markt sind. Und auch Amanda Söderström hat im Komitee für ihn votiert." Peter hielt Rebecca an der Hand fest, damit sie nicht zum Tischsatelliten mutieren konnte.

„Ach die Söderström, die dreht sich doch auch wie eine Fahne im Wind der allgemeinen Meinung." Rebecca blieb jetzt stehen, was Peter als gutes Zeichen wertete.

„Du hast deine Nase doch auch mit in den Wind gehalten!" Dieser Konter von Seiten des Redaktionschefs sorgte allerdings sofort dafür, dass Rebecca wieder ihre Orbitertätigkeit um den Tisch herum aufnahm. Ihre Stimme wurde aber etwas nachdenklich.

„Ich kann einfach nicht verstehen, warum Piller gerade bei Frauen so einen großen Erfolg hat. Ich würde ihm schon gerne einmal persönlich auf den Zahn fühlen, aber ob er mich überhaupt an sich heranlässt, um ein paar Worte zu wechseln, ist mehr als fraglich. Auf der anderen Seite, wenn mir kein Kontakt gelingt –: Sonne, Karibik, ein paar Tage dem Winter entfliehen, hat auch etwas für sich!" Sie blieb endlich stehen, sah auf Peter herab, lächelte in ihrer unnachahmlichen Art und setzte sich.

Rebeccas Chef zog aus seiner Schublade ein Flugticket hervor und schob es zu ihr herüber.

„Woher wusstest du, dass ich den Auftrag annehme?" Rebecca wog das Ticket prüfend in der Hand.

„Auch du bist eitel, und ich wusste, dass du dir die Chance nicht entgehen lassen wirst, es wenigstens zu versuchen. Und wenn dir ein Interview gelingt, dann spielst du ab da in einer ganz anderen Liga im Journalismus. Und unsere Redaktion profitiert auch davon, genau wie der Verlag." Peter sah sie herausfordernd an." Ich kenne dich schließlich lang genug!"

„Du bist ein Schuft!" Rebecca nahm das Ticket und steuerte aus dem Büro heraus.

Peter sah ihr sinnierend nach: „Was für eine Frau!"

II

Zwei Tage später saß Rebecca im Flugzeug in Richtung Bahamas. Der Zwischenstopp in London war glücklicherweise nur mit einem kurzen Aufenthalt auf Heathrow verbunden. Aber nun entspannte sie bequem in den Business-Seats der British Airways. Ein undefinierbarer, aber wenigstens schmackhafter Cocktail stand neben ihr auf dem Aufklapptablett. Rebecca hatte sich noch einmal "ROTE BOUGAINVILLES" zur Lektüre gewählt. Zum einen, um sich mit den Stilmitteln Gerald Pillers auseinanderzusetzen, zum anderen in der Hoffnung, vielleicht doch noch etwas diesem Roman abgewinnen zu können. Doch mit jedem Absatz, den sie las, wurde ihre Abneigung gegenüber diesem Werk immer größer. Sie konnte sich weder mit der Protagonistin, einer reichen Zahnarztwitwe, die mit ihrem Erbe scheinbar nichts anzufangen wusste, identifizieren, noch bei sämtlichen Männern in deren Umkreis, die alle abwechselnd um sie buhlten, in irgendeiner Form, deren Motivation verstehen, mit Ausnahme eventuell des finanziellen Anreizes. Die Dialoge fand sie zu sehr konstruiert, die Schauplätze oberflächlich beschrieben und das Ende das ihr ja bereits bekannt war, nicht eindeutig und logisch hergeleitet. Verglichen mit früheren Werken Pillers war dieses Buch in ihrem Auge das schlechteste, das er jemals geschrieben hatte.

Wenn Sie daran dachte, welche Ironie, welcher Esprit und welche Lebensfreude Piller in seinem zweiten Roman HERZENSHERBST zum Ausdruck gebracht hatte, war es ihr sogar unverständlich, wieso er jetzt auf einmal so eine in ihrer Langsamkeit schon fast unerträgliche Handlung von der Feder gelassen hatte. Monotonie wäre auch ein treffendes Adjektiv für diese Schreibweise gewesen.

Sicherlich, stilistisch und in der Wortwahl war auch dieses Buch über jede Kritik erhaben, aber wer will sich diese endlosen Phrasen über 420 Seiten genüsslich antun.

HERZENSHERBST hatte Rebecca förmlich verschlungen, und sie hätte es eher verstanden, wenn Piller dafür einen Preis hätte verliehen bekommen. Damals war er aber wahrscheinlich noch zu jung, um schon offiziell zu den Großen gezählt zu werden. Aber auch die Folgeromane waren durchaus alle als Gründe anzuführen, warum dieser Autor zu den meistgelesenen deutschsprachigen Schriftstellern gezählt wird. Diese Berühmtheit hatte ihn, weil er eben etwas menschenscheu war, dazu veranlasst, seinen Hauptwohnsitz von München auf die Bahamas zu verlegen. Dort konnte er noch ohne Aufsehen durch die Straßen und Gassen wandeln , ohne gleich erkannt zu werden und in seiner inneren Konzentration auf sein gegenwärtig zu schaffendes Werk, wie er sich einmal ausdrückte, durch Autogrammschreiben gestört zu werden. Zumal sich ständig vor seiner Münchner Wohnung weibliche Fans in Gruppen einfanden und ihn auch mit eindeutigen Angeboten konfrontierten, die er aber nie annahm.

So einfühlsam Piller in seinen früheren Werken gerade auf die weibliche Psyche eingegangen ist, hatte Rebecca ohnehin den Verdacht, dass er schwul war, denn oft können sich homosexuelle Männer besser mit den Gedankengängen und Problematiken von Frauen identifizieren und – wie in Pillers Fall dann schriftlich zum Ausdruck bringen.

Allerdings wurde er noch nie in Begleitung von Männern in Situationen gesehen, die Rebeccas Theorie bekräftigten. Überhaupt wusste eigentlich niemand etwas über sein Privatleben, was aber kein Wunder war, denn in der Öffentlichkeit trat er auch nur dann in Erscheinung, wenn er unbedingt musste.

Rebecca war sich jedenfalls der Tatsache voll auf bewusst, dass es für sie in den nächsten Tagen galt, eine sehr harte Nuss zu knacken.

Nur mühsam kam sie in ihrer Lektüre voran und war fast schon dankbar über jede Abwechslung, die meist in Form der Flugbegleiterin vor ihr stand, um ihr einen Wunsch, kulinarisch oder durch ein neues Getränk, zu erfüllen.. Letztendlich passierte das, wofür sie dieses Buch in Gedanken schon ausgewählt hatte – ein homöopathisches Schlafmittel ohne Nebenwirkungen – sie schlief ein. Der neue bestellte Drink und der, für eine Flugreise, beachtliche Fruchtsalat blieben unangetastet auf dem Tablett neben ihr stehen.

Als der Jet bereits in den Sinkflug übergegangen war, wurde sie von der Stewardess geweckt, die ihr das zu Boden gefallene Buch wieder in die Hände drückte. Rebecca rieb sich kurz die Augen und blickte anschließend zum Fenster hinaus. Unten lag ein türkisblaues Meer mit dunkelblauen Abstufungen in die kleine Inseln als grüne Flecken eingebettet waren, die Bahamas. Das Flugzeug vollzog im Landeanflug, schon recht tief fliegend einen U-Turn sodass sie noch besser die Farbenpracht und jetzt auch die kleinen Schaumkronen der Wellen, die sich an den feinen, hellgoldenen Sandstränden brachen, genießen konnte. Rebecca freute sich, bald die subtropische Wärme und die exotischen Aromen, die ihr um die Nase wehen würden, sensorisch aufzunehmen. Eigentlich war dieser Auftrag so richtig nach ihrem Geschmack! Da hatte sie bei vielen Terminen der vergangenen 15 Jahre schon wesentlich unangenehmere Örtlichkeiten ertragen müssen.

Ihr Gepäck, das sie in einem, für eine Frau, relativ kleinen Koffer mitgenommen hatte erschien ihr bei dem Blick aus dem Fenster sehr gut gewählt zu sein. – Endlich könnte sie wieder luftige Sommerkleider anziehen, die sie so gerne trug und die ihre Figur dezent betonten. Ein glückliches Lächeln umspielte ihre Mundwinkel.

Der Lyndon Pindling International Airport befand sich auf der Insel New Providence, deren komplette Ostseite von der Hauptstadt Nassau bedeckt war. Etwa 10 km westlich des Stadtkernes befand sich der Flughafen, der von den Gebäuden her allenfalls mit einem Provinzflughafen vergleichbar war. Immerhin musste man nicht auf dem Rollfeld das Flugzeug verlassen, sondern man betrat über moderne Finger das Ankunftsgebäude. Die Einreiseformalitäten erwiesen sich als ausgesprochen einfach, ganz im Gegenteil zum etwa 150 km weiter westlich gelegenen US-Airport Miami.

Auch am Gepäcksband musste Rebecca nicht lange warten und konnte schon bald eines der wartenden Taxis herbeiwinken. Das erste, das herbeirollte war ein dunkelblauer Toyota-Kleinbus der für sie als Einzelperson eigentlich viel zu groß war, aber die Chauffeure schienen alle froh zu sein, nach langer Wartezeit, genauso wie in Deutschland, endlich einen Kunden transportieren zu dürfen. Rebecca nannte dem Fahrer ihr Zielhotel, das Graycliff in Nassau, was dieser mit einem strahlenden Blendax-Lächeln quittierte und folgerichtig auch gleich den Schluss daraus zog:" You are not here for Holidays!"

"No, just for Business", gab ihm Rebecca ebenfalls freundlich lächelnd zurück. Warum der Fahrer Urlaub sogleich ausschloss, war aber nicht ganz klar, lag doch das Hotel unweit des Western Esplade Beach am Nordrand der Stadt. Von dort aus war es aber, und das war der Grund für diese Hotelwahl, nicht weit zum Haus von Gerald Piller, sodass es Rebecca möglich, war diese Gegend zu Fuß zu bewältigen.

Nach kurzer Fahrzeit war das Hotel erreicht und Rebecca bezahlte, nicht ohne dem Fahrer zusätzlich zum relativ teuren Beförderungstarif noch ein gutes Trinkgeld zu geben, was dessen Lächeln noch breiter werden ließ und diesen auch dazu veranlasste, ihren ohnehin nicht schweren Koffer in die Hotellobby zu tragen.

Das Hotel selbst war ein Gebäude im viktorianischen Stil. Die Empfangshalle und die Zimmer waren vornehm britisch eingerichtet, wobei die Farben Gelb und Altrosa in den Zimmern und Fluren dominierten.

Auch hier waren die Formalitäten schnell erledigt und Rebecca konnte ihr Zimmer sogleich beziehen. Es war in knackigem Goldgelb gehalten, mit einem King-Size-Bett, über das sich ein hölzerner Baldachin spannte. Der Raum war geräumig und mit einem in Hellrosa getauchten Badezimmer ausgestattet, wobei die Wanne, die zugleich auch als Dusche diente, von einem geblümten Vorhang verdeckt werden konnte. – Eben typisch britisch!

Rebecca hielt sich mit der Zimmerbesichtigung nicht lange auf, denn noch lockte die Nachmittagssonne, die sie im deutschen Winter so schmerzlich vermisst hatte, für ein Bad im Pool. Das Meer wäre ihr zwar lieber gewesen, aber das Becken tat es fürs erste auch. Schnell war sie aus ihren, ohnehin etwas zu warmen Kleidern, die den Temperaturen am Frankfurt-Airport geschuldet waren, geschlüpft und hatte ihren türkisen Bikini angezogen. Dazu der weiße Hotelbademantel und sie machte sich auf den Weg. Dieser führte einen kleinen Laubengang entlang, der auf der Außenseite von einem Steinmäuerchen begrenzt war, hinter dem alle möglichen tropischen Gewächse wuchsen und sich in vielen Farben präsentierten. Rebecca sog tief die Luft ein, um das Blütenaroma zu inhalieren. Ihre erfreute Nase nahm schnell sehr unterschiedliche Duftnoten wahr, die über die gesamte Palette von würzig-herb bis lieblich-fruchtig reichten. Rebecca fühlte sich wohl!

Der Pool war nicht sehr groß, aber schön in den subtropischen Garten eingebettet. Die meisten Liegen waren zwar besetzt, aber Rebecca fand sehr schnell eine freie, holte sich noch ein Handtuch und zog dann ihren Bademantel aus, was einige Männer auf den Liegen sofort mit Aufmerksamkeit verfolgten. Wenn sie es darauf anlegen würde, hätte sie vermutlich noch an diesem Abend eine oder mehrere Einladungen zu diversen Abendessen. Das erfrischende Nass war ihr aber unvergleichlich lieber und so tauchte sie kopfüber in das Schwimmbecken mit seinem in blauen Ornamenten gehaltenen Grund. Sie genoss es sichtlich, ihren Körper nach dem langen Flug geschmeidig durch das Wasser gleiten zu lassen. Die Kühle erfrischte sie ausreichend, deshalb ließ sie sich noch fast bewegungslos im Wasser treiben. Danach trocknete sie sich ab, wieder unter sehnsüchtigen Blicken, die sie auch auf dem Weg zu ihrem Zimmer so lange verfolgten, bis sie wieder den Laubengang erreicht hatte. Dort angekommen befiel sie dann doch eine große Müdigkeit und sie fiel sofort nachdem sie den Bikini ausgezogen hatte, aufs Bett, wo sie unter den schmeichelnden Luftbewegungen des Ventilators, den sie der Klimaanlage vorzog, schnell in einen tiefen Schlaf eintauchte.

IV

Als Rebecca aufwachte, war es draußen noch stockdunkel. Sie benötigte zunächst einige Zeit um sich zurechtzufinden. Richtig – sie befand sich in einem Hotelzimmer weit weg von ihrer Heimat. Sie tastete sich zur Nachttischlampe und knipste sie an. Ihre daneben liegende Armbanduhr zeigte 2:30 Uhr! Klarer Fall – in Deutschland war es jetzt 8:30 Uhr, da war sie normalerweise schon auf den Beinen. Aber sie musste möglichst schnell in den neuen Zeitrhythmus kommen. Also löschte sie wieder das Licht und versuchte einzuschlafen. Doch es gingen ihr bereits 1000 Gedanken durch den Kopf und es gelang ihr nicht, diese zu verdrängen. Sie drehte sich von einer Seite auf die andere und wieder zurück, ohne Erfolg. Auf einmal störte sie auch das leise Geräusch des Ventilators, also stellte sie ihn aus, mit der Folge, das nun die feuchte Schwüle, die durch das geöffnete Fenster herein drang, sie unangenehm an weiteren Einschlafversuchen hinderte.

Sich aus der Minibar einen Schlummertrunk zusammen zu mixen, hielt sie für keine gute Idee. Vielleicht sollte sie wieder den Langweiler ROTE BOUGAINVILLES aus der Nachttischschublade ziehen, in die sie ihn nach der Ankunft gesteckt hatte? Im Flugzeug hatte das Buch ja auch geholfen Schlaf zu finden. Aber ihr Widerwillen, sich durch die Zeilen zu kämpfen, war stärker. Also zog sie sich an. Vielleicht sorgte ein kleiner Spaziergang noch einmal für etwas Bettschwere.

Sie verließ das Hotel und ging in nördlicher Richtung, aus der sie schwach das Meeresrauschen hörte. Es war nur ein kurzer Weg, vorbei an zeltähnlichen Verkaufsbuden, in denen vermutlich Strandartikel angeboten wurden, die jetzt allerdings alle geschlossen waren, sodass die Straße richtiggehend ausgestorben wirkte.

Nachts allein herum zu laufen hatte für Rebecca keinen Schrecken, war sie sich ihrer Wehrhaftigkeit doch durchaus bewusst. Sie war geübt im Umgang mit Tonfus und fühlte sich durchaus in der Lage, sich eventuellen unerbetenen Zugriffen zu erwehren. Am "Senor Frog`s", einer amerikanischen Restaurantkettenfiliale vorbei führte der Weg zum Strand, dessen weißer Sand auch beim schwachen Licht eines dreiviertel abgenommenen Mondes hell schimmerte. Kleine Wellen dümpelten ans Ufer, von dem aus eine kleine Steinmauer ein paar Meter ins Wasser reichte. Rebecca setzte sich auf diese und genoss den leichten Wind, der vom Meer sanft heranzüngelte und sich unter ihr Sommerkleidchen schob. Dabei sah sie den Winkerkrabben zu, für die diese Nachtstunden den Hochbetrieb darstellten. Die Männchen mit ihren großen rechten Scheren machten tatsächlich Bewegungen, die wie ein Winken aussahen und buhlten so um die Weibchen, deren beide Scheren gleich lang und klein waren.

Die Füße ins Wasser hängen zu lassen widerstrebte ihr, denn so sehr sie das Baden im Meer bei Tage genießen konnte, so unheimlich kam es ihr in der Dunkelheit vor. Das von Rebecca so geliebte Türkis war nun einer wenig einladenden Schwärze gewichen, über die auch die silbernen Spiegelungen des Mondlichtes keine Einladung aussprechen konnten. Trotzdem fühlte sie sich wohl und versank ein wenig in Gedanken, während sie das Liebesspiel der Winkerkrabben weiterverfolgte. So bemerkte sie auch nicht die ohnehin kaum vernehmlichen Schritte hinter ihr im Sand.

„Sie können wohl auch nicht schlafen?"

Rebecca fuhr erschrocken herum, konnte aber lediglich eine Silhouette des Mannes ausmachen, der hinter ihr genau zwischen ihr und dem Mondlicht stand, sodass weitere Merkmale nicht erkennbar waren.

„Entschuldigung, ich wollte sie nicht erschrecken", der Mann besaß eine angenehme tiefe Stimme, die auf Rebecca, trotz aller Vorsicht, vertrauenerweckend wirkte." Das ist immer so, in der Ankunftsnacht, man kann sich noch nicht an die Zeitumstellung gewöhnen." Der Mann blieb in ausreichendem Abstand zu Rebecca stehen, vermutlich schien er sich bewusst zu sein, dass eine weitere Annäherung bedrohlich wirken könnte. Sie registrierte dieses Verhalten als sehr einfühlsam. Erst jetzt wurde ihr bewusst, dass der Mann Deutsch sprach.

„Woher wissen Sie, dass ich Deutsche bin?" Noch ehe der Mann antworten konnte schob Rebecca noch eine zweite Frage nach: „Und woher wissen Sie, dass ich gerade erst angekommen bin?"

Der Mann, ziemlich groß und auch kräftig gebaut ließ einen belustigten Gluckser von sich." Nun, ich saß im Flugzeug schräg hinter Ihnen und habe Ihnen beim Lesen in einem Buch eine Weile zugesehen. Da das Buch einen deutschen Titel hatte, soweit konnte ich es erkennen, habe ich daraus geschlossen, dass sie zumindest die deutsche Sprache verstehen."

„Sie scheinen die Problematik mit Zeitanpassungen gut zu kennen?"

Der Mann nickte." Ich pendle mehrmals im Jahr zwischen Deutschland und den Bahamas hin und her. Deshalb kann ich Ihnen sagen, dass sie spätestens übermorgen keine Schlafprobleme mehr haben werden. Zumindest ist das bei mir so. Aber nun lasse ich sie wieder allein, denn ich wollte nicht aufdringlich sein. Es ist halt das typische Verhalten eines Mannes, wenn er eine schöne Frau, das kann ich auch im Mondlicht erkennen, allein irgendwo sitzen sieht." Er nickte ihr noch kurz zu und drehte sich um. Dann schien er es sich aber doch noch einmal anders überlegt zu haben. „Eine Frage noch, das Buch, das sie gelesen haben – entspricht es ihrem Geschmack, sie waren, bis sie eingeschlafen sind, sehr darin vertieft?"

„Wenn ich ehrlich bin, überhaupt nicht. Aber ich musste es lesen, denn der Autor ist wegen dieses Buches in Deutschland ausgezeichnet worden, aber ich wünschte, er hätte sie nicht bekommen, zumindest nicht für dieses Werk. Bei einigen früheren hätte ich eher meine Zustimmung gegeben. Die waren viel besser geschrieben und auch die Handlungen waren stimmiger. Aber dieses Buch ist in meinen Augen viel zu monoton und ohne Überraschungen. Aber das wird sie sicher nicht interessieren, zumal der Autor eher weibliche Leser anspricht."

"Ist der Autor Deutscher?" Der Mann zeigte nun doch ein wenig Interesse. "Vielleicht legt er gar keinen Wert auf solche Ehrungen? In Deutschland gibt es meiner Meinung nach eine wahre Inflation an Buchpreisen." Der Mann schien sich ein bisschen auszukennen.

„Eine Ehre könnte man ihm schon angedeihen lassen, aber warum dieses Buch?" Rebecca stieß einen leichten Seufzer aus.

„Das muss hier nicht Ihr Problem sein, genießen Sie einfach die Zeit hier auf den Bahamas, legen Sie sich an den Strand und genießen Sie die Sonne, denn in der Nacht werfen die Sandkörner keine

Schatten." Mit diesen kryptischen Worten wendete er sich um und ging zur Straße." Lesen Sie ein anderes Buch, zum Beispiel HERZENSHERBST, vielleicht gefällt Ihnen das besser."

 Der Mann stand nun genau unter einer Laterne und Rebecca konnte schemenhaft sein Gesicht erkennen. Sie spürte förmlich, dass sich ihre Nackenhaare aufstellten: Hatte sie gerade ein Gespräch mit Gerald Piller? Gut, er trug jetzt einen Bart, aber die restliche Gesichtspartie stimmte und dazu der Hinweis auf HERZENSHERBST! Sie suchte noch einmal Blickkontakt mit ihm, aber er war bereits in der Dunkelheit verschwunden.

V

Am nächsten Morgen saß Rebecca beim Frühstück, welches auch wieder sehr britisch daher kam, mit allen möglichen undefinierbaren Zutaten, wie es die europäischen Inselbewohner eben liebten. Aber der Kaffee war gut und die Sonne lachte vom Himmel, während ein leichter Wind die Palmblätter zum Rascheln brachte.

Sie hatte nach der nächtlichen Begegnung tatsächlich noch etwas Schlaf gefunden, sodass sie nun voller Tatendrang den Tag angehen konnte. Das sehr vielfältige Frühstücksbuffet förderte zusätzlich ihr Wohlbefinden.

Sie hatte bereits ein kurzes Telefonat mit Peter Andrasch getätigt und ihm ihre Vermutung hinsichtlich des Mannes mitgeteilt. Ihr Chef hatte ihr darauf ein erst vor kurzem aufgenommenes Bild von Gerald Piller per WhatsApp übermittelt, auf dem dieser tatsächlich mit einem Bart abgebildet war. Danach war sie sich ganz sicher, dass sie ihm heute in den frühen Morgenstunden begegnet war. Vielleicht würde diese Tatsache die Kontaktaufnahme erleichtern. Aber dieser Umstand veranlasste Rebecca auch zu einer Planänderung. Sie wollte ihn nun nicht mehr in seinem Haus aufsuchen, sondern sie würde in seinem Stammlokal, so wie es ihr bekannt war, einer kleinen Bar, auf ihn warten. Sie würde dort natürlich „rein zufällig" sitzen und sie war sich ganz sicher, dass er sie ansprechen würde, egal ob nun schwul oder nicht.

15

Sein Verhalten in dieser Nacht fand sie im Übrigen äußerst bemerkenswert. Seine Zurückhaltung und besonders die Wahrung des Abstandes ließen sie darauf schließen, dass er ein sehr feinfühliger Mensch mit großem Respekt Frauen gegenüber, war. Das würde auch wieder die Schwulentheorie bestätigen, denn Journalisten gegenüber, und das war schon lange bekannt, konnte er äußerst schroff, ja sogar rabiat sein. Einer von Rebeccas Berufskollegen hatte Piller sogar einmal angezeigt, weil dieser ihm sein Notebook zerstört hatte, als er die paar Sätze, die Piller ihm erwidert hatte, schnell aufschreiben wollte, um sie nicht zu vergessen. Allerdings hatte er schnell die Anzeige zurückgezogen, als er ebenfalls ein Anwaltsschreiben zugesendet bekommen hatte, wegen angeblicher Überschreitung der Persönlichkeitsrechte. Dies bedeutete für Rebecca, dass die Kontaktaufnahme wahrscheinlich leichter war, aber die Nuss, nämlich das Interview, noch lange nicht geknackt war.

Zunächst wollte sich Rebecca erst einmal Nassau ansehen, um mit Piller überhaupt erst einmal eine neutrale Gesprächsgrundlage zu haben, denn sie wollte natürlich nicht gleich mit der journalistischen Tür ins Haus fallen. Außerdem interessierte sie gerade nach der nächtlichen Begegnung auch sehr der Mensch Gerald Piller und nicht nur der Schriftsteller.

Nassau machte ihr das Sight-Seeing relativ leicht, denn die Sehenswürdigkeiten waren sehr dünn gesät und konnten in wenigen Stunden besichtigt werden. Vielleicht blieb sogar noch etwas Zeit, um am Nachmittag kurz ins Meer zu springen. Für Rebecca eine außerordentlich verlockende Versuchung.

Alle wichtigen Gebäude der Verwaltung und des Parlaments waren noch Bauten aus der Kolonialzeit, die Rebecca sich alle von außen ansah. Über das berühmte Piratenmuseum hatte sie sich gleich nach dem Frühstück schon im Internet informiert, worauf sie den Entschluss gefasst hatte, diese Sehenswürdigkeit von ihrer Liste zu streichen. Aber die Queens-Staircase, eine 65-stufige Treppe, ursprünglich von Sklaven erbaut, ließ sie sich doch nicht entgehen. Oben auf der Treppe hatte man einen guten Blick auf den einzigen Wasserfall der Bahamas, der allerdings nicht natürlichen Ursprungs war. Leider fiel sie dort einem Amerikaner auf, der sie von da an auf Schritt und Tritt unbedingt begleiten wollte und sie permanent zu einem Drink einlud und von ihrer höflichen Absage keinerlei Notiz nahm. Zu dem quasselte er ihr permanent die Ohren voll, sodass sich Rebecca schon beinahe überlegte an ihm ihre Wehrhaftigkeit auszuprobieren. – Nur ein bisschen natürlich!

Doch mit einem Mal war er wie vom Erdboden verschluckt. Wahrscheinlich hatte ihn seine Ehefrau entdeckt, denn er trug einen Ehering und musste jetzt wohl wieder den braven Gatten spielen. Gottlob war ihr dieses" Prachtexemplar" von Mann nicht in der letzten Nacht begegnet. Wahrscheinlich würde er heute früh mit gebrochener Nase im Krankenhaus sitzen und niemandem erklären wollen, woher er diese Blessur hatte.

Tatsächlich blieben Rebecca noch 2 Stunden für einen Strandbesuch. Mit ihrem royal-blauen Bikini bildete sie einen aufregenden Kontrast zum schneeweißen Sand. Nach dem Bad im Meer ließ sie sich auf einem Handtuch von der Sonne trocknen und betrachtete, auf dem Bauch liegend, die kleinen Schatten, die einige größere Sandkörner durch die sehr schräg stehende Sonne bildeten. Gerald Piller hatte recht, Sandkörner bilden einen Schatten!

VI

Rebecca saß in der Meyer´s Bar, die nach den ihr bekannten Unterlagen eine Stammbar Gerald Pillers war. Es war ein, für die Strandnähe, relativ ruhiges Lokal, in der sogar einige karibische Gerichte angeboten wurden. Beim Blick auf die überschaubaren Angebote wurde sie jedoch sofort fündig, denn fast die Hälfte aller Gerichte waren aus Fisch und Meeresfrüchten zubereitet. Speisen, denen sie den Fleischgerichten gegenüber deutlich den Vorzug gab .

Als Vorspeise hatte sie sich schnell für ein Ceviche, einen Salat aus rohem Fisch und diversen Gemüsen, verfeinert mit frischem Korianderkraut und angemacht mit Limettensaft und wenig Öl, entschieden.

Als Hauptgericht sollte später noch eine kleine Portion Zackenbarsch auf kreolische Art mit Reis als Beilage folgen.

Den von der Bedienung empfohlenen Wein lehnte sie ab und entschied sich für einen Cider, denn die Besichtigungstour hatte sie nicht nur hungrig, sondern auch sehr durstig gemacht. Dementsprechend schmeckte auch der erste Schluck aus dem geeisten Glas mit dem ebenso kalten Bier einfach köstlich. Dazu zogen aus der kleinen Küche, aus der Rebecca eifriges Klappern hörte, bereits verführerische Düfte in ihre Nase.

Gerade als ihr die Vorspeise serviert wurde, ging die Tür auf und aus der Dunkelheit der Straße betrat Gerald Piller die auch nicht gerade lichtdurchflutete Bar. Rebecca tat so, als hätte sie sein Eintreten nicht bemerkt und senkte ihre Nase über das gereichte Ceviche, was sie ohnehin vorgehabt hatte, denn sie liebte es, vor dem Gaumengenuss erst einmal die vielfältigen Aromen einer Speise zu inhalieren. Aus den Augenwinkeln beobachtete sie trotzdem den eingetroffenen Gast, der sofort freudig und gestenreich nicht nur von der Bedienung, sondern auch vom Barkeeper und sogar dem Koch, der dazu auf Zuruf seiner Mitarbeiter extra aus der Küche gelaufen kam, begrüßt wurde. – Der Tipp mit diesem Lokal als Stammbar war scheinbar goldrichtig!

Rebecca hob den Kopf, natürlich nicht genau in seine Richtung und ergriff die Gabel, um sich als erste Kostprobe einen kleinen Bissen in den Mund zu schieben. Gerald Piller wurde vom Kellner zu einem freien Tisch geleitet, der offensichtlich für ihn reserviert war, denn es stand bereits eine Flasche darauf. Auf dem Weg zu diesem Tisch schien er die anderen Gäste zu mustern und blieb dann mit seinem Blick an Rebecca hängen. Er hielt den Kellner am Arm fest und sprach leise mit ihm, wobei er mit seinen Augen kurz auf sie deutete, worauf dieser die Flasche wieder vom Tisch nahm und sich ins Halbdunkel einer Nische zurückzog, während Gerald Piller Rebeccas Tisch ansteuerte. Ihr Plan schien aufzugehen!

„Guten Abend, Fremde der Nacht", mit dieser etwas ungewöhnlichen Begrüßung blieb er vor ihrem Tisch stehen.

Rebecca tat so, als würde sie erst jetzt Notiz von ihm nehmen und blickte ihn – hoffentlich erstaunt – an, die Gabel auf halben Weg, zwischen Teller und Mund eingefroren. Aber ihre Antwort war wie immer bei ihr sehr schlagfertig: „Hallo, edler Fremder aus der Dunkelheit!" Erst jetzt wanderte die Gabel weiter in ihren Mund.

"Warum edel?"

Rebecca sah ihm in die Augen. Es war ein sehr warmherziger aber neugieriger Blick, der sie traf, aber in keiner Weise berechnend oder fordernd. Er schien sich wirklich zu freuen, sie hier zu treffen." Edel deshalb, weil Sie gestern sehr behutsam mit mir ein Gespräch geführt hatten, ohne in irgendeiner Form aufdringlich zu sein und sehr großen Respekt vor mir zeigten, genauso wie jetzt gerade auch wieder. Sie stehen vor mir und wirken, trotz aller Präsenz, äußerst zurückhaltend. Sie setzen sich nicht wie selbstverständlich in meine Nähe, sondern sie warten meine Reaktionen ab. Das nenne ich edel! Wenn ich Ihnen jetzt sagen würde, dass Sie bitte gehen sollten dann würden Sie das ohne Murren tun und vermutlich auch in ihren Gedanken kein abfälliges Wort über mich fallen lassen."

Piller verzog seinen Mund zu einem schwachen Lächeln. Seine Augen wurden für Rebecca auf eine sympathische Art schmäler, wobei sich eine Augenbraue, die Rechte, leicht nach oben verzog." Wow, das nenne ich mal eine echte Analyse! Ich hoffe nur, dass ich diesen", er zögerte kurz, „edlen Eindruck bei Ihnen bewahren kann. Wie ich sehe, sind Sie aber gerade beim Essen, da sollte ich sie eigentlich nicht stören."

"Nein, bleiben Sie nur! Setzen Sie sich zu mir, das Ceviche ist ja kalt und dann kann man sich doch Zeit lassen dabei und sich auch noch gut unterhalten."

Gerald Piller holte einen freien Stuhl vom Nachbartisch. Rebecca beobachtete ihn dabei. Er trug ein einfaches blaues T-Shirt und dazu eine petrolfarbene leichte Sommerhose, eine Farbkombination, die ihm in ihren Augen sehr gut stand. Wenn es Rebecca nicht schon besser wusste, hätte sie ihn auf Anfang 50 geschätzt. Sie wusste aber aus seiner Biografie, dass er zehn Jahre älter war, aber die Muskeln seiner Oberarme wirken immer noch gut trainiert. Überhaupt war er sehr muskulös und der leichte Bauchansatz passte für sie ebenfalls stimmig zu seiner Erscheinung. Er trug die Haare sehr kurz geschoren. Rebecca vermutete, dass er ohnehin nicht mehr viel Haupthaar besaß. Doch seine, für sie faszinierendsten Merkmale waren seine Augen und die von einem kurzen Bart eingerahmte Mundpartie. Dieser Mann könnte ihr durchaus gefallen und dazu noch diese Manieren! Der Abend könnte interessant werden!

VII

Gerald hatte in diesem Augenblick ungefähr den gleichen Gedanken. Diese Frau hatte Spontanität mit diesem einen Erklärungssatz bewiesen, die ihm ungeheuer imponierte. Er liebte Frauen, die solch einen geistigen Esprit besaßen, weil dann für ihn Gespräche entstanden, die ihn selbst forderten und aus deren Sätzen er seine Anregungen für sein schriftliches Schaffen entnahm. Zudem war sie auch optisch äußerst attraktiv, wobei ihre körperlichen Attribute alle seine Vorlieben ansprachen. Vielleicht war sie ein bisschen jung für ihn, er schätzte sie so Mitte bis Ende 30. Ihr kurzes körperanliegendes weißes Kleid legte bei ihr im Sitzen ein paar makellose, schlanke Beine frei, denen man trotzdem ansah, dass sie diese nicht nur zum Sitzen unter einem Tisch benutzte. Auch ihre genauso langen schlanken Arme, die in feingliedrigen Händen endeten, zeugten davon, dass sie vielen sportliche Aktivitäten fröhnte. Ihre dunkelblonden Haare, die sie schulterlang trug, umrahmten ein fein gezeichnetes Gesicht aus dem ein wacher Blick ihn interessiert musterte. Eine wohlgeformte gerade Nase stand über einem ebenso geraden Mund, der beim Lächeln, das sie ihm gerade schenkte, links und rechts von feinen Grübchen eingerahmt wurde. In der Gesamtheit ein überaus ausdruckstarkes Gesicht, mit einer Mimik, die, so seine Erfahrung, auf hohe Intelligenz schließen ließ, was sie aber durch ihre Antwort ohnehin schon bewiesen hatte.

An ihre Vorspeise konnte er auch erkennen, dass sie Fischgerichten nicht abgeneigt war. Eine Vorliebe, die er auch teilte. Immer wenn er sich auf den Bahamas aufhielt, ernährte er sich als Proteinquelle fast ausnahmslos von dem, was das Meer hergab. "Ich hoffe, das Ceviche schmeckt ihnen? Sie haben sich da wirklich eine Spezialität des Hauses herausgesucht!"

Sein Gegenüber kaute erst einmal genüsslich zu Ende, wobei sie aber bereits zustimmend nickte. Dabei hob sie, wie um dies noch zu betonen, ihre schönen, zarten Augenbrauen." Ganz vorzüglich, vor allem die Abstimmung des Gemüses mit etwas Papaya ist sehr gelungen und der Limettensaft betont noch den Eindruck des Erfrischenden. Ich kann Ihnen das durchaus auch empfehlen!"

Gerald lehnte dankend ab: „ich wurde heute schon bekocht, übrigens auch mit Fisch. Selma kocht wirklich ausgezeichnet."

"Selma, so heißt Ihre Frau?" Sie lehnte sich kurz zurück, wobei sie eine gewisse Angespanntheit bei dieser Frage nicht verheimlichen konnte. Gerald nahm diese Beobachtung gerne zur Kenntnis. Sie schien sich auch für ihn zu interessieren!

„Selma ist meine Haushälterin. Ihre Familie lebt schon seit der Kolonialzeit hier auf den Bahamas."

"Na dann wird sie wohl nicht immer gut auf die nach wie vor hier vorherrschenden britischen Gepflogenheiten zu sprechen sein," vermutete Geralds Gesprächspartnerin.

„Nein, nein, die Sache verhält sich ganz anders. Sie ist eine typische Engländerin. So distinguiert, wie sie sich gibt, entstammt sie wahrscheinlich einer Adelsfamilie, die im Laufe der geschichtlichen Verwirrungen wohl ihr Vermögen verloren hatte, und deshalb nicht wieder in die Heimat zurück gegangen war, aber sich hier im eigenen herrschaftlichen Haus ihren Lebensstandard bewahrt hat." Gerald beugte sich leicht über den Tisch vor: „ich habe sie schon einmal danach gefragt, aber sie hat mich dabei nicht gerade freundlich angeblickt und keine eindeutige Antwort gegeben."

" Was hat sie denn gesagt?"

"Ihre Antwort ist eigentlich typisch für ihren Humor, den ich sehr an ihr schätze. Sie sagte: euch Krauts würde es wohl passen, englischen Adel als Angestellte zu beschäftigen, quasi als Entschädigung für den verloren gegangenen Krieg!" Auf meine Erwiderung, dass ich da noch gar nicht geboren war und deshalb keine Entschädigungen erwarte, lachte sie herzerfrischend los, holte eine Flasche Rum und zwei kleine Gläser aus der Küche und stieß mit mir auf den Frieden hier im Hause und auch im Allgemeinen an."

"So wie Sie von ihr sprechen, kennen Sie sie schon recht lange?"

"Ja, seit ich das Haus hier in Nassau gekauft habe, also vor sechs Jahren. Und da hatte sie sich gleich bei mir auf mein Inserat beworben und im Laufe der Zeit habe ich sie sehr schätzen gelernt. Sie ist eine Seele von Mensch und hat mir anfangs, in meiner Eingewöhnungszeit, hier sehr geholfen."

Mittlerweile war das Ceviche aufgegessen und den Cider hatte sie ebenfalls ausgetrunken. Als die Bedienung den leeren Teller abräumte, fragte Gerald, ob sie denn noch ein solches Getränk trinken möchte. Auf ihr Nicken hin bestellte er ein Bier und einen weiteren Cider, was ihm einen erstaunten Blick seitens des Kellners einbrachte. Sein Gegenüber hatte diesen ebenfalls bemerkt: „Sie trinken wohl sonst kein Bier?"

"Nur sehr selten und hier, glaube ich, ist es das erste Mal."

"Was trinken Sie denn dann?"

"Ich habe hier meine eigene Flasche Scotch, den ich sehr liebe und genieße, und dazu einfach nur Wasser. Aber in Ihrer Gegenwart, denke ich, wird mir das Bier hervorragend schmecken. Wissen Sie, ich bin eigentlich Münchner,....."

"Ah, dann kann ich mir schon denken, dass sie allen nichtbayerischen Biersorten eher kritisch zugetan sind, von wegen Reinheitsgebot und so."

Wieder so eine spontane Bemerkung, die Gerald als sehr positiv bewertete." Das ist so in etwa der Grund, aber Sie sehen mich jetzt hoffentlich nicht als engstirnig an, wie es vielen meiner bayerischen Landleute angedichtet wird." Für Gerald war es eigentlich Zeit sich vorzustellen, aber nachdem er im Flugzeug gesehen hatte, dass sie ROTE BOUGAINVILLES gelesen hatte, wollte er sich noch nicht gleich zu erkennen geben. Vielleicht zu einem späteren Zeitpunkt, und er hoffte schon jetzt, dass sie ihm das dann verzeihen würde." Ich glaube es ist an der Zeit, mich vorzustellen: Robert Sailer!"

 Er sah kurz, wie sich kaum bemerkbar eine Augenbraue bei ihr hob und um ihre Mundwinkel ein süffisantes Lächeln versuchte sich auszubreiten, von ihr aber sofort wieder abgebrochen wurde.

VIII

So, so, du sagst mir also noch nicht deinen richtigen Namen! Eigentlich nicht mal schlecht, da du weißt, dass ich mehrere deiner Bücher schon gelesen habe. Du willst mich also nicht als Fan kennenlernen, von denen du ja schon genug hast. – Rebecca war sehr angetan, dass sich hier eine kleine Charade entwickeln würde. " Mein Name ist Grit! Grit Hansen." Natürlich wählte sie jetzt auch einen anderen Namen, denn ihr eigentlicher wäre Gerald Piller ja ebenfalls bekannt gewesen. Es breitete sich eine richtige Vorfreude in ihr aus, wie sich das weiter entwickeln würde, aber es war ihr auch bewusst, dass dieser Umstand ihr Vorhaben, nämlich das Interview, nun erschweren würde.

Der Zackenbarsch und die beiden Biere wurden serviert und wieder zeigte sich Gerald – erneut sehr angetan von Rebeccas Wahl. "Der Zackenbarsch ist hier in den heimischen Riffen sehr häufig, man kann ihn also noch verspeisen, ohne gleich ein schlechtes Gewissen zu haben. Überhaupt wird mittlerweile auf den Bahamas wenigstens ein bisschen darauf geachtet, was man dem Meer entnimmt. Allerdings gibt es immer noch genügend reiche Amerikaner, die sich einen Dreck darum scheren und einheimische Fischer mit ausreichenden Summen bestechen, um dann dem vermeintlichen Sport der Hochseefischerei zu frönen. Nicht selten landen dann solche erbeuteten Fische, meist Marlins oder Barracudas, nicht im Kochtopf, wie es sinnvoll wäre, sondern verrotten nach dem obligaten Wiegen im Hafenbecken und dienen allenfalls noch als Nahrung für die dort ansässigen Krebse."

"Ja, das halte auch ich, gerade weil ich Fisch sehr gerne esse, für eine Riesensauerrei," pflichtete Rebecca ihm bei." Überhaupt sollte jegliches Töten aus Sportzwecken und wegen der Trophäensammlerrei, so wie es Hemingway noch glorifiziert hat, weltweit verboten werden!"

"Ich glaube, wir wechseln lieber das Thema, sonst wird Ihnen noch der Appetit verdorben und dafür ist der Zackenbarsch wahrlich zu schade." Piller lehnte sich in seinem Stuhl etwas zurück, nahm sein Bierglas in die Hand und betrachtete es sinnierend. "Warum sind Sie hierher auf die Bermudas gereist?" Die Frage kam wie ein Pistolenschuss.

Rebecca lächelte ihn freundlich an." Auch wenn es für Sie, rein nach meiner Kleidung, wohl nach Urlaub aussieht, so ist es doch beruflich. Ich bin Journalistin und habe den Auftrag, hier jemanden zu interviewen!"

"Ein Interview, das muss ja eine bedeutende Person sein, dass Sie extra von Deutschland hierher jetten!"

"Naja, ob er wirklich so bedeutend ist, wird sich für mich schon noch herausstellen." Rebecca wiegte ihren Kopf hin und her, vergaß aber nicht die Gabel still zu halten, sodass der kreolische Reis nicht herunterfiel." Aber ich kann auf jeden Fall das Angenehme mit dem Nützlichen verbinden und auch ein wenig dem Baden im Meer nachkommen, einer meiner Lieblingsbeschäftigungen."

"Wer soll denn der Interviewpartner sein?" Geralds Augen verengten sich zu schmalen Schlitzen, die seinem Gesicht nun eine gewisse ablehnende Schärfe verliehen.

Aufgrund der Wendung des Gesprächs hatte sich Rebecca nun kurzfristig doch entschlossen, aufs Ganze zu gehen, denn jetzt irgendeinen imaginären Interviewpartner aus dem Hut zu zaubern, würde die ganze Situation erheblich erschweren und sie müsste den ganzen Auftrag von hinten her aufzäumen." Ich soll einen deutschen Schriftsteller interviewen, der eine Literaturauszeichnung erhalten hat." Sie beobachtete, zwar unauffällig, aber doch genau die Reaktion ihres Gegenübers. Die Augenschlitze wurden noch ein bisschen enger, während sich kurz ein spöttisches Lächeln auf seinen Lippen abzeichnete, aber Piller hatte sich schnell wieder im Griff und spielte seine Rolle weiter.

"Und warum müssen Sie dann auf die Bahamas reisen? Können Sie ihn nicht in Deutschland zu einem Gespräch einladen? Oder machen Sie einen Kontakt über Internet mit ihm aus! Sie schreiben die Fragen auf und der antwortet." Er griff zu seinem Bier und tätigte einen tiefen Schluck.

Rebecca, die ihren wirklichen Namen noch nicht preisgeben wollte, versuchte ihm die Schwierigkeiten zu erklären, vor allem die Ressentiments, die Gerald Piller gegenüber Journalisten hegte. Dabei wurde sie emotionaler und musste sich beherrschen, nicht mit der Gabel wie mit einem Taktstock durch die Luft zu fuchteln. Ihre dargelegten Gründe und die Schwierigkeiten, die sie erwartete brachte sie dabei mit großer Leidenschaftlichkeit zum Ausdruck. Sie vergaß völlig den noch nicht aufgegessen Zackenbarsch. Erst als Piller ihren Arm sanft fest hielt beendete sie ihren Redeschwall.

Er prostete ihr zu. „Sie müssen bei so vielen Worten richtig durstig geworden sein." Er sah sie fast ein wenig mitleidig an und sagte dann mit entwaffnender Offenheit: „Mein Name ist nicht Robert Sattler, sondern Gerald Piller!"

Rebecca setzte ihr Bierglas ab und sah ihm tief in die Augen: " Ich weiß!"

Gerald beugte sich leicht am Tisch zu ihr vor. "Wir können gerne weiter miteinander sprechen, aber ich werde DIR keine Fragen zu meinen Werken beantworten!" Er hob noch einmal sein Glas und sah sie freundlich lächelnd an. "Ich habe es mir fast schon gedacht, nach der Lektüre im Flugzeug."

Rebecca suchte wie zufällig seine auf dem Tisch liegende Hand und strich ganz leicht über dessen Finger. "Sprichst DU mit mir wenigstens über den Menschen Gerald Piller?"

Er sah ihr mit seinen grünbraunen Augen fest in die ihrigen, wobei sich die Schlitze langsam weiteten. "Wir werden sehen, es kommt wohl auf dich und deine Fragen an."

Rebecca glaubte kurz, oder bildete sie sich es nur ein, dass sich für einen Moment der Vorhang der Ablehnung etwas zu Seite gezogen hatte, sich aber gleich darauf wieder schloss. Sie glaubte sogar dies zu verstehen, denn er zeigte Interesse an ihr, wollte aber nichts von sich preisgeben, das sie journalistisch hätte ausnützen können. Bemüht, die nun angespannte Situation wieder zu lockern, nahm sie ein paar Bissen von ihrem Essen, das nun aber leider schon zu kalt war und deshalb die Aromen nicht mehr so dominierend schmeckbar waren. Sie kaute trotzdem genüsslich und leckte sich anschließend betont lasziv über ihre Lippen, dabei auch das letzte Reiskorn erwischend, das sich keck versucht hatte im Mundwinkel vor dem Verzehr zu verstecken. Dabei sah sie Gerald sinnlich und wie sie hoffte, nicht zu vordergründig herausfordernd an. Dabei reifte in ihr die nicht unangenehme Erkenntnis, dass ihr dieser Mann nicht nur intellektuell, sondern auch rein optisch durchaus gefallen würde. Ein leichtes Kribbeln, das sich von ihrer Magengrube sanft in ihren Unterleib hin ausbreitete, war ein untrügliches Zeichen. Unter dem Tisch, unbemerkt, rieb sie ihre Oberschenkel leicht aneinander und es entstand in ihr ein Gefühl der wohligen Wärme. "Köstlich, dieser Fisch! Ich glaube, ich werde morgen auch wieder hier essen!" Sie versuchte, ein in ihr aufsteigendes körperliches Verlangen zu unterdrücken. So lange kannte sie Gerald Piller nun auch noch nicht! Und außerdem dachte sie doch bis vor Kurzem, dass er homosexuell war. Aber allein wie er sie jetzt ansah, war diese Behauptung wohl nicht mehr länger zu halten. In seinen Gesichtszügen schien sich etwas Warmherziges, Sehnsüchtiges zu manifestieren, das im gelungenen Kontrast zu einer undefinierbaren Einsamkeit, ja sogar Traurigkeit stand.

"Trinken wir noch etwas? Einen Cocktail?"

"Nein, du hast auf deinen Whisky verzichtet, um mit mir ein Bier zu trinken. Wenn es dir recht ist, dann trinke ich nun mit dir einen Scotch!"

Er gab sich einen Ruck und alle vorher gezeigten Gefühle, die sich in seinem fast jungenhaften Gesichtsausdruck widerspiegelten, aus dem große Lebensfreude und Witz herausschossen veränderten sich urplötzlich. Seine Augen weiteten sich und die Pupillen wurden im spärlichen Licht der Bar zu großen schwarzen Löchern, aus denen aber große Anerkennung hervorquoll." Aber gerne, ich kenne nur wenige Frauen, die Whisky trinken."

Rebecca lächelte:" Nun ich habe es noch nicht versucht, aber in deiner Gegenwart ist eine Degustation vielleicht sogar ein Erlebnis!"

"Die Bar hat glücklicherweise einen außerordentlichen Bestand an Scotch, aber auch Bourbon, wobei ich den Scotch deutlich bevorzuge. Also Scotch?"

Rebecca nickte.

"Dann nehmen wir zunächst einmal etwas, das nicht extrem in die eine oder andere Geschmacksrichtung tendiert. Vielleicht ein Cragganmore? Ja, ich glaube der ist richtig." Er winkte der Bedienung und orderte seine Bestellung mit zwei Gläsern.

Der Kellner sah ihn wieder kurz verwirrt an: "Not your own bottle?"

"No thanks, not yet, perhaps later."

"Welcher Whisky ist denn in deiner Flasche?" Rebecca wunderte sich kurz, wie fließend sie beide vom Sie ins vertraute Du übergegangen waren, ohne darüber viel Aufhebens zu machen.

"Ich bevorzuge eher Inselwhiskys, die sind in ihrem Geschmack deutlich stärker getorft, aber für einen Erstversuch meist etwas gewöhnungsbedürftig. In meiner Flasche ist Lagavullin von der Isle of Islay." Seine Augen sprühten förmlich vor Begeisterung. Er musste ein großer Fan dieses Destillats sein!

Rebecca hoffte fast darauf, dass diese Begeisterung von ihm auf sie überspringen würde. Sie überlegte sich aber auch, ob sie ihm, falls ihr das Getränk nicht schmecken sollte, etwas vorspielen sollte. Vielleicht wäre er dann ihren Fragen gegenüber etwas zugänglicher.

Die zwei Gläser kamen an ihren Tisch.

Rebecca blickte Gerald herausfordernd an: "Du bist der Whiskykenner, nun zeig mir, wie er getrunken wird! Ich weiß nicht viel, außer dass Scotch auf Eis eine Todsünde ist."

"Da weißt du schon deutlich mehr als die Meisten." Das Leuchten in seinen Augen vertiefte sich.

Er nahm das Glas in beide Hände und umschloss es, sodass nur oben die Öffnung frei blieb. " Zuerst muss man den Geruch in sich aufnehmen. Whiskytrinken hat mit vielen Sinnen zu tun, wobei dem Olfaktorischen eine mindestens genauso große Rolle zukommt wie später dem Geschmack. Auch die Farbe ist nicht unwichtig, dass habe ich dir gerade eben fast unterschlagen, da ich die Marke sehr gut kenne, entschuldige bitte!"

Er legte seine Hand kurz auf Rebeccas Handrücken, wobei sich in ihr von der berührten Stelle aus ein angenehmes Prickeln in ihrem Körper ausbreitete, so als wenn ihr Blut diese Haptik auf den gesamten Körper verteilen würde. Sie griff erst dann zu ihrem Glas, als er die Hand wieder um das seinige schloss. Aber dieses warme Gefühl blieb in ihr. So einfach dieser Kontakt war, so viel löste dieser in ihr aus. Sie sehnte sich förmlich danach! Ihr Körper reagierte auf diesen Mann, wie sie es schon lange nicht mehr erlebt hatte!

Der Inhalt des Glases roch erdig, leicht grasig, sie glaubte sogar etwas Heu zu erkennen und teilte ihre Eindrücke Gerald genau so mit.

Es schaute sie unvermittelt fast fassungslos an. Während dieser fast quälenden Pause weitete sich sein Blick noch mehr, dann erschienen ein paar tiefe Furchen auf seiner Stirn. "Du hast mich angelogen!"

"Wieso?"

"Der Heu-Geruch, auf den kommt man nicht so leicht, da muss man schon Kenner sein! Oder du bist ein Naturtalent! So, jetzt nimm einen kleinen Schluck und halte ihn auf der vorderen Spitze deiner Zunge. Dann sauge ein bisschen Luft ein, so wie beim Schlürfen, und lass die Tropfen langsam nach hinten laufen und erst dann schluckst du es herunter. Ich bin gespannt, was du jetzt wahrnimmst!"

Er machte es ihr vor und Rebecca folgte seinem Beispiel. Aufgrund dieses Procedere mussten sie gezwungenermaßen schweigen, sahen sich dabei gegenseitig in ihre Gesichter. An dem kleinen, fast unmerklichen Spiel seiner Mimik konnte sie genau erkennen, wie weit der Whisky seinen Weg in Geralds Mund bereits genommen hatte. Ein sehr wohlgefälliger Blick signalisierte ihr, dass er nun geschluckt worden war. Gerald öffnete seine Lippen fast sinnlich, – *nein, sie sind wirklich sinnlich* und sog noch einmal Luft, fast wie ein ergebenes Seufzen, ein. Es stellte sich ein warmes Lächeln ein, das die Grübchen um seine Mundwinkel noch deutlicher zum Vorschein brachte.

Das Aroma des Getränks streichelte sanft Rebeccas Gaumen, während sich mit jedem Millimeter, den die Flüssigkeit auf ihrer Zunge zurücklegte, ein wohliges Brennen ausbreitete, verbunden mit Eindrücken von Holz, dazu etwas, das sie als schweres Parfum bezeichnen würde. Dann beim schon sehnsüchtig erwarteten Schlucken war es fast so, als fänden in ihrem Rachen kleine Explosionen statt, die sich sanft bis unter ihr Schädeldach aus weiteten. Sie war so fasziniert von diesem Erlebnis, dass sie erst nach einer Weile Geralds fragenden Blick bemerkte, wobei sie auch glaubte, dass er an ihrer Mimik bereits ablesen konnte, wie gut ihr dieser Schluck getan hatte. Sie hatte Scotch schon öfter getrunken, aber nicht so, auf diese fast ehrfürchtige Art und Weise und sie stellte fest, dass sie dafür regelrecht eine Belohnung erhalten hatte durch den Whisky. Mit diesem einen Schluck konnte sie Geralds

Begeisterung für derlei Destillate nachvollziehen. Und sie spürte, dass ihre Zuneigung für diesen Mann ebenfalls stark zunehmend war! Sie lächelte ihn an und ergriff nun seine Hand, wobei sie kleine Blitze auf ihren Fingerspitzen zu spüren glaubte. "Fantastisch!" Sie beschrieb ihre Empfindungen, während sie mit der anderen Hand das Glas noch einmal zur Nase führte und den noch immer vorhandenen Abgang mit einer weiteren Duftnote bekräftigte. "Jetzt weiß ich auch, warum Whisky nie als Schnaps bezeichnet wird, zumindest nicht von Kennern!"

Gerald wiegte leicht den Kopf: "Naja, es gibt auch Whiskys, die eher Schnaps als Whisky sind. Aber die muss man gottlob ja nicht trinken!" Er hatte seine Hand nicht weggezogen und schien diesen zarten Kontakt nicht aufgeben zu wollen. Im Gegenteil, er beugte sich am Tisch zu Rebecca vor, wobei er ihre Hand ebenfalls näher heranzog. Rebecca machte diese Bewegung mit, es kam ihr völlig natürlich vor, dass seine Augen, seine Nase und sein Mund ihr immer näher kamen, bis sich, fast erlösend, ihre beiden Lippen trafen!

Dieser Kuss war so zärtlich, Gerald hatte seinen Mund nicht geöffnet, im Spiel ihrer Lippen, die sich gegenseitig drückten und fast vorsichtig betasteten. Dabei konnten sich beide noch einmal das Aroma des Whiskys gegenseitig spenden und auch wahrnehmen.

Geralds Griff an ihrer Hand wurde kurz fester, dann ließ er sie unvermittelt los. Ihre Münder lösten sich dagegen nur langsam voneinander. Wie aus einem Nebel auftauchend sah Rebecca wieder die Nase und die Augen Geralds, aus denen eine immense Wärme und Sehnsucht hervortauchten. Beide sagten nichts. Sie sahen sich nur an. Seine leicht hängenden Lider verliehen ihm ohnehin einen sanften Blick, durch den sie aber glaubte, große Sympathie, für sein Gegenüber zu entdecken.

Vielleicht wird das ja doch noch etwas mit der Story! Sie schämte sich in ihrem Inneren fast für diesen Gedanken. Aber sie bemerkte auch ein sanftes Ziehen in ihrem Unterleib. Wieder rieb sie leicht ihre Oberschenkel aneinander.

Gerald stand kurz auf, um an der Bar etwas zu ordern. Rebecca konnte sehen, dass sich seine Hose vorne leicht ausgebeult hatte.

Er musste seinen Erregungszustand ebenfalls bemerkt haben, denn er sah kurz an sich herunter und versuchte dann mit der Hand in der Hosentasche, die Verdickung zu kaschieren. Als er zurück kam, wirkte er auch leicht verunsichert, wahrscheinlich wegen der Sorge, dass sie es bemerkt haben könnte.

Da haben wir Frauen es leichter. Bei uns sieht man es äußerlich nicht, dachte sich Rebecca und war doch selbst überrascht, wie sehr auch sie dieser Kuss, *konnte man ihn denn so nennen, ganz ohne Zunge,* selbst körperlich, aber auch psychisch aufgewühlt hatte.

"Sie sind eine unglaublich faszinierende Frau! Hat Ihnen das schon mal jemand gesagt?" Mit diesem Kompliment stand Gerald vor ihrem Tisch.

"Waren wir nicht schon längst, zwar ohne Absprache aber immerhin doch, zum DU übergegangen?" Rebecca sah ihn schelmisch von unten her an, wobei sie bewusst mit ihrem Blick etwas länger auf der von seiner Hand verdeckten Stelle seiner Hose verweilte. "Und nein, das hat mir so noch niemand gesagt."

Gerald nahm die Hand, noch etwas mehr verunsichert aus der Hosentasche, seine Erektion war mittlerweile wieder abgeklungen. "Ich glaube, der Kuss hat mich etwas verwirrt, aber ich fand es als bestes Zeichen meiner Hochachtung vor – Dir!" Er lächelte, aber eher sinnierend, in sich hinein. "Ich wollte dich auf keinen Fall überrumpeln.....!"

"Nein, so habe ich es auch nicht aufgefasst, zumal ich deinen anschließenden Blick auch gesehen habe. Außerdem lass ich grundsätzlich Nichts zu, was ich nicht will! Ich habe diese Zärtlichkeit auch genossen, und sei dir sicher, ganz ohne Hintergedanken." Wieder schämte sich Rebecca ein klein wenig vor sich selbst, da sie ja diesen Hintergedanken gehabt hatte. *Aber nur kurz,* redete sie sich selbst ein.

"Was ist, sollen wir noch etwas zu trinken bestellen?" Gerald sah sie fragend an.

"Nein, danke, ich habe den Whisky noch nicht zu Ende genossen und ich glaube noch etwas anderes zu konsumieren würde seiner

Bedeutung nicht gerecht! Außerdem spüre ich eine gewisse Müdigkeit, in Deutschland ist es ja jetzt bereits früher Morgen!"

"Für diese Aussage könnte ich dir jetzt sofort noch einen Kuss geben!"

"Was, für die Müdigkeit?" Rebecca stellte sich bewusst naiv.

"Nein," Gerald lächelte breit, "für deine Einschätzung der Bedeutung des Whiskys! Da hast du etwas in mir angeschlagen, das wirklich einen weiteren Kuss wert wäre!"

"Aha, du bezahlst also mit Küssen, wenn man dir die richtigen Antworten gibt!"

Gerald rutschte unruhig auf seinem Stuhl hin und her, um nach einer Antwort zu suchen, aber es kam nur ein nicht definierbares Gestammel heraus.

Rebecca legte ihm die Hand auf die Schulter. "Du musst dich nicht rechtfertigen. Meine spitze Zunge bringt mich selbst auch manchmal in Bedrängnis." Sie sah ihn an, und sie stellte fest, dass sie ihn gerne ansah! "Ich würde es sehr genießen, wenn du mich noch zu meinem Hotel begleiten würdest, es ist nicht weit." Wieder sah sie ihn an, *hoffentlich nicht zu lange!* "Und dann können wir uns noch einmal über den Kuss unterhalten!" Mit einem koketten Lächeln erhob sie sich vom Stuhl.

Rebecca bestand darauf, ihre Mahlzeiten selbst zu bezahlen, denn Gerald ließ sich nicht davon abbringen, die Getränke zu übernehmen.

Dann schlenderten sie durch die Türe hinaus in die immer noch schwüle karibische Nachtluft. Sie gingen nebeneinander, wobei sich der Abstand ihrer Körper jeden zurückgelegten Schritt immer mehr verringerte, bis sich zuerst ihre Hüften berührten. Und weil beide dann nicht wussten, was sie mit dem jeweiligen Arm auf dieser Seite machen sollten, ergriffen sie fast gleichzeitig die Hand des Anderen. Sie sprachen kaum ein Wort, sondern genossen die gegenseitige Nähe. Rebecca spürte eine Vertrautheit --- nein hier baute sich eine Seelenverwandtschaft auf! Und das nach einem einzigen Abend!

"Sehe ich dich wieder?" Gerald brachte diese Frage mit etwas belegter Stimme hervor, als sie das Hotel erreichten.

"Rebecca gluckste: "Natürlich, wegen dir bin ich doch hierher gereist. Schon vergessen?"

Er schien irgendwie erleichtert, aber er machte trotzdem einen Schritt zurück. "Ja, ja das Interview!" Sein Blick schweifte in die Ferne, kam aber bald zurück und verhielt an Rebeccas Augen. "Ich habe da meine Prinzipien, aber ich habe auch gesagt, es hängt davon ab, wie du es anstellst."

Rebecca nahm seine Hände und zog ihn den einen Schritt wieder her. "Sie dürfen die Dame jetzt küssen! Natürlich nur wegen des Whiskyspruches!"

Langsam, sehr langsam näherten sich wieder ihre Lippen und wieder waren es kleine Blitze, als sie sie endlich aufeinander pressten. Doch diesmal öffneten beide ihre Münder, wieder fast gleichzeitig, und ein sehr zärtliches, aber ungemein aufregendes Spiel ihre Zungen begann, ohne dabei in den Mund des anderen einzudringen. Nichts Forderndes, nichts Gieriges, nichts eindeutig Sexuelles, obwohl es offensichtlich neben aller romantischen Zartheit natürlich auch sexuell war. Rebecca konnte die Feuchtigkeit zwischen ihren Schamlippen spüren und sie drückte sich unbewusst mit ihrem Unterleib an Gerald. *Oder war es umgekehrt?* Sie konnte eindeutig spüren, dass oberhalb seines Schrittes sich etwas aufgebäumt hatte und sie ertappte sich dabei es zu genießen.

Geralds Arme hielten sie fest und streichelten trotzdem ihren Rücken, wobei jede Berührung einen wohligen Schauer auf ihrer Haut verursachte. Nach einer gefühlten Ewigkeit der Innigkeit ließen sie genauso langsam voneinander ab, in einem gegenseitigen Einverständnis, dass das jetzt ein mehr als würdiger Abschluss war, zumindest für diesen Abend.

"Möchtest du morgen bei mir frühstücken? Ich nehme an, du weißt, wo ich wohne?"

Rebecca nickte: "Aber ich komme nach dem Frühstück! Selma müsste sonst noch einmal für die zweite Person etwas bereiten und unvorbereitet finde ich das nicht so gut!"

"Gut, ich erwarte dich dann später!" Er drehte sich um, um zu gehen.

Rebecca sucht in ihrer Tasche den Hotelschlüssel.

"Wenn du willst, kannst du Badebekleidung mitnehmen, ich habe einem Pool im Garten, der dir sicherlich gefallen wird!" Gerald hatte sich noch einmal zu ihr umgedreht.

"Das ist eine gute Idee, vielleicht wird es uns etwas zu heiß!" Mit dieser sehr zweideutigen Bemerkung öffnete sie die Hoteltür, warf ihm einen fast frechen Handkuss zu und verschwand im Inneren.

IX

Die Morgensonne schien unerbittlich genau in dem Winkel durch die Ritzen der Fensterläden, dass sie Gerald förmlich aus dem Schlaf blendete. Ein Schlaf, der ohnehin viel zu kurz und zudem auch noch äußerst unruhig gewesen war. Zu sehr hatte ihn der gestrige Abend aufgewühlt und seinen Träumen zufolge, nach denen er mehrmals mit steifem Glied erwachte, auch erregt. Immer wieder sah er Grit vor sich sitzen, mit ihrem tiefgründigen Blick und dem Lächeln, das so viele Facetten zeigte. Und immer wieder diese Küsse, die für ihn so besonders waren! Besonders deshalb, weil sie anders waren! Hoch erotisch, aber zugleich auch voller Zurückhaltung und, was dem Ganzen eine paradoxe Bedeutung verlieh, auch voller inniger Vertrautheit. So, als hätte er diese Frau schon oft geküsst!

Beim ersten Kuss im Lokal war es ihm fast peinlich, als er bei sich einen Erregungszustand bemerkte, vor allem sollte Grit nichts davon merken. Aber beim zweiten Kuss, eigentlich zum Abschied vor ihrem Hotel, war ihm durchaus bewusst, dass sie es spüren musste. Und er fand es gut so! Sie sollte ruhig wissen, welche Wirkung sie auf ihn ausübte. Und das nicht nur wegen ihres fabelhaften Aussehens, sondern vor allem wegen ihrer enormen sprachlichen Ausdruckskraft und dem Niveau, das sie dabei zeigte. Ohne überheblich zu klingen, aber er hatte mit dieser Frau jemanden getroffen, mit der er sich auf einem gleichen geistigen Level zu unterhalten wusste und er hatte auch das Gefühl, dass diese Konversationen nie langweilig werden würden. Dazu besaß sie viel zu viel geistige Flexibilität und vor allem Esprit! Der einzige Nachteil war: sie war JOURNALISTIN! Er war kein

33

Fan dieser Berufsgruppe, obwohl er seine Abneigung nicht einmal genau definieren konnte.

Auf jeden Fall musste er sich erst einmal ein paar Informationen über sie einholen, um den Wissensstand auszugleichen. Sie kannte vermutlich seine komplette Biografie, zumindest soweit sie öffentlich bekannt war. Er jedoch wusste nichts über sie!

Er setzte sich an den Computer und googelte den Namen Grit Hansen. Es waren zwar einige Frauen dieses Namens aufgelistet, aber es war keine Journalistin darunter. Auch bei der Durchsicht der Bilder fand er nicht die Frau von gestern Abend.

Aber so schnell gab er nicht auf. So informiert, wie sie über seine Werke gesprochen hatte, musste sie für Kulturredaktionen einer oder mehrere Printmedien arbeiten. Also machte er sich auf die Suche nach Literaturkritikerinnen oder -journalistinnen. Dann war er aber doch überrascht, wie einfach es war! Schon bei einem der größten Blätter, der FAZ, entdeckte ein Bild der nun, für ihn nicht mehr so unbekannten Frau. Der Name darunter war ihm sogar sehr bekannt: Rebecca Sattler!

Er erinnerte sich sofort an sie. Sie hatte eine überschwängliche Kritik über seinen Roman HERZENSHERBST veröffentlicht, die eine große Begeisterung ihrerseits zum Ausdruck brachte. Bei ROTE BOUGAINVILLES war ihre Rezension zwar ebenfalls positiv, aber deutlich zurückhaltender. Gerald schloss, nachdem er beide Kritiken, die er auf seinem Computer gespeichert hatte, wie übrigens alle anderen Kritiken seiner Werke auch, dass ihr sein letzter Roman nicht zugesagt hatte, sie aber, wegen des Literaturpreises sich keinen Verriss erlauben wollte und es aus beruflicher Sicht wahrscheinlich auch nicht konnte.

Bei ihrer ersten Begegnung am Strand hatte sie es aber bereits deutlich gemacht, was sie vom Inhalt des Romans hielt. Aufgrund der schlechten Lichtverhältnisse hatte sie ihn da auch noch nicht erkannt. Tief in seinem Inneren ging er sogar konform mit ihr. Auch er hielt ROTE BOUGAINVILLES nicht für sein bestes Werk. Allein wenn er daran dachte, wie schwer ihm dieser Roman von der Feder gegangen war. Zeitweise musste er zäh mit sich kämpfen, um die richtigen Wörter zu finden. Da war es eigentlich auch klar, dass der Leser ebenfalls Probleme bekommen würde, diesen Roman flüssig zu lesen. Und auch der von Grit - Rebecca erwähnte fehlende Überraschungsmoment im Werk war ihm durchaus bewusst.

Die Schwierigkeiten beim Schreiben dieses Buches waren auch der Grund, warum er sich zur Zeit eine schöpferische Pause gönnte. Er hatte zwar immer sein Notizbuch dabei, in das er sofort irgendwelche Eindrücke oder Gedanken schrieb, wenn eine Situation für ihn würdig war, eventuell in einem Roman festgehalten zu werden, aber er hatte noch keine Idee für ein weiteres Buch gefunden. Er war darüber nicht traurig und Sorgen machte er sich deshalb auch nicht. Mit der Zeit würde sich schon ein neuer Input einstellen. Wer weiß, vielleicht würde ihm sogar Frau Sattler diese Eingebungen bereitstellen. So wie das Gespräch gestern verlaufen war, wäre für ihn sogar eine Zusammenarbeit vorstellbar. Er freute sich jedenfalls sehr auf Ihren Besuch und er war neugierig wie sie reagieren würde, wenn er sie mit ihrem richtigen Namen ansprach.

Beim Frühstück bat er Selma, für das Abendessen eventuell eine zweite Person einzuplanen. Sein Wunsch wären Rochenflügel, wenn sie diese auf dem Markt bekäme.

Als er ihre Gegenfrage, ob es wieder eine längere Nacht mit Männerdiskussionen und Whisky werden würde verneinte, sondern ihr einen weiblichen Gast avisierte, lächelte sie zwar höflich, aber er konnte deutlich an ihrer sonstigen Mimik erkennen, dass sie nicht begeistert davon war. Selma sah sich als DIE Frau im Haus an. Gegen Ehepaare hatte sie als Gäste nichts einzuwenden, aber eine weibliche Einzelperson schien sie als Konkurrenz zu betrachten, obwohl ihr Gerald niemals irgendwelche Hoffnungen gemacht hatte.

Rochenflügel mit Kapernsauce war eins von Geralds liebsten Fischgerichten, zwar mehr französisch als karibisch und schon gar nicht britisch, aber das war ihm egal. Er war guter Dinge, dass Rebecca dieses Gericht ebenfalls goutieren würde.

Er machte es sich an seinem Computer bequem und durchforstete per Internet die wichtigsten Nachrichten aus Deutschland und der Welt. Dabei ertappte er sich, dass er häufig auf die Uhr sah, aber kurz bevor er allmählich drohte unruhig zu werden, ertönte die Klingel an der Pforte.

Auch Rebecca hatte eine eher unruhige Nacht hinter sich. Die Gründe waren ähnlich gelagert zu denen Geralds, aber bei ihr schien wenigstens nicht die Sonne ins Zimmer, sodass sie etwas länger schlummern konnte, bis die zunehmende Wärme des Tages sie aus dem Bett trieb.

Zum Frühstück nahm sie wieder etwas Herzhaftes und Tee.

Dann wählte sie ein langes Kleid in Blau-und Grüntönen, das ihre Schultern frei ließ, aber trotzdem nicht zu freizügig wirkte. Obwohl sie wusste, wie gut höhere Schuhe ihre Beine zur Geltung brachten, entschied sie sich für flache Espadrillos. Auch den blauen Bikini ließ sie im Hotel und packte stattdessen einen schwarzen ein. Eine dezentere Farbe hielt sie in diesem Fall für angemessen.

Dann machte sie sich auf den kurzen Weg zu Geralds Haus.

Obwohl es nicht aus der Kolonialzeit stammte, passte es gut zu den anderen Häusern in der Nachbarschaft. Weiß gestrichen mit einem Rund-um-Balkon. Schwarze Metallsäulen, fünf an jeder Seite, hielten den Balkon und stützten auch den Überhang des zur Mitte hin abgeflachten Daches. An jedem bogenförmigen, bodenhohem Fenster waren lindgrüne Läden angebracht, deren Flügel sich zur Seite öffnen ließen. An der Frontseite grenzte eine Azaleenhecke die Steinveranda ein. Am Eingang stand ein, für die Region typischer, Flammenbaum, der gerade aber nicht in Blüte stand. Im Garten, soweit es Rebecca erkennen konnte, wuchs üppige subtropische Vegetation, wie sie sie vom Hotel her schon kannte.

Auf ihr Klingeln hin wurde ihr von einer blonden, durchaus aparten Frau geöffnet, die sie abschätzend musterte. Ein Blick, wie ihn nur Frauen besaßen, wenn eine mögliche Konkurrenz auftrat. *Was wohl Gerald unter "Seele von Mensch“ gemeint haben könnte?* Rebecca stellte sich vor und Selma gab den Eintritt sehr reserviert frei.

Kaum eingetreten empfing sie Gerald freudig aber zurückhaltend – *wegen Selma?* – an der untersten Stufe einer Treppe, die ins Obergeschoss führte. Er trug eine leichte dunkelblaue Sommerhose und ein locker fallendes weißes Leinenhemd.

"Ich freue mich, dass du meiner Einladung gefolgt bist. Willkommen REBECCA!"

Irgendetwas an dieser Begrüßung passte nicht! Sowohl diese Betonung als auch die umgedrehte Stellung der beiden Sätze fielen ihr sofort auf, aber sie konnte sich zunächst keinen Reim darauf machen. "Hallo Gerald, ich freue mich auch!" Sie reichte ihm die Hand, doch er zog sie zu sich heran und küsste sie links und rechts auf die Wange. Selma stand in Rebeccas Rücken, deshalb konnte sie den missbilligenden Blick von ihr nicht sehen, aber Gerald nahm ihn wohl war.

"Möchtest du etwas trinken, REBECCA? Wasser oder Saft?"

"Danke, im Moment nicht. Ich habe gerade eben erst gefrühstückt." Wieder wurde ihr Name so seltsam betont.

"Gut, REBECCA, dann lass uns in den Garten gehen, dort ist es morgens immer schön schattig!"

Plötzlich wusste sie, warum Gerald ihren Namen so betonte – er hatte ihren richtigen Namen herausgefunden.

Sie lächelte ihn an: "Oh, bitte verzeih, ich habe gestern Abend, bei all den einströmenden Gedanken und Sinnlichkeiten (das betonte sie besonders!), völlig vergessen, dass ich dir anfangs ebenfalls einen falschen Namen genannt hatte. Wie hast du ihn herausgefunden?" Sie berührte sanft seinen rechten Unterarm, bei dem sie sich beim Herausgehen untgehakt hatte.

"So wie du gerade reagiert hast, oder besser gesagt bei den ersten beiden Namenserwähnungen eben nicht, ist mir schon klar geworden, dass du diesen Fakt völlig vergessen hast!" Gerald zwinkerte ihr belustigt zu. "Ich habe dich im Internet gesucht, aber eine Grit Hansen ist zwar an der Uni Jena beschäftigt, hat aber rein gar nichts mit Literatur am Doktorhut!" Auch Gerald griff nach ihrer Hand und drückte sie leicht.

XI

Gerald führte Rebecca in einen Garten, dessen verschiedene Grüntöne einen ansprechenden Kontrast zum Blau des Swimmingpools bildeten. Auf dem gepflegten Rasen unter Kokospalmen, aber auch allen möglichen anderen schattenspendenden Laubbäumen befanden sich lose verteilt einige Bänke mit kleinen Tischen davor, die er nun ansteuerte.

"Möchtest du hier sitzen?" Er deutete auf eine kleine Gruppe relativ mittig im Garten.

"Nein, lieber da drüben, da habe ich einen besseren Blick auf den Pool! Ich liebe das Wasser und besonders wenn es durch die Fliesen so schön türkis gefärbt erscheint." Sie setzte sich auf einem Metallstuhl, der durch ein weiches Sitzkissen und die lederbesetzte Lehne trotzdem bequem aussah. "Was hast du heute noch gemacht, außer über mich zu forschen?"

"Das, was mir immer wichtig ist. Da ich hier auf den Bahamas die meiste Zeit verbringe, muss ich immer auf dem Laufenden sein, was in der Welt und vor allem in Deutschland passiert. Und da ist das Internet wirklich eine geniale Erfindung. Wenn ich allein an meine Urlaube in den Achtzigern zurück denke, als die erhältliche Tageszeitung 2-3 Tage alt war. Gerade wenn es wichtige politische Entscheidungen gegeben hat, oder als damals junger Mann, die Sportergebnisse mir nicht gleich bekannt waren, da saß ich manchmal wie auf Kohlen!"

"Junger Mann, aha. Und jetzt interessierst du dich nicht mehr für Sport?"

"Doch, diese Neigung ist bei mir ungebrochen, vor allem natürlich Fußball und dann noch die Sportart, die ich selbst sehr lange betrieben habe: Leichtathletik."

Rebecca sah ihn prüfend an. "Und was hast du gemacht? Von der Statur her würde ich dich als Diskuswerfer einschätzen oder vielleicht Zehnkämpfer?"

"Schau an! Du kennst dich ganz gut aus, den Mehrkampf habe ich sogar in meiner Jugend betrieben, aber nicht Zehnkampf, wegen einer Aversion dem Stabhochsprung gegenüber. Aber eigentlich war ich

Weitspringer! Und wie ist es mit dir? Wenn ich deine Figur betrachte, dann kann ich da auch auf große Sportlichkeit schließen."

„Da hast du recht, ich mache neben dem Üblichen vor allem Volleyball! Aber auch etwas Kampfsport." Gerald sah in Rebeccas Augen ein wenig Stolz aufblitzen.

„Da muss ich wohl aufpassen, dich nicht zu reizen, sonst liege ich schnell auf dem Boden und strample hilflos. So wie Kafkas Käfer!" Er rückte spielerisch etwas von Rebecca ab.

"Mach dir keine Sorgen, ich warne, bevor ich zuschlage. Ich halte es da eher mit einer Klapperschlange, die rasselt auch vor dem Biss, im Gegensatz zu einer Mamba, die unvermittelt ihr Gift verteilt." Sie lächelte, wieder in einer neuen Art, so dass die Faszination bei Gerald immer weiter zunahm.

Sie diskutierten weiter über alle möglichen Sportarten und deren Sinn oder Unsinnigkeit, natürlich auch über Fußball und er stellte freudig fest, dass Rebecca eine der wenigen Frauen war, die sich tatsächlich dafür interessierte und sich auch auskannte. Da sie ursprünglich auch aus Bayern kam, war bei beiden die favorisierte Mannschaft dieselbe.

Inzwischen hatte Gerald eine Karaffe mit Eistee und zwei Gläser aus dem Haus getragen. Selma war mittlerweile einkaufen gegangen, ihre Gespräche schienen nicht enden zu wollen und sie kamen auch immer wieder auf neue Themen.

Dann läutete Geralds Mobiltelefon. Er blickte kurz auf das Display und legte entschuldigend seine Hand auf Rebeccas Arm. "Tut mir leid, da muss ich rangehen!" Er meldete sich bei seinem Gesprächspartner: "Einen kleinen Augenblick, ich rufe Dich sofort zurück!" Er wendete sich wieder Rebecca zu. "Das kann jetzt etwas dauern. Ich hoffe es macht dir nichts aus, aber es ist sehr wichtig. Mein Verleger! Es geht vermutlich um Hannover, du weißt schon!" Er wollte aufstehen aber es blieb beim Versuch. "Hast du deine Badesachen mitgebracht? Der Pool ist nicht nur zum Anschauen da und wenn du schon das Wasser so sehr liebst, dann spring doch einfach hinein. Ich mache, so schnell es geht. Aber bitte geh nicht weg!" Er sprang auf und ging ins Haus und wählte bereits im Gehen die Nummer.

Das Gespräch dauerte leider sehr lange. Sehr viele Details waren zu besprechen und Gerald musste sie auch mit seinen Unterlagen in seinem Arbeitszimmer im ersten Stock abgleichen. Vom dortigen Fenster aus konnte er in den Garten blicken, was ihm nicht unangenehm war, denn so war es ihm möglich, seinen Gast etwas zu beobachten.

Nach einer Weile war Rebecca aufgestanden und schlenderte etwas unschlüssig herum. Dann prüfte sie mit den Zehen die Temperatur des Poolwassers, was ihr scheinbar zusagte, denn sie nahm ihre Tasche und ging damit zum Gartenhaus, wo sie richtigerweise eine Umkleidemöglichkeit vermutete.

Gerald war oben am Fenster schon gespannt, welcher Anblick ihn erwartete, wenn sie wieder herauskam. Es dauerte auch nicht lang, dann trat sie ins Sonnenlicht, das auf ihrer Haut zusammen mit den Bewegungen der Blätter ein reizvolles Schattenspiel aufführte. Gerald sog tief, fast wie ein Seufzer, die Luft ein, als sie ihre Figur zum ersten Mal nur noch spärlich verhüllt sehen konnte. Er vergaß sogar kurzzeitig seinen telefonischen Gesprächspartner, der sich nun, für Gerald fast unangenehm lästig, bemerkbar machte. Rebecca nicht aus den Augen lassend, setzte er sein Gespräch fort, musste sich aber stark darauf konzentrieren, denn die Ablenkung aus dem Garten war eindeutig viel größer.

Mit einem eleganten Kopfsprung versank sie im Wasser und tauchte ein paar Meter weiter wieder auf. Er konnte seine Blicke nicht von dieser Frau abwenden und genoss es sichtlich, ihr beim Schwimmen im Wasser zuzusehen.

Irgendwann war endlich das Telefonat beendet, von dessen Inhalt er ohnehin nur die Hälfte, ALLENFALLS!, mitbekommen hatte. Das war auch nicht weiter schlimm, denn die wichtigsten Details bekam er als E-Mail noch einmal zugesendet. Er wollte aber noch nicht gleich wieder in den Garten gehen, denn zu aufregend war für ihn, was er so, von Rebecca völlig unbemerkt, zu sehen bekam.

Die eleganten Bewegungen ihres schlanken Körpers im Wasser, ihre klassische Kopfform, die durch die nassen Haare noch schöner zu sehen war! Ihre Arme, wie sie kraftvoll bei jeder Schwimmbewegung das Wasser teilten und kleine Wellen verursachten! Ihre wunderschönen, langen Beine.... Beine von einer vollendeten

Formschönheit! Jeder Muskel passte zum anderen. Gerade in der Bewegung konnte Gerald das gut erkennen.

Gerald hatte wahrlich nicht die Neigung, ein Spanner zu sein, aber er blieb trotzdem weiter am Fenster, um dieser außergewöhnlichen Schönheit beim Schwimmen zuzusehen. Er wollte es eigentlich gar nicht, aber das zu Sehende regte auf außerordentliche Weise seine Fantasien an. Es war ihm selbst fast peinlich, aber sie drifteten immer mehr ins Erotische ab. Er sah Rebeccas Po, wie er während der Schwimmbewegungen immer wieder aus dem Wasser ein klein wenig herausragte und erwischte sich dabei, dass er förmlich ihr Bikinihöschen zu beneiden begann, das diese formvollendete Rundung bedeckte. Wenn sie ihre Beine zum Schwimmschlag öffnete, stellte er sich vor, wie dort im Zentrum ihres Schrittes sich die beiden Schamlippen im Sog des Wassers ebenfalls ein kleines bisschen öffneten und dann beim Zusammenschlagen der Beine das eingedrungene Wasser wieder herauspressten.

Er ertappte sich dabei, dass er sich selbst in den Schritt griff, wo sich eine mächtige Erektion versuchte aufzurichten. Nein – so weit wollte er bei aller Erotik, die ihm dort unten geboten wurde, – *eigentlich bildete er sich diese ja nur ein, Rebecca nahm lediglich ein harmloses Bad* – nun doch nicht gehen. Der Respekt vor dieser außergewöhnlichen Frau war deutlich größer als seine Triebe. Aber seinen Gedanken ließ er trotzdem weiter ihren freien Lauf. In seiner Fantasie konnte er sich vorstellen, wie ihre Brustwarzen, die durch das kühle Wasser ohnehin etwas aufgerichtet waren, durch das Wasser pflügten und kleine Strömungen auslösten, die für ihn in seinen Gedanken sichtbar wurden, so, wie wenn man ganz langsam Kondensmilch in einem Glas mit Tee verrührte und so ständig neue Schlierenbilder entstanden. Er sah ihre Brüste, wie sie von ihrem Körper losgelöst im Pool trieben und ihn mit aufgerichteten Nippeln lockten! Er träumte von den Muskelfasern ihres Pos, die sich zusammenzogen und entspannten und die ebenmäßige Haut darüber bewegten. Wieder stellte er sich ihre Schamlippen im Zusammenarbeit mit diesem Muskelspiel vor und es gelang ihm kaum mehr, seine Erregung im Zaum zu halten!

So etwas war ihm noch nie passiert! Wie oft hatte er schon Frauen beim Schwimmen gesehen. Niemals sind ihm solche Gedanken gekommen. Warum hatte Rebecca so eine unwiderstehliche

Anziehungskraft auf ihn? Und das schon nach diesen wenigen Stunden, die seit ihrem ersten Kennenlernen vergangen waren. Gut – sie war außerordentlich hübsch, hatte einen Körper, wie er ihn sich nur wünschen würde. Aber das allein war es nicht! Er begriff, dass sich, was Rebecca anbetraf, bei ihm etwas Außergewöhnliches auf mentaler Ebene abspielte und sein Körper, *der eines Mannes,* mit Hormonschüben darauf reagierte und zwar so, dass sein Glied wie ein Speer, steil aufgerichtet, in seiner Hose stand und unhörbar zu schreien anfing. Für Gerald äußerte sich das in einem heftigen Brennen, aber von der angenehmen Seite. Ein Verlangen! Fast eine Gier nach dieser, in seinen Augen WAHNSINNSFRAU, von der er gerade erst einmal den Namen herausgefunden hatte! Eine Frau, die zweieinhalb Meter unter ihm ein Bad in seinem Pool nahm! Seine Gedankenspiele hörten nicht auf und er konnte sich auch nicht losreißen von diesem Anblick, der ihm geboten wurde. Sein Herz klopfte bis zum Hals vor Erregung und der Schweiß trat ihm auf die Stirn!

Es war für ihn fast eine Erlösung, als Rebecca endlich aus dem Pool stieg und sich suchend umsah. – Richtig, sie brauchte etwas zum Abtrocknen!

Gerald rannte die Stufen hinunter, was mit dieser Erektion gar nicht so einfach war, zeigte sich kurz, *natürlich nur den unverfänglichen Oberkörper,* an der Terrassentür und fragte – *für ihn scheinheilig –* "brauchst du ein Handtuch?"

Sie nickte und er lief noch einmal nach oben um aus dem Badezimmer welche zu holen, auch in der Hoffnung, dass die Schwellung an seinem Unterleib so weit abgeklungen war, bis er wieder draußen bei ihr ankam. Sicherheitshalber hielt er die Handtücher vor seinem Schoß und er reichte Rebecca eines. "Ich werde gleich noch ein paar Matten aus dem Gartenhaus holen, dann kannst du dich dort hinten auf den flachen Liegen wieder von der Sonne aufwärmen lassen." Sein Erregungszustand klang allmählich wieder ab, aber seine Hormone waren noch immer in Wallung, was sich bei ihm in einer gewissen Hektik äußerte. Zudem wollte er für dieses Zauberwesen, das im Bikini vor ihm stand, alles richtig machen.

Er bereitete die Matten auf den hölzernen Ligen aus und bedeutete Rebecca, sich darauf nieder zu legen, was diese auch tat. Dabei schüttelte sie ihre nassen Haare aus, was bei Gerald sofort einen neuen Hormonschub auslöste.

Er eilte davon, um neue Getränke zu holen, denn Selma war noch nicht zurückgekehrt. In der Küche stellte er sich noch einmal vor, wie er mit ihr zusammen im Pool schwimmen würde, sie voraus, sodass er bei jedem Beinschlag von ihr zwischen ihre Schenkel blicken konnte. Seine Fantasie wurde durch das bedeckende Höschen eher noch mehr angeregt, als wenn sie nackt vor ihm schwimmen würde. Dann würde er sie am Rand des Beckens ergreifen, während sie ihre Beine um ihn schlagen……

Bevor sich eine erneute Gliedversteifung bei ihm einstellte, mixte Gerald schnell zur Abwechslung ein paar Säfte, die er wahllos aus dem Kühlschrank gegriffen hatte, mit Mineralwasser zusammen in eine Karaffe und trug sie auf einem Tablett nach draußen.

Rebecca hatte es sich auf der Liege, auf dem Bauch liegend, bequem gemacht und schien mit geschlossenen Augen die Sonne zu genießen. Das gab ihm natürlich die Gelegenheit, wieder ihren Körper zu betrachten. Ein Körper, wie er ihn sich in seinen Träumen immer vorgestellt hatte! In den Träumen aber meist nur in Details, jetzt lag dieser Traum Fleisch geworden in seiner Gesamtheit vor ihm und jede Einzelheit, die er fixierte, gefiel ihm und erregte ihn bereits wieder.

Er muss wohl eine Weile so dagestanden haben, dass er vor lauter Schauen und Träumen gar nicht bemerkte, dass Rebecca den Kopf gehoben hatte und ihn amüsiert musterte. "Was ist, willst du mir zeigen, wie stark deine Oberarme sind, indem du das Tablett versuchst möglichst lange mit dem Arm zu halten?"

Er erschrak fast ein bisschen. *Hoffentlich hatte sie seine Blicke auf ihr nicht in voller Länge bemerkt und hoffentlich blickte sie nicht gerade knapp unter seine Leibesmitte.* Ausflüchte halfen jetzt auch nicht mehr! "Du bist eine wunderschöne Frau!"

Sie lachte: "das sagst du jetzt nur, weil ich die Einzige bin, die hier im Garten liegt. Würde jetzt das Gartentor aufgehen und eine echte Sexbombe würde herein stolziert kommen, dann hättest du wahrscheinlich dein Augenmerk auf sie gelenkt."

"Da irrst du dich gewaltig und zwar gleich doppelt!" Endlich hatte er die Gelegenheit zu kontern. Und warum sollte er eigentlich nicht gestehen, was er vorhin getan hatte? "Erstens kann das Gartentor nicht aufgehen, weil das Schloss mit der Mauer dauerhaft verbunden war, dann müsste die " Sexbombe" schon eine Spitzhacke bei sich tragen, was dann vermutlich weniger sexy wäre." Er machte bewusst eine Pause und sah sie eindringlich an.

"Und Zweitens?"

"Zweitens habe ich dich oben vom Fenster aus beim Schwimmen etwas beobachtet, während ich mein Telefonat führte und auch noch etwas, nachdem es beendet war. Genauso wie jetzt gerade eben auf der Liege. Und bei Allem, was ich gesehen habe hast du alle körperlichen Attribute, die mir zusagen. ---Nein falsch, von denen ich immer geträumt habe! An deiner Figur gibt es für mich nichts, was ich nicht außerordentlich hinreißend finden würde!"

Bei seinen letzten Worten drehte sie sich auf den Rücken und ließ ihren Blick an ihm herunter gleiten und konnte so natürlich auch sehen, dass seine Aussagen tatsächlich zutrafen. Ihre Mundwinkel verzogen sich leicht nach oben – *spöttisch?* – trieb sie ein Spiel mit ihm?

"Du bist für mich DIE Sexbombe! Außerdem riechst du fantastisch, das weiß ich schon seit gestern und deine Küsse sind so phänomenal, dass ich dich eigentlich immer küssen möchte!" *So jetzt war es heraus!*

" Du hast das Tablett immer noch im Arm!" Sie lachte und zeigte ihre makellosen Zähne.

Gerald beugte sich zum Beistelltisch herab, um das Tablett abzustellen, war aber nicht in der Lage, den Blick von ihr abzuwenden. Dabei konnte er, weil sie jetzt mit dem Körper flach auf der Liege lag und sie nur etwas die Oberarme abstützte, durch einen kleinen Spalt an ihrer Leiste, ins Innere ihres Höschens blicken, da der Gummizug aufgrund ihrer schlanken Beine nicht komplett anlag. Er wollte etwas Saftschorle in ein Glas füllen und verschüttete dabei etwas, weil seine Augen immer wieder zu diesem kleinen Spalt, wie magisch, zurückgezogen wurden. Jetzt war er sogar noch etwas größer, weil Rebecca das andere Bein leicht angezogen hatte. So konnte er sehen, dass sie ihre Schamhaare rasierte und er konnte auch ein klein wenig von ihrer Schamlippe entdecken. Er spürte wieder dieses angenehme Brennen an der Spitze seiner Eichel und fühlte die Wärme, die davon ausgehend seinen Körper durchflutete. Endlich war das erste Glas eingeschenkt und er reichte es Rebecca, die aber nicht davon trank, sondern es neben sich abstellte. Dabei blickte sie ihn an und ihr Lächeln wandelte sich, es wurde weicher, noch weiblicher, verführerischer!

"Auch du riechst sehr gut und deine Küsse..... na, ja – ich muss deine Worte wiederholen sind ebenfalls phänomenal!"

Gerald hatte sich auf einen kleinen Hocker gesetzt, der neben dem Beistelltisch stand und konnte seine Augen immer noch nicht von diesem Spalt abwenden. Er sah, *war es seine Fantasie?,* wie sich Rebeccas Hand der Seinen näherte und ihn zu sich auf die Liege zog. Nein, das war kein Traum, der Kuss der folgte war echt und wieder so zärtlich, weich und erotisch wie gestern, nur dass er bei ihr mit der anderen Hand viel nackte, zarte, glatte und weiche Haut spürte, die sich unter seinen Berührungen leicht zusammenzog. Auch Rebeccas Hände fingen zu wandern an und berührten aufsteigend seine Unterarme, seine Oberarme, glitten unter das Hemd zu seinen Schultern.

"Oh ja, du fühlst dich gut an!" Ihre Stimme klang ein wenig rau in der kurzen Kusspause.

Der Kuss dauerte und dauerte und keiner der beiden hatte bemerkt, dass Selma wieder zurückgekehrt war und beim Anblick des sich leidenschaftlich küssenden Paares fast die Einkaufsbeutel hätte fallen lassen.

Keiner der beiden wusste, wie lange dieser Kuss gedauert hatte, als sie schwer atmend voneinander abließen. Rebecca nahm einen Schluck des Getränks und Gerald tat es ihr gleich. Doch dieser Spalt an ihrem Höschen stand immer noch offen und wieder versenkte er seine Augen darin. Er konnte kaum glauben, was er jetzt sah, als sie mit ihrem Finger in diesen Spalt griff, darin kurz verweilte, während sie ihn warm aber fordernd anlächelte. Dann kam der Finger langsam wieder zum Vorschein. Er glänzte leicht an der Spitze und sie hielt ihn vor Geralds Mund. Wie automatisch öffnete er seine Lippen, um diese Köstlichkeit zu schmecken.

Mit diesem Sinnesreiz explodierte etwas in seinem Kopf! Er sprang von seinem Hocker auf, riss Rebecca zu sich heran und nestelte deren Höschen herunter, während sie seine Hose genauso eilig öffnete und seine voll ausgeprägte Männlichkeit ergriff. Gerald stürzte sich über sie und spreizte ihre Beine, was sie ohne Gegenwehr, er achtete trotz seiner Erregung darauf, zuließ. Dann drang er mit einer Vehemenz in sie ein und ließ seiner gesamten aufgestauten Erregung – GEILHEIT – freien Lauf. Er pumpte und pumpte und Rebecca kam ihm mit ihrem Becken bei jedem Stoß entgegen, dabei pressten sie ihre Lippen zum Kuss vereinigt aufeinander. Der Kuss stand dabei in seiner Zärtlichkeit in einem Anachronismus zu den wilden Bewegungen ihre Unterleiber. Ihre Zungen umschmeichelten sich sanft, ihre Lippen liebkosten sich. Sein Glied dagegen kreiste, stieß und pumpte wie wild, dabei gab Rebecca mit ihren Händen auf seinem Po den Takt und die Heftigkeit an. Um sie herum versank die Welt! Sie stürzten keuchend einem Höhepunkt entgegen, der sich mit einem beiderseitigen leisen Aufschrei entlud, als sich Gerald in sie ergoss. Der Kuss war aber noch lange danach nicht beendet!

Am Fenster des Arbeitszimmers stand Selma und sah fassungslos zu. Ihre Hand umkreiste den Knauf des Lehnstuhles und auf ihrer rechten Wange rollte eine Träne davon.

XII

Rebecca genoss den immer noch andauernden Kuss und verspürte gleichzeitig eine außergewöhnliche Wärme und ein Vibrieren in ihrem Körper. Geralds sanfte Zunge und seine weichen Lippen erzeugten in ihr immer noch mehr Verlangen, denn die Vereinigung mit ihm war, im Vergleich zu den entstandenen Gefühlen, für sie fast zu kurz gewesen. Doch die Vehemenz mit der er seinem Penis in ihre Scheide stieß und vor allem, wie sie es genossen hatte und auch noch das Tempo bestimmte, bereiteten in ihr Wallungen, die förmlich nach mehr schrien, auch und gerade wegen des nicht enden wollenden Kusses! Sie hatte diesen Mann richtiggehend zum Höhepunkt getrieben, sodass er eigentlich keine Chance hatte, den Akt noch zu verlängern, aber das konnte und sollte für sie noch nicht alles gewesen sein!

46

Eigentlich war sie sogar verwundert darüber, wie lange Gerald seine Erregung im Zaum gehalten hatte. Sie hatte sie an seinem Verhalten bereits bemerkt, als er vom Telefonat zurück kehrte. Diese Unruhe, die er versuchte zu überspielen, dazu dieses Glitzern der Schweißperlen auf seinem geschorenen Kopf – und vor allem dieser Blick in seinen Augen!

Dann hatte sie begonnen mit ihm zu spielen. Sie wusste um den Spalt an ihrem Höschen, wenn sie sich in der richtigen Stellung positionierte und es erregte auch sie, als sie feststellte, dass er seine Augen nicht mehr davon abwenden konnte. Sie sah auch die immer größer werdende Schwellung in seiner Hose, besonders je mehr er versuchte sich zu beherrschen. Aber sie fühlte auch in sich die Feuchtigkeit, die in ihrer Scheide langsam nach außen quoll. Auch wegen des Kusses!

Warum sie allerdings das mit ihrem Finger gemacht hatte, konnte sie sich selbst nicht erklären. Es war eine spontane Aktion, wie Sie sie noch nie gemacht hatte und wahrscheinlich wäre sie in ihren blühendsten Fantasien nie auf so etwas gekommen!

Als er dann heftigst über sie herfiel, brachen bei ihr auch alle Dämme. Sie wollte es auch!

Langsam entfernte sich Geralds Gesicht von ihrem. Seine Augen loderten in einem Feuer, wie sie es noch selten wahrgenommen hatte. Vielleicht bei Menschen mit großer Wut! – Aber Gerald war nicht wütend, sondern mit den Berührungen seiner Hände, die immer noch ihren Körper streichelten und liebkosten, ganz sanft, wie der Hauch eines Sommerwindes, der die einzelnen Hautporen zart zum Vibrieren brachte, sodass sich die feinen Härchen leicht aufrichteten. Das Lodern waren seine Gefühle, die er auch gar nicht versuchte zu verbergen. Sie konnte fast darin lesen und sie war sich sicher, dass kein einziger besitzergreifender Ausdruck darin lag.

Geralds Lippen öffneten sich leicht und sogen Luft in sich hinein. Der Ton klang fast wie ein Seufzer, aber kein wehmütiger, sondern einer, aus dem eine unglaubliche positive Stimmung zu erkennen war. "Wow, was bist du nur für eine Frau! So hat mich noch nie jemand verführt!"

Rebecca versuchte erst gar nicht die Unschuldige zu mimen. „Ich wollte mal sehen, wie weit du gehen würdest."

Er war sichtlich etwas betroffen: "Es tut mir leid, aber, nachdem du mir den Finger in den Mund gesteckt hattest, hat es bei mir wohl ausgesetzt!" Er machte eine kurze Pause und sah sie an. Dann erwiderte er ihr herausforderndes Lächeln. „Nein, es tut mir nicht leid! Das war das Erregendste, was ich jemals erlebt habe und du weißt, so jung und unerfahren bin ich nicht mehr! Aber vielleicht solltest du wissen, dass ich auch zärtlicher sein kann, als gerade eben."

Rebecca legte ihm den Finger auf die Lippen. "Das weiß ich sehr wohl, denn deine Küsse waren von einer Zärtlichkeit, wie ich es mir als Frau nur wünschen kann! Und sei dir sicher, ich habe das ebenfalls sehr genossen!" Sie zog ihr Höschen wieder an, das von der Liege heruntergefallen war.

Auch Gerald schloss seine Hose, zum Ausziehen dieser und alle anderen seiner Kleidungsstücke, war er gar nicht gekommen.

Gerade im rechten Moment, denn Selma kam aus dem Haus und fragte Gerald, ob er im Moment Wünsche hätte, vielleicht ein Sandwich oder etwas Gebäck. Ihr Blick war dabei stark auf ihn gerichtet, Rebecca würdigte sie keines Blickes. Als Gerald, nach einem kurzen Blickkontakt mit Rebecca, die leicht den Kopf schüttelte, verneinte, zog sie sich wieder ins Haus zurück, aber Gerald hatte im Abgehen ihre traurige Melancholie, die wie ein Schatten um ihre Augen und in den Mundwinkeln lag, bereits bemerkt

"Oh, ich fürchte, Selma hat unseren Liebesakt mitbekommen!"

"Wie kommst du darauf?"

"Ich kenne sie schon lange genug und so einen Gesichtsausdruck habe ich noch nie bei ihr gesehen."

Rebeccas sah ihm in die Augen: " Hast du etwas mit ihr?"

Gerald sah zum Haus hinüber, wo Selma gerade verschwand. "Nein, glaube mir, ich habe ihr noch nicht einmal einen Begrüßungs- oder Abschiedskuss gegeben, wenn ich auf Reisen war."

"Vielleicht hat sie sich doch Hoffnungen gemacht?"

"Möglich, du bist die erste Frau, die ich hierher alleine eingeladen habe. Sonst waren immer Männer oder allenfalls Frauen als Begleitung meiner Bekannten hier im Haus. Ich glaube eher, dass sie dachte, ich wäre schwul."

Rebecca lachte kurz auf. "Seltsam, dasselbe habe ich auch von dir gedacht, nachdem ich deine Biografie studierte und derzufolge du nie mit einer Frau an deiner Seite auftauchtest. Aber nach den letzten Minuten weiß ich, dass du es nicht bist!"

"Ich habe immer versucht, mein Privatleben nicht öffentlich zu machen." Er sah sie nachdenklich an.

"Ich weiß, was du jetzt denkst, aber sei dir sicher, ich werde nichts von dem veröffentlichen, was wir hier getan haben!"

"Also kein Artikel: MEINE NÄCHTE MIT GERALD PILLER!" Gerald lächelte entwaffnend.

"Nein, ganz bestimmt nicht! Mein Interview würde sich rein auf deine Arbeiten beziehen, allenfalls die Motivationen, die dich zu deinen Ideen beflügeln!"

"Wenn ich im Moment etwas beschreiben würde von meiner gegenwärtigen Motivation, dann würde allerdings einiges vom Inhalt her nicht ganz jugendfrei sein. Obwohl, die Sache mit dem Finger würden sich einige Frauen eventuell auch zu Nutze machen wollen, sollten sie einmal einen Mann bis zur Besinnungslosigkeit verführen wollen, aber ich glaube, das sollte auch etwas zwischen dir und mir bleiben." Er grinste frech:" Aber wiederholbar!" Der Glanz in seinen Augen wurde schon wieder stärker.

Rebecca glaubte, jetzt lieber das Thema wechseln zu wollen." Was hast du eigentlich vorletzte Nacht mit deinem Ausspruch gemeint, dass in der Nacht Sandkörner keinen Schatten werfen?"

Gerald stand auf und sein Blick verlor sich in einer imaginären Weite: "Willst du das wirklich wissen?"

"Natürlich!"

"Gut, hast du heute noch Zeit?"

Sie blickte ihm fordernd in die Augen: "Die Frage war wohl rein rhetorisch! Du weißt, dass ich ausschließlich wegen dir hier bin, also ist keine Minute mit dir vergeudet!" Sie ergriff seine Hand und flüsterte fast: "So, oder so!"

Gerald reichte ihr ihr Kleid und wies zum Gästehaus. "Gut, dann zieh dich an, ich zeige es dir! Nimm auch das Badezeug mit!"

XIII

Rebecca war neugierig geworden. Schnell war sie wieder in ihr Kleid geschlüpft und wartete im Foyer des Hauses auf Gerald, der im oberen Stockwerk noch eine kleine Tasche packte, vermutlich ebenfalls mit Badesachen. Dann kam er in einer kurzen, grünen Short, die oberhalb seiner Knie endete, herunter. Sein weißes Hemd trug er immer noch und dazu einem breitkrempigen Strohhut. "Dann lass uns mal zum Hafen gehen!"

Auf dem Weg hinunter kaufte Gerald noch etwas Brot und Käse, dazu zwei Flaschen Wasser und eine große Wassermelone. Im Yachthafen gelangten sie über einen Steg zu einem älteren Motorboot, dessen Holztäfelung gut gepflegt war, wie man am spiegelnden Lack erkennen konnte.

"Ich weiß, ein Speedboot ist es nicht gerade, aber für meine Zwecke tut es meine THERESIA immer noch!"

Rebecca fand diese Aussage schwer untertrieben, denn es war wirklich ein schönes Boot und fiel unter all den weißen Kunststoffjachten mit seiner dunkelbraunen Farbe richtig auf. Es besaß keine Kabine, sondern lediglich zwei Sitze vorne, wobei einer der Steuersitz war. Im hinteren Bereich war eine hölzerne Bank, die sich im Rund um das Heck zog.

Gerald zog einen Schlüssel aus der Hosentasche hervor und schloss eine kleine Tür vor dem Beifahrersitz auf. Er entnahm ein paar Sitzkissen: "Wo möchtest du sitzen, vorne neben mir oder hinten?"

"Vorne, da kann ich, glaube ich, besser sehen."

Er legte zwei Kissen auf die Frontsitze und die restlichen zurück in das Fach: "damit sie beim Fahren nicht nass werden!" Dann steckte er den Zündschlüssel ins Schloss und der Motor sprang schon bei der ersten Umdrehung mit einem dumpfen Blubbern an. Gerald sprang noch einmal von Bord, um die Vertäuung zu lösen und bugsierte anschließend das Boot rückwärts hinaus aus der Parkbucht. Dann legte er den Gashebel leicht nach vorne und sie trieben langsam durch den Hafen, bis zur Hafeneinfahrt, wo sie draußen von einem sanften Wellengang begrüßt wurden. Nun gab er Gas und der Motor brummte tief, volltönend auf, wobei sich das Heck tiefer ins Wasser versenkte, sodass der Bug sich leicht nach oben erhob und über die Wellen zu gleiten begann. Als das Boot anfing, über die Wellen zu springen, drosselte er etwas die Leistung und es blieb ab da beim Gleiten, was den Fahrspaß für Rebecca deutlich vergrößerte.

"Wo fahren wir hin?"

"Lass dich überraschen! Genieße die Fahrt!" Robert sah konzentriert über den Bug hinweg nach vorne.

Und wie ich das genießen werde! Ich fahre hier mit einem Boot über das karibische Meer bei strahlendem Sonnenschein und habe auch noch einen äußerst ansprechenden Mann mit großer Einfühlsamkeit, der mit seinem Strohhut auch noch sehr gut aussieht, als Steuermann. Rebecca lächelte sinnierend in sich hinein. *Und das alles ist eigentlich eine Dienstreise!* Sie konnte ein zufriedenes Glucksen nicht verhindern.

"Was belustigt dich so?" Gerald hatte es bemerkt!

"Ich habe gerade daran gedacht, dass Dienstreisen auch anders verlaufen können."

"Ja, das stimmt. Kolumbus hatte es bei seiner Dienstreise weitaus schwerer!"

"Ich vergleiche mich hier nicht gleich mit Kolumbus, so lang wird meine Reise hier auch nicht dauern. Aber Geschäftstermine in irgendeinem Veranstaltungssaal eines Hotels mit steifen Gesprächspartnern sind jetzt nicht unbedingt mein Ding!" Sie unterbrach sich kurz und musterte Gerald mit einem abschätzenden Blick. "Obwohl, an meinem gegenwärtigen Gesprächspartner schätze ich manches Steife durchaus!" Sie wunderte sich darüber, wie locker ihr dieser Ausspruch von den Lippen ging, ohne dass sie dabei rot wurde.

Gerald versuchte ernst zu bleiben: " Bring mich nicht schon wieder auf solche Gedanken!" Er steuerte das Boot um Paradise Island herum in westlicher Richtung, wo sich bald darauf eine kleine Sandbank im azurblauen Meer vor ihnen auftat. Er verlangsamte die Geschwindigkeit und kreiste ein paar Minuten suchend herum. Dann hatte er einen größeren Stein im Sand des flachen Wassers gefunden, an dem er das Boot festmachen konnte.

Er schaltete den Motor aus, entledigte sich seiner Short, darunter trug er eine blau-graue Badehose, die Rebecca wenig anziehend fand und sprang ins hüfthohe Wasser, zusammen mit dem Tau, dass er um den Stein wickeln wollte. Er prüfte noch, ob alles fest war, dann kam er zurück zum Boot. "Soll ich dich zur Sandbank tragen?"

"Rebecca blitzte ihn an: "Soweit kommt es noch! Du hast doch gesehen, dass ich schwimmen kann, und im Meer mache ich das sogar noch lieber als im Pool!"

Gerald wollte gerade etwas erwidern, aber seine Worte blieben im Hals stecken, denn sie hatte sich einfach ihr Kleid über den Kopf gestreift und tauschte schnell ihre Unterwäsche gegen ihren noch etwas nassen Bikini, während er sichtlich den Anblick genoss, der ihm kurz geboten wurde. Rebecca ärgerte sich ein wenig, denn zum weißen Sand hätte ihr rosa Bikini besser gepasst als der schwarze. Dann sprang sie schwungvoll über die Bordwand und stand im lauwarmen Wasser, das ihre Beine sogleich umschmeichelte. Der Sand am Boden war fest, aber ohne Unebenheiten, trotzdem zog sie es vor, nicht wie Gerald gehend, sondern schwimmend die paar Meter zurückzulegen. Er musste gehen, denn er trug auch die gepackte Tasche und die Melone und packte bereits aus, solange Rebecca noch im Wasser schwamm.

Als sie ans Ufer kam, war alles bereits bereit: zwei Decken, zwei blaue Handtücher, die bei schräger Betrachtung nahtlos mit dem Meer und dem Himmel verschmolzen. Dazu alles, was er noch schnell eingekauft hatte. Sie schüttelte ihr nasses Haar aus und er reichte ihr einen Becher mit Wasser, den sie dankend ergriff. Sie trank einen

Schluck, um den salzigen Meerwassergeschmack loszuwerden. "Und hier zeigst du mir jetzt, wie Sandkörner einen Schatten bilden?"

Wie schon bei der ersten Erwähnung dieses Themas ging sein Blick wieder in die Weite und es stellte sich auch wieder das melancholische Lächeln um seinen Mund ein. "Ja, aber das geht weit zurück, bis in meine Kindheit. Meine Mutter war immer sehr besorgt um mich und meinen Bruder. In manchen Dingen sogar übervorsichtig! Besonders penibel war sie, wenn wir beim Baden waren. Wir mussten uns immer erst abfrischen, auch wenn das Wasser fast Badewannentemperatur hatte. Wir durften nie nach dem Essen ins Wasser, der Grund dafür hat sich mir bis heute nicht erschlossen. Wir sollten nach Möglichkeit auch nie allzu weit vom Ufer weg sein, obwohl wir beide gute, ausdauernde Schwimmer waren. Wenn sie gewusst hätte, was wir mit unseren Freunden beim Baden so alles anstellten .... na, ja, ist wohl besser so, sonst hätte sie das wohl bald auch nicht mehr geduldet, wie so vieles Anderes. Aber am Schlimmsten, zumindest für mich, war immer ihre Eincremerei mit Sonnenmilch, was sie förmlich zelebrierte und für uns als Kinder unerträglich lange dauerte, wo wir doch schon längst ins Wasser wollten. Aber da gab es kein Pardon! Erst wenn wir richtig glänzten vor Creme und vermutlich sogar eine Asphaltstraße hinunterrutschen konnten, weil wir so glitschig waren, war diese Folter, – ja, das ist genau das richtige Wort – für uns überstanden."

"Oh je, das kann ich, glaube ich, gut nachvollziehen, dass das an Folter grenzte." Rebecca sah ihn mitleidig an.

"Nun, irgendwann waren wir im Urlaub an der Nordsee in Ostfriesland, wo jeder um seinen Strandkorb herum eine Sandburg baute nach dem Motto: My home is my castle. Und da kam ich auf die Idee, wie ich um diese Eincremeprozedur herumkommen könnte. Kaum hatte ich meine Badehose an, lief ich kurz zur nächsten Wasserpfütze, denn es war gerade Ebbe. Das hatte den Vorteil, dass das Wasser schön warm war, denn Nordseetemperatur ist bis heute nicht meine bevorzugte Wasserwärme. Dann kam ich ganz schnell zurück und wälzte mich im trockenen Sand, so dass ich am ganzen Körper davon bedeckt war. Nun konnte ich behaupten, im Schatten des Sandes zu sein und kein Sonnenstrahl würde zu meiner Haut vordringen. Meine Mutter war davon zwar wenig begeistert, aber sie mochte es auch nicht, den Sand von meinem Körper herunter zu reiben. So blieb ich also im Schatten der Sandkörner und wenn er trocken geworden war und dadurch langsam abfiel, lief ich sofort wieder zum Wasser um die Prozedur zu wiederholen, meist in dem Moment, als meine Mutter die Sonnenmilch aus der Badetasche holen wollte. So wurde nur mein Bruder eingecremt – an diesem Tag – alle weiteren auch nicht mehr, denn er tat es mir gleich. Und meine Erkenntnis seitdem: wenn der ganze Sand Schatten spendet, dann muss es auch ein einzelnes Sandkorn tun!" Er zog sich nun sein Hemd aus, legte den Hut ab und sprang kurz ins Wasser, dann kam er wieder heraus, wälzte sich im Sand und legte sich, komplett von einer Sandhaut bedeckt, neben sie auf seine Decke. "Deshalb habe ich eine Extradecke für dich mitgenommen, falls du den Sand nicht zu sehr auf deiner Haut magst."

Anstelle einer Antwort sprang Rebecca auf, ließ sich kurz ins Wasser gleiten und wälzte sich dann ebenfalls im Sand. Dann legte sie sich zu Gerald auf sein Tuch.

Sie lagen ausgestreckt nebeneinander und spürten, wie allmählich die Kühle des nassen Sandes beim Trocknen einer wohligen Wärme wich. Gerald drehte sich danach zur Seite und schob sich etwas näher zu Rebecca hin. Dabei rieselte bereits getrockneter Sand von seinen Schultern auf sie herab.

"Willst du mir jetzt noch mehr Schatten spenden?"

"Nein, ich glaube es ist genügend Sand, der dich einpackt." Er rieb mit seinem Finger an ihrer Schulter eine kleine Stelle frei und sah sie dabei warmherzig an. "Du hast so eine weiche Haut, die sich jetzt unter dem Sand versteckt." Sachte und mit viel Hingabe vergrößerte er allmählich die freie Stelle und Rebecca stellte fest, dass von seinen Berührungen wieder diese kleinen, elektrisierenden Blitze in ihren Körper jagten. Ihre rechte Schulter war bereits sandfrei und Gerald beugte sich mit seinem Kopf herab und küsste sie. "Nun, Salz auf deiner Haut!" Er zitierte einen Filmtitel, dabei zog ein fast frecher Ausdruck über sein Gesicht. Er blickte wieder zu ihrer Schulter und begann sein Spiel fortzusetzen. Immer weiter wanderten die kleinen Kreise auf ihrer Haut nach unten und in die Mitte. Er klopfte ganz leicht den Sand von ihren Bikinikörbchen auf und blies ihn dann, über sie gebeugt, zur Seite und nach unten weg. Dabei strich er, wie zufällig, den Stoff etwas zur Seite und legte ihre Brustwarze frei. Sein

Kopf senkte sich wieder zu ihr herab, während seine Lippen sich leicht öffneten und die kleine rote Erhebung zart in den Mund einsaugten, wobei sie von seiner Zunge leicht wirbelnd umschmeichelt wurde.

Rebeccas freier linker Arm drückte seinen Kopf etwas stärker darauf, denn sie liebte die Liebkosungen ihrer Brüste

Dann wanderten seine Lippen über die freien Stellen nach oben, übersprangen den noch sandigen Hals und drückten einen leichten salzigen Kuss auf ihren Mund, der sich dabei leicht öffnete, sodass sie diesen milden und auch erregenden Geschmack mit ihrer Zunge von seinen Lippen übernehmen konnte.

Während dieses Kusses wanderte seine Hand weiter nach unten und befreite so auch große Teile ihres Bauches vom feinen Korn, der wie Diamant in der schräg stehenden Nachmittagssonne funkelte. Rebecca traf diesen Vergleich beim Beobachten des Sandes auf seiner Schulter, während sie sich weiter mit ihren Zungen umschlangen, jedoch nie in den Mund des anderen eindrangen. Herrliche Küsse!

Doch bald wurde ihre Aufmerksamkeit auf eine andere ihrer Körperregionen gelenkt. Gerald hatte die zweite Brustwarze freigelegt küsste sie aber nicht, denn er besaß nur den einen Mund, der auf den ihren gedrückt war, sondern rieb und drückte diese mit einer Hingabe und doch unglaublicher Sanftheit. Schon wieder diese Blitze, die sich im Rauschen des umgebenden Meeres in ihren Gedanken zu einer kleinen Symphonie von Wärme, Farbe und Ton zusammensetzte, aus der sich der Sand als großer funkelnder Diamant (*hatte sie sich das nicht schon vorher eingebildet?*) zusammenbaute.

Geralds Hand hörte nicht auf, ihren Körper zu streicheln und wanderte weiter über ihren Bauch zu dessen Zentrum, dem Nabel, in den er liebevoll, leicht hineinbohrte und kleine Körner daraus hervor holte. Dann weiter nach unten zu ihrem Höschen, das er ebenfalls wie schon die Körbchen, nicht frei strich, sondern frei klopfte. Dabei hörte er nicht auf, sie zu küssen. Das Pochen auf ihrem Schamhügel empfand sie dabei wie ein zaghaftes Anklopfen und in ihren Gedanken hätte sie ihn schon längst herein gebeten. Als hätte Gerald dies vernommen, schob sich seine Hand langsam unter das Textil und wanderte noch einmal über diesen glatten Hügel, ohne diesmal anzuklopfen, noch weiter in die Mitte ihrer beiden Schamlippen, die dem Finger keinen Widerstand entgegenbrachten. Im Gegenteil, Rebecca spürte förmlich, wie sie sich bereitwillig öffneten und den Finger mit seiner Zärtlichkeit in sich hineingleiten ließen. Ganz langsam, wie zögerlich, mit kleinen Vor- und Zurückbewegungen drang er immer tiefer in ihr Innerstes ein, ganz im Gegensatz zu seiner Zunge an ihrem Mund! Sie spürte, wie sich der Finger leicht anwinkelte und wieder streckte, wie er die zarte Haut mit ihrer Feuchtigkeit streichelte und liebkoste. Und sie spürte eine Wärme in sich aufsteigen! Eine Wärme, die sich noch steigerte, als ein zweiter Finger – *der Daumen?* – ihren äußeren Lusthügel genauso zärtlich umspielte. Sie bemerkte, wie ihr Atem immer heftiger wurde. Die Wärme, nein Hitze, die von drei Punkten ihres Körpers – ihr Mund wurde immer noch geküsst – wie brodeln des Magma tief unter der Erde, aber doch unter ihrer Haut, sich einen Weg durch ihren Körper bahnte und sie in Zuckungen versetzte, bis ein erlösender Blitz jeden Muskel durchsetzte und in ihrem Kopf ein wildes Farbenspiel erzeugte.

Erst als der Sand, der immer noch auf Geralds Haut klebte, ihren Arm leicht kratzte, bemerkte sie, wie fest sie seinen Oberkörper umschlossen und dadurch zu sich herangezogen hatte.

Sie ließ ihn los und entdeckte ein immenses Strahlen in seinen grün-braunen Augen.

Dann lagen sie noch eine lange Zeit nebeneinander und spielten nun gegenseitig mit ihren Fingern, bis Gerald sie aufforderte: "Komm, lass uns schwimmen!"

XIV

Gerald konnte sich kaum losreißen, von dem Anblick, wie elegant Rebecca sich durch das Wasser bewegte. Das war ihm bei seinen Beobachtungen von seinem Arbeitszimmerfenster in der Art gar nicht so sehr aufgefallen, aber da sind ja auch seine Fantasien mit ihm durchgegangen! Aber jetzt, so direkt neben ihr im Meer, musste er erkennen, dass dieses Element für sie wie geschaffen zu sein schien. Mit ihrem schmalen, aber doch muskulösen Körper durchpflügte sie das Wasser, als wäre das ihre bevorzugte und auch dauerhafte Fortbewegung. Wenn sie statt der Beine einen Fischschwanz gehabt hätte, wäre sie glatt als Nixe durchgegangen! Aber wenn er an die vergangenen Stunden dachte, war er froh darüber, dass sie eine richtige, echte Frau war! Was sollte er mit einem Fischschwanz wohl anstellen? Trotzdem war er von der Anmutigkeit ihrer Bewegungen schwer beeindruckt.

Wenn er da an seine Bewegungen dachte und sie sich auch bildlich vorstellte, war er wohl eher der Typ "Verdränger". Allein sein Bauchansatz verhinderte schon einen eleganten Eindruck.

Glücklicherweise schien das Rebecca nicht zu stören, denn immer wieder umkreiste sie ihn spielerisch und neckte ihn dabei mit ihren Berührungen. Er betrachtete das Spiel ihrer Muskeln dabei. Jeder war, so sein Eindruck, für das Schwimmen angelegt und auch trainiert dafür. "Du bewegst dich unnachahmlich gut im Wasser. Schwimmst du gerne?"

Sie lachte laut auf: "und wie, jede freie Minute im Sommer, wenn es warm ist gehe ich zum Baden. Die Sonne und das Wasser – es tut mir einfach gut! Ich schnorchle und tauche auch gerne." Sie lachte wieder, nahm dem Mund voll Wasser und spukte es zu Gerald hinüber.

"Warte, das lasse ich mir nicht gefallen!" Er musste ebenfalls lachen und versuchte Rebecca an den Armen oder Beinen zu packen, aber sie war viel zu schnell für ihn. Selbst seine Wasserspuckversuche gingen ins Leere.

Dann sah er hinter Rebecca etwa 20 Meter entfernt eine Flosse auftauchen. "Da, schau!" Er deutete in diese Richtung.

Rebecca drehte sich um: " Oh, ein Delphin!" Es klang fast wie ein Jubelschrei.

Das Tier kam tatsächlich näher und auch sie schwammen ihm entgegen. Scheinbar war es neugierig, denn es ließ eine Annäherung bis auf 5 Meter zu. Dann sprang es kurz etwas aus dem Wasser und war bald im tiefen Blau des Meeres wieder verschwunden.

Rebeccas Augen glänzten: "so ein schönes Tier! Und seine Bewegungen, hast du das gesehen?"

Gerald nickte, aber er fand ihre Bewegungen deutlich attraktiver. "Du gefällst mir im Wasser trotzdem besser!"

Sie kraulte auf ihn zu, drückte ihm einen kurzen Kuss auf den Mund und schwamm zurück in Richtung Sandbank. Dort legte sie sich flach ins seichte Wasser auf den Bauch, die Hände vor das Kinn gelegt.

Gerald brauchte etwas länger, aber dann lag er genauso neben ihr.

Sie legte ihren Arm auf den seinen. "Allein der Ausflug hier heraus, ist für mich ein absolutes Highlight! Du weißt gar nicht, was du mir damit für eine Freude bereitet hast! Diese Stille, trotz des Rauschens. Aber Meeresrauschen hat für mich etwas Beruhigendes. Und hier am Ufer, das leise Plätschern. Ja, und dann auch noch der Delphin!" Sie richtete sich auf die Ellenbogen und sah ihn an. "Sag mal, hast du den bestellt, oder ist es gar DEIN FLIPPER?"

"Na klar, ich habe eine ganze Herde davon."

"Das heißt nicht Herde, sondern Schule! Delphine schwimmen in Schulen," belehrte sie ihn, aber ihrem nach oben gezogenen Mundwinkeln war anzusehen, dass sie dies eher freundlich meinte.

"Die armen Delphine müssen ihr ganzes Leben lang in die Schule. Schreckliche Vorstellung!" Gerald ging auf das Spiel ein. "Ich habe als Schüler die Schule gehasst, aber eigentlich nur wegen Mathematik!"

Rebecca stützte sich jetzt in Seitenlage nur auf einen Ellenbogen. Mit der anderen Hand schöpfte sie etwas Wasser und träufelte es auf seinen Rücken. "Delphine müssen außerhalb des Meeres immer nass gehalten werden, sonst erleidet ihre Haut Schaden."

"Ich bin aber kein Delphin, allein schon wegen deren graziler Bewegungen nicht." Er brummte in seine vor sich verschränkten Arme. Dann fühlte er ihre Finger, die seine Schultern kraulten und streichelten, dazwischen immer wieder etwas Wasser, das sie von ihrer Hand auf ihn herabperlen ließ. Es gefiel ihm und er genoss ihre sanften Hände auf seiner Haut. Er schloss die Augen und gab sich diesen Zärtlichkeiten hin.

"Hallo, sag mal, bist du eingeschlafen?" Er hörte ihre Stimme, eine Stimme, die ihn immer aus dem Schlaf wecken durfte! Er mochte ihre Stimme!

"Nein, ich genieße nur, wenn du mich so streichelst", log er. Er richtete sich etwas auf. "Oh, die Sonne steht schon sehr schräg, ich glaube, wir müssen wieder zurück, bevor es dunkel wird."

"Jetzt haben wir aber noch nicht mal die Melone gegessen!" Rebecca spielte die Unwirsche, aber ihre Augen lächelten dabei. Er mochte diese Augen!

"Die können wir heute Abend auch noch essen. Du isst doch bei mir?"

Jetzt lächelte sie noch mehr: "Ich glaube, es gibt nichts, was ich heute Abend lieber täte!"

Nachdem sie wieder im Boot saßen und gerade die Sandbank verlassen hatten, tauchte neben dem Boot wieder ein Delphin (derselbe?) auf und schwamm mit kurzen Sprüngen eine Weile neben ihnen her. Dann drehte er ab, sprang noch einmal, wie zum Abschied, höher aus dem Wasser heraus und verschwand gegen die Abendsonne im nun golden schimmernden Meer.

Gerald hielt Rebecca fest im Arm, während er, wieder gleitend, zurück zum Hafen fuhr.

XV

Selma stand wie eine Statue im Foyer des Hauses, als Gerald und Rebecca zu ihrer Bootstour aufbrachen. Sie konnte es kaum glauben, was sie durch das Fenster beobachtet hatte. Der Mann, den sie fast als einen Heiligen verehrt hatte, weil er niemals, auch bislang ihr gegenüber, den in ihren Augen niederen Trieben gefolgt war, vergnügte sich in einer Hemmungslosigkeit mit dieser Frau, die er erst am Vortag, zumindest seiner Aussage nach, kennengelernt hatte. Diese Frau musste mit allen erdenklich bösen Mächten in Verbindung stehen, dass ihr so sehr geschätzter Arbeitgeber all seine Tugenden über den Haufen warf und sich im Garten diesem widerlichen Treiben hingab. Noch dazu unter freiem Himmel, sodass nicht einmal eine

59

Mauer oder ein Dach dem himmlischen Herrscher einem Blick auf dieses schändliche Tun verweigerte. Er hatte immer so edel und zuvorkommend allen Frauen gegenüber gewirkt. Auch zu ihr war er voller Respekt und Achtung, sodass sie sich sehr gut vorstellen konnte, mit ihm abends zusammen zu sitzen und in tiefer geistiger Meditation zu versinken und dabei eine mentale Einheit zu erwirken, die doch viel höher zu werten war als jegliches körperliches Zusammensein.

Nun war sie zutiefst enttäuscht von diesem Mann. Nein, sie hasste ihn nicht dafür, denn er trug nicht die Schuld. Sie warf ihm allerdings Schwäche vor. Eine Schwäche, es nicht einmal versucht zu haben, den Verlockungen dieses weiblichen Körpers zu widerstehen.

Schuld hatte eindeutig diese Frau, die ihn derart seiner Sinne beraubt hatte, nur um auf der Liege ihre ekelhaften Triebe erfüllt zu bekommen. Sie musste ihn mit ihren höllischen Düften, dazu hatte sie auch noch Parfum aufgelegt, die aus jeder ihrer Körperporen strömten, völlig willenlos gemacht haben, um es dann mit ihm zu treiben. Sie war von den Mächten der Unterwelt auch mit allen Attributen ausgestattet worden, um selbst einen Säulenheiligen in der Wüste sich gefügig machen zu können. Was ihr auch gelungen war, denn Selma hatte ihre verschwitzten, vor Hitze dampfenden Leiber gesehen und sie hatte sein Glied in einem Zustand bemerkt, der nur durch böse Magie diese aufgerichtete, bedrohliche Form annahm und dann in den Leib dieser Teufelin hinein stieß. Ihren Mund hatte sie auf seinen gepresst, damit kein Hilfeschrei seiner gepeinigten Seele über seine Lippen kam, die um Vergebung und Erlösung bat.

Auch nachdem er seine Unschuld in sie verströmt hatte, hielt sie ihn so fest umklammert, dass auch eine nachträgliche Reue für ihn unmöglich war. Wahrscheinlich hatte sie mit ihrer Zunge seine Worte der Sühne bereits in seinem Rachen erstickt! Und jetzt waren sie auch noch mit dem Boot hinaus gefahren! Selma mochte sich gar nicht vorstellen, was diese Priesterin der Finsternis noch alles mit Gerald anstellen würde.

Trotz aller Enttäuschung und Verbitterung machte sie sich in der Küche an die Zubereitung des Abendessens. Sie würde bei jedem Abschnitt des Kochen ein Gebet sprechen, sodass die so gesegneten

Speisen bei deren Verzehr eine Rückbesinnung der missbrauchten Seele des armen Sünders möglich machen sollte – nein, musste!

Als Vorspeise hatte sie Palmherzensalat mit Felsengarnelen, die sie direkt einem Fischer abgekauft hatte, vorgesehen. Dazu schnitt sie die Palmherzen in feine Streifen, die sie mit Limettemsaft marinierte. Genau die gleiche Marinade, nur mit etwas Chili, benutzte sie für die Garnelen, bevor sie diese anbriet. Ein paar Mangoldblätter kurz blanchiert und eine rote Paprikaschote, ebenfalls fein geschnitten, dienten zusammen mit etwas Papaja der optischen Bereicherung der Sinne. Etwas Salz und Öl rundeten dieses Hors d´oeuvre ab. Selma war mit sich zufrieden. Der erste Schritt zur Tugendhaftigkeit!

Den Hauptgang bereitete sie mit besonderer Sorgfalt zu. Die Rochenflügel, deren Haut sie schon beim Fischhändler hatte abziehen lassen, legte sie zunächst für ein paar Minuten in eine Sojasoße, die sie mit Sesamöl angerührt hatte. Anschließend, nach dem Abtropfen, salzte und pfefferte sie den Fisch ein wenig, um ihn dann in Mehl zu wenden, damit der in der Pfanne nicht anhängte. Die Kapern stellte sie bereit, sie sollen sich nur kurz in dem sich entwickelnden Sud erwärmen. Dazu bereitete sie eine Mojo, eine Kräutersauce aus Estragon, Schnittlauch, etwas Koriander und Knoblauch, die sie fein geschnitten mit einer selbst gerührten Mayonnaise vereinigte. Zu dieser Mojo passten am Besten in Meerwasser gekochte kleine Kartoffeln, so wie sie Gerald von den Kanarischen Inseln her kannte und auch liebte.

Die ätherischen Öle der Kräuter und des Knoblauch sollten den Weg bereiten zum zweiten Schritt der Tugendhaftigkeit!

Als Nachspeise hatte sie einen Flan Catalan schon im Kühlschrank. Den hatte sie schon am Vortag erstellt ohne zu wissen, dass heute Gäste da wären. Dazu hatte sie vorsichtig Zucker so weit karamellisiert, dass dieser gerade mal blass-gelb geworden war und dann unter ständigen Rühren in warmer Milch geschmolzen. Dann etwas Stärkepulver zugefügt und unter erneutem Rühren bis kurz vor dem Sieden erhitzt. Im Kühlschrank war sie dann über Nacht schön steif geworden. Zum Flan würde sie eine fruchtige Orangen-Ananas-Sauce, mit etwas Zimt verfeinert, reichen, damit auch die Exotik der Vorspeise als auch die der Nachspeise zu einem Kreis abgerundet werden würde.

Die Nachspeise war eindeutig der dritte Schritt zur wiedergewonnenen Tugendhaftigkeit!

Aus dem Keller holte sie noch zwei Flaschen Pouilly fumé, ein gut zum Fisch passender Sauvignon Blanc aus dem Loiretal. Geralds Weinkeller war immer gut bestückt, mindestens genauso gut wie sein Whiskyschrank!

Nun wartete sie darauf, dass Gerald mit dieser Frau zurückkommen würde. Und dann hoffte sie, dass ihr Vorhaben gelingen würde.

Das in ihren Augen gut präparierte Essen,und auch die Gebete, sollte seine Gelüste und Triebe vertreiben! Und am besten, diese Teufelin dazu!

XVI

Als Gerald nach Hause kam, war für Selma die Freude groß. Er war allein! Vielleicht hatte er während des nachmittäglichen Trips seine Fehlleitung erkannt.

"Nur ein Gedeck heute Abend?" Ihre Frage war voller Hoffnung.

"Nein, zwei Gedecke!" Geralds Antwort brachte sie auf dem Boden der Tatsachen zurück. Zugleich bemerkte er an ihrem Blick, dass etwas nicht stimmte. "Selma, was ist denn los? Wir kennen uns jetzt schon so lange, was hast du denn für ein Problem?"

"Ach, es ist nichts! Der Einkauf heute war etwas schwierig." Sie versuchte seiner Frage auszuweichen und wollte in die Küche zurück.

"Nein, bitte bleib da!" Er hielt sie am Arm fest.

Sie riss sich vehement los. "Fass mich nicht an! Nicht mit diesen Händen!"

Er blickte ihr verstört in die Augen. "Es ist wegen Rebecca?" Endlich hatte er es erkannt. "Was hast du gegen sie?"

"Sie ist nicht gut für dich! Sie macht alles kaputt, was ich bislang in dir gesehen habe."

Seine Miene war nachdenklich. "Was hast du denn geglaubt, in mir zu sehen?"

"Das kann ich dir nicht sagen! Lass mich jetzt!"

"Nein, ich will das jetzt wissen! Ich habe noch nie bei dir eine Ablehnung gegenüber meinen Gästen bemerkt. Warum gerade jetzt? Worin habe ich dich enttäuscht?"

"Du hast für mich immer die absolute Reinheit personifiziert. Und dann sehe ich dich heute mit dieser Frau!"

"Selma, das tut mir leid, ich habe gar nicht gewusst, dass du in mich........"

"Du meinst verliebt, nein ganz gewiss nicht! Meine Liebe gehört einer höheren Macht! Aber ich dachte, dass du auch so denkst. Und dann gibst du dich deinen Trieben hin, und ich musste es auch noch mit ansehen! Das war für mich der schlimmste Moment in meinem Leben!" Selma konnte ihre Tränen nicht mehr zurückhalten.

"Selma, um Gottes Willen.............!"

Sie fuhr blitzschnell mit dem ausgestreckten Zeigefinger auf ihn zu: "Sprich nicht in SEINEM Namen!"

"Selma, ich bin ein ganz normaler Mann und das werde ich auch bleiben! Ich habe doch nie einen Hehl daraus gemacht, wie sehr ich Frauen schätze! Du kennst doch Passagen aus meinen Romanen, da habe ich doch auch über die Liebe und den Sex geschrieben!" Er versuchte sie zu beruhigen.

"Zwischen Schreiben und wirklich Tun ist ein großer Unterschied. Aber du wirst dich dafür irgendwann verantworten müssen!" Den letzten Satz sprach Selma fast wie eine Drohung aus und wollte sich erneut abwenden. Doch Gerald stellte sich ihr in den Weg.

"Selma, du wirst dich jetzt zusammenreißen und Rebecca freundlich behandeln, sonst wird unser Verhältnis deutlich gestört sein, und damit meine ich nicht nur, dass du meine Angestellte bist!"

Selma sah ihn trotzig an: "Ja, Massa!"

"Nicht in dem Ton! Das waren DEINE Vorfahren, die Sklaven gehalten haben. Ich glaube, du hast keinen Grund dich als eine Solche zu fühlen!"

"Entschuldigung, du hast recht! Ich werde mich jetzt um den Fisch kümmern!" Sie versuchte, einen betretenen Ausdruck auf ihr Gesicht zu zaubern.

Gerald ging nach oben um sich noch schnell zu duschen und eine neue Garderobe anzulegen.

Selma hoffte, dass er früh genug wieder zurück sein würde, um selbst die Tür zu öffnen, sollte SEIN Gast eintreffen.

Gerald stand unter der Dusche und musste über das eben zurückliegende Gespräch nachdenken. Dass Selma derartig gottesfürchtig war und alle irdischen Gefühle, zumindest was zwischenmenschliche Beziehungen anbetraf, so einschätzte, war ihm bislang entgangen. Er überlegte sich auch, ob er mit Rebecca auswärts dinieren sollte, aber er entschied sich dagegen, auch wegen Selma, die sich, wie er es so von ihr gewohnt war, sicherlich große Mühe beim Zubereiten des Essens gegeben hatte. Außerdem hatte er Rebecca bezüglich der Rochenflügel ja auch bereits den Mund wässrig gemacht. Er freute sich auf jeden Fall auf einen sicherlich wieder gesprächsreichen Abend mit dieser faszinierenden Frau!

XVII

Natürlich war Gerald noch nicht fertig, als es bereits klingelte. Widerwillig ging Selma zur Tür, um der "Dame" Einlass zu gewähren. Sie ertappte sich dabei, dass sie selbst im Spiegel im Foyer überprüfte, ob ihre Frisur noch richtig saß. *Fing sie jetzt etwa auch an, dass Körperliche über das Mentale zu stellen? Hatte sie der böse Geist dieser Frau bereits ebenfalls infiltriert? – Nein, das würde ihr niemals gelingen!*

Wie sie es von Gerald aufgetragen bekommen hatte, empfing sie Rebecca zuvorkommend und freundlich. "Willkommen! Schön, dass Sie da sind! Der Herr ist noch oben beim Ankleiden. Aber nehmen Sie doch bereits im Esszimmer Platz, es wird sicherlich nicht mehr lange

64

dauern." Sie wunderte sich selbst darüber, wie leicht ihr diese Worte über die Lippen kamen, wo sie ihr doch eigentlich die Pest an den Hals wünschen würde. " Darf ich Ihnen etwas zu trinken anbieten?"

"Ja gerne, ein Glas Wasser wäre mir schon lieb, es war sehr heiß heute."

Warum es dir heiß war, kann ich mir schon denken! "Natürlich, ich bringe es gleich! Mit Soda oder ohne?"

"Gerne mit Soda, ich mag es prickelnd!"

Selma nickte freundlich. Im Abgehen verdrehte sie die Augen. *Sie mag es prickelnd, ich kann mir schon denken, was sie vorhat! Allein was sie schon anhat!* Ein zwar einfaches, weißes Kleid, das kurz über dem Knie endet. *Wie die Unschuld in Person! Der Herr würde sich im Grabe umdrehen, wenn er nicht schon auferstanden wäre!* Dazu Pumps, *natürlich mit Absatz*, die ihre schlanken Beine noch mehr zur Geltung brachten und sie dadurch auch größer wirken ließ. Ihre Haare trug sie offen und auch das Make-up war sehr dezent. Ihr Parfum, ebenfalls nicht aufdringlich, leicht floral und fruchtig, mit einem Hauch Kräuterherbe, der Selma an Melisse erinnerte. Für Selma war der Fall klar: Alles an dieser Frau war darauf abgestimmt zu verführen! Es blieb ihr nur die Hoffnung, dass Gerald Rebecca diesen Gefallen nicht tun würde.

Doch allein sein begeisterter Blick, den er zur Schau trug, als er, wie fast immer, mit einem weißen Leinenhemd bekleidet, die Treppe herabkam, ließ jeglichen Glauben an Tugendhaftigkeit in sich zusammenfallen.

Selma hatte die Tür zur Küche einen Spalt breit offen gelassen, so konnte sie sehen, wie er Rebecca begrüßte. Allein, wie sie sich beim Begrüßungskuss, *natürlich auf den Mund!* – an den Händen hielten, sagte schon sehr viel über eine körperliche Nähe der Beiden aus. Noch eindeutiger war, dass Rebecca dabei auf einem Bein stand und das andere im Kniegelenk abgewinkelt hatte, sodass der Absatz schräg nach oben stand.

Selma kann mit einem Tablett und dem *"prickelnden"* Wasser ins Esszimmer. Selbstverständlich hatte sie für Gerald ebenfalls ein Glas mitgebracht und stellte alles zusammen auf einen kleinen

Beistelltisch, um das Wasser einzuschenken. Dann reichte sie Rebecca das Glas, während Gerald sich selbst bediente. Selma spürte seinen prüfenden Blick im Rücken, aber sie würde sich keine Blöße geben. " Was soll ich als Aperitif kredenzen?" Sie sah beide nacheinander fragend an.

Auch Geralds Blick blieb fragend auf Rebecca hängen: "Vielleicht einen Sherry?"

"Ja gerne, wenn er trocken ist!"

Natürlich ist der trocken, was glaubst du denn?

Als Gerald zustimmend nickte, ging sie ab, um die in der Kühlung stehende Flasche zu holen.

Als sie zurückkehrte, standen die beiden noch immer vis-a-vis (*oder schon wieder?*) und ließen sich nicht aus den Augen. Erst als sie aus der im Eck stehenden Vitrine zwei Sherrygläser entnahm und ihnen reichte und Gerald dazu auch die Flasche in die Hand drückte, denn sie wusste, dass er das Einschenken immer gerne selbst vornahm, ließen sie sich voneinander ablenken.

Leider konnte Selma durch den Spalt in der Türe nicht hören, was die beiden besprachen, aber es musste wirklich eine sehr intensive und teilweise auch aufgelockerte Unterhaltung sein, denn jedes Mal wenn sie erschien, waren die beiden verbal so miteinander beschäftigt, dass sie meist erst dann ihre Anwesenheit wahrnahmen, wenn Selma direkt am Tisch stand.

Der Sherry passte laut Gerald sehr gut zum Palmherzensalat, der von Rebecca in den höchsten Tönen gelobt wurde, wobei sie sich sogar im Nachhinein noch einmal über ihre Lippen leckte. *Was für eine Schlange!*

Danach reichte Selma Gerald den Weißwein, damit der ihn entkorken und degoutieren konnte.

"Pouilly Fumé, da hast eine ausgezeichnete Wahl getroffen!" Er füllte gleich das zweite Glas und reichte es Rebecca.

Als sie die Teller mit Fisch hereintrug, ertappte sie die beiden beim Händchenhalten über den Tisch hinweg. Wenn sie sich nicht in dem Moment losgelassen hätten, hätte sie liebend gerne diese Vereinigung auseinandergerissen! Beide beugten sich über die Teller, um das Aroma der Rochenflügel in Kapernsauce zu genießen. Erst dann nahmen sie das Besteck zur Hand und delektierten sich daran, wie sie durch den Türschlitz beobachten konnte. Die Unterhaltung der beiden fand auch dabei ihre Fortsetzung und sie musste immer vergnüglicher geworden sein, denn ihr Lachen tönte laut und deutlich bis zur Küche.

Sie blickte kurz durch den Spalt, und alles krampfte sich in ihr zusammen. Gerald streichelte mit seinem Fuß, seinen Schuh hatte unter seinem Stuhl stehen, ihren Unterschenkel, wobei sie sich wieder tief in die Augen schauten. Schnell lief sie wieder hinaus, um das zu unterbinden, indem sie die leer gegessenen Teller abtragen wollte. Wieder bekam Selma von beiden ein großes Lob für ihre Zubereitung des Fisches. Da Geralds Fuß noch nicht im Schuh steckte, reichte sie ihm die Weinflasche und zwar derart, dass er eine andere Sitzposition einnehmen musste und dabei wie automatisch wieder in den Schuh hineinschlüpfte. Zufrieden mit ihrer Tat trug Selma die Teller ab, um gleich darauf wieder zurückzukehren, um noch etwas Wasser nachzureichen. Der Schuh war noch an!

Gerald hatte mittlerweile leise etwas Musik aufgelegt, wodurch es Selma völlig unmöglich gemacht wurde, auch nur einen kleinen Fetzen ihrer Unterhaltung mitzubekommen. Aber das Lachen – *von ihr etwas aufgesetzt* – konnte sie immer noch vernehmen.

Doch der persönliche Tiefschlag für Selma kam bei der Darreichung des Flans.

"Danke, Selma, ich glaube, du kannst jetzt Feierabend machen. Du musst nicht mehr warten, bis wir auch den Nachtisch aufgegessen haben!" Er sah ihr dabei fest und zwingend in die Augen. "Ich wünsche dir noch einen schönen Abend und danke dir für deine heutigen Mühen!"

Unglaublich, er hatte ihr für den Rest des Abends freigegeben. Na gut, das machte er eigentlich immer. Aber doch nicht heute! Für Selma war alles klar und ihre Enttäuschung wurde riesengroß. Er wollte mit Rebecca alleine sein!

Trotzdem wahrte sie Contenance und zog sich zurück. *Sollen sie doch beide ZUSAMMEN in der Hölle schmoren!*

XVIII

Er hatte es in Selmas Augen gesehen, als er sie aufforderte zu gehen. Von nun an war sie nicht mehr seine Freundin und Helferin auf dieser Seite des Planeten. Er hatte sie in ihren Augen zutiefst enttäuscht und darüber würde sie nicht hinwegsehen können. Er musste das Arbeitsverhältnis mit ihr lösen, aber wahrscheinlich würde sie ihm mit einer fristlosen Kündigung zuvorkommen. Aber daran ließ sich nichts mehr ändern und er wollte es auch nicht, denn sie hatte etwas in ihn hinein interpretiert und für sich ein Idealbild geschaffen, das er niemals gewesen war und auch niemals sein wollte. Schon beim Gespräch vor dem Abendessen ist er sich dessen bewusst geworden. Vielleicht war es auch gut, dass Rebecca jetzt aufgetaucht ist, bevor sich Selma noch mehr in das von ihr geschaffene Trugbild hatte hineinsteigern können.

"Was ist los, du bist auf einmal so nachdenklich?" Rebecca ergriff seine Hand und knetete sanft seine Finger.

"Ich denke, ich habe gerade meine Angestellte und zugleich auch hier meine wichtigste Bezugsperson verloren."

"Ich glaube, ich verstehe ein bisschen. Selma kam mir im Gegensatz zu heute Vormittag etwas zu zuvorkommend vor. Fast ein wenig gekünstelt. Und ihr Lächeln wirkte auf mich wie eine Maske. Hatte sie sich doch irgendwelche Hoffnungen bezüglich dir gemacht?"

Gerald nickte: "Ja, das hat sie, aber in einer völlig anderen Art, wie du dir es im Moment vorstellst. Auf das, was sich in Selmas Gedanken abspielte, wäre ich selbst nach all den Jahren, die ich hier mit ihr als Angestellte verbracht habe, nicht gekommen. Setzen wir uns hinaus in den Garten, dann erkläre ich es dir, sonst kommst du noch auf die Idee, Schuldgefühle zu entwickeln."

Er begleitete sie zu der Sitzkombination in der Nähe des Pools. Dann ging er noch mal kurz ins Haus und kam mit zwei Gläsern zurück, in denen ein Fingerbreit eine bernsteinfarbene Flüssigkeit schwappte. Beide umschlossen das Glas und rochen zunächst das Aroma.

"Etwas torfiger als gestern." Rebecca bewies wieder mal ihren feinen Geruchssinn. Dann führte sie das Glas zum Mund und ließ etwas auf ihre Zunge gleiten. Gerald beobachtete sie dabei. "Hmh, schmeckt zuerst fast wie ein bisschen nach.... nach.... warte, ich hab's gleich! Ja, wenn man Benzindämpfe einatmet bleibt auf der Zunge auch so ein Geschmack zurück. So ähnlich ist es hier auch, aber nicht widerwärtig, wie beim Benzin, sondern angenehm, eigentlich doch anders! Manche Parfums hinterlassen auch so einen Geschmack auf der Zunge. Und beim Schlucken steigt etwas auf, warm und kraftvoll wie rauchiges Holz."

Gerald war wieder beeindruckt, genau wie am Abend zuvor. "Ja, diesmal hast du einen Talisker im Glas. Ein Whisky von der Isle of Skye. Du beschreibst das besser, als ich es am Anfang gekonnt habe!" Er setzte sich neben sie auf die Bank und zog sie mit seinem Arm zu sich heran.

"So, jetzt sag mir aber mal, was war das mit Selma und dir?" Das Glas in der einen Hand, lehnte sie sich an seine Seite, als wenn sie bereits spürte, dass das, was sie jetzt zu hören bekam, für Gerald wirklich etwas Einschneidendes in seinem Leben bedeutete.

"Also, ich glaube, ich fange ganz von vorne an........." Gerald erzählte ihr eine lange Geschichte, vom ersten Kennenlernen, der gegenseitigen spirituellen Annäherung, die auch durch Gespräche, meist in der Küche, fast wie von selbst entstanden waren. Er erzählte auch, dass Selma ihn bei manchen Abschnitten in seinen Romanen beeinflusst hatte. Er hatte sich auch immer wieder gefreut, wenn er wieder zurück auf die Bahamas kehrte, zum Teil nach monatelanger Abwesenheit und alles genauso vorfand, wie beim Abreisetag. Er erzählte und erzählte, bis er zum Gespräch des heutigen Abends gekommen war und der Erkenntnis, die für ihn und auch für Selma unausweichlich war. Sie waren beide all die Jahre immer geistig in eine Richtung gelaufen und hatten erst heute erkennen müssen, dass diese gemeinsame Richtung nur zufällig war. In Wirklichkeit verlief zwischen ihnen immer ein Graben, der nie hätte überbrückt werden können und jetzt hatte sie dieser Graben in zwei völlig unterschiedliche Richtungen geteilt.

Diese Konsequenz führte bei Gerald zu einer tiefen Erschütterung, die jetzt während des Erzählens aus ihm herausbrach. Gleichzeitig war er froh, jetzt nicht allein mit den Gedanken über die Folgen dieser Entscheidung zurechtkommen zu müssen, denn er hatte eine sehr geduldige und einfühlsame Zuhörerin neben sich. – Bei Selma war dies in dieser Nacht sicher nicht der Fall!

Rebeccas Reaktion bewies ihm, dass er sich nicht in ihr getäuscht hatte. Jetzt nahm sie ihn in den Arm und hielt ihn einfach fest. Erst nach einer längeren Zeit, die er auch brauchte, um etwas von alldem zu verarbeiten, nahm sie sein Gesicht in beide Hände und zog ihn zu sich heran.

Es wurde wieder einer dieser unnachahmlichen Küsse voller Innigkeit! Wieder genoss er die Weichheit ihrer Lippen, während sich ihre Zungen versuchten zu umschlingen. Dabei sog er ihren Duft ein, der aus ihren Hautporen am Hals strömte und ohne Weiteres ihr ohnehin nur schwach aufgetragenes Parfum überdeckte. Ein Geruch, der nur sehr schwer, auch für ihn als Schriftsteller, zu beschreiben war. Irgendwie erzeugten diese Gerüche in seiner Vorstellung Bilder. Zusammen mit dem Kuss entfaltete sich vor seinen Augen ein Potpourri an Farben, verbunden mit Pflanzen und deren Blüten, in zum Teil unwirklichem Couleur. Aber jetzt passten sie! Neben viel Grün waren alle möglichen Schattierungen von Blau dabei, wobei das Meeresblau sich den ersten Rang mit Dschungelgrün teilte. Dazwischen bewegten sich Schlangen, aber nicht bedrohlich, sondern elegant sich umtänzelnd, die Vorderkörper aufgerichtet und miteinander sich wiegend in einer sanften Brise des Windes, der vom Meer herüberkam und diese Pieter-Breughel- Illusion in ihm erweckte. Dazu kam das reale, hohe Sirren der Grillen und Zikaden!

Er umschloss Rebecca fest mit seinen Armen, um den Kuss durch die körperliche Nähe noch intensiver werden zu lassen. Und immer, wenn er seine Augen kurz öffnete sah er dieses ebenmäßige, mehr als schöne Gesicht, direkt an seinem. Er genoss ihre Nase, die sich dabei an seine rieb und spürte den warmen Atem, den sie durch dieses fein geschnittene Organ ausstieß und der seine Haut umwehte. Und er spürte auch, *wahrscheinlich war das das Bild der Schlangen als Synonym dafür,* wie sich sein Penis zu neuer Kraft entfaltete und sich durch ein grelles Verlangen bemerkbar machte.

Es war wie eine Erlösung, als Rebecca ihre Hand genau dort auf seinen Schoß legte und leichten Druck ausübte. Dabei spürte er, dass sich ihrer beider Atem beschleunigte.

Doch dann löste sie ihre Zunge und ihre Lippen von den seinen und sah ihn warmherzig, zugleich aber auch fordernd, lächelnd an. "Lass uns schwimmen gehen!"

Sie wartete seine Antwort gar nicht ab, sondern erhob sich von der Bank und zog sehr unprätentiös ihr Kleid aus, löste ihren hellblauen BH und entledigte sich auch ihres gleichfarbigen Slips. Dann stieg sie, wie selbstverständlich und vollkommen natürlich, in den Pool. – *In SEINEN Pool!*

Gerald kam gar nicht zum Nachdenken und machte es ihr einfach gleich, wobei er aber etwas Schwierigkeiten hatte, den Slip so einfach abzustreifen, wie sie es vorgemacht hatte, denn sein steifes Glied war dabei im Wege und wollte sich nicht so ohne Weiteres hüllenlos zeigen. Aber endlich schaffte er es auch und ließ sich zu ihr ins Wasser gleiten, wo er sofort von Rebeccas Armen empfangen wurde, die ihn wieder umschlangen und zum nächsten Kuss heranzogen.

Eine neue Breughel- Assoziation entfaltete sich in seinem Kopf, während dieses erneuten Kusses, der dem vorherigen so sehr ähnelte und trotzdem wieder ganz anders war, eigentlich so wie jedes Mal, wenn er und Rebecca sich küssten. Wieder sah er Bilder. Diesmal aber unter Wasser. Er sah den Seetang, der im Spiel der Wellen hin und her wogte. Sah den Sand am Meeresgrund, der wie bei einer Düne im Wind, eine Sandkristallfahne besaß, die kurz einen Schatten über den vom Mondlicht beschienenen Grund warf. – ***Im Schatten des Sandkornes!*** – Und er sah und spürte Fische in allen Farben, die seinen Körper umstrichen. Aber es waren keine Fische, sondern Rebeccas Hände, die jede Stelle seines nackten Körpers berührten, leicht kitzelten, manchmal kneteten, sowie gerade eben seinen Po. Finger, die unaufhörlich immer neue Stellen auf seiner Haut entdeckten, die um jede Kurve seiner Arme, Beine und Hüften glitten und an jeder berührten Stelle ein heißes Glühen, trotz der umgebenden Kühle des Wassers, hinterließen! Hände, die langsam, kreisend, liebkosend, zupfend, streichelnd sich einem Zentrum näherten. Und je näher sie kamen, desto stärker spannte sich seine Muskulatur unter diesen Berührungen an.

Wieder umtänzelten sich ihre Zungen.

Dann – *endlich* – hatten die Hände das Zentrum erreicht. Sie umfassten zusammen den Schaft, der aus seinen Lenden hervor stand und drückten ihn leicht, wobei eine Hand weiter vorne, langsam, angenehm quälend, seine Vorhaut zurück zog und dann mit dem Daumen sachte und behutsam seine Eichel streichelte. Gerald konnte ein lustvolles Aufstöhnen nicht unterdrücken.

Während die eine Hand an der Spitze seines Gliedes blieb, wanderte die andere zu seinen Hoden und fing ebenfalls an, diese leicht zu kneten, aber immer nur gerade so, dass er unendliche Lust und keinen Schmerz verspürte.

Ihre Zungen liebkosten sich derweil ohne Unterbrechung, genauso wie die Zikaden nicht mit dem Gesang aufhörten und die Palmblätter unaufhaltsam im Wind raschelten.

Dann wurden Rebeccas Handbewegungen schneller, sie glitten an seinem Glied hin und her, oder auf und ab, er wusste es nicht so genau, denn seine Sinne waren nur noch auf ihre Hände und ihre Zunge gerichtet! Immer mehr beschleunigte Rebecca ihre Bewegungen, immer keuchender ging sein Atem, immer stärker spannten sich seine Muskeln am Po und den Oberschenkeln. Seine Zunge umtänzelte die ihrige und ein dicker Kloß schien sich in seinem Unterleib auszubreiten, der mit unbändiger Kraft seinen Weg nach außen suchte. Die Anspannung der Muskeln griff auf seinen Rücken zu, dann den Nacken, der seinen Kopf versuchte nach hinten zu ziehen, aber es gelang ihm, durch einen seiner Arme, die Rebeccas Kopf hielten, den anheizenden Kuss nicht zu unterbrechen und dann brach dieser Kloß wie eine Explosion aus seinem Unterleib hervor! Begleitet von Blitzen, Farben, Fischen, Schlangen und dem Rauschen des Windes! Im Wasser um seine Eichelspitze trieben weiße Schlieren.

Schwer atmend hing Gerald an Rebeccas Mund, während die Bewegungen ihrer Hände wieder sanfter wurden und das langsam schlaffer werdende Glied liebevoll drückten.

Geralds Muskeln entspannten sich ganz langsam. Er öffnete seine Augen und sah wieder dieses traumhaft schöne Gesicht unmittelbar vor sich. Langsam lösten sich ihre Lippen von seinen und ein Lächeln breitete sich um ihren Mund aus.

Gerald zog Rebecca zu sich heran und hielt sie einfach fest, so lange bis sie irgendwann aus dem Wasser stiegen.

XIX

Am nächsten Morgen erwachte Gerald durch das Klingeln seines Telefons. Nachdem er eine Weile gewartet hatte, hob er ab. Seine dunkle Vorahnung wurde auch sogleich bestätigt. Selma teilte ihm mit, dass sie heute und auch in Zukunft nicht mehr für ihn arbeiten werde. Sie würde heute noch die Kündigung schreiben und sie ihm auf postalischem Wege zukommen lassen. Sie wollte noch kurz ihre Beweggründe darlegen, doch er verzichtete darauf.

"Das hast du mir eigentlich gestern Abend schon erzählt. Aus deiner Sicht ist es sicherlich erklärbar. Aber es tut mir trotzdem sehr leid, dass es so gekommen ist. Auf der anderen Seite kann ich mit deiner Lebensphilosophie nichts anfangen, obwohl wir uns bis gestern immer gut verstanden haben. Ich werde dir auf jeden Fall bis zum Jahresende dein Gehalt weiter zahlen. Bis dahin wirst du dann sicher eine neue Arbeitsstelle gefunden haben."

Selma reagierte weiter sehr ablehnend, vor allem ihre Betonungen ließen auf eine große Aggression schließen, die sie Gerald gegenüber hegte. "Das ist keine LEBENSPHILOSOPHIE, sondern eine Lebensart, wie sie dem Herrn gefällt. Von DIR will ich auch keine weiteren Zahlungen, ICH komme schon zurecht!"

"Wo bleibt denn bei dieser Lebensart der Mensch? Wo bleibst DU, Selma und DEINE Gefühle? Du bist ein Mensch, genauso wie ich, und wir besitzen einen Körper und der sendet Signale aus, wenn ihm etwas fehlt! Hast du das noch nie an dir gespürt?"

Er hörte für eine längere Zeit am anderen Ende keinen Ton. Doch dann fauchte sie ihn nur an: "Das sind Prüfungen die man bestehen muss und außerdem geht DICH das nichts mehr an!" Damit unterbrach sie die Verbindung.

73

Gerald sah eine Weile noch seinen Hörer an und überlegte, ob er noch einmal zurückrufen sollte, aber er kam schnell zu der Einsicht, dass er mit jedem Wort, mit jedem Satz die Situation nur verschlimmern würde. Die Zahlungen würde er trotzdem bis zum genannten Termin weiterlaufen lassen. Wenn sie wirklich nichts mehr annehmen wollte, könnte Selma es ja zurück überweisen.

Dass der Tag so beginnen würde, war für ihn absehbar gewesen. Er hoffte nur, dass der weitere Tag dann eher dem entsprach, was er sich wünschte. Er freute sich darauf, Rebecca etwas die Insel zu zeigen und war schon voller Entusiasmus, sie im Hotel abholen zu dürfen.

Trotz der Intimitäten des gestrigen Abends war sie der Meinung, noch nicht die Nacht bei ihm und mit ihm verbringen zu wollen, was Gerald zwar voller Bedauern aber mit großem Respekt akzeptierte.

Jetzt hatte er noch gut 2 Stunden Zeit, die Tagesaktualität im Internet zu recherchieren.

XX

Rebecca saß beim Frühstück und war gerade in Mailkontakt mit Peter Andrasch. Darin teilte sie ihm mit, dass sie zwar Kontakt zu Gerald Piller aufgenommen hatte, dieser sich aber jeglichem Interviewwunsch versperren würde. Sie erwähnte auch die von Gerald Piller geäußerte Aversion gegenüber Journalisten. Peter fand trotz sofortiger Recherche auch keine explizite Ursache für dieses Verhalten. In der weiteren Korrespondenz versicherte ihm Rebecca aber, dass sie allein durch Beobachtungen Piller's schon Einiges gefunden habe, was für eine Story ausreichen würde. Sie hätte dazu gerne noch ein bis zwei Tage länger auf den Bahamas bleiben wollen, um ein zufriedenstellendes Gesamtbild des Autors zu erhalten.

Zu ihrer Enttäuschung blieb Peter aber konsequent beim Abreisetermin morgen Abend. Der Redaktionsschluss für die geplante Story ist durch die zunehmende Hype wegen der Preisnominierung absolut fix und kann nicht noch weiter nach hinten hinausgeschoben werden. Lieber ein paar Lücken, die er Rebecca ohnehin nicht zutraute, war sie doch für ihre Gewissenhaftigkeit und Zuverlässigkeit bekannt, als einen nicht mehr aktuellen Beitrag über Gerald Piller, sollten sich die Ereignisse eventuell überschlagen.

Rebecca versuchte es noch mit ein paar Gegenargumenten, aber letztlich sah auch sie die Beweggründe ihres Redakteurs ein. Natürlich wäre sie gerne noch geblieben, denn ihr Interesse an Gerald Piller war schon seit dem ersten Abend nicht mehr rein beruflich. Aber dadurch deutlich größer und sie sehnte sich nach seinen Berührungen und seinen Küssen. *Was wohl ihre Freunde und Bekannten sagen würden, wenn sie wüssten, was sie hier in sich für ein Feuer der Gefühle entfachte!*

Trotzdem wollte sie gestern Abend nicht bei Gerald bleiben und mit ihm die Nacht verbringen. Das erschien ihr noch etwas zu früh, außerdem waren sie sich beide nicht sicher, ob Selma nicht doch am Morgen im Haus zur Arbeit erscheinen würde. Diese Konfrontation wollte sie sich und auch Selma ersparen.

Aber diesen heutigen Tag wollte sie trotzdem noch einmal genießen. Gerald hatte ihr einen Ausflug mit etwas Insel-Sight-Seeing versprochen. Er hatte aber gleich hinzugefügt, dass sie keine absoluten Highlights, was landschaftliche Sehenswürdigkeiten anbetraf, erwarten sollte. Die höchste Erhebung betrug gerade mal 34 m! Aber er würde bei der Abholung mit einer Überraschung aufwarten, sagte er gestern Abend noch hoffnungsfroh. Sie war auf jeden Fall gespannt, was er sich hatte einfallen lassen. Vorerst ließ sie sich aber ein Crêpe schmecken.

Ein seltsames Geknatter ließ sie beim Genuss dieser Kost aufhorchen. Wenige Minuten später kam Gerald auf die Frühstücksveranda. Diesmal hatte er ein blaues T-Shirt und eine hellblaue Hose zum gemeinsamen Ausflug angezogen. Dazu trug er eine schirmlose schwarze Kappe, die seinen Kopf gegen die Sonne schützen sollte.

Alles, was Rebecca für den Tag benötigen würde, hatte sie in einer Stofftasche zusammen gepackt, inklusive natürlich der Badesachen, da das Meer ja nie weiter als 5 km entfernt war. Als sie aufstand, bemerkte sie kurz, wie sich seine Augenbrauen – *erfreut oder anerkennend?* – hoben. Sie sollte sich leger kleiden, hatte er gestern noch aufgetragen. Also trug sie eine kurze türkisfarbene Short und ein vorne bedrucktes hellgraues T-Shirt. Sie fühlte sich wohl bei dem

Gedanken, dass er sie ansah und sie ihm anscheinend gefiel, denn auch seine Figur war durchaus nicht unattraktiv. – *Gut, sein Bauch sollte vielleicht ein wenig Reduktion erfahren, aber er war noch im Rahmen!* – Seine Muskulatur an den Armen und auch sein kräftiger Oberkörper hoben diesen kleinen Makel leicht auf. Außerdem, so dachte sie ebenfalls, sollte man die Attraktivität ab einem gewissen Alter nicht unbedingt auf das Körperliche reduzieren, besonders weil Zärtlichkeiten ja auch etwas mit Körper zu tun hatten und küssen ebenfalls. So betrachtet, war das Physische sicher bis jetzt auf keinen Fall zu kurz gekommen. Dachte sie an seine Küsse, so kam gleich wieder so etwas wie Sehnsucht in ihr auf und das nicht nur mental, sondern ihr Körper verfiel in wohlige Anspannung! An seine auf und teilweise auch in ihr wandernden Hände und Finger wollte sie jetzt lieber nicht denken, sonst würde die Inselrundfahrt wohl ausfallen müssen!

Beim Weg nach draußen registrierte sie ein deutlich definierbares Lächeln des Rezeptionisten. Sollte er doch denken, was er wollte, sie würde diesen Tag, – ihren letzten – auch von sich aus so positiv gestalten, wie sie nur konnte.

Erst als sie draußen vor dem Hotel waren, drehten sie sich zueinander und küssten sich. Es war genauso, wie Rebecca sich dies gerade eben vorgestellt hatte. Die Art, wie Gerald sie in seine Arme nahm, hatte etwas Forderndes, aber durchaus für sie nicht unangenehm, sondern eher vertraut. Vielleicht drückte er ihr dadurch auch eine gewisse Vorfreude für diesen Tag aus. Für eine Begrüßung war der Kuss sicherlich lang, aber im Vergleich zu dem, was sich oral zwischen ihren Lippen schon abgespielt hatte, nur so viel wie ein Wimpernschlag! Trotzdem war das Brennen auf ihren Lippen gleich wieder da, auch weil seine Küsse gut schmeckten.

Als er sich von ihr löste, zog er einen Schlüssel hervor, von dem Rebecca nie gedacht hätte, dass es sich dabei um einen Autoschlüssel handeln würde. Er bemerkte ihren Blick: "Lass dich überraschen!"

Sie bogen um die Ecke in eine Seitenstraße und Rebecca sog tief die Luft ein. Es war tatsächlich eine Überraschung! Dort stand kein Wagen, viel eher ein Vehikel, von dem wahrscheinlich viele Menschen träumten, einmal darin zu fahren. "Mein Gott, ist das dein Auto?"

Gerald lachte schallend auf: "Nein, den habe ich gerade für heute gemietet. Hier auf den Bahamas brauche ich gewöhnlich kein Auto, aber heute ist Premiere und da sollte es schon etwas Besonderes sein. Aber nicht nur wegen der Erstmaligkeit, sondern auch wegen dir! Du bist für mich etwas Einmaliges, und da sollte auch ein Auto diesen Status aufweisen, denn soviel ich weiß, ist es das Einzige seiner Art hier auf den Bahamas."

Rebecca näherte sich fast ehrfürchtig dem............. sie konnte so schnell keine passende Bezeichnung für dieses "Gefährt" finden. "Ein Modell T, so wie es die Großeltern der Waltons in der gleichnamigen Fernsehserie fuhren! Sag mal, wie alt ist es denn?"

"Der Besitzer, ein Bekannter von mir, ist sich auch nicht ganz sicher, meint aber 1919 wäre wohl das Baujahr!"

"Ich kurve mit dir also jetzt in einem fast 100 Jahre altem Auto um die Insel? Das ist wirklich, auch in der Wortbedeutung, abgefahren!"

Gerald freute sich sichtlich über ihre Reaktion. "Ich habe wirklich lange nachgedacht, wie ich dich beeindrucken kann, aber letztendlich war meine Entscheidung eindeutig."

"Was für Kriterien hast du denn angesetzt?" Rebecca beugte sich neugierig zu ihm herüber.

"Ach weißt du, der größte Autoverleih hier auf der Insel bietet Fahrzeuge in allen Größen und PS-Stärken an. Ich hätte auch im Bentley vor dein Hotel rollen können. Auch ein Lamborghini mit fast 700 PS wäre zum Leihen da gewesen, aber die Gründe, die dagegen sprachen, waren für mich ausschlaggebend. Zum Einen: die Insel ist so klein und die Straßen zum Teil so schmal, dass der Lamborghini, so wie er eigentlich gefahren werden sollte, völlig deplatziert wäre und der Bentley wäre zu protzig. Wenn der, dann mit Chauffeur, und wir beide im Fond, dahingleiten würde wüsste ich nicht, ob wir viel von der Insel gesehen hätten, denn die größte Attraktivität für mich wäre dann im Inneren des Wagens gewesen! Außerdem glaube ich, dass du auf solche vordergründigen Statussymbole keinen sonderlichen Wert legst."

Rebecca spielte die Entrüstete:" Und du glaubst, dass ich mich auf zwar lederbezogenen aber immer noch aus Holz bestehenden Bänken in einer derartigen Knatterkiste wohl fühlen würde?"

"Ja, davon bin ich überzeugt, "War die selbstbewusste Antwort, wobei ihr Gerald auch tief in die Augen blickte.

Sie nahm seine Hand und drückte sie fest. "Wir werden ja sehen. Wenn ich blaue Flecken während der Fahrt bekomme und dazu noch einen Steißbeinbruch, weil du ein Schlagloch übersehen hast, bekommst du die Arztrechnung. Und mein Arzt fährt Bentley UND einen Lamborghini!"

Gerald gab ihr einen Kuss, diesmal wirklich nur kurz und erwiderte: "Das nehme ich in Kauf, aber für das Übersehen eines Schlaglochs bist du verantwortlich, weil du mich dann wieder zu sehr abgelenkt hast."

"Na gut, dann werde ich während der Fahrt ganz brav neben dir sitzen und dich nicht in deiner fahrerischen Konzentration stören." Sie zog eine gespielte Schnute, aber sie wusste, dass ihre Augen sie verraten würden.

"Gut, dann wäre jetzt alles geklärt Frau Sattler!" Er schaltete die Zündung ein, zog einen kleinen Hebel halb heraus, griff unter seinen Sitz und holte eine Kurbel hervor. Dann stieg er aus und steckte die Kurbel vorne an einen Flansch, spuckte demonstrativ in die Hände, wobei er Rebecca posend ansah und drehte kräftig daran. Mit einer lauten Fehlzündung sprang der Motor knatternd an. Wieder drinnen im Wagen legte er den ersten Gang ein, was auch nicht gerade geräuschlos vor sich ging. Fast entschuldigend sah er zu Rebecca herüber. "Ich muss mich auch erst wieder dran gewöhnen, denn ich bin seit 90 Jahren dieses Auto nicht mehr gefahren!"

Nach diesem Witz ging es ruckelnd los, was nicht dem Straßenbelag geschuldet war, und von der Seitenstraße hinein in die Hauptstraße. Rebecca kam sich im Inneren vor wie auf einem kleinen Thron. Die Thin Lizzy war deutlich höher als eine Limousine, wahrscheinlich war die Sitzposition sogar über der eines SUV's. Dazu die fast LKW-mäßige Schnauze, unter der sich der Motor befand. Das Alles konnte schon diesen Eindruck erwecken, nur die Bequemlichkeit war weniger so wie man sich einen Thron vorstellte, obwohl – einer der ältesten

Throne, der bekannt war, aus der minoischen Zeit, war rein aus Stein und sehr schmal, da dürfte sogar der Sitz des Modell T mehr Komfort bieten. Aber alleine die Aufmerksamkeit, die diesem Fahrzeug gewidmet wurde und damit verbunden natürlich auch den Insassen, war schon einem Herrscherpaar würdig. Andere Fahrzeuge hielten manchmal sogar an, wenn sie vorbeituckerten. Die Fußgänger am Straßenrand blieben allein deshalb schon stehen, weil das Motorengeräusch einen völlig anderen Klang hatte, als sie vom Verkehr her gewohnt waren. Als sie dann den Verursacher dieses getakteten Lärms ausmachten, konnte Rebecca sehen, wie viele die Sonnenbrillen abnahmen, oder die Hände wie einen Sonnenschirm über die Augen hielten, je nachdem aus welcher Richtung sie den Blick erhaschten, dann fast ohne Ausnahme wie Spalier standen und Andere, Fremde, Bekannte oder Familienmitglieder auf den Oldtimer aufmerksam machten. Ohne Ausnahme verzogen sich deren Mienen, wenn sie nicht schon so eingestellt waren, zu einem zunächst überraschten, dann freundlichen Lächeln, wobei auch sehr oft von ihren Gesichtern förmlich der Wunsch abgelesen werden konnten, dass sie jetzt lieber selbst in diesem Auto sitzen wollten.

Wahrscheinlich wäre es Rebecca auch so ergangen, aber nun hatte sie selbst das Glück, darin von Gerald chauffiert zu werden. Sie genoss es sichtlich, zwar nicht DER Mittelpunkt der Aufmerksamkeit zu sein, aber darin sitzen zu dürfen! Irgendwie kam ihr der Gedanke, jetzt huldvoll aus dem Fahrzeug zu winken, um dem Volk ihre Gunst zu bringen. Sie musste unwillkürlich dabei schmunzeln, aber natürlich machte sie es nicht. Auf jeden Fall war die Aufmerksamkeit deutlich größer, als bei einem röhrenden Sportflitzer oder einer echten Staatskarosse, die beide auch schon optisch nach sehr viel Geld aussahen. Das Wohlwollen in den Blicken der Passanten war jedenfalls grenzenlos. Das Auto war eben etwas Besonderes, aber trotzdem blieb es ein Symbol der Bodenständigkeit.

Der Weg führte in westlicher Richtung, da der gesamte Inselosten durch die Stadt Nassau gebildet wurde. Der Übergang aufs Land erfolgte ziemlich abrupt und die Häuser wichen Feldern, auf denen etwa 2 m hohe dunkelgrüne Gewächse angebaut wurden, die eine gewisse Ähnlichkeit mit Schilfgras aufwiesen: – Zuckerrohr! Dazwischen lagen verstreut die kleinen Gehöfte, meist nur Hütten, der Landarbeiter, die für die Pflege, Ernte und den Abtransport des reifen, süßen Grases zuständig waren.

Die Verarbeitungsbetriebe waren eher hässlich mit ihrem grauen Anstrich und dem etwa 20 m hohen Kamin. Dazu verbreiteten sie einen unangenehmen Geruch, den man sogar nicht mit dem Endprodukt Zucker in Verbindung bringen würde.

Die langsame Fahrt, Gerald versuchte wirklich, das betagte Fahrzeug und auch ihrer beider Hinterteile möglichst schonend zu behandeln, ermöglichte ihr, alles genau aufzunehmen. Was das Auto anbetraf, das wegen des nicht synchronisierten Getriebes, das man beim Zurückschalten der Gänge nur mit Zwischengas betreiben konnte, gelang das nicht immer. Die Strecke führte sie kreuz und quer durch das Inselinnere bis ein wirklich herrschaftliches Gebäude am Ende einer Stichstraße auftauchte. Es war das Anwesen eines Zuckerbarons aus dem frühen 20. Jahrhundert gewesen, wie Gerald berichtete. Heute diente es als kleines Museum, in dem man viel Wissenswertes und auch Anekdoten, meist durch viele Bilder veranschaulicht, über den Zucker erfahren konnte. Ein kleines, gemütliches Café mit Rohrstühlen und -tischen war dem Museum angegliedert.

Der Rundgang durch das Museum war kurzweilig und dauerte auch nicht sehr lange, aber einen Kaffee hatten sich Rebecca und Gerald danach trotzdem verdient, wie sie übereinkommend feststellten. Von der Decke hingen über jedem der fünf Tische schöne große Holzventilatoren herunter, die der Luft keine Chance gaben, stickig zu werden. Auf jedem Tisch standen mehrere Tongefäße mit den unterschiedlichsten Zuckerarten. Der Kaffee wurde in riesigen Tassen schwarz serviert, aber eine Kanne Milch als Begleitung kam ebenfalls dazu. Rebecca und Gerald waren wieder so ins Gespräch vertieft, dass sie beinahe vergaßen, auch von dem vortrefflichen Gebäck zu probieren, das es als Begleitung zu der braunen Köstlichkeit, den beide mit etwas braunem Zucker, Gerald etwas mehr, süßten. Rebecca verzichtete auch auf die Milch.

Die Zeit verging wie im Flug und schon bald musste Gerald wieder die Kurbel betätigen, um den Motor erneut zu starten. Nun ging es an die Küste, wobei die flachen Sandstrände, die immer rechts von Rebecca lagen, denn Gerald fuhr gegen den Uhrzeigersinn, diesen Namen nicht verdienten. Unter Küste verstand man allgemein Felsen und schroffe Abhänge und nicht diese weitläufigen Gestade. Aber gerade diese Strände und das hell- bis azurblaue Wasser waren die Ursache, warum viele Touristen die Bahamas besuchten. Rebecca war deswegen sehr erstaunt, dass fast sämtliches Uferareal kaum verbaut war. Es gab so gut wie keine Hotels und nur vereinzelt ein paar Ansiedlungen mit kleinen Fischerhütten, alles vollkommen untouristisch. Im Sand sah man nur vereinzelt ein paar Sonnenanbeter oder Badende.

"Wo sind denn die ganzen Touris?" Es war nicht leicht für Rebecca, das stetige Klackern des Motors zu übertönen.

"Das zeige ich dir heute auch noch, aber jetzt könnten wir, wenn du möchtest, etwas schwimmen gehen!" Gerald fand eine Stelle, an der er den Wagen bis auf den Strand fahren konnte. Sie zogen sich rasch um und sprangen in großen Sprüngen, sich an der Hand haltend ins lauwarme Meer. Der Schwimmspaß wurde auch nicht durch größere Wellen getrübt, da sich weiter draußen ein Riff befand, das die großen Wellen abhielt.

Natürlich war das Baden auch wieder mit Zärtlichkeiten und Küssen erotisch aufgeladen und Rebecca spürte das Verlangen, das sie gegenüber diesem Mann empfand, bereits wieder überdeutlich. Sie musste sich regelrecht überwinden, seiner Hand, die auf ihrem Körper bereits wieder begonnen hatte auf Wanderschaft zu gehen, Einhalt zu geben. Für sie war klar, dass, wenn es noch einmal zum Sex mit ihm kommen würde, dies in einem Bett stattfinden sollte und Gerald gab sich auch mit ihrer Bemerkung -: "Noch nicht jetzt!" - zufrieden und nahm sie stattdessen in seine Arme, ohne die neuralgischen Stellen ihres Körpers weiter zu berühren. Der anschließende Kuss war ohnehin Erotik pur!

Als sich ihre Lippen nach längerer Zeit, und doch eigentlich viel zu kurz, wieder voneinander lösten verriet ihr Gerald das nächste Ziel. "Wir fahren jetzt nach Paradise Island, du wolltest doch wissen, wo die Touristen alle sind! Da wird es allerdings deutlich mondäner!"

Rebecca lächelte: "Dann ist es ja gut, dass ich noch ein Kleid in meiner Tasche mitgenommen habe, das ich jetzt dazu anziehen kann!"

Gerald versuchte sie noch schnell umzustimmen: "Du siehst doch fabelhaft in diesen Shorts aus, da werden alle Augen nur auf dich gerichtet sein und", er grinste verschmitzt, "alle werden mich beneiden, sich mit so einer Begleiterin schmücken zu dürfen!"

"Du bist ein Charmeur, wo hast du nur diese Sprüche alle gelernt?"

"Die muss ich nicht gelernt haben, die fallen mir alle allein bei deinem Anblick ein. Und, du wirst es nicht glauben, die meine ich auch alle bitter ernst!"

"Ich zieh aber doch lieber mein Kleid an." Rebecca ließ sich trotzdem nicht umstimmen. "Es wird dir gefallen!" Sie ging mit geheimnisvoller Miene hinter das Auto, das wegen seiner Höhe einen guten Sichtschutz bot.

"Jetzt hast du es noch viel schlimmer gemacht! Jetzt gibt es zusätzlich auch noch Verkehrschaos, wenn du aus dem Auto steigst. Jetzt wirkst du zu allem Sex auch noch unendlich edel und damenhaft, trotz des fast mädchenhaften Anklangs, den dir dieses Kleid verleiht." Rebecca trug jetzt ein knöchellanges weißes Kleid, das ihre Schultern bis auf zwei Träger frei ließ. Im unteren Bereich war es mit pinken Mustern bestickt.

Sie selbst liebte dieses Kleid ebenfalls sehr und sie war sich der Wirkung dieser Verhüllung auch bewusst.

 "Ich hoffe nur, dass im Auto alles sauber ist und du nicht noch einen Ölfleck auf diesen Textiltraum bekommst." Gerald war echt besorgt.

Paradise Island liegt im Norden von Nassau und ist über eine Brücke bequem mit dem Auto erreichbar. Als sie dazu wieder durch die Stadt fuhren, folgten ihnen wieder die überraschten und bewundernden Blicke wegen des Oldtimers. Aber Rebecca bemerkte auch an sich, wie schnell man sich an solche Aufmerksamkeit von außen gewöhnt. Saugte sie am Vormittag noch jeden dieser Blicke förmlich auf, war es jetzt am Nachmittag schon ein wenig durch Gewöhnung vermindert. Eigentlich fand sie das sehr schade, aber so funktioniert das menschliche Bewusstsein eben. Deshalb wird es auch keine Achterbahnen mit 30 Loopings geben, weil spätestens nach dem fünften eine Gewöhnung eintritt und der Rest langweilig werden würde, obwohl die äußeren Eindrücke doch, hier wie dort, die gleichen geblieben sind. Genauso verhielt es sich auch mit dem Geknatter des Motors!

Die Brücke führte in einem Bogen, der von mehreren Stützen getragen wurde, über die Meerenge, die die beiden Inseln voneinander trennte und war auch nicht besonders lang. Doch auf der anderen Seite tat sich eine neue Welt auf. Die zuvor in Nassau noch bestimmenden viktorianischen Häuser waren großen Hotelburgen mit noch größeren dazugehörigen Anlagen gewichen. Vor fast jedem Beherbergungsbetrieb sprudelte eine Wasserfontäne, die bei Dunkelheit mit Sicherheit mit Scheinwerfern in den unterschiedlichsten Farben angestrahlt wurde. Trotz der sehr unterschiedlichen Gestaltung der Bauwerke war alles irgendwie doch ähnlich, denn das Flair, das sie vermittelten, war ohne Ausnahme immer das gleiche. Rebecca fand es schade, es fehlte jegliche Individualität! Alles war zurecht geschnitten auf den hauptsächlich US-amerikanischen Touristen, der sich um Tradition und Persönliches nur wenig scherte, solange er seinen, von ihm gewünschten Luxus bekam. Und der wurde ihm hier ohne jeden Zweifel geliefert! Wahrscheinlich bewegte sich ein Großteil der Gäste kein einziges Mal aus der Anlage heraus, obwohl diese wahrscheinlich außer Strand, Pool, eventuell einer Fitnessanlage und mittelprächtigem, mit Sicherheit nicht einheimischen, Essen nichts zu bieten hatten.

Die Hotels wechselten sich mit Bars und anderen Vergnügungsstätten, und natürlich auch den üblichen Kettenbetrieben, angeführt selbstverständlich von jenem mit dem großen, gelben M, meist auf einem erhöhten Mast, ab. Nur der große Aquamarinepark, angeblich einer der bedeutendsten Aquarien der Welt, aber das behaupteten die meisten von sich, war wohltuend anders gestaltet, um sich von den Hotels zu unterscheiden.

"Entschuldige ", Gerald lehnte kurz seine Hand auf ihr Knie, "ich habe dich gar nicht gefragt, ob du für Aquarien ein Interesse hast. Wir können noch etwa 1 Stunde hineingehen."

Die kurze Berührung hatte Rebecca trotzdem elektrisiert und aus ihren etwas negativen Gedanken wegen der Inselverschandelung gerissen. "Nein, ich glaube, das muss jetzt nicht sein, obwohl ich mich wirklich sehr für die Unterwasserwelt interessiere, aber der Delphin gestern in freier Natur erzeugte in mir eindeutig die stärkeren Emotionen, als die gefangene Farbenpracht hier hinter Glas."

"Da bin ich aber froh, denn ich habe erst jetzt beim Vorbeifahren daran gedacht, vorher ist mir diese tatsächliche Hauptattraktion gar nicht in den Sinn gekommen. Ist ja auch klar, denn für mich sitzt die Hauptattraktion neben mir!"

"Danke!" Rebecca streichelte leicht seinen Unterarm, den er auf dem Schalthebel liegen hatte. Sie konnte deutlich erkennen, dass sich seine Haare nach ihre Berührung aufstellten. Allein dabei entstanden auch in ihr wieder Sehnsüchte.

Ganz an der Ostspitze der Insel stand ein Leuchtturm. Er war vermutlich das älteste Bauwerk auf dieser Insel und trotz seiner Schlichtheit gerade deshalb ein wohltuender Blickfang in Rebeccas Augen. Gleich daneben befand sich auf einem Felsvorsprung eine Bar, zwar auch touristisch, wenig ansprechend und sicherlich auch unverschämt teuer, aber, und das unbestreitbar, mit einem sensationellen Blick auf das Meer.

"Wollen wir dort einen Sundowner nehmen, während die Sonne in unserem Rücken untergehen wird?"

"Gerne, das ist eine gute Idee!" Rebecca freute sich darauf, die Farbveränderungen des Meeres beobachten zu können. Die Lichtspiele des Wassers und der Wellen bei immer schräger werdendem Sonnenstand liebte sie.

Gerald gelang es, das Model T wieder in Sichtweite abzustellen und sie fanden auch noch einen guten Platz, wo der Blick auf das Meer durch nichts verstellt war. Neben einem großen Wasser bestellte sich Rebecca einen Mojito und Gerald schloss sich ihr an. Dann saßen sie, zur Abwechslung einmal schweigend, nebeneinander mit Blick aufs Meer und labten sich an ihren Drinks, aber erst nachdem beide fast gierig jeder ein Glas Wasser in großen Zügen getrunken hatten. Ihre einander zugewandten Hände hielten sich, wobei ihre Daumen jeweils den Handrücken der anderen Hand streichelten. Der Sonnenstand von hinten wurde immer schräger, der Himmel vor ihnen immer dunkler, ins Blau übergehend, während das Meer ebenfalls über Blau, dann Orange, Gold zum Silber sich wandelte, kurz bevor Lichter an der Terrasse eingeschaltet wurden, die diesem faszinierenden Schauspiel leider abrupt ein Ende bereiteten.

Sie sahen sich beide in die Augen: "Schade!"

"Ich würde jetzt dann mit dir in ein empfohlenes Restaurant hier auf Paradise Island zu Abend essen gehen." Gerald sah sie erwartungsvoll an.

Rebecca war fast ein bisschen enttäuscht, über diesen, sicherlich gut gemeinten, Vorschlag. "Wärest du sehr böse, wenn wir wieder in die Bar gehen würden, wo wir uns vorgestern getroffen haben?"

Gerald sprang aus seinem Stuhl, packte Rebecca, indem er sie aus ihrem Stuhl heraus zog und hob sie etwas an, um sie sogleich zu küssen. Dann ließ er sie wieder los, zog einen kleinen zusammengeknüllten Zettel aus der Tasche und gab ihn ihr.

Sie faltete ihn auseinander. Darauf stand in ziemlich krakeliger Schrift: **Ich möchte lieber dort essen, wo wir uns zum zweiten Mal begegnet sind. (Antwort Rebecca!).** Gerald strahlte sie an. In seinem Blick stand Freude, Zufriedenheit, Vertrauen und –*Liebe?*

"Hättest du allerdings gesagt, du würdest lieber gepflegt, steril essen, hätte ich dir den Zettel natürlich nicht gezeigt!" Er lachte wie befreit los und küsste sie noch einmal.

XXI

Auf der Rückfahrt hatten sie von der Brücke aus noch einmal eine gute Möglichkeit, die nun hell und bunt angestrahlten Hotels von Paradise Island , die nun hinter ihnen lagen, zu bewundern. Vor ihnen lag, zwar weniger spektakulär und schrill, aber für Gerald und, so hoffte er, auch für Rebecca deutlich wärmer und einladender, die Stadt Nassau. Hinter ihnen die neonbunte Glitzerwelt, vor ihnen als Ziel die einfacheren Häuser unter einer orangenen Stadtbeleuchtung, die auch noch hätte von Gaslaternen herrühren können. Die Einheimischen auf den Straßen und Bürgersteigen wirkten freundlicher und natürlicher, als die zum Teil aufgesetzten Masken, der nicht selten sich snobistisch gebenden Touristen, die versuchten eine Fröhlichkeit vorzuspiegeln, die aber eher aufgesetzt wirkte. Versuchte man hinter diese Fassaden zu blicken, erwartete einen oft, wie bei den potemkinschen Dörfern – Nichts! In einem dieser Restaurants zu sitzen, wäre, bei allem Luxus und wohl auch sehr guter Qualität, keine Authentizität. Das Essen würde man überall auf

85

der Welt zu sich nehmen können, in Frankreich genauso wie in Sidney. Das Besondere, so Geralds Erfahrung, erlebte man immer fern ab der Welt des Kommerzes, in kleinen Dorfschenken irgendwo im Appenin, oder in Hafenkaschemmen kleiner Fischerorte in Andalusien. So war für Gerald nicht Paris oder die Côte d`Azur Frankreich, sondern eben die Schluchten im Massif Central oder die vom Wind geneigten Bäume in der Normandie. Es war eben typisch, individuell und besonders. Und etwas Besonderes sollte es seiner Meinung nach eben sein, denn besonders war für ihn auch Rebecca. Eine Frau, die all seine früheren Bekanntschaften und auch Lieben weit in den Schatten stellte. Er kannte sich selbst, seine Wünsche und auch Ansprüche, die er an die Weiblichkeit stellte, gut genug, um auch schon nach zwei Tagen, sich dieser Einschätzung sicher zu sein.

Er stellte den Ford in der Garage ab, aus der er ihn sich für diesen Tag geliehen hatte und schon nach einem kurzen Fußweg hatten sie die kleine Bar nahe des Strandes erreicht. Er und auch Rebecca wurden dort sogleich wie Freunde empfangen und begrüßt. Für ihn war es normal, denn die Angestellten und der Besitzer der Bar waren natürlich seine Freunde, aber sie behandelten eben auch Rebecca bereits wie eine Freundin, genauso wie die anderen Gäste, ohne dass hintergründig eine Absicht versteckt war. Überhöhte Preise oder gar Nepp waren hier fremd

Miles, der Inhaber, kam kurz aus seiner Küche heraus und sah Gerald fragend an und dieser nickte unauffällig, worauf sich der Küchenchef mit einer zufriedenen und wissenden Mine wieder in sein Reich der Töpfe und Pfannen zurückzog.

Wie selbstverständlich geleitete Gerald Rebecca zu dem Tisch, auf dem vorgestern die Whiskyflasche gestanden hatte. Im Unterschied dazu befanden sich diesmal aber zwei Stühle daran.

"Woher wissen die alle, dass wir heute kommen?" Rebecca war schon ein wenig erstaunt.

"Ich war mir sicher, dass du für deinen letzten Abend nicht das Ambiente haben möchtest, das du überall bekommen kannst und wahrscheinlich auch gut genug kennst. Ich muss gestehen, ich wäre auch etwas enttäuscht gewesen, wenn es nicht so gekommen wäre."

Sie sinnierte in sich hinein, wobei sich ein fast schüchterner Gesichtsausdruck abzeichnete. "Du bist etwas Besonderes, weißt du das?" Sie ergriff die Spitzen seiner Finger.

"Genau diese Besonderheit habe ich auf der Brücke bei der Rückfahrt auch für dich als geltend erkannt." Gerald gab ihr dieses "besondere" Kompliment gerne zurück. Ein feines, in die Tiefe blicken lassendes Lächeln spielte um ihren Mund, den er am liebsten sofort küssen mochte. *Warum eigentlich nicht?* Er stellte seinen Stuhl über Eck und beugte sich zu ihr vor, während sie ihm leicht entgegenkam. Dann begann das Alte und doch immer wieder neue Spiel ihrer Zungen und Lippen, das Gerald so sehr liebte. Sie küsste so fantastisch, dass er am liebsten niemals damit aufhören mochte. Er konnte ihren Küssen viele Attribute und Adjektive zuordnen von schmeichelnd, spielend, liebkosend, brennend, süß, gebend, auch nehmend, erotisch, anregend, sogar aufheizend oder endorphinisierend, denn diese stieß seine Hypophyse gerade im Übermaß aus, aber sie waren nie fordernd oder saugend und schon gar nicht lutschend. Sie war eine Meisterin in der Kunst des Küssens und er durfte sie genießen und wollte sie genießen!

Ein applaudierendes Klatschen brachte beide wieder aus ihrer Kusstraumwelt zurück ins Schummerlicht der Bar. Alle seine Freunde hatten diesem Schauspiel scheinbar zugesehen und schienen ihm diesen Genuss und dieses Glück zu gönnen.

Rebecca schien dies zunächst peinlich zu sein, aber er berichtigte sie sogleich. "Schau, die freuen sich richtig mit mir und auch mit dir – mit UNS ! Sie bemerken anscheinend auch das Besondere zwischen uns. In dem von mir zuerst vorgeschlagenen Restaurant hätte ich so einen Kuss niemals gewagt, es hätte kaum jemand verstanden. Aber hier, das ist eben Menschlichkeit! Und alle freuen sich, dass DU da bist. Schau dich um!"

Rebeccas Körper entspannte sich und sie blickte in die freundlichen Gesichter der Angestellten und lachte dann laut auf. "Es ist so schön hier! Hier in der Bar, hier..." Sie machte eine kleine Pause und sah in ernst an, "hier mit dir!" Dann bekam ihre Mimik einen melancholisch, leicht traurigen Ausdruck. "Und morgen um diese Zeit sitze ich schon wieder im Flugzeug, bereits ein paar 1000 km entfernt!"

Er nahm ihren Arm, küsste ihre schlanken Finger, einen nach dem anderen. "Niemand hindert dich daran wiederzukommen, so oft du willst und solange du willst." Auch er macht eine Pause und dachte nach. "Außer du reist hierher, wenn ich in Deutschland bin! Das geht gar nicht! Da will ich dann dich besuchen, sofern du nicht zu sehr beschäftigt bist!" Eigentlich wollte er sagen *wenn du nichts dagegen hast*, denn Gerald wusste noch gar nicht, ob Rebecca zu Hause liiert war, aber ihre Antwort erzeugte in ihm ein befreites Aufatmen.

"Natürlich, du kannst jederzeit kommen, ich würde mich sehr freuen – und auch ich kenne ein paar Lokale, die so ein gutes Flair besitzen wie hier." Sie prostete ihm mit dem mittlerweile servierten, eiskalten Cider zu. "Und was essen wir jetzt?" Sie sah sich um. "Nachdem uns keine Karte vorgelegt wurde, gehe ich davon aus, dass du auch in der Hinsicht bereits einige Vorkehrungen getroffen hast."

"Ich kann es dir nicht sagen, denn ich habe zwar gesagt das wir kommen, aber keine Menüvorgabe ausgesprochen, außer dass es aus dem Meer kommen muss!"

Es begann mit einem nicht zu alkohollastigen Cocktail mit einer Ananasschnitze am Glasrand, der aber eher würzig, herb, krautig schmeckte und dem nur dezent beigefügter Ananassaft eine geringe Süße verlieh. Rebecca fand es besonders interessant, dass etwas Korianderkraut mit hinein gemixt wurde, wodurch eine völlig neue Geschmacksrichtung für sie entstand, was sie Gerald so auch mitteilte, worauf bei beiden eine Unterhaltung über ihre Getränkevorlieben entstand. Er stellte fest, dass auch Gespräche über Banalitäten mit ihr ihn fesseln konnten.

Unterbrochen wurden sie durch die Vorspeise. Feingeschnittene Avocadoscheiben die sich auf dem Teller abwechselten mit ebenso dünnen Scheiben von Langustenschwänzen, so dass eine grün-weiße Reihenfolge entstand, die sich zu einem Oval um eine gebratene Jakobsmuschel, die mit einer Charlottenvinaigrette ganz zart abgeschmeckt war, schloss. Gerald wusste, dass man von außen dieser Bar niemals ansehen würde, welcher Künstler hier in der Küche am Werk war.

Es war ein kulinarischer Hochgenuss und Gerald konnte sich kaum vorstellen, wie Miles daran ein adäquates Hauptgericht basteln könnte, das ihre nun natürlich gestiegenen Erwartungen auch ausreichend befriedigen würde. Auch der leichte, fruchtige Weißwein aus Chile, der dazu gereicht wurde, verstärkte das Geschmackserlebnis dieser sowohl schmackhaften als auch optisch sehr ansprechenden Delikatesse.

"Und du weißt wirklich nicht, welchen Fisch wir jetzt angeboten bekommen?" Auch Rebecca hatte scheinbar schon eine gewisse Erwartungshaltung für das Hauptgericht eingenommen.

"Nein, ich kann dir nur sagen, was es nicht gibt. Nämlich keinen Zackenbarsch und keine Rochenflügel, die hattest du die letzten beiden Tage bereits. Dazu keinen Thunfisch und auch keinen Schwertfisch, denn Miles weiß, dass ich keine vom Aussterben bedrohten Tiere esse, seien sie auch noch so köstlich."

"Da wird es bei Meeresfischen im Wildfang allmählich leider sehr schwierig." Rebecca pflichtete ihm bei.

"Mach dir keine Sorgen, Miles ist mit uns da auf der gleichen Wellenlänge."

Der Wein zum Fisch wurde bereits kredenzt, ein sehr herber, weißer Chardonnay aus Kalifornien, der mit einem sehr reichhaltigen Bouquet überraschte. Dann kam Miles persönlich mit der Hauptspeise herein, die er auf einer großen Platte angerichtet hatte. Auf einem sehr grünen Bett aus Mangold, unter das er auch etwas Algensalat gemischt hatte, lag ein kross gebratenes Stück Fischfilet von beträchtlichen Dicke, das beim Anschneiden schon sehr saftig, aber trotzdem festfleischig aussah. Garniert war der Fisch mit kleinen Garnelen, denen schon etwas von der dazu gereichten Safransauce anhaftete. Dazu gab es ein leicht scharf gewürztes Süßkartoffelpüree in etwas Kokosmilch angerührt, in das Miles ein paar Cashewkerne gemischt hatte. Das Fischfilet, so Miles, war eine Goldmakrele.

Gerald stand auf und verbeugte sich fast theatralisch vor dem Koch: "Miles, heute hast du dich selbst übertroffen!"

Dieser antwortete mit einem vielsagenden Blick auf Rebecca: "Wenn du jetzt mit so schönen Frauen in mein Restaurant kommst, dann ist das für mich ein Ansporn und eine Ehre zugleich, das Beste aus mir heraus zu holen und wenn sich dann auch noch herumspricht, was für Weiblichkeit hier isst, bekomme ich gratis noch die richtige Werbung dazu!" Er zwinkerte Rebecca zu und ging, ein Lied trällernd, zurück in seinen Schaffensbereich.

"Da hörst du es! Nicht nur für mich bist du etwas ganz Besonderes!" Gerald küsste Rebeccas Handrücken ganz galant, nahm dann sein Weißweinglas, um mit ihr anzustoßen. "Auf eine wunderschöne Frau und den Zufall, der sie hier bei mir am Tisch sitzen lässt."

"Das war kein Zufall, dass weißt du!" protestierte Rebecca.

"Doch, war es! Ich hätte ja auch nicht für diesen Literaturpreis auserwählt werden können. Und man hätte ja auch einen alten vertrockneten Literaturkritiker her schicken können."

Rebecca wandte noch einmal ein: "Mein Lektor war der Meinung, dass nur ich überhaupt eine Chance bei dir haben würde."

"Da hat er zweifellos recht gehabt! Jetzt lass dir den Fisch schmecken!" Gerald legte gekonnt den Fisch, das Gemüse und die Beilage auf ihrem Teller vor. Der Geschmack war köstlich, einfach umwerfend! Jede Gabel, die in ihren Mündern verschwand, hinterließ auf ihren Geschmacksknospen ein echtes Feuerwerk der Aromen. Mit gegenseitigem Augenrollen bestätigten sie sich diesen Eindruck über den Tisch hinweg.

Für Gerald war jede ihrer Mund-, Lippen-und Kaubewegungen ein zusätzlicher optischer Anziehungspunkt, wenn sich die Gesichtszüge spannten und wieder entspannten. Noch nie hatte ihm ein Gesicht so gefallen und es ist ihm auch noch nie so bewusst gewesen, wie viele Muskeln einem Gesicht Ausdruck verleihen konnten. Aber bei Rebeccas Gesicht taten sie das in Vollendung. Er wusste bereits jetzt, dass er dieses Gesicht niemals mehr vergessen würde, egal was passieren würde. Aber es wurde auch das starke Bedürfnis wach, dieses Gesicht unbedingt wieder sehen zu wollen. Dies motivierte ihn dazu, sein Glas nach dem Genuss des letzten Bissens noch einmal zu heben, doch dann unterließ er es, auf seinen Wunsch anzustoßen, er wollte Rebecca nicht gleich unter Druck setzen."Ich trinke auf einen außergewöhnlichen, unendlich harmonischen Abend!"

Rebecca lächelte geheimnisvoll: "Er ist ja noch nicht zu Ende" Sie grinste anzüglich und wartete eine Weile bis sie ihren Satz vervollständigte. "Es kommt doch wohl noch ein Nachtisch?"

Natürlich war der Nachtisch ebenfalls ein Kunstwerk von Miles. Es war ein rechteckiges Stück Parfait in den Farben braun, orange, gelb und rot auf einem grünlichem Spiegel serviert. Miles erklärte die einzelnen Zutaten: Braun war karamellisierte Rohzuckermelasse. Orange ein leicht geliertes Mangomousse. Gelb wurde von halbgefrorenem Ananassaft gebildet. Rot war ein ebenfalls geliertes Himbeermark. Den grünen Spiegel hatte er aus Minzeblättern, die er in Kokosmilch hinein püriert hatte, hergestellt. Ein paar Himbeeren und Minzeblätter, lose verstreut, sollten das Auge zusätzlich erfreuen.

Gerald fand es fast schade, mit dem Löffel dieses Stillleben zu zerstören, aber bereits der erste kleine Bissen bestätigte die Richtigkeit dieser vermeintlichen Freveltat.

Rebecca zeigte ebenfalls offen und überschwänglich ihre Begeisterung. "Miles, wie schaffst du das alles in deiner kleinen Küche? In Europa würdest du für diese Kreationen bereits einen, wenn nicht sogar mehr Sterne bekommen!"

Miles lächelte bescheiden: "Alle Essen auf der Karte sind bei Weitem nicht so aufwendig, aber für meinen Freund Gerald und seine hinreißende Begleiterin mache ich das, was ich bei meiner Mama so gelernt habe."

"Miles Mutter hatte als Küchenchefin in vielen renommierten Restaurants Europas und den USA gearbeitet." Gerald klärte Rebecca ein wenig auf. "Aber Miles wollte lieber in seiner Heimat bleiben und vor allem selbstständig."

"Er weiß aber schon, dass er woanders viel Geld mit diesen Künsten verdienen könnte." Rebecca musterte Miles eingehend. "Allein, wenn ich an die vielen Kochshows, die zur Zeit in Deutschland so In sind, denke, mit Köchen, die sich nur wenig über die Mittelmäßigkeit erheben, da hätte er mit diesen Künsten und seinem Aussehen durchaus die Möglichkeit bekannt zu werden."

"Und, was hat er von der Bekanntheit? Schau doch mich an, ich bin gerade deshalb auf die Bahamas geflohen, damit ich nicht immer gleich erkannt werde."

Miles hatte sich mittlerweile wieder zurückgezogen und einer der Kellner brachte zwei Gläser und die schon bekannte Flasche Whisky an den Tisch.

Gerald lächelte bei dem Anblick: "Das ist ein Ardbeg, high peatet, sag gleich, wenn du lieber einen weniger torfigen Whisky oder gar etwas anderes als Digestiv haben möchtest."

"Ganz bestimmt nicht, ich möchte schon wissen, was du so alles bevorzugst." Sie beugte sich vertraulich vor: "das gilt nicht nur für Whiskys! Aber jetzt muss ich erst einmal kurz verschwinden." Ihr Gesicht bekam einen frechen, schelmischen Ausdruck. "Damit du auch weißt, dass ich wieder komme, lass ich dir einen Pfand da." Sie zog ihre Hand unter dem Tisch hervor, die sich dort schon eine Weile befunden haben musste, ließ ein weißes Stück Stoff auf dem Tisch zurück und ging in Richtung der Toiletten.

Gerald sah dieses Textil erst einmal verständnislos an, das da eher zusammengeknüllt vor ihm lag. Dann faltete er es auseinander und erkannte es als einen rosefarbenen Slip. Verblüfft hielt er ihn in den Händen und wie magisch wurden sie, das Höschen weiter entfaltend, in Richtung seiner Nase gezogen. Er blickte sich kurz prüfend im Lokal um, ob irgendwer der anderen Gäste ihn beobachtete. – *Nein, niemand* –, dass Rebecca ihn im dunklen Gang, der zur Toilette führte, verstohlen zusah, konnte er nicht bemerken. Dann hielt er dieses, an sich harmlose Kleidungsstück, das für ihn alles verheißen konnte, vor sein Riechorgan und sog tief die Luft ein. Der betörende Duft, der ihm entgegenströmte, entfachte in ihm sofort ein heißes Verlangen, das genüsslich abwärts zu steigen begann, wobei er selbst bemerkte, dass sich seine Haare am ganzen Körper aufstellten, wie um seinen Penis anzufeuern, sich ebenfalls aufzurichten. Selbst die engste Jeans, die er besaß, hätte gegen diesen sich entfaltenden Körper keine Chance gehabt, ihn zurückzuhalten. Gerald konnte gar nicht aufhören, dieses Aroma, das Sünde und Wollust verströmte, in sich aufzunehmen. Er bemerkte die Schweißperlen, die sich klein und unauffällig auf seiner Stirn bildeten. Er entfaltete den Slip noch etwas mehr und bemerkte dabei, dass genau an der Stelle, an der sich ihre Scheide daran reiben musste, der Stoff leicht feucht war und sich glatt anfühlte. Sein Penis drohte darauf zu platzen, oder zumindest den Reißverschluss zu sprengen. Seine Sinne verschwanden in diesem Slip.

Er stellte sich vor, dass dieser Geruch direkt zwischen Rebeccas Schamlippen entstand und er den Duft noch deutlicher wahrnehmen konnte und dabei eine leicht feuchte Nase bekam. Ein bestimmter Geschmack entstand in seinem Mund und ein tiefer, seufzender Ton entrann seiner Kehle.

"Hast du Schnupfen, weil du dir ein Tuch vor die Nase hältst?" Miles stand plötzlich vor ihm. Er hatte im Halbdunkel nicht erkannt, was Gerald da in seinen Händen hielt. "Außerdem dachte ich, dass du niesen musst, weil du die Augen so verdrehst."

Wenn du wüsstest! "Nein, keine Sorge, mich hat nur etwas in der Nase gekitzelt". – *Und wie es kitzelt, aber nicht nur in der Nase!*

"Du schenkst wie immer selbst ein? Aber möchte die Dame vielleicht etwas anderes?"

"Nein, sie probiert ihn auch und ich schenke auch ein." Gerald steckte das Höschen in seine Hosentasche, so wie man das eben mit einem Taschentuch macht. Dann ergriff er die Flasche Ardbeg. Er hatte das Gefühl, dass von dieser Stelle in seiner Hose eine Hitze ausging, die direkt in Richtung seines Gliedes strahlte. Verlockend, sinnlich und auch geil. Er schaute auf seinen Schoß, konnte aber in dem wenigen Licht nicht die gewaltige Beule sehen, die sich dort gebildet hatte.

Nachdem er die Gläser mit leicht zitternder Hand eingeschenkt hatte, wanderte seine Hand wie von selbst wieder zu seiner Hosentasche. Wie elektrisiert erfühlten seine Finger genau die kleine feuchte Stelle. Er musste noch einmal daran riechen! Er hielt den Stoff wieder vor seine Nase und schloss die Augen.

Er sah eine sonnendurchflutete Wiese und in der Mitte lag Rebecca, nur bekleidet mit diesem Slip. Und genau an ihrem Schritt stand er ein wenig ab, sodass er einen sündigen Blick erhaschen konnte genau wie gestern am Pool. Nun drang ein sehr wollüstiges Röcheln aus seinem Mund.

"Was ist, ist dir nicht gut? Du atmest so schwer, außerdem schwitzt du!" Rebecca hatte sich unbemerkt wieder an den Tisch gesetzt. "Hast du Kreislaufprobleme?" Ihr Grinsen, das sie dabei zeigte, war so anzüglich, frech, fordernd und zugleich ungemein liebevoll.

Gerald sah sie zunächst erschrocken, ertappt an. *Aber was sollte er sich entschuldigen.* Dann ging er verbal zum Gegenangriff über: "Du bist das Verdorbenste, was mir je begegnet ist." Dabei wusste er, dass seine Augen eine ganz andere Sprache ihr signalisierten.

Sie machte auf vollkommen unschuldig: "Wieso, ich habe dir doch nur ein kleines Pfand da gelassen. Es war das, was ich gerade am wenigsten benötigt habe! Du solltest es nur aufbewahren und was machst du? Du riechst daran!" Und dann schwenkte sie um ins Verführerisch-Anzügliche: "Und wie ist der Geruch?" Dabei leckte sie sich auch noch kurz aber eindeutig über ihre Lippen.

Gerald gab den Coolen: "Naja, es riecht halt, aber jetzt schnüffeln wir lieber am Whisky!" Er nahm das Glas in die Hand und sah wie sich eine Augenbraue bei ihr leicht hob, während sich das andere Auge zu einem schmalen Schlitz verengte. Er stellte das Glas wieder ab und blickte ihr voller Sehnsucht in die Augen. "Nein, es ist ein Duft, einfach unbeschreiblich erregend, eigentlich kann ich gar nicht aufhören daran zu schnüffeln." Er hielt den Slip wieder vor seine Nase. "Was machst du nur mit mir?"

"Gibst du mir ihn wieder?" Sie streckte fordernd ihre Hand aus.

Sofort zog er seine Hand mit dem Textil zurück in seine Hosentasche. "Ganz bestimmt nicht! Du warst viel zu lange weg, sodass der Pfand längst verfallen und ich der neue Besitzer bin!"

"Dann will ich einen Gegenpfand von dir! Wie wäre es mit einem Schuhband?"

"Was jetzt?" Er sah sie erstaunt an.

"Jetzt gleich!" Ihr Ton war fast befehlend.

Gerald ließ sich auf diese Spiel ein und bückte sich zu seinem Schuh herunter. Unter den Tisch bemerkte er während des Aufnestelns des Schuhbandes, dass Rebecca ihr Kleid über ihre Knie streifte und die Beine leicht spreizte. Er konnte zwar in dieser Dunkelheit kaum etwas erkennen, aber allein die Tatsache und das Kopfkino, das gerade bei ihm ablief, ließ die Schwellung in seiner Hose noch größer werden. Zusätzlich bekam er dort unten auch noch Atemnot. Fast konnte er sich nicht entscheiden, was er tun sollte: unten bleiben und weiter diese erotischen, fast pornographischen Bilder genießen und dabei langsam ersticken, oder wieder auftauchen und versuchen in die Realität zurückzufinden. Das endlich gelöste Schuhband nahm ihm die Entscheidung ab. Wieder nach oben!

Er wollte es Rebecca über den Tisch reichen.

"Nicht doch," sie hatte eine süffisant, genießerische Miene aufgesetzt, "Einer Dame überreicht man ein Präsent nicht sitzend, sondern stehend!"

Gerald stand auf und hielt ihr das Band hin, doch sie blickte zufrieden auf seine Hose und nahm fast abwesend seine Gabe. "Gut, so tritt man mir entgegen." Ihr Blick passte zu dieser zweideutigen Bemerkung. Sie nahm jetzt das Glas in die Hand und hielt es in seine Richtung. "Auf alles Schöne des heutigen Tages!"

Gerald nahm sein Glas und sie stießen an. Fast gleichzeitig spürte er, wie ihre Zehen unter dem Tisch anfingen mit seinem erregten Glied zu spielen. "Wenn du nicht aufhörst, falle ich noch im Restaurant über dich her!" Er zischte es förmlich zu ihr hinüber.

Sie blieb äußerlich vollkommen gelassen: "Nicht doch, ein Gentleman muss sich immer beherrschen!" Sie beugte sich zu ihm vor, ohne ihren Fuß unter dem Tisch wegzuziehen. Ganz leise sagte sie zu ihm: "Ich kann es kaum erwarten, dich in mir zu spüren!"

XXII

Das von Gerald so geliebte Whiskyritual wurde diesmal, aber leider zum Bedauern der beiden, nicht so richtig genossen. Gerald konnte sich nicht so recht darauf konzentrieren, wie er es sonst gewöhnlich tat. Die, von Rebecca bereits mit ihrer Zehenmassage aufgeheizte Stimmung wurde durch die gefühlte Wärme, die beim Schlucken des Destillats die Kehle bis zum Bauch hinab lief, zu einem wahren Unterleibscrescendo. So nahm er es zumindest wahr.

Als sie Miles Bar verließen, hatten ihnen alle noch einmal sehr deutlich einen schönen weiteren Abend gewünscht. *Hatten sie etwa*

95

mitbekommen, was unter dem schmalen Holztisch stattgefunden hatte?

Mit zügigen Schritten waren sie dann zu Geralds Haus gegangen.

Kaum dass sich die Tür geschlossen hatte, wandten sie sich einander zu und pressten im Kuss vereinigt nicht nur ihre Lippen aufeinander, sondern auch ihre beiden Körper. Rebecca fand trotzdem noch Platz für ihre Hände, die die Knöpfe an seinem Hemd aufnestelten. Danach glitten sie zärtlich von seinem Nacken hinab über die Schultern zum Rücken, bis ihnen Geralds Gürtel, Einhalt gebot. Sie wanderten langsam um seine Taille herum und entlang der Flanken wieder aufwärts, dann auf Höhe seiner Brust zur Mitte, um das geöffnete Hemd über die Schultern abzustreifen. All das gelang ihr in einer fließenden Bewegung, ohne eine Pause, aber in unendlicher Langsamkeit, die die Lust in Gerald noch steigerte. Dabei hielt sie mit ihren Lippen seinen Mund an ihrem, der sich wie magisch nicht lösen konnte. Nachdem das Hemd nach hinten gefallen war, wanderten ihre Hände wieder langsam, zärtlich zu seiner Brust und verharrten in kleinen Kreisbewegungen der Zeigefinger auf seinen Brustwarzen. Wie kleine Funken breitete sich ein gemächlicher Schwelbrand unter Geralds Haut, davon ausgehend über seine Brust und den Bauch aus. Als würden Rebeccas Hände dies bemerken, ließ sie diesem inneren Verlangen Geralds folgend, dabei keine Hautstelle auf seinem entblößten Oberkörper freilassend, weitere Zärtlichkeiten folgen. Und jede Berührung ließ diese Funken an den liebkosten Stellen zu kleinen Explosionen aufblähen, wodurch ihm so mancher heiße Schauer direkt in seine Lenden jagte und das ohnehin steife Glied in seiner Standhaftigkeit bestärkte. Gerald gelang es nicht, ein lustvolles Stöhnen zu unterdrücken.

Rebeccas Hände erreichten wieder den Hosenbund und öffneten den Gürtel mit einem sanften Ruck, wobei ihre Zunge sich etwas schneller auf seinen Lippen bewegte. *Ihre Art zu küssen war fantastisch!* Der oberste Knopf war schnell geöffnet, während sich Rebecca mit dem Reißverschluss wieder quälend viel Zeit nahm. Er glaubte förmlich zu hören, wie sich jeder einzelne Zahn vom anderen löste und wie diese Enge in seiner Hose bei diesem typischen Geräusch sich langsam verringerte.

Als die Hose dann von selbst an seinen Beinen herabglitt, hatte sein Penis endlich die Freiheit, die dieser Erektion zustand, denn die Short, die er noch am Leib trug, bot aufgrund der textilen Lockerheit keinen Widerstand.

Rebeccas Hände und Finger fuhren weiter fort mit ihren Liebkosungen. Sie wanderten um seine Hüften herum und griffen von beiden Seiten mit festem, aber trotzdem zärtlichem Druck nach seinem Pobacken, worauf er reflexartig seine Muskeln anspannte, was bei ihr ein "Mmmhhpffff" entlockte. Wegen des Dauerkusses war keine andere Artikulation möglich. Nach einer Weile hatten sich seine Muskeln wieder entspannt und ließen ein sanftes Kneten durch ihre Finger zu, was wieder ein großes Brennen in ihm auslöste und an seinem Körper nach vorne herumwanderte. Ihre Finger griffen unter den Stoff seiner Unterhose und vollführten das gleiche noch einmal, direkt auf seiner Haut. Funken wurden zu einem lodernden Feuer! Dann zogen die Finger am Gummi des unteren Randes die Short langsam nach unten, was aber nicht gelang, weil das steife Glied sich vorne am oberen Gummi festkrallte.

Rebeccas Kuss löste sich. Ein bestimmender, lustvoller Blick begegnete ihm. Dann forderte sie ihn mit sanftem Druck der Hände auf, sich umzudrehen.

Er spürte ihre Zunge und ihren Atem, der die gerade eben befeuchteten Stellen kühl wirken ließ, wodurch ein angenehmes Kribbeln zu seinem Nacken aufstieg. Gleichzeitig fuhren ihre Hände, die beim Umdrehen erneut bei seinen Schultern begonnen hatten, wieder in sensiblen Bewegungen über seine Brust und den Bauch nach unten. Als ihre Hände seitlich an den Leisten angelangt waren, spürte er ein Ziehen von dort ausgehen, das sich in seinem Hoden verstärkte. Sie musste bemerkt haben, dass sich dort seine Muskeln extrem angespannten, denn sie verharrte genießerisch mit ihren Bewegungen an diesen beiden Stellen, links und rechts seiner Erektion.

Als dieses intensive Lustgefühl, dass Gerald wieder zum Stöhnen brachte, fast zur Qual wurde, zog sie die Short über die Eichelspitze herüber nach unten. Schnell wanderten ihre Hände wieder nach oben zu den Leisten, wodurch erneut dieses angenehm, quälende Ziehen entstand und dann weiter nach innen. Als sich eine Hand endlich um seinen Penis schloss, musste Gerald gewaltig gegen eine vorzeitige Ejakulation kämpfen, zumal ihr mittlerweile auch hörbar schneller gehender Atem auch ihre Erregung für ihn spürbar machte.

Als ob sie wusste, dass jede schnellere Bewegung an seinem Glied einen Ausbruch verursachen würde, zog sie mit ihren Fingern vorsichtig seine Vorhaut zurück und strich mit der anderen Hand sanft um seine nackte, pralle Eichel herum. Gerald atmete schwer. Ihre Küsse benetzen seinen Rücken.

"Ich nehme an, das Schlafzimmer ist oben?" Ohne eine Antwort abzuwarten, schob sie ihm die Stufen hinauf und folgte seiner Bewegung am Treppenende nach rechts, wo schon, so kam es ihm zumindest vor, das Bett wartete!

"Ich möchte, dass du die Augen geschlossen hältst und nur dann öffnest, wenn ich es sage!"

Gerald wollte etwas erwidern, aber Rebecca verschloss ihm mit einem weiteren Kuss die Lippen. "Ich möchte dich verwöhnen," war der einzige Satz, den eine kurze Pause zuließ.

Sie schob ihn sachte rückwärts in Richtung Bett und er sank in die weichen, sich kühl anfühlenden Kissen. Gerald hielt die Augen wie befohlen geschlossen und musste sich ausschließlich auf seine anderen Sinne verlassen, wodurch seine Erwartungen und seine Erregung aber nur noch größer wurden.

Ein Rascheln deutete ihm an, dass sie sich ihres Kleides entledigt hatte. Er hörte sie von einem Fuß auf den anderen wechseln – *ihr Slip – nein, den hatte er immer noch bei sich!* - und wie etwas mit einem leicht schnalzendem Ton abfiel – *ihr BH!* Er stellte sie sich nackt vor. Ihre gertenschlanke Figur mit den langen, geraden Beinen, ihr kahler Hügel oberhalb ihrer Scham, ihr flacher Bauch, der sich hob und senkte, ihre herrlichen kleinen Brüste, ihre ausdrucksstarken Augen und die feine Nase darunter und ein Mund .... – der ihn in diesem Moment wieder begann zu küssen.

Er schloss seine Arme um sie und ließ sie nun ebenfalls von den Schultern abwärts auf Wanderschaft gehen. Er spürte ihre Muskeln unterhalb der Schulterblätter, die man so einer zarten, schlanken Frau gar nicht zutrauen würde. Er strich über jede Erhebung an den Seiten ihres Brustkorbes, die Rippen, die sich für ihn aufregend deutlich abzeichneten. Er fuhr an ihrer geraden Wirbelsäule hinab zu ihrer Taille, genoss die zarte, völlig glatte, samtene Haut und griff lustvoll in ihre Pobacken, die, im Gegensatz zu seinen vorhin, völlig entspannt blieben, wobei er trotzdem feststellte, dass sich darunter deutlich Muskeln abzeichneten.

Ihre Münder pressten sich fest aufeinander, abgefedert nur durch ihre Lippen.

Dann wanderte Rebeccas Kopf langsam zu seinem Hals hinunter. Er konnte ihre Lippen und die, daraus immer wieder vorstechende, Zunge deutlich spüren, wobei sie immer wieder über den dünnen Speichelfilm, den sie dabei zurückließ, sanft ihren Atem ausstieß, wodurch die plötzlich entstandene Kühlung auf seiner Haut eher einen kleinen Hitzestoß verursachte.

Als ihre Küsse seine Brust erreichten, spürte er, wie sich seine Brustwarzen zusammenzogen. Ihr Mund umschloss wenig später zunächst einen Nippel und dann den anderen, wobei fast gleichzeitig ihre Hand wieder sein Glied umfasste und sich sanft auf und ab bewegte. Er spürte wieder dieses Ziehen in seinen Hoden, das ihm einen heftigen Stöhnlaut entlockte. Ohne seine Männlichkeit loszulassen bewegte sich ihr Mund weiter seinen Körper küssend abwärts. Beim Bauchnabel angekommen steckte sie kreisend ihre Zunge in diese kleine Vertiefung, während ihre Hand nun fester seinen Schaft umschloss, aber immer noch so, dass die drohende Ejakulation ausblieb. Ihre Zunge und die anschließende feuchte Kühle an seinen Leisten, ließ dieses Ziehen sich fast potenzieren, sodass er unwillkürlich die Beine anzog. Zugleich ließ ihre Hand am Penis wieder etwas lockerer. Gerald gab sich voll diesen auf ihn einwirkenden Sinneswahrnehmungen hin, die diese Traumfrau auf ihm und mit ihm erzeugte.

Alles in ihm lechzte danach, dass sie sein Glied in den Mund nahm und mit der Zunge liebkoste, aber sie wanderte stattdessen an den Außenseiten seines Oberschenkels mit ihren oralen Liebkosungen nach unten, wobei er jedes einzelne Haar erspürte, das sich daraufhin aufrichtete. An den Füßen angekommen wechselte sie die Richtung und küsste nun wieder aufwärts, die Innenseite dieses Beines. Je höher sie dabei kam, desto lustvoller wurden diese Berührungen. An der Oberschenkelinnenseite jagte jeder ihre Zungenberührungen einen Schauer durch seinen Körper, sodass sein Atem nur noch stoßweise ging. Als sie dann mit der Zunge seinen Hodensack umstrich, war es ihm zunächst fast unmöglich zu atmen. Jeder Muskel in seinem Körper hatte sich angespannt und über allem thronte, von Rebeccas Hand umschlossen, steil aufgerichtet, seine Erektion. Mit einem unterdrückten Schrei wich dann die Luft aus seinen Lungen, wurde aber sogleich begierig wieder eingesaugt, denn Rebecca hörte nicht auf mit dieser oralen Zärtlichkeit.

Mit einem Mal ließ sie sein Glied frei, bedeutete ihm, sich umzudrehen.

Sie küsste seinen Nacken und er konnte ihren erregten Atem an seinem Ohr hören. Mit der Hand griff sie ihm von hinten zwischen seine Beine und massierte die Wurzel seines Penis, was sofort für einen erneuten Blutstrom in diesem Organ sorgte. Zärtliche Bisse im Nacken verstärkten dieses Erlebnis! Gerald war mittlerweile in eine ergebene Ekstase verfallen. Jede Berührung war stärker als die vorhergehende. Jeder Atemzug, den er von ihr wahrnahm, bekam in seinem Geist ein lustvolles Echo, jeder Kuss erzeugte eine unwiderstehliche Wärme, die sich von der geküssten Stelle in seinen Kopf und in seinen Unterleib ausbreitete.

Rebecca nahm seine Hand und führte sie zu ihrer Vulva. Als er ihre Feuchtigkeit spürte, steigerten sich seine Lustwallungen noch mehr. Er ließ sanft seinen Finger hinein gleiten und vollführte sachte Bewegungen, die er versuchte, ihrem Atemrhythmus anzugleichen. Dadurch konnte sie den Takt bestimmen, ohne es zu bemerken. Und tatsächlich, Gerald war fasziniert, es funktionierte! Ihr Atem ging mal schneller, mal langsamer, genauso schob sich sein Finger aus ihrer Vagina heraus und wieder hinein, währenddessen sie weiter seinen Po und seine Hoden synchron streichelte. Es entstand eine tiefe Innigkeit der Bewegungen ihrer beider Körper und der Atemfrequenz, was nur noch gesteigert werden konnte durch die absolute Vereinigung.

Wieder sollte sich Gerald umdrehen, auf den Rücken. Rebecca legte sich flach auf seinen Körper und ihre Lippen fanden sich wieder zu einem Kuss zusammen, der erst endete, als sie sich mit ihrem Oberkörper aufrichtete, seinen Penis in die Hand nahm, ihren

Unterleib kurz an hob und es so ermöglichte, dass er in diese feuchte Versuchung hineingleiten konnte.

"Jetzt darfst du die Augen aufmachen!"

Gerald konnte Rebecca im Schein einer Kerze – *wann hatte sie die angezündet?* – die auf der Kommode stand, und dem einfallenden Mondlicht, übermorgen war Vollmond, gut erkennen. Er sah ihren lächelnden Mund, ihre lustvoll angespannten Gesichtszüge, ihre sinnlich blickenden Augen. Er sah aber auch ihre Brüste, die sich vor seinem Blick auf und ab bewegten im Takt ihres Rhythmus, den sie auf seinem Pfahl vollführte. Sie bestimmte wieder das Tempo und es war sehr viel sachter und inniger, als das wilde Pumpen gestern Mittag am Pool. Und es war genießerisch, auch für ihn. Auf ihrem Gesicht zeichnete sich das ebenfalls ab. Ihre Hände lagen abstützend auf seiner Brust, wobei ihre Finger trotzdem sanft seine Muskulatur darunter kneteten. Ihre schönen, schulterlangen Haare fielen ihr dabei etwas nach vorne, wobei ihr Gesicht aufgrund des Schattenspieles etwas mystisch, geheimnisvoll Erotisches bekam. Ihre Augen besaßen einen Glanz, der nicht vom wenigen Licht herrührte, sondern direkt von innen heraus erstrahlte.

Allmählich beschleunigten sich ihre Bewegungen und er erkannte, dass er seine Hände fest um ihren Po geschlossen hatte und damit sanft den neuen Rhythmus bestimmte, auf den sie scheinbar gerne einging. Doch irgendwann bewegte sie sich noch schneller und ihr Atem wurde zu einem leisen Hecheln, das in seiner Frequenz noch weiter zunahm, je größer ihre Augen wurden und je mehr sie begann zu lächeln. Dann mit einem Mal stieß sie ihren Lungeninhalt komplett aus und fiel mit ihrem Oberkörper auf seine Brust, wodurch er merkte, dass ihr gesamter Körper leise zitterte. An seinem Penis bemerkte er, wie sich der Druck darum herum verstärkte.

Er streichelte ihren Rücken, der von einem dünnen Schweißfilm benetzt war, wodurch, und das nahm er jetzt plötzlich ganz deutlich wahr, ihr Körperduft in einer Intensität in seine Nase strömte, dass seine Erregung aufs höchste gesteigert wurde. Wie von selbst begann sein Becken sich unter ihrem Körper zu bewegen und das Gleiten in ihrer Scheide wurde nun von ihm bestimmt. Sie öffnete dazu etwas mehr ihre Beine und überzog seinen Hals, seine Brust und sein Gesicht mit Küssen, die Gerald mit jeder seiner Bewegungen in ihrem

Unterleib immer heißer und zugleich feuchter vorkamen. Allmählich kam sie ihm bei jedem Stoß etwas entgegen und ihre Vagina zog sich wieder enger zusammen. Ihr Geruch verstärkte sich! Beides zusammen sorgte dafür, dass sich Geralds Unterleib immer mehr verselbstständigte. Das Ziehen seiner Leisten auf die Hoden kam ganz langsam von innen heraus, sein Glied begann ganz oben an zu brennen und wurde noch etwas steifer, dann zog sich alles schubartig zusammen. Seine Hände hielten sie nur an den Schultern fest, bis sie sich kaum mehr bewegen konnten. Wenige Sekunden verharrten sie in vollkommener Bewegungslosigkeit, dann ergoss Gerald sich mit einem Aufschrei in Rebeccas Leib.

Erst jetzt bemerkte er, wie heftig sein Atem ging und sein Körper zitterte!

Langsam näherte sich Rebeccas Mund dem seinen.

XXIII

Gerald schlug die Augen auf. Tiefe Dunkelheit erfüllte den Raum, aber die Wärme, die von Rebeccas nacktem Körper unter dem dünnen Leintuch auf ihn abstrahlte, war wie das Glitzern von unzähligen Sternen. Er ließ seine Hand über ihren Körper gleiten, gefolgt von einem tiefen, wohligen Atemzug ihrerseits, ohne dass sie aufwachte.

Eigentlich war diese letzte Nacht viel zu kostbar, um sie mit Schlaf zu verbringen, aber nach den abendlichen Aktivitäten lagen beide so eng zusammengekuschelt und genossen die gegenseitige Nähe, dass niemand es wagte, durch eine Bewegung diese Einigkeit zu trennen, was aber unweigerlich dazu führte, dass sie eine derart große innere Ruhe fanden, die im Schlaf enden musste. *Vereint auch im Schlaf, das hat auch etwas Besonderes!* Gerald konnte sich durchaus mit diesem Gedanken anfreunden.

Seine Hände glitten weiter über ihren Bauch. Er spürte ihre Haut und wenn er mit seinen Bewegungen einhielt, auch wie sie bei jedem Atemzug ihre Bauchmuskeln leicht anspannte. Er umkreiste ihren Nabel – immer wieder – und stellte sich dabei in der Dunkelheit ihr Gesicht vor, wie es sich zu einem genießerischen Lächeln verzog. Ihr Atem ging ruhig und gleichmäßig. Der Duft, der von ihrer Haut

102

aufstieg, zeigte bereits wieder die ersten Wirkungen in seinen Lenden, wo ein bestimmtes Körperteil auch wieder aus dem Schlaf erwachte und begann sich zu recken.

Seine Hand verließ die Bauchnabelregion und wanderte langsam, tastend, fühlend nach unten über ihren glatten Hügel hinweg. Wieder tat Rebecca einen tiefen Atemzug und öffnete leicht ihre Oberschenkel. Seine Finger kreisten nun auf diesem Hügel – er wagte es noch nicht, mit einem von ihnen zwischen ihre weichen Schamlippen zu dringen. Stattdessen presste er seinen Körper stärker an ihren. Die Wärme nahm zu und auch das Haptische verstärkte sich. Sein Glied war nun wieder voll auferstanden und drückte gegen Rebeccas Pobacken. – Ein weiterer Atemzug!

Nach einer, auch für Gerald spannend langen Zeit ließ er endlich einen Finger in ihre noch immer, oder schon wieder, saftige, warme, zarte weiche Grotte dringen.

Rebecca gab ein Brummen von sich. Schnell zog er seinen Finger wieder zurück. "Nein, bitte lass ihn drinnen, es tut so gut!" Sie griff mit ihrer Hand schnell nach der seinen und hielt sie so, dass sie nicht woanders hin wandern konnte. "Hör nicht auf!" Sie flüsterte zu ihm in die Dunkelheit.

Er ließ zu diesem einen Finger noch einen zweiten dazustoßen und begann sanft in ihr zu kreisen und sachte, gleitende Bewegungen zu machen. Er spürte mit seinem Unterleib, dass sie sich diesen Gleitbewegungen mit ihrem Becken jedes Mal entgegen stemmte. Die bereits vorhandene Feuchtigkeit in ihrer Vagina wurde stärker, sodass das Eindringen bald wie von selbst ging. Sein Penis begann ebenfalls in diesem Rhythmus zu pochen, fast so, als würde er bei ihr versuchen anzuklopfen. Rebecca öffnete ihre Schenkel noch weiter und erlaubte ihm dadurch ein tieferes Vordringen seiner beiden Finger. Es erregte ihn ungemein, ihre Scheidenmuskulatur, die sich wie Rippen ertasten ließ, zu spüren. Rebeccas Atem beschleunigte sich allmählich und wuchs zu einem verhaltenen Keuchen an, bis sie ihn plötzlich anhielt und genauso seinen Fingern mit ihrer Hand Einhalt gebot. Er spürte, wie sich ihr Unterleib um seinen Finger zusammen zog und ein lang gezogener Lustlaut aus ihrem Munde entwich. Sein Herz hüpfte vor Freude!

Nach einigen Minuten des Verharrens drehte sich Rebecca zu ihm um und küsste ihn auf den Mund, was aber nicht lange anhielt, denn sie ließ ihren Mund relativ rasch auf seinem Körper, weiterhin küssend, nach unten wandern. Über die Brust, seinen Bauch und dann stand er auch schon seinem Glied entgegen. Sie streifte sachte seine Vorhaut zurück und begann zunächst nur mit ihrer Zunge seine Eichel zu umschmeicheln. Geralds Bauchmuskeln zogen sich unwillkürlich zusammen und das Ziehen in seinem Unterleib begann wieder sich auszubreiten. Ihre Zunge stippte etwas in seine kleine Öffnung an der Eichelspitze hinein, was einen wohligen Schauer in ihm erzeugte. Eine Hand hielt dabei sein Glied fest umschlossen, während die andere Hand sanft und mit wenig Druck begann, seine Hoden zu massieren. Auch bei Gerald wurde dies mit einem tiefen Atemzug begleitet.

Dann spürte er, wie sich Rebeccas Lippen um seinen Penis schlossen, ihre Zunge aber nicht aufhörte weiter zu kreisen. Eine Hand von ihr wurde dadurch frei und streichelte seine Oberschenkelinnenseiten, was noch mehr Wärme in seinem Körper erzeugte. Ihr Mund begann allmählich sich auf und ab zu bewegen, wobei sie durch ein Saugen an seinem Glied seine Anspannung noch steigerte. Fast wie in einem Spiel änderte sie dabei immer wieder ihr Tempo. Manchmal war es ein kleiner Parforceritt ihrer Zunge, dann wieder abgelöst durch ein sanftes Andante ihre Lippen, in das sich scherzohaft ein Allegro hineinmischte, dass sie auch durch ein kurzes Presto wusste zu verstärken. Gerald wagte keine Bewegung um sie nicht zu unterbrechen, denn dieser Genuss, den sie ihm angedeihen ließ, war so unbeschreiblich schön und intensiv, dass er richtiggehend zum Egoisten wurde. Er bemerkte nach einer gefühlten Ewigkeit, wie sich wieder das lustvolle Brennen in seiner Männlichkeit ausbreitete.

"Ich will nur nicht kommen!" Sanft zog er ihren Mund von seinem Penis weg.

Bevor sie etwas sagen konnte, küsste er sie auf den Mund, der auch ein bisschen nach ihm schmeckte. Bald danach wanderte sein Mund über ihre Brüste und ließ seine Zunge wie tastend über ihre Brustwarzen gleiten, bis eine steif wurde. Nun begann er, sie leicht saugend zu küssen. Seine Hände griffen an ihren Po und streichelten dort die zarte Haut. Wie ferngesteuert wanderten dann seine Küsse über dem Bauchnabel langsam abwärts zwischen ihre Beine, wo eine gierige Wärme auf ihn wartete. Er wusste trotz der Dunkelheit, dass es ein im wahrsten Sinne des Wortes ERHEBENDER Anblick war, der sich nun auftat. Zugleich stieg ihr verlockender Duft direkt in seine Nase, was zu einer weiteren ERHEBUNG führte. Seine Zunge schlüpfte aus seinem Mund hinein zwischen ihre weichen, feuchten Schamlippen und begann in ihr zu trillern. Der Geschmack, den er wahrnahm, ließ die Erregung und seine Zungenbewegungen dann noch schneller werden. Rebeccas Fingernägel begannen leicht über seinen Rücken zu kratzen, was in Gerald einen wohligen Schauer hervorrief. Mit seinem Mund ihre intimste Stelle zu besuchen, war für ihn mit der schönste Akt, den er sich vorstellen konnte und er genoss diese olfaktorischen, geschmacklichen und tastenden Sinneseindrücke ausgiebig. Auch ihr Atem, den er hören konnte trug zu seiner Luststeigerung bei.

Irgendwann zog sie sachte seinen Kopf wieder nach oben und lächelte ihm auffordernd zu.

Gerald drehte Rebecca auf die Seite vor sich und drang von hinten langsam in sie ein. Er spürte ihren Po in seinem Schoß und ihren Rücken an seiner Brust, während er begann sich in ihr zu bewegen. Zunächst nur mit bedächtigem Tempo, dabei auch die Bewegungen ihrerseits genießend, mit denen sie ihm entgegen kam. Dann wurden seine sanften Stöße schneller. Wieder reagierte Rebecca in gleichem Takt darauf. Nach einer Weile waren sie so aufeinander abgestimmt, dass sie in völligem Gleichklang mit ihren Unterleibsbewegungen, mal schneller, mal langsamer immer sich entgegenkommend, oder entfernend, sich gegenseitig verwöhnten. Geralds Hände waren frei und so war es ihm möglich, ihren Körper an der Vorderseite zu streicheln und zu liebkosen. Er spielte mit ihren Brüsten, er kreiselte um ihren Nabel, er glitt mit einem Finger schmeichelnd um ihre Klitoris. Alle seine Sinne waren auf Rebecca und ihre Reaktionen abgestimmt und trugen zu seinem Lustempfinden bei.

Er spürte, wie sich ihre Vagina wieder zusammen zog und ihr Atem sich steigerte. Seine Hand begann langsam ihren Hals zu umschließen, so dass sich ihre Schlagader leicht verengte. Er sah, dass sich ihre Augen weiteten, als sie wieder die Luft anhielt. Er musste gar nicht fest drücken und spürte ein Zittern, das ihren Körper wie eine Welle durchlief. Kurz verringerte er den Druck an ihrem Hals, dann drückte er noch einmal zu, etwas fester als vorher und bemerkte, wie sich ihr gesamter Körper versteifte, als sich alle ihre Muskeln anspannten und sich in einem tiefen aus dem Bauch herausquellenden Stöhnen urplötzlich lockerten. Er ließ ihren Hals los und Rebecca lag schwer atmend, immer noch zuckend vor ihm.

Er verlangsamte seine Bewegungen in ihr und zog dann seinen Penis heraus und sah sie einfach an.

Rebecca nahm sein Glied in die Hand und begann dieses zu kneten und zu massieren, wobei sie immer wieder ihre Finger etwas befeuchtete. Gelegentlich beugte sie sich mit ihrem Mund herab und küsste seine ihr entgegenstrebende Lust. Ihre Bewegungen wurden immer schneller und Geralds Atem kam kaum mehr nach, bis er meinte, seine Männlichkeit würde platzen. Und das tat sie dann auch in einer, von ihm so empfundenen, gewaltigen Eruption.

Er lag danach erst einmal still im Bett und beruhigte seine Zuckungen, während Rebecca seine Brust küsste. Dann sah sie ihn mit einem koketten, frechen Blitzen ihrer Augen an und leckte über einen Finger ihrer Hand an der etwas von seiner Lust haftete. "Du schmeckst gut!"

Draußen war schon lange die Sonne aufgegangen und ein Vogel gab einen quakenden Ton von sich, der so gar nicht zu der Harmonie in Geralds Schlafzimmer passte.

XXIV

Am Flughafen Frankfurt herrschte typisch deutsches, herbstliches Schmuddelwetter. Der Wind peitschte den Regen in Rebeccas Gesicht, als sie rasch zu einem freien Taxi lief, aber es konnte trotzdem nichts an dem tiefen inneren Grinsen ändern, das sie schon den ganzen Flug über zur Schau getragen hatte. Es war auch einer Flugbegleiterin aufgefallen, die gleich auf einen erholsamen Urlaub geschlossen hatte und dann sehr erstaunt reagierte, als Rebecca verneinte und auf eine Geschäftsreise verwies.

Während des Fluges hatte Rebecca die meiste Zeit geschlafen und in ihren Träumen sind die vergangenen drei Tage noch einmal an ihr vorbeidefiliert. Die Wärme, die von ihrem Unterleib ausging, würde sicher auch noch einige Tage vorhalten, aber gleichzeitig schon

106

wieder Sehnsucht in ihr hervorbringen. Gerald begleitete sie nach einem kurzen Frühstück erst in ihr Hotel und hatte es sich nicht nehmen lassen, sie nach dem Auschecken im Taxi zum Airport zu eskortieren. Die Fahrt dorthin war entgegen ihrer sonstigen Kommunikationsfreude sehr wortkarg verlaufen. Sie hatten sich im Fond des Autos einfach an der Hand gehalten und hingen ihren positiven Gedanken nach. Auch der Abschiedskuss am Flughafen war, den Umständen entsprechend, nicht mehr so lang und schon gar nicht so innig wie die Küsse der letzten Nacht und der Tage davor.

Rebecca war richtig beeindruckt von der Tatsache, dass Gerald auf der Aussichtsplattform des Flughafens stand und bis zum Abflug wartete. Sie hatte ihm vom Fenster ihres Platzes entdeckt, wobei sie es sehr schade fand, dass er sie nicht sehen konnte. Sie hatten kein weiteres Date ausgemacht, aber Rebecca war sich sicher, dass Gerald sich bei ihr melden würde, hoffte aber darauf, dass bis dahin nicht zu viel Zeit vergehen würde. Sie wollte sich aber nicht melden, das war sie ihrem Stolz schuldig, den sie während des Aufenthaltes in Nassau ohnehin schon sehr unterdrückt hatte.

Zuhause angekommen legte sie erst einmal eine schöne Musik auf, dann sprang sie unter die Dusche, die sie in Gedanken aber gerne mit Gerald geteilt hätte und legte sich danach ins Bett.

XXV

Am nächsten Morgen öffnete Rebecca in der Redaktion ihren E-Mail-Account, den sie die vergangenen Tage nur einmal kurz im Hotel überflogen hatte, um ihren Nachrichteneingang zu sortieren.

Ganz oben stach ihr sogleich eine bis dato unbekannte Mailadresse ins Auge. Absender: **pilger60@AOL.de** . Der beigefügte Betreff verriet zusätzlich den Absender.

Rebecca zwang sich trotzdem, zuerst alle anderen Mails zu lesen, da sie sonst vermutlich in ihrer Konzentration für diese gestört gewesen wäre.

Erst zum Schluss öffnete sie leicht aufgeregt die Nachricht mit dem Betreff: **Im Schatten des Sandkornes**

107

Meine geliebte, wunderschöne Rebecca,

Ich habe am Flughafen noch lange deinem Flugzeug nachgeblickt, bis es nur noch als Punkt erkennbar war. Ein Punkt, nicht größer als ein Sandkorn! Irgendwo unter diesem Sandkorn musste sich dann auf dem Meer ein Schatten abgezeichnet haben, der sich schnell nach Osten bewegte.

Spätestens im Januar werde ich diesem Sandkorn nachreisen und hoffe doch sehr, dich dann wieder in meine Arme schließen zu dürfen!

Im Anhang findest du ein paar Zeilen, die es dir sicherlich erleichtern, eine Story über mich zu schreiben!

Ich schließe dich ganz fest in die Arme und ein ganz langer Kuss!

Dein G.

PS:

Wenn du ein Sandkorn wärest, wäre der Schatten, den du bildest, immer noch groß genug für mich, um mich darin geborgen zu fühlen!

GP

Zweites Buch

I

Als die Turbinen starteten und ein dunkles Grollen davon ausgehend die Sitze zum Vibrieren brachten, schloss Gerald zufrieden die Augen. Seine Vorfreude hatte sich in den letzten Wochen ins Unerträgliche gesteigert. Der Telefonkontakt mit Rebecca, der fast täglich stattfand, und die Gespräche, die sie manchmal über Stunden geführt hatten, bei ihm war es meist früher Nachmittag, bei Rebecca in Deutschland schon Abend, hatten ihr Übriges dazu getan. Überhaupt hatten sich die Gespräche noch mehr vertieft und es kam ihm so vor, als gäbe es zwischen ihnen niemals einen Stillstand, was die Thematiken anbetraf. Sie konnten diskutieren, lachen, sich gegenseitige Ratschläge geben, aber immer auf einer Augenhöhe, sodass niemals einer den anderen dominierte. Gerald hatte noch nie so eine mentale Gleichwertigkeit verspürt und es gefiel ihm sogar sehr, wenn Rebecca ihn an Wissen übertrumpfte, seine Anerkennung ihr gegenüber wuchs dadurch noch mehr.

Natürlich glitten viele Gespräche auch ins Erotische ab, und oftmals stieg dann eine gewaltige Sehnsucht in seinen Lenden auf, die sich in einer deutlichen Erektion zeigte. Oft entfuhr ihm dann während des Telefonats ein tiefer Seufzer, der direkt aus seinem Unterleib zu seinem Kehlkopf gewandert schien. Rebecca kannte diese Seufzer bereits und hatte sie auch richtig interpretiert. Sie freute sich richtig darüber, wenn bei ihm wieder einmal dieser Laut des Verlangens ausbrach, gegen den er sich auch nicht wehren konnte und auch nicht wehren wollte! Rebecca sollte immer wissen, dass jede Faser seines Körpers und jede zum Denken fähige Nervenzelle seines Gehirnes sich nach ihr verzehrten.

Gleichzeitig hatte die gefühlsmäßige Bindung zu ihr in Gerald einen enormen Schub ausgelöst, was sich in einer Flut von Ideen zeigte, die er fast pausenlos zu Papier bringen musste. Manchmal waren es nur Fragmente – Gedankensplitter – die er in einem kleinen Notizbüchlein aufschrieb, das ihm Rebecca über den Atlantik hinweg per Post hatte schicken lassen. Über kaum ein Geschenk hatte er sich je mehr gefreut! Dann wieder saß er stundenlang, tagelang an seinem Manuskript für sein neuestes Buch, nur unterbrochen von kurzen Nahrungsaufnahmen, Schlaf und natürlich Telefonaten – mit seiner Muse, die gleichzeitig seine Traumfrau darstellte. Er war sehr zufrieden mit dem, was er schrieb und anschließend digital abspeicherte. So flüssig waren ihm die Worte noch nie von der Feder gegangen. Und das trotz der Tatsache, dass er fast immer an diese Frau dachte, die gerade eben leider unerreichbar weit von ihm entfernt war.

Auch aus Träumen erwachte er meist mit intensiven Gedanken, für die nur ein Wort als Deutung galt: Liebe! War er früher oft auch mürrisch, ungehalten und ungeduldig, so spielten diese drei Eigenschaften zur Zeit keine Rolle in seinem Charakter. Schade nur, dass Selma seinen Charakterwandel nicht mehr registrieren konnte, vielleicht würde sie ihre Einstellung zum Weltlichen – Menschlichen – doch noch ändern.

Gerald hatte versucht mit ihr Kontakt aufzunehmen, wurde aber von ihr brüsk abgewiesen und seitdem ging sie nicht einmal mehr ans Telefon, wenn er versuchte sie noch einmal zu kontaktieren. Auch zwei Briefe, die er ihr geschrieben hatte, blieben unbeantwortet – wahrscheinlich auch ungelesen.

Auch Rebecca wusste in dieser Hinsicht keinen Rat, was bei ihr bis jetzt noch selten vorgekommen war.

Letztendlich hatte sich Gerald in die Tatsache gefügt, dass Selma selbst für ihr Leben verantwortlich war und sie mit ihrer Entscheidung im Reinen zu sein schien. Trotzdem vermisste er Selma, nicht nur wegen ihrer Kochkünste, dafür gab es auch noch Miles, bei dem er aber aufgrund seiner Schreibwut momentan nur gelegentlich auftauchte und meist auch nur dann, um in Gesellschaft ein bisschen guten Whisky zu trinken.

Aber jetzt im Februar, eigentlich hatte er ja Januar avisiert für einen Deutschlandbesuch, war sein Werk so weit vorangeschritten, dass er es sich leisten konnte, die Arbeiten zu unterbrechen. Auch Rebecca hatte mitgeteilt, dass sie sich sehr freuen würde, dass er diese Zeit nun endlich gefunden hatte! Für Gerald ein Wunsch, den er nicht abschlagen konnte und schon gar nicht wollte! Denn er hielt es selbst nicht mehr aus! Er musste sie endlich wieder sehen, riechen, spüren, schmecken und vor allem: küssen!

II

Rebecca saß an ihrem Schreibtisch und versuchte, sich auf ihre Arbeit zu konzentrieren. Ihr Auftrag war eine Rezension über ein autobiografisches Buch eines noch nicht bekannten ukrainischen Schriftstellers, das sich kritisch mit den politischen Veränderungen in seinem Land auseinandersetzt. Die erste Übersetzung seines Werkes war auf Englisch erschienen und von einem US-amerikanischen Kritiker in den höchsten Tönen regelrecht bejubelt worden. Kein Wunder, dass eine deutschsprachige Ausgabe nicht lange auf sich warten ließ.

Nun blätterte Rebecca in den Seiten. An vielen Stellen ragten bunte Marker hervor, die sie beim erstmaligen Durchlesen angebracht hatte, weil auf diesen Seiten Schlüsselszenen beschrieben wurden, die den Sinn und die Logik dieses Buches nachvollziehbar darstellen sollten. Rebecca hatte diesen Auftrag gerne angenommen, nachdem sie die amerikanische Kritik in Auszügen zugetragen bekommen hatte. Worte wie "Abwechslungsreich" und "Psychologisch Einfühlsam", die darin verwendet wurden, hatten auch ihre Neugierde erweckt. Außerdem wurde der Autor am Ende als ein vielversprechendes Talent bezeichnet, dem eine große Zukunft zu prognostizieren wäre. Je mehr sich Rebecca mit dem Buch beschäftigte und je tiefer ihre Einblicke in die Gedankenwelt dieses Autors "Jewgeni Sluharsky" voran gingen, umso faszinierter wurde ihr Gesamteindruck. – Allerdings im negativen Sinne. Jewgeni besaß zweifellos großes Talent und auch Wortwitz, aber die Darstellung des Lebens in diesem krisengeschüttelten Land und auch das Leben seiner gewählten Protagonisten – einer davon war der Autor selbst – waren für Rebeccas Geschmack doch zu einseitig und sogar in Extremfällen fast propagandistisch zu lesen. Für sie driftete das Buch, bei aller darin vorkommenden Spannungselemente und auch gefühlsbetonten

Szenen, zu sehr in eine undifferenzierte Schwarz-Weiß-Malerei ab, wobei ihr besonders die politische Unkorrektheit überdeutlich bewusst wurde. Die "lieben" Ukrainer waren alle pro westlich und sollten auch so agieren. Dabei waren aber eindeutig nationale Tendenzen zwischen den Zeilen zu lesen. Für Rebecca war klar, warum der amerikanische Kritiker so begeistert war, denn keine einzige Handlungsfigur der anderen, russischen Seite wurde in irgend einer Facette positiv geschildert. Beim ersten, raschen Überlesen, um einen Gesamteindruck zu bekommen, überwogen noch ihre positiven Stimmungen, die sich allerdings zunehmend ins Negative verkehrten. Mittlerweile gestaltete sich ihre Rezension in einen echten Verriss in dem sie sich auch Seitenhiebe gegenüber dem amerikanischen Kollegen nicht verkneifen konnte, was ihr zugegebenermaßen großen Spaß bereitete, denn nichts hasste sie mehr als einseitige Unkorrektheit.

Sie war auch froh darüber, dass sie diese Freude am Schreiben hatte, denn dadurch wurde ihr die Zeit nicht zu lange, bis sie Gerald endlich am Flughafen abholen würde.

Überhaupt gelang es ihr in den letzten Monaten sehr gut, sich auf ihre Arbeit zu konzentrieren, trotz oder gerade wegen aller Gedanken an Gerald und die Telefonate, die sie mit ihm tätigte. Sie stellte fest, dass seit dem Aufenthalt auf den Bahamas und der erwachten Liebe zu diesem Mann in ihr ein riesiges Kraftpotenzial geweckt wurde, das sie natürlich sehr gut in ihrem Beruf einsetzen konnte. Und gerade dann, wenn ihr Körper und Geist wieder vor Sehnsucht brannten, fielen ihr die besten Ideen ein um ihre Artikel fesselnd niederzuschreiben. Hatte sie früher öfter mit Problemen gehadert, genügte jetzt ein Gedanke an Gerald und es fand sich sehr schnell eine Lösung. Einer von Geralds Wahlsprüchen: *In der Ruhe liegt jegliche Kraft* – wurde auch immer mehr zu ihrem eigenen.

Doch jetzt, so kurz vor ihrem beiderseitigen Wiedersehen, beendete sie ihre Schreibarbeit, alle wichtigen Notizen waren vermerkt und mussten nur noch in lesbaren Sätzen geschrieben werden. Sie genoss diese Unruhe, die immer stärker in ihr wurde. Es war eine freudige Anspannung, die sich als Wärme in ihrem Herzen ausbreitete und als Hitze auf ihren Lippen brannte, wenn sie nur daran dachte, wie der erste Begrüßungskuss ausfallen würde. Allein die Gedanken daran erschufen in ihr dieses elektrische Kribbeln, das sie so oft auf den Bahamas verspürt hatte, wenn sie mit Gerald in einer Umarmung versank. An das Gefühl, das bei ihr entstand, wenn sein Glied in ihre Vagina glitt, wollte sie gar nicht erst denken, oder doch? Wohlige Schauer zogen von ihrem Unterleib dann zu ihrem Herzen, das wie wild zu pochen anfing und sie genoss das Gefühl, mit der die Feuchtigkeit aus ihrer Scheide drang. Nur den Slip musste sie nach solchen Gedanken wechseln – wieder einmal!

Ein Blick auf die Uhr. Jetzt verging die Zeit aber wirklich nur noch in Superzeitlupe. Sie ging ins Badezimmer, um sich herzurichten. Für ihn, denn er sollte einen der Seufzer, die sie vom Telefon her kannte, ausstoßen, wenn er sie sah und bei einem von diesen sollte es ihren Wünschen nach nicht bleiben.

Sie ließ ihrer Haut eine besondere Pflege angedeihen und sie hoffte sehr, dass er den Geruch dieses Peelings mögen würde, dafür würde sie mit dem Einsatz von Parfüm nur sehr zurückhaltend umgehen.

Leider konnte sie ihn nicht mit einem duftig-leichten Sommerkleid empfangen, gepaart mit spielerischem leichtem Schuhwerk und sehr viel nackter Haut, denn die Temperaturen lagen leider deutlich unter dem Gefrierpunkt. Und krank aufgrund einer Erkältung im Bett zu liegen, wenn ER zu Besuch war, wollte sie auf keinen Fall riskieren.

Also wählte sie, nur für das Abholen vom Flughafen, eine einfache, sehr eng anliegende Jeans, die ihren Po hervorheben sollte, denn sie wusste, dass Gerald diesen Anblick liebte. Dazu eine dunkelblaue Bluse und darüber eine weiße Steppjacke mit schwarzem Kaninchenkragen.

Das dezente Make-up tat ein übriges, ihre natürliche Schönheit hervorzuheben. Sie besah sich im Spiegel und war mehr als zufrieden: ER WÜRDE SEUFZEN!

III

Am Rhein-Main-Flughafen herrschte die übliche Betriebsamkeit. Reisende eilten mehr oder weniger hektisch mit Koffern und Taschen durch Hallen und Gänge. Dazwischen immer wieder Lautsprecherdurchsagen, die entweder Fluginformationen betrafen oder bestimmte Passagiere aufriefen, sich an Punkten einzufinden, die ihnen durch die Ansagen bekannt gegeben wurden. Rebecca hatte sich schon oft am Airport gefragt, was das wohl für Menschen waren, denen diese Aufrufe galten. Besondere VIP`s? Flugbedienstete, die dort etwas erledigen mussten? Security, weil mal wieder ein herrenloser Koffer gefunden wurde? Oder wurde nur nach Passagieren gefahndet, die einfach ihr Abfluggate nicht fanden und deren Flug bereits aufgerufen wurde. Es ist schließlich ein Großflughafen hinter dem eine enorme Logistik steckt. Manchmal befiel Rebecca der Schalk und sie wünschte sich die Durchsage: *"Der kleine Tobias soll bitte in Smaland abgeholt werden!"* Wer weiß, vielleicht gab es in Schweden einen Flughafen, an dem ein IKEA angegliedert war, um sich das Warten durch den Einkauf von Möbelstücken zu verkürzen. In Rebeccas Augen vielleicht noch sinnvoller, als in den leidigen McDonald's Restaurants abzuhängen und den Flugtreibstoffbedarf durch intrakorporäre Mitnahme von Hamburgern noch weiter in die Höhe zu treiben.

Rebeccas Gesicht formte sich zu einem Schmunzeln, als ihr dieser Gedanke durch den Kopf ging, während sie in der Ankunftshalle saß und darauf wartete, dass die Anzeige für den Flug LH 716 aus London-Heathrow von "Im Anflug" auf "Gelandet" umsprang. Fast pünktlich war dies auch der Fall, aber nun sprang die Anzeige erst noch auf "Gepäckausgabe" um.

Die Vorfreude in Rebecca wandelte sich in Nervosität. Saß sie auch am richtigen Ausgang? War ihr Make-up nicht doch zu stark? Hatte sie einen frischen Kaugummi im Mund? Alle Sorgen konnte sie beruhigend beantworten, trotzdem merkte sie, dass sie ihre Beine kaum mehr stillhalten konnte. Quälend langsam kroch der Sekundenzeiger ihrer Uhr voran. Wie sollte sie Gerald begrüßen? Auf ihn zustürmen? Abwartend, wie um die Lage zu sondieren? Wie sah er aus? Wie trug er seinem Bart, wie seine Haare? Alles in ihr war auf Alarm gestellt! Hoffentlich gefiel sie ihm immer noch! Manche Weine, die man im Ausland verköstigt und als vortrefflich eingestuft hatte, schmeckten zu Hause oft nicht mehr so herausragend. - *Ein blöder Vergleich!* - Rebecca stand auf, denn ihr Pulsschlag war derartig erhöht, dass es sie nicht mehr auf dem Stuhl hielt.

Eine Gruppe Japaner verließ die Gepäckausgabe palavernd und mittendrin ein fast kahlrasierter Schädel, der größenmäßig herausstach. – Gerald? Ja, das ist er! Rebecca ging jetzt ganz ruhig und langsam zur Barriere, ihr Herz pochte zwar immer noch, aber die Anspannung des Wartens war verflogen.

Dann begegneten sich ihre Blicke. Geralds Augenbrauen zogen sich leicht nach oben und seine Augen begannen warm und liebend zu lächeln. Ein paar Schritte hinter dem Drehkreuz blieb er stehen, stellte seinen kleinen Koffer und eine Tasche die sich darauf befand ab, und schenkte Rebecca diesem Blick, aus dem sie sofort lesen konnte, dass es ihm in den letzten Minuten wohl auch so ergangen war wie ihr.

Sie standen unmittelbar voreinander und sahen sich an. Gerald griff nach ihren Armen und hielt sie fest. Dabei spürte sie die Wärme in ihren Fingern, die von seinen Händen ausging. Für einen außenstehenden Beobachter würden sie wie eine Insel der Ruhe inmitten dieser Hektik wirken. Für die beiden stand die Zeit still. Der Sekundenzeiger, der eben noch für Rebecca so langsam war, konnte in diesem Moment für sie absolut zum Stillstand kommen, jetzt wäre die passende Gelegenheit dafür! Rebecca versank im Grün-Braun seiner Augen. Der Druck seiner Hände war fest, aber nicht schmerzhaft. Alle umliegenden Geräusche verloren sich. Es kehrte eine absolute Stille für sie ein. Fast drei Monate Sehnsucht zeigte sich bei beiden in diesem eigentlich simplen Gegenüberstehen! Wie lange sie so im Abstand von 10 cm einander zugewandt standen, wussten sie nicht, dann sagte Gerald den ersten Satz: "Ich liebe dich!" Und gleich noch einen hinterher: "Mein Gott, wie bist du schön!"

Rebecca löst ihre Hände aus den seinen und umschlang seinen Hals, wodurch sie seinen Kopf noch näher zu sich heranziehen konnte. "Endlich bist du da! In mir brennt alles, so sehr liebe ich dich!"

Erst jetzt trafen sich ihre Lippen zu einem Kuss, der genauso war, wie es sich Rebecca all die Zeit vorgestellt hatte und nachdem sie sich förmlich verzehrt hatte: die Berührung der Lippen in einer Sanftheit und trotzdem unendlicher Innigkeit. Dazu das weiche Spiel ihrer beiden Zungen! Und dann und dann kam es aus Gerald heraus: DER SEUFZER!

Er hielt sie nun ebenfalls umschlungen und sie spürte seinen Atem, der durch seine Nase nach außen drang. Es war für sie wie eine Erfüllung, diese Luft endlich wieder aufzunehmen. Sie spürte auch, dass er ihren Duft aufnahm und ein zweiter Seufzer drang aus seiner Brust. "Du riechst so gut!"

Eine kurze Pause im Kuss ermöglichte ihm diese Bemerkung. Alles in Rebecca jubelte. Schon diese ersten Minuten zeigten ihr, dass sich ihre Liebe eher noch vergrößert hatte. Alle Sehnsucht, alles Brennen, jedes Verlangen war nicht eingebildet sondern vollkommen richtig und der Ausdruck für all die Gefühle, die sie diesen Mann gegenüber empfand. Die Wärme, die seine Augen ausstrahlten, bestätigte ihre Erwartungen, die sie in Geralds Gefühle gesetzt hatten. Von ihren Lippen ausgehend gelangten kleine Blitze in ihren Körper. Sie wollte sich gerade noch näher an Gerald herandrücken, als sie unsanft und mit barschen Worten aus dieser innigen Zweisamkeit gerissen wurden. Eine etwas matronenhaft wirkende Frau war mit ihrem überdimensionierten Koffer an ihnen hängen geblieben. "Müssen sie hier mitten im Weg stehen und andere Leute belästigen?" Ihre Stimme war schrill und hektisch.

Gerald und Rebecca halfen ihr beim Bugsieren ihres Koffers und sahen ihr noch kurz nach und brachen erst danach in schallendes Gelächter aus.

"Wir sollten wirklich gehen, bevor wir noch wegen Erregung öffentlichen Ärgernisses belangt werden!" Gerald nahm Rebeccas Hand in die eine und seinen Koffer samt Tasche in die andere Hand. "Wo müssen wir hin?"

Rebecca zog Gerhard sanft in Richtung S-Bahn. "Mit der sind wir viel schneller bei mir Zuhause. Du wirst sicherlich müde sein nach dem Nachtflug!"

"Ganz sicher nicht! Ich hatte diesmal Business-Class gebucht und fast den ganzen Flug über den Atlantik hinweg geschlafen. Ich will doch jede Sekunde mit dir genießen und nicht erst schlafen! Übrigens, der Geruch deines Parfüms ist phänomenal, was ist das?"

Rebecca lächelte. – *Alles richtig gemacht* –! "Das ist überhaupt kein Parfüm sondern ein Orangen-Grapefruit-Peeling! Ich wollte für dich eine extra zarte Haut haben und auch gut für dich duften!"

In der S-Bahn hielten sie sich schweigend bei den Händen und genossen die lang vermisste gegenseitige Nähe. Es war schön, nach all den vielen Gesprächen durchs Telefon einfach nur den Körperkontakt zu spüren, auch wenn er so minimal war, wie das gegenwärtige Handhalten!

IV

Rebecca wohnte in einem Altbau, dessen Fassaden vor nicht allzu langer Zeit frisch renoviert worden waren. Die gemauerten Balkone standen wie kleine Erker hervor und wurden an der Vorderfront von einem geschmiedeten Gitter begrenzt. Das Metall funkelte leicht in der sehr schräg stehenden Nachmittagssonne. Ein paar fast verspielt wirkende Stuckreliefs warfen bizarre Schatten auf die in erdigem Ocker gehaltenen Wände des vierstöckigen Hauses. Rebecca öffnete mit einem fast altmodisch wirkenden, großen Schlüssel die frisch lackierte, dunkelbraune Holztür, die den Blick in ein Treppenhaus freigab, in dem sich eine frisch abgezogene und ebenfalls im dunklen Braun gehaltene Holztreppe im Rund um einen Lichtschacht wendelte und sich in gutem Kontrast zum hellen Kalksteinboden des Eingangsbereiches abhob.

Die Türe schloss sich und sofort wich die schneidende Kälte, die trotz des strahlenden Sonnenscheins um die Straßen biss, zu Gunsten einer, Gerald empfand es so, angenehmen Kühle, die sich aufgrund der dicken Hausmauern auch im Sommer halten würde, um dann erst so richtig ihren Zweck zu erfüllen.

"Ich wohne im zweiten Stock!" Rebecca ging voraus. Die leider etwas zu grell-weiß scheinende Beleuchtung, ein wärmeres Gelb würde zu diesem ehrwürdigen Treppenhaus viel besser passen, ermöglichte es Gerald, der hinter ihr her ging, ihr wundervolles Hinterteil zu bewundern, dass er so lange schon vermisst hatte und er spürte sofort die Erregung, die ihn bei diesem Anblick überfiel!

Rebecca kicherte leise.

"Warum lachst du?"

Rebecca gluckste jetzt auch noch fröhlich dazu. "Weil du gerade eben wieder geseufzt hast. Ich schließe daraus, dass dir der Anblick vor dir gefällt!" Wie um dies noch zu bekräftigen wackelte sie auf der letzten Treppenstufe bewusst noch etwas mit diesem fantastischen

117

Körperteil. Gerald konnte auch den nächsten Seufzer nicht unterdrücken.

Auch Rebeccas Wohnung wurde durch eine dunkle Holztür verschlossen. Dort wo früher einmal vermutlich blickdichtes Buntglas eingesetzt gewesen war, befand sich nun eine schön gestaltete Intarsienarbeit, die scheinbar nach individuellen Wünschen ausgearbeitet worden war, denn die beiden anderen Türen auf dem Stockwerk unterschieden sich in dieser Verblendung von der von Rebeccas Wohnungseingang.

Hinter der Tür fiel Geralds Blick auf einen kleinen Flur, von dem vier Türen abgingen. Eine Garderobe, eine weiße Kommode und ein großer Spiegel, der diese Räumlichkeit weiter und heller erscheinen ließ, standen an den wenigen freien Wandstücken, die in Weiß gestrichen waren. Der Boden war mit pastellgrauen Fliesen bedeckt.

Nachdem beide eingetreten waren, hängte Rebecca ihre Steppjacke, die sie rasch ausgezogen hatte, um einen Haken der schwarz lackierten Garderobe und drehte sich dann mit einem eleganten Schwung zu Gerald um und umschlang seinen Hals: "Willkommen bei mir Zuhause! Ich freue mich so sehr, dass du endlich da bist. Aber jetzt will ich dich erst einmal ansehen! Ich habe schon viel zu lange drauf warten müssen!"

"Darf ich mir vielleicht auch noch meine Jacke ausziehen?" Gerald befreite sich schmunzelnd aus ihrem Griff. "So wie du vor mir stehst, wird mir ohnehin schon wieder warm und die Jacke wäre dann zu viel des Guten!" Er genoss beim Ausziehen seiner Jacke den Anblick, der sich ihm bot, denn Rebeccas Brüste hoben und senkten sich bei jedem Atemzug unter der blauen Bluse, die ihr fantastisch stand.

"Sag mal, hast du nur dieses dünne Sweatshirt unter der Jacke getragen?" Rebecca sah ihn erstaunt an. "Hat es dich bei dieser Kälte dann nicht gefroren?"

"Im Flugzeug war das ganz angenehm, dort ist für meinen Geschmack die Temperatur immer zu hoch eingestellt. In den Flughafengebäuden genügte die Jacke darüber, genauso in der S-Bahn und die paar Meter zu dir haben mich auch noch nicht zum Frieren gebracht!"

"Schade" Rebecca setzte einen Schmollmund auf, "sonst hätte ich dich jetzt aufwärmen dürfen."

"Allein dein Anblick wärmt mich nicht nur, sondern er heizt mich regelrecht auf!" Gerald näherte sich mit seiner Nase ihrem Hals, "und der Duft, den du verströmst, wirkt auf mich zusätzlich wie ein Heizkissen. Was ist das? Ich rieche Orange, und noch etwas, kann es aber nicht genau definieren."

"Habe ich dir schon am Flughafen gesagt: Grapefruit! Das ist ein Peeling, das nicht nur meine Haut zart macht...."

"Was, noch zarter als sie ohnehin schon ist?"

"..... und auch noch dauerhaft riecht, sodass ich nur noch wenig Parfüm auftragen muss."

"Dieser Geruch macht richtig Appetit!" Gerald versenkte seinem Blick in Rebeccas Augen. "Auf dich!"

Ihre Arme wanderten unter sein Sweatshirt: "Das kannst du gleich genießen!"

"Nein, warte, ich bin jetzt 11 Stunden im Flugzeug gesessen. Ich hätte gerne diesen Geruch erst abgewaschen, denn ich möchte nicht, dass du den Geruch des halben Jets ertragen musst. Eine Dusche ist für mich jetzt erst einmal nötig und etwas Frisches zum Anziehen!"

"Oh natürlich, das Bad ist gleich hier links neben dir. Ich habe dir auch schon Handtücher bereit gelegt." Sie küsste ihn neckisch auf den Hals. "So schlimm riechst du gar nicht!" Sie wandte sich zu einer anderen Tür: "Ich mache uns einstweilen was zu Trinken. Tee?"

"Super, das ist genau richtig!" Gerald öffnete seinen Koffer um neue Bekleidung hervor zu holen und ging dann ins Badezimmer, das ihn sehr positiv überraschte. Alles war in Naturmarmor gefliest und beeindruckte durch die vielen pastellfarbenen Nuancen von Hellblau über Grau zu zartem Rosa, wobei alle Farben fließend ineinander übergingen und so eine harmonische Einheit bildeten. Auch das Waschbecken war aus Marmor und von einem großen Spiegel dahinter entsprechend zur Geltung gebracht. Gerald konnte sich gut vorstellen, wie Rebecca bei ihrer täglichen Pflege hier stand und ihr vollkommenes Antlitz gespiegelt sah. Gerald wünschte sich, sie von hinten durch diesen Spiegel beobachten zu können. Zugleich befiel ihn wieder das Verlangen, das in seinem Unterleib wärmend zu ziehen begann. Aber der Flugzeuggeruch musste zuerst einmal abgewaschen werden.

Die Dusche versteckte sich in einer Ecke des Badezimmers noch einmal abgetrennt durch eine Marmorwand, um die er herumgehen musste, um die warmen Wasserstrahlen zu empfangen. Er empfand es als sehr wohltuend, nicht in einer engen Duschkabine gefangen zu sein, sondern von einer großzügigen Weite, die der ebenfalls überdimensioniert definierte Duschkopf überall gut erreichen konnte.

Nachdem er sich entkleidet hatte, stellte er sich in diese kleine Wellness-Grotte und genoss die angenehme Wärme der Wasserstrahlen, die auf seinen Körper als golden glänzende Perlen herabrannen. Dabei stellte er fest, dass sich sein Glied in einem halbsteifen Zustand befand, – die Gedanken vorhin am Spiegel!

Als er gerade zu einer Duschlotion greifen wollte, die er in einem an der Wand befestigten Metallkörbchen fand, spürte er zwei Hände, die sich zärtlich um seine Brust schlangen. Gleich darauf den warmen nackten Körper, der sich an seinen Rücken schmiegte.

"Oh, ich wusste nicht, dass die Dusche bereits besetzt ist, gnädiger Herr!" Rebeccas Augen lächelten ihn an, als er sich umdrehte. "Hätten Sie vielleicht die Güte, mit mir zusammen das Duschbad zu teilen?" Ihre Hände berührten seine Brust, während sich ihr Mund zu einem Kuss dem Seinen näherte. Ihre Hände wanderten weiter, während sich ihre Lippen liebkosten. Sie umschmeichelten seinen Bauch, glitten herum um seine Hüften. Dann packten sie beherzt und kräftig seine Pobacken. Gerald stieß einen lustvollen Ton aus, der ein Funkeln in Rebeccas Augen zauberte.

Auch seine Finger begannen an ihrem aufregenden Körper auf Wanderschaft zu gehen. Leider konnte er ihr nicht sagen, wie aufregend sich ihr Körper anfühlte, denn zu schön und zu innig war der Kuss und die Berührung ihrer Lippen. Seine Hände glitten sanft an ihrem Körper entlang, mal hinauf, dann wieder hinunter, auf ihren Rücken, zurück zu den Schultern, nach vorne zu ihren herrlichen Brüsten, über den Bauch und zu ihrem mehr als wohlgeformten Po, der für ihn so formvollendet war.

Rebeccas Hände taten es seinen gleich.

Das warme Wasser rieselte auf die beiden herab und der feine Sprühnebel, der dabei entstand, umschloss sie zu einer liebenden Einheit. Die Wärme und die Hitze, die in ihren Körpern entstand, ließ ihre Bewegungen noch zärtlicher und zugleich auch fordernder werden.

Gerald griff härter nach ihren Pobacken, was Rebecca einen für sie sehr tiefen lustvollen Ton entlockte, während sich ihr Oberkörper nach hinten warf und sie schlangengleich verbogen ihm alle ihre Reize präsentierte. Er spürte, wie es in seinem Penis zu pochen begann.

Rebeccas Hände glitten von seinem Po herum nach vorne und umschlangen seine aufrechte Pracht. Dann zogen ihre Finger langsam seine Vorhaut zurück und liebkosten seine in Dunkelrot leuchtende Eichel, wobei sie leicht in seine Harnröhre drückten. Die andere Hand knetete mittlerweile sanft seine Hoden, um die sich die umhüllende Haut fest und lustvoll geschlossen hatte. Geralds Atemfrequenz steigerte sich zu einem leichten Keuchen. – Wie sehr hatte er diese Berührungen vermisst und herbeigesehnt!

Seine Finger glitten langsam zwischen ihre Schamlippen, die sich bereitwillig öffneten und spürten ihre leicht gallertartige Feuchtigkeit, die daraus hervorquoll. Rebecca bog sich noch weiter nach hinten und genoss seine Berührung, nicht ohne ihr Tun an seinem Glied einzustellen. Ihre Brüste bebten schneller, während sie ihren Mund leicht geöffnet hatte, sodass Gerald ein Spiel ihrer Zunge sehen konnte, wie wenn sie mit dieser etwas liebkosen wollte. Seine Zunge? Seine Männlichkeit? Sie hatte ihre Augen geschlossen und gab sich seinen Zärtlichkeiten hin.

Jede Bewegung seiner Finger in ihrer Scheide beantwortete ihr Körper mit einem leichten Zucken und Vibrieren. Glitten seine Finger heraus zu ihrem kleinen etwas verhärteten, sich kugelförmig anfühlenden Lustzentrum, spannten sich ihre Muskeln fast ekstatisch an, während ihre Finger stärker auf seine Eichel drückten oder seinem Penis durch stoßende Bewegungen stimulierten.

Das leise Rauschen des warmen Wassers und der sie mittlerweile umgebende Dampf verstärkte diese Gefühle, die aus ihren beiden

Körpern herausbrachen und die sie sich gegenseitig durch anregende Berührungen schenkten.

Rebeccas Körper war mittlerweile steinhart geworden und lediglich ihre Hände an seinem Penis waren zu Bewegungen fähig. Ihr Atem ging stoßweise, oder war es sein Atem? Gerald wusste es nicht, denn eine Welle der Lust schwappte über ihn hinweg, als sein Glied sich noch einmal vergrößerte, ja aufbäumte, bis sein Saft in einem kräftigen Strahl herausspritzte. Auch Rebecca stieß fast gleichzeitig mit ihm einen Lustschrei aus, als der Körper von einem konvulsivischen Zittern befallen wurde. Das warme Wasser der Dusche umhüllte noch immer ihre Einheit, die sich nun auch in einer geistigen Innigkeit zeigte, nachdem sich ihrer beider Blicke wieder begegneten und sich ihre Lippen wieder berührten, um den durch Lust unterbrochenen Kuss fortzusetzen.

V

Es war für Gerald immer ein besonders schönes Gefühl, frisch geduscht die nächsten Momente zu genießen. Das Prickeln der Haut, verursacht durch die heißen Wassertropfen, war für ihn äußerst anregend und ließ seine geistigen Aktivitäten besser zum Vorschein kommen, was sich in seinem Fall in starkem Ideenreichtum äußerte. Doch jetzt kam für ihn zu diesem körperlichen und geistigen Wohlbefinden noch die spezielle Anregung der Zärtlichkeiten hinzu, die er und Rebecca ausgetauscht hatten. Die Liebe dieser Frau schenkte ihm auch zusätzliche Kraft, die sich besonders in seinen wortschöpferischen Qualitäten äußerte. Er hätte sich jetzt sofort an einen Tisch setzen können und sein Federhalter würde über das vor ihm liegende Papier nur so tanzen und trotzdem würde er kaum nachkommen, alle Einfälle koordiniert niederzuschreiben. Aber dafür hatte er ja Rebeccas Büchlein und das lag nun vor ihm auf dem Küchentisch, an dem sie nun saßen und einen aromatisierten Wildblüten-Schwarztee tranken. Er wusste, dass nur ein paar Stichworte darin reichen würden, um die vollständigen ausgedachten Handlungsstränge, die ihm nun einfielen, auch später schriftlich rekonstruieren zu können.

Rebecca war sichtlich erfreut und auch ein bisschen stolz darauf, dass Gerald dieses kleine Geschenk nicht nur nutzte, sondern vor allem, wie sehr und intensiv er es gebrauchte. Sie selbst konnte zwar bei einem Blick hinein nicht so viel damit anfangen, da es oft nur einzelne Worte waren, die dort, für einen Außenstehenden, einfach nur hin gekritzelt waren. Zum Teil noch mit Pfeilen und Linien netzartig verbunden. Aber jetzt, als Gerald ihr an einer der vordersten Seiten zeigte, wie dieses System funktionierte und dazu als Beweis aus einer Manuskriptseite auf seinem Laptop die Zusammenhänge erklärte, konnte sie dieses Chaos im Notizbuch nachvollziehen. Eigentlich, so erkannte sie, befanden sich in diesem Büchlein alle eventuell relevanten Gedankenblitze, die Gerald so im Laufe eines Tages eingefallen waren, von denen er aber selbst noch nicht wusste, ob überhaupt und wenn, dann wie er diese niederschreiben wollte.

Als sich Rebecca bei seinen Erklärungen zu diesen Aufzeichnungen von hinten etwas über ihn gebeugt hatte und ihn dabei sanft an der Schulter berührte, reagierte seine vom Duschen noch sensibilisierte Haut sofort auf diesen Reiz. Das, was Rebecca unter dem warmen Wasserstrahl mit ihm angestellt hatte, war nicht nur entspannend für ihn gewesen, sondern auf der anderen Seite auf die Art anregend, dass diese neue Berührung jetzt auf ihn bereits wieder erregend wirkte, trotz aller Harmlosigkeit, wie sie sich darstellte. Dazu trat ihm ihr Körperduft in die Nase, der für eine weitere Erregung sorgte. Unwillkürlich zogen sich zugleich mit seinen Hautporen die Muskeln seiner Extremitäten zusammen und ein wohliger Schauer ging ins Innere seines Körpers. Dazu kam noch ein bestimmtes Timbre in ihrer Stimme, das ihm verriet, dass auch bei Rebecca die Hormone noch in Wallung waren. Und auch in ihren Augen stand ein Glanz, der nicht auf die winterliche Straßenbeleuchtung zurückzuführen war.

Ob in dem Tee wirklich nur Wildblüten als Zusatzstoffe enthalten waren, wagte Gerald fast zu bezweifeln, denn die Luft schien mit jedem Schluck, den er tätigte, mehr zu knistern. Viel wahrscheinlicher waren aber die wie flüchtig wirkenden Berührungen, die mal von seiner Seite ausgingen, dann wieder von Rebecca, die sich nach dem Duschen ganz leger angezogen hatte. Ein weißes T-Shirt und eine durch einen Gummizug gehaltene dunkelblaue Hose, die wie ein Mittelding zwischen Leggings und Jeans wirkte und obendrein ihre Beine und auch das darüber voll zur Geltung brachten. Gerald ließ seine Blicke ständig an diesem konturbetont bekleideten Traumkörper hinauf und wieder herab gleiten. Wann immer es sich die Möglichkeit bot, ließ er auch seinen Händen freien Lauf und Rebecca schien es sehr zu gefallen, dass er mal ihre Knie, dann wieder die Schultern oder die Oberarme zärtlich berührte.

"Du wirst sicher Hunger haben!" Rebecca sah ihn fragend an.

"Und wie! Die Franzosen sagen dazu Faim de Loup!" Er bemerkte tatsächlich ein Loch, das sich dort auftat, wo sich im Normalfall der Magen befinden sollte. "Das Essen im Flugzeug ist auch in der Business-Class nicht gerade Sterne- oder Kochmützen- verdächtig."

Rebecca begann ein paar Lokale aufzuzählen, die sich in der Nähe ihrer Wohnung befanden, von denen einige einen durchaus guten Ruf besaßen.

"Nein, lass uns doch hier bei dir essen, es wäre viel gemütlicher und ich wäre auch lieber allein mit dir, denn im Restaurant wäre es wohl zu auffällig, wenn ich dich permanent betapsen würde. Und gelegentlich hätte ich auch nichts gegen einen langen Kuss!" Gerald zog Rebecca zu sich heran und sie setzte sich auf seinen Oberschenkel und beide verfielen wieder in diese Glücksmomente, die bei ihren Küssen mit absoluter Zuverlässigkeit auftraten.

 Danach stand Rebecca schweigend und mit fast ernster Miene auf. Gerald verstand zunächst gar nicht richtig. Derweil ging sie zum Kühlschrank und die Ernsthaftigkeit wandelte sich ein deutlich triumphierendes Lächeln: "Ta ta ta taaaaa! Genau diesen Satz habe ich mir von dir gewünscht, mein Liebster und deshalb war ich gestern Abend am Wochenmarkt und habe etwas eingekauft."

Gerald stand ebenfalls auf und blickte in den Kühlschrank hinein. Er sah im Gemüsefach etwas Grünes, das er als Sauerampfer identifizierte, dazu etwas Spinat, eine frische Ingwerwurzel und Knoblauch. "Aufgrund der Zutaten hier unten würde ich darauf tippen, dass das dort in dem Päckchen in der zweiten Lade ein Fisch sein dürfte."

"Ich liebe es, wenn du den Feinschmecker heraushängen lässt!" Rebecca lehnte sich fast provozierend an ihn an und er konnte ihre warme Haut spüren. "Mach mal auf und schau, ob dir der Fisch genehm ist."

"Aber sehr gerne Madame, ich bin selbst gespannt, was du dir hast einfallen lassen." Er öffnete den Kunststoffbeutel. Vom Abtasten her musste es sich um einen ganzen Fisch handeln, nicht um ein Filet. Es kam etwas Rotes zum Vorschein und entpuppte sich als: "Ein Rascasse!"

"Im Laden hieß er noch Drachenkopf und wurde mir als vorzüglich im Geschmack beschrieben."

"Oh, meine Liebe, da hast du wirklich etwas Außergewöhnliches besorgt! Mit dem Fisch bist du wirklich in der marinen Oberklasse dabei! Und die Beilagen dazu, da hast du einen vortrefflichen Geschmack bewiesen! Ich freue mich schon darauf, wenn du ihn zubereitest!" Er nahm Rebecca fest in die Arme und wollte seine Begeisterung durch einen Kuss zum Ausdruck bringen, doch sie löste sich sanft daraus.

"Nein, den machst du mit mir zusammen! Ich denke, das macht uns beiden Spaß und außerdem", sie gab ihm einen kurzen Kuss, "musst du dann die ganze Zeit bei mir in der Küche bleiben und mich streicheln!"

"Ich wäre sowieso dageblieben und hätte dir mit Begeisterung zugesehen und die Streicheleinheiten gibt es ohnehin gratis dazu!" Er zog sie noch einmal zu sich heran und diesmal ließ sie den Kuss zu. Sogleich gingen seine Hände unter ihr T-Shirt und liebkosten zärtlich ihren Rücken. "Ist es so gut mit dem Streicheln?"

"Ja, noch ein bisschen weiter, ich liebe deine Hände auf meiner Haut!" Dann stand schon wieder der Schalk in ihren Augen: "zumindest, solange sie noch nicht nach Fisch riechen!"

"Dann muss ich wohl ein bisschen auf Vorrat streicheln!" Seine Hände verließen ihren Rücken nach unten und umfassten ihren Po, was bei Rebecca ein tiefes Einatmen hervorrief. Er wollte noch etwas weiter, um zwischen ihre Beine zu gelangen und hatte schon fast sein Ziel erreicht, als Rebecca aufsprang und ihm spielerisch mit dem Finger drohte.

"Ich dachte, du hättest einen Bärenhunger?"

"Auf dich noch viel mehr!" Er hatte noch nicht aufgegeben und wollte sie wieder zu sich heranziehen.

"Also, mit was fangen wir an? Zwiebeln hacken und Knoblauch schälen?" Rebecca zeigte sich unerbittlich.

"O. k., du die Zwiebeln, ich den Knoblauch." Gerald fügte sich in sein momentanes Schicksal.

"Nein," antwortete sie, "umgekehrt du die Zwiebeln, denn Tränen stehen mir nicht!"

"Aber ich soll weinen?"

"Weißt du, Männertränen machen uns Frauen immer sentimental und weich. Das ist der Mutterinstinkt! DU DIE ZWIEBELN!"

"Na gut, einen Teil für das Gemüse, den Rest verwenden wir als Füllung und Unterlage für den Fisch! Was wollen wir außer dem Gemüse als Beilage?"

"Ich habe an Reis gedacht, oder vielleicht Kartoffeln?"

Gerald entschied sich für kleine, ganze Kartoffeln, leicht in Öl abgebräunt.

Sie salzten und pfefferten den Fisch, streuten den Knoblauch darüber und etwas Zwiebeln mit Petersilie in den Bauch, dazu ein kleines Stück Butter. Dann wanderte der Drachenkopf ins Rohr, um bei milder Hitze ohne auszutrocknen langsam zu garen.

Danach wuschen sie sich gegenseitig ihre Hände, damit diese, wie Gerald es gewünscht hatte, wieder Zärtlichkeiten verteilen konnten. Dazwischen immer wieder viele Küsse. Es wurde allmählich richtig warm in der Küche!

Nachdem die gekochten Kartoffeln geschält in der nicht zu heißen geschmolzenen Butter vor sich hin schmurgelten und der Sauerampfer mit dem Spinat gut vermischt war und im Topf mit etwas Zwiebeln langsam dünstete, sollte eigentlich der Tisch gedeckt werden, aber Gerald nutzte eine Gelegenheit, als Rebecca sich über den Tisch beugte, um die Sets darauf zu verteilen, sich etwas mehr um Rebeccas verlängerten Rücken zu kümmern.

Er zog ihr langsam die, wie er vorhin schon bemerkt hatte, für diesen Zweck sehr vorteilhafte Hose bis zu den Knien langsam herunter. Dabei erfreute er sich, abgesehen vom Anblick, vor allem daran, dass Rebecca dabei erwartungsfroh still hielt. Das gleiche machte er mit ihrem weißen Höschen und kniete sich dann hinter sie. Während er vorne mit den Fingern langsam über ihren Kitzler streichelte, liebkoste er das Innere ihre Schamlippen mit seiner Zunge. Rebecca beugte sich dabei noch weiter über den Tisch, was ihm den Zugang noch etwas erleichterte. Er genoss ihren Geschmack, der feucht und sehr schnell aus ihrer Scheide herausdrang und ließ seine Lippen leicht an ihren Schamlippen saugen. Rebecca hielt jetzt ganz still, nur ihr Atmen war deutlich hörbar. Geralds Zunge begann in ihrem Innersten immer schneller zu kreisen und er bemerkte bald, dass Rebeccas Muskeln wieder zu zittern begannen. Begleitet von einem leisen Aufstöhnen quoll Gerald eine größere Menge dieser herrlichen Feuchtigkeit entgegen, die sich auf seinem Gesicht ein wenig verteilte.

So hergerichtet küsste er anschließend Rebecca lang und wieder innig auf den Mund. "Das war für mich jetzt der Aperitif!"

Rebecca zog ihre Hose wieder nach oben, ihr Gesicht war leicht gerötet und sie ging zu einer kleinen Vitrine im Wohnzimmer, wo sie auch den Tisch decken wollte. "Einen Sherry würde ich jetzt aber zusätzlich noch gerne genießen. Du auch?"

"Du siehst fantastisch aus!" Gerald musste ihr dieses Kompliment einfach wieder machen, obwohl er wusste, dass er sich dabei zum x-ten Mal wiederholte.

 Dann ging er zurück in die Küche um die Kartoffeln umzudrehen. Dabei schwoll allmählich auch seine Erektion wieder etwas ab, ohne dass das Pochen in seinem Unterleib aufhörte. Es gab für ihn keine Sekunde, in der er Rebecca nicht begehrte. Genau so. wie er es im Garten seines Hauses in Nassau schon bemerkt hatte: Sie war seine absolute Traumfrau!

VI

Rebecca erwachte am frühen Morgen. Sogleich ging ihr Griff nach rechts im Bett und fand Gerald tief schlafend auf dem Bauch liegend. Er konnte noch gar nicht erwacht sein, denn durch die Zeitverschiebung war es nach seiner inneren Uhr erst 1:30 Uhr am Morgen. Rebecca betrachtete ihn im Dämmerlicht. Seine Gesichtszüge völlig entspannt, sein Mund leicht geöffnet und seine Lippen gaben bei jedem Ausatmen ein leise blubberndes Geräusch. Seine gerade Nase und die kleinen Ohren gaben diesem Antlitz ein markant männliches Image. Rebecca war versucht, ihm über seine, von einem kurzen Bart bedeckten Wangen zu streichen, doch sie unterließ es. Er sollte noch nicht aufwachen. Nein, ihn so liegen zu sehen neben sich, war für Rebecca ein Gefühl, das sie mit großem Glück erfüllte.

Das Abendessen – eigentlich fast schon ein Diner – war in großer Harmonie abgelaufen. Viele Zärtlichkeiten, vor allem mit Worten! Gerald hatte fast jeden Bissen mit einem Kompliment ihr gegenüber verziert und immer wieder mit ihr angestoßen und danach einen Kuss einverlangt, den sie ihm gerne geschenkt hatte. Ein bisschen war sie auch von Stolz erfüllt, besonders als er den Wein, den sie herausgesucht hatte, in den höchsten Tönen pries. Vor allem das regionale Sachverständnis, das er ihr in diesem Falle zugestanden hatte. "Ein weißer Cassis, aus der Provence zu einem Rascasse aus dem Mittelmeer! Rebecca, ich bin wieder einmal beeindruckt!"

Auf ihren Einwand hin, dass sie sich schon ein bisschen schlau gemacht hatte zur Auswahl des Weines, hielt er sie ganz fest und erwiderte nach einer längeren Kusspause: "Das ist es doch gerade, was ich meine! Du zeigst Interesse für die Dinge, die zusammengehören und da sollte man erst einmal bescheiden sein und sich seiner Lernfähigkeit besinnen und einen Rat oder Vorschlag durchaus annehmen." Er hatte dabei so ein glückliches Lächeln um seine Augen. "Egal, woher du den Tipp bekommen hast, der Wein schmeckt hervorragend und mundet mit seiner Säure den Fisch und auch den Sauerampfer zu einer Einheit ab."

Als Nachtisch gab es noch einen geeisten Obstsalat aus Trockenfrüchten mit Rosenwasser abgeschmeckt, zu dem der Cassis ebenfalls als saures Pendant zur Süße der Früchte harmonierte.

Die Gespräche wurden immer intensiver und auch persönlicher, was zur Folge hatte, dass sie mit ihren Körpern immer näher zusammenrutschten und permanent in irgendeiner Form Kontakt hielten.

Irgendwann stand Gerald auf und zog sie mit den Händen nach oben. Dann umschloss er sie an den Hüften und drückte sie ganz fest gegen seinen Körper, wobei er allmählich seinen Unterleib mehr und mehr gegen sie drückte. Rebecca konnte seine Erektion, die gegen ihren Bauch stieß, spüren. "Ich würde jetzt gerne mit dir ins Bett gehen wollen!" Geralds Stimme klang etwas heiser.

Sich nicht loslassend gingen sie ins Schlafzimmer und sanken eng umschlossen auf ihr Bett. Langsam, Stück für Stück, und immer abwechselnd, entledigten sie sich gegenseitig ihrer Kleidung und erfreuten sich der Entdeckungen, die sie dabei machten und zärtlich begrüßten. Mit dem Mund und mit den Fingern gab er ihr liebevolle Impulse, die jede Körperpartie bis zum Äußersten reizte. Aber Rebecca wusste und spürte auch, dass sie mit ihrem Erfindungsreichtum ihn in einen Zustand des höchsten Verlangens zu versetzen, ihm in Nichts nachstand. Sein Atem ging manchmal schwer, dann zog sie sich wieder etwas zurück, um gleich danach wieder anzufangen mit Berührungen, die ihm schon beim Ansatz lustvolle Laute entlockten. Sie schaffte es, dass er alle Partien seines Körpers als erotische Luststellen zu spüren lernte, ohne bis dahin sein Geschlecht in irgendeiner Weise berührt zu haben. Aber sie spürte in seinen Küssen und seinem Berührungen an ihren intimsten Stellen, dass er es kaum mehr erwarten konnte, dass sie es tat.

Dann legte sie ihren Kopf auf seine Brust und lauschte seinem Herzschlag, der eher ein wildes Pochen war. Sie stellte sich vor, wie das Blut durch seine Arterien in den Körper jagte, in seinen Unterleib und dort in den Kammern seines steifen Gliedes zur Ruhe kam und nur darauf wartete, von ihr Wärme zu bekommen. Sie zog – endlich für ihn! – seinen Slip aus und wanderte mit ihrem Kopf über seinem Bauch weiter nach unten, bis sie seine Eichelspitze mit den Lippen umschließen konnte. Dann saugte sie ganz leicht daran, was zur Folge hatte, dass sein Penis noch härter wurde und ein fast gurgelnder Laut seiner Kehle entwich. Dann spielte sie mit ihrer Zunge an diesem glatten, prallen Stück Mann, und stellte sich wieder vor, wie das Blut in den Kammern darin sich im Takt ihrer Zunge mitwiegte.

Auch bei ihr wurde dadurch die Erregung noch höher, aber auch weil seine Finger sie aufs Zärtlichste vorne am Eingang Ihrer Vagina streichelten. Es kam ihr vor, wie kleine Wellen am flach auslaufenden Strand, die die Sandkörner sachte hin und her rollten.

Als sie es selbst nicht mehr aushielt, löste sie ihren Mund mit einem Kuss auf die Spitze seines Gliedes und setzte sich auf ihn und ließ seine Männlichkeit langsam in sich hinein gleiten.

Irgendwie schien die Sonne und der Mond gleichzeitig aufzugehen! Sie hatte das Gefühl, dass jede Körperpore in ihr weit geöffnet war, überall spürte sie kleine Penisse in sich eindringen. Sie ließ ihren Oberkörper nach vorne auf Geralds Brust fallen und zugleich drang seine Zunge wie ein weiterer Penis in ihren Mund ein. Sie hatte das Gefühl einer vollendeten Einheit mit seinem Körper, mit seinem Geist, mit GERALD! Seine Hände drückten gegen ihre beiden Pobacken und gaben so den Takt vor, indem sie ihr Becken bewegte. Ganz langsam und rhythmisch. Wieder kam ihr der Vergleich mit den Wellen am Strand und dem rollenden Sand. Die Schaumkronen der Wellen warfen einen Schatten auf den Sand, so wie ihr Schatten Geralds Gesicht bei jeder Bewegung verdeckte oder wieder freigab, sodass das Nachtlicht, das von der Straße hereinfiel, seine genussvoll entspannten Gesichtszüge auf sie wirken ließ.

In ihrem Unterleib breitete sich eine wohlige, angenehme Wärme aus, die langsam und stetig immer größer wurde, zu einem lebendigen Feuer aufloderte, das fast schleichend und extrem langsam in ihr hervorkroch, um sich dann, ihr Atem hatte mittlerweile ausgesetzt, explosionsartig Freiheit zu verschaffen und in ihr ein kleines Feuerwerk entfachte. Geralds Lippen hielten ihren Kopf durch einen Kuss fest, während sich ihr Becken weiter langsam auf seinem aufgerichteten Schaft bewegte. Allmählich verlor sie jedes Zeitgefühl und genoss nur noch die Vereinigung ihrer Körper, der Wellen und der Sandkörner. Auch die Feuerwerke, die in ihrem Körper mehrmals ausbrachen, ließen sie sich in der Liebe zu Gerald verlieren.

Irgendwann nach unendlichen Wellen spürte sie, wie seine Hände allmählich den Takt ihres Unterleib beschleunigten. Wie sich sein Becken ihr mehr und mehr entgegen stemmte, wie sein Atem stoßweise auftrat, bis er mit einem lauten "Rebecca!" unter ihr förmlich zusammenbrach, aber seine Arme nun fest um ihre Schultern geschlossen hielt. Ein traumhafter unendlicher Kuss besiegelte diese Einigkeit zu Zweit.

Alle diese Eindrücke stürzten noch einmal über Rebecca hinweg, als sie sein schlafendes Gesicht betrachtete. Dann schlich sie leise aus dem Zimmer, einen Teil des Glücks, das darin herum schwebte mit sich nehmend. Geralds sollte von diesem Glück auch etwas abhaben und baldigst bekommen. Dafür würde sie schon sorgen!

VII

Es war bereits 10:15 Uhr als Rebecca sich entschloss, Gerald doch aufzuwecken. Sie hatte bereits das Frühstück besorgt, typisch deutsch, wie er es sich gewünscht hatte. Semmeln, auch in Frankfurt bestellte sie die Brötchen beim Bäcker unter dieser Bezeichnung, denn ihre Herkunft wollte sie niemals verleugnen. Dazu Salami, Frischkäse, Zwiebelmettwurst und Pflaumenmus, denn in einer Mail hatte ihr Gerald verraten, dass das seine Lieblingskonfitüre ist. Dazu bereitete sie schwarzen Tee, nur kurz gezogen, den er mit frischer, kalter Vollmilch trank. Da hatte wohl schon das Britische in Nassau auf ihn abgefärbt.

Sie ging hinüber ins Schlafzimmer und kniete sich vor ihn neben das Bett und strich ihm sanft über die Wangen. Als er eine erste Reaktion zeigte, beugte sie sich hinunter und berührte mit ihrem Mund seine Lippen.

"Du riechst schon wieder so gut!" Noch im Halbschlaf gab es schon wieder Komplimente.

"Du Charmeur! Guten Morgen, würde es dem Herrn allmählich belieben, die Bettstatt zu verlassen? Das Frühstück wäre bereitet!"

"Wie spät ist es denn?" Gerald murmelte noch immer mit geschlossenen Augen.

"Fast 10:30 Uhr, ich dachte..." weiter kam sie nicht.

131

Er fuhr wie ein gespannter Bogen aus dem Bett. "So lange habe ich noch nie geschlafen! Ich habe doch heute Nachmittag schon Termine!"

"Ich weiß, deshalb habe ich dich ja jetzt geweckt, aber ältere Herren haben nach körperlichen Anstrengungen scheinbar ein höheres Schlafbedürfnis." Rebecca grinste ihn frech an.

"Ja, besonders wenn das ..... Sportgerät so intensiv genutzt worden ist!" Er lächelte ebenso anzüglich zurück.

"Touché! Aber es wird wohl eher an der Zeitverschiebung liegen."

Gerald ging ins Bad zur Morgentoilette. Rebecca sah ihm dabei auf dem kurzen Weg nach. *Er hat wirklich einen knackigen Hintern!* Sie war durchaus angetan von dem, was sie zu sehen bekam.

Sie ging in die Küche, in der sie das Frühstück angerichtet hatte und blätterte einstweilen etwas in den Tageszeitungen. Schon bald setzte er sich neben sie an den Tisch. Frisch geduscht und sportlich leger gekleidet. *Wie Männer es nur immer schaffen, so schnell nach dem Aufstehen fertig zu sein. In meinem nächsten Leben werde ich auch Mann! Allein schon wegen dieser Tatsache! Obwohl, am Abend sind sie noch mehr zu beneiden, denn bis wir Frauen abgeschminkt sind, liegen sie meist schon schnarchend im Bett.*

"Ist was mit dir? Du wirkst etwas gedankenverloren." Er sah sie leicht besorgt an.

Sie lachte: "Nein ich habe dich nur gerade sehr beneidet!"

"Das kannst du auch, denn ich sitze gerade einer hinreißenden Frau gegenüber."

"Wenn es darum geht, dann wäre ich aus demselben Grund ebenfalls zu beneiden, nur bei mir ist es ein Mann! Ein Mann, der nach wenigen Minuten im Bad schon wieder völlig frisch und unzerknautscht aussieht. Das schaffen wir Frauen nie! Darum habe ich dich beneidet."

"So siehst du in der Früh aber nicht aus. Das weiß ich noch von Nassau her! Du bist für mich die schönste Frau der Welt, egal zu welcher Tageszeit!" Er biss genüsslich in seine Semmel, die er mit etwas Frischkäse bestrichen hatte und darauf Salamischeiben drapierte. Dabei sah er sie zwar treuherzig aber doch ehrlich, liebevoll an. Das Frühstück schien ihm ausgezeichnet zu schmecken. "Das geht mir auf den Bahamas schon richtig ab, Semmeln mit Wurst, Käse, oder Marmelade." Er griff nach dem Glas. "Du bist wirklich die Beste! Pflaumenmus! Das hast du dir gemerkt?"

"Ich versuche mir viel zu merken, was du so an Vorlieben hast, denn ich will schließlich auch, dass du dich wohl fühlst. Und ein Glas Pflaumenmus ist da wohl noch eine der einfachsten Übungen."

"So? Und was sind dann die Schweren?"

"Das werde ich dir nicht verraten, außerdem weiß ich es selbst noch nicht so ganz genau. Fakt ist aber, dass du mich auf den Bahamas mit so viel Schönem überrascht hast, dass ich da wohl kaum hier mithalten kann!"

"Jetzt tu nicht zu bescheiden!" Er nahm ihre Hand und drückte sie kurz, bevor er ihr einen Kuss darauf hauchte. "Ich hatte schließlich den Vorteil der Exotik, während das hier für uns beide ja angestammte, bekannte Umgebung ist. Außerdem wäre ein Modell-T bei dieser Kälte jetzt nicht unbedingt das richtige Gefährt." Er sah auf die Uhr und erschrak leicht. "Jetzt muss ich mich aber beeilen, dass ich zu meinem Termin komme. Mein Verleger wollte mich eine Stunde vor der Lesung treffen, um die richtigen Passagen auszuwählen. Möchtest du gleich mitkommen, oder erst zur Veranstaltung erscheinen?"

Rebecca musste nicht lange überlegen. "Ich komme erst später und bleibe in den hinteren Reihen. So kann ich die ganze Atmosphäre in der Buchhandlung besser in mich aufnehmen. Wer weiß, vielleicht kann ich es einmal für einen Artikel verwenden. Außerdem möchte ich auf keinen Fall als Erste da sein und wie ein Groupie dich anhimmeln!"

"Ich befürchte, dass die anderen Groupies, wie du sie nennst, stocksauer wären, weil ich nur Augen für dich haben würde und mich vermutlich auch ein paar Mal verlesen würde, wegen der Ablenkung, was wenig verkaufsfördernd wäre. Deshalb ist es mir auch lieber, du bleibst im Hintergrund außerdem weißt du ja, die Pressefritzen dichten sich dann wieder was zusammen, sollte Ihnen das Geringste auffallen und treten das dann in ihren Schmierblättern breit." Er lächelte Rebecca entwaffnend an.

"Ja, ich weiß dieses Journalistenpack!" Rebecca spielte die Entrüstete. "Sie reisen dir sogar bis auf die Bahamas nach!"

"Entsetzlich, aber dieser aufdringlichen Person habe ich es richtig gegeben!" Er zog Rebecca zu sich heran. "Soll ich es dir zeigen?"

"Nein, nein, lass nur, ich kann mir vorstellen, wie schlimm das war!" Sie küsste ihn keck und verdrehte dabei die Augen. "Aber denk bitte nach der Lesung auch an unseren zweiten Pflichttermin, das Essen mit deinem Verleger und dem Kulturredakteur meiner Zeitung."

Jetzt verdrehte Gerald die Augen. "Oh Gott, daran habe ich ja schon gar nicht mehr gedacht. Müssen wir da hin?"

"Der Termin könnte für dich wahrscheinlich noch wichtiger sein als der Erste. Denn wenn wir in den Wochenendausgaben eine deiner Kurzgeschichten als kleines Serial abdrucken, ist das wohl die beste Werbung für dich und deine Werke. Auch in dem Hinblick, dass du den Literaturpreis ja doch nicht bekommen hast."

"Da bin ich auch echt froh darüber!" Gerald atmete deutlich aus. Allein der Rummel im Vorfeld hat mich schon genug genervt. So ist es mir dann doch lieber." Er ging in den Flur, zog seine Lederjacke an und drückte Rebecca einen kurzen aber eindeutigen Abschiedskuss auf ihre Lippen. "Dann bis später – nach der Lesung!"

VIII

Als Rebecca bei der Carolus-Buchhandlung in der Liebfrauenstraße ankam, war sofort erkennbar, dass hier heute ein Publikumsmagnet auftrat, denn der Andrang war schon am Eingang kaum mehr von einem leicht überforderten Sicherheitsmann unter Kontrolle zu bringen. Man hätte dort eher eine Frau anstatt eines Mannes diesen Dienst durchführen lassen sollen, denn er durfte die vorwiegend weiblichen Gäste nur mit Worten zur Räson bringen. Eine Frau hätte die Möglichkeit gehabt auch manuell eine Ordnung zu gestalten. Alle wollten scheinbar möglichst weit vorne sitzen, vermutlich auch um Gerald von der Nähe in Augenschein zu nehmen. Er galt für das breite Publikum nach wie vor als nicht liiert, sodass sich sicher manche dieser Frauen deshalb wohl besonders auffällig hergerichtet hatten. Und ein Platz möglichst in der ersten Reihe bot zumindest die Chance, dass der Blick ihres Objektes der Begierde vielleicht auf sie fallen würde. Die Damen waren im Durchschnitt im Alter Rebeccas, denn das war auch die Zielgruppe, die von seinen Romanen und Essays angesprochen werden sollte. Rebecca stellte fest, dass einige sehr hübsche Exemplare ihrer Geschlechtsgenossinnen zu diesem Event erschienen waren. Sie war schon jetzt gespannt, wie Gerald auf diese Reize reagieren würde, besonders am Ende, wenn er diesen, im Falle eines Kaufes das Buch, signieren würde.

Rebecca wartete aber erst den Ansturm auf die Bücherei in einer gegenüberliegenden Boutique ab. Sie hatte ein dunkelblaues Kleid angezogen, das im Stehen knapp über dem Knie endete und eine schwarze Strumpfhose darunter, dazu hochhackige Pumps, denn es würde keine Gelegenheit geben sich vor dem abendlichen Diner noch einmal umzuziehen. Da dies der erste offizielle Termin für sie an der Seite Geralds war und für beide eine Art Outing darstellte, wollte sie schon entsprechend gekleidet sein. Die weiße Steppjacke genügte als Kälteschutz während der Fahrt hierher und auch zum Restaurant. Jetzt konnte sie sich im Warmen die Zeit vertreiben bis gegenüber kein Ansturm mehr bestand und dabei ein paar Blusen in Augenschein nehmen. Falls ihr eine gefiel, würde sie diese sich zurücklegen lassen und in ein paar Tagen abholen.

Als niemand mehr in die Bücherei drängte ging sie ebenfalls hinüber, nicht ohne noch der Verkäuferin bedauernd zuzuwinken, denn sie hatte keine Bluse gefunden. Es war ein glücklicher Zufall, dass sie ihren Presseausweis in der Tasche bei sich hatte, denn die Security am Eingang wollte sie nicht mehr einlassen wegen Überfüllung. Erst nach Vorzeigen des Ausweises machte er ihr den Weg frei. Um weitere Schwierigkeiten zu vermeiden, hängte sich Rebecca den Ausweis an einem langen Band um den Hals. Der große Ausstellungsraum im ersten Stock, in dem die Lesung stattfinden sollte, war so voll, dass kein Sitzplatz mehr frei war. Rebecca stellte sich deshalb neben eine Säule, um sich bei Bedarf, besonders wenn die Zeit fortgeschritten war, etwas anzulehnen. Ein Vorteil war, dass sie dadurch zum Teil von der Säule verdeckt war, sodass sie Gerald von der kleinen provisorisch aufgebauten Bühne nicht gleich entdecken konnte. Und sie hatte einen guten Blick von hinten über die spannungsvoll versammelten Fans.

Zunächst hielt Geralds Verleger Felix Taschner eine kurze Ansprache und bat auch darum, während des Vortrages keine Störungen, wie Handyklingeln oder Ähnliches, zu erzeugen. Er wies auch darauf hin, dass Gerald Piller danach noch Bücher oder Autogrammkarten signieren würde.

Dann trat Gerald von hinten her auf, was Rebecca nicht wusste. Er ging zunächst wie unbeteiligt an ihr vorbei und erst als er bemerkt hatte, dass vom Publikum noch niemand von ihm Notiz genommen hatte, drehte er sich kurz zu ihr um und zwinkerte ihr schelmisch zu. Das war natürlich nicht das, was Rebecca wollte, denn nun hatte sie doch seine Aufmerksamkeit.

Geralds setzte sich vorne an den kleinen Tisch auf der Bühne und begann aus seinem neuesten Werk, selbst Rebecca kannte es nur von Andeutungen in seinen E-Mails, "Der Zorn des Richters" zu lesen. Das Gemurmel, das bis dahin den Raum erfüllte er starb, als seine ruhige, tiefe Stimme die ersten Sätze formulierten. Er verstand es ausgezeichnet durch Veränderungen im Lesetempo und Betonungen den Inhalt gut wiederzugeben. Auch veränderte er für unterschiedliche Charaktere die Stimmlage, genauso wie die Lautstärke, die aber immer verständlich blieb. Rebecca war beeindruckt und ein tiefes Gefühl des Stolzes und der Verbundenheit mit Gerald machte sich in ihr breit.

Die Textpassagen waren so ausgewählt, dass trotzdem nicht allzu viel über den Ausgang des Romans verraten, aber die Neugierde der Hörerinnen geweckt wurde. Während er las, hob Gerald immer wieder den Kopf und ließ seine Blicke über die potentielle Kundschaft schweifen. Rebecca konnte auch beobachten, dass manche dann, wenn der Blick sie traf, etwas geschäftig sich durch die Haare fuhren, oder auf dem Stuhl die Sitzposition veränderten. Geralds Blick blieb aber nie lange auf einer Person fixiert, auch nicht auf Rebecca, er streute seine Gunst geschickt über die gesamte Versammlung. Sein Vortrag war fesselnd und am Ende der Lesung ertönte lang anhaltender Beifall. Für Rebecca waren die eineinhalb Stunden wie im Flug vergangen.

Erst jetzt sah Gerald einmal etwas länger zu ihr nach hinten und ein spitzbübisches Grinsen zog rasch um seine Mundwinkel. Dann ging jedoch schon der Ansturm auf die Bühne los, zum Signieren der Bücher. Gerald verschwand unter einer Traube von Frauen aus Rebeccas Sichtfeld. Erst nach einiger Zeit, als sich die Reihen etwas gelichtet hatten, konnte sie ihn wieder sehen. Er hatte für jede während der Unterzeichnung noch ein Lächeln und scheinbar auch freundliche Worte übrig, sodass die meisten mit einem glückseligen Ausdruck im Gesicht den Raum über die Treppe nach unten verließen. Nur diejenigen, die unbedingt mit ihm zusammen noch ein Selfie anfertigen wollten, wies er, aber immer noch freundlich, ab. Rebecca bewunderte seine Ruhe dabei, wusste sie doch, wie er dies hasste. Das waren die Schattenseiten seiner Popularität, die hier seine Individualität gegenüberstand.

Endlich war außer der Security, Felix Taschner und dem Geschäftsführer der Buchhandlung niemand mehr im Raum. Erst jetzt löste sich Rebecca von der Säule und ging nach vorne, nachdem ihr Gerald unauffällig zugenickt hatte. Taschner sah Rebecca entgegen, schien aber noch unschlüssig zu sein, ob sie die letzte Buchkäuferin war, sah dann aber ihren Presseausweis und vermutete, dass sie Gerald noch ein Interview entlocken wollte. Er bedeutete der Security Rebecca aufzuhalten, worauf dieser sich ihr in den Weg stellte: "Herr Piller steht für kein Gespräch zur Verfügung."

Gerald zog ihn am Arm zurück. "Nein, Felix, das ist in Ordnung!"

Als Rebecca vorn bei ihr angekommen war, nahm er sie in den Arm und küsste sie kurz. Dann drehte er sich zu Taschner um: "Felix, ich möchte dir Rebecca Sattler vorstellen, die Frau die mich absolut fasziniert und die ich liebe!"

IX

Peter Andrasch hatte sich für den Abend sehr viel vorgenommen. Es ging um die Vertragsunterzeichnung für den Abdruck einer oder mehrerer Kurzgeschichten Gerald Pillers. Diese sollten aufgeteilt auf mehrere Episoden im Wochenendmagazin der FAZ erscheinen. Die Verkaufszahlen der Bücher Pillers waren in den letzten beiden Monaten stark nach oben geschnellt, obwohl er den Literaturpreis nicht bekommen hatte. Aber etliche Zeitungen hatten natürlich versucht, über ihn zu schreiben, sodass der Name der Allgemeinheit nun wesentlich geläufiger geworden war. Der authentischste Artikel über diesen Autor war in seiner Redaktion geschrieben worden, denn Rebecca war seines Wissens nach die einzige Journalistin, der es vergönnt gewesen war, bei Piller eine Kontaktaufnahme zu erreichen. Alle anderen unter Rebeccas Berufsgenossen konnten also nur Berichte schreiben, die sie über Drittquellen bezogen hatten. Manche waren sogar so dreist und zitierten einfach aus Rebeccas Artikel. Solange Rebeccas Name als Urheber vermerkt war, konnte er sich nicht beschweren, aber von einer Zeitung wurde eindeutig ein Plagiat angefertigt und dagegen führte er jetzt eine Klage. Für Rebecca würde er jeden Kampf aufnehmen.

Sie war für ihn eine außergewöhnliche Frau, nicht nur ihrer Schönheit wegen, sondern auch wegen ihres Selbstbewusstseins, ihres sicheren Auftretens in der Gesellschaft, was für Journalisten sehr oft bereits die halbe Miete zum fertigen Artikel war, aber auch wegen ihres äußerst lebendigen Schreibstils und der intelligenten Wortwahl. Er hegte schon immer große Gefühle für sie, aber in letzter Zeit hatten sich diese bei ihm noch mehr ausgeprägt. Er musste endlich den Mut finden, ihr dies zum Ausdruck zu bringen. In letzter Zeit versprühten ihre Augen einen besonderen Glanz, auch wenn sie ihn ansah. Er war sich deshalb ziemlich sicher, dass sie für ihn auch etwas empfand.

Gerade deshalb war er auf das heutige Dinner auch gespannt und vielleicht ergab sich danach noch die Möglichkeit, mit Rebecca den gelungenen Abschluss in einer Bar mit ihr bei einem Drink zu feiern. Er wünschte sich, dass es ein großer Abend werden würde, sowohl geschäftlich als auch privat.

Mit Pillers Verleger war er sich schon telefonisch sehr schnell einig geworden, aber das letzte Wort hatte der Schriftsteller selbst. Peter war aber zuversichtlich. Das Honorar war zwar nicht besonders hoch, aber der Werbeeffekt, der durch den Abdruck für Piller entstehen würde, gerade die Wochenendausgabe hatte immer eine sehr hohe Auflage, sollte eigentlich das ausschlaggebende Argument sein, den Kontrakt zu unterschreiben.

Er hoffte, das Ambiente mit der Frankfurter Botschaft am Westhafenplatz gut getroffen zu haben. Die Finanzabteilung der Zeitung hatte zwar kurz die Stirn gerunzelt, gehörte das Restaurant doch zu den gehobenen in der Stadt, aber er konnte dem Bearbeiter für die Finanzierung doch plausibel erklären, dass der zu erwartende Gewinn deutlich über den Ausgaben für dieses Dinner liegen würde. Er hatte dann einen Tisch am Fenster mit Ausblick auf den Hafen für vier Personen gebucht. Seine Hoffnung lag darin, dass durch den Ausblick die Formalitäten entspannter besprochen werden konnten. Das Essen würde hoffentlich nach Pillers Geschmack sein. Rebecca hatte ihm da vorab schon Informationen geliefert. Nicht weit vom Restaurant entfernt lag die JFK`s Bar, die er sich als Lokalität danach für den Drink mit Rebecca ausgesucht hatte.

Als Gastgeber lag es natürlich an ihm, als Erster im Restaurant zu sein, um die Gäste zu empfangen. Er hätte sich natürlich gerne Rebecca schon jetzt, quasi als seine Begleitung, ebenfalls vorab am Tisch gewünscht, aber sie wollte unbedingt die Buchpräsentation miterleben. Ihrem Argument, dass sich daraus vielleicht ein Artikel ergeben könnte, musste er sich bei der Planung der Einladung beugen.

Um sich die Wartezeit zu verkürzen, vermutlich würde sich das Signieren der Bücher zeitlich in die Länge ziehen, hatte er sich als Cocktail einen Manhattan Icetea bestellt. Was solche Drinks anbetraf, war er nicht sonderlich firm, deshalb war er beim ersten Schluck doch sehr über den Alkoholgehalt des Getränkes überrascht. Geschmacklich war er dafür allerdings genau nach seinem Gusto. Sein Timing war nicht besonders gut und seine Gäste verspäteten sich auch etwas, sodass er noch einen zweiten Cocktail dieser Sorte trank.

 Erst beim Genuss des letzten Schluckes kamen endlich seine drei Gäste. Als er Rebecca durch die Tür kommen sah, schlug sein Herz sofort schneller, allerdings registrierte er auch sogleich den Blick, den sie Gerald Piller zuwarf. Da war irgendwie etwas Vertrautes darin. Er spürte eine leichte Verkrampfung in der Brust. *Da lief etwas zwischen den beiden!* Das war nicht zu übersehen, zumal die beiden sehr nah, mit leichtem Körperkontakt nebeneinander auf seinen Tisch zuschritten.

Peter stand zur Begrüßung auf und bot Rebecca den Platz neben sich an. Rebecca nahm die Aufforderung mit einem freundlichen Lächeln an.

"Ihr wollt nicht nebeneinander sitzen?" Diese Frage von Felix Taschner beraubte Peter jeglicher Illusion, die er im tiefsten Inneren noch hegte.

Die Antwort Pillers war dann der endgültige KO-Schlag. "Nein, ich sitze Rebecca lieber gegenüber!" Allein das Lächeln, für Peter war es eher ein Grinsen, das er Rebecca schenkte war eine weitere Bestätigung.

Er versuchte, sich nichts anmerken zu lassen, aber Rebecca kannte ihn eben zu gut. Sie hatte seine Reaktion bemerkt, aber scheinbar nicht seine grenzenlose Enttäuschung. "Ich weiß, Peter, ich hätte dir schon früher sagen sollen, dass Gerald und ich...", sie zögerte kurz, ... zusammen sind."

Gerald hatte immer noch dieses Grinsen im Gesicht, das Peter schon gleich unsympathisch vorkam. Es hatte für ihn etwas Triumphierendes, so ähnlich wie ein Feldherr bei der Abnahme einer Parade nach einer gewonnenen Schlacht. Genauso wirkte es auf ihn – ein alternder Schriftsteller mit seiner jungen Eroberung! Wie konnte Rebecca nur auf so etwas hereinfallen? Die Blicke, die sie Gerald zuwarf taten ihm in der Seele weh, aber er würde schon dafür sorgen, dass sie noch rechtzeitig aus diesem Albtraum, so sah er es, aufwachte.

"Musst du ihn dann mit anderen Männern teilen?" Diese Frage schoss ihm einfach so aus dem Mund.

Rebeccas sah ihn verstört an. Auch Felix Taschners Miene verdüsterte sich. Nur Piller behielt sein zufriedenes Grinsen. "Wenn Sie damit andeuten wollen, dass ich homosexuelle Neigungen habe, dann haben sie aus den Kontakten zu einigen meiner Bekannten, die tatsächlich schwul sind, wohl die falschen Schlüsse gezogen."

Peter wollte etwas erwidern, aber Piller ließ sich das Wort nicht nehmen: "Ich weiß, was in den Gazetten stand, als ich auf der Beerdigung von Fritz Knierich meiner Erschütterung über seinen AIDS-Tod freien Lauf ließ. Aber ich war wirklich nur sehr gut mit ihm befreundet. Wissen Sie, ich habe keine Vorurteile gegenüber schwulen Männern!" Der fragende Gesichtsausdruck mit dem er nun Peter musterte war für diesen ein weiterer Schlag ins Gesicht, der auch noch treffend saß.

Noch während Peter darüber nachdachte, fuhr Piller fort. "Ich habe mein Privatleben nie der Öffentlichkeit preisgegeben und mich deshalb auch nicht zu den Unterstellungen, die besonders in der Regenbogenpresse abgedruckt wurden, geäußert. Auch weil mein Respekt vor Knierich gerade nach seinem bedauerlichen Tod immer noch sehr groß ist. Was mich nur wundert, ist die Tatsache, dass ein Chefredakteur der FAZ sich dieser Gerüchte bedient." Er sah Peter durchdringend in die Augen. "Oder wollen Sie mich hier vor Rebecca und Felix in Misskredit bringen?"

"Warum sollte ich?" Peter versuchte sich verbal etwas Luft zu verschaffen.

"Nun", wieder zog eine abschätzige Miene über Pillers Gesicht, "ich habe versucht ihren Gesichtsausdruck zu deuten, den sie seit Rebeccas Aussage tragen!"

"Welchen Ausdruck meinen Sie?" Peter bemerkte nun auch Rebeccas Blick auf sich ruhen.

"Ich will mich jetzt nicht weiter dazu äußern!" Piller nahm demonstrativ die Speisekarte in die Hand und schlug sie auf.

"Ach, sind sie jetzt auch noch Psychologe?" Peter spürte ein leichtes Brennen auf seinen Wangen.

Felix Taschner versuchte die Situation zu retten: "Wir sind doch hier zusammengekommen, um einen Vertrag abzuschließen, der allen Seiten dienlich sein sollte. Was sollen dann jetzt diese Ressentiments?"

Peter sah eigentlich schon ein, dass er Schuld an der gegenwärtigen Stimmung trug, aber in seinem Inneren brodelte es weiter.

"Peter, was ist denn mit dir los?" Rebecca legt ihre Hand beruhigend auf seine, doch er entzog sich dieser Geste.

"Das gleiche könnte ich dich fragen!"

"Was meinst du damit?" Rebecca sah in fast bittend an.

"Ach, nichts weiter!" Er versuchte durch ein Lächeln sich und auch die Situation zu beruhigen. "Haben Sie schon gewählt? Ich hatte bereits während ich auf Sie wartete mein Wunschmenü ausgesucht."

Alle am Tisch nutzten nun die Chance, die die Speisekarte bot, damit die Stimmung sich am Tisch wieder glättete.

Während des Wartens auf den Ober nutzte Peter die Zeit, um über etwas Smalltalk wieder Normalität herzustellen. "Ich hoffe, das Ambiente hier im Restaurant sagt Ihnen zu?"

Piller sah sich um und blickte dann kurz zum Fenster hinaus. "Die Einrichtung ist, um es modern auszudrücken, stylisch, aber der Blick von hier oben auf den Yachthafen hat durchaus seine optischen Vorzüge."

Schon wieder so eine Spitze! Peter fühlte sich schon wieder genötigt, sich zu rechtfertigen. "Es ist ausgewiesenermaßen eine der besten Locations in Frankfurt."

"Das mag ja sein, aber etwas mehr Ursprünglichkeit oder Lokalkolorit hätte meines Erachtens nicht geschadet."

Als Rebecca zu dieser Aussage Pillers auch noch bekräftigend nickte, verstärkte sich die Abneigung Peters diesem Menschen gegenüber. *Auf einem hohen Ross sitzt der auch noch!*

Bevor er sich zu einer emotionalen Antwort hinreißen ließ, rettete ihn die Bedienung mit ihrem Erscheinen. Peter und Gerald nahmen als Vorspeise ein Carpaccio vom Rind mit Kapern-Sardellensauce, Felix Taschner wollte den Thunfisch mit grünem Papayasalat und Sesammayonnaise bestellen, korrigierte sich aber sogleich und orderte wie Rebecca die gebackenen Ziegenkäsebällchen auf Balsamico-Aubergine mit Rucola und Feige.

Beim Hauptgericht wurde von Felix und Peter der Lammrücken in Pinienkernen- Feigenkruste mit Keniabohnen und Süßkartoffelpüree gewählt. Gerald entschied sich für das Filet vom Steinbutt mit Couscous, Zuckerschoten und Joghurt-Minz-Sauce. Rebecca schloss sich ihm an, weil sie gespannt darauf war, wie die Minz-Sauce zum Fisch munden würde.

Als Wein schlug Peter einen 2011 Blauer Zweigelt vom Neusiedlersee vor. Gerald nickte bestätigend. "Aber nur zur Vorspeise, denn zum Fisch würde ich dann gerne auf einen Weißwein umsteigen. Rebecca, was hältst du von diesem 2013 Puilly Fumé?"

"Das klingt gut, aber ich würde ihn auch gerne gleich zum Käse trinken wollen."

Allein, wie Rebecca jetzt Gerald ansah, machte Peter schon wieder rasend.

Piller drückte kurz ihre Hand: "Käse und Rotwein sind nicht immer jedermanns Sache, da stimme ich dir zu!"

Was bildet sich dieser arrogante, eingebildete Fazke eigentlich ein? "Woher haben Sie denn diese Weisheit?" Seine Frage klang schon wieder etwas scharf.

"Ich habe einmal vor Jahren ein Käseseminar in München besucht und da wurden auch die klassischen Käsebegleiter unter den Weinen vorgestellt. Danach musste ich allerdings mein Auto stehen lassen." Gerald lächelte Rebecca zu.

Als Felix sich Piller zuwandte und seinen Vorspeisenwechsel erklärte, dieser hatte ihm scheinbar vor einiger Zeit schon von Thunfisch, wegen der Bedrohung der Art, abgeraten, konnte sich Peter nicht mehr zurückhalten: "Sie haben wohl für jede Situation bereits eine Weisheit parat? In welchem Seminar...." er dehnte dieses Wort provokativ lange, ".... haben sie sich das angeeignet?"

"In gar keinem, dazu muss man nur Zeitung lesen und vielleicht ein paar Wissenschaftsmagazine und danach eins und eins zusammen zählen."

"Aha, aber gegen meinen Lammrücken haben sie hoffentlich keine Ressentiments?"

Peter hatte den Eindruck, dass das Grinsen Pillers noch um eine Nuance spöttischer wurde. "Nein, davon können sie meinetwegen jeden Tag essen, solange die Tiere einigermaßen artgerecht gehalten wurden."

"So und sie bestimmen, wann das der Fall ist?"

"Keineswegs, dafür gibt es Richtlinien, die vom Tierschutz vorgegeben sind, aber leider nicht immer eingehalten werden."

Peter beobachtete aus den Augenwinkeln, wie Felix Taschner diese Diskussion amüsiert verfolgte. Rebecca hingegen funkelte ihn erbost an.

Der Sommelier trat mit den beiden Weinen an den Tisch und wollte Peter diese verköstigen lassen. "Nein der Herr schräg gegenüber scheint der ausgewiesene Weinkenner zu sein!" Er verwies auf Gerald.

Dieser sah fragend zu Taschner und als der ablehnte probierte er den Rotwein. "Rebecca, möchtest du den Weißwein goutieren? Zwei Weine gleichzeitig überfordern die Geschmacksnerven."

"Was, Sie sind auch einmal überfordert?" Der Satz peitschte förmlich aus Peter heraus.

Rebeccas sah ihn von der Seite mit einem vernichtenden Blick an, während Piller, ohne auch nur mit der Wimper gezuckt zu haben den Rotwein in seinem Mund kreisen ließ und anschließend dem Weinkellner ein zufriedenes Nicken schenkte, worauf dieser den drei Herren einschenkte. Auch Rebecca war vom Weißwein angetan und bekam ihr Glas aufgefüllt.

Felix Taschner hob sein Glas und sprach einen Toaste auf einen hoffentlich zufriedenstellenden Abend mit einem erfolgreichen Vertragsabschluss aus. Vor allem Rebecca nahm dieses Angebot über eine Friedenssicherung gerne an und sie stießen gemeinsam an.

Dann wurden bereits die Vorspeisen aufgetragen. Schon nach dem ersten Bissen lobte Piller das Carpaccio: "Eine ausgezeichnete Kombination mit der Kapern- Sardellen-Sauce. Eine sehr gute Wahl, es war richtig, dass ich mich Ihnen angeschlossen habe, Herr Andrasch!"

"Na, da bin ich aber froh!" Peter grummelte es in seine Gabel, die er vor dem Mund hielt. Irgendwie verstand er seine Reaktionen selbst nicht mehr, aber dieser selbstzufriedene Typ, dem seine Erfolge scheinbar doch sehr zu Kopf gestiegen waren, war für ihn der Inbegriff des Unsympathischen. Dazu kamen noch die Blicke, die dieser und Rebecca sich zu warfen. Ihm kam es so vor, als sonnte sich Piller in der Aufmerksamkeit und Zuneigung, die diese wunderschöne Frau ihm entgegen brachte. Wie sehr hätte er sich nur einen einzigen Blick Rebeccas ihm gegenüber so gewünscht. Aber scheinbar hatte er sich da falsche Hoffnungen gemacht. *Sie war eben doch auch so wie die meisten ihrer Geschlechtsgenossinnen.. Ein bisschen Ruhm und Aufmerksamkeit an der Seite eines prominenten Mannes.* "Wie ist das denn so, jetzt im Fokus der Öffentlichkeit zu stehen?" Er wandte sich Rebecca zu.

"Wie meinst du das, ich stehe nicht in der Öffentlichkeit! Zumindest hat bisher niemand direkt von mir Notiz genommen, außer ich wurde wegen meiner Artikel angesprochen."

"Nun jetzt wo du die .... Bekannte.... ," auch dieses Wort zog Peter wieder aufreizend in die Länge, ..."eines erfolgreichen Schriftstellers bist, solltest du eigentlich mehr Aufmerksamkeit erfahren haben."

Rebecca sah ihn durchbohrend mit blitzenden Augen an. Diese Augen, die Peter so sehr liebte, aber nicht nur er! "Falls es dir entgangen sein sollte, Gerald und ich haben unsere Beziehung bisher nicht öffentlich gemacht und...." , sie sah kurz zu Piller hinüber, ..."wir sehen auch keinerlei Veranlassung dazu, dies zu tun. Du solltest eigentlich wissen, warum er die meiste Zeit auf den Bahamas lebt!"

"Ja, du hast ja recht, entschuldige die Frage." Peter wollte nicht, dass Rebecca auch noch gegen ihn war.

Felix Taschner meldete sich zu Wort: " Lasst uns doch während wir auf den Hauptgang warten schon etwas über die Modalitäten des Vertrages sprechen."

Peter war diese Unterbrechung ebenfalls recht und es entwickelte sich im Folgenden eine sachliche Diskussion über den Umfang des zu publizierenden Stoffes und auch das Sujet, was bei der Fülle von Kurzgeschichten, die Piller schon geschrieben hatte, wirklich eine Kernfrage darstellte. Peter war sehr dafür, dass etwas abgedruckt werden sollte, dass nicht nur für die weibliche Leserschaft angedacht war, denn das Wochenendmagazin besaß immer noch eine höhere männliche Leserzahl. Das Gespräch fand fast ausschließlich zwischen ihm und Taschner statt. Piller beteiligte sich nur dann, wenn Details zu den Werken gefragt waren. Ansonsten ließ er sich den Wein schmecken und hatte seine Konzentration völlig auf Rebecca gerichtet, wie Peter neidvoll aus den Augenwinkeln heraus beobachten konnte.

Dann wurden die Teller mit den Hauptspeisen aufgetragen. Piller gab sein Rotweinglas zurück und orderte nun eines für Weißwein. Er besah sich genießerisch seinen Fisch, roch kurz daran, *wahrscheinlich wollte er so den Mann von Welt heraus kehren um sie alle, besonders natürlich Rebecca zu beeindrucken.* "Das mit der Minzsauce ist wirklich eine geniale Idee. Der Geruch passt ausgezeichnet zum Aroma des Steinbutts. Wenn das auch noch so abgerundet schmeckt, Rebecca dann haben wir eine gute Wahl getroffen." Er nahm sein Glas und prostete ihr zu. Felix Taschner fiel mit ein und so musste auch Peter, etwas widerwillig, sein Glas mit erheben.

Während des Essens entspannte sich die Atmosphäre weiter. Auch die Lammrücken waren eine kulinarische Offenbarung, sodass alle einen zufriedenen Gesichtsausdruck bekamen.

Rebecca wischte sich nach der letzten Gabel den Mund ab und nahm einen Schluck Wein. "Peter du hättest heute bei der Lesung in der Bücherei dabei sein sollen, Gerald hat das wirklich gut gemacht."

In Peter krampfte sich bei diesem Lob, Piller gegenüber, alles zusammen. "Hast du dich auch unter all die Frauen gemischt, die ihn anschließend bejubelt haben?"

Rebecca sah in verständnislos an: "Wie kommst du darauf?"

"Ich meine....", Peter warf seine Serviette förmlich auf den Tisch, ... " all die jungen Frauen, die sich um ein alterndes Idol scharen!"

Er wandte sich nun Piller zu. "Wie fühlt man sich da so im Herbst des Lebens, wenn noch einmal der Frühling über einen hereinbricht? Ich meine das rein mental". Er sah an seinem Nebenbuhler herab. "Körperlich werden sie mit dieser Aufmerksamkeit doch wohl bereits überfordert sein!"

Ein Stuhl krachte zu Boden. Rebecca war aufgesprungen, eine Röte des Zorns entstand auf ihren Wangen. "Jetzt reicht es! Ich lasse mich von dir nicht beleidigen, auch wenn du es über Umwege versuchst." Sie packte ihre Handtasche, die über dem Stuhl gehangen war und ging ohne eines weiteren Blickes zurück aus dem Restaurant.

Piller stand ebenfalls auf, sah Rebecca kurz nach, wobei ein feines anerkennendes Lächeln, Peter empfand es als überheblich, um seine Mundwinkel stand. "Musste das jetzt wirklich sein? Sie haben wohl gerade eine ihrer besten Mitarbeiterinnen verloren." Er wandte sich kurz seinem Lektor zu: "Felix, ich glaube, wir lassen das mit den Verträgen."

Taschner sah in bedauernd an: "Ich glaube, da hast du recht!"

Vor ihm stehend sah Piller Peter an: "Ich wünsche Ihnen noch einen guten Abend!" Dann verließ er ebenfalls das Restaurant.

Peter saß wie versteinert am Tisch. Er hörte noch, wie Taschner so etwas wie "dumm gelaufen" zu ihm sagte und dann ebenfalls verschwand.

X

Nachdem Gerald das Restaurant verlassen hatte, sah er sich draußen erst einmal nach Rebecca um und entdeckte sie am Hafenkai, wo sie unruhig hin und her lief. Als sie ihn sah, beschleunigte sie noch einmal ihre Schritte in seine Richtung.

"Es tut mir so leid, ich weiß nicht, was in Peter gefahren ist, dass er dich so beleidigt. Er ist noch nie so gewesen."

Gerald stand einfach vor ihr. Ihre Mimik war noch immer von Wut, aber auch Enttäuschung, gezeichnet. Er bemerkte an sich aber auch, dass ihm dieser Gesichtsausdruck durchaus gefiel. *Wieder eine Facette mehr, die ich bei ihr noch nicht gekannt habe.* Er versuchte, sie bei der Hand zu nehmen, doch sie entzog sich ihm.

"Lass mich, ich muss mich jetzt erst einmal etwas beruhigen und das kann ich nicht, wenn du mich festhältst. Komm, lass uns ein paar Schritte gehen. Das brauche ich jetzt!"

147

"Gut, dann lass uns am Hafen entlang schlendern."

"O. k., du musst das verstehen, ich brauche noch etwas frische, kühle Luft."

Sie gingen den Bachforellenweg am Westhafen entlang, wo ein paar Motorboote vertäut waren. Gerald musste etwas in sich hineinlächeln: Bachforellen würde er mit diesem Mainufer sicher nicht verbinden. Überhaupt konnte er sich nicht vorstellen, dass es jemals hier am Unterlauf dieses Flusses Bachforellen gegeben hätte. Sein Biologieunterricht fiel ihm ein: *Wie war das noch mal mit der Einteilung eines Fließgewässer von der Quelle abwärts nach den Leitfischen? Zuerst die Forellenregion dann die Äschenregion und dann, wenn der Fluss schon sehr ruhig floss die Barbenregion.* Aber er bezweifelte auch, ob es hier noch Barben gab, obwohl es doch hieß, dass die deutschen Flüsse wieder sauberer geworden waren, nach den vielfältigen Gewässerschutzmaßnahmen.

Am Ende des Hafens lag dann der Main in seiner ganzen Breite neben ihnen. Ein Schleppkahn tuckerte stromaufwärts langsam ihnen entgegen. Gerald genoss dieses Geräusch. Das hatte sich in all den Jahren seit seiner Jugend kaum verändert. Er liebte es schon früher, an Flüssen zu sitzen und vorbeifahrenden Schiffen zuzusehen. An der Donau oder hier am Main musste man manchmal aber sehr lange warten. Am Rhein dagegen war ständig etwas los. Die Schiffe mussten sogar gelegentlich vor einander ausweichen, aber das Motorengeräusch hatte für ihn immer schon etwas Beruhigendes. Dieses Packa-Ta-Packa-Ta mit dem der Dieselmotor die Schiffsschraube antrieb und das Boot gegen die Strömung schob! Manche ganz modernen Schubschiffe gaben ein tiefes Brummen von sich, aber das war für ihn nicht die Flussschifferromantik, die Gerald noch immer empfinden wollte.

Allerdings schien dieses Packa-Ta-Packa-Ta allmählich auch Rebeccas Stimmung wieder aufzuhellen, denn ihre Schritte und Bewegungen wurden allmählich wieder weicher, fließender und schließlich ergriff sie seine Hand. "Ich muss mich für Peter entschuldigen."

Gerald drückte ihre Hand. "Nein, das musst du nicht. Hast du nicht bemerkt, dass er etwas angetrunken war? Als wir ankamen wurden gerade zwei Cocktailgläser vom Tisch abgetragen. Er hat sich die

Wartezeit, wir kamen schließlich eine halbe Stunde zu spät, mit zwei Drinks verkürzt."

"Aber das entschuldigt noch nicht seine Aggressivität dir gegenüber. Er kannte dich doch gar nicht."

"Ich denke, er war eifersüchtig. Hast du nicht seine Blicke bemerkt, mit denen er dich aufmerksamkeitsheischend angeblickt hatte?"

"Nein, ich habe meistens dich angesehen."

"Eben, und das hat in ihm ein Gefühl der Verschmähung ausgelöst und der Alkohol hat dann sein Übriges dazu getan."

"Aber wieso sollte er eifersüchtig gewesen sein? Ich hatte doch nie etwas mit ihm. Und er hat sich noch nie in dieser Richtung mir gegenüber offenbart."

"Eine andere Erklärung gibt es nicht." Gerald musste kurz lachen. "Es war das typische testosterongesteuerte Balzverhalten, wie es Männer ebenso draufhaben. Auch mir könnte so etwas vielleicht auch noch passieren. Und wenn ich dann noch zu viel getrunken habe, würde das Ergebnis wohl das Gleiche sein."

"Das glaube ich nicht! Du wirkst auf mich immer so ruhig und beherrscht."

"Täusch dich da mal nicht! Mann bleibt Mann und wenn es um euch Frauen geht, ist die Konkurrenz vorprogrammiert. Dann legen wir los mit unserem angeborenen Imponierverhalten und allen Tricks, um den Nebenbuhler beim Objekt der Begierde, also euch Frauen, in Misskredit zu bringen. Ich habe es in gewisser Weise heute Abend auch gemacht, als ich Peters Stimmung erkannte."

Rebeccas sah ihn fragend an und Gerald musste lächeln: "Hast du es nicht bemerkt?"

"Nein, du warst so ruhig und sachlich bei deinen Erklärungen und mir gegenüber höflich und zuvorkommend. Die Weinverköstigung zum Beispiel...."

"Genau das war es! Das war mein Imponierverhalten. Ich hatte seinen Zustand an seinem Atem bemerkt und dadurch es viel leichter, indem ich seine Angriffe scheinbar ins Leere laufen ließ, wodurch er noch viel mehr provoziert wurde. Allerdings habe ich nicht geahnt, dass es bei ihm so aussetzen würde. Zumal ich glaubte, dass sich die Lage eigentlich beruhigt zu haben schien, bist du ihm von meinem Auftritt in der Bücherei erzählt hast. Das hat ihm dann wohl endgültig gezeigt, dass er verloren hatte und so kam Eines zum Anderen und endete in der Beleidigung. Ich bin mir sicher, dass er jetzt, nach dem wir alle gegangen sind, realisiert, dass er zu weit gegangen ist und es zutiefst bedauert."

"Was soll ich jetzt machen? Er ist immerhin noch immer mein Chef. Ich glaube nicht, dass wir noch einmal so eine Harmonie in der Zusammenarbeit finden werden, wie vor dem heutigen Abend!"

"Hast du mir nicht in einer deiner Mails geschrieben, dass dir ein Angebot von der Süddeutschen Zeitung vorliegt? Aber du kannst natürlich auch abwarten, ob es sich mit der Zeit vielleicht wieder einrenkt."

"Du meinst....?" Rebecca sprach diesen Satz nicht zu Ende und Gerald antwortete auch nicht darauf.

Das Tuckern des Lastkahns hatte sich schon lange in der Dunkelheit verloren, als sie am Rotfeder-Ring, *den Fisch könnte es hier im Main geben!* ein Taxi bestiegen und zu Rebecca nach Hause fuhren.

Dort legten sie sich eng umschlungen auf die Couch und genossen einfach die gegenseitige Anwesenheit.

XI

Peter saß noch lange konsterniert am Tisch und starrte ins Leere. Nur sehr langsam, wie ein Kerzenlicht, das an einem viel zu kurzen Docht entzündet wurde und dann viel Zeit brauchte, um in gewöhnlicher Größe zu flackern, kamen die Erkenntnisse über ihn. Dieser Tag würde als der wohl Schwärzeste in seinem Leben eingehen. Am Schlimmsten traf ihn das heraufdämmernde Einsehen, dass er allein die Schuld an diesem völlig verunglückten Abend trug!

150

Er griff zu seinem Weinglas und stockte mitten in der Bewegung zum Mund. Während er die rote Flüssigkeit beobachtete, die sanft hin und her schwappte, stellte er sich alle Situationen, die nun immer klarer zurück in sein Bewusstsein drängten, vor. Er empfand sich dabei wie ein außenstehender Beobachter und er sah alle noch einmal am Tisch sitzen, einschließlich sich selbst und verstand immer weniger, warum er sich zu dieser Emotionalität hatte verleiten lassen. Gut, er war enttäuscht, dass Rebecca sich in einen anderen Mann verliebt hatte, aber es kam auch dieses aufreizend Lässige dazu, dass dieser Gerald Piller zur Schau trug und dann auch noch bis zuletzt die Contenance behielt. Dazu kam Peters Schmerz, als er die Blicke der beiden sah. Diese eindeutigen Zeichen des blinden Verständnisses, ohne dabei ein Wort zu verlieren. Aber all das war keine Entschuldigung für seine Reaktionen! Gerade auf dem Kulminationspunkt der Auseinandersetzung sah er sich selbst wie in einem Nebel und dadurch wusste er plötzlich sein Verhalten zu erklären. *Diese beiden Cocktails, die er zuvor viel zu schnell getrunken hatte. Er war alkoholisiert!*

Eigentlich hätte er gleich die Finger oder besser den Mund von diesem Manhattan Ice Tea lassen sollen, wusste er doch, dass er noch nie viel Alkohol vertrug und deshalb außer einem Glas Wein oder einem Bier kaum etwas trank. Die einzige Erklärung, die er fand, war die, dass er sich etwas lockerer machen wollte, vor allem für den Abend danach. Mit Rebecca! Stattdessen bauten sich jetzt die Probleme wie ein Gebirge vor ihm auf.

Noch immer hielt er das Weinglas in der Hand, setzte es aber jetzt wieder ab. Das Arbeitsverhältnis mit Rebecca dürfte wohl nachhaltig gestört sein, er erinnerte sich auch an Pillers Worte: "Sie dürften gerade ihre beste Mitarbeiterin verloren haben!" Er gestand sich ein, dass sie wirklich seine herausragendste Journalistin war und damit ein Verlust für die Zeitung, vor allem aber für ihn, Peter Andrasch!

Das nächste Problem kam sogleich noch hinterher. Er hatte nun der Redaktion mitzuteilen, dass es keine Piller-Kurzgeschichten im Wochenendmagazin geben würde und er musste sich etwas einfallen lassen, zu erklären, warum der Vertrag nicht zustande gekommen war.

Ein Problem konnte er wenigstens gleich lösen. Er würde die Rechnung des Diners privat übernehmen und würde sich damit auch noch Fragen durch die Finanzabteilung ersparen.

Er winkte dem Ober zu, der etwas unschlüssig an der Essensausgabe stand. Vermutlich hatte er dieses Fiasko zumindest am Rande mitbekommen. Peter bezahlte die Rechnung mit seiner Kreditkarte und verließ das Restaurant. Die allgemeine Höflichkeitsfloskel der Bedienung: "Ich wünsche Ihnen noch einen angenehmen Abend!" empfand er wie Hohn.

Draußen sog er erst einmal begierig die kalte Luft ein, vermengt mit dem typischen Geruch des vorbeifließenden Mains. Dieser Geruch kam im heute besonders modrig vor! Dann ging er schweren Schrittes, so kam es zumindest seinem Unterbewusstsein vor, in Richtung Bahnhof. Auf dem Weg dorthin fiel ihm der in hellem Magenta gehaltene Schriftzug der JFK´s Bar auf. Wie ferngesteuert folgte er dieser Reklame und betrat das Lokal, das bereits gut gefüllt war. Er sah sich um und entdeckte direkt an der Bar noch einige Sitzmöglichkeiten.

Nachdem er sich niedergelassen hatte, bekam er vom Barkeeper eine Getränkekarte überreicht. Beim Aufschlagen, relativ in der Mitte der mehrseitigen Karte, fiel ihm --- *war es Zufall?* --- gleich der Manhattan Ice Tea ins Auge. Aber diesmal schlug die Vernunft bei ihm durch. Deshalb blätterte er weiter zu den Virgin Drinks und entschied sich für einen alkoholfreien Strawberry Daiguiri. Er konnte dem Barkeeper zusehen, wie dieser mit viel Show seinen Drink zubereitete. *Irgendwie musste schließlich auch der exorbitante Preis für dieses zusammengemixte Saftgetränk erklärt werden können!* Allerdings musste sich Peter bereits beim ersten Schluck auch eingestehen, dass der Geschmack exorbitant gut war, sogar ein bisschen geheimnisvoll. Bei ein paar Flaschen, die zum Mixen verwendet wurden, konnte er das Etikett nicht lesen, so blieb es für ihn ein Mysterium.

Die Musik, die aus den Lautsprechern schallte, war zwar für seinen Geschmack etwas zu rockig, aber die Lautstärke war angenehm, sodass er seinen Gedanken nachhängen konnte, die zunehmend klarer wurden und auch seine gedrückte Stimmung allmählich besser werden ließen.

"Hallo, ist der Platz hier noch frei?" Eine angenehme Altstimme erklang links neben ihm und riss ihn aus seinen Gedanken.

"Ja, ja bitte, gerne!" Er schenkte der Dame, die ungefähr in seinem Alter sein dürfte, ein kurzes Lächeln und nahm einen Schluck von seinem Drink.

"Was trinkst du denn da? Sieht interessant aus!"

Peter störte sich nicht an dem vertrauten Du: "Ist eher untypisch für einen Barbesuch, weil alkoholfrei." Er sah wie sich die Augen, die unter einem korrekt geschnittenen Pony lagen, kurz vergrößerten.

"Aber er sieht interessant aus!" Sie nickte dem Barmann zu: "Für mich das gleiche!"

Als das Getränk kam, prostete sie Peter zu. "Bist mit dem Auto da oder?"

"Wieso? Wie kommst du darauf?"

"Nun, wegen des Virgin-Drinks! Oder darfst du keinen Alkohol mehr trinken?" Ein leichtes ironisches Lächeln zog um ihren Mund.

"Nein, ich habe heute nur schon etwas zu viel davon gehabt, und mir dadurch so einiges versaut, das kann ich dir sagen! Aber das wird dich wahrscheinlich nur langweilen."

Sie sah Peter Lange und freundlich interessiert in die Augen. "Das lass mal mein Problem sein, ich werde dir schon rechtzeitig sagen, wenn bei mir Langeweile aufkommt. Ich heiße übrigens Katharina."

Erst jetzt betrachtete Peter seine Nebenfrau etwas genauer. Vor allem ihre offene Freundlichkeit beeindruckte ihn. Dazu war sie durchaus apart und nicht aufreizend angezogen. *Eine Nutte ist sie scheinbar nicht!* Ihre gepflegten Hände hatte sie um ihr Cocktailglas gelegt.

"Lass mal lieber das Glas los, sonst wird dein Drink zu schnell warm, denn meine Geschichte von heute wird etwas länger."

Sie ließ tatsächlich los und Gerald begann zu erzählen und er bemerkte, dass es ihm gut tat, seine Misere loszuwerden, wobei er wirklich nichts beschönigte, oder die Schuld an dem Dilemma Rebecca oder Gerald zuwies. Katharina unterbrach ihn kein einziges Mal.

Nachdem er geendet hatte erzählte sie ihm ihre Geschichte, die auch nicht sonderlich positiv war. Und dann saßen sie nebeneinander, mittlerweile den dritten Virgin-Drink schlürfend und eine mehr als angeregte Unterhaltung begann, wobei sie sich mit ihren Körpern immer näher kamen.

XII

Schräg schien die Morgensonne durch das Fenster und erleuchtete die Couch, auf der Rebecca gerade eben erwachte. Eigentlich sollte dieses Licht in ihr eine heitere Stimmung erzeugen, aber sofort fielen ihr auch wieder all die Unbillen des vergangenen Abends ein. Da hatte auch die Nähe Geralds, als er sie in seine Arme nahm, was sie auch sichtlich genossen hatte, zu keiner Verbesserung ihrer Stimmung beigetragen. Noch immer konnte sie sich Peters Verhalten nicht vollständig erklären. – Und Gerald hatte ihn auch noch in Schutz genommen und dies als männliches Balzgehabe abgetan.

Gerald! – Wo war er eigentlich? Sie war ordentlich zugedeckt im Wohnzimmer gelegen, aber ohne ihn! Leicht beunruhigt stand Rebecca auf und fand ihn friedlich schlummernd im Bett nebenan im Schlafzimmer. Sie legte sich neben ihn und betrachtete seine entspannten Gesichtszüge. Seinen in ihren Augen so schön geformten Mund, seine Grübchen auf den Wangen links und rechts.

Irgendwie schien er ihren Blick gespürt zu haben, denn er gönnte ihr kein weiteres ungestörtes Betrachten und schlug die Augen auf. Sofort trat ein Glanz in seine Augen, die sich glücklich verengten, sodass sich kleine Fältchen an den äußeren Augenwinkeln bildeten. Das Lächeln, das er ihr sogleich schenkte, war noch viel mehr wert, als ein weiteres Betrachten. Sein linker Arm glitt unter der Bettdecke hervor, umschlang sie und zog sie mit ihrem Kopf zu seiner Brust heran. Sie hörte sein Herz schlagen.

"Das schlägt für dich!" *Woher wusste er, dass sie seinen Lebensimpulsen lauschte?* Sie kuschelte sich noch näher an ihn heran und streichelte mit der linken Hand seinen Bauch.

154

"Mir geht's nicht so gut!" Sie flüsterte es leise auf seine Brust.

"Ich weiß." Das tiefe Brummen, mit dem er diese Worte aussprach, hatten etwas Beruhigendes, auch weil sie diese durch die Vibrationen seines Brustkorbes verstärkt empfand.

"Du hast so tief geschlafen und ich wollte mich nicht bewegen, um dich nicht zu wecken. Aber da war mein Arm, der unter dir lag und mir dann eingeschlafen ist, sodass ich ihn herausgezogen habe. Aber dann war noch weniger Platz, deswegen bin ich ins Bett umgezogen." Er sah sie fast entschuldigend an.

"Das ist schon in Ordnung, ich hab dich ja gleich wieder gefunden."

Draußen auf der Straße konnte man das Rumpeln und Klirren der Müllabfuhr hören, die die Tonnen leerte.

Das Schlafzimmerfenster stand in einem anderen Winkel zur Sonne als das des Wohnzimmers, sodass sich hier durch deren Strahlen, die sich an den Wänden brachen, ein rot-goldener Schimmer im Zimmer ausbreitete. Beide lagen nebeneinander und Rebecca genoss das Schattenspiel, das sich dadurch zeigte. Über dem Kleiderschrank schien sich so gerade ein dunkelroter Wald zu bilden, der einladend auf sie zu wirken begann. Sie spürte, wie sich ihre negative Anspannung löste, zum einen durch diese Lichtreflexionen, zum anderen durch Geralds Nähe und dem gleichmäßigen Pochen seines Herzens. Außerdem roch er auch am frühen Morgen noch immer verführerisch gut!

Sie konnte nicht abschätzen, wie lange sie beide so nebeneinanderlagen, bis Geralds Stimme in diese Stille angenehm einbrach. "Hast du eigentlich Wünsche, wie wir die nächsten Tage verbringen? Und willst du mich nach München zu meiner nächsten PR- Aktion begleiten?"

"Wann ist die denn?"

"In fünf Tagen. Dazwischen habe ich keine Termine bis auf einen und den dauerhaft. So hoffe ich jedenfalls."

Rebecca lächelte still auf seiner Brust. "Und der wäre?" Sie stellte sich spielerisch unwissend.

"Der Grund heißt Rebecca!"

"Ich habe mir schon die Zeit genommen, außerdem würde ich nach dem gestrigen Abend auch nicht in die Redaktion fahren wollen. Was möchtest du denn gerne machen?"

"Was hältst du von Skifahren? In den Bergen liegt jede Menge Schnee und das Wetter, so wie ich es gestern vernommen habe, soll auch sehr gut werden."

"Das wäre wirklich eine tolle Idee, da hätte ich auch Lust darauf." Rebecca erhob sich und gab ihm einen Kuss. "Ich werde gleich etwas zusammenpacken, hast du eine Idee, wohin wir fahren sollen?"

Gerald lächelte: "Lass mich mal an deinen Computer, ich glaube, ich weiß, wo es dir gefallen wird. Ich muss nur abchecken, ob ein Zimmer, – ein ganz bestimmtes –, frei ist und dann werde ich es sogleich buchen."

"Aber, du hast doch gar keine Ausrüstung!" Rebeccas Einwand konnte Gerald schnell entkräften.

"In einem Storage in München habe ich meine Skiausrüstung eingelagert, die müssen wir nur holen. Und es ist nicht einmal ein Umweg."

"Dann brauchen wir aber ein anderes Auto, denn mein Mini ist für den Transport von Skiern zu klein. Da müssen wir wohl einen Leihwagen nehmen."

"Macht nichts, den kann ich auch gleich reservieren. Welchen möchtest du denn gerne?"

"Natürlich einen Maybach!"

"Klar, dass ich nicht selbst darauf gekommen bin! Der ist nämlich absolut wintertauglich!"

Rebecca umarmte Gerald. "Ist doch völlig egal, Hauptsache wir kommen möglichst schnell dorthin!"

"Ja, dann haben wir drei volle Tage!"

"Und Nächte!" Sie drückte ihn bei der Umarmung noch fester, fordernder.

Gerald befreite sich aus ihrer Umarmung und ging ins Badezimmer, während Rebecca ihren Kleiderschrank öffnete und zielstrebig die nötigen Gewänder heraussuchte. Ihre Skiausrüstung befand sich im Keller, die könnte sie später holen. Als sie ins Wohnzimmer kam, saß Gerald bereits vor ihrem Computer. "A6 oder 5er?"

"Was meinst du?"

"Das Auto! Passat wäre auch nicht schlecht oder?"

"Nicht den 5er, der hat Hinterradantrieb und das ist auf Schnee vielleicht nicht so gut."

"Wenn du das so siehst, dann nehme ich den A6 mit Allradantrieb." Gerald klickte es in die Datei ein. "Das Zimmer habe ich auch schon gebucht, es war noch frei."

"Wo geht's denn hin?" Rebecca wurde neugierig, als sie den Glanz in seinen Augen bemerkte.

"Saalbach-Hinterglemm, aber nicht in ein Hotel im Tal, sondern in einen Gasthof oben am Berg, zwar etwas abseits, aber wunderschön! Es ist zwar keine Luxusunterkunft, aber ich weiß seit den Bahamas ja, dass du darauf sowieso wenig stehst. Genau wie ich!"

"Hast du denn die richtige Bekleidung dabei?"

"Was ich abends anziehe, habe ich bereits hier, alles andere ist auch in dem Storage. Zur Not kann ich etwas kaufen."

Rebecca hatte wirklich schnell Ihr Gepäck beisammen, was Gerald mit Erstaunen feststellte und bereits eine halbe Stunde später, nachdem sie noch einen Kaffee getrunken hatten, machten sie sich auf den Weg zum Autoverleih, der nicht weit entfernt eine Filiale hatte. Erst danach würden sie ihre Skiausrüstung abholen.

XIII

Schon auf der Rückfahrt zu ihr nach Hause hatte sich Rebecca schnell an die Automatikschaltung des A6 gewöhnt und genauso schnell erkannte sie, dass man mit diesem Wagen viel Fahrspaß haben konnte. Sie war zunächst erstaunt, dass Gerald sie zusätzlich als Fahrerin hatte eintragen lassen, was einen geringen Aufpreis bedeutete, aber er hatte auch einen triftigen Grund dafür: "Ich fahre so selten und dann häufig mit Linksverkehr und, wie du weißt, nur sehr alte, langsame Fahrzeuge." Ein verschmitztes Lächeln überzog dabei sein Gesicht. "Deshalb ist es sicherlich besser, wenn du fährst. Außerdem ist es eine ernsthafte Prüfung für mich daneben zu sitzen, denn ich bin ein außerordentlich schlechter Beifahrer. Dann lernst du auch mal wieder eine schlechte Seite von mir kennen!"

"Was meinst du mit auch mal wieder?"

"Nun sag bloß, dir sind meine Eigenheiten und Unarten noch nicht aufgefallen! Denk nur an gestern Abend, da war ich schon sehr provokant und konnte mich in meiner Überlegenheit sonnen!"

"Hör auf mit gestern! Das verdirbt mir gleich schon wieder meine zurückgewonnene gute Laune!" Rebecca parkte den A6 direkt vor ihrer Haustüre und gab Gerald ihren Wohnungsschlüssel. "Du holst von oben unser Gepäck und ich meine Skiausrüstung aus dem Keller. Und vergiss nicht, danach abzusperren!"

"Yes, Mam Sahib! Ich alles tun was anschaffst du, nur bitte nicht sein bös mit armes Gerald."

"Gut, dass du mich daran erinnerst, vergiss nicht die Rindslederpeitsche und die Kette mit der Kugel daran. Beides liegt unter dem Bett!" Rebecca ging auf den Scherz, ohne lange zögern zu müssen, ein.

"Oh, Mam Sahib, bitte nicht Kette mit Kugel! Ist nix gut zu fahren auf Schnee, weil Kugel immer Rollen voraus und ich nix schnell fahren können!" Gerald gestikulierte heftig mit den Armen und rollte unter Grimassen mit seinen Augen.

158

"Gut, dann lass die Kette da. Aber die Peitsche kommt mit!"

"Oh ja, schlagen, bitte schlagen! Gut für Durchblutung von Haut! Ich mögen das sehr!" Dann wand Gerald sich Rebecca zu: "Ich dich auch schlagen dürfen?"

"Unwürdiger Nichtsnutz, jetzt rauf mit dir und hole die Sachen!"

"Ja, Mam Sahib, ich laufen, ich nix vergessen!"

Lachend ging Rebecca in den Keller und holte ihre Ski, die Stöcke und ihre Skistiefel. Als sie die Treppenstufen wieder hochstieg, hörte sie ein fürchterliches Keuchen von oben näher kommen.

"Oh, Mam Sahib, ich doch haben mitgenommen Kette und Kugel, weil wollen sein an dich gekettet! Ist aber sehr schwer! Hoffentlich Bett nicht krachend zusammen." Gerald spielte den schwer Atmenden, der fast unter der zu tragenden Last zusammen zu brechen schien. Dann jedoch warf er das Gepäck mit einem eleganten Schwung in den Kofferraum und auch ihre Skiausrüstung verschwand im Skisack am Ende des Kofferraumes. Danach sah er Rebecca erwartungsfroh an: "Dann mal los!"

Schon bald ging es auf die Autobahn A3 und Rebecca konnte die Beschleunigung des Wagens richtig spüren. Im Verkehrsfunk waren keine Staus oder andere Verkehrsbehinderungen angegeben, sodass sie zügig nach München vorankommen würden.

"Wenn wir es rechtzeitig schaffen, könnten wir in München ein paar Weißwürste essen, was hältst du davon?"

Gerald war vom Vorschlag Rebeccas begeistert. "Dann gib mal Gas, ich weiß schon, wo wir die genießen können!"

Bis auf eine kleine Baustelle um Nürnberg herum kamen sie tatsächlich bis München auch auf der A9 sehr schnell voran, sodass diesem Weißwurstessen nichts im Wege stand. Es entsprach zwar nicht genau der Münchner Tradition, derzufolge Weißwürste vor dem Mittagsleuten gegessen werden sollten, aber das war schließlich nur ein Relikt aus den Zeiten, als es noch keine richtigen Kühlungen gab.

Rebecca parkte das Auto auf einem Park-and-Ride- Parkplatz in der Nähe einer S-Bahn Station und dann fuhren sie mit dieser ins Zentrum zum Marienplatz. Dies ging viel schneller und stressfreier, als wenn sie mit dem Wagen erst noch hätten einen Parkplatz in der Innenstadt suchen müssen. Vom Marienplatz aus waren es zwei Gehminuten hinunter ins Tal zum Weißen Bräuhaus, das sich Gerald für diese Münchner Spezialität herausgesucht hatte. Rebecca merkte ihm eine gewisse Unruhe an.

"Du weißt gar nicht, wie lange ich mich danach gesehnt habe! Das war schon eine Tradition zu meiner Studentenzeit, als wir jeden Freitagvormittag hier einkehrten, eben um Weißwürste zu essen. Und jetzt, mit dir, der schönsten und wundervollsten Frau, ist es für mich noch einmal etwas Besonderes!

Rebecca fühlte ihre Hand gepackt und von Gerald regelrecht gezogen, so wie sie früher als Kind ihre Mutter, oder ihren Vater gezogen hatte, wenn sie unbedingt und so schnell wie möglich irgendwohin wollte. Zum Beispiel zum Riesenrad auf dem Oktoberfest! "Würdest du mit mir auch einmal auf das Oktoberfest gehen?" Die Frage klang fast ein wenig atemlos, so schnell zog Gerald sie voran.

"Sehr gerne, mit dir möchte ich überall hingehen, aber nur wenn wir in Tracht dort auftreten! Ich kann dir in dem Storage sogar meine Lederhose zeigen, wenn wir meine Ausrüstung dort abholen, aber erst nach den Weißwürsten!" Als sie das Weiße Bräuhaus betraten, schien sich Gerald in diesem Lokal fast wie zu Hause zu fühlen. Er blieb kurz am Eingang stehen, der in den großen vorderen Gastraum, die eigentliche Schwemme, führte und sog fast genießerisch die Luft ein, die nach allerlei unterschiedlichen Gerichten roch, aber immer vom Duft des ausgeschenkten Bieres überdeckt wurde. Schon bald hatte er zwei Plätze an einem großen Tisch entdeckt, an dem schon einige andere Personen saßen und bereits aßen oder tranken. Er freute sich richtig, dass diese beiden Stühle von ihnen eingenommen werden konnten und nicht bereits reserviert waren. Rebecca freute sich mit ihm und genoss das glückselige Strahlen in seinen Augen. Dann zog aber kurz ein Schatten darüber: "Es tut mir leid, aber ich habe völlig vergessen, dass du danach wieder Auto fahren musst, da kannst du ja gar keinen Aventinus trinken."

Rebecca griff nach seiner Hand: "Das macht doch nichts, dann trinke ich ein Radler und ein oder zwei Schluck bei dir, dann habe ich auch den Genuss!" Sofort zeigte sich wieder das Leuchten in seinen Augen. "Wie viele Würste möchtest du?"

"Ich denke, ein paar wird mir genügen."

Die Kellnerin kam an den Tisch und Gerald bestellte einen Aventinus, ein Radler und drei paar Weißwürste. Alles zusammen wurde schon in unglaublich kurzer Zeit an ihren Tisch getragen.

Während des Essens, Gerald zuzelte seine Würste, kamen sie, wie es in solchen Lokalen üblich war, mit den Tischnachbarn ins Gespräch, das meist mit der Frage: "Wo kommts ihr denn her?", begann. Da Rebecca und Gerald wie selbstverständlich auch Dialekt sprachen, wurde ihnen Frankfurt als Herkunftsort nicht abgenommen, was die beiden natürlich in Erklärungsnöte brachte. Dass Gerald eigentlich noch von viel weiter herkam, unterschlugen sie ihren Gesprächspartnern, besonders deshalb, weil eine Dame am Tisch nach ausgiebiger Betrachtung glaubte, Gerald zu kennen, sie wisse nur nicht wo her.

Der Aventinus schmeckte Rebecca besonders und sie bedauerte es wirklich, nur einen Kostschluck nehmen zu können. Dafür bestellte sich Gerald noch ein zweites Glas, nachdem er sein erstes ausgetrunken hatte. Es war für Rebecca eine wahre Freude, zu sehen, wie Gerald in dieser Wirtschaft aufblühte, während er sich unterhielt. Nur bei der Dame am Tisch blieb er etwas wortkarg und als sie plötzlich ein paar Fragen in die richtige Richtung bezüglich Gerald stellte, konnte es diesem nicht schnell genug gehen, sein Weißbierglas zu leeren und die Rechnung zu ordern. Und tatsächlich, beim Bezahlen stieß sie auf einmal hervor: "Jetzt weiß ich es! Sie sind Gerald Piller! Ich habe schon drei Bücher von ihnen gelesen! Sie müssen mir unbedingt erzählen, wie sie auf die Ideen für ihre Romane kommen!"

"Das tut mir jetzt aufrichtig leid, ich würde das liebend gerne machen, aber meine Managerin", Gerald zeigte auf Rebecca, "und ich haben jetzt einen dringenden Termin. Wir sind ohnehin schon etwas in zeitlichem Verzug!" Er setzte ein bedauerndes Gesicht auf und verabschiedete sich etwas überhastet, wobei er Rebecca wieder an der Hand hinaus ins Freie zog, genauso wie er es vorhin auf dem

Hinweg umgekehrt auch gemacht hatte. Mit einem Schmunzeln auf dem Gesicht lief Rebecca hinter ihm her.

"So, so, deine Managerin! Die glaubt jetzt, dass Gerald Piller ein Verhältnis mit seiner Managerin hat, so wie die mich danach angesehen hat."

"Und wenn schon? Was ist daran so abwegig? Ich möchte nicht wissen, wie viele Menschen in einem solchen Verhältnis zu ihren Managern stehen! Außerdem könnte ich dich, wenn ich nicht schon Felix hätte, durchaus in dieser Rolle für mich vorstellen – obwohl Beruf und Privat möchte ich doch lieber getrennt haben. Jetzt lass uns das Auto holen und in die Chiemgaustraße bis zur Bahnunterführung fahren, wo sich mein Storage befindet."

Noch in der S-Bahn hatte Gerald diesen glücklich – melancholischen Gesichtsausdruck. Trotz seines fast fluchtartigen Aufbruchs aus dem Bräuhaus hatte er sich dort sehr wohl gefühlt. Rebecca hatte das Gefühl, dass sein Bekanntheitsgrad für ihn des Öfteren eine Last war und sie konnte seine Flucht auf die Bahamas immer mehr nachvollziehen.

Nachdem auch Geralds Skiausrüstung ebenfalls im Wagen verstaut war, nicht ohne dass er Rebecca stolz seine Lederhose präsentiert hatte, machten sie sich auf den Weg in Richtung Österreich. Es war schon kurz vor 15:00 Uhr und sie mussten sich jetzt etwas beeilen, wollten sie noch vor Sonnenuntergang dort ankommen. Als sie über die Grenze fuhren und Gerald nach einem kurzen Nickerchen, der Aventinus forderte seinen Tribut, abschätzen konnte, wann sie in Saalbach ankommen würden, rief er den Wirt des Gasthofes an, damit dieser sie abholen konnte. Rebecca hatte seit der Fahrt aus München heraus mit Freuden bemerkt, dass die Schneehöhe links und rechts der Straße immer mehr zunahm. Als sie ins Glemmer Tal von Saalfelden aus kommend einbogen, ragten von den Begrenzungsstäben für den Schneeräumdienst nur etwas mehr als das obere Drittel heraus.

"Der Schnee im Winter, das ist das, was mir auf den Bahamas am meisten fehlt! Ich freue mich richtig darauf, das mal wieder zu genießen!"

Am Parkplatz in Saalbach wartete bereits Herr Landsdorfer, um das Gepäck aufzunehmen. Dann fuhr er mit den beiden an das obere Dorfende, wo eine kleine Pistenraupe stand, mit der es jetzt einen Waldweg nach oben zur Brunner-Alm hinaufging. Mit dumpfem Brummen sprang der Diesel an und fuhr ratternd los. In der Kabine herrschte ein ohrenbetäubender Lärm, aber Rebecca genoss trotzdem die Fahrt nach oben durch den tief verschneiten Wald, wobei es immer dunkler wurde. Das Rumpeln und Rucken, wenn es um Kurven herum ging, war eine völlig neue Erfahrung. Trotz des Lärms barg diese Fahrt eine gewisse Idylle, vor allem wenn von den schwer mit Schnee beladenen Bäumen dieser als weißer Glitzer im Scheinwerferlicht der Raupe von den Ästen viel und die Strahlen in Farbreflexionen brach.

Dann kamen sie aus dem Wald heraus in ein Hochtal, über dem die Sterne der klaren Nacht, mittlerweile war es komplett dunkel geworden, vom Himmel funkelten. Sie fuhren an den Lichtern eines anderen Gasthauses, der Spielberg Alm vorbei und fanden dann etwas unter ihnen die lockenden Lichter ihres Zieles: der Brunner Alm.

XIV

Tiefer Schnee umgab das idyllisch gelegene Gasthaus. Vom Zaun, der aus Lärchenholzbrettern bestand und das Anwesen umgab, war nichts zu sehen. Gerald kannte die Brunneralm auch als Ausflugsziel im Sommer, wenn man die Schotterstraße von Fieberbrunn herauf kam, was im Winter wegen der Lawinengefahr von dieser Seite aus nicht möglich war. Im Sommer befand sich auf der Vorderseite hinter dem Zaun ein kleines Alpinum, in dem massenhaft Lupinen ihre schönen blauviolett bis roten Blüten der Bergsonne entgegenstreckten. Gerald hatten diese Pflanzen fasziniert, wollte seine Mutter sich an diesen doch auch immer im Sommer erfreuen und pflanzte sie deshalb in ihrem Garten ein. Das Ergebnis war jedes Mal das gleiche: nach spätestens drei Tagen war keine Lupine mehr zu sehen außer braunen Stümpfen, die die gefräßigen Nacktschnecken nach ihrem nächtlichen Fressgelage noch hatten übrig gelassen. Gerald sinnierte in sich hinein, wieso gerade dieser Gedanke ihm jetzt bei dieser märchenhaften Winterlandschaft gekommen war. Eine Leiter lehnte am Dach. Vermutlich musste Markus Landsdorfer ein paar Mal schon die Schneelast vom Dach fegen.

163

Sie betraten das Gasthaus von unten durch den Skikeller. So konnten sie gleich einmal ihre Stiefel und die Bretter verstauen und gingen dann die Treppe nach oben in einen Vorraum, wo die Küche und der eigentliche Gastraum abzweigten.

"Stell dir vor, da hatte heute noch einer nach eurem Zimmer gefragt, kurz nachdem du angerufen hast!" Landsdorfer half Rebecca beim Tragen der Taschen die Treppen hinauf in den zweiten Stock des Gebäudes.

"Es ist aber auch das Schönste hier auf der Alm!" Gerald ging voraus zu einer Tür am Ende des kurzen Flures, der sich an die Treppe anschloss.

"Der muss das Zimmer gekannt haben, denn ich vermiete es eigentlich so gut wie nie, außer an gute Bekannte wie dich. Meininger oder so ähnlich hat er geheißen und er wollte nur dieses Zimmer. Da habe ich ihn auf das nächste Wochenende vertröstet und dann will er kommen. Ich glaub sogar, ich weiß, wer das ist," Markus verzog etwas das Gesicht. "Er war mir eigentlich nie sonderlich sympathisch gewesen, aber hat immer eine gute Zeche gemacht und eigentlich auch keinen Ärger. Weißt du, er ist so ein Typ Machtmensch, wie es heutzutage immer mehr gibt auf der Welt." Landsdorfer sperrte das Zimmer auf und ließen Gerald und Rebecca eintreten. "Es müsste warm genug sein, ich habe gleich nach deinem Anruf eingeheizt und die Dusche an das Warmwasser angeschlossen, du weißt ja, für dieses Zimmer muss man es extra machen."

Gerald musste lachen, als er sich an diese Geschichte erinnerte. Er war der erste Gast für dieses Zimmer, als Markus die Pacht übernommen hatte und der Besitzer der Alm hatte nicht auf diese Besonderheit hingewiesen, weshalb Gerald und Markus zunächst einmal suchen mussten, wie man neben Kaltwasser auch Warmwasser zum Duschen bekommen würde. Dazu verfolgten sie beide damals zum Teil auf den Knien rutschend die Leitung, die im Gebälk frei verlegt war, bis sie nach doch einiger Suche im ersten Stock auf einen Verteilerhahn trafen, den man dafür umlegen musste.

"Was wollt ihr denn heute Abend zum Essen? Du weißt, eine richtige Karte habe ich für meine Gäste nicht. Dafür finden im Winter viel zu wenige her. Ich hab Wiener Schnitzel mit Bratkartoffeln, Gulasch,

Schweinebraten und natürlich Kasnocken, so richtig mit vielen angerösteten Zwiebeln.

Gerald sah Rebecca fragend an.

"Kasnocken wären für mich heute ideal!"

Gerald schloss sich ihr an.

"Gut, dann lass ich euch jetzt allein. So um 19:30 Uhr wäre dann das Essen fertig."

Sie hörten Markus wieder die Treppe hinunter steigen. "Das ist ein traumhaftes Zimmer, mit der großen Fensterfront unter der Dachgaube!" Rebecca ließ sich aufs Bett fallen.

Gerald sah sich auch erst einmal um. Es hatte sich nichts verändert seit dem letzten Mal und das war schon einige Zeit her. *Vier Jahre bestimmt, er muss mal Markus fragen!* Er sah sich durch Rebeccas Aussage bestätigt. Es war wirklich ein herrliches Zimmer, zwar einfach in Fichte-Rustikal gehalten mit blau- und rotkarierten Bettbezügen, aber es bekam dadurch etwas Warmes, Anheimelndes, das so sehr zu seiner und wie er wusste, auch Rebeccas Natur passte. Dieses Zimmer war Luxus, nicht im Preis und der Ausstattung, sondern in der Ausstrahlung und vor allem dem Ausblick, der sich in seiner ganzen Pracht erst morgen zeigen würde, wenn die Sonne aufgegangen war. Aber auch der Sternenhimmel, der jetzt durch die großen Fenster herein funkelte, wäre für jeden Romantikfilm eine ideale Kulisse. Eine Umgebung, die auch auf ihn zu wirken begann.

Er kniete sich vor das Bett, auf dem Rebecca auf dem Rücken lag. Ihr Antlitz wurde durch das einfallende schwache Licht in viele Schatten und wenige helle Stellen getaucht, die ihr in Geralds Augen einen geheimnisvollen fast sphinxhaften Ausdruck verliehen. Als sie den Schatten von Geralds Kopf wahrnahm, der sich langsam zu ihr herabsenkte, schloss sie die Augen, wodurch ihr Gesicht noch mystischer wurde, und erwartete den sanften Druck seiner Lippen. Für Gerald war es immer noch einer der spannendsten Momente kurz bevor sich ihre Lippen berührten. Fast jeder Kuss zwischen ihnen war immer wieder anders, denn ihre Stimmungen konnten sie beide durch Küsse zum Ausdruck bringen. Der Druck der Lippen, das Spiel ihre Zungen, die nie in den Mund des anderen eindrangen, signalisierten die breite Gefühlspalette, die zwischen ihnen beiden immer wieder neu und doch auf der anderen Seite mittlerweile so vertraut waren.

Auch diesmal war es, Gerald wollte ihn als Sternenkuss bezeichnen, wieder etwas völlig anderes, das seine Liebe zu dieser fantastischen Frau nur noch mehr zementierte. Sie hatte jetzt ihre Augen wieder geöffnet und Gerald wusste, dass sie im Kuss mit ihm vereinigt, die Sterne sah, die noch nicht von ihm verdeckt wurden und er bildete sich auch ein – wirklich nur Einbildung? – dass ihre Augen das Funkeln dieser so weit entfernten Objekte reflektierten und direkt in sein Herz projizierten. Es entstand eine Wärme in ihm, die aus 1000 kleinen Lichtpunkten hervor brach. Seine Arme umschlangen Rebeccas Körper und verstärkten durch diesen Druck noch die Gefühle, die sie sich durch ihre Lippen wieder zurück schenkten. Auch Rebecca hatte einen Arm um seine Schultern gelegt und zog ihn mit ähnlicher Intensität an ihren Körper. Es entstand eine Einheit, die in ihren Mündern den Anker fand, der sie zusammenkettete. Gerald genoss den warmen Atem Rebeccas, den er beim Kuss auf seinen Lippen spüren konnte, wenn sie ausatmete. Jeder dieser Wärmeimpulse war für ihn eine Quelle der Zuneigung, der Innigkeit, der Vertrautheit, aber auch der Kraft und der Stärke.

Ja, Rebecca war eine starke Frau und er spürte es auch besonders in ihren Küssen. Das Sprichwort "ich werde schwach" würde er bei manchen Küssen Rebeccas – nicht allen! – eher als "ich werde gestärkt" dahingehend interpretieren. Und er wusste und spürte auch, dass sie seine im sanften Kuss verhüllte Stärke ebenso genoss.

Er konnte nicht mehr sagen, wie lange diese Vereinigung ihrer Münder, *ja man konnte sich auch mit dem Mund vereinigen!* andauerte und es war letztendlich auch egal. Es ging nicht darum, irgendwelche Rekorde zu brechen, obwohl er sich schon zutraute mit Rebecca zusammen an einem, der in den USA noch immer so beliebten Wettbewerbe im Dauerküssen, teilzunehmen und diesen auch zu gewinnen! Aber er würde dabei das Intime zwischen ihnen beiden vermissen. Wobei sich das Intime jetzt gerade nur im Mentalen abspielte, da weder er noch Rebecca während dieses Kusses Anstalten machten, sich auszuziehen, oder mit ihren Händen intim zu berühren. Aber er wusste auch, dass die Sterne nach dem Abendessen immer noch genauso funkeln würden wie jetzt am frühen

Abend! Außerdem verspürte er allmählich einen aufkommenden Durst.

"Was hältst du von einem Bier?"

Rebecca richtete sich auf. "Ja, das wäre jetzt wirklich etwas Feines."

Noch immer in Gedanken bei dem vorangegangenen Kuss – es war nur ein einziger – gingen sie die zwei Stockwerke hinunter in die Gaststube.

XV

Wie Markus es bereits gesagt hatte, war die Gaststube nur spärlich besetzt. Zwei andere Paare saßen an ihren Tischen und unterhielten sich leise. Dafür ging es an der kleinen Bar etwas lauter zu, wo sich Markus mit ein paar Einheimischen austauschte. Ihren Anzügen nach zu schließen, waren sie Angestellte der Saalbacher Seilbahn- und Liftgesellschaft, die auf einen Absacker noch hierher vorbeigekommen waren. Im Sommer waren sie wahrscheinlich alle in der Landwirtschaft oder im Tourismus beschäftigt. Wenn man genau hinhörte und sich etwas in den Feinheiten der österreichischen Dialekte auskannte, waren sie als Tiroler zu erkennen. Das Besondere an der Brunneralm war nämlich die Tatsache, dass sie fast genau auf der Bundesländergrenze zwischen Tirol, dort befand sie sich gerade noch, und dem Land Salzburg, zu dem das Glemmer Tal gehörte, befand. Und es war wirklich auffällig, dass die Tiroler gerne den längeren Weg auf sich nahmen, um in der Brunneralm ein Bier zu trinken, als etwas weiter vorne im Spielberghaus, das zu Salzburg gehörte. Gerald musste schmunzeln: *auch im Kleinen hier wird die Heimatverbundenheit betrieben!*

Rebecca suchte sich einen Tisch in einer Nische neben dem Kachelofen, der nur leicht warm war, aus. Sie saßen dort nicht zu exponiert. Gerald hatte die Blicke der Männer an der Bar und auch die eines der anderen Gäste durchaus bemerkt, wie sie Rebecca taxierten, als sie den Raum betreten hatten. Er musste wieder einmal feststellen, dass sie allein wegen ihrer Optik schon einen Reiz für die meisten Männer darstellte und er schätzte sich einmal mehr sehr glücklich, dass ihre Gunst ihm zugefallen war! Aber es bedeutete auch gleichzeitig einen Ansporn für ihn, immer auch auf sie attraktiv zu wirken und da wurde ihm des Öfteren der Altersunterschied

167

zwischen ihnen beiden bewusst. Er verdeutlichte sich zugleich aber auch, dass es allein an ihm selbst lag, diese Wirkung auf sie nicht verfallen zu lassen, was letztendlich auch seiner Gesundheit zu Gute kam.

Markus kam mit zwei Gläsern Bier, die Gerald schon im Vorbeigehen an der Bar bestellt hatte und stellte sie auf den Tisch. Selbstverständlich war es Tiroler Bier der Brauerei Huber aus Kitzbühel, das im Sommer das nächstgelegene Brauhaus darstellte. Im Winter war die Zustellung ungleich weiter, musste doch der Trank um die gesamte Bergkette herumgefahren werden.

"Auf ein paar schöne Tage!" Gerald prostete Rebecca zu.

"Das werden sie sein, allein weil du dabei bist!" Rebecca nahm danach einen tiefen Schluck und erfreute Gerald mit dem Anblick eines kleinen Bierschaumbärtchens, nachdem sie das Glas wieder abgesetzt hatte.

Dieses Kompliment konnte er natürlich nicht unerwidert stehen lassen. "So wie sich vorhin die Sterne in deinen Augen gebrochen haben, so wird morgen der Schnee den Schatten deiner Schönheit widerspiegeln! Vielleicht kann ich dir auch zeigen, dass nicht nur Sandkörner sondern auch Schneekristalle einen Schatten bilden." Er nahm noch einmal das Glas und tat einen kräftigen Zug daraus. "So ein Bier am Tag tut schon richtig gut! Gerade nach so einer langen Fahrt."

Rebecca gab einen belustigten Ton von sich. "Das sollte eigentlich ich sagen."

"Warum?"

"Darf ich dich darauf hinweisen, dass du heute bereits zwei Weißbier getrunken hast?"

"Ja, du hast recht, ich werde für den Rest des Abends auf Almdudler umsteigen." Gerald mimte betrübt den Ertappten.

Er bekam von Rebecca, die am Tisch ihm nicht gegenüber, sondern über Eck saß, einen Kuss auf die Wange. "Keine Sorge, ich werde nicht allzu streng sein mit dir, Almdudler wäre ja wohl eine Strafe für dich."

"Nein, du wirst lachen, aber ich trinke den wirklich manchmal ganz gerne, schon seit meinen Österreichurlauben mit meinen Eltern." Vor seinem inneren Bild zeichneten sich in schneller Reihenfolge Erinnerungsbilder aus seiner Kindheit ab.

Es musste wohl etwas länger gedauert haben, denn Rebecca riss ihn freundlich aus der Betrachtung dieser Erlebnisse. "Hallo! Ertrinkst du gerade in Almdudler? Du sagst ja nichts mehr!"

Er nahm ihre Hand und drückte sie. "Ich habe gerade wieder gemerkt, wie viel ich dir noch erzählen muss und will. In deiner Gegenwart fallen mir Dinge ein, an die ich schon lange nicht mehr gedacht habe!"

"Du weißt, ich liebe Geschichten, und besonders wenn sie aus deinem Mund kommen!"

Gerald wollte schon anfangen, ihr ein paar Bilder, die er gerade in seinem Inneren gesehen hatte, zu beschreiben, als Markus mit einer mittelgroßen Gusseisenpfanne an ihren Tisch trat. Der Duft aus der Pfanne roch unwiderstehlich nach Käse und angerösteten Zwiebeln. Er stellte die Pfanne vor ihnen mitten auf den Tisch und reichte ihnen noch Besteck dazu. "Bei uns ist man die Kasnocken gemeinsam aus der Pfanne. Das könnt ihr gleich als Prüfung ansehen, wie gut ihr miteinander harmoniert!" Er grinste breit. "Den Salat bringe ich euch gleich!"

Rebecca und Gerald beugten sich vor und genossen das Aroma dieser Spezialität. Dann zog Gerald sein Messer aus der Serviette, in die das Besteck eingewickelt war und zog eine Linie durch den Inhalt der Pfanne. "Das ist die Grenze!" Er verzog keine Miene dabei. "Dass du ja nicht auf die Idee kommst, von meinem Teil etwas weg zu essen!"

Rebecca sah ihn erzürnt an. "Das kommt überhaupt nicht in Frage! Du hast dir mindestens einen Claim von zwei Dritteln abgesteckt, außerdem sind bei dir die Zwiebeln viel dicker drauf!" Sie nahm ihre Gabel und stach mitten in Geralds Teil hinein und schob sie sich in den Mund.

"Das geht ja wohl gar nicht!" Gerald schnaubte förmlich und holte mit seiner Gabel aus Rebeccas Teil wieder etwas zurück und legte es in die vorher entstandene Lücke. Dann zog er die Pfanne nah zu sich heran und wollte sie gegen weitere feindliche Einnahmeversuche Rebeccas abschotten.

"Ich seh schon, ihr versteht es meisterhaft, die Kasnocken sozial aufzuteilen!" Markus stand mit dem Salat, diesmal in zwei Schälchen am Tisch.

Rebecca sah ihn um Hilfe heischend an. "Kannst du bitte dableiben und den Schiedsrichter machen, sonst isst mir der Gerald alles weg!"

Markus blieb unbeeindruckt. "Noch zwei Bier?"

Beide nickten und er ging wieder zurück zur Bar. Rebecca und Gerald prusteten lauthals los und in ihren Augen stand wieder der Glanz, der auf ihn so unwiderstehlich wirkte. Ein Kuss besiegelte den stillschweigend durchgeführten Friedensvertrag.

Die Kasnocken schmeckten ausgezeichnet und waren natürlich in einer derartigen Menge vorhanden, dass sie beide die Pfanne gar nicht leer essen konnten. Wieder einmal beneidete Gerald jeden Bissen, den sich Rebecca in ihren aufregend hübschen Mund steckte.

Nach einer Weile kam Markus wieder zurück und trug die Reste ab. "Wollt ihr noch ein Schnapserl?"

"Gerne, dann bekomme ich gleich die richtige Bettschwere und schlaf dann gleich ein!" Rebecca drückte auf ihrem Stuhl sitzend den Rücken behaglich durch.

Gerald sah sie mit einem Hundeblick an.

Sofort zeigte sich wieder der Schalk in ihrem Gesicht. Sie beugte sich zu ihm herüber: "Das habe ich nur offiziell gesagt. Weißt du, bei Schnaps werde ich so richtig hemmungslos!"

Gerald bemerkte, wie in seiner Hose etwas zum Leben erwachte. Er konnte es kaum erwarten, bis sie den Schnaps ausgetrunken hatten.

XVI

Als sie die Treppe zu ihrem Zimmer nach oben stiegen, war es Rebecca gelungen, vor Gerald auf den Stufen zu sein. Sie ging betont langsam vor ihm her, ganz in dem Bewusstsein, dass er ihr auf den Po starren würde. Sie genoss förmlich seine Blicke auf ihrem Gesäß und sie bemerkte auch wie sich Wärme in ihrem Unterleib ausbreitete. Dadurch gelang es ihr, ihre Bewegungen noch lasziver zu gestalten, was eindeutige Wirkung zeigte, denn Geralds Atem ging zunehmend schwerer, was nicht allein auf das Treppensteigen zurückzuführen war.

Den Beweis bekam sie oben vor dem Zimmer, in dem er mit seiner Hand eine ihrer Pobacken knetete, während er mit der anderen Hand das Zimmer aufsperrte. Als sich die Türe hinter ihnen geschlossen hatte, versuchte er sie zu küssen, aber Rebecca entzog sich ihm. Sie wollte ihn nach allen Regeln, die sie beherrschte, anmachen und ihn so lange reizen, bis er vor Verlangen nach ihr nicht mehr ein oder aus wusste. Dazu musste sie natürlich einige Vorkehrungen treffen. Sie entnahm ihrer Tasche einen Beutel, der auch ihre Unterwäsche beinhaltete und verschwand damit im Badezimmer.

"Dass du ja nicht auf die Idee kommst, mir zu folgen!" Sie sah Gerald streng an.

"Ach so,--- ins Badezimmer kommen, wenn jemand duscht, das darfst also nur du?"

"Das war meine Wohnung und da darf ich mich frei bewegen, wohin ich will!" Sie ging, in die Dusche, um sich umzuziehen und natürlich auch um sich ein wenig frisch zu machen, um duftend zu ihm zurückzukehren. Es gelang ihr tatsächlich, dies inklusive einer Dusche in angemessen kurzer Zeit zu gestalten und betrat den Schlafraum in einem blütenweißen BH mit einem dazu passenden Höschen in der gleichen Farbe.

Gerald lag auf dem Bett und hatte die Augen geschlossen. *Der wird doch wohl nicht eingeschlafen sein?* Am Zittern eines Augenlides konnte sie aber erkennen, dass er das nicht tat, sondern versuchte, durch den schmalen Schlitz hindurch zu blicken.

"Da schauspielerst du aber mal schlecht, du kannst die Augen ruhig wieder aufmachen!"

"So müde könnte ich gar nicht sein, dass sich in Erwartung der aufregendsten Frau, die ich mir vorstellen kann, einschlafen würde!" Er ließ seinem Blick über ihren Körper gleiten und Rebecca bemerkte, wie sich seine Pupillen weiteten. Er wollte sich aufrichten und sie zu sich heranziehen, aber sie machte schnell einen Schritt zurück.

"Nein, ich möchte, dass du dich ausziehst!"

"Aber ich würde auch noch gerne duschen!"

"Lass nur, das ist schon in Ordnung so! Ich habe es vorhin am Tisch bemerkt, wie gut du riechst."

"Das konntest du gar nicht wahrnehmen, bei dem Geruch, den die Kasnocken verströmten." Gerald wollte sich erneut aufrichten.

Sie schob ihn wieder sanft zurück aufs Bett und begann seinen Gürtel zu lösen. Dabei fuhr sie mit der anderen Hand unter sein Sweatshirt, aber nicht lange, denn sie musste seine Hände abwehren, die sich um ihren Körper versuchten zu schlingen. Sie stand wieder auf und stellte sich vor ihm auf. Allmählich schien er zu begreifen, was sie vorhatte. Er öffnete den obersten Knopf seiner Jeans und den Reißverschluss und entledigte sich etwas ungelenk dieses Beinkleides. Er trug darunter eine dunkelgraue, eng anliegende Short. Die Socken hat er gleich mit der Hose von den Füßen gestreift.

"Auch oben, bitte!" Rebecca sah ihn fordernd an und er kam mit einem neugierigen Gesichtsausdruck dem Wunsch nach. Dann verschränkte er die Arme hinter dem Kopf und sah sie, immer noch – natürlich! –verlangend an.

"Da fehlt noch was." Rebeccas Blick verharrte auf seiner Unterhose.

Mit einem Seufzer, den sie nicht eindeutig zuordnen konnte, ergeben oder sexuell erregt, schob er die Short herunter. Sein Glied war noch nicht steif, aber deutlich angeschwollen. Die Wärme in ihrem Unterleib breitete sich weiter aus.

Rebecca begann sich langsam zu einer in ihrem Innersten sich abspielenden Musik zu bewegen. Ihre Schultern zogen sich langsam vor und zurück, sie drehte sich dabei so dass er auch ihren Rücken sehen konnte und natürlich ihren Po und dann wieder nach vorne, wobei sie jetzt in rhythmischer Folge ihren Bauch einzog, wodurch sich die Körbchen des BH, der ihre Brüste bedeckte, genau entgegengesetzt bewegten. Immer wieder Bauch eingezogen Brust nach vorne und umgekehrt!

Sein Glied begann allmählich der Schwerkraft zu trotzen. Seine Augen wanderten auf ihrem Körper – *ja es gefällt ihm, was er sieht!* Eigentlich wusste dies Rebecca, trotzdem erzielten diese Blicke auch Wirkung in ihrem Körper.

Sie begann nun mit ihren Hüften zu kreisen, zuerst sehr langsam und sich auch immer wieder um die Körperachse drehend. Es waren Bewegungen ähnlich denen von orientalischen Tänzerinnen. Bei jeder abgeschlossenen Körperdrehung konnte sie erkennen, dass sich sein Penis immer um ein paar Millimeter weiter von seinem Schoß aufgerichtet hatte. Sie spürte, dass zwischen ihren Beinen sich Feuchtigkeit bildete und wünschte sich eine seiner Hände in ihrem Schritt. Aber das würde sie nicht zulassen. Jetzt noch nicht! Sein Brust hob und senkte sich unter schweren Atemzügen. Seine Gesichtszüge wirkten fast ein wenig versteinert und in seinen Augen spiegelte sich zunehmend die Gier und Geilheit. Rebeccas Bewegungen wurden nun schneller und sie nahm jetzt auch ihre Hände zu Hilfe, indem sie sie über ihre Körperpartien gleiten ließ, genau so, wie sie es sich eigentlich mit seinen Händen wünschen würde. Auch in ihr machte sich die Erregung immer mehr breit, durch den Anblick seines Körpers, durch sein Atmen und seinen Blick, der jede Faser ihres Körpers fixierte, um gleich danach an einer anderen Stelle hängen zu bleiben. Sein Penis stand nun schräg nach oben vor seinem Bauchnabel.

Rebecca zog ihren BH aus und ließ ihn gewollt achtlos zu Boden fallen. Geralds Augen weiteten sich noch mehr.

"Was für schöne Brüste du hast!" Er brachte es mit einer Stimme hervor, die direkt aus seinem Unterleib zu kommen schien. Rebecca spielte etwas mit ihren Brustwarzen und ihre Finger spürte sie so, als wären es seine Blicke, die wie magisch daran hingen. Sein Becken begann sich fast unmerklich etwas im Bett zu bewegen, wodurch die Spitze seines Gliedes leicht zu zittern begann. Und endlich kam der erste Seufzer, auf den sie fast schon sehnsüchtig gewartet hatte und der auch ihre Lust noch weiter steigerte. Sie liebte es, von Gerald so angesehen zu werden. Es hatte bei aller Erregung, die in seinem Gesicht zu erkennen, war trotzdem immer noch etwas Sanftes, Liebevolles, was fast ein wenig im Gegensatz zu seinen angespannten Muskeln und dem steifen Glied stand. Auch in ihr stieg das Verlangen, sich mit ihm im Bett zu umarmen und zu vereinigen, aber sie war noch nicht fertig. Sie musste sich tatsächlich etwas zwingen, weiter zu machen.

Sie beendete ihre tänzerischen Bewegungen und lehnte sich mit dem Rücken gegen das Holz des Türstockes, der sich warm anfühlte. Ohne Gerald aus den Augen zu lassen, sie wollte jede seiner Regungen sehen, griff sie sich mit ihrer Hand in ihren Slip über den Venushügel hinunter zwischen ihre Beine. Dabei vermied sie es, ihre Schamlippen zu berühren. Es wäre für sie selbst zu einer Qual geworden. Aber das konnte Gerald nicht sehen, weil der Slip bedeckend darüber saß. Trotzdem mimte sie eindeutige Bewegungen, so das sich Gerald animiert sah, auch sein Glied in die Hand zu nehmen, was sie aber schon im Ansatz unterband.

"Nein, bitte nicht, nur ich will dich dort heute berühren!"

Schwer atmend legt er seine Hände wieder seitlich des Körpers ab. Sie ging nun in die Hocke, die Hand immer noch im Slip und musste so die Beine etwas vor ihm spreizen. Gerald befeuchtete sich unbewusst seine Lippen. Sie bewegte nun ihr Becken auf und ab und erlaubte ihm durch eine Drehung wieder einen Blick auf ihren Po. – Der zweite Seufzer! –

 Dann richtete sie sich langsam vor ihm auf und zog den Slip herunter. Jetzt konnte er ihren Po frei sehen und wahrscheinlich, weil sie sich dazu kurz bücken musste, auch ihre Scham – der dritte Seufzer!

Sie drehte sich wieder zu ihm herum und sah, dass auf seiner Stirn feine Schweißperlen standen. Seine Brust erbebte bei jedem Atemzug und seine Augen wanderten von ihren Brüsten über den Bauch zu ihrer Hand, die sich nun, jetzt sollte er es auch sehen, zwischen ihre Schamlippen zwängte und dort langsam bis zum ersten Gelenk eindrangen. Auch Rebecca konnte einen leichten Stöhnlaut nicht unterdrücken, der aber im wesentlich lauteren Ton, den Gerald von sich gab, unterging. Sie fing wieder mit tänzerischen Bewegungen an und ließ beim Umdrehen ihr Gesäß etwas wackeln. Das Zittern seiner Eichelspitze wurde stärker. – *Ja, jetzt ist er gleich soweit!* –

Noch einmal ging sie vor ihm in die Knie und zog sachte ihre äußeren Schamlippen auseinander, sodass er den rosa-feuchten Anblick genießen konnte und führte dann ihren Zeigefinger in die Vagina ein und ließ ihn für einen Augenblick darin verharren. Dann zog sie ihn wieder heraus und berührte damit sanft seine Eichelspitze.

"Jetzt darfst du mich berühren!"

XVII

Er war so erregt durch das Spiel und die Verführungskunst Rebeccas, dass er sie sogleich mit seinen Armen umschlang und zu sich heran zog. Als er ihren Körper direkt an seinem spürte, ihre warme Haut und ihren Duft, der in seine Nase stieg, durchlief ihn ein Zittern, das sich in seinem Herz wie ein Beben anfühlte. Sein Penis drohte ihm zu platzen, so prall und voller Leidenschaft glaubte er ihn zu spüren. Und Nichts aber auch gar Nichts könnte er noch gegen den inneren Zwang vorbringen, in Rebecca einzudringen.

Aber auch sie schien über alle Maßen dazu bereit zu sein, denn ihre Schenkel hatten sich bereits geöffnet in Erwartung des ersten Stoßes. Aber jetzt wollte er sich nicht noch einmal das Kommando aus der Hand nehmen lassen. Er drehte Rebecca von sich herunter auf den Rücken und drückte sie mit seinem Körper gegen die Matratze. Wieder hielt sie ihre Beine gespreizt, sodass er ohne jegliches Zutun der Hände sein Glied in die wohlige Feuchtigkeit ihres Schoßes hinein gleiten lassen konnte. Beiden entfuhr dabei ein tiefer Laut der Wolllust aber auch des Glückes, das sie in diesem Moment empfanden. Rebeccas Hände hatten sich um seinen Rücken gelegt und wanderten nun behände hinab zu seinem Hinterteil und begannen einen Rhythmus vorzugeben, mit dem er seine Bewegung in ihr vollführen sollte. Gerald kam dem bereitwillig nach. Durch die Feuchtigkeit in ihr waren die Reizungen an der Spitze seines Penis nicht zu groß, sodass es ihm tatsächlich gelang, eine sich sogleich anbahnende Ejakulation zu vermeiden. Wie fast jedes Mal bisher mit Rebecca war das tiefe Gefühl des Einsseins mit ihr wesentlich wichtiger, als die reine sexuelle Befriedigung. Trotz heftig stoßender Bewegungen gelang es ihm, diese Innigkeit zu genießen.

Rebecca öffnet ihre Augen und sie begannen sofort im kalten Licht der Sterne zu funkeln. Allein dieser Anblick erzielte bei Gerald ein so tiefes Gefühl des Glücks, dass er sich mit einem Stöhnlaut in ihr

175

aufbäumte, was bei ihr dadurch zu einem Höhepunkt führte und sie ihn nun mit ihren Armen um seinen Rücken umschloss und so festhielt, wie er es ihr gar nicht zugetraut hatte. Ihr Atem ging schwer, ihre Augen leuchteten wie zwei gerade aufgegangene neue Sterne.

"Du bist noch gar nicht gekommen?" Rebecca flüsterte es in sein Ohr.

"Nein, es ist einfach zu schön mit dir, ich will dich noch etwas länger genießen!"

Gerald fing wieder an, sich sachte in ihre Scheide zu bewegen. Kreisende Bewegungen, die alle Wände ihrer Vagina zu streicheln schienen. Er hielt seinen Penis tief in ihr, während dieser Liebkosungen durch sein Glied. Gleichzeitig suchte sein Mund den ihren und es entstand wieder diese doppelte Vereinigung mit ihren Lippen und Zungen zusammen mit ihrer beider Unterleiber. Rebecca fasste ihn wieder bei den Pobacken und er konnte ihrem fordernden Griff nicht widerstehen. Seine Bewegungen wandelten sich wieder in Stöße um, mit stetig wachsender Intensität. Sein Kopf bewegte sich dabei im Gleichklang. Dabei sah er auch diese beiden Sterne immer wieder kurz auf sich zukommen. Er stellte sich kurz vor, dass Rebecca in seinen Augen ebenfalls vielleicht ein Funkeln wahr nahm und ihrer beider Strahlen aus den Augen sich ebenfalls vereinigten. Er sah diese Lichtpunkte langsam wie in Superzeitlupe aufeinander zu kommen und als sie sich dann endlich trafen, verschmolzen sie zu einer warmen Lichtkaskade, die seinen ganzen Körper erfasste und sich an der Spitze seines Gliedes aller so aufgestauten Energien befreite.

Danach lag er still über Rebecca und genoss das sanfte Streicheln ihrer Hände auf seinem Rücken und den Schultern. Die beiden Sterne leuchteten noch heller und wärmer!

XVIII

Rebecca saß in der Gondel zum Schattberg hinauf und genoss zusammen mit Gerald die Fahrt über die verschneiten Baumkronen nach oben auf den Berg. Sie saß rückwärts zur Fahrtrichtung und erfreute sich an dem Anblick über das sonnendurchflutete Saalbach mit seinen weißen Dächern. Selbst der Rauch so manchen Kaminfeuers, das auch die unzähligen Hotels für ihre Gäste entfacht hatten, der sich langsam und still kräuselnd in den morgenblauen

176

Himmel hinauf zog, passte zu diesem Stillleben, das sich ihr bot. Gelegentlich ratterte die Kabine über eine Stütze und es fiel etwas Schnee, der sich auf dem Träger angesammelt hatte, fein glitzernd und das Licht in bunten Farben spiegelnd als silberner Staub zu Boden, bevor er kurz vor dem Auftreffen vom dort liegenden Weiß sanft verschluckt wurde und so eine ebenmäßig geschwungene Einheit entstand.

Einheit, ja das ist das richtige Wort auch für mich nach dieser Nacht!

Es war eine herrliche Nacht für sie, obwohl sie am Anfang ein klein wenig enttäuscht gewesen war. Nicht von Gerald, sondern irgendwie von sich. Sie hatte sich durch ihr "Tanzen" vor ihm eigentlich versprochen, dass er sofort einen Orgasmus haben würde, so erregt wie er gewesen war. Aber Gerald fand sehr schnell zurück zu seinen Zärtlichkeiten. Sie hatte sich in Gedanken schon ausgemalt, wie aus seiner Eichel in einigen Eruptionen sein Saft herausquellen oder noch besser spritzen würde. Sie wollte es sehen, wie seine Lust und seine Erregung sich diese eruptive Befreiung verschafften. Aber sie hatte einmal mehr diese liebevoll, beherrschte Seite Geralds kennengelernt. Er war eben ein Gentleman, auch im Bett! Sie konnte an seinen Augen sehen, wie er es genossen hatte, als sie zu einem Höhepunkt kam. Das Glück, das sie in diesem Moment ausstrahlten, war trotz des nur schwachen Sternenlichts deutlich zu sehen. Und was danach noch kam, war wirklich eine Einheit. Vor allem in dem Augenblick, als er noch leicht zuckend über ihr lag, während sich seine Liebe in ihr ergoss. So verstärkten sich ihre Gefühle und das Wesen der Zusammengehörigkeit mit diesem wundervollen Mann.

Trotzdem, irgendwann würde sie auch einmal das Tier, das in jedem Mann sexuell steckte, sehen wollen. Sie fand diesen Gedanken ungeheuer erregend und sie nahm sich fest vor, es ihm zu vermitteln, dass er ihr diesen Wunsch einmal ohne Vorankündigung erfüllen sollte. Sie spürte schon jetzt ein Brennen in ihrem Schoß.

Die Gondel rüttelte über den letzten Pfeiler und tauchte ins Halbdunkel der Bergstation. Die Türen öffneten automatisch und beide sprangen aus der Kabine, ergriffen ihre Ski und watschelten, anders konnte man den Gang in Skistiefeln nicht bezeichnen, hinaus in die gleißende Sonne, wo sie oben am Berg auch ein leichter Wind empfing. Ein paar Dolen zogen tschilpend um das Stationshaus, indem sie mit ausgebreiteten Flügeln die Aufwinde nutzten, die den Berg heraufstiegen. Für Rebecca waren Vögel immer die freiesten aller Tiere, ganz im Gegenteil zum Menschen, der immer am Boden bleiben musste, sah man einmal von Flugzeugen oder Ähnlichem ab.

Die Ski waren schnell angeschnallt und sie bogen um das Haus herum, um die Abfahrt zu genießen. Sie hatten sich vorgenommen, jetzt gleich am Vormittag die Schattberg-Nord-Abfahrt zu machen, da sie jetzt noch relativ frisch präpariert war und nicht so eisig, wie meistens am Nachmittag.

Gerald war zwar etwas skeptisch, weil er schon zwei Jahre nicht mehr diesem Sport gefrönt hatte, aber es gelang Rebecca ihn zu überzeugen, genauso wie vorhin, nach der Ziehwegabfahrt vom Spielberghaus hinunter nach Saalbach, als ihr auffiel, dass er ohne Helm, nur mit einer Mütze fuhr. Sie musste zwar etwas massiv werden, bis er sich diesen Zwang antat. Bisher sei er immer nur mit Mütze gefahren und es ist ihm noch nie etwas passiert! Das typische "Harte-Männer-Gehabe" eben, das auch er immer wieder mal zum Vorschein lassen musste. Aber ein paar Küsse von ihr, garniert mit der Drohung, dass sie dann nicht mit ihm fahren wollte und dann noch einige weitere Küsse und schon folgte er ihr brav wie ein Lamm in einen Sportshop und ließ sich ein paar Helme aufsetzen. Natürlich musste er noch ein paar abfällige Bemerkungen wie "Kinderkram" oder "Rentnerdeckel" von sich geben, sonst hätte er komplett sein Gesicht verloren, aber vereint mit dem sehr jungen, gut aussehenden Verkäufer, der ebenfalls die Sicherheitsvorzüge eines Helmes pries, war Geralds Zwergenaufstand schnell beendet. Trotzdem machte sich Rebecca natürlich noch auf einige provokative Bemerkungen seinerseits über diesen Kopfschutz gefasst. Und prompt kam auch die erste Beschwerde nach 100 m Abfahrt. Gerald schwang ab, blieb in der Sonne stehen und nestelte am Haltegurt seines Helmes herum. "Ich kann mich gar nicht konzentrieren, so wackelt der Hut (*er nennt ihn tatsächlich Hut!*) auf meinem Kopf herum."

Nach einem Kuss und einem kleinen Kompliment: "Er steht dir aber gut und der passt zu deinem grünen Anorak," war er aber schnell wieder besänftigt.

Die weitere Abfahrt war ein echter Genuss. Bei jedem Schwung staubte der trockene Schnee wie eine kleine Fontäne zur Seite und selbst der Schlusshang war noch griffig zu fahren, sodass sie bald ein bisschen heftiger atmend zwar, wieder in eine Gondel an der Talstation einstiegen.

Aber das sollte erst der Anfang sein. Sie hatten sich eine Saalachtaler Runde vorgenommen bis nach Hinterglemm über den Schattberg-West und den Zwölferkogel mit seiner zum Teil sehr steilen Nordabfahrt. Aber der Schnee war griffig, sodass das auch für Gerald kein Problem darstellte. Es war im Allgemeinen wenig Betrieb auf den Pisten, sodass sie sich immer die schönsten Routen auf einer Abfahrt aussuchen konnten, ohne besonders auf andere Fahrer achten zu müssen.

Auch die Gondeln hinauf zum Zwölferkogel waren so wenig frequentiert, dass sie alleine darin zum Sitzen kamen und bei der Auffahrt eng aneinander gekuschelt ihre Zweisamkeit und zugleich das herrliche Wetter mit dem azurblauen Himmel, unter dem sich nur vereinzelt ein paar kleine weiße Cirruswölkchen verlustierten, genießen konnten. Der Schnee unter ihnen glitzerte zum Teil jungfräulich über alten Baumstümpfen, die bei Holzarbeiten für die Seilbahntrasse entstanden waren und auch vom Geäst der Fichten, die diese Schneisen säumten. Dabei herrschte eine Stille vor, die lediglich vom leisen Brummen des Tragseiles, das die Gondel etwas zum Schwingen brachte, untermalt wurde.

Selbst wenn sie über Pisten schwebten, hörten sie kaum Geräusche der Skifahrer unter ihnen, kein Kratzen der Kanten auf Eis, das nur bei wenigen außergewöhnlich guten Fahrern harmonisch klang, wenn sie im eleganten Rhythmus ihre Kurven den Hang hinunterzogen. Heute war das allenfalls ein sanftes, verhülltes Rauschen, das vornehmlich vom aufstiebenden Schnee herrührte.

Rebecca hatte ihren Kopf an Geralds Schulter gelehnt und genoss den Geruch, den sie trotz seiner dicken Ausrüstung wahrnehmen konnte. Selbst im Sessellift konnte sie es registrieren, da kaum ein Lufthauch die umgebende Atmosphäre bewegte. Dazu kam der wärmende Sonnenschein, der unter den Bäumen klare, scharf umrissene Schatten warf und manchmal Bilder vortäuschte von Fantasiegestalten, denen man gewöhnlich nicht begegnen wollte, denn mit Bären, Elefanten und Drachen zusammen zu stoßen war nicht das große Bestreben eines Skifahrers.

Wenn Rebecca manchmal hinter Gerald einen Hang hinunter fuhr, begeisterte sie der Anblick der Schneewolke, die von den Brettern in einer mal größeren, mal kleineren Welle zur Seite geworfen wurde. Sie ertappte sich selbst dabei, wie sie in Kurven ihren Blick, soweit es möglich war, nach hinten richtete, um ihre eigene Schneewelle zu sehen. Manchmal, wenn die Sonne im richtigen Winkel stand, konnte sie ihren Schatten und auch den des treibenden Schnees sehen. Es war ein einziger, andauernder Genuss, auch und vor allem wegen der Gegenwart dieses Mannes – Gerald.

An der Mittelstation der Hochalmbahnen legten sie an einer Hütte am frühen Nachmittag eine kleine Pause ein. Gerald aß eine Erbsensuppe mit Würstchen und trank seinen geliebten Almdudler, mit dessen Geschmack sich Rebecca nach einer kurzen Kostprobe nicht anfreunden konnte. Sie blieb lieber bei einem Wasser und dazu eine heiße Gulaschsuppe. Auf der Holzterrasse der Hochalmhütte war es so warm, der dunkle Boden reflektierte das Sonnenlicht als Wärme, dass beide ihre Anoraks ausziehen konnten. Gerald hatte sogar die Ärmel seines Sweatshirts, das er darunter trug, hoch gekrempelt, sodass Rebecca einmal mehr seine, in ihren Augen, schönen Unterarme bewundern konnte. Unter der Haut zeichnete sich immer ein feines Muskelspiel ab, das sie so sehr liebte.

Nach der Jause legten sich beide noch in zwei nebeneinander stehende Sonnenliegen und ließen sich von den zarten Strahlen der Wintersonne, die an diesem Tag überreichlich vom Firmament fluteten, erwärmen und hielten sich dabei an den Händen. Die Sonnencreme im Gesicht verhinderte einen Sonnenbrand. Gerald hatte sich zwar gegen das Eincremen gewehrt, aber letztendlich war es für ihn doch angenehm, Rebeccas sanfte Massagebewegungen in seinem Gesicht zu spüren. Jetzt, so in der prallen Sonne, würde er ihr dafür dankbar sein.

Nach dieser entspannenden Erholung, in der sie natürlich auch viele unauffällige Zärtlichkeiten untereinander ausgetauscht hatten – eine flüchtige Handbewegung Geralds über ihre Brust, oder ein kurzer Griff von ihrer Liege aus an sein Gesäß – zusammen mit einem Lächeln, das sie sich gegenseitig schenkten, ging es weiter über den Reiterkogel hinüber zum Bernkogel, wo die Abfahrt hinunter nach Saalbach noch einmal zu einem Highlight wurde. Oben der sonnendurchflutete Hang und unten das bereits in tiefem Schatten liegende Örtchen.

Dort ging es einen kurzen Fußmarsch durch den Ortskern mit seinem auch im Winter angestellten Springbrunnen, der bei diesen Temperaturen ein bizarres Eisgebilde formte, dass sich immer wieder veränderte. Es würde jeden Tag anders aussehen, flächiger wenn der Wind die Wassertropfen vertreiben würde, höher und kompakter bei Windstille. Unter der Mittagssonne würde dann immer wieder etwas abtauen und so neuen Raum für den Gestalter Natur schaffen.

Sie fuhren die Kohlmaisbahn hinauf und Rebecca hatte ein kleines Deja Vu. Sie saß wieder mit dem Rücken zur Fahrtrichtung, konnte genauso wie am Morgen den Anblick der schneebedeckten Dächer konsumieren und auch wieder die kleinen blauen Rauchfahnen, die aus den Kaminen zogen, die wieder genauso idyllisch wirkten wie noch vor ein paar Stunden.

Auf der Panoramaalm nahmen sie für diesen Tag noch einmal Abschied von der begeisternden Bergsilhouette, die sich ihnen in der Spätnachmittagssonne bot und genossen dazu einen Williamsbirnenschnaps, der laut Gerald am Abend eines Skitages einfach dazu gehörte. Zusammen mit der langsam untergehenden Sonne fuhren sie den langen Ziehweg hinunter zum Spielberghaus, der meistens durch Wald führte. Gerald fuhr voraus. Als Rebecca um eine engere Kurve bog, erschrak sie und es lief ihr eiskalt den Rücken herunter. Gerald hatte sie schon eine Weile aus den Augen verloren, er war aufgrund des höheren Gewichts natürlich schneller in dieser Abfahrt und nun lag er da im tiefen Schnee auf dem Rücken, die Ski weit nach außen gespreizt. Voller Angst schwang sie ab.

"Ist etwas passiert?"

"Nein, gar nicht, ich bin nur in den Tiefschnee gekommen und dann hat es mir den rechten Ski weggezogen, aber ich bin sehr weich gelandet. Doch komm einmal her, ich möchte dir etwas zeigen. Du musst mir ohnehin helfen, da wieder herauszukommen. Dann geht es zumindest etwas schneller."

Rebecca schnallte sich ab und stapfte in den weichen tiefen Schnee hinein zu Gerald. Als sie diesen Schritt getan hatte, um ihm aufzuhelfen, packte er sie bei der Hand und zog sie mit einem Ruck zu sich herunter. Rebecca verlor das Gleichgewicht und fiel, wurde aber sogleich von Gerald aufgefangen, sodass sie auf ihm zu liegen kam. Er nahm sanft ihren Kopf und es folgte ein intensiver Kuss, eingebettet im Weiß des Schnees, der die Reststrahlen der Sonne herrlich reflektierte.

Nach diesem Kuss deutete Gerald mit seinem behandschuhten Finger auf eine kleine Verwehung. Der Schnee hatte dort eine Ausfransung, die in wenigen Kristallen auslief. Es bestand so durch das schräg stehende Sonnenlicht ein Schatten, sodass sich sogar die feinen Kristalle darunter als dunkle Umrisse abbildeten.

"Schau her, "Gerald schien richtig begeistert zu sein, "so wie ein Sandkorn einen Schatten wirft, so macht es auch ein Schneekristall, vielleicht auch eine Schneeflocke. – Im Schatten einer Schneeflocke will ich dich auch einmal küssen!" Seine Augen strahlten ob dieser Entdeckung, die ihn so faszinierte, dass Rebecca nicht umhin kam, ihn wieder zu küssen. Gerald hielt ihren Körper fest an sich gedrückt und sein warmer Atem benetzte ihr Gesicht. Schon stieg wieder Wärme in Rebeccas Körper auf, aber fast sogleich war auch der letzte Sonnenstrahl hinter einem Baumwipfel verschwunden und damit auch der Schatten des Schneekristalls. Es war fast schlagartig um ein deutliches Stück dunkler geworden.

Noch einmal ein tiefer, inniger Kuss und Rebecca zog Gerald aus seinem Schneegefängnis heraus. Danach betrachtete sie die Kuhle, die sein Körper hinterlassen hatte. "Haben die hier Nilpferde mit dem Fallschirm abgeworfen?" Lachend schob sie mit den Stöcken an und fuhr Gerald davon, der erst noch den Schnee abklopfen musste. Aber er hatte sie doch bald wieder eingeholt und so konnten sie oberhalb des Spielberghauses eine schräge Abfahrt durch den Tiefschnee vornehmen, der direkt zur Brunneralm hinab führte.

XIX

Auf der Alm angekommen gingen sie nach einem kurzen Biergenuss, den ihnen Markus schnell, ohne gefragt worden zu sein, gezapft hatte, weil er sie im Keller beim Schuhausziehen gehört hatte, und das jetzt auch sehr gut tat, auf ihr Zimmer um sich für das Abendessen, es würde echtes Wiener Schnitzel geben, durch eine Dusche frisch zu machen. Das Wörtchen frisch, war aber Geralds Meinung nach falsch, denn es war eher ein "Heißmachen", das Rebecca während des

182

gemeinsamen Wasserspiels ihm angedeihen ließ, was er selbstverständlich nicht unbeantwortet bzw. unbefingert lassen konnte. Genauso erregend wie ihre Hände über seinen Körper beim Einseifen glitten und keine Stelle ausließen, aber dafür andere Stellen umso länger und intensiver bearbeiteten, wanderten seine Finger über ihren Körper, oder etwas in den ihrigen hinein, wo sich Rebeccas Erregung, in der von ihm so sehr geliebten Feuchtigkeit zeigte, die er auch unter den warmen Wasserstrahlen als ihre Lust erkennen konnte. Sie war wirklich die perfekte Frau für ihn, natürlich nicht nur sexuell – aber sicher auch deswegen! Sein Glied hatte sich wieder einmal hoch aufgerichtet, sodass es Rebecca beim Verlassen der Dusche scherzhaft als Handtuchständer verwendete, während sie ihm mit dem zweiten Trockentuch zärtlich seinen Rücken und anschließend seine Brust vom abperlenden Wasser befreite, um sogleich danach mit ihrer Zunge diese Körperpartien wieder etwas zu befeuchten. Das Handtuch vor seinem Schoß konnte deshalb nicht herunterfallen, bis er es endlich dazu benötigte, auch ihren eigentlich schon fast abgetrockneten Körper liebevoll zu rubbeln.

Danach ließ er es sich nicht nehmen, diesen Traumkörper mit der von Rebecca bereitgestellten Körperlotion, die herrlich nach Pampelmuse roch, einzucremen. Dabei setzte er natürlich seine Hände und an besonders empfindlich-delikaten Stellen auch seine Finger so sanft und leidenschaftlich, wie es ihm nur möglich war, ein. Währenddessen vergaß er nicht, ihren Nacken zu küssen und ihrem Atem zuzuhören, der allmählich schwerer wurde. Jetzt war für ihn auch die richtige Gelegenheit, ihr das Kompliment für ihre gestrige Show zu machen, was er eigentlich den ganzen Tag schon vorhatte.

"Hat es dir wirklich so sehr gefallen? Und dich auch angemacht?" Ihre Augen hatten ein besonderes Funkeln bei dieser Frage.

"Und wie! Du hast keine Ahnung, wie schwer ich dagegen kämpfen musste, um nicht zugleich zu kommen!"

"Würdest du es noch einmal sehen wollen?" Die Stimme Rebeccas klang um eine ganze Oktave tiefer.

"Selbstverständlich, ich liebe deinen Körper und die Bewegungen, die du damit machst!"

"Gut, dann mache ich es heute nach dem Essen noch einmal, aber nur unter einer Bedingung!" Rebecca machte eine kleine Pause und sah ihn fast ernst an. "Ich will, dass du einmal richtig egoistisch bist und nur an dich denkst. Ich will dich sehen! Dich und deine Lust, beim Anblick meines Körpers. Und ich will sehen, wenn es bei dir so weit ist!" Sie küsste ihn intensiv. "Das habe ich mir eigentlich gestern schon gewünscht!"

Geralds Penis war immer noch steif, sodass er beim Ankleiden Schwierigkeiten hatte, ihn zuerst in der Unterhose zu verstauen und anschließend noch einmal um seinen Reißverschluss an der Jeans zu schließen. Er wusste schon jetzt, dass es heute Abend egal war, was Markus zum Essen auftrug, denn seine Gedanken würden um das kreisen, was Rebecca ihm gerade offeriert hatte.

XX

Trotz des ausgezeichneten Schnitzels, das Markus klassisch mit Butterkartoffeln servierte und dem ebenfalls hervorragenden Zweigelt, den er und Rebecca dazu tranken, verblasste dieser Genuss immer dann, wenn Gerald in Rebeccas Augen sehen konnte.

Ihre Augen waren ohnehin die ausdrucksstärksten, di er jemals bei einer Frau gesehen hatte. Sie konnte ihm damit ihr komplettes Stimmungsbild übermitteln, je nachdem, wie ihre Pupillen geweitet waren, oder die Lider das Auge öffneten, bis sich vor Gerald ein tiefsinniger Ozean bildete. Aber auch geheimnisvoll zu schmalen Schlitzen verengt, was eine ganz andere Wirkung auf ihn erzeugte, als wenn sie vor lauter Ironie oder Witz ihre Seeorgane nahezu schloss, bis eben nur noch der Blitz des Schalks daraus hervortreten konnte. An diesem Abend spiegelten Rebeccas Augen ungezügelte Lust und Leidenschaft wider, zusammen mit grenzenloser Liebe, was er aus den weit geöffneten Pupillen schloss. Früher hatten sich Frauen etwas Tollkirschensaft in die Augen geträufelt, um dem männlichen Objekt der Begierde ihre Bereitschaft zu signalisieren. Wenn er Rebeccas Pupillen sah, konnte er zu der Ansicht kommen, sie hätte einen ganzen Liter in ihre Augen einmassiert, so tief und dunkel standen diese Öffnungen ihrer Iris hinter den weit geöffneten Lidern. Gerald versank darin und gleichzeitig entstand eine leidenschaftliche Vorfreude in ihm und besonders in seinem Lendenbereich. Dazu kam das ständige Wechseln ihrer

Augenöffnungen durch das Blinzeln, mit dem es ihr gelang, sein Feuer für sie noch weiter anzufachen. Die feinen Fältchen, die sich dabei wie ein Hauch um ihre Augenwinkel bildeten, vollendeten diesen Eindruck.

Dazu sah sie besonders umwerfend aus. Sie hatte sich ein dunkelblaues Minikleid angezogen und dazu eine schwarze Strumpfhose, die zusammen mit ihren hochhackigen Schuhen ihre wohlgeformten Beine noch schöner machten, als sie ohnehin schon waren. Eine silberne Kette betonte ihr Dekolleté. Wenn sich das Licht im Silber des Metalls etwas spiegelte, gesellte sich dazu dieser entstandene Glanz , den ihre Augen permanent versprühten, wodurch ein harmonisches Duett entstand, das Gerald in seinen Bann zog und ihn in seiner Vorfreude immer mehr bestärkte.

Von den Speisen bevorzugte Gerald als Einziges noch das Mousse au Chocolat. Bekanntermaßen werden durch den Genuss von Schokolade Endorphine im Gehirn freigesetzt, die jetzt noch ihr Übriges dazu taten, seine Körper-Geist-Empfindungen endgültig auf die Spitze zu treiben.

Obwohl Rebecca dem Süßen gar nicht so zugetan war, benutzte sie den Nachtisch trotzdem dafür, Gerald noch weiter zu animieren. Sie nahm einen kleinen Löffel der dunkelbraunen Creme und stocherte aufreizend und mit spitzer Zunge hinein in die weiche nachgiebige Masse, rollte dann dieses Organ lasziv hinein in den Mund, zeigte ihr entzückendstes, unschuldigstes Lächeln und leckte sich anschließend derart anzüglich über ihre Lippen, dass Gerald, der dieses Schauspiel natürlich gebannt verfolgen musste, nicht umhin kam, wieder seinen von ihr so sehr geschätzten Seufzer auszustoßen. Beim zweiten Schokoladehäufchen auf ihrer Zunge kam sie langsam, diese weit heraus gestreckt, seinem Mund immer näher. Doch als er fast gierig danach schnappen wollte zog sie sie schnell in ihren Mund zurück und bedachte ihn diesmal mit einem neckischen Blick, der ihre kleine Schadenfreude über seinen erfolglosen Versuch eindeutig widerspiegelte. Erst den dritten Schokoklecks erlaubte sie ihm, von ihrer Zunge aufzunehmen, was in einem kurzen aber leidenschaftlichen Kuss endete und seine Erregung noch mehr steigerte.

Dann – endlich – wieder auf dem Zimmer begann sie mit ihrer Vorführung, die auf Wunsch Geralds möglichst ähnlich wie am Vorabend ablaufen sollte. Gerald war hingerissen von jeder Bewegung, die sie vor ihm vollführte, aber trotzdem musste er immer wieder in ihre Augen blicken, die ihn und seinen nackten Körper genauso lustvoll fixierten.

Mit jeder Schenkelbewegung, mit der sie ihm einen kurzen Blick auf ihre, von einem glatten Hügel nach oben begrenzte, leicht gerötete Vulva gestattete, spürte er einen erneuten Schub, der sich von seinen Leisten nach innen zu seinem erregten Penis ausbreitete und ein angenehmes Brennen an der Spitze erzeugte. Er sah ihre eine Brustwarze, die unter ihren eigenen sanften Berührungen leicht verhärtet war und spürte, wie diese Härte sich auch auf ihn in seinem Geschlechtsorgan übertrug. Wenn sie sich umdrehte und ihm ihren aufregenden verlängerten Rücken derart entgegenstreckte, dass er ihre mittlerweile leicht geöffneten Schamlippen umkränzt von Rebeccas herrlichen Pobacken sehen konnte, war es für ihn wie ein innerer Zwang, diese zu berühren und zu streicheln. Aber nur kurz, mehr erlaubte sie ihm nicht – noch nicht! Aber seine Lust auf sie und ihren, in seinen Augen, heißen Körper, verbunden mit dem Glanz, der aus ihren Augen trat, wurde immer stärker. Jetzt sah er auch noch einen leichten Schimmer inmitten ihres Zentrums, das ihre körperliche Bereitschaft mehr als eindeutig zum Ausdruck brachte.

Aber sie besaß einen ungemein starken Willen, mit dem sie sich selbst immer noch zu disziplinieren wusste und Gerald selbstverständlich auch. Immer wenn er glaubte, jetzt wäre es so weit, dass sie ihn berühren würde, zog sie sich wieder zurück, nicht ohne eine Bewegung oder Geste, mit der sie ihm bedeutete, was er gerade nicht haben konnte, obwohl alles in ihm sich danach verzehrte. Aber gleichzeitig war sie so geschickt, eben ihre Bereitschaft zu signalisieren. Immer dann, wenn er schwer atmend nach ihr greifen wollte, um sie zu sich heranzuziehen, war sie wieder einen Tick schneller und entzog sich ihm, natürlich so, dass er durch das visuelle Erlebnis noch erregter wurde. Dabei vergaß sie nicht mit ihrem Blick auf seinen Penis, diesen quasi anzusprechen, was dieser ohne dass Gerald etwas tun konnte, mit einem leichten Zittern quittierte. Dabei spürte er, wie sich seine Hoden ganz eng an seinen Unterleib heranzogen und ein ungeheurer Druck sich angenehm in seinem Unterleib ausbreitete.

Rebecca kam mit lasziven Bewegungen ganz langsam zu ihm heran, wobei sie ihr Becken mal in weiten, mal in engen Schwüngen kreisen ließ, wobei sie ihm auch ihren Po wieder entgegenstreckte, sodass die Rundungen dadurch noch besser zur Geltung kamen. Gerald verspürte Trockenheit im Mund und gleichzeitig musste er schlucken, weil sein Speichelfluss überbordete. Er bestand nur noch aus Lust und Trieben, die diese Frau in ihm entfachte.

 Jetzt beugte sie sich zu ihm herunter, sodass ihr Mund nur wenige Millimeter von seinem Penis entfernt war. Sein Becken schob sich daraufhin empor, aber sie sich gleichzeitig so weit zurück, dass dieser Abstand immer blieb. Mit einer Hand streifte sie seine Vorhaut sanft zurück und ging kurz auf eine etwas größere Distanz, um seine gierige, geile Männlichkeit zu betrachten. Vor Erregung entkam Gerald ein tiefer, dunkler Laut. Rebecca spielte jetzt die Naive und näherte sich wieder seinem Glied mit der nun freien dunkelroten Eichel bis zum vorherigen Abstand. Dann öffnete sie ihren Mund und schob ihre Zunge heraus, die nun sanft und feucht-warm über diese pralle, fast zum zerreißen erregte Erhebung glitt.

"Ich will, dass du meine Pobacken anfasst!" Sie hauchte es über seinen Penis hinweg.

Gerald folgte dieser Aufforderung nur zu gerne und griff in das feste Gewebe, das von ihrer zarten Haut bedeckt wurde. Dann schob er mit beiden Händen sanft an, wodurch sich ihr Mund nun komplett über seinen Schaft stülpte, er aber immer noch die Liebkosungen ihre Zunge spürte.

Gerald spürte, dass er keinen Einfluss mehr auf das weitere Geschehen hatte. Er war nur noch Lust und gab sich voll und ganz dem hin, was Rebecca mit ihm veranstaltete. Und er spürte das immer stärker werdende Ziehen, das von seinen Hoden ausging und sich nach oben ausbreitete. – Es würde nicht mehr lange dauern!

Plötzlich riss sich Rebecca von ihm fort, gerade als sich das Ziehen ins Unerträgliche steigerte und sein Unterbauch sich bereits zusammengezogen hatte. Sie sah ihm kurz in die Augen, ein Blitzen ging von den ihrigen aus, umschloss mit der Hand seinen Penis und richtete ihren Blick darauf. Dann machte sie mit der Hand drei schnelle Bewegungen an seinem Schaft auf und ab und alle Muskeln seines Unterleibes zogen sich zusammen, während alle Leidenschaft,

Lust, Geilheit, Erregung und – – Liebe aus ihm herausquoll. Es gelang ihm nicht, einen Schrei der tief aus ihm heraus brach zu unterdrücken. Rebecca hielt seinen Penis weiter mit der Hand umschlossen und streichelte sanft mit dem Daumen die immer noch pralle Spitze.

Gerald sah sie an. In ihrem Gesicht zeigten sich die Spuren seiner ausgeströmten Erregung. Aber es traf ihn auch ein unendlich glücklicher liebevoller, warmer Blick aus ihren Augen. Er zog ihren Kopf zu sich hinauf und küsste sie, wobei sein Sperma nun auch sein Gesicht benetzte. Ihr Kuss war wunderbar und er spürte ihre Zunge in seinem Mund genauso erregend noch einmal, wie kurz zuvor auf seinem Glied.

Als er sich wieder von ihr entfernen wollte, hielt sie seinen Kopf fest und leckte mit ihrer Zunge seinen Saft aus seinem Gesicht.

"Du schmeckst wunderbar!" Wie zur Bestätigung strich sie mit ihrem Finger auch über ihr Gesicht und leckte diesen danach ab. Dann löschte sie erst das Licht, kuschelte sich zu Gerald heran und streifte eine Decke über beide Körper und sie erfreuten sich am fahlen Schein des aufgehenden Mondes, die als schmale Sichel über dem Spielbergjoch stand.

XXI

Eigentlich wollte sich Gerald noch in dieser Nacht bei Rebecca revanchieren, aber beide waren so fasziniert von der Betrachtung des Sternenhimmels, der kaum vom Mondlicht beeinträchtigt wurde. Eng umschlungen verinnerlichten sie diesen Anblick einer klaren Winternacht, wie man sie nur in der Bergluft, unbeeinflusst von Straßenlaternen und Staubpartikeln erfahren konnte. Sehr zum Bedauern Geralds waren sie beide darüber eingeschlafen und erwachten erst als die rötliche Morgensonne ins Zimmer hinein ihre Strahlen aussendete. Es war ihm fast ein bisschen peinlich, dass nur er am vergangenen Abend die volle Befriedigung erfahren hatte.

Als hätte Rebecca seine Gedanken erraten, strich sie ihm sanft über das Gesicht: "Es war herrlich für mich gestern und ich habe alles in so vollen Zügen ausgekostet, wie ich es mir sehr gewünscht hatte!"

"Aber ich hätte doch gerne…"

188

"Psst, es war hervorragend für mich. Und das Allerwichtigste: ich konnte all deine Liebe spüren." Sie beugte sich zu ihm herab zu einem liebevollen Morgenkuss.

Beim Frühstücken einigten sie sich darauf, heute in die andere Richtung des Tales zu fahren, hinüber zu den Asitzbahnen, die von Leogang herauf eine Ski-Schaukel bildeten. Gerald kannte diese Abfahrt sehr gut und sie gefiel ihm von allen Abfahrten, die dieses Gebiet bot, am besten. Vor allem am frühen Nachmittag, wenn die Sonne von hinten den Berg herunter schien und der Schnee so sehr glitzerte, waren die Fahrten ein Genuss, auch weil der wegstaubende Schnee wieder einen Schatten warf, den man als Fahrer sehen konnte.

Schnell waren sie nach dem Frühstück umgezogen. Gerald versäumte es nicht, auch diese wenigen Minuten zu nutzen um Rebeccas Traumkörper noch einmal bei Tageslicht zu bewundern. Dann machten sie sich mit den Skiern auf den Schultern wieder hinauf zum höher gelegenen Spielberghaus, was bezüglich des Aufwärmens vor der schattigen Abfahrt durch den Wald hinunter nach Saalbach von großem Vorteil war.

Es waren nur wenige Menschen an der Talstation hinauf zum Schattberg, sodass sie wieder eine Kabine für sich alleine hatten. Gerald verfiel etwas in Gedanken.

"Warum lächelst du so geheimnisvoll?" Rebecca riss ihn sanft aus seinen Träumen.

"Oh, ich war gerade wieder bei deinen Verführungen von gestern Abend. Es klingt banal, aber du bist wirklich eine tolle Frau! Und wenn ich daran denke, dass du einmal in Nassau zu mir sagtest, wenn jetzt eine Sexbombe zur Gartentür hereinkäme, dann hätte ich nur Augen für diese, so könnte ich mir nicht vorstellen, was diese je besser machen könnte als du, ganz abgesehen von deiner Schönheit, deinem Wesen und deiner Intelligenz! Ich kann nicht genug bekommen von dir!" Gerald holte tief Luft.

"Ich kann auch nicht genug bekommen!" Rebecca rutschte auf ihrem Sitz nach vorne und kam auf die Knie. Dann beugte sie sich vor um seinen Anorak etwas anzuheben. Danach öffnete sie den Knopf und den Reißverschluss seiner Hose und holte mit einem zügigen Griff sein Glied heraus, das sich gerade anschickte wieder größer und steifer zu werden. "Er gefällt mir wirklich gut und genauso fühlt er sich auch an." Sie beugte sich noch weiter vor und nahm seinem Penis in den Mund. Sogleich spürte er wieder die Zärtlichkeiten ihrer Zunge.

Natürlich gefiel ihm das, was Rebecca schon wieder veranstaltete, aber leider war die Fahrt dafür doch viel zu kurz. Gerade noch rechtzeitig, bevor die Gondel über die letzte Stütze vor der Bergstation ratterte, hatte er seine Hose wieder schließen können. Dafür glaubte er seine Ohren und seine Backen würden glühen. Vielleicht auch deshalb, weil Rebecca ihm einem ebenso heißen und verheißungsvollen Blick zuwarf, begleitet von einem fast spitzbübischen Grinsen. Sie war sich ihrer Wirkung, die sie auf ihn ausübte, durchaus bewusst.

Es war nicht so einfach für Gerald nach diesem Gondelerlebnis sich auf die Abfahrt hinunter zur Talstation zu konzentrieren, zumal Rebecca vor ihm herfuhr. Es gelang ihr sogar auf Skiern, ihn durch einige sehr eindeutige Bewegungen quasi "bei Laune" zu halten. Glücklicherweise war die Piste hinunter nach Vorderklemm durch eine blaue Markierung als einfach eingestuft, sodass es ihm tatsächlich gelang, sturzfrei hinunter zu kommen. Rebecca hatte einen unglaublichen Elan an diesem Tag und fuhr derartig beschwingt alle Hänge, dass Gerald fast glaubte sie schwebe über dem Schnee.

Unten ging es in die Wildenkarbahn und diese Frau hatte schon wieder so einen verführerischen Blick aufgelegt, dass bei ihm das Herz buchstäblich in der Hose pochte, aber leider zwängte sich kurz bevor sich die Hydrauliktüren schlossen noch ein Skateboarder zu ihnen hinein. Rebecca hatte Geralds enttäuschtes Gesicht richtig gedeutet und lachte belustigt auf, begleitet von einem verständnislosen Blick des dritten Fahrgastes, was sie aber nicht im Geringsten zu stören schien. Immer wieder wenn sie Gerald fixierte zog sie eine betrübliche Grimasse, die so gar nicht zu ihren deutlich lachenden Augen passte.

Von der Bergstation führten zwei kleine Abfahrten und zwei Sessellifte hinüber zur kleinen Asitz, wo die von Gerald so sehr angepriesene Strecke nach unten führte. An der Mittelstation befand sich in herrlicher Lage und sonnenüberflutet eine Hütte, die zur Einkehr einlud, aber erst nachdem sie die Abfahrt einmal ganz hinunter und mit der Seilbahn wieder hinauf gemacht hatten.

"Das ist wirklich eine schöne Strecke hier hinunter." Rebecca saß auf einer Bank an die Holzwand der Hütte gelehnt und ließ sich die Sonne etwas ins Gesicht scheinen. Dabei spielte sie mit einem Strohhalm, den man ihr zu ihrem Wasser ins Glas gesteckt hatte, dass Gerald schon wieder in seinen Gedanken abschweifen musste. Glücklicherweise hielt er ein Bierglas in der Hand, das verhinderte, dass er seine Hände auf ihrem Körper wandern ließ.

"Ich hoffe, wir fahren die Abfahrt noch ein paar Mal hinunter?" Sie nahm für diesen Satz den Strohhalm nicht aus dem Mund, wodurch ihre Lautäußerungen noch verführerischer klangen.

"Ich glaub, wir fahren das heute bis zuletzt, denn von der Asitz kann man wieder ohne Lift bis zur Kohlmaisbahn fahren und dann müssen wir nur noch die letzte Auffahrt erwischen."

"Die Piste hier ist so schön bereit, ich kann hier jeden Schwung zelebrieren." Rebecca freute sich auf die nächsten Fahrten.

Ein kurzer aber inniger Kuss und dann ging es wieder hinunter zur nächsten Auffahrt.

Oben erkannte Gerald, dass jetzt der Sonnenstand eingetreten war, der für ihn diesen Hang so anziehend machte, weil man seinen eigenen Schatten vor sich sah und genauso den des davonstiebenden Schnees. Gerade am Rand war die Piste noch nicht zu abgefahren und der Schnee etwas lockerer, was das Vergnügen noch erhöhte.

Gerald stand auf einem kleinen Hügel und beobachtete Rebecca, wie sie in kleinen eleganten Schwüngen am rechten Rand der Piste den Schnee bei jeder Richtungsänderung zur Seite warf, sodass er glitzernd hinter ihr wieder zu Boden fiel. Ihn befiel ein Glücksgefühl, wie sie so losgelöst auf ihren Skiern den Hang hinunterglitt.

Auf einmal kam ein bunter Klecks von der Seite der Piste auf Rebecca in Kopfhöhe zu geschossen. Es war der gleiche Snowboarder, der mit ihnen am Mittag die Wildenkarbahn hinaufgefahren war. Rebecca konnte ihn nicht sehen, da er schräg von der Seite über eine Kante hinaus in die Piste gesprungen war. Fast wie in Zeitlupe musste Gerald mitansehen, wie das Brett gegen Rebeccas Kopf schlug. Zunächst sah es so aus, als würde sie weiterfahren, aber dann zog es ihr die Ski unter ihr weg und sie stürzte in den Schnee, während der Unfallverursacher weiter fuhr, ohne sich um sie zu kümmern. Gerald war zunächst wie erstarrt, dann erst begriff er, dass da etwas Schlimmes passiert war und fuhr hinunter, wo die Liebe seines Lebens regungslos im Schnee lag. Als er vor ihr abgeschwungen hatte, waren zwei andere Skifahrer bereits bei Rebecca. Er schnallte ab und ging voller Sorge neben ihr in die Knie. Aus Rebeccas Mund rann Blut, ihre Augen waren geschlossen und kein Muskel bewegte sich in ihrem Gesicht. Ihr Helm war verrutscht und zeigte eine deutliche Einkerbung auf der Seite, auf der sie getroffen worden war. Ihr Gesicht hatte etwas Friedliches an sich, aber gerade das war es, was in Gerald sämtliche Alarmglocken zum Schrillen brachte.

"Sie gehören zu der Dame?" Eine Hand hatte sich auf seine Schulter gelegt.

Er bejahte.

"Mein Mann hat bereits den Notruf abgesetzt." Eine dunkelhaarige Frau setzte sich zu ihm in den Schnee. "Wir haben den Unfall gesehen und mein Schwager fährt bereits dem Snowboarder hinterher, damit sich der nicht aus dem Staub machen kann."

Gerald blickte nur kurz zu der Frau auf, dann versank er wieder in Rebeccas Gesicht und fast körperlicher Schmerz befiel ihn, als er glaubte in das tiefe Loch zu fallen, das sich gerade vor ihm aufgetan hatte.

XXII

Ein kahler Flur, der von grellweißem Kunstlicht der Leuchtstoffröhren so ausgeleuchtet ist, dass sämtliche Schatten sich scharf gegen die weißen Wände abzeichnen. Eine Sitzreihe verliert sich in der Mitte dieses Ganges, an deren Enden sich jeweils zwei Blumenkübel bemühten, durch das Grün der darin wachsenden Ficusbäumchen etwas Natur in die vorherrschende Sterilität zu bringen. Genauso verloren und in sich gekehrt, den Kopf auf beiden Armen gestützt, die selbst wieder die Oberschenkel als Unterlage benutzen, sitzt wie versteinert ein Mann. Seine innere Unruhe und die Ängste, die er aushalten muss, sieht man ihm von außen nicht an. Würde man jedoch seine Augen sehen, dann wären sie tief eingefallen in seinem Gesicht, in das sich jede Falte wie ein Schlagschatten tief eingekerbt hat. Sein Blut rauscht in seinen Ohren und er hört den eigenen Herzschlag, der ihm mehr als deutlich die ablaufende Zeit angibt. Eine Zeit, die er sich ganz anders vorgestellt und vor allem gewünscht hatte. Immer wieder gehen seine Gedanken ein paar Stunden zurück und immer wieder dringen die hässlichen Bilder in seine Gedanken ein, die sein – ihr – gemeinsames Glück so jäh zerstört hatten.

Der Pistendienst war schnell gekommen, trotzdem hatte sich der Schnee um Rebeccas Kopf rot verfärbt. Niemand, auch Gerald wagte es nicht, ihren Körper zu bewegen, denn es bestand auch die Gefahr, dass die Halswirbelsäule verletzt worden war durch die Wucht des Aufpralls auf das Snowboard. Gerald hatte Rebeccas Puls fühlen können, aber er war nur sehr schwach. Sie musste sich in einer tiefen Bewusstlosigkeit befinden! Auch der Pistensanitäter konnte einen Abtransport von Rebecca mit einem Akia nicht befürworten und forderte ohne Umschweife einen Rettungshubschrauber an, der im ganz in der Nähe liegenden Saalfelden seine Station hatte.

Mittlerweile hatte sich auf der Piste eine größere Menge Schaulustiger angesammelt, die erst vertrieben werden mussten, damit der Hubschrauber mittels einer Seilwinde den Notarzt herablassen konnte, denn aufgrund des Hanggefälles war eine Landung nicht möglich. Nach einer Untersuchung, in der er sich auch den Hergang des Unfalls hatte kurz schildern lassen und in Anbetracht des zerstörten Helmes und der Bewusstlosigkeit Rebeccas, wies er einen Helfer im Hubschrauber an, einen Tragekorb herabzulassen. Rebecca wurde vorsichtig in eine darunter befestigte Bahre gelegt und mit Gurten fixiert. Der Arzt stieg in den Korb und beide wurden in den Helikopter gezogen, der anschließend schnell an Höhe gewann und bald in der Ferne verschwunden war. Über Funkkontakt erfuhr der Pistendienst, dass man sich entschlossen hatte, sofort nach Innsbruck in die dortige Universitätsklinik zu fliegen, da dort die besseren medizinischen Voraussetzungen gegeben waren.

Allein dieser Hinweis konnte Gerald nicht beruhigen, im Gegenteil, es war ein deutlicher Fingerzeig auf eine schwere Verletzung. Er wollte ebenfalls nach Innsbruck fahren, aber der Pistendienst ordnete mit äußerst bedachten und auch fürsorglichen Worten an, dass zunächst von ihm und den beiden anderen Zeugen eine Unfallaufnahme durch die Gendarmerie, die bereits an der Talstation in Leogang wartete, durchgeführt werden musste.

Gerald war durch den Schock fast nicht in der Lage, auf Skiern hinunter ins Tal zu fahren, deshalb wurde er vom Pistendienst zur Mittelstation gebracht und fuhr von dort mit der Gondel ab – allein!

Die Protokollierung des Unfallherganges schien ewig zu dauern. Immer wieder fragte Gerald nach, ob er etwas über Rebeccas Zustand in Erfahrung bringen könnte, was die Polizisten verneinen mussten. Der Hubschrauber hatte Innsbruck noch nicht einmal erreicht. Allmählich jedoch wich der Schockzustand und seine Gedanken klärten sich wieder und er begriff, dass es unsinnig war, die Beamten mit Fragen zu nerven. Je eher das Protokoll abgeschlossen war, umso schneller konnte er sich auf den Weg zu Rebecca machen. Während der Vernehmung der anderen beiden Zeugen rief er Markus an und schilderte diesem was geschehen war. Markus bot sich sofort an ihn, in Leogang abzuholen und mit ihm nach Innsbruck zu fahren, aber es würde schon eineinhalb Stunden dauern, bis er von der Brunneralm nach Saalbach mit der Raupe und dann mit dem Wagen um den Bergstock herum nach Leogang käme, aber es wäre in Anbetracht des Gemütszustandes Geralds sicherlich besser, wenn er sich bis Innsbruck fahren ließe.

Die Wartezeit auf der Polizeiwache war endlos. Man teilte ihm mit, dass der Snowboarder noch nicht gefunden worden war, aber er wurde aufgrund seiner auffälligen Kleidung beim Eintreten in ein Hotel gesehen und es war nur noch eine Frage der Zeit, bis man ihn fassen konnte. Aus dem Hotel kam er auf jeden Fall nicht mehr heraus! Auch seine Zimmernummer war bereits bekannt und damit auch seine Identität. Vermutlich versuchte er, sich im Wellnessbereich des Hotels zu verstecken.

Aber all die Informationen waren Gerald nicht wichtig, seine Gedanken, Sorgen und Ängste kreisten allein um Rebecca und immer wieder zog vor seinem inneren Auge diese Schwärze vorbei in dessen Mitte sich blutrot Rebeccas Kopf abzeichnete. Schwarz und Rot! Schwarz und Rot! Immer wieder!

Dann endlich kam Markus. Gerald entledigte sich seiner Skibekleidung und zog sich die mitgebrachte Hose, ein Hemd und seine Lederjacke an. Markus ließ es sich nicht nehmen, Gerald zu fahren, allerdings müsse er danach wieder zurück, da seine Frau sonst völlig alleine mit den anderen Gästen auf dem Gasthof wäre.

Die Fahrt über die Bundesstraße durch die mittlerweile entstandene Dunkelheit über St. Johann und Wörgl auf die Autobahn bis Innsbruck ging glücklicherweise reibungslos vonstatten, aber für Gerald trotzdem viel zu langsam. Markus` beruhigende Worte, dass er jetzt ohnehin nichts für Rebecca tun könne, verhallten ungehört.

Und jetzt saß dieser Mann, zusammengesunken und voller Sorge auf diesem Stuhl im Flur des Innsbrucker Krankenhauses, schräg gegenüber einer großen Glasflügeltür auf dem mit roten Buchstaben "OP-Bereich bitte nicht eintreten!" stand. Das Licht der Leuchtstoffröhren hatte dieses unangenehme Flackern, das man im Normalfall gar nicht wahrnehmen konnte, außer man war so angespannt, wie Gerald es im Augenblick war. Dann war dieses Flirren auf einmal überpräsent und mit zunehmender Zeit unerträglich.

Mittlerweile war es schon fast 22:00 Uhr. Seit dem Unfall waren also fast 9 Stunden vergangen und noch immer wurde Rebecca behandelt. Mit zunehmender Zeit des Wartens wurden dann die Schwarz-Rot-Phasen immer länger und verdrängten zunehmend das warme, Orange-Gelb des Hoffnungsstreifens, der bis jetzt immer noch tief in seiner Seele versuchte, einen Anker zu bilden.

Immer wieder spielten sich in seinen Gedanken Szenen aus der kurzen, aber mehr als glücklichen Vergangenheit ab. Die Bootsfahrt zur Sandbank in Nassau. Der Besuch in der Zuckerfabrik. Viele zum Teil aus Bruchstücken zusammengesetzte Sequenzen ihres körperlichen Zusammenseins. Gerald war nicht sonderlich der Kirche zugetan, aber jetzt begann er zu beten.

Dann öffnete sich endlich die Tür und ein Arzt kam heraus, begleitet von einer Schwester. Gerald schoss förmlich aus seinem Stuhl hoch. Alle Anspannung, die vorher in Bewegungslosigkeit eingefroren war entlud sich in diesem Moment. Das Gesicht und die Mimik des Arztes waren ernst: " Wir haben Ihre Frau operieren müssen, aber ich kann Ihnen noch nicht sagen, ob es erfolgreich war."

"Wir sind nicht verheiratet, ich bin ihr Lebensgefährte, Piller ist mein Name."

"Also, Herr Piller, Frau Sattler hat durch den Aufprall einen Schädelbasisbruch erlitten und infolge dessen ein schweres Schädel-Hirn-Trauma mit einer Einblutung im Gehirn. Um den Druck im Inneren des Kopfes zu verringern, mussten wir von oben den Schädel öffnen, was uns gut gelungen ist. Danach haben wir die Patientin in ein künstliches Koma versetzt, das wir zunächst auf vier Tage angesetzt haben. Erst wenn die Schwellung im Gehirn zurückgegangen ist, werden wir sie wieder zurückholen. Ich muss Ihnen aber sagen, dass der Zustand von Frau Sattler außerordentlich kritisch ist."

"Aber sie wird doch wieder gesund?" Geralds orange-gelbe Hoffnung verblasste noch ein wenig mehr.

"Ich kann Ihnen nur raten, jetzt erst einmal ruhig zu bleiben. Zum gegenwärtigen Zeitpunkt kann ich keine weiteren Aussagen machen, auch nicht, ob eventuelle Folgeschäden zu erwarten sind." Er sah Gerald tatsächlich mitfühlend an. "Es tut mir aufrichtig leid!"

Die Schwester nahm Gerald beim Arm und führte ihn in ein Zimmer der Intensivstation, wo Gerald einen Blick durch ein Glasfenster auf Rebecca werfen konnte, wie sie angeschlossen an eine Vielzahl von Apparaten in einem Bett lag und um ihr Leben kämpfte. – Um das Leben, das Gerald mit ihr verbringen wollte.

XXIII

Er nahm Rebeccas Kopf mit beiden Händen und zog sie sanft zu sich heran. In ihren Augen spiegelte sich Wärme und tiefe Innigkeit. Ihre Lippen berührten sich, wie schon viele Male zuvor und trotzdem war jeder Kuss etwas Anderes und immer wieder aufs Neue schön. Dazu kam das zärtliche Spiel ihre Zungen. Gerald versank im Kuss mit dem er ihr seine Liebe zum Ausdruck bringen konnte. Seine Hände, mit denen er ihren Hinterkopf sanft hielt, wurden wärmer. Gleichzeitig spürte er eine Feuchtigkeit an ihnen, die über seine Handgelenke herunter rann. In seinem Mund breitete sich ein metallischer Geschmack aus, aber er wollte sich nicht lösen von Rebecca. Jetzt bemerkte er auch dort immer mehr Flüssigkeit, von der dieser Geschmack herrührte. Er bekam keine Luft mehr, weil sie nach hinten in seinen Rachen rann und ihn beim Atmen behinderte. Er wollte ihren Kopf von sich wegziehen, als ihm langsam schwarz vor den Augen wurde. Der Geschmack wurde immer stärker, aber der Kuss wollte nicht aufhören. Mit aller Kraft riss er seine Hände von Rebeccas Kopf und sah, dass sie voller Blut waren, das von ihnen zu Boden tropfte. Der Körper erschlaffte und mit einem schmatzenden Geräusch lösten sich ihre Lippen. Sogleich traf ihn ein enormer Blutstrahl mitten im Gesicht und schien jeden Atemzug verhindern zu wollen. Er rang nach Luft, aber nichts von diesem ersehnten, erlösenden Gas trat in seine Lungen. Eine Schwärze breitete sich aus. Schwarz-Rot, Schwarz-Rot!

Mit einem Aufschrei richtete sich sein Oberkörper aus dem Kissen auf. Schwer atmend starrte Gerald in die Dunkelheit des Hotelzimmers. Der Albtraum hielt seine Psyche immer noch fest im Griff. Erst nachdem er sich im Badezimmer das Gesicht etwas erfrischt hatte und sich im Spiegel betrachtete – die Einschätzung einer unbeteiligten Person würde ein fürchterliches Urteil ergeben – konnte er wieder einen klaren Gedanken fassen. Natürlich taten die von dem Stationsarzt ihm zur Verfügung gestellten Beruhigungsmittel ein Übriges zu seiner Wahrnehmung bei, aber er hatte sie hauptsächlich eingenommen, um wenigstens etwas Schlaf zu finden. Er brauchte für die nächsten Tage wirklich seine vollen Kräfte. Er musste so viele Dinge regeln, zum Teil auch für sich, aber vor allem für Rebecca. Er musste ihre Versicherung benachrichtigen und natürlich auch mit Peter Andrasch Kontakt aufnehmen, da dieser vermutlich die beruflichen Zusammenhänge Rebeccas besser kannte als er. Aber er wollte vor allem bei Rebecca sein und sie seine Nähe spüren lassen. Vielleicht nahm sie es in ihrem Unterbewusstsein wahr und es half ihr bei der Regeneration. Vor allem und das war sein größter Wunsch, er wollte anwesend sein, wenn sie aufwachen würde. – Irgendwann! – Hoffentlich!

In der Klinik hatten sie ihm gestern Nacht noch ein Hotelzimmer besorgen können. Er selbst war dazu noch nicht in der Lage gewesen, sich um solche Banalitäten zu kümmern. Dank der Pharmazeutika schlief er auch schnell ein, aber die wilden und bedrückenden Träume rissen ihn eins ums andere Mal aus dem Schlaf. Und jedes Mal war er nicht dafür dankbar, nur geträumt zu haben, denn die Realität war genauso grausam und die schwarzen Löcher erwarteten ihn auch im Wachzustand. Immer wieder sah er Rebecca im unschuldig, weißen Schnee liegen, der sich langsam rot verfärbte und mit jeder neuen Episode der immer gleichen Vorstellung sah er auch immer deutlicher diesen Snowboarder, der so völlig hirn-

und rücksichtslos in die Piste gesprungen war. Und dann hatte er auch noch jede Menschenachtung verloren und sein Heil in der Flucht gesucht, egal wie sehr er sein Opfer verletzt hatte. Neben den Ängsten um Rebecca machte sich zusätzlich eine ohnmächtige Wut in Gerald breit.

Er ging zum Fenster und öffnete die Vorhänge. Wie zur Bestätigung seiner gedrückten Stimmung hingen dunkelgraue Wolken über der Stadt und die umgebenden Berge waren im Nebel verschwunden. Doch das waren nur äußere Eindrücke, der größte Schmerz pochte mit jedem Herzschlag in seiner Brust und jede dieser Pulsationen war ein Schlag für Rebecca. Er musste wieder zu ihr! Sie sollte seine Kraft spüren! Sie sollte davon profitieren! – Sie musste einfach wieder gesund werden!

Er musste sich dazu zwingen, nach dem Aufstehen etwas zu frühstücken. Obwohl er am gestrigen Tag außer am Morgen nichts gegessen hatte, empfand er kein Hungergefühl. Sein Magen fühlte sich an wie ein zugeschnürter Knoten in der Mitte seines Körpers, aber er wusste auch, dass es für ihn unumgänglich war. Außerdem würde etwas Kaffee, den trank er eigentlich nur selten am Morgen, seine Lebensgeister etwas schärfen.

Während er am Tisch saß, rief Markus, an um sich zu erkundigen, wie es um Rebecca stünde und Gerald konnte spüren, wie sehr sein Freund mit ihm litt. Gerald versprach, sich noch einmal zu melden, sobald er im Krankenhaus war. Zwei Tassen Kaffee und eine leere Semmel, mehr brachte er nicht hinunter. Dann machte er sich auf den Weg in die Klinik.

Der Gang von gestern Abend sah auch am Tage nicht einladender aus. Das von den Fenstern einfallende Licht dieses trüben Tages war kaum geeignet, etwas Wärme in diese Trostlosigkeit, so fühlte Gerald, zu projizieren. Er klingelte an der Tür zur Intensivstation und eine Schwester öffnete ihm. Er trug sein Anliegen vor, Rebecca besuchen zu wollen, aber sie verweigerte ihm den Zugang, da er keine Verwandtschaft zu ihr nachweisen konnte. Erst als er seinen Namen nannte, wurde das Gesicht dieser Frau etwas milder.

"Ach so, Herr Piller, Doktor Brettschneider hat eine Notiz dagelassen, damit ich Sie einlassen kann." Sie blickte ihn kurz etwas nachdenklich an. "Sagen Sie, sind Sie nicht der Schriftsteller?"

Gerald nickte kurz und bejahend. Sie ließ ihn ins Zimmer eintreten. Bis auf ein leises, aber permanentes Piepsen, war es im Raum totenstill. Rebecca lag bewegungslos auf ihrem Bett. Eine Infusionsnadel steckte in ihrem linken Arm oberhalb des Handgelenkes aus einer Flasche tropfte von oben langsam aber kontinuierlich eine Flüssigkeit durch einen Schlauch hinein. Ihr Kopf war nur leicht bandagiert und es lugte ein kleiner Schlauch heraus, vermutlich eine Drainagesonde. Ihr schönes Gesicht war nur leicht geschwollen und ihre Brust hob sich langsam in regelmäßigen Atemzügen. Eine Beatmung brauchte sie nicht, obwohl ein Beatmungsgerät bereitgestellt war. Es hatte etwas Friedfertiges an sich, aber Gerald war sich bewusst, wie trügerisch dieser Eindruck war.

Er setzte sich auf einen Stuhl neben das Bett und nahm ihre rechte, freie Hand und streichelte sanft über den Rücken. "Rebecca, ich bin`s, Gerald! Ich bin hier – bei dir!" Mehr als diese geflüsterten Worte brachte er nicht zustande. Das Gefühl der Hilflosigkeit in dieser gegenwärtigen Situation war unerträglich. Trotzdem gab es für ihn keine Alternative, er würde ihr beistehen, wann immer er konnte. Er hatte seine Handynummer bereits gestern hinterlassen, sodass man ihn sofort erreichen konnte, wenn in Abwesenheit irgendetwas geschehen wäre. Er wusste, dass das der Fall sein könnte, aber er musste viel erledigen.

Eine Hand legte sich auf seine Schulter: "Sprechen Sie ruhig zu ihr, die Erfahrung hat schon oft gezeigt, dass das durchaus ein Anker für Patienten mit derartigen Verletzungen sein kann. Eine Ärztin, Frau Doktor Horchler, wie er am Namensschild ablesen konnte, war von ihm unbemerkt ins Zimmer getreten. "Aber sie wird in den nächsten Tagen nicht aufwachen, dafür haben wir medikamentös gesorgt. Das Gehirn von Frau Sattler braucht eine Erholung und dafür ist dieses Koma gut. Seien Sie zunächst deswegen unbesorgt, es ist gut für sie."

Gerald sah sie dankbar an und nickte ihr zu.

"Sie können kommen, so oft Sie wollen, aber bleiben Sie geduldig, die nächsten Tage können wir nur abwarten. Es wird sich rein äußerlich nichts ändern. Ich weiß, dass Sie viel zu erledigen haben, also nutzen Sie die Zeit. Glauben Sie mir, wir werden bestens auf Frau Sattler aufpassen!" Sie hielt kurz inne: "Übrigens warten draußen zwei Polizeibeamte auf Sie."

Nur widerwillig stand Gerald von seinem Stuhl auf und verließ den Raum, der für die nächste Zeit das Zentrum seines Lebens sein würde. Die beiden Polizisten übermittelten ihm die Nachricht, dass der Snowboarder gefasst worden war, aber jegliche Tatbeteiligung abstritt. Aus diesen Gründen müsse er wieder nach Leogang um eine Identifizierung vorzunehmen. Auch die drei anderen Zeugen wären bereits geladen.

Einen guten Aspekt hatte diese erneute Ausflug nach Leogang. Er konnte seine Kleidung und auch die von Rebecca und das Auto abholen. Ihre Ski wurden einstweilen an der Mittelstation verwahrt.

Da die Zeit drängte und die Zugverbindung von Innsbruck nach Saalfelden, wo die Gegenüberstellung stattfinden sollte, zu lange dauern würde, wurde Gerald angeboten in einem Polizeiwagen mitzufahren, was dieser erleichtert annahm, denn die meiste Zeit wollte er doch an der Seite Rebeccas verbringen.

Die Gegenüberstellung gestaltete sich relativ einfach, da Gerald von der Gondelfahrt her auf das Wildenkar auch das Gesicht des Snowboarders gut gesehen hatte, während die anderen Zeugen ihn hauptsächlich wegen seiner auffälligen Kleidung erkannten, die er aber am heutigen Tag nicht trug, die allerdings im Skikeller des Hotels sichergestellt werden konnten. Diese Indizienlast war bis dahin schon erdrückend und die Polizisten konnten nicht verstehen, wieso die Schuld nicht zugegeben wurde. Der Beschuldigte, ein in Deutschland studierender Südafrikaner, war immer noch versucht, sich aus den Vorwürfen herauszuwinden, aber als er Gerald Auge in Auge gegenüber saß, musste ihm klar geworden sein, dass nun alles Leugnen nichts mehr half, da Gerald sein Gesicht kannte, wie er schon im Vorzimmer den aufnehmenden Beamten erklärt hatte. Er musste dabei natürlich auch an das belustigt, gelöste Lachen Rebeccas denken und sein Herz krampfte sich in diesem Moment erneut zusammen und auch der Hass, der ihm im Allgemeinen unbekannt war, überschattete sein Gemüt. Deshalb bat er vor der direkten Konfrontation um eine kurze Pause, um sich zu sammeln. Trotzdem loderten wilde Feuer in ihm auf, als er den zunächst noch unschuldig spielenden Mann mit seinem blonden Rastalocken sah.

Aber bis auf ein Ballen seiner Fäuste in der Hosentasche wusste er sich zu beherrschen. Zu groß war der Schmerz darüber, was dieser Rebecca – und auch ihm – angetan hatte.

Da der Student kein EU-Bürger war und die Gefahr bestand, dass er sich in seine Heimat absetzen würde, wurde er anschließend gleich einem Haftrichter vorgeführt, um eine Entscheidung darüber zu fällen, ob man ihn auf freien Fuß setzen sollte oder nicht. Alle Personalien und sein Wohnsitz in Südafrika waren bereits bekannt.

Das alles war Gerald aber nicht wichtig und er war froh, dass es nur knapp zwei Stunden gedauert hatte, außerdem wollte er sich den Anblick des Unfallverursachers nicht weiter antun.

Er nahm sich ein Taxi nach Saalbach, rief von unterwegs Markus an, der ihm dort seine Taschen und auch die von Rebecca übergab, holte den Leihwagen aus der Tiefgarage und fuhr wieder zurück nach Innsbruck, wo er drei Stunden später wieder an Rebeccas Seite saß und ihr die Hand hielt. Vielleicht konnte er auch so Kraft übermitteln. Dabei erzählte er ihr leise, was er den heutigen Tag über gemacht hatte. Die Ärztin hatte ihm gesagt, es wäre egal, was er sagen würde, aber seine Stimme könnte wichtig sein für sie.

Erst am späten Abend verließ er die Klinik und ging zurück ins Hotel. Gegessen hatte er immer noch nichts, aber Durst hatte er bekommen. Deshalb trank er noch zwei Bier, auch weil er wusste, dass er dadurch vielleicht besser einschlafen würde. Doch auf seinem Zimmer begannen wieder die Gedanken zu kreisen, immer schneller, immer wilder und beängstigender. Schlussendlich nahm er doch wieder eine dieser Beruhigungspillen, einfach weil es nicht anders ging.

XXIV

Eine weitere schreckliche Nacht, in der Gerald sogar dankbar war, dass draußen ein Sturm aufgekommen war, der um die Häuser der Altstadt Innsbrucks ein schauerliches Heulen auftat, aber eben gerade deshalb half, seine defätären Gedanken etwas zu lindern. Durch das Rauschen, Winseln und Toben der Luftmassen entstanden in Gerald ein paar Assoziationen, die er teilweise gleich als neue Ideen in seinem Notizbüchlein vermerkte, auf der anderen Seite gewann er diesen Naturschauspiel auch einige positive Seiten ab: Hatte nicht so ein Sturm auch etwas Reinigendes an sich? So wie der Wind um die

201

Erker und Balkone pfiff und altes Laub verwehte wurden auch seine pessimistischen Gedanken vertrieben, zumindest zum Teil – einem kleinen Teil!

Rebecca war bei aller körperlichen Zartheit eine starke Frau und er wusste auch wie viel Liebe sie für ihn empfand. Diese Kraft der Liebe würde auch in ihrem gegenwärtigen Koma auf sie einwirken und den Heilungsprozess vorantreiben. Und er? Er würde das Seinige dazu tun, damit sie aus seinem Mund über ihre Ohren und durch seine Berührungen über ihre Haut auch seine sie unterstützende Liebe zu spüren bekam.

Heute wäre ihr Skiurlaub eigentlich beendet, da er morgen einen weiteren Lesungstermin in München auf seinem Terminkalender stehen hatte. Sie wollten beide in ihrer gemeinsamen Heimatstadt diesen Tag erleben und ausleben. Sie hatten sich sehr darauf gefreut, dass doch Bekannte zusammen neu zu erfahren. Sie wollten beide an den Nasen der Bronzelöwen vor der Residenz reiben, denn das sollte bekanntermaßen Glück bringen und viele Münchner machten das auch, wie die glattpolierten Körperteile am sonst eher grünlich schimmernden Restkörper der Skulpturen zeugten.

Gerald wusste, dass er diesen Termin nicht absagen konnte. Auch Felix hielt ihn dazu an, trotz aller Betroffenheit die eindeutig beim Telefonat durchklang.

"Gerald, es ist vielleicht sogar gut für dich, wenn du dadurch etwas abgelenkt wirst und auch mal deine Gedanken auf andere Dinge konzentrieren kannst. Außerdem, so hast du mir erzählt, würde Rebecca erst übermorgen erwachen."

Gerald wusste, dass Felix Taschner recht hatte, also vereinbarte er das Treffen mit ihm zwei Stunden vor dem eigentlichen Termin um 11:30 Uhr.

"Ich gehe davon aus, dass du, so wie ich dich kenne, vor lauter Sorgen kaum etwas gegessen hast und das auch heute noch nicht im nötigen Maße tun wirst, also werde ich morgen dafür sorgen, dass du nicht völlig vom Fleisch fällst. Also 11:30 Uhr im Spöckmeier! So, jetzt gehst du wieder zu Rebecca und gibst ihr Kraft! Du kannst das! Erzähl ihr etwas, lies ihr etwas vor, aber nichts von dir, sonst will sie vielleicht gar nicht mehr aufwachen!"

"Idiot!" Trotzdem musste Gerald zum ersten Mal wieder etwas schmunzeln. Felix kannte ihn lange und gut genug, dass er mit dieser kleinen Frozelei einen Lacherfolg bei ihm haben würde.

Kaum dass das Gespräch beendet war, rief Peter Andrasch an, der von Gerald per SMS über das Geschehen informiert worden war. Auch er zeigte sich genauso betroffen wie Felix und sicherte Gerald zu, dass er sich um die geschäftlichen Dinge, die Rebecca betrafen, kümmern würde und auch um die Versicherungsangelegenheiten.

Gerald wollte sich gerade dafür bedanken, aber Peter unterbrach ihn rasch.

"Wissen Sie, es ist für mich eine Selbstverständlichkeit, nicht nur Ihnen gegenüber, sondern vor allem für Rebecca. Ich möchte mich auch noch im Besonderen entschuldigen für meine verbalen Entgleisungen letzte Woche und ich möchte Ihnen sagen, dass ich es zutiefst bedauere. Als ich später selbst darüber nachdachte, habe ich mich eigentlich selbst nicht erkannt und dafür geschämt!"

Gerald teilte ihm mit, dass er persönlich gar nicht zu sehr betroffen war, aber Rebecca dafür umso mehr. "Ich glaube, dass sich Rebecca, wenn sie wieder gesund ist, viel mehr über diese Entschuldigung freuen wird. Aber ich danke Ihnen jetzt schon einmal im Vorab für Ihre Unterstützung. Ich werde Ihre Hilfe vielleicht noch ein paar Mal in Anspruch nehmen müssen, denn in vielen Dingen kennen Sie sich besser aus als ich!" Er versprach Peter auf dem Laufenden zu halten, denn er erkannte auch die Sorgen, die dieser sich um Rebecca machte.

Beim Frühstück hatte er zum ersten Mal wieder etwas Hunger, zwar keinen Appetit, deshalb hätte man ihn unmittelbar danach fragen können, was er gegessen hatte und er hätte keine Ahnung gehabt, was er gerade konsumiert hatte.

Auf dem Weg ins Krankenhaus wurde ihm der Sturm auch physisch bewusst, denn er musste sich bei manchen Schritten heftig gegen den Luftwiderstand stemmen. Auch in der Klinik war das stetige Heulen, zwar abgeschwächt, aber immer noch deutlich zu hören. Vielleicht hörte es Rebecca auch und ihre natürliche Neugier verhalf ihr so etwas weiter im Genesungsprozess.

Frau Doktor Horchler empfing ihn auf der Station. "Wir haben heute Morgen die Hirnströme von Frau Sattler gemessen und ohne Ihnen etwas zu versprechen, die Messwerte waren äußerst zufriedenstellend! Ihre Freundin ist zumindest diesen Werten nach außer Lebensgefahr!"

Gerald stieß einen mehr als erleichterten Seufzer aus. "Ich danke Ihnen sehr für diese Nachricht. Ich wusste, dass alles wieder gut werden würde!"

Die Ärztin hielt ihn am Arm fest, als er ins Krankenzimmer gehen wollte. "Ich muss Ihnen aber auch noch einmal sagen, dass das nicht gleichzeitig bedeutet, dass Frau Sattler wieder vollständig hergestellt werden kann. Darüber können wir erst nach dem Aufwachen eine Aussage treffen, vor allem, wie schwer sich die Blutung auf einzelne Hirnareale ausgewirkt haben könnte. Aber seien Sie trotzdem zuversichtlich und übermitteln Sie diese positive Stimmung auf die Patientin!" Sie drückte aufmunternd Geralds Arm und gab den Weg in Rebeccas Zimmer frei.

Gerald nahm auf dem Stuhl vor ihrem Bett Platz und begann leise und kontinuierlich zu erzählen. Er erzählte zunächst vom gestrigen Tag, dann von den heutigen Gesprächen mit Felix und Peter. Er teilte auch mit, dass er morgen wegen des Termins nur am Abend kommen würde.

Dann erzählte er alles, was sie zusammen bereits erlebt hatten mit seinen Worten und vergaß in keinem Satz dabei, ihr seine Gefühle ihr gegenüber zum Ausdruck zu bringen. Das Piepsen des Überwachungsmonitors wurde zu seiner metronomischen Begleitung, da es den gegenwärtigen Lebensrhythmus Rebeccas wiedergab und er sich dadurch ihr in seinem Erzähltempo anpassen konnte. Er sprach auch von seinen Hoffnungen und Träumen, vor allem mit ihr. Er überhäufte sie mit Komplimenten und war verwundert, wie viele schöne Worte er auch auf einmal sagen konnte, die er sonst nur in der Lage war zu schreiben.

Die Schwester brachte ihm zwischendurch ein paar Mal etwas zu trinken, was er gerne und dankend annahm, denn das permanente Reden verursachte einen trockenen Mund und erschwerte die Artikulation.

Rebecca lag Still da und wie er sie so sah überkam ihn das größte Gefühl von Liebe und Zuneigung für sie, dass er bisher je verspürt hatte. Selbst im Koma war sie für ihn eine fantastische Frau und ihr entspanntes Gesicht war die personifizierte Schönheit. Ihre Hände fühlten sich darüber hinaus so warm und dadurch lebendig an, was seine Hoffnungen weiter anstachelten und seinem Redefluss keine Bremse vorschoben. Manchmal glaubte er unter den Lidern ihrer Augen eine leichte Bewegung zu erkennen, aber das war wohl im Moment eher Wunschdenken. Er saß auf seinem Stuhl, den er nur kurz einmal für einen Toilettengang verließ und war sich die ganze Zeit über sicher in der Einigkeit mit Rebecca. Das Schwarz-Rot war zwar immer noch da, aber in seinem Bewusstsein begann das warme Orange-Gelb wieder die Oberhand zu gewinnen.

Er hatte noch so viel vor! Zusammen mit Rebecca!

XXV

"Hallo meine Schöne! Jetzt habe ich dich heute länger warten lassen, aber es ging einfach nicht schneller. Doktor Brettschneider hat mir aber vorhin berichtet, dass du Fortschritte machst. Du weißt gar nicht, wie sehr ich mich darüber freue! Ich bin heute den ganzen Tag mit meinen Gedanken bei dir gewesen. Felix hat mich aber schwer unterstützt bei dem, was ich heute alles zu tun gehabt habe.

Die Autofahrt nach München ging ohne Probleme, was den Verkehr anbetraf. Aber in meinem Kopf warst ohnehin nur du! Wenn du wissen willst, ob irgendetwas Besonderes während der Fahrt gewesen ist, ich könnte es dir nicht sagen. Irgendwann war ich dann auf dem Mittleren Ring und stellte den Wagen an einem Park-and-Ride-Parkplatz bei der U-Bahn Haltestelle Innsbrucker Ring ab und fuhr mit der U-Bahn und der S-Bahn zum Marienplatz. Sofort warst du wieder bei mir, es ist ja erst ein paar Tage her, dass wir dort zusammen waren.

Weißt du eigentlich, wie schön du gerade aussiehst? Wenn ich dich küssen dürfte, würde ich es sofort machen, aber die Ärzte haben mir gesagt, ich solle damit noch warten, bis du aufgewacht bist. Da haben Sie natürlich recht und du hättest auch etwas von meinen Küssen, denn so würde nur ich die Berührungen unserer Lippen spüren können, aber glaube mir, ich sehne mich danach! Sehr sogar! Du bist so schön!

Am Marienplatz wartete Felix bereits auf mich und wir gingen gemeinsam in Richtung Sendlinger Straße, kehrten aber kurz vorher schon in den Spöckmeier ein. Wir setzten uns an ein Fenster, wo ich gerne auch mit dir gesessen hätte und ich dir in deine Augen hätte blicken können. Felix` Augen können leider mit deinen nicht konkurrieren! Dann musste ich ihm natürlich zunächst erzählen, wie es dir geht und natürlich auch den genauen Hergang des Unfalls. Er sagte mir sogleich zu, sich um einen guten Anwalt zu bemühen, für eine Nebenklage gegen den Snowboarder. Aber du musst erst einmal gesund werden, dann können wir uns solche Schritte überlegen.

Übrigens hat heute Morgen während der Fahrt die Gendarmerie angerufen, dass dein Kontrahent nach Deutschland ausreisen darf, er muss sich aber jeden Tag melden und darf die Bundesrepublik nicht verlassen. Es würde ihm auch nicht viel helfen, da Deutschland mit Südafrika ein Amtshilfeabkommen hat. Aber das soll dich alles nicht belasten, meine Schöne, du achtest jetzt erst einmal nur auf dich!

Oh, danke Schwester Sonja!

Die Schwester hat mir gerade einen Tee gebracht, weißt du!

Also im Spöckmeier musste ich Felix, dem alten Preußen, natürlich erstmal erklären, was er essen sollte, denn er wollte, so hat er sich ausgedrückt, eine landestypische Spezialität zu sich nehmen. Da ich weiß, dass er keine Innereien mag, habe ich ihm geschmorte Rindsbackerl in Meerrettich-Senfsauce empfohlen. Dazu eine halbe Weißbier.

Ich habe auf das Bier verzichtet, weil ich die letzten Tage kaum etwas gegessen hatte,--- frag mich mal warum--, und den Tag über auch einen klaren Kopf gebraucht habe. Außerdem weißt du, dass Bier am Mittag mich sehr müde macht. Das nächste Weißbier werde ich mit dir zusammen trinken! Versprochen! Ich liebe es, wenn du ein kleines Bierschaumbärtchen hast. Das werde ich dir selbstverständlich herunter küssen! Wie sehr sehne ich mich danach! Ich liebe dich so sehr!

Ich habe mir saure Nierchen bestellt mit Kartoffelbrei.

Felix ist ein echter Freund. Es gelang ihm wirklich meine Gedanken bei dir zu lassen, aber alles ins Positive zu drehen. Auch er ist übrigens wie ich der Meinung, dass du eine sehr starke Frau bist und das schaffen wirst. Also pass auf: wir setzen große Hoffnungen in dich!

Nach dem Essen fuhren wir eine Station hinunter zum Stachus, denn im dortigen Hugendubel war schon alles vorbereitet für meinen Auftritt. Ich habe mir diesmal ein paar Sequenzen aus meinem neuen Buch herausgesucht, die nicht allzu viel über den Ausgang verraten, denn, so Felix, die Kasse sollte am Ende auch stimmen. Wie schon in Frankfurt war der Raum gerammelt voll, du hättest dich also wieder gut verstecken können. Aber ich bin mir sicher, dass ich deine Anwesenheit trotzdem gespürt hätte.

Natürlich musste ich danach auch wieder signieren und gelegentlich die von mir so sehr verhassten Selfies zusammen mit irgend einer selbstverliebten, du würdest wahrscheinlich sagen, in mich verliebten, Dame überstehen und dabei auch noch freundlich lächeln, was mir heute viel schwerer gefallen ist als in Frankfurt, denn dort habe ich beim Lächeln immer in Richtung der Säule geblickt, hinter der du verborgen warst. Heute war da leider niemand. – Du hast mir so sehr gefehlt! Aber das Ganze war dann glücklicherweise irgendwann beendet und Felix und ich konnten wieder ins Freie gehen, da ich mich wirklich nach ein bisschen Frischluft gesehnt hatte. Aber da draußen wartete dann der absolute Hammer dieses Tages in negativer Hinsicht.

Da ich mir im Buchladen jegliche Presse verboten hatte, wartete draußen tatsächlich ein kleines Journalistenteam auf mich, dem ich mich zunächst einmal offen stellte. Es gehört ja schließlich zum Geschäft. Aber das kennst du ja auch. Bist du schließlich ja auch eine "Pressefritzin".

Zunächst waren die Fragen auch unverfänglich. Über meine Planungen zum nächsten Buch, welches Sujet, eben Dinge, die man mich fragen müsste. Aber dann kam, wie mit einem Degen gestochen, die Frage, wie es mit meinem Empfinden, die Erlebnisse der letzten Tage betreffend, gehen würde. Wie ich mich fühlen würde, nachdem meine "Verlobte", so hatten sie dich bereits bezeichnet, mit ihrem Leben ringen würde.

Ich musste unmittelbar nach dieser Frage den Journalisten wohl schockiert angesehen haben und genau in diesem Augenblick schoss der zweite Journalist mit seiner Kamera eine ganze Fotoserie von mir. Ich wendete mich zwar gleich ab, aber da war es schon zu spät.

Felix hatte sich etwas schneller nach dieser Konfrontation gefasst und zog mich von dem Journalisten weg, während er lediglich "Kein Kommentar" in das vorgehaltene Sprachaufnahmegerät raunte.

Ich frage mich, mein Liebling, woher wussten die von dir und deinem Unfall? Ich will auf keinen Fall, dass irgend einer von denen hier in der Klinik auftaucht und versucht Fotos von dir zu machen. Ich werde auf jeden Fall die Klinikleitung benachrichtigen müssen, dass sie dies mit allen Mitteln verhindern sollen. Ich will, dass du in Ruhe gelassen wirst! Wenn nicht, dann werden die mich kennen lernen! Allein aufgrund dieser Ereignisse bin ich schon wieder froh, über meinen damaligen Entschluss, nach Nassau gezogen zu sein. Auf jeden Fall bin ich beim nächsten Termin besser gewappnet, wenn wieder einer deiner Kollegen kommt. Ihr seid schon manchmal echte Hyänen!

Der nächste Termin ist schon übermorgen in Hamburg, gleich am nächsten Tag in Berlin. Ich habe mir bereits Flugtickets besorgt. Ich hoffe, meine Schöne, du wirst die zwei Tage auch ohne mich auskommen. Aber morgen bin ich da, wenn du aufwachst. Ich freue mich so sehr darauf, deine Augen wieder sehen zu können.

So, jetzt ruhe dich aus, ich weiß, meine Erzählungen haben dich vielleicht etwas angestrengt. Ich komme morgen wieder. Den ganzen Tag! Und dann versuche ich, etwas weniger zu reden. Ich liebe dich!"

XXVI

Es war die erste Nacht, in der Gerald einigermaßen geschlafen hatte. Dementsprechend ausgeruht saß er bereits am frühen Morgen im Frühstückssaal des Hotels und stillte nicht nur seinen Hunger, sondern diesmal schmeckte es ihm auch wieder.

Der letzte Traum bevor er aufgestanden war, war so hoffnungsfroh gewesen und hatte ihn in eine äußerst optimistische Gemütslage versetzt. Er sah Rebeccas Augen noch immer vor sich, genauso wie sie ihn im Traum angesehen hatte und sie lächelte. Ein Mienenspiel, das ihn immer verzaubert hatte und er freute sich darauf, diesen Wunsch vielleicht sogar heute erfüllt zu bekommen. Eine Unruhe, aus der Vorfreude heraus geboren, breitete sich in ihm aus.

Nach dem Frühstück ging er noch einmal aufs Zimmer und zog ein dunkelblaues Hemd an, von dem er die beiden obersten Knöpfe offen ließ. Er wusste, dass dies Rebecca gefallen würde. Auch sein spezielles Parfüm benutzte er wohldosiert, damit nur ein feiner Hauch dieses Duftes ihre Nase umschmeicheln würde. Sie liebte alles Olfaktorische und Haptische an ihm. Der Kuss würde wahrscheinlich immer noch warten müssen, aber wenigstens wieder ihre Augen zu sehen und vielleicht ihre Stimme zu hören, war schon ein großer Fortschritt für Rebecca und eine Wohltat für ihn.

Kaum, dass der Blumenladen geöffnet hatte, kaufte er einen Strauß seiner Lieblingsblumen – weiße Lilien! Er würde sie zwar nicht im Krankenzimmer aufstellen dürfen, aber sie sollte sie durch das Fenster zum Vorzimmer hin sehen können.

Nun saß er wieder auf einem dieser Stühle in dem langen Gang, der sich natürlich nicht verändert hatte. Auch das Licht, das aus den Regenwolken spärlich durchsickerte, war nicht heller geworden, es blieb also wieder nur die Ausleuchtung durch die Leuchtstoffröhren. Trotzdem empfand er heute diesen Gang weitaus freundlicher und das Grün der beiden Feigenbäumchen schien auch satter auf den Blättern zu stehen. Auch das Flimmern fiel ihm diesmal nicht störend auf.

Seine ganze Haltung war nicht zu vergleichen mit der vor ein paar Tagen. Er wirkte gestrafft, seine Augen lagen nicht mehr so tief in den ebenfalls etwas voller erscheinenden Wangen und auch sein Teint hatte die Blässe verloren. Es kam sogar die Bräune der letzten Tage in seinem Gesicht durch. Trotzdem ertappte er sich immer wieder bei einem Blick auf die Uhr. Wenigstens gab nicht mehr das Pochen des Blutes in seinen Ohren den Takt an!

Dann endlich öffnete sich die Glastür.

"Sie können jetzt hineingehen." Schwester Sonja schenkte ihm eine aufmunternde Mimik. "Die Ärzte haben alles vorbereitet, die Werte von Frau Sattler sind gut, jetzt müssen wir einfach nur warten."

Gerald übergab ihr den Blumenstrauß. "Wenn Sie den so an das Fenster stellen könnten, dass ihn Frau Sattler sehen kann, wäre ich Ihnen sehr, sehr dankbar."

"Natürlich, das mache ich schon für Sie!" Sie nahm den Strauß, um diesen nach Geralds Wünschen zu arrangieren.

Er setzte sich wieder auf den Stuhl neben dem Bett und sah Rebecca einfach nur an. Ihr gelöster Gesichtsausdruck erfüllte auch ihn mit einer großen inneren Ruhe. Ja, er würde warten! Das Warten hatte sogar einen Vorteil, er konnte in aller Ruhe, ohne Zeitdruck ihre Schönheit genießen, ihre feinen Züge, ihre Augenbrauen, ihre Wimpern und natürlich ihren Mund, der auf ihn so magisch anziehend wirkte. Das Piepsen des Überwachungsmonitors trat völlig in den Hintergrund, sodass er nur noch Stille wahrnahm. Die Stille – die Ruhe – die Ruhe vor dem Sturm! -- Denn in ihm würde ein Gefühlssturm ausbrechen, ab dem Moment, da ihre noch geschlossenen Lider sich schwach zu bewegen begannen.

Er hatte ihre Hand ergriffen und hielt sie einfach so in seiner, wie eine Selbstverständlichkeit, wie eine Brücke ihrer beider Einheit.

Und er wartete.

Mittlerweile hatte eine neue Schwester, Cordula, Sonja abgelöst und brachte ihm etwas zu Trinken, denn er wollte nicht von seinem Stuhl aufstehen. Er wollte auf keinen Fall die ersten kleinen Zuckungen in Rebeccas Antlitz verpassen.

Und er wartete.

Frau Doktor Horchler kam irgendwann herein, überprüfte die Werte, die der Monitor aufzeichnete und nickte zufrieden. "Es ist alles in Ordnung! Sie müssen nur Geduld haben!"

"Die habe ich, glauben Sie mir!"

Und er wartete.

Mittlerweile war es Abend geworden und noch immer lag dieser Frieden auf Rebeccas Gesicht, aber auch noch immer keine Regung, nicht einmal der kleinste Zucker eines Muskels.

Und er wartete.

Eine Hand legte sich sanft auf seine Schulter, trotzdem schreckte er hoch. Er war wohl eingeschlafen. Sofort sah er in Rebeccas Gesicht, aber es war nur Frieden. Es sah gar nicht besorgniserregend aus, trotzdem stiegen wieder die Dämonen aus den schwarzen Löchern seines Unterbewusstseins. Fast flehend richtete er seinen Blick zunächst auf Rebecca, dann auf Doktor Brettschneider, dessen Hand noch immer auf seiner Schulter ruhte. "Warum wacht sie denn nicht auf? Es müsste doch schon längst geschehen sein! Bitte Herr Doktor!"

Doktor Brettschneider nahm einen zweiten Stuhl und setzte sich neben Gerald. "Herr Piller, es besteht kein Grund zur Unruhe. Das Koma nach solchen Verletzungen ist bei jedem Patienten anders. Wir haben Frau Sattler nur die Medikamente entzogen, die sie künstlich im Schlaf gehalten haben, aber das was jetzt passiert, bestimmt ihr Körper, sind ihre Heilungsprozesse. Das kann manchmal schnell gehen, in diesem Falle eben nicht. Das Koma ist eine natürliche Schutzvorrichtung des Gehirns zum Abbau eines Traumas. Und im vorliegenden Fall dauert es eben länger."

"Aber es muss doch irgendeine Möglichkeit....."

"Sehen Sie es positiv Herr Piller. Der Körper von Frau Sattler und vor allem das Gehirn braucht eben noch Zeit. Wir können jetzt nur warten, aber alle Werte sind deutlich im Normalbereich!"

"Also wird sie wieder gesund?" Gerald brachte diesen Wunsch nur geflüstert hervor.

Doktor Bretschneider sah ihn ernst an. "Ich hatte Ihnen schon am ersten Tag gesagt, dass eventuelle Schäden bleiben können, das wissen wir aber erst, wenn die Patientin zu sich gekommen ist. Ich schlage vor, Sie gehen jetzt zurück ins Hotel! Hier können Sie Moment nichts ausrichten."

"Aber ich würde lieber bei ihr bleiben! Vielleicht wacht sie ja gerade jetzt auf!" Fast trotzig fiel diese Antwort aus.

"Vielleicht ist es besser so, denken Sie daran, dass auch Ihre besorgten Gefühlsströmungen auf Frau Sattler einwirken können." Es gelang dem Arzt tatsächlich Gerald zu überzeugen. "Ich verspreche Ihnen, dass wir sie sofort benachrichtigen, wenn sich irgendetwas tut!"

"Aber ich bin morgen und übermorgen in Hamburg und dann in Berlin, aber ich würde sofort kommen, wenn ich etwas von Ihnen höre!"

Gerald schlurfte aus dem Zimmer in den Gang, der ihn wieder mit seinem kalten, flimmernden Licht empfing, das so gar keine Wärme ausstrahlte. Morgen um 10:00 Uhr ging der Flug von München nach Hamburg. Hamburg – das schien für Gerald im Moment das Ende der Welt!

XXVII

Es ist schon erstaunlich, wie schnell man ans vermeintliche Ende der Welt kommen kann. Eineinhalb Stunden mit dem Auto nach München, wo Felix bereits am Flughafen wartete. Einchecken. Etwas mehr als eine Stunde und Hamburg begrüßt einen mit herrlichem, blauen Himmel und einem frischen Wind, dessen Luft irgendwie anders schmeckt als in den Bergen. Gerald konnte das nahe Meer förmlich riechen. Rebecca würde es gefallen, wo sie das Meer doch so liebte. Die Temperaturen der Nordsee vielleicht nicht so sehr.--- Jetzt im Februar schon gar nicht, aber dem Anblick würde sie schon zugetan sein. Wie gerne hätte er sie bei sich! Nach dem Termin wäre noch Zeit gewesen, vielleicht eine Hafenrundfahrt zu machen, oder auf der Alster, ganz kitschig mit einer Ausflugsbarkasse. Gerald ertappte sich immer wieder dabei, wie er sein Handy checkte, aber es war keine Nachricht aus Innsbruck dabei.

Er hatte am Morgen vor der Abfahrt noch einmal in der Klinik angerufen, aber es hatte sich keine Veränderung in Rebeccas Zustand eingestellt. Frau Doktor Horchler versicherte ihm noch einmal, dass er sofort benachrichtigt werden würde, sobald sich der Zustand von ihr ändern würde. Er solle sich beruhigen, alle Körperfunktionen sind im Normalbereich.

Auch Felix hatte den ganzen Flug über schon versucht ihn abzulenken. Er plapperte unentwegt, aber Gerald hörte ihm kaum zu. Mit zunehmender Zeit ging es ihm allmählich auch auf die Nerven. "Kannst du bitte endlich einmal still sein!" Im Nachhinein tat es ihm

212

schon wieder leid, Felix so angefaucht zu haben, aber sein Freund nahm es nicht tragisch. Er wusste, dass er ebenso reagieren würde, außerdem war es für ihn auch eine Art Beruhigung, denn er mochte Rebecca ebenfalls.

Die Präsentation in der Buchhandlung, Gerald hatte gar nicht wahrgenommen in welcher sie stattfand, zog er routiniert durch. Er hatte Felix vorher sein Handy gegeben, damit dieser bei einer Nachricht aas Innsbruck ihm sofort ein Zeichen geben würde, er würde dann versuchen den Ablauf unauffällig für das zahlreich erschienene Publikum zu beschleunigen, aber gelegentliche Blicke hinüber zu seinem Verleger deuteten auf keine Anrufe hin.

Wieder stand ein Presseteam vor dem Eingang, das hatten sie aber auch schon im Innenbereich bemerkt und verließen deshalb die Buchhandlung über den Hinterausgang.

Gerald ging mit Felix danach hinunter zum Hafen, zu den berühmten Landungsbrücken, wo aber außer dem lebhaften Treiben von Möwenschwärmen relativ wenig los war. Überhaupt hatte er den Hamburger Hafen wesentlich betriebsamer in Erinnerung, allerdings war sein letzter Besuch dort schon fast 30 Jahre her. Damals zogen eine Unmenge von Bugsierschleppern die Schiffe zu den verschiedenen Kais, wo die Löschung der Ladung vorgenommen wurde. Heute war fast nichts mehr davon zu spüren. Dafür ankerten jetzt dort riesige Containerfrachter und das Einzige was stetig in Bewegung war, waren die Verladekräne, die die quaderförmigen, normierten Frachtboxen emsig auf verschiedene Stapel luden. Entweder auf das Schiff hinauf oder von dort herunter auf die große Fläche davor, wo einer neben dem anderen stand und natürlich auch wieder übereinander. Gerald wusste, dass ein großer Containerfrachter bis zu 10-15 der normalen Frachter, die er als junger Mann noch gesehen hatte, ersetzen konnte. Die angelandete Fracht war auf jeden Fall um ein Vielfaches höher als damals.

Wann war Rebecca eigentlich mal in Hamburg? Oder überhaupt? Er musste sie danach fragen, wenn….

Ein großes Passagierschiff lag vor Anker und seine Lichterketten warfen Schatten auf dem Weg am Kai. Morgen sollte es in See stechen, zu einer Atlantiküberquerung und dort bis zum Sommer

Karibikkreuzfahrten durchführen, so stand es auf einem Hinweisschild.

Die Karibik – Nassau – das blaue Meer – die Sandbank – der Delphin – Rebecca! *Bitte werde wieder gesund! Ich vermisse dich so sehr!*

Felix deutete seinen Gesichtsausdruck richtig. "Du machst dir schon wieder Sorgen!" Er zog Geralds Handy aus seiner Tasche, überprüfte es kurz und übergab es diesem wieder. "Komm, lass uns etwas essen gehen, ich kenne weiter vorne ein gutes Fischlokal."

Gerald sah ihn dankbar an. "Gut, aber nur, wenn sie Scholle auf der Speisekarte haben. Die habe ich in Hamburg vor 30 Jahren auch schon gegessen, irgendwie ist mir das in Erinnerung geblieben. Außerdem habe ich wirklich Hunger!" Er verzog sein Gesicht zu einer Grimasse, die wohl ein Lächeln darstellen sollte, und folgte Felix, der zielstrebig auf ein Restaurant, die Alt Helgoländer Fischstuben, direkt am Fischmarkt zu strebte.

Das Ambiente innen war hanseatisch, gediegen und es gab sogar zwei verschiedene Schollengerichte auf der Karte. Felix schloss sich Gerald an und wählte ebenfalls Scholle, -- Büsumer Art mit Krabben und Dill, während Gerald sich für die rustikalere Variante Finkenwerder mit Speckstreifen und Bratkartoffeln entschied. Vorne weg eine Hamburger Aalsuppe für ihn und ein kleiner Brathering mit Zwiebeln auf Brot für Felix.

"Gut, dass wir nicht in einem Zimmer schlafen, so wie du heute Nacht nach Zwiebeln riechen wirst!"

Felix zuckte nur mit den Achseln.

Das Essen war hervorragend, nur mit dem herben norddeutschen Bier hatte Gerald so seine Schwierigkeiten und trank deshalb zuerst ein Alsterwasser, wie sich das bayerische Radler dort nannte, und zum Fisch dann einen wirklich ausgezeichneten Riesling von der Mosel aus Ürzig.

Vom Restaurant zum Hotel war es nicht weit, sodass beide den Weg als kleinen Verdauungsspaziergang nutzten. Felix wollte Gerald zwar noch zu einem kurzen Besuch der Reeperbahn überreden, aber dieser hatte dazu wirklich keine Lust. "Du mit deinem Zwiebelatem wirst dort heute auch nicht mehr erfolgreich sein." Diesem Argument konnte sich sein Manager auch nicht entziehen. Außerdem mussten beide schon am frühen Morgen zum Bahnhof, um den Zug nach Berlin rechtzeitig zu bekommen.

Gleich nachdem der Wecker geklingelt hatte, griff Gerald zum Handy. Wie schon die ganze Zeit: beunruhigend beruhigend. Keine Nachricht – keine Veränderung, aber wenigstens hieß das auch, dass keine Verschlechterung bei Rebecca eingetreten war. Felix versuchte sich während der Bahnfahrt diesmal mehr mit Schweigen, was Gerald dankbar registrierte. Er sah die meiste Zeit zum Fenster hinaus und nahm die vorbeiziehende Landschaft in sich auf. Er wollte seine Eindrücke alle Rebecca erzählen und ihr dabei auch zeigen, wie schön er es mit ihr zusammen gefunden hätte, auch wenn die kahle Winterlandschaft trotz des Sonnenschein nur wenige Highlights zu bieten hatte.

Vom Berliner Hauptbahnhof ging es per S-Bahn zum Savigny-Platz, wo im dortigen Bücherbogen die Veranstaltung stattfand. Gerald hatte beschlossen, das gleiche zu lesen wie in Hamburg, das Publikum war in diesem Fall aufgeschlossener für eine abgeschlossene Kurzgeschichte als für Auszüge aus einem seiner Romane.

Beim anschließenden Signieren stand eine Dame vor ihm, die eine Frauenillustrierte in den Händen hielt und ihn mitfühlend, traurig ansah. "Es tut mir aufrichtig leid für Sie!"

"Was meinen Sie?" Gerald sah sie fragend an.

Wortlos hielt sie ihm das Heft hin. Auf der aufgeschlagenen Seite stand als Überschrift in großen schwarzen Lettern: „Gerald Piller, voller Angst um das Leben seiner Verlobten!" Darunter mit den üblichen bunten Bildern ein paar Aufnahmen von ihm, vor dem Hugendubel in München, aber auch ein paar, wie er die Innsbrucker Uniklinik betrat, die versteckt aufgenommen worden waren. Dazu ein sehr oberflächlich geschriebener Bericht, dass eine Rebecca Sattler im Skiurlaub mit ihm einen schweren Unfall hatte, durch einen Zusammenstoß mit einem Snowboarder und schwere Kopfverletzungen davongetragen habe. Man wisse nicht, ob sie jemals wieder gesund werden würde. Und als Abschluss:" *Wie erträgt dieser Mann diesen schweren Schicksalsschlag? Wird sich das auf seine Werke auswirken?"*

Unbändiger Zorn befiel Gerald. Er stand abrupt vom Tisch auf und wollte sofort gehen, aber Felix hielt ihn zurück, sah nur kurz in das Pamphlet und flüsterte ihm zu: „Wenn du jetzt aufstehst und gehst machst du es noch schlimmer! Ich bin überzeugt, dass irgendeiner dieser Schreiberlinge hier anwesend ist und dich genau beobachtet."

Gerald sah sich suchend um.

"Überlass es mir, ich werde mich darum kümmern und auch recherchieren, woher die davon wissen."

Gerald sah ein, dass Felix recht hatte und setzte sich wieder hin, nahm seinen Signierstift, sah kurz in das Buch und setzt profimäßig ein Lächeln auf. "Wie ist Ihr Name bitte?"

"Angelika!"

Er widmete das Buch dieser Angelika, unterschrieb noch und reichte der Dame wieder das Buch und auch die Illustrierte." Ich danke Ihnen!"

Danach hatte er es sehr eilig, zum Flughafen zu kommen und wieder zurück nach München zu fliegen. Felix machte sich auf den Weg nach Köln, seinem Wohnort, um alles Weitere in die Wege zu leiten. Nach dem Wochenende ab Montag waren noch drei Termine angesetzt: in Köln, dann in Leipzig und zuletzt in Nürnberg. Dann wäre für Gerald eigentlich der Rückflug nach Nassau angestanden. Aber den würde er sicher stornieren. Er konnte Rebecca nicht allein lassen!

Am Flughafen Tegel war ein Internetcafé, wo er eine Pension in Innsbruck für die nächsten Tage, aber auf unbestimmte Zeit buchte. Er wusste nicht, wie lange es noch dauern würde und das Hotel war dann mit der Zeit etwas zu teuer, außerdem brauchte er diesen Luxus nicht unbedingt.

Ein Anruf in der Klinik ergab keine Neuigkeiten. *Rebecca, wann wachst du endlich auf? Ich vermisse dich! Ich liebe dich!*

XXVIII

Es war schon erstaunlich und auch nur schwer zu erklären, auch für ihn selbst, wie Gerald im Laufe der nächsten Tage und Wochen vom

Schicksal gebeutelt wurde. Permanent schwebte er zwischen Hoffnung und erneuter Zerstörung dieser. Denn wieder kam nur die Nachricht, dass sich in Rebeccas Zustand keine Veränderung auftat. Fast jeden Tag ging er immer zuversichtlich in die Klinik und sprach sich selbst zu, dass dieser Tag der Tag sein würde, an dem er in ihre geöffneten Augen blicken würde. Fast jeden Tag, nur wenn er irgendwelche Verpflichtungen hatte, war es ihm verwehrt.

Ein großer Schock war für ihn der Tag, an dem er die Intensivstation betrat und er feststellen musste, dass Rebeccas Platz und Bett unbesetzt war. Sofort spürte er diese abgrundtiefe Kälte, die ihn befiel, als er dies entdeckte und unhörbar einen Laut des Entsetzens ausgestoßen hatte. Fast panisch suchte er eine Schwester oder einen Arzt, um Auskunft zu erhalten und durch seine Panik schien diese Suche ewig zu dauern. Erst als ihm Frau Doktor Horchler über den Weg lief und ihn sofort beruhigte, schalt er sich selbst darüber, dass er nicht auf das Naheliegendste gekommen war. Da Rebeccas Körperfunktionen alle normal arbeiteten, die Brüche sich auch gut im Heilungsprozess befanden und sie außer der künstlichen Ernährung keiner weiteren medizinischen Geräte mehr bedurfte, war sie in ein normales Krankenzimmer verlegt worden, in das man ihn sofort geleitete.

Dieses Zimmer machte natürlich trotz seiner Schlichtheit einen wesentlich freundlicheren Eindruck als die weitgehend abgedunkelte Intensivstation, die nur von Kunstlicht erhellt wurde. Durch ein großes Fenster drang der strahlende Sonnenschein, der schon einige Tage Innsbrucks Dächer zum Spiegeln brachte, in den Raum ein und lieferte eine gelbe Wärme, die von den weißen Wänden und Bettbezügen angenehm reflektiert wurde. Rebeccas Gesicht wurde von der Sonne bestrahlt und der friedliche Ausdruck ihrer Züge war dadurch noch verstärkt. So, als würde sie schlafen. – Und eigentlich tat sie das auch, nur viel tiefer, aber sie wachte einfach nicht auf!

Oft wenn Gerald auf dem Stuhl neben ihrem Bett saß, sinnierte er darüber, ob sie träumte. Und wenn ja, von was oder von wem? Spielte er in ihrer Traumwelt eine Rolle oder war es nur ein Kampf gegen irgendwelche Dämonen, die sie noch weiter vom Leben wegzuziehen versuchten? Von außen war ihr nichts anzumerken.

Immer wieder fand er sie bei seinen Besuchen in anderen Stellungen im Bett vor. Anfangs hatte er geglaubt, sie hätte sich bewegt, aber es waren nur die Schwestern, die ihre Lage veränderten, damit sie sich nicht wundliegen würde. Irgendwann übernahm Gerald diese Aufgabe und brachte sie in andere Liegepositionen oder er fuhr ihre Bettlehne so weit hoch, dass sie fast darin saß. Ein tiefer Atemzug zeugte dann davon, dass Rebeccas Körper diese Veränderungen sehr wohl registrierte. Aber auch ihr Geist?

Er hatte sich zu allem Überdruss ein paar Bücher über hirnverletzte Patienten besorgt und diese teilweise gelesen. Vieles was er dadurch vermittelt bekam, war nicht dazu angetan, seine Hoffnungen noch weiter zu befeuern, es war das Gegenteil der Fall. Da half es auch nicht, dass Doktor Brettschneider immer wieder, fast gebetsmühlenartig darauf hinwies, dass die Hirnströme alle keine Auffälligkeiten aufwiesen. Allerdings wusste auch er keine Antwort darauf, warum dieses Koma so lange anhielt.

Der Besuch in der Klinik wurde für Gerald immer mehr zu einem Tagesablauf, den er fast schon als Routine bezeichnen konnte. Er konnte Rebecca küssen, er konnte sie streicheln, die Ärzte befürworteten dies alles, denn es konnte alles dazu führen, ihr Bewusstsein wieder zum Erwachen zu bringen. Er hatte sich auch schon neben sie ins Bett gelegt und sie stundenlang im Arm gehalten. Die Schwestern bewunderten seine Ausdauer und eine ließ sich mal zu der Aussage hinreißen: "So sehr möchte ich auch einmal geliebt werden!" Gerald ließ sich auch nicht beirren, er schöpfte aus dieser Liebe jeden Tag neue Hoffnung und Kraft und jedes Mal ging er abends wieder in seine Pension, ohne von Rebecca auch nur die kleinste Regung zurückbekommen zu haben. Aber er würde sie nicht im Stich lassen! Niemals!

Bis in die späte Nacht hinein sah er in seinem Pensionszimmer fern. Aber selbst die aktuellen Nachrichten über die diversen Krisenherde in der Welt oder auch das Sportgeschehen interessierten ihn nur am Rande. Seine Welt war das Krankenzimmer und im Zentrum darin das Bett mit Rebecca, seinem Lebensmittelpunkt, seiner Liebe!

Er hatte im Innsbrucker Dom schon Kerzen angezündet. – schaden konnten sie zumindest nicht. Aber geholfen hatten sie bisher auch nicht. – Noch nicht! Jeder Anker, der sich ihm bot, wurde von ihm aufgegriffen.

Seine Zimmerwirtin versuchte ihn durch immer reichhaltigere Frühstücke zu stärken, natürlich auch kommentiert mit aufmunternden Sätzen, die Gerald tatsächlich dankbar in sich aufnahm.

Felix war auch schon zu Besuch vorbeigekommen und saß mit an Rebeccas Bett. Nach anfänglichem Zögern hatte er mit Rebecca geredet, als wäre sie wach und er würde mit ihr eine Konversation führen. Gerald hatte ihn dazu ermuntert und war fasziniert, wie gut Felix dies zustande brachte. Er riss sogar einige Witze und lachte selbst am meisten darüber. In Rebeccas Gesicht verzog sich kein Muskel.

Auch Peter Andrasch war bereits vorbeigekommen. Ihm fiel es wesentlich schwerer, an ihrem Bett gelöst zu sein. Vergebens versuchte er, ein paar Tränen zu unterdrücken. Seine Ansprache war eher ein Bitten und Flehen, das irgendwo in Rebeccas Kopf verklang, so glaubte er zumindest, aber Gerald ermunterte ihn trotzdem, noch weitere Sätze zu sprechen.

Frau Doktor Horchler glaubte fest daran, dass irgend ein Reiz zu Rebeccas Unterbewusstsein irgendwann durchdringen würde, der einen Erweckungsimpuls aussenden könnte. In einigen Gesprächen mit Gerald hatte sie sich dahingehend geäußert und sie selbst setzte ebenfalls große Energie in ihre eigenen Bemühungen, ihre Patientin aus diesem Zustand zu reißen.

Aufgrund der Tatsache, dass sich einige Journalisten tatsächlich in die Klinik gewagt hatten, aber noch rechtzeitig davon abgehalten werden konnten, in das Krankenzimmer vorzudringen, war sie sich erst der Tatsache bewusst geworden, welcher Beschäftigung Gerald nachging. Jetzt hatte sie auch die Erklärung dafür, warum dieser so viel Zeit im Krankenhaus verbringen konnte, ohne auf einen Arbeitgeber Rücksicht nehmen zu müssen. Sie ermunterte, nachdem sie ihn als Schriftsteller erkannte, ihn dazu, doch im Zimmer Rebeccas seiner Tätigkeit nachzugehen und seine geschriebenen Worte ihr vorzulesen.

Und so saß Gerald von da an an einem Tisch und begann seinen neuen Roman – ein Werk mit tiefen seelischen Abgründen und

Depressionen, aber gleichzeitig voller Witz, Ironie und Hoffnung. Auch Boshaftigkeit, wenn er an den Verursacher dieser Misere dachte, war dabei. Gleichzeitig schrieb er eine Unmenge an warmen Worten. Er wagte sich in diesem Werk an einen Spagat, der die Unmenschlichkeit mit der Liebe verbinden sollte. Ob ihm das bis zum Ende des Buches gelingen würde, wusste er selbst noch nicht, aber er bemerkte, dass es ihm selbst auch gut tat, sein Seelenleben, denn das war es, was er, zwar stark abstrahiert und auf andere Umstände und Situationen bezogen, zum Ausdruck bringen wollte. Und Rebecca bekam jedes Wort zu hören. Die Schlimmen genauso emotional und unverhohlen, wie die Guten und Schönen. Es war überhaupt das erste Mal, dass Gerald einen Roman begann, bei dem er kaum Retuschen während des Schreibens vornehmen musste. Es lief ihm nur so aus seinem Füllfederhalter und Rebecca hörte sich alles an. Still und ohne Gerald jemals zu unterbrechen.

"Wenn der Roman fertig ist, dann gibst du dem Buch einen Titel!" Gerald sah Rebecca aufmunternd an. Rebecca lag leicht auf der Seite in ihrem Bett und ihr geschlossener Mund formulierte keine Ablehnung dieses Vorschlages.

Frau Doktor Horchler führte zwischendurch immer wieder lange Gespräche mit ihm. Sie wies darauf hin, dass sie ihm viele Fragen stellen würde, die auch sehr persönlich, ja sogar intim werden könnten, aber sie war der Ansicht, dass jede Erinnerung, die in Rebeccas Gehirn vorhanden war, vielleicht nur verschüttet war und nur darauf wartete, wieder an die Oberfläche gezogen zu werden. Gerald machte mit Eifer mit und nahm gegenüber der Ärztin auch kein Blatt vor den Mund und sparte nicht mit Details. Sie machte sich dazu auch immer wieder Notizen und suchte in der einschlägigen psychologischen Literatur nach Vergleichbarem, das in anderen Fällen zu Erfolgen geführt hatte. Im Verlauf der weiteren Tage kam sie immer mehr zu der Erkenntnis, dass die Versuche das Großhirn, also das eigentliche Denkzentrum, zu stimulieren, keinen Erfolg bringen würden, um dieses Koma zu beenden. Gerade die Normalität der immer wieder gemessenen Hirnströme, vor allem des Großhirns, ließen in ihr diese Erkenntnis wachsen. "Wir müssen versuchen, über das Urgehirn, also das Kleinhirn und den Hirnstamm einen Zugang zu finden!"

"Sie meinen, ich soll ihr nichts mehr vorlesen?" Gerald sah sie zweifelnd an.

"Nein, auf keinen Fall, machen Sie unbedingt weiter, aber wir werden versuchen, dies mit Reizungen auf die reinen Körperfunktionen, besonders der Drüsen und hier wieder speziell der Endokrinen, ihre Worte zu begleiten. Wir greifen de facto von zwei Seiten auf das Steuerungssystem von Frau Sattler ein." Sie rieb sich fast euphorisch die Hände: „Es wäre doch gelacht, wenn wir nicht gemeinsam diese Nuss, die hier vor uns liegt, knacken könnten! Ich bin dabei sehr auf Ihr Erinnerungsvermögen angewiesen, welche Worte Ihrerseits mit bestimmten Handlungen, Berührungen, anderen Tönen, aber auch Gerüchen einen Zusammenhang ergeben und auch eine Bedeutung für Frau Sattler haben könnten."

Gerald ließ sich von dieser Begeisterung der Ärztin nur allzu gerne mitreißen. Wieder einmal wurde ihm ein Strohhalm geboten, an den er sich klammern konnte.

Schon beim Abendessen in einer Innsbrucker Gaststätte wechselte seine rechte Hand permanent zwischen dem Messer, mit dem er Stücke von einem bestellten Zwiebelrostbraten abschnitt, und dem Kugelschreiber, mit dem er sich Notizen machte, die die von Frau Doktor Horchler angesprochenen Situationen betrafen. Natürlich fielen ihm, besonders was Berührungen anbetraf, jede Menge Intimitäten ein, aber häufig auch noch die Worte, die er Rebecca dazu ins Ohr geflüstert oder auch gestöhnt hatte. Die Ärztin war demgegenüber ebenfalls sehr aufgeschlossen, denn gerade die Hormondrüsen würden durch intime Berührungen besonders stimuliert und das konnte durchaus zu einem Ergebnis führen.

Voller Hoffnung und Vorfreude und mit einer größeren Anzahl zärtlich-liebevoller Worte, die er Rebecca morgen ins Ohr flüstern wollte, ging er ins Bett.

XXIX

Mit genau den gleichen Gefühlen erwachte er am nächsten Morgen, frühstückte kurz, wobei er es vor Aufregung mengenmäßig sehr frugal hielt. Dann ging er noch einmal aufs Zimmer, duschte ausgiebig und legte das Eau de Toilette an, das Rebecca so sehr an ihm liebte.

Auf dem Weg ins Krankenhaus kamen ihm aber doch einige ethische Bedenken. Konnte er sich einfach so zu Rebecca – einer Komapatientin – ins Bett legen und mit den Händen sexuelle Handlungen an ihr ausüben? War das überhaupt zulässig? Überschritt er dabei nicht irgendwelche Grenzen? Mit jedem Schritt in Richtung Klinik stieg die Verunsicherung in ihm. Ein ungutes Gefühl kämpfte sich durch sein Bewusstsein hindurch nach außen.

Doktor Horchler empfing ihn sofort. Er äußerte ihr gegenüber seine Bedenken. Auch war es ihm unangenehm bei dem Gedanken, dass man im Hause wusste, was in Zimmer 243, in dem Rebecca lag, am heutigen Tag vor sich ging.

Die Ärztin musste lächeln: „Ich werde dafür sorgen, dass keine Schwester und auch ich dieses Zimmer nicht betreten. Ich lasse mir eine Begründung einfallen, warum die Zimmertür geschlossen bleiben muss und damit kein anderer Patient oder Besucher fälschlicherweise die Türe öffnet, denn zusperren dürfen wir sie nicht, lasse ich noch einen Warnhinweis an der Türe anbringen."

"Aber ich habe auch Skrupel bei Rebecca etwas zu machen, ohne ihr Einverständnis in irgendeiner Form erhalten zu haben. Ich komme mir dabei wirklich fast ein wenig mies vor, da mich diese Berührungen sicherlich erregen werden. Verstehen Sie was ich meine?"

"Ich verstehe Sie sogar sehr gut und das ist genau der Punkt, an den dieser Ansatz gekoppelt ist. Sie lieben diese Frau und nach allem, was ich zu verstehen glaube, tut das Frau Sattler umgekehrt auch. Deshalb denke ich, dass sie keine Einwände haben würde und, sollte sie es irgendwann erfahren, auch in keinster Weise sich von Ihnen ausgenutzt fühlen würde. Und ich bin ohnehin an die ärztliche Schweigepflicht gebunden, außerdem stammt die Idee ja auch von mir. Sie sind nur, wenn ich es einmal medizinisch ausdrücken darf, die behandelnde Person! Also haben Sie kein schlechtes Gewissen, sollten Sie dabei in Erregung geraten. Das ist bei Ihrer Liebe zu Frau Sattler wohl nur zu verständlich!" Es gelang Frau Doktor Horchler tatsächlich, Gerald sämtliche Ressentiments für das Bevorstehende zu nehmen.

Nachdem die Ärztin alle Vorkehrungen getroffen hatte, ging Gerald in Rebeccas Zimmer. Mit sanfter Stimme erzählte er ihr, was er nun vorhatte und ermunterte sie auch dazu sich fallen zu lassen. Er sprach mit ihr, als wenn sie wach wäre. Er entkleidete sich, denn auch der Hautkontakt könnte eventuell etwas bewirken, allerdings konnte er sich nicht dazu überwinden auch seinen Slip auszuziehen und legte sich zu Rebecca ins Bett.

Zunächst genoss er einfach nur den Duft ihrer Haut am Nacken gleich unter dem Haaransatz. Aber schon bald begann er ihren Hals mit Küssen zu liebkosen, wobei er ihr mit leisen Worten Komplimente und Liebeserklärungen in ihr Ohr flüsterte. Dass sie für ihn die schönste Frau der Welt war, hatte er ihr schon hunderte Male gesagt und heute kamen noch eine Menge weiterer dieser Sätze dazu. Er musste auch keine Vorsicht mit ihrem Kopf walten lassen, da alle Brüche bereits gut verheilt waren. Es war ein unglaubliches Gefühl, diese geliebte, wundervolle Frau wieder einmal so richtig zu spüren. Ihren straffen Körper, der sich trotz der langen Liegezeit immer noch so herrlich anfühlte. Ihre zarte Haut, die Wärme ausstrahlte und in seinen Händen und Fingern von selbst die Bewegungen herausforderten, die diese jetzt unternahmen. " Rebecca, ich liebe dich so sehr! Du weißt gar nicht, was ich gerade empfinde, dich nach so langer Zeit einmal wieder Haut an Haut zu spüren! Es ist fantastisch und ich wünsche dir nichts mehr, als dass du dieses Gefühl und meine Berührungen ebenfalls empfindest! Und das Herrlichste überhaupt für mich wäre natürlich, deine Hände auf meinem Körper zu spüren!"

Er nahm ihre rechte Hand und küsste diese so intensiv, wie er es sonst noch nie gemacht hatte. Dann drehte er ihren Körper so, dass sie mit dem Rücken an seiner Vorderseite zu liegen kam. Der feine Flaum des Haaransatzes kitzelte in seiner Nase. Ihr herrlicher Po lag genau vor seinem Glied, nur von dem dünnen Stück Stoff getrennt, das er noch angelassen hatte. Seine Hände streichelten ihren Bauch und wanderten hinauf zu den kleinen Erhebungen unterhalb ihrer Schultern und begannen auch dort mit dem Vorgefundenen zu spielen, so vorsichtig und leicht, wie sie es immer an diesen empfindlichen Körperteilen gewollt hatte.

"Wie gut du dich anfühlst, meine Schöne! Ich möchte, dass dieses Gefühl niemals aufhört, meinst du nicht auch?" Er wünschte sich so sehr ein Nicken ihres Kopfes und ein leises Seufzen, aber Rebeccas innerer Frieden war weiterhin anhaltend.

Langsam, ganz langsam, fast bedächtig tastend und vorsichtig schob Gerald seine linke Hand zwischen ihre Schenkel und drückte diese sanft auseinander. Noch immer stand in seinem Hinterkopf der Zweifel, ob er das Richtige tat. Ob ihm das zu stand! Und genau diese Bedenken waren es, die seine vorhandene Erregung so weit dämpften, dass er seinen Körper, sein Verlangen nach ihr zwar spürte, aber trotzdem eine gewisse Zurückhaltung seinerseits empfand.

"Wenn du jetzt aufwachen würdest, meine Geliebte, ich würde für nichts mehr garantieren!" Er wusste, dass sein Penis sich dann zu voller Größe entfalten würde und alles Aufgestaute sich in eine Ekstase verwandeln würde. Er glaubte sogar, ein wenig Feuchtigkeit zwischen ihren Schamlippen zu spüren und intensivierte vorsichtig sein Fingerspiel, aber kein Laut kam über Rebeccas Lippen und ihre so schönen, ausdrucksstarken Augen blieben ihm verborgen. Jede Faser seines Körpers war sehnsuchtsvoll nach ihr ausgerichtet und wartete nur darauf, dass sie mit einer Bewegung, mit einem Ton oder was auch immer ihr Einverständnis zur körperlichen Einigkeit gab. Mit der anderen Hand an der Brust und mit dem Mund, der an ihrem Hals lag, spürte er ihren Herzschlag, aber dieses Herz schlug momentan nicht für ihn!

Er wusste nicht mehr, wie lange er seine einseitigen Zärtlichkeiten dieser schönen Frau, auch im gegenwärtigen Zustand, entgegen brachte, aber allmählich stellte sich bei ihm ein gewisser Grad der Resignation ein, was auch sein körperliches Verlangen noch weiter reduzierte. Er war mit so großer Zuversicht und voller Hoffnung heute Morgen gekommen, aber auch diese wurden einfach nicht erfüllt. Alle positiven Gefühle, die er für Rebecca empfand, wurden immer mehr zu einem ohnmächtigen Zorn, der sich auf die nicht vorhandene Person des Snowboarders entlud, der vermutlich kaum einen Gedanken daran verschwendete, was er eigentlich angerichtet hatte. Abrupt ließ er von Rebecca ab, denn er bemerkte, dass seine Berührungen auf ihrem Körper grober, ungeschlachter wurden und weiteren Schmerz, ob sie ihn fühlen konnte oder nicht, wollte ihr ganz bestimmt nicht zufügen. Mit Tränen in den Augen stieg er aus dem Bett und zog sich wieder an.

Er blickte in ihr entspanntes, wie immer wunderschönes Gesicht:" Wenn ich nur wüsste, was ich noch machen könnte meine Schöne! Wenn du es mir nur sagen könntest! Sag doch was! Bitte! Ich liebe dich so sehr!"

XXX

Nein, geh nicht! Deine Stimme, ich hör sie so gerne! Bleib doch noch da! Du bist immer viel zu kurz bei mir! Du bist der Einzige, dem es gelingt, diese Dämonen meines ewigen Alptraumes etwas fernzuhalten. Sie sind immer noch da, aber sie scheinen sich nicht an dich heran zutrauen. Bitte, wenn du aus dem Zimmer gehst, bin ich sofort wieder allein mit ihnen !

Zuerst waren es nur Lichter und Töne, aber dann begannen sie, in meinem Kopf einen Film oder ein bösartiges Theater zu spielen und ich bin die einzige Zuhörerin oder auch Zuseherin.

Ganz am Anfang war nur Dunkelheit und Stille. Oh, wie ich mich danach sehnen würde, außer wenn deine Stimme erklingt, aber du bist viel zu selten da! Zumindest kommt es mir so vor. Nach der Dunkelheit war da ein grelles Viereck, so hell, dass es mir Angst machte. Dazu Stimmen, die ich nicht verstand, begleitet von einem permanenten metallischen Klicken und einem immer gleichen Piepsen, das in seiner Monotonie entnervend war und niemals aufhörte. Die Stimmen klangen dumpf, bedrohlich und deine war nicht dabei. Irgendetwas zerrte an meinem Kopf mit einem schrecklich, kreischenden Geräusch, das sogar kurz das Piepsen übertönte. Meine Hände fühlten sich so kalt an. Das tun sie immer noch, außer deine Hand liegt auf den meinen. Dann spüre ich ein warmes Gelb auf meiner Haut, aber wenn du deine Hand wegziehst – warum machst du das eigentlich? – wird es sofort wieder kalt. Nach der Grelle kam ein düsteres Rot, das immer noch da ist, mal etwas heller, dann wieder dunkler. Das helle Rot ist meist da, wenn du auch da bist, wenn du Töne von dir gibst. Ich verstehe aber leider nicht, was du sagst, aber das macht nichts, es hört sich wundervoll an! Wenn da nur nicht dieses ständige Piepsen gewesen wäre, aber das ist jetzt endlich auch verstummt.

Irgendetwas hat mir immer ganz unangenehm Luft in meine Brust gepumpt, ich bin gar nicht nachgekommen, diese wieder loszuwerden. Ich hatte ein Gefühl wie ein aufgeblasener Luftballon.

225

Weiß ich überhaupt, wie ein Luftballon aussieht? Wieso kenne ich die Farbe Rot? Ich sehe ja sonst nichts!

Immer wieder werde ich von einem Klacken und einem darauffolgenden dumpfen Knall erschreckt. Das hat zumindest den Vorteil, dass diese Dämonen, die mich immer versuchen nach.... nach – unten – wo ist das eigentlich? – zu ziehen, wieder etwas locker lassen, aber nicht so stark, als wenn du da wärst. Denn dann kommt es mir vor, als würde ich eine Treppe hinauf steigen. Aber wohin? Und was für eine Treppe? Aber ich weiß, dass dort oben diese Geister, die in meinem Kopf sind, keine Macht mehr haben. Aber dafür müsstest du öfters bei mir sein, denn während der langen Zeitspannen deiner Abwesenheit ziehen sie mich wieder zurück in dieses Albtraumreich, in dem es außer Hell- und Dunkelrot nichts gibt. Jetzt nicht einmal mehr das Piepsen, aber darüber bin ich eigentlich froh!

Wenn du dich zu mir beugst, kann ich dich noch besser spüren und sogar riechen. Und dann spüre ich, wie sich die Fesseln der Dämonen lockern und mich nicht mehr so festhalten. Ich glaube, sie mögen deinen Duft nicht. Das kann ich gar nicht verstehen, du riechst doch so gut! Manchmal gelingt es mir, ein paar deiner Töne in mir nachklingen zu lassen, wenn du wieder gegangen bist. So wie ein kleines Echo und dann merke ich, dass ich noch ein Stück aus diesem Verlies emporkomme. Aber irgendwann bist du dann verhallt und dann kriechen sie wieder mir nach, wie dunkler, schwarzer Nebel. Wenn sie mich dann eingeholt haben, werden sie materiell und umschlingen mich und ziehen mich wieder zu sich in dieses eigentümliche Schattenreich, in dem es nichts gibt außer diesem düsteren Rot. Dazu immer wieder diese unbekannten Stimmen, die ich nicht verstehe. Es ist eigentlich seltsam, dass ich deine Stimme immer klar und deutlich höre, auch wenn ich nicht weiß was du mir sagst. Ich denke, dass du mir Geschichten erzählst. Und dann sehe ich Bilder vor mir. Bilder, die ich gerne selbst sehen möchte – mit dir! Aber diese Unheimlichen lassen mich nicht! Dann fühl ich mich so alleine!

Jetzt warst du auch wieder da. Ich habe dich gespürt, wie ich dich schon lange nicht mehr gespürt habe. Es war so schön! Ich bin dir entgegen geflogen, so kam es mir zumindest vor. Du hast deine Arme um mich geschlungen. Ich wollte dich auch umarmen, aber irgendetwas lässt es nicht zu, dass ich das mache. Meine Arme gehören mir nicht und ich weiß nicht warum. Deine Hände haben mich berührt – überall! Sie waren sogar ein bisschen in mir und ich fühlte mich richtig losgelöst. Ich genoss deine Wärme und deinen Atem! Und natürlich deinen Geruch! Alle Fesseln, die mich halten, waren auf einmal weg. In meinem Unterleib war ein Ziehen, aber angenehm und viel Wärme breitete sich in mir aus, die alle meine Glieder erfasste. Ich konnte meine Finger spüren und dann als ich fast soweit war, sie zu bewegen, hast du einen tiefen Atemzug gemacht, der mich erschütterte. Bist du enttäuscht gewesen? Von mir? Es war doch so schön! Dann warst du auf einmal weg von mir und die Kälte kam wieder zurück. Zuerst in die Fingerspitzen und dann in die Arme und alle Wärme wich wieder aus mir. Schon kann ich wieder die schwarzen Nebel sehen. Aber es scheint, als trauen sie sich nicht mehr ganz an mich heran. Sie versuchen mich wieder zu halten, aber sie können mich nicht herab ziehen zu sich. Irgendetwas hindert sie daran! Ich komme zwar nicht alleine nach oben, aber es geht zumindest nicht abwärts!

Bitte komm bald wieder! Du kannst mich herausziehen, denn nur zu dir will ich!

XXXI

"Herr Piller, jetzt lassen Sie sich nicht entmutigen! Sie können nicht erwarten, dass bereits der erste Versuch von Erfolg gekrönt sein wird." Frau Doktor Horchler saß vor ihrem Schreibtisch und betrachtete die neuesten Messwerte, die eine Untersuchung Rebeccas am Vormittag ergeben hatten. "Ich bin mir nicht ganz sicher, aber ein paar Peaks sind im Vergleich zu den letzten EEG´s ausgeprägter."

Gerald richtete sich in seinem Stuhl auf und beugte sich erwartungsfroh von der anderen Seite über den Schreibtisch.

Sogleich versuchte die Ärztin, seine Erwartungen etwas zu dämpfen. "Das muss jetzt aber nicht unbedingt etwas bedeuten. Die Gründe für solche Veränderungen können sehr unterschiedlich sein. Vielleicht hat eine Schwester beim Lüften des Zimmers das Fenster zu lange offen gelassen und die kühle Luft, die von draußen hereindrang, hat diese Ausschläge bewirkt. Wissen Sie, der Körper und natürlich auch das Gehirn reagieren oft auf die kleinsten Unterschiede der äußeren Bedingungen." Sie blickte in Geralds nun wieder leicht enttäuschtes

227

Gesicht. "Auf jeden Fall wage ich die Prognose, dass diese neuen Ergebnisse keinen Rückschlag anzeigen, denn da würde das EEG-Diagramm deutlich anders aussehen." Sie klappte den Ordner mit den Unterlagen zu und blickte ihr gegenüber voller Tatendurst an. "Ich schlage vor, wir machen da weiter, wo wir gestern aufgehört haben!"

"Sie meinen, ich soll mich wieder zu ihr ins Bett legen?"

"Nein, nicht unbedingt, aber lassen Sie Frau Sattler immer Ihre Nähe spüren. Überlegen Sie sich, ob es irgendwelche besonderen Reize gibt, die ebenfalls eine Verbindung zwischen ihnen beiden knüpfen können."

Gerald sah sie fragend an.

"Das können, wie ich schon die letzten Tage erwähnte, Gerüche sein oder bestimmte Geräusche. Etwas, dass Frau Sattler als sehr positiv wahrgenommen hat. Sie können diese Gedanken bei ihr im Zimmer durchaus auch verbal äußern, vielleicht reagiert sie schon darauf. Niemand kann mit Präzision vorhersagen, worauf Komapatienten im einzelnen reagieren, besonders wenn dies bereits so lange anhält. Zeigen Sie ihr Ihre Liebe!"

Nach diesen aufmunternden Worten begab sich Gerald wieder in Rebeccas Zimmer und setzte sich auf den Stuhl vor ihrem Bett, der, so glaubte er, mittlerweile, die Konturen seines Hinterteil als Abdruck widerspiegelte, so oft saß er in der vergangenen Zeit darauf. Wie immer teilte er Rebecca auch das Gespräch mit Frau Doktor Horchler mit, das er soeben geführt hatte, während er sanft Rebeccas Hand in der seinen hielt. Sein Blick hing dabei voller Liebe auf ihrem schönen friedvollen – zu friedvollen – Gesicht.

Endlich bist du wieder bei mir! Ich spüre die Wärme deiner Hand und ich höre deine Stimme. Hoffentlich bleibst du ganz lang bei mir. Vielleicht gelingt es mir dann, meine Hand – wenigstens einen Finger – durch deine Nähe zu bewegen. Nein, warte, zieh deine Hand nicht weg!

Gerald war aufgestanden, um das Fenster zu öffnen, denn die Frühlingssonne schien von einem makellosen, blauen Himmel auf Innsbruck hernieder. Gestern Abend saß er noch lange, bis die Sonne untergegangen war, am Innufer und blickte in die vorbeirauschenden grauen Fluten, die glitzernd das Licht reflektierten. Die Schneeschmelze hatte in den Bergen auch in den höheren Lagen eingesetzt und so trieb der Inn in breiter Front mit beträchtlicher Fließgeschwindigkeit an ihm vorüber. Seine Gedanken waren bei Rebecca. Wie sehr hätte er sich gewünscht, mit ihr zusammen diesen eigentlich profanen Anblick gemeinsam zu erleben. Auch den Blick jetzt zum Fenster hinaus auf die Bäume, die alle bereits das zarte Hellgrün der frisch entfalteten Blätter trugen, sollte Rebecca ebenfalls zumindest spüren, wenn sie es schon nicht mit ihren Augen betrachten konnte.

Er hob sie aus dem Bett und setzte sie behutsam in den blauen Rollstuhl, der ebenfalls im Zimmer stand, immer darauf achtend, dass der Schlauch mit dem Tropf, der seine Geliebte seit Monaten mit Flüssigkeit und Nährstoffen versorgte, nicht gespannt wurde. Dann schob er sie ans Fenster. Vielleicht würden die Frühlingsgerüche auch etwas zu ihrer Genesung beitragen. Er wusste schließlich, wie fein ausgeprägt Rebeccas Geruchssinn war.

Ein Buchfink trällerte in fast regelmäßigen Abständen seinen Ruf in die klare Vormittagsluft, gelegentlich unterbrochen vom kurzen Stakkato des Schnabelschlags eines Buntspechtes, der sich an einer alten Linde zu schaffen machte.

Das Hellrot ist jetzt noch heller! Nicht mehr so düster. Es riecht so frisch! Eine kurze Melodie, was ist das? Was zeigst du mir, mein Geliebter? Ja, es ist schön, du hältst auch wieder meine Hand. Bitte erzähl mir wieder etwas, ich höre dir doch so gerne zu. Danke, das ist wirklich lieb von dir!

Während er Rebeccas Hand haltend zum Fenster hinausblickte, äußerte er seine Gedanken so, dass sie es hören konnte. Es waren wie immer viele Gedanken, die in ihm eben aufstiegen und er versuchte alle düsteren, die fast vermehrt auftraten, nicht in ihrer Gegenwart zu formulieren. Aber es blieben immer noch genügend hoffnungsvolle und zuversichtliche übrig, die er ihr in möglichst schöne Worte auskleidete. Viele Episoden ihrer Gemeinsamkeit fielen ihm ein. – *Der Delphin!* – Wie ein heißer Blitz schlug dieser Gedanke in ihm ein. *Warum bin ich nicht eher darauf gekommen?* Rebecca wusste, welche Töne Delphine von sich geben. *Hatte nicht auch der bei der Sandbank kurz dieses Keckern von sich gegeben?* Er griff zu seinem Handy und suchte im Internet nach den Tönen, die Delphine von sich gaben. Die Suche war nicht einmal besonders schwierig.

Warum lässt du schon wieder meine Hand los? Was ist das jetzt? Da plätschert Wasser – richtig! Aber dieses Geräusch? Es klingt lustig. Woher kenne ich das? Ich sehe Sonne – Gelb und ich seh endlich eine neue Farbe! Türkisblau! Ja, das hat was mit den Tönen zu tun, die ich auf einem Ohr höre. Warum nur auf einem?

Gerald hielt Rebecca das Mobiltelefon ans Ohr und ließ sie in ständiger Wiederholung die Delphingeräusche hören. Hat nicht gerade eben ein Finger von ihr gezuckt? Er betrachtete ihre Hand, aber er konnte nichts sehen.

Das ist schön! Und erst dieses Blau! Was für eine Farbe! Nein, bitte, warum nimmst du mir diesen Ton schon wieder weg?

Gerald steckte das Handy wieder ein. Er würde es ihr später noch einmal vorspielen. Mit leiser Stimme erzählte er wieder einmal alles Erlebte, das er mit dieser schönen Frau gemeinsam auf den Bahamas genossen hatte. "Weißt du noch, wie du mich beeindruckt hast mit deinem Geschmacksempfinden? Wie genau du mir den Whisky beschrieben hast? Besser als ich es je hätte tun können!"

Irgendwie glaube ich, dass es immer heller wird. Zwar immer noch rötlich verschleiert, aber ich weiß jetzt auch, dass es noch andere Farben geben muss: Gelb und Blau. Ganz tief unter mir wabert aber immer noch der schwarze Nebel. Manchmal schießt eine Fontäne daraus hervor, wie bei der Eruption eines Vulkans. Woher kenne ich das auf einmal wieder? Dieses schwarze Gewirr versucht mich zu erreichen, schafft es aber nicht mehr. Trotzdem flößt es mir immer noch Angst ein. Aber du bist ja bei mir! Deine Stimme, deine Wärme, dein Geruch, der sich mit anderen Aromen, die vorher so nicht da waren, vereinigt. Es ist eine gute Mischung! Sie gefällt mir! Oh musst du schon wieder gehen? Die Aromenmischung wird schwächer, ein vertrautes, aber nicht unbedingt angenehmes Weich, das ich schon zu Genüge kenne, empfängt mich wieder. Wenigstens konnte ich noch ein paar Mal diese Töne, die ich mit Türkisblau verbinde, hören. Warum gehst du schon? Aber ich habe diesmal weniger Furcht, denn ich weiß, dass du wieder kommst!

Die Geschichte mit dem Whisky ging Gerald nicht mehr aus dem Kopf. Die Schilderungen, die Rebecca damals gemacht hatte, waren zutreffend. Waren Gerüche bei ihr wirklich so stark beeindruckend? Er besprach sich deshalb noch am Nachmittag einmal mit Frau Doktor Horchler.

"Warum nicht? Gerüche reizen genau die Hirnareale, um die es bei Frau Sattler auch gehen kann. Halten Sie ein Glas unter die Nase und benetzen Sie auch ihre Lippeninnenseiten, dann wirkt das Aroma noch stärker." Sie rollte dabei fast genießerisch die Augen."

Gerald musste lachen:" Kann es sein, dass auch Sie einen guten Tropfen davon schätzen?"

"Ich weniger, aber mein Mann hat durchaus eine gewisse Leidenschaft für Single-Malts. Er schildert mir dann immer gerne seine Eindrücke. Ich kann Ihnen nur zuraten, versuchen Sie es morgen einfach!"

Fast beschwingt machte sich Gerald auf den Weg in die Altstadt, denn in der Pfarrgasse befand sich s´Culinarium, wo es sicherlich auch gute Whiskys gab. Tatsächlich fand er ein gut bestücktes Regal vor. Wegen des kräftigen Aromas wählte er einen Ardbeg aus, mit besonders deutlicher Torfnote. Richtig passend dazu war der Ausspruch des Verkäufers: „Der Geruch allein weckt Tote auf!" Hoffentlich würde er Recht behalten!

Nach dem Einkauf verweilte er noch kurz am Fluss und schaute dem silbernen Dahinfließen zu. Diese Stunde war ihm ebenfalls schon fast zur Gewohnheit geworden, zumindest bei schönem Wetter. Der Inn war ihm so etwas wie ein Kraftspender, mit seinen dahingleitenden Fluten.

Auch das Restaurant, das er danach betrat, war ihm schon mehr als vertraut und er wurde auch so bereits begrüßt. Er fand aber auch immer wieder etwas Neues auf der ständig wechselnden Tageskarte. Dazu trank er immer zuerst eine Saftschorle und erst kurz vor dem Zahlen noch ein Bier, das ihm die nötige Bettschwere verlieh. Noch immer brauchte er seine ganze Kraft – für Rebecca!

Leider hatte in der Nacht das Wetter umgeschlagen. Gerald erwachte vom Prasseln des Regens an seinem Fenster. Sogar ein paar

Graupel waren dabei und das Ende April! Bleiern-grau und konturlos lag der Himmel über Innsbruck. Ein Tag an dem man am liebsten im Bett bleiben möchte, um einfach die Decke über den Kopf zu ziehen. Ein Morgen, der wenig Anlass zur Zuversicht gab.

Nach dem Frühstück und den wie immer gut gemeinten Worten seiner Pensionswirtin ging er durch den Regen zum Klinikum mit einem schwarzen Jutebeutel. Darin der Ardbeg – seine nächste Hoffnung.

Schön, du bist wieder da! Ich hab auf dich gewartet. Erzählst du mir wieder etwas? Ich würde dir sagen, dass die Dämonen weit unter mir sind! Keiner von ihnen hatte mich in der Dunkelrotphase erreicht. Besonders viel heller ist das Rot jetzt aber auch nicht, aber durch deine Anwesenheit wird es zumindest wärmer!

Der Stuhl wartete bereits auf Gerald, und er berichtete Rebecca zuerst, was er am Vorabend gemacht hatte. Auch das war schon zu einer Tradition für ihn geworden.

"Leider können wir uns heute nicht wieder ans Fenster setzen, denn es ist richtig schiaches Wetter draußen. Da wird auch der Buchfink stumm bleiben an diesem Tag. Und kalt ist es obendrein, nicht dass du mir jetzt noch krank wirst!" Rebecca hörte ihm still zu.

Er betrachtete ihr Gesicht mit den geschlossenen Augen und beschloss, angefeuert durch diesen Anblick, das Whiskyexperiment mit einem Kuss zu verbinden. Er nahm einen kleinen Schluck in den Mund. Sofort breitete sich eine unbeschreibliche Wärme in seinem Mund aus. Seine Schleimhäute nahmen das Aroma auf. Dann hauchte er seinen Atem in einem langen, stetigen Strom über ihre Nase hinweg.

Vom zweiten Schluck behielte eine winzige Menge im Mund und drückte dann sanft mit seiner Zunge ihre Lippen auseinander und ließ etwas von der Flüssigkeit in ihren Mund laufen. Nur ganz wenig, aber die Wirkung war unglaublich!

Gerald wagte zunächst nicht, seine Lippen von den ihren zu lösen. Es war für ihn trotz der Umstände ein schöner Kuss. Er bemerkte zunächst auch gar nicht, dass sich ihre Kiefer etwas geöffnet hatten, sodass seine Zunge in ihren Mund gelangte. Erst langsam wurde er sich dessen gewahr. Er löste sich von ihren Lippen und sah in

Rebeccas Augen. Das erste Mal nach über zwei Monaten! Sie waren offen und blickten ihn an!

XXXII

Gerald konnte es zunächst nicht fassen. Fast ungläubig, ohne ein Wort hervorzubringen starrte er Rebecca an.

Ihr Blick war zunächst auf ihn gerichtet und er erkannte sogleich diese vertraute Sanftheit, die sich immer in ihren Augen spiegelte, wenn sie ihn ansah. Sogar das Funkeln ihrer Pupillen kam sofort zum Ausdruck. Allein diese Tatsache trieb ihm die Tränen in die Augen. Wie lange hatte er darauf gewartet. Welche Sehnsucht danach hatte sich in ihm aufgestaut. Erst allmählich drang die Erkenntnis in sein Bewusstsein: Sie war aufgewacht, alles Bangen und Warten in der Ungewissheit hatten mit einem Mal ein Ende gefunden! Fast hätte er die Flasche fallen gelassen, die er immer noch in der Hand hielt. Aber diese Flasche war es, die ihn allmählich in die Realität wieder zurückholte. Trotzdem kam ihm nur ein einziges Wort über die Lippen: " Rebecca!" Er griff nach ihren Händen, aber erst nachdem er den Ardbeg behutsam auf den Tisch abgestellt hatte. Dann beugte er sich zu seiner Liebe herab, um sie erneut zu küssen. Ihre Lippen fühlten sich so herrlich warm an und das kam nicht von den paar Tropfen Whisky. Er spürte, wie sich ein Arm Rebeccas an seinem entlang tastete und sich auf Höhe seiner Schultern um seinen Hals schmiegte, um dann, zwar schwach, etwas Druck auszuüben. Lange Zeit verharrte er in dieser gebeugten Stellung, Rebecca zärtlich streichelnd, wobei die Feuchtigkeit in seinen Augen ihr weißes T-Shirt benetzte. Erst als der Rücken aufgrund dieser Haltung zu Schmerzen begann, ließ er sich aufrichtend von ihr ab.

Rebeccas Blick löste sich zögerlich von ihm und sie musterte nun mit unsteten Augenbewegungen das Krankenzimmer, wobei sich mit zunehmender Dauer ein Schatten des Unverständnisses auf ihrem Antlitz breitmachte.

Natürlich, sie hat ja keine Ahnung, was mit ihr geschehen war. Das Unglück kam ja völlig überraschend für sie! "Du weißt nichts von deinem Unfall?"

233

Rebeccas Augen kehrten wieder zu ihm zurück. Ein ängstlicher Ausdruck legte sich wie ein Schatten über ihr Gesicht. Ihre Pupillen weiteten sich und um ihren Mund zeichnete sich ein Zucken ab.

Gerald bekam es mit der Angst zu tun. Würde sie wieder zurückfallen in ihr Koma? Erst jetzt fiel ihm ein, den roten Warnknopf der über dem Bett hing zu betätigen. Vor Aufregung und Freude hatte er dies zunächst völlig vergessen.

Kurz darauf betrat schon eine Schwester das Zimmer. Mit einem Blick erkannte sie die Situation, noch bevor Gerald in der Lage war, auch nur einen Ton von sich zu geben. Lediglich sein ausgestreckter Zeigefinger deutete auf Rebecca, aber da war die Schwester bereits wieder aus dem Raum gelaufen und kam fast ebenso schnell mit Doktor Brettschneider wieder zurück.

"Das ist ja wunderbar!" Seine leise, sonore Stimme war genau so angelegt, um bei Rebecca keine Ängste zu schüren. Auch Frau Doktor Horchler hatte Gerald eingeschärft, im Falle eines Aufwachens keine lauten Töne von sich zu geben. Langsam, fast bedächtig setzte sich der Arzt auf einen Stuhl neben das Bett, in dem Rebecca sichtlich verwirrt lag. "Wissen Sie, wer Sie sind?" Sanft formulierte er seine Frage.

Rebecca schloss bejahend ihre Augen.

"Können Sie mir sagen, wie sie heißen?"

Wieder die gleiche Augenbewegung, aber das Zucken um ihren Mund schien etwas stärker geworden zu sein. Ihr Blick wanderte zu Gerald hinüber. Ein flehender Ausdruck lag darin. Langsam hob sich ihr rechter Arm in seine Richtung.

"Soll ich zu dir kommen?" Gerald wagte nur zu flüstern.

Wieder schlossen sich Rebeccas Augen für einen Augenblick.

"Nennen Sie mir einfach Ihren Namen!" Doktor Bretschneider versuchte es erneut.

Rebeccas Blick wanderte zurück zu ihm. Gerald konnte einen schwer zu definierenden Wandel in ihrem Gesicht sehen. Es kam ihm fast so vor wie Verunsicherung.

"Sag es doch einfach!" Er versuchte sie zu ermuntern, während sich seine Hand um die ihre schloss. Er konnte sogar eine leichte Erwiderung des Druckes spüren. Ein unglaubliches Glücksgefühl machte sich in ihm bereit. Aber ihr Gesichtsausdruck, mit dem sie sich nun wieder zu ihm umdrehte, sah alles andere als glücklich aus. Ihre Lippen bewegten sich, aber es kam kein Ton aus ihrer Kehle. Ihr Mund war zu einem lautlosen Hilferuf geöffnet.

Doktor Brettschneider schien die Situation zu erfassen: „Sie können nicht sprechen?"

Rebeccas sah ihn verzweifelt an, dann kam wieder dieser kurze Lidschluss.

"Ich frage jetzt nur, um sicher zu gehen, dass Sie uns verstehen können: Kennen Sie irgend eine Person hier im Raum?"

Rebecca beantwortete diese Frage mit einer deutenden Bewegung ihres Fingers auf Gerald, der sichtlich aufatmete.

"Machen Sie sich keine Sorgen, Frau Sattler. Das ist nicht ungewöhnlich in solchen Situationen, aber seien Sie versichert, wir alle sind sehr froh darüber, dass Sie wieder bei Bewusstsein sind!" Dann wandte sich der Arzt Gerald zu: „Ich werde sofort Frau Doktor Horchler über die neue Situation informieren. Sie ist mittlerweile besser mit der Patientin vertraut, als ich das bin." Er wandte sich ab, um zu gehen, drehte sich aber noch einmal zu Gerald um: „Ich würde gerne kurz draußen mit Ihnen sprechen, es dauert nur wenige Minuten!"

Gerald nickte und folgte dem Arzt, nachdem die Schwester signalisiert hatte, bei Rebecca zu bleiben. Draußen auf dem Flur beruhigte Doktor Bretschneider Gerald erst einmal. Es könne viele Ursachen geben für die fehlende Sprache Rebeccas. Deshalb müsse man natürlich nun einige Untersuchungen anstellen, falls sie nicht doch anfänge zu reden. Was er als sehr positiv erkannt hatte war, dass sie ihre Umwelt den ersten Eindrücken nach störungsfrei wahrnahm. Es könnte natürlich auch ein Schockzustand nach diesem langen Koma sein, was im Moment das Sprachzentrum blockiere. "Am besten wird sein, Sie sprechen sehr viel mit Frau Sattler, schildern ihr, was alles in letzter Zeit passiert ist. Aber vermeiden Sie zumindest am Anfang alles, was sie aufregen könnte. Da meine ich im Besonderen den Unfallhergang und die Verletzungen, die die Patientin erlitten hatte. Für diese Konfrontation ist später immer noch genügend Zeit." Er schnüffelte etwas in Geralds Richtung: „Sagen Sie, haben sie Alkohol getrunken?"

Gerald musste lachen, dann erklärte er dem Arzt, welche Methode er in Absprache mit Frau Doktor Horchler bei Rebecca erfolgreich angewendet hatte.

"Das ist mal etwas ganz Neues! Schottischer Whisky als Erwecker von Koma- Patienten!" Nun musste auch er ein wenig schmunzeln. "Aber Bettina, ich meine Frau Horchler, ist schon öfters recht unkonventionell in ihren Behandlungsmethoden gewesen. Jetzt wird es aber Zeit, dass Sie zurückgehen und Frau Sattler den Weg zurück in die Realität erleichtern! Und alles Gute!"

Gerald ging zurück ins Zimmer, wo ihn Rebecca mit einem Glitzern ihrer Augen begrüßte, das Freude anzeigte.

"So, mein Liebling, ich habe dir jetzt viel zu erzählen, aber du hast ja Zeit, ich übrigens auch!"

Rebecca schloss energisch die Augen und tastete nach seiner Hand. Als sie sie gefunden hatte, zog sie ihn zu sich heran. Die Bewegung kostete sie einige Kraft, aber die würde sicher auch bald wiederkommen. Bereitwillig ließ sich Gerald von ihr führen. Sie zog ihn immer näher zu sich heran, bis sich ihre Lippen zu einem Kuss fanden. Der erste Kuss, den sie seit langen von ihm forderte. Gerald war glücklich. Es wurde ihm aber bewusst, dass seine Erzählungen jetzt noch einige Zeit warten mussten. Dieser Kuss würde sicherlich dauern!

XXXIII

Ich spürte deinen Mund und ich spürte auch deinen Atem, der einen außergewöhnlichen Geruch verströmte. Irgendetwas daran kam mir bekannt vor. Ich sah aber auch die dunklen Wolken, die unter mir immer noch wirbelten, aber mich nicht erreichten. Im Gegenteil, sie

236

fielen immer weiter zurück. Aber über mir war immer noch das dunkle Rot, das wie ein dicker Samtmantel über mir ausgebreitet war und meine ersehnte Freiheit schwer überdeckte. Jetzt aber tropfte etwas aus deinem Mund über meine Lippen. Es war scharf und heiß, aber nicht unangenehm. Aber diese Hitze in meinem Mund breitete sich aus. Wie ein warmer Luftstrom von beträchtlicher Intensität stieg sie über mir auf und hob dieses schwere Tuch immer mehr an, bis es mit einem Mal fast ruckartig nach oben schwebte und dieses grässliche Rot endlich einem angenehmen Weiß-Grau wich, in dem ich endlich wieder Konturen sehen konnte. Dein Gesicht, das über mich gebeugt war und jetzt deine Lippen mit diesem Geruch, der zum Teil in mir blieb, als sie sich von mir langsam entfernten. Deine Augen, die mich groß und weit anblickten. Wie in einem Wasserstrudel, der sich in ein riesengroßes Loch ergoss, verschwanden mit einem Mal diese dämonischen Nebel und lösten sich in Nichts auf. Ich konnte mich fühlen! Meine Arme, meine Beine meine Haut! – Und den vergangenen Kuss von dir!

Aber was war geschehen? Wieso hatten mich diese Dämonen so gequält und auch dieses Rot? Warum konnte ich dich spüren, aber nicht verstehen? Deine Augen strahlten mich mit einem Mal an und endlich konnte ich verstehen, was du sagst: „Rebecca!" Und dann hieltest du mich wieder in deinen Armen und endlich konnte ich es genießen, denn da war nichts mehr außer dir! Aber wo bin ich hier und warum ist deine Stimme bei allem Glück doch etwas bedrückt? Ich weiß, du wirst es mir erzählen!

Ich will deinen Namen sagen, aber es geht irgendwie nicht. Ich weiß genau, wie du heißt, es ist doch so einfach. Warum kann ich es nicht? Gerald bitte, ich würde nichts lieber tun, als deinen Namen aussprechen!

Er hatte ihr wirklich viel zu erzählen, wobei er sich an die Vorgaben der Ärzte hielt und ihr zwar von einem Unfall erzählte, aber nicht weiter ins Detail ging. Rebecca hörte ihm aufmerksam zu und reagierte auch auf seine Worte, manchmal drückte sie ihn am Arm oder der Hand und er hatte schnell gelernt, diese Gesten zu deuten. Ein sanfter kurzer Druck, zusammen mit dem ebenso kurzen Lidschlag: „Ja, ich habe verstanden." Ein kurzes Ziehen mit einer Bewegung der Pupillen in beide Augenecken:" Halt warte, noch einmal!" Ihre Gefühle, die sich dabei in ihrem Gesicht und in ihren

Augen wiederspiegelten, konnte er ohnehin weitgehend deuten, denn ihre Mimik hatte sich nicht verändert im Vergleich zu den Zeiten vor dem Unfall. Er hätte zwar liebend gerne Ihre Stimme, mit dem von ihr so gepflegten Bayerisch, gehört, aber das würde auch wieder kommen. Wichtig war für ihn, dass sie endlich wieder hier im Jetzt war! Natürlich kam er nicht dazu, seine Geschichte fertig zu erzählen, denn Frau Doktor Horchler, die eigentlich heute ihren freien Tag gehabt hätte, ließ es sich nicht nehmen, die nun anstehenden Untersuchungen selbst durchzuführen.

"Der wird wohl einen speziellen Platz in ihrer Vitrine finden?" Sie deutete auf den Ardbeg, der fast noch voll auf dem Tisch stand. Aber dieser winzige Rest, der jetzt darin fehlte, hatte dieses Wunder bewirkt.

"Da können Sie versichert sein! Der wird nur noch zu ganz speziellen Anlässen geöffnet werden. Anlässe, die in unserer Erinnerung für immer bleiben werden! Auch für Sie wird immer etwas darin sein, wenn Sie wollen!"

"Natürlich will ich, ich bin zwar, wie Sie wissen keine Whiskytrinkerin, aber bei diesem – Zaubertrank – muss ich natürlich auch einmal kosten und die Wirkung verspüren." Die Ärztin wandte sich Rebecca zu, die sie neugierig musterte. "Wir haben jetzt einiges miteinander vor. Sind Sie schon so weit, ein paar einfache Untersuchungen über sich ergehen zu lassen? Heute genügt es, wenn Sie alles passiv über sich ergehen lassen."

Gerald erkannte an der sofort einsetzenden Körperspannung Rebeccas und ihren tatendurstigen Gesichtsausdruck, dass sie mit diesem Vorschlag sehr einverstanden war. "Ich glaube, sie macht das gerne mit."

Rebeccas Lächeln und ihr zustimmendes Kopfnicken bestätigten seine Einschätzung.

"Das wird einige Zeit dauern. Ich denke, gegen späten Nachmittag könnten Sie wieder zu Besuch kommen, wenn Sie das möchten." Doktor Horchler machte sich bereit zum Gehen.

"Natürlich werde ich wieder kommen!" Der Blick, den Rebecca ihm zuwarf, genügte ihm auch als ihr Einverständnis.

Der Regen hatte mittlerweile aufgehört, aber es war deutlich kühler als die letzten Tage. Trotzdem führte Geralds Weg wieder zu der Bank am Innufer, wo ihm die kleinen Strudel, die der vorbeiziehende Fluss an der Oberfläche bildete, an die ständigen Wendungen im Leben erinnerten. Für ihn drehten sich beim Betrachten alle diese Strudel in eine Richtung – in die richtige! Seine Zuversicht, die in keinem Moment der vergangenen Wochen gewichen war, trotz einiger Zweifel, erhielt jetzt einen neuen Aufschwung, den er mit all seiner Kraft auf Rebecca übertragen würde. Er hatte noch so viele Träume. Und in fast allen kam diese geliebte Frau vor.

Aber es gab noch andere Personen, die unbedingt von der Wendung der Ereignisse erfahren mussten. Fast wie eine Bestätigung hörte er auf seinem Handy die Anrufmelodie. Er nahm das Gespräch entgegen und konnte so Peter Andrasch als erstem die positive Mitteilung machen. Er konnte die Erleichterung des Journalisten auch durch die Übertragung spüren. Peter versicherte ihm auch wieder jeglicher Unterstützung, falls er eine solche benötigte. Von der unverhohlenen Feindschaft, die vor fast vier Monaten in Frankfurt zwischen ihnen aufgetreten war, war nun nichts mehr zu spüren.

Noch nie hatte es dagegen zwischen Felix Taschner und Gerald solche Ressentiments gegeben, den er nun als nächstes anrief. "Das freut mich so sehr für dich! Ich weiß, dass dir diese Frau wirklich gut tut, selbst jetzt auch in dieser schweren Zeit habe ich das gespürt und ich weiß, dass es nun wieder viel besser werden wird." Der Verleger schien der Stimme nach fast überwältigt von der frohen Botschaft. "Aber überfordere sie nicht zu sehr am Anfang!"

"Wie meinst du das?"

"Weil ich dich gut genug kenne und mir fast bildlich vorstellen kann, wie du bereits in den Startlöchern kniest. Geh mal in dich! Wie viele Pläne hast du denn bereits geschmiedet?"

Bei diesen Worten konnte Gerald nur bestätigend nicken, was Felix aber nicht sehen konnte. Aber er ahnte es.

"Das dachte ich mir schon. Die Pause nach meinem letzten Satz hat dich bereits verraten." Ja, es gab neben Rebecca noch einen Menschen, der Gerald so gut kannte. Sein Freund Felix.

"Nein, ich verspreche dir, dass ich es langsam angehen werde. Die Ärzte haben mir übrigens fast das Gleiche gesagt."

"Dann ist ja alles gut. Aber du hältst mich weiter auf dem Laufenden! Vergiss nicht, auch Peter Andrasch Bescheid zu sagen. Er macht sich wirklich große Sorgen um Rebecca."

"Das brauche ich nicht, denn er hat vorhin, gerade als ich aus der Klinik kam, bereits angerufen. Er wirkte wirklich sehr erleichtert."

"Dann wünsche ich dir – euch – jetzt alles Gute!" Felix legte eine kurze Pause ein." Aber denk an meine Worte!"

"Ja, ich verspreche, ich werde mich daran halten. Danke!"

"Wofür das Danke?"

"Dass ich immer auf dich zählen darf." Geralds Blick schweifte kurz über die Fluten des Inns." Du bist ein echter Freund!"

"Jetzt werde nicht sentimental! Konzentriere dich lieber auf Rebecca!" Mit einem Lachen beendete Felix das Gespräch.

Der Inn zog weiter, immer weiter mit unbändiger Kraft vorbei. Gerald spürte sie beim Anblick und nahm sie in sich auf. Ein paar erste Sonnenstrahlen erzeugten auch sofort wieder dieses Glitzern. Die Sonne, sie passte viel besser zu diesem Tag als dieser regnerische grauen Morgen, der wenig Gutes verhießen hatte.

Gerald schlenderte anschließend durch die Altstadt. Er ertappte sich dabei, dass er völlig untypisch für ihn, vor Schaufenstern mit der neuesten Damensommermode, die darin ausgestellt war, stehen blieb und sie betrachtete. Normalerweise wäre er daran achtlos vorbei gelaufen. Aber jetzt stellte er sich Rebecca in diesen leichten, dünnen Kleidern vor. Wie der Wind sich im Stoff verfing und das Textil zum Leben brachte und auch den Rock kurz anhob, um etwas mehr von ihren schönen, langen Beinen freizugeben. Wie die Luft ihre Haut umschmeichelte und sie lächelnd dann am Innufer vor ihm stand. Am Inn – genau – der Fluss musste auch ihr seine Strömung zeigen, den Weg nach vorne! Bald schon würde er sie einmal mitnehmen zu dieser Bank am Ufer.

Zurück in der Klinik erwartete ihn bereits Rebecca mit einem Lächeln, das er so lange vermisst hatte. Aber er merkte ihr auch deutlich an, dass sie erschöpft war. Dieser Tag, der erste im neuen Leben, hatte sie sichtlich angestrengt. Er setzte sich zu ihr auf den Stuhl und begann wieder zu erzählen. Aber schon bald zeugte ihr regelmäßiger Atem davon, dass sie eingeschlafen war. Aber diesmal würde sie wieder erwachen! Schon morgen!

Die Ergebnisse der Untersuchungen waren alle mehr als beruhigend, es bestand im Moment, so Frau Doktor Horchler, kein Anlass zur Sorge, schon gar nicht, dass ein Rückfall eintreten könnte.

"Aber warum kann sie nicht sprechen?" Gerald drückte seine im Augenblick einzige Sorge aus.

"Das kann ich Ihnen noch nicht genau sagen, da müssen wir Frau Sattler eingehender untersuchen. Aber meine Vermutung läuft auf ein Schocksyndrom hinaus. Das erscheint mir am Wahrscheinlichsten, da sie meiner Meinung nach alles versteht. Ich werde morgen gleich damit anfangen. Das heißt, sie brauchen morgen erst am Nachmittag kommen, vorher würde es vermutlich wenig Sinn machen." Sie schenkte Gerald ein aufmunterndes Lächeln." Rufen Sie mich einfach am frühen Nachmittag an."

Voller optimistischer Gedanken verließ Gerald das Krankenhaus. Zum ersten Mal konnte er sein Abendessen, wie immer beim "Bierstindl", so richtig genießen. Ein echtes Wiener Schnitzel mit Petersilienkartoffeln und diesmal keine Saftschorle, sondern gleich ein Bier, was dem Kellner ein kurzes Heben der Augenbraue entlockte. Gerald zeigte ihm ein heiteres Gesicht, was diesem als Antwort genügte. So gut wie dieses Mal hatte ihm der Edelstoff noch nie geschmeckt, obwohl die Tatsache, dass es beim "Bierstindl" Augustinerbräu im Ausschank gab, den Ausschlag dafür gegeben hatte dieses Lokal zu besuchen.

Ruhig und traumlos, zumindest konnte er sich nicht an einen solchen erinnern, hatte er durchgeschlafen. Wahrscheinlich waren auch die drei Halben ein Grund dafür.

" I hab eaner glei gsagt, Herr Piller, des werd scho wieder werdn mit ihrer Frau." Auch Frau Hofstetter, seine Pensionswirtin, freute sich am nächsten Morgen über die gute Nachricht. "I seh auch gleich, dass es eaner heut besonders schmeckt, i hab mir ja schon Sorgn gmacht, so eigfalln san sie gwordn in der letzten Zeit."

Obwohl Frau Hofstetter etwa im gleichen Alter wie Gerald war, war sie all die Tage immer bemüht, ihn zu bemuttern. "Wenn's wollen dann gib i eaner no a Frühstück für die junge Dame mit."

Gerald betrachtete den Frühstückstisch mit Semmeln, Salami, Leberwurst, Käse, Butter und Marmelade. Dann kam er zu dem Entschluss, dass das mit Sicherheit noch nicht die richtige Mahlzeit für jemanden war, der seit mehr als drei Monaten seinen Verdauungstrakt nicht mehr in Betrieb gehabt hatte." Danke, aber ich glaube, das müssen wir wohl auf einen späteren Zeitpunkt verschieben. Rebecca muss ja erst einmal wieder an Essen gewöhnt werden." Gleichzeitig beschloss er, dieses Thema auch einmal von ärztlicher Seite her erörtert zu bekommen.

"Das wird einige Zeit dauern, bis Frau Sattler wieder alles essen kann. Für heute und morgen werden wir uns auf Suppen und Tee beschränken. Es muss ja schließlich alles erst wieder langsam in Gang kommen. Übermorgen versuchen wir es dann mit etwas fester Nahrung, vermutlich Fisch, sofern sie das mag."

"Rebecca liebt Fisch!" Gerald hatte sogleich eine Idee: „Kann ich den Fisch zubereitet mitbringen?"

"Ich weiß nicht, obwohl – er darf natürlich noch nicht in Butter oder Öl gebraten sein und muss selbst auch möglichst mageres Fleisch besitzen." Frau Horchler wirkte kurz nachdenklich." O. k., ich denke sie werden schon das Richtige auswählen."

"Eine Forelle mit einer leichten Kräutersauce auf Joghurtbasis?"

"Nicht schlecht, ein paar Salzkartoffeln gehen sicherlich auch noch." Sie scheinen sich mit der Zubereitung von Speisen auszukennen?"

"Sagen wir mal so, mich interessiert, was ich esse, also koche ich es eben sehr gerne selbst. Übrigens, wenn das alles hinter uns liegt, könnte ich sie gerne einmal zum Essen einladen, zusammen mit ihrem Mann, dann habe ich auch jemand, der mit mir über Whiskys fachsimpeln kann."

"Sehr gerne sogar, Herr Piller!"

"Sagen Sie Gerald zu mir, wir kennen uns jetzt schon so lange und ich habe Ihnen doch so viel zu verdanken."

"Gut, dann nennen Sie mich auch beim Vornamen – Bettina."

Übermorgen würde Gerald die Forelle zubereiten. Er war sich sicher, dass Frau Hofstetter ihm dafür ihre Küche zur Verfügung stellen würde.

Die Zutaten waren am Markt leicht zu bekommen. Forellen gab es hier im Gebirge ohnehin problemlos. Er verriet Rebecca bei seinen Besuchen, die aufgrund der Therapien, die sie im Moment alle durchführen musste, zum Teil sehr kurz, dafür aber umso inniger waren, nichts davon. Er würde sie überraschen wollen.

Aber als er mit seiner Forelle in einer Warmhaltebox, die Frau Hofstetter besorgt hatte, an ihr Bett trat, wartete Rebecca mit noch einer viel größeren Überraschung auf ihn. Sie hatte ein Notebook vor sich auf dem Tisch liegen und als er das Zimmer betrat, konnte er ihre Vorfreude deutlich spüren. Sie winkte ihn zu sich heran und tippte mit geübten Bewegungen der Finger in den Computer: Schön dass du da bist. Ich freue mich so sehr! Jetzt können wir wieder etwas besser miteinander kommunizieren. Und das Allerwichtigste: ich liebe dich! – Was hast du denn da in dem Beutel?

"Ich habe auch eine Überraschung für dich!" Er packte das Essen aus, nachdem er noch schnell zwei Teller und Besteck geholt hatte. Rebecca sah ihm mit neugierigen Augen zu. Als sie den Fisch erkannte und er die Kräuter darüber gab, wandelte sich dieser Ausdruck in ein Strahlen ihrer Augen um. Sie beugte sich zu Gerald vor, der gerade alles noch schön auf dem Tisch drapierte und gab ihm einen Kuss, der aber kurz ausfallen musste, damit der Fisch noch warm blieb. Sie wollte gerade noch etwas schreiben, aber Gerald winkte ab. "Lass nur, ich habe es bereits aus den Augen gelesen!"

Während sie die Forelle genossen, Rebecca ganz genüsslich mit sehr kleinen Bissen, die sie immer wieder mit hinreißender Mimik begleitete, konnte Gerald allmählich seine Neugier nicht mehr in

Zaum halten. "Wie bist du darauf gekommen, auf einem Computer zu schreiben?"

Rebecca vertröstete ihn mit einer eindeutigen Geste auf ihren Teller. Sie wollte erst fertig essen – es schien ihr zu schmecken!

"Das habe ich selbst gekocht, in der Küche meiner Pension." Sie nickte anerkennend mit dem Kopf ohne dabei ihr Kauen zu unterbrechen. Alle ihre Bewegungen waren fein abgestimmt, sogar das Filetieren der Forelle ging ihr leicht von der Hand. Es schien alles in Ordnung zu sein. Gerald registrierte es mit großer Erleichterung.

Endlich nahm Rebecca das Notebook zur Hand. Bettina, ich meine Fr. Dr. H kam darauf.

"Ich weiß, wer Bettina ist. Aber wie kam es?"

Leseübungen! Ich konnte alle Texte ohne Probleme verstehen, da meinte sie ich solle versuchen selbst zu schreiben. Sie hat genauso überraschte Augen gemacht wie du.

Gerald fasste sie bei den Händen:" Weißt du was das bedeutet?"

Rebecca sah ihn glücklich an, wobei eine kleine Träne aus ihrem linken Auge rollte. Ja, dass mein Sprachzentrum keinen Schaden genommen hat. Bettina meint es ist irgend ein Trauma, das sich irgendwann von selbst löst.

Die Freude darüber verleitete Gerald gleich wieder zu einem Scherz: "Vielleicht soll ich morgen den Ardbeg wieder mitbringen. Das ist meine neue Wunderwaffe gegen alle Unbillen, die dich oder mich treffen."

Ja, aber dann besteht die Gefahr, dass wir beide zu Alkoholikern werden und dagegen hilft der bestimmt nicht.

Es tat gut, wieder mit dieser schönen Frau eine Konversation betreiben zu können, wenn sie auch im Moment noch etwas erschwert war. Rebecca "erzählte" ihm auch etwas von ihren Wahrnehmungen, die sie im Koma erlebt hatte.

"Das muss ja wirklich schrecklich gewesen sein!" Gerald empfand ein Grauen bei ihren Schilderungen.

Aber immer, wenn du da warst, ging es mir besser. Aber leider habe ich in dem Zustand nie verstanden, warum du immer wieder gegangen bist. Für mich gab es keine Tagesabläufe.

Aber ich bin immer wieder gekommen und werde es auch morgen tun. Gerald legte sich zu Rebecca ins Bett und hielt sie fest, wobei er ihren Nacken küsste und ihren Duft einsog. "Du riechst so gut! Das nehme ich jetzt mit in meine Pension."

Rebecca legte das Notebook weg und schenkte ihm zum Abschied noch ihr hinreißendstes Lächeln, aus dem aber auch große Müdigkeit zu lesen war.

Als Gerald am nächsten Nachmittag wieder in die Klinik ging, musste er sogar seine Jacke ausziehen, so warm war es geworden. Die Frühlingsluft hatte alles in der Natur zum Leben erweckt und in ihm brannte auch ein Lebensfeuer, das ihn mit schnellen Schritten zu seiner Geliebten führte. "Weißt du was, ich zeige dir heute einen Platz, an dem ich sehr viel Kraft tanken konnte. Ich habe schon die Erlaubnis, dich für ein paar Stunden aus diesem Zimmer zu entführen."

Rebecca nickte voller Spannung und froh gelaunt. Er wollte gerade den Rollstuhl herbeischieben, als sie ihn mit einer energischen Handbewegung und einem ablehnenden Rollen ihrer Augen Einhalt gebot. Sie rollte sich langsam aus ihrem Bett, Gerald wollte helfen, aber wieder lehnte sie ab. Dann ging sie vorsichtig, bedächtig zum Kleiderschrank, aber nicht ohne einmal mit ihrem fantastischen Po in seine Richtung zu wackeln. Sie zog sich an. Jeans, T-Shirt, Bluse und darüber eine Jacke. Dann holte sie noch einen Stock aus dem Schrank, aber nur einen von dem Paar Krücken, das sich darin befand. Dann hielt sie ihm den zweiten freien Arm hin und sah ihn aufmunternd an.

"Du willst wirklich gehen?"

Das bestätigende Nicken konnte nicht selbstbewusster sein. Gerald steckte noch das Notebook ein, dann führte er Rebecca aus dem

Zimmer. Anscheinend war er ihr zu langsam, denn mit einer kräftigen Bewegung setzte sie ihren Stock ein, damit die Schritte etwas schneller wurden. *Was für eine willensstarke Frau du bist!* Gerald sah sie unbemerkt von der Seite an. Bewusst drosselte er etwas das Tempo, dass Rebecca anschlug. Er hatte Angst, dass sie sich überforderte. Aber letztendlich gab er dann doch ihrem Drängen nach.

Die Bank am Innufer war sein Ziel. "Hier bin ich fast jeden Tag einmal gesessen, außer es hat geregnet oder geschneit. Dann habe ich ins Wasser geblickt und immer habe ich mir gewünscht, dass du da einmal neben mir sitzt. Ich weiß, es ist ein einfacher Anblick, aber das Treiben und die Bewegungen des Flusses, das Kräuseln seiner Oberfläche, wenn der Wind darüber strich, das waren meine Energiespender. Der Inn ist mir zum Symbol für meine, deine und unsere Energie geworden!"

Rebecca nickte und ein langer eingehender Blick folgte. Dann nahm sie seine Hand und küsste jeden Finger einzeln. Sie machte mit dem Arm eine Bewegung, die den Lauf des Flusses nach zeichnete und folgte mit ihren Augen den kleinen Wellen, die sich auf der Oberfläche gebildet hatten, bis zur Brücke, wo die Gischt an einem Pfeiler eine neue Variante der stetigen Bewegung bildete.

Dann ließ sie sich von Gerald das I-Pad geben, das er in einer kleinen Tasche in der anderen Hand mitführte. Das ist ein schöner Ort! Man kann hier entspannen und trotzdem ist der voller Leben und ständiger Veränderlichkeit. Dazu kommt eine unbezwingbare Kraft! Ihr Blick berührte Gerald tief in seinem Inneren. Allein bei diesem Anblick hier kann ich erkennen, wie sehr auch du gelitten hast. Sonst wirst du nicht immer wieder hierhergekommen. Der Blick hier hat für mich etwas Magisches. Das Lächeln, das sie Gerald schenkte, kam tief aus ihrer Seele.

"Dein Blick ist für mich noch viel magischer!" Er küsste sie und es war wieder das einzigartige Spiel ihrer Lippen und ihrer Zungen, die sich gegenseitig umschmeichelten, ohne irgend eine Forderung dadurch auszudrücken. Der Kuss wurde begleitet vom leisen Rauschen des Wassers, das in stetigem Strom dahin glitt in eine Ferne, die sich mit jedem Meter veränderte und neu entfaltete.

XXXIV

Endlich ging es wieder heim, zurück nach Frankfurt. Gegen Ende waren die Untersuchungen für Rebecca doch etwas zur Qual geworden, da sich eine gewisse Eintönigkeit eingestellt hatte. Immer wieder Messungen: EEG, EKG, CT, Muskelspannung, Hormonspiegel. Es kamen letztendlich immer die gleichen Werte mit geringfügigen Schwankungen heraus. Das bedeutete aber auch, dass es keine signifikante Anzeige gab, warum sie im Moment nicht fähig war, sich verbal zu artikulieren. Alle Körperwerte waren wieder auf dem Level einer Gesunden, sodass sich Frau Doktor Horchler, wie es Rebecca herbeisehnte, endlich entschloss, grünes Licht für die lang ersehnte Entlassung zu geben.

Wenn keine Untersuchungen anstanden, hatte sie die Zeit genutzt, um ihre Muskeln wieder aufzubauen, was zur Folge hatte, dass sie ohne Krücken und auch nicht auf Gerald gestützt das Krankenhaus verlassen konnte. Die ersten Tage plagte sie dafür ein fürchterlicher Muskelkater, aber sie war willensstark genug, ihren inneren Schweinehund zu überwinden und weiter an ihrer Fitness zu arbeiten. Nur das Tragen ihres kleinen Koffers überließ sie Gerald. – Vorerst!

Nach Allem, was sie mittlerweile über ihren Unfall und den Grad der Verletzungen wusste, war es klar, dass sie dem Schicksal sehr dankbar sein durfte, denn so wie es aussah, würden keine bleibenden Schäden zu erwarten sein. Dass sie die Sprache irgendwann wieder finden würde, dessen war sie sich sicher. Diesen Optimismus hatte sie gerne von Gerald übernommen, dessen Lebenseinstellung immer darauf basierte, dass ein Glas nie halb leer war, sondern immer halb voll. Das einzige negative Gefühl im Augenblick war ihre Ungeduld, endlich auch wieder reden zu können. Aber zumindest in der Kommunikation mit Gerald gab es ohnehin kaum Probleme. Er hatte schon immer die Fähigkeit besessen, aus ihren Augen ihr jeweiliges Stimmungsbild zu erkennen und mittlerweile konnte sie auch bewusst ihren Gesichtsausdruck so steuern, dass ihm dieses "Herauslesen" noch besser gelang. Für komplexere Zusammenhänge hatte sie immer noch das Notebook zur Hand.

Noch ein paar Mal waren sie am Innufer gesessen, auf dieser Bank, um den vorbeiziehenden Fluss auf sich wirken zu lassen. Gerald hatte recht, er war ein Kraftspender! Mittlerweile für beide!

Gerald hatte bei anderen Bänken, die in der Nachbarschaft standen, entdeckt, dass irgendwelche Privatpersonen die Patenschaft übernommen hatten. Auf ihrer Bank war keine solche kleine Messingstafel angeschraubt, zumindest bis zum Tag vor ihrer Abreise. Mit einem geheimnisvollen Grinsen hatte er sie aus der Klinik abgeholt, um mit ihr zum Inn zu schlendern. Er hatte sie nur ein paar belanglose Dinge gefragt und auch keine Antwort gegeben, als sich ein Mann und eine Frau am Ufer an ihre Fersen hefteten, nachdem sie Gerald freundlich zunickten und er dies erwiderte. Dreimal hatte sie ihn schon gefragt aber, seine einzige Reaktion war, dass das Grinsen noch breiter wurde.

Bei der Bank angekommen zog der unbekannte Mann, scheinbar ein Handwerker, eine kleine Bohrmaschine aus dem kleinen Kunststoffkoffer, den er bei sich trug und bohrte vier Löcher in die Holzlehne der Bank. Dann reichte ihm die Frau einen flachen Gegenstand, den er mit vier Schrauben in diesen Löchern befestigte. Erst jetzt sagte die Dame den ersten Satz: "Ich freue mich sehr Herr Piller, dass sie die Patenschaft für diese Bank übernommen haben. Die Stadt Innsbruck ist sehr stolz darauf, dass sie dadurch eine Verbundenheit mit unserem Ort zum Ausdruck bringen." Sie überreichte Gerald eine kleine Urkunde, die ihn als Paten auswies.

Gerald nahm das Papier mit würdigem Ausdruck entgegen. "Ich muss aber sagen, dass ich eigentlich nicht dieser Bank meine Patenschaft angedeihen wollte, sondern dem Fluss hier an dieser Stelle, denn er ist es, dem ich vieles zu verdanken habe. Da ich aber immer hier gesessen bin und zuletzt glücklicherweise nicht mehr alleine," er blickte liebevoll zu Rebecca, „ist es also die Bank geworden."

Endlich war der Handwerker mit der Befestigung der kleinen Tafel fertig und Rebecca konnte lesen, was darauf stand.

Gerald Piller

Für die tapferste Frau der Welt

Halten Sie diese Bank immer gut in Schuss! Sollte das Holz irgendwann morsch werden, ersetzen Sie sie durch eine Neue und schicken Sie mir die Rechnung." Er reichte der Stadträtin, sein prominenter Status war es dem Stadtrat von Innsbruck wert, eine solche zur Begleitung mitzuschicken, die Hand. "Leider werde ich nicht allzu oft die Gelegenheit haben, wieder ihre schöne Stadt zu besuchen, aber nach fast vier Monaten ist sie mir auch ein klein wenig zur Heimat geworden, obwohl die Umstände dafür zunächst nicht sehr erfreulich waren. Sollte ich aber hier einen Aufenthalt haben, will ich auf dieser Bank sitzen und sie gut erhalten vorfinden. Das soll durchaus eine Drohung sein!" Er lachte glücklich und befreit auf. "So und jetzt setzen wir uns alle kurz hier auf die Bank und geben dem Inn unsere Ehre!"

Am nächsten Tag musste Rebecca noch einige Hände schütteln, bis sie endlich am Bahnhof in den Zug nach München steigen konnten. Der Kontakt zu Frau Doktor Horchler blieb bis auf Weiteres bestehen über E-Mail. Gerald musste noch ein paar Autogramme schreiben, nachdem nun bald das gesamte Klinikpersonal wusste, wer der Mann war, der fast täglich zu Besuch gekommen war. Dann endlich rollte der Zug los. Eine halbe Stunde Aufenthalt am Hauptbahnhof in München und schon ging es weiter Richtung Frankfurt.

Gerald hatte seinen Arm um sie gelegt und Rebecca kuschelte sich so nah wie möglich an ihn heran. Sein Parfum drang vermischt mit seinem eigenen Duft in ihre Nase und noch einmal fielen ihr die Dämonen ein, die ihr Koma beherrscht hatten, aber nie Geralds Geruch mochten. Natürlich war es klar, dass sie das selbst war, mit diese Fratzen, aber das Bild passte so gut.

Ihre Hände streichelten vom Knie zu seinem Oberschenkel und langsam wieder zurück. Trotzdem konnte sie schon nach kurzer Zeit sehen, dass sich in seinem Schoß eine Beule bildete. Sofort sah sie ihn gespielt erzürnt an.

"Ich bin dermaßen scharf auf dich! Ich kann nichts dafür!" Genauso gespielt beschämt blickte er sie bei dieser Erklärung an.

Nachdem sich ihre Blicke trafen, blickte Rebecca kurz auf ihren Schoß und befeuchtete sich ihre Lippen.

"Wenn ich das richtig deute, geht es dir ähnlich? Swimmingpool?"

Als Bestätigung fanden sich ihre Lippen zu einem Kuss. Gleichzeitig fuhr der ICE in einen der zahlreichen Tunnels, sodass das helle Tageslicht dem schummrigen Licht im Zug wich. Leider besaßen alle modernen Züge nur noch Großraumwagen! Trotzdem glitt Rebeccas Hand, wie magisch davon angezogen, zu dieser Beule und drückte sie zwischen Daumen und Zeigefinger. Gerald gab im Kuss einen wohligen Brummton von sich. Rebecca konnte spüren, dass sich ihre Schamlippen leicht geöffnet hatten. Swimmingpool!

Die gesamte Bahnfahrt über steigerte sich ihrer beider Erregung ins Unermessliche. Als sie es nicht mehr aushielten, schlichen sie so unauffällig wie möglich zusammen zur Toilette, aber die dort herrschenden hygienischen Zustände wiesen sie eindeutig darauf hin, dass beide mit ihrer Sehnsucht und der Gier nach dem Körper des anderen noch warten mussten. So blieb es für die restliche Fahrt bei fast quälenden Küssen und "zufälligen "Berührungen". Geralds Beule drückte mittlerweile die Hose deutlich weg und sie selbst hatte das Gefühl, allmählich auszulaufen.

Im Frankfurter Bahnhof angekommen fiel es ihr doch auf, dass ihre Muskulatur noch nicht zu ihrer alten Aktivität fähig war, denn sie wollte viel schneller vorankommen, als es der Körper ihr gestattete. Aber auch Gerald hatte irgendwie einen gehetzten Gesichtsausdruck, der für sie aber alles andere als besorgniserregend zu sein schien.

Ein Taxi war schnell bestiegen und die Koffer im Gepäckraum verstaut, was beiden aber immer noch zu langsam ging. Die Bezahlung an Rebeccas Wohnort dehnte sich dann subjektiv bis zur Qual aus. Geralds Augen glühten vor Verlangen und sie musste sich eingestehen, dass ihre Augen auf ihn wohl denselben Eindruck machten.

Die Treppen hinauf in den zweiten Stock nutzte sie trotzdem, um ihm noch mehr die Sinne zu rauben. Während er sich hinter ihr mit den zwei Koffern sichtlich abmühte, tänzelte sie mit lasziven Bewegungen ihres verlängerten Rücken vor ihm her. Sie wusste, welche Wirkung sie dabei auf ihn ausstrahlte. Sein keuchender Atem kam nicht vom Gewicht der Koffer! Am Treppenansatz des ersten Stockes drehte sie sich zu ihm um, schenkte ihm das süßeste Unschuldslächeln, zu dem sie imstande war und hob keck ihr T-Shirt, das sie unter der geöffneten Jacke trug. Der cremefarbene BH sorgte bei ihm für eine absonderliche Pupillenerweiterung.

"Weiter! Bitte!" Mehr brachte dieser aufgegeilte Mann nicht mehr heraus.

Obwohl sie wirklich schnell machte, dauerte ihm das Aufsperren der Türe bereits wieder zu lange, zumindest schloss sie das aus seinem Drängeln.

In der Wohnung angekommen ließ Gerald die Koffer achtlos fallen und griff mit einem harten Griff nach ihrer Hüfte und zog sie vehement zu sich heran. Sein Kuss war wild und sogar fordernd, aber ohne dass er mit seiner Zunge in ihren Mund eindrang. Auch sie gab sich nun ganz den Gefühlen hin, sie war nur noch Körper, der ihr dampfend und heiß vorkam und nur danach lechzte, durch seine Hände von der Kleidung befreit zu werden. Tatsächlich griff er, ohne lange zu zögern, nach dem Verschluss ihres Gürtels, öffnete in einer fließenden Bewegung den obersten Knopf und gleich darauf ihren Reißverschluss. Schon spürte sie seine Hand, die unaufhaltsam in ihr Höschen glitt und zwischen ihren Schamlippen in die heiße Feuchtigkeit eintauchte, die sich darin entfaltet hatte. Seine andere Hand zog ihre Hose nach unten und griff am Slip vorbei in ihre rechte Pobacke und knetete diese derart, dass in ihr eine weitere Welle der Erregung erzeugt wurde.

Aber ihre Hände taten es den seinen gleich. Kaum war die Hose geöffnet und seine Unterhose etwas nach vorne gezogen, sprang ihr seine harte, aufgerichtete Männlichkeit entgegen. Sie befeuchtete kurz eine Hand und zog ihm danach die Vorhaut zurück, um mit dem kleinen Loch an der Spitze seiner geschwollenen Eichel zu spielen. Gerald stöhnte auf.

Er schob sie in den erstbesten Raum, der vom Flur zu erreichen war. Die Küche! Bereitwillig ließ sie sich von ihm mit ihrem Oberkörper auf den Küchentisch drücken und verspürte zugleich ein heißes Feuer, das sich wohlig in ihrem Unterleib ausbreitete, als er hart und drängend in sie eindrang. Seine Stöße waren heftig, aber doch so dosiert, dass sie sich nicht an der Kante des Tisches stieß. Sein heißer Atem, der keuchend aus seiner Kehle kam, – oder war es gar ihr eigener? – benetzte ihren Hals. Seine Zunge leckte dagegen fast sanft an ihrem rechten Ohrläppchen, fast ein Anachronismus zu seinen wilden Beckenbewegungen, auf die sich Rebecca schnell einstellte, und ihm dadurch bei jedem Stoß immer etwas entgegenkam, was seine Lust noch mehr steigerte. Auch bei ihr setzte allmählich eine Spannung ein, die sich in einer gewaltigen Eruption ihres Unterleibes befreite, um gleich darauf schon wieder anzuwachsen, bis zur nächsten Eruption. Die Innenseite ihre Oberschenkel fühlten sich kühl und feucht an. Geralds Hände zogen ihr das T-Shirt vom Oberkörper und rissen ihren BH auf. Er glitt aus ihr heraus, was sie mit einem enttäuschten Blick quittierte.

"Ich will dich dabei ansehen mein Liebling!"

Er legte sie rücklings auf den Tisch und drang sofort wieder in sie ein. Ihr entglitt ein lauter Stöhnlaut. Nun konnte sie aber seine Pobacken umfassen und ebenfalls den Takt vorgeben. Gerald folgte ihrem Fordern bereitwillig, sodass sie schon bald den nächsten Hitzestoß in sich aufsteigen spürte. Dazu sah sie sein glückliches Gesicht, das von einer großen Portion Erregtheit begleitet wurde. Seine Hände legten sich fest um ihren Hals, als er merkte, dass sie sich ihrem Höhepunkt näherte und drückte fast sanft zu. Sie konnte immer noch atmen, aber irgendwie entstand zusätzlich ein Prickeln in ihrem Kopf, das sich mit dem lodernden Feuer in ihrem Unterleib vermischte und zu einem farbigen Crescendo im ekstatischen Moment führte. Gleich danach ließ er sofort ihren Hals wieder los. Rebecca hatte so etwas noch nie erlebt. Im Vorfeld hätte sie vermutlich Angst bei diesem Gedanken verspürt, aber jetzt war es einfach nur geil!

Aber dadurch hatte sich natürlich auch Geralds Lust noch weiter gesteigert, was sie an der deutlich zugenommenen Härte seines Gliedes, das in ihre feuchte Vulva stieß bemerkte. Sie beschleunigte durch ihre Hände auf seinem Po die Frequenz seiner Bewegungen, wodurch sein Atemkeuchen noch heftiger wurde. Seine Augen wurden unnatürlich und begannen leicht zu flackern, als er mit einem Aufschrei urplötzlich über ihr zusammenbrach, während sich sein Samen heiß in ihrer Vagina ausbreitete.

Es dauert eine ganze Weile bis seine Zuckungen ausklangen. Dann hob er seinen Kopf und näherte sich ihrem Gesicht. "Ich liebe dich!" Ein überraschend zärtlicher Kuss nach diesem heftigen Akt bestätigte aber diese Aussage.

Danach trug er sie hinüber ins Schlafzimmer, zog ihr noch die restliche rudimentär anliegende Kleidung aus und begann sie erneut zu liebkosen. Diesmal aber mit einer Sanftheit, mit der er diese Liebe noch einmal verdeutlichte.

Seine Hände glitten über jede Faser ihres vibrierenden Körpers, mal schneller, mal langsamer, aber immer nur mit leichtem Druck. Seine Finger glitten in ihre immer noch erregte Öffnung und entwickelten ein fantastisches zärtliches Spiel zusammen mit ihrer Klitoris. Seine Küsse benetzen ihr Gesicht, knabberten an ihren Ohren, leckten über ihren Hals und saugten leicht an den Brustwarzen, von denen sich eine steil aufgerichtet hatte. Rebecca genoss seine Liebkosungen in vollen Zügen. Dann wanderte sein Mund abwärts über ihren Bauchnabel hinunter über ihren Hügel hinweg und schon bald verschwand seine Zunge zwischen ihren Schamlippen, umschmeichelten den kleinen erregten Knopf vorne am Scheideneingang und drangen sanft wirbelnd darin ein. Es störte ihn nicht, dass sein Sperma darin war, aber es erregte Rebecca sehr bei diesem Gedanken und es gelang ihr, mit Gesten und Augenbewegungen ihm zu verdeutlichen, was sie von ihm wollte. Er sah sie schon wieder lustvoll an, auch sein Penis hatte sich bereits wieder versteift und er tat ihr den Gefallen. Seine Zunge drang so tief es ging in sie ein und nahm eine Portion seines Safts auf. Dann bewegte er sich nach oben, wobei sie seinen Kuss bereits mit geöffneten Lippen erwartete. Der leicht salzige Geschmack auf seiner Zunge und der Geruch, den er mit seinem Bart nach oben übertrug, befeuerte nun ebenfalls wieder ihre Leidenschaft, während Geralds Glied diesmal sehr sanft wieder in sie eindrang. Es entstand wieder eine Einheit zwischen Mund und Unterleib. Rebecca konnte durch das Spiel ihrer Zunge, die immer noch sein Aroma schmeckte, seine kreisenden Bewegungen in ihrem Unterleib steuern. War es beim ersten Mal reine sexuelle Gier gewesen, so überwog beim zweiten Akt die Zärtlichkeit und die Liebe, aber es war wieder von einer Intensität, die trotzdem jede Zelle ihres Körpers erreichte und dazu führte, dass sich jedes kleine Härchen auf ihrer Haut aufrichtete und sie sich Geralds Körper entgegen drängte. Seine Hände waren dabei auch nicht untätig und verwöhnten ihren übrigen Körper, so gut sie die einzelnen Stellen erreichen konnten. Am häufigsten griffen sie in ihren Po. Rebecca wusste, wie sehr Gerald dieses Körperteil an ihr liebte und sie empfand seine Griffe dort als außerordentlich erregend.

Allmählich wurden seine Bewegungen in ihr schneller, ihre Zunge in seinem Mund ebenfalls und als die Hitze in ihrem Unterleib wieder aus ihr herausdrängen wollte, entlud sich seine Kraft ein zweites Mal in ihr.

Nach einiger Zeit der Erholung fand sich Rebecca in seinem Arm liegend vor. Seine Hand reichte über ihre Schulter zu ihrer Brust, die er sanft streichelte. Er sagte kein Wort, aber sie wusste, dass gerade ganze Romane in seinem Kopf abliefen genauso wie bei ihr.

Irgendwann werde ich sie dir auch wieder sagen können!

Draußen schickte sich die Sonne an, gerade unter zu gehen.

Drittes Buch

I

Schwer drückt die Luft über dem üppigen Grün des Gartens. Alle Blätter triefen vor Nässe, denn gerade war Regen in großen, schweren Tropfen niedergegangen. Kleine Rinnsale bahnen sich ihren Lauf auf den Wegen, die sich zwischen den Bäumen und Büschen hindurch ziehen. Traurig, die Flügel leicht von sich gestreckt, sitzt ein rot-blau gefärbter Vogel in Taubengröße auf einem Ast. Es scheint ihm zu feucht und zu heiß zu sein, um seine Stimme erstrahlen zu lassen. Dafür wirken die unsichtbaren kleinen Frösche, die in den Blattmulden der großen fleischigen Stauden ihre Privattümpel besetzen, umso munterer. Leichte, hohe Pfiffe, durchbrochen von einem tiefen Blubbern einer anderen Art, durchdringen die graue Schwüle.

Dunkle Wolken ziehen träge am Himmel dahin, denn selbst der Wind hatte scheinbar in dieser unerträglichen Hitze ebenfalls keine Lust, etwas zu bewegen, was wenigstens etwas kühle Frische zu erzeugen vermochte. Hin und wieder schaffte zwar ein Sonnenstrahl, sich durch eine kleine Lücke der aufgeblähten Dampfgebilde zu quetschen, aber es bewirkte ein noch deutlich vermehrtes Unbehagen auf der Haut des Beobachters, der auf dem überdachten Balkon seines Hauses diesen Wetterkapriolen seine Aufmerksamkeit schenkte. Würde neben ihm nicht eine Karaffe mit nur schwach gesüßtem Limettentee stehen, in dem langsam ein paar Eiswürfel dahin schmolzen, aber dadurch die angenehme Trinktemperatur des Getränkes bewirkten, wäre auch diese Betrachtung zu einer Qual geworden, trotz der fast kompletten Bewegungslosigkeit des Mannes.

Sein Blick glitt sentimental und vor allem traurig über den angelegten Garten und verweilte immer wieder für eine längere Zeit am Swimmingpool, dessen Wasser nun für ihn bleiern- schwer das Volumen ausfüllte, das ihm durch die Beckenwände vorgegeben war.

Ein Schreibblock lag auf einem Tisch und daneben ein Füller, bereit endlich wieder ein paar Zeilen des aufgeschlagenen Papieres mit Buchstaben zu bedecken. Zahlreiche gestrichene Stellen lieferten aber Zeugnis von der gegenwärtigen Erfolglosigkeit des Mannes, seine Gedanken und Ideen in die gewünschte Form und durch die geeigneten Wörter zum Ausdruck zu bringen. Immer wieder nahm der Mann den Stift zur Hand und führte ihn über das Blatt, um dort dann in Bewegungslosigkeit zu verharren. Die Gedanken, die in seinem Kopf vorherrschten, passten einfach nicht zu dem, was er eigentlich schreiben wollte.

Irgendwann, nach unzähligen Versuchen klappte er den Schreibblock zu, gerade als der Himmel erneut begann, seine Schleusen zu öffnen und der daraus hervorquellende Regen im bereits vollgesogenen Erdreich keine weitere Aufnahme fand und deshalb durch einen Spalt des geschlossenen Tores seinen Weg nach außen suchte, um sich im nächstgelegenen Straßengulli zu verlieren. Mit schleppend anmutendem Schritt, der dumpfen Hitze angepasst, ging der Mann die breite Treppe hinunter, wo ihm fast anachronistisch zu seiner vorherrschenden Stimmung ein freundliches, lustiges Lied entgegenschallte. Gleichzeitig hörte er das Klappern von Schranktüren und anderen typischen Geräuschen, die in einer Küche erzeugt wurden. Auch der Duft von Gewürzen stieg in seine Nase, ohne allerdings seinen Appetit anzuregen, was für ihn eher atypisch war, liebte er doch sonst so sehr die kulinarischen Köstlichkeiten, die schon vor dem Verzehr durch verführerische Gerüche seine Esslust befeuerten.

Marte, eine kleine, rundliche Frau mit vollen, schweren Brüsten zeigte ihm ihr freundlichstes Lächeln, das durch die strahlend-weißen Zähne unter der breiten, kurzen Nase noch stimmiger wurde, als er ihr Reich betrat. Ihre Mimik war echt, nicht aufgesetzt. Sie freute sich wirklich, dass ihr neuer Arbeitgeber ihr beim Kochen gelegentlich über die Schulter blickte und sich auch dafür interessierte, wie sie die Speisen zubereitete. Gelegentlich gab er ihr auch einige Wünsche vor oder er verlangte eine bestimmte Art der Rezeptur. Sie wusste, dass er durchaus selbst in der Lage war, sich etwas zu kochen. Umso mehr freute sie sich über sein Vertrauen, das er ihr entgegen brachte.

Per Annonce hatte sie sich bei dem Mann gemeldet, um eine Stellung als Haushälterin zu bekommen. Den Zuschlag dafür hatte sie schon vor vier Monaten erhalten und das Gehalt wurde auch sogleich bezahlt, aber ihren Auftraggeber hatte sie zunächst noch nicht zu Gesicht bekommen. Sie hatte zu Anfang nur die Aufgabe, das Haus und den Garten zu pflegen und in Schuss zu halten. Dann endlich, es war schon Mitte August, stand er auf einmal im Haus, in viel zu warmer Kleidung und deshalb natürlich stark transpirierend. Marte war zwar informiert, dass der Besitzer bald zurückkehren würde, aber das genaue Datum war ihr nicht avisiert worden. Er war ein großer, stattlicher Mann, den sie aber altersmäßig nicht genau einschätzen konnte. An seinem prüfenden Blick hatte sie aber sogleich erkannt, dass ihr neuer Arbeitgeber vor ihr stand. In der ihr eigenen Unbekümmertheit und herzlichen Offenheit stürmte sie von der Veranda kommend, auf der sie einige Pflanzen zurechtgeschnitten hatte, auf ihn zu. " Willkommen Mister Piller, ich freue mich sehr, Sie endlich in Ihrem Haus begrüßen zu dürfen!" Das Wort "Ihren" hatte sie so betont, dass er sich möglichst rasch wieder heimisch fühlen sollte. Sie reichte ihm freudig die Hand zur Begrüßung, in die er ohne Umschweife einschlug. Als sein Blick sie traf, erkannte sie darin aber nicht nur die Neugierde ihrer Person gegenüber, sondern auch eine tiefgreifende Melancholie, über die selbst sein freundliches Lächeln nicht hinwegtäuschen konnte. Marthe war zwar noch recht jung, gerade mal 30 Jahre, aber ihre Menschenkenntnis war durch etliche positive, aber auch negative Erfahrungen, die sie mit allen möglichen Personen in Nassau bereits gemacht hatte, sehr ausgeprägt. Und an der Mimik Mister Pillers erkannte sie sofort, dass dieser Mann ein tiefsitzendes Problem hatte. Und meistens steckte hinter einem Männerproblem, gerade wenn es sich in Sentimentalität ausdrückte – eine Frau!

Marthe wusste wohl um ihr Temperament, unter dem auch ihr Mann gelegentlich zu leiden hatte, wenn er einmal, was selten vorkam, zu Hause war, denn er arbeitete in einem der großen Hotels in Florida als Barkeeper, deshalb war sie gegenüber Herrn Piller oder Gerald, wie er auch von ihr genannt werden wollte, etwas zurückhaltender.

Nun stand also dieser Mann in der Küche und lächelte sie an. Sofort beendete sie ihren Gesang, denn sie erkannte, dass sich zur Sentimentalität nun auch noch eine deutlich erkennbare Trauer in seinen Ausdruck geschlichen hatte. Doch er hob nur die Hand: „Nein Marthe, sing einfach weiter, das Lied ist wirklich schön und ich höre dir gerne zu!"

"Meinst du wirklich, ich sehe doch, dass du nicht dafür in Stimmung bist." Sie genoss es sehr, mit ihrem Chef auch ohne das förmliche "Sie" sprechen zu können und es zeigte ihr sogleich, dass er sie auch als Mensch betrachtete, nicht nur als Angestellte. Ganz abgesehen davon war ihre Bezahlung deutlich über dem allgemeinen Durchschnitt.

„Weißt du, es ist auch diese feuchte Hitze, die mir zu schaffen macht. Ich bin ja auch nicht mehr der Jüngste. Aber dein Lied erfreut mich, es wäre nur schön, wenn…" Er unterbrach sich mitten im Satz und seine Mundwinkel zogen sich noch etwas weiter nach unten. Zugleich erkannte sie einen eigentümlichen Glanz in seinen Augen.

Sie schaute ihn von unten herauf aufmunternd an." Ich mache heute ein schönes Filet vom Felsenbarsch mit grünen und roten Pfeffer. Dazu Maniok fein geschnitten mit Spinat. Wenn du willst, gratiniere ich auch noch mit etwas Käse."

„Liebend gerne, aber nicht zu viel, ich habe zur Zeit nicht zu großen Hunger, wegen der Hitze. Die Regenzeit ist nicht so sehr meine Jahreszeit. So etwas gibt es in Europa so nicht. Wenn es dort regnet, ist es meistens kühler als sonst. Wenn die Regenzeit vorbei ist, geht es mir gleich besser, wirst schon sehen." Die Wehmut in seinen Augen straften ihn Lügen.

Marthe wusste mittlerweile, dass Gerald in Europa ein relativ bekannter Schriftsteller war und sie sah ihn auch oft in seinem Zimmer oder im Garten, wenn es nicht gerade regnete, sitzen und schreiben. Aber sie sah beim Aufräumen auch die vielen zerknüllten Seiten und allein von der Anzahl her erkannte sie, dass auch diese Tätigkeit im Moment nicht so gut lief, wie es im Allgemeinen sein sollte. Trotzdem war er immer freundlich zu ihr und gerade deshalb tat es ihr umso mehr leid, zu sehen, wie es um seine Gemütsverfassung bestellt war. Gelegentlich sah sie ihn vor seinem Computer sitzen, wenn er Nachrichten schrieb. Dann konnte sie sehen, wie sich sein Körper straffte und sein Ausdruck Zuversicht ausstrahlte. Aber meist nur kurz danach, wenn er seine erhaltenen Nachrichten durchlas, fielen ihm die Schultern wieder herab und die Regungslosigkeit, mit der er die Zeilen las, sprach Bände.

Nur wenn er telefonierte, meist mit einem „Felix", dann konnte sie auf einmal ein lautes Lachen von ihm wahrnehmen. Häufig fiel in diesen Gesprächen auch ein anderer Name, den Gerald immer mit einem eigenen Klang aussprach: „Rebecca". Obwohl Marthe kein Deutsch sprach, mit der Sprache telefonierte er meist, war ihr bald klar geworden, dass diese Rebecca der Grund für die Depressivität war. Sie getraute sich aber nicht, ihn auf diese Person anzusprechen, obwohl er oft und viel mit ihr sprach, denn manchmal bat er sie auch, dass Gekochte mit ihr gemeinsam zu sich zu nehmen. Er erzählte ihr viel von Europa und Deutschland, seiner Heimat und vieles was sie erfuhr kam ihr so unsagbar fremd vor. Er sprach vom Winter, wo der Regen als Schnee herniedersank, weil das Wasser gefroren war. Sie kannte das gerade mal vom Fernsehen, aber er schilderte ihr es so anschaulich, wie sich das anfühlte. Er erzählte auch, dass man auf diesem Schnee Skifahren konnte, mit so etwas wie zwei Brettern, die man sich in besonderen Schuhen an die Füße schnallte. Als sie aber nachfragte, wie das ist, so den Berg hinunter zu fahren, bekam er wieder diesen traurigen Gesichtsausdruck und wechselte schnell das Thema.

Nur zweimal hatte er seit seiner Rückkehr das Haus verlassen. An allen anderen Tagen zog er sich nach dem Essen immer in sein Arbeitszimmer zurück. Marthe tat es dann immer leid, den deutlich gefüllten Papierkorb am nächsten Morgen zu lehren. Aber im Gesamten betrachtet was sie froh über ihren neuen Job.

II

Die Entscheidung Marthe einzustellen, hatte sich für Gerald als Glücksgriff erwiesen. Allerdings war ihm diese auch nicht schwer gefallen, den Miles hatte ihn darin bestärkt, nachdem er einige

259

Erkundigungen über sie eingeholt hatte, als ihm Gerald die Namen der Bewerberinnen durch gemailt hatte.

Schon bei der Ankunft hatte er erfreut festgestellt, dass der Garten in einem äußerst gepflegten Zustand war. Die Büsche in Form geschnitten und alle welken Blüten fein gezupft. Der Pool – oh wenn er nur daran dachte, dann befiel ihn sofort eine traurige Sehnsucht nach Rebecca – war ohne den kleinsten Algenbelag und das völlig ohne Desinfektion. Darauf hatte er aber auch in seinen Instruktionen Wert gelegt. Auch im Haus war alles zu seiner vollsten Zufriedenheit und Marthes Kochkünste waren mindestens so ausgeprägt wie die von Selma. Am Glücklichsten war er aber über ihre individuelle Persönlichkeit. Sie war gerade im Moment durch ihre Unbekümmertheit und ihre Lebenslust zumindest ein kleiner Quell der Freude, den er auch etwas an sich heranließ. Sie war in diesem Punkt das Gegenteil zur immer korrekten Selma, die nie eine persönliche Nähe ihm gegenüber gezeigt hatte, außer am Ende, als alles kulminierte wegen Rebecca. Selma hatte es auch immer abgelehnt, mit ihm gemeinsam zu essen, was zur Folge hatte, dass er sie trotz all der Jahre kaum richtig kannte. Von Marthe hatte er jetzt schon nach kurzer Zeit wesentlich mehr erfahren. Trotzdem wusste sie immer, die Distanz zu wahren, die für ein Beschäftigungsverhältnis erforderlich war.

Früher war er viel öfter zum Essen bei Miles, denn immer alleine zu dinieren lag ihm nun einmal nicht so sehr. Jetzt aß Marthe oft mit und ihre lustigen runden, dunklen Augen, die sie so herrlich verdrehen konnte, sodass man nur noch das Weiß sah, besonders wenn sie ein Gericht gekocht hatte nach Geralds Anleitung, das sie nicht kannte, erfreuten sein Herz das, aber auch auf ihn wie verschlossen wirkte.

Das Fischfilet war ausgezeichnet   mit Gewürzen abgestimmt. Besonders die zarte Note von Ingwer gab dem Gericht einen besonderen Geschmack, der mit dem Maniokgemüse ganz exquisit harmonierte. Marthe gab sich alle Mühe, beim gemeinsamen Diner eine lockere Atmosphäre zu schaffen, aber genau diese Lockerheit kam bei Gerald nicht zum Ausdruck. Er musste sich sogar dazu zwingen, Marthes Erzählungen zu folgen, trotzdem schweiften seine Gedanken immer wieder ab. Zu Rebecca! Seine gedrückte Stimmung legte sich immer wie ein zäher Flor über seine Gedanken und hemmten seinen Schreibfluss. Er wusste zwar im Groben, was er schreiben wollte, aber irgendwie fehlten ihm im Detail immer wieder die passenden und treffenden Wörter, die aus einem einfach beschriebenen Blatt Papier ein Schriftstück machten, dass auch Andere lesenswert fänden. Er wollte es noch nicht gerade als Schreibblockade bezeichnen, aber es kam dem Ganzen bereits sehr nahe.

Heute hatte er beschlossen, nach dem Essen noch bei Miles vorbeizuschauen. Seit er wieder auf die Bahamas zurückgekehrt war, hatte er einmal nur kurz vorbeigeschaut, um sich quasi zurück zu melden. Er wollte eigentlich auf einen Whisky bleiben, aber Miles hatte ihn sogleich nach Rebecca gefragt und da war ihm sofort der Genuss vergangen. Schon in der Art, wie er das Glas absetzte, hatte dessen Freund erkannt, dass er mit dieser Frage einen Finger in offene Wunden gelegt hatte. Natürlich wollte er sogleich Gerald aufmuntern, aber dieser ließ sich gar nicht darauf ein und vertröstete ihn auf einen späteren Zeitpunkt, denn im Moment wollte absolut noch nicht darüber sprechen.

Marthe war richtig erfreut darüber, dass er wieder einmal außer Haus und unter Leute gegangen war und machte sich sogleich an das Aufräumen nach dem Essen, damit sich Gerald schnell umziehen konnte, denn draußen hatte es wieder begonnen, heftig zu regnen. Sie reichte ihm noch schnell einen Schirm, den er dankend entgegen nahm.

Miles Bar lag nur ein paar Straßen weiter, sodass die Feuchtigkeit, die trotz des Schirmes auf seiner Kleidung ankam, nicht allzu groß wurde. Tatsächlich fand er seinen Platz an dem kleinen Einzeltisch im Lokal unbesetzt. Der neue Barkeeper – oder war es nur eine Aushilfe? – sah ihn allerdings mit kritischem Blick an, als er sich auf den Stuhl davor setzte und lief sofort in die Küche. Gleich darauf lugte Miles aus dem Türspalt, grinste breit, nickte seinem Angestellten bestätigend zu und lief auf Gerald zu, um ihn zu begrüßen.

„Hi Gerry! Schön dass du endlich mal in meiner Hütte aufkreuzt. Ich dachte schon, ich muss dir noch mal eine schriftliche Einladung zukommen lassen, um dich zu sehen. Ich wusste schon gar nicht mehr, ob ich diesen Tisch weiter für dich freihalten sollte oder nicht."

„Entschuldige, aber ich musste die letzte Zeit einfach etwas alleine sein. Aber leider hat das auch nicht zu viel gebracht, deshalb dachte ich mir, dass ein guter Whisky auch nicht schaden kann. Hast du vielleicht einen Bowmore da?"

„Willst du mich beleidigen?" Miles grinste aber bei dieser Frage." Rupert bring uns eine Flasche Bowmore, aber den 15-jährigen!"

Der Barkeeper nickte beflissen und bückte sich hinter den Tresen, wo die Flaschen standen, die der normale Barbesucher nicht zu schnell entdecken sollte. Es dauerte eine Weile, dann kam sein Kopf wieder zum Vorschein, aber in den Händen hielt er keine Flasche." Den haben wir nicht!"

Miles sah Gerald entschuldigend an." Er ist eine Aushilfe, bis Jamie wieder da ist. Immerhin wusste er schon, dass die Flasche unten zu suchen ist. Warte kurz, ich suche ihn selbst."

Gerald beobachtete, wie Rupert sich versuchte bei Miles zu entschuldigen, dieser ihm aber sogleich begütigend auf die Schulter klopfte und schon bald, nach einer kurzen Tauchphase hinter dem Tresen wieder zum Vorschein kam und triumphierend das Corpus Delicti in Flaschenform schwenkte, gleich noch zwei Gläser aus dem Regal ergriff und wieder zum Tisch zurück kam." Alles muss man heutzutage alleine machen!" sagte er mit gespielter Entrüstung. Er löste die Banderole am Flaschenhals und zog sachte den Korken, auf dem das Wappen abgebildet war. Dann goss er in jedes Glas einen Fingerbreit der rot-goldenen Flüssigkeit ein.

Beide betrachteten prüfend den Inhalt, den sie durch leichte Bewegung im Glas zum Schwappen brachten. Dann führten sie im Gleichklang das Glas zur Nase und zogen den torfigen, rauchgeschwängerten Duft des Destillats ein. Anerkennend blickten sie sich gegenseitig an, zogen die Augenbrauen nach oben. "slàinte mhat!" Der erste kleine Schluck umschmeichelte die Zungen und floss dann diese erwärmend in die beiden Backenstaschen ab. Etwas eingesaugte Luft verwandelte ihrer beider Mundhöhlen in ein aromatisiertes Paradies, das zu höchster Verzückung gereichte, wenn man denn einen "Peatet Whisky" als Kenner goutieren konnte. Erst nach einer längeren Verweildauer durfte die Flüssigkeit ein erneutes Geschmackscrescendo erzeugend in die Kehle abfließen. Zurück blieb ein langanhaltendes, warmes, vielfältiges Bukett, das und das macht eben einen sehr guten Whisky aus, nicht sofort nach einem erneuten Schluck gierte, sondern dem Genießer eine lebendige

Freude hinterließ, die erst nach längerer Zeit in die Vorfreude auf einen erneuten Schluck sich umwandelte. Gerald wusste und liebte das. An einem exzellenten Whiskyglas konnte man sich stundenlang festhalten, ohne nachgießen zu müssen!

" Gott muss zumindest schottische Vorfahren gehabt haben!" Miles setzte sein Glas ab und sah Gerald in die Augen.

Dieser nickte bestätigend und ließ seinen Blick dann wieder zurück zum Glas wandern.

Miles saß ihm einfach gegenüber und schwenkte langsam das Glas auf dem Tisch hin und her. Ein außenstehender Beobachter wäre jetzt vielleicht nach einiger Zeit auf den Gedanken gekommen, einer spiritistischen Seance beizuwohnen, so sehr war der Blick der beiden auf den Inhalt fixiert, ohne dass auch nur ein einziges Wort fiel. Aber Miles kannte seinen Freund lang genug, um zu wissen, dass dieser schon irgendwann mit der Sprache herausrücken würde. Er musste sich nur die Zeit nehmen. Rupert hatte an der Bar alles im Griff und in der Küche war um diese Zeit ohnehin nicht mehr so viel zu tun, das schaffte Kenny, sein zweiter Koch, auch alleine.

Erst beim fünften Schluck nach mehr als 1 Stunde, beide Gläser waren noch halb voll, richtete sich Gerald etwas gerade und holte tief Luft.

III

Heiß brannte die Sonne über die Stadt herunter. Dazu kam eine komplette Windstille, sodass die Temperatur nahezu unerträglich wirkte. In den Straßen stand nicht nur der Verkehr, sondern auch die Luft, die sich zunehmend mit dem Gestank der Abgase anreicherte. Dies hatte zur Folge, dass die Sonne eine eigenartige Korona umhüllte, hervorgerufen durch den Staub, den die Smogglocke daran hinderte, aus der Stadt abzuziehen. Diese Hitzedunst beeinflusste auch die Gemüter der Bewohner, die alle zunehmend gereizter wurden. Die allgemeine Hektik, die dieser Metropole ohnehin schon sehr zu eigen war, konnte nun in den mürben Gesichtern abgelesen werden. Der Umgangston war schärfer geworden. Vor allem unter den mobilisierten Verkehrsteilnehmern bekam die Hupe nun wieder die vorrangigste Bedeutung als Kommunikationsmittel. Die Schimpfwörter, die durch die geöffneten Scheiben von Fahrersitz zu

Fahrersitz zugeschrien wurden, waren ohne Ausnahme nicht druckreif.

Eine Frau saß auf ihrem kleinen Balkon einer Altbauwohnung und blickte hinunter auf dieses lärmdurchflutete Gewimmel. Ihre Gesichtszüge waren entspannt, während sie mit flinken Fingern die Tasten ihres Laptops betätigte und einen Text eingab. Es war ihr erster Auftrag seit längerer Zeit und ihre Freude, endlich wieder arbeiten zu können, war so unbeschreiblich, dass diese Wettersituation ihr Wohlbefinden nicht trüben konnte. Dazu kam noch ein extrem befreites Gefühl, endlich wieder allein sein zu dürfen. Entscheidungen treffen zu können, ohne erst eine Absprache oder gar Diskussion führen zu müssen. Die Entscheidung, dies wieder so tun zu dürfen, war ihr allerdings ungemein schwer gefallen und sie war sich auch der Tatsache bewusst, dass sie dem Mann, den sie selbst so unendlich liebte, damit zugleich ebenso unendlich enttäuscht hatte. Allein der Blick, den er ihr nach dem Einchecken am Flughafen noch einmal zugeworfen hatte, als er sich zu ihr umdrehte, hätte beinahe ausgereicht, zu ihm hin zu laufen, um ihn wieder zurückzuholen. Aber sie war nun mal ein Kopfmensch und diese mentale Stärke hatte die Oberhand gewonnen und das Gefühl, das sich danach zunehmend bei ihr eingestellt hatte, gab ihr die Bestätigung, richtig gehandelt zu haben.

Dagegen sprachen die Nächte, die sie alleine im Bett lag, voller Sehnsucht und unerfüllter Leidenschaft. Besonders wenn sie mitten in der Nacht erwachte, weil unten auf der Straße jemand eine Autotür zu heftig zugeschlagen hatte, lag sie danach lange wach. Wenn sie dann die Augen wieder schloss, um schnell wieder einzuschlafen, spürte sie seine Hände auf ihrem Rücken, wie sie sich langsam von den Schultern über ihre Hüften, jeden einzelnen Wirbel und jede Rippe derart sanft massierend nach unten bewegen zu ihrem Po. Selbst wenn sie auf dem Rücken lag, hatte sie dieses Empfinden. Seine Hände fassten liebevoll in beide Backen, die er so sehr liebte und es dauerte lange, bis er sich davon verabschiedete und die Hände an den Außenseiten ihrer Oberschenkel mit kreisenden Fingern bis zu den Kniekehlen weiter glitten. Dort drehte sich die Bewegung um und die Spitzen seiner Fingernägel zogen sich sacht an der Innenseite ihre Oberschenkel wieder nach oben. Selbst bei der Vorstellung allein im Bett gelang es Rebecca nie, ein leises Stöhnen zu unterdrücken, wenn die Zeigefinger dort angekommen waren, wo sich bei ihr immer eine erwartungsvolle, angenehme Wärme ausgebreitet hatte, die er mit seinen Tastsensoren als Feuchtigkeit wahrnahm.

Wenn sie sich dann noch weiter dem Traum hingab und sie seine Küsse, die denselben Weg nahmen wie zuvor seine Finger und seine Zunge in ihrer Lust kreisen spürte, war an ein erneutes Einschlafen nicht mehr zu denken. Wie sehr sie sich danach sehnte!

Ihr körperliches Zusammensein mit diesem Mann war immer ein Fest ihrer Sinne und er verstand es auch meisterhaft, Wiederholungen ihres sexuellen Liebeslebens zu vermeiden. Immer wieder erfand er etwas Neues und war es auch nur eine Kleinigkeit. Aber immer musste sie sich eingestehen, wie gut es ihr Tat.

Dabei war er nicht einfach selbstlos, denn dadurch erweckte er auch ihre Fantasien und sie erkannte schon an seinem Atem, wie sehr er es genoss, wenn sie Aktivität übernahm und er, manchmal ganz passiv, alles mit sich machen ließ, bis sie ihn an dem Punkt hatte, wo sie ihn am meisten begehrte. Er hatte dafür einen Begriff: „Point of no retourn" formuliert. Wenn sie dann seine feuchte Liebe empfangen hatte, auf welche Art auch immer und sie ihre Körper fest aneinander drückten und die gegenseitige Anwesenheit aufs Naheste sich schenkten, konnte sie in seinen Augen das Glück sehen und sie empfand es genauso.

In diesen Nächten wusste sie auch, dass sie ihm dieses Glück entzogen hatte und es war ihr auch bewusst, dass in ihm dieser Entzug viel radikaler zu spüren war, da ihre Entscheidung ihn doch wohl unvorbereitet getroffen hatte, denn in seiner Liebe und Fürsorge für sie hatte er ihre Signale nicht ausreichend deuten können.

Wie auch, wenn sie sich ihm nur mit Mimik, Augenblicken und Notebook mitteilen konnte. Er war wirklich gut im Deuten ihre Stimmungen, wenn sie spontan waren. Aber einen langsamen, schleichenden Prozess ihres Gefühlswandels zu erkennen, das war schon eindeutig schwerer. Natürlich hätte sie ihm das auch schriftlich übermitteln können. Sie hatte es auch versucht. Aber die dabei formulierten Sätze waren ihr selbst als zu hart und ungerecht erschienen, als dass sie sie ihm so zum Lesen gegeben hätte. So gab sich trotz aller Liebe immer wieder Eines zum Anderen und es kam, wie es kommen musste: Gerald musste sich schweren und auch etwas gebrochenen Herzens zurück auf die Bahamas verabschieden.

Und Sie? Sie blühte regelrecht auf, trotz der gegenwärtigen Absenz ihre Liebe. Aber wenn sie die gesamte Entwicklung betrachtete, war es unbedingt notwendig, sonst hätte auch dieses starke Band der Liebe irgendwann gelitten. Aber diese Liebe wollte sie nicht verlieren. Niemals!

Wäre nur nicht dieser verdammte Unfall gewesen! Es wäre vermutlich nie so weit gekommen, denn erst dadurch war diese permanente Fürsorge in Gerald aufgekeimt.

Eigentlich hatte er es immer nur gut gemeint mit ihr. Aber wie so oft, kann sich gerade so etwas ins Gegenteil verkehren. Immer wieder rief sich Rebecca die letzten Monate, seit sie aus dem Koma erwacht war, ins Gedächtnis zurück. Es waren eigentlich sehr schöne Zeitabschnitte, nicht nur in den Nächten, aber das bedrückende Gefühl, ihre Entscheidungsfreiheit zunehmend zu verlieren, war immer übermächtiger geworden.

Wenn sie doch nur hätte sprechen können!

IV

Die ersten Tage fühlte sich Rebecca wie neu geboren. Die Zeit nach dem Erwachen, die sie noch im Innsbrucker Klinikum verbringen musste, waren für sie allmählich zur Qual geworden, denn trotz aller Untersuchungen und Therapien, die für sich betrachtet alle auch anstrengend waren, vor allem mental, fühlte sie sich doch im Gesamten deutlich unausgelastet. Dazu das sterile Krankenzimmer, in dem außer Geralds Blumenstrauß, den er sogar noch zweimal erneuerte, nichts Persönliches zu finden war, das ihr mit der Zeit vorkam wie ein Vorzimmer zum Tod. Sie ist nun einmal ein Mensch, der Bewegung braucht, der visuelle, sich abwechselnde Eindrücke benötigte. Und gerade diese Bedürfnisse wurden ihr dort nicht erfüllt.

Umso mehr trieb es sie in Frankfurt aus ihrer Wohnung in die Straßen, in die Geschäfte und Läden. Anfangs wurde sie körperlich schnell müde, denn dieser musste sich erst wieder an die Aktivitäten gewöhnen, aber Gerald war ihr dabei eine große Stütze. Zunächst wollte er die ersten notwendigen Einkäufe selbst erledigen, aber er erkannte sofort an ihrem resoluten Funkeln der Augen, dass sie in diesem Punkt selbstverständlich mitreden wollte. Da konnte sie seine besorgte Art, sie könne sich übernehmen, zwar noch verstehen, aber sie ist nun einmal keine passive Frau, die es dem Manne überlässt, allein zu entscheiden, was gerade notwendig ist. Er musste das anerkennen, aber sie musste ihm dies fast jeden Tag aufs Neue klarmachen. Nun war es nicht so, dass sie alleine alle Auswahlen traf, aber diejenigen, die ihre Wohnung betrafen und sie machte ihm dieses "IHRE" auch unmissverständlich deutlich, unterlagen eben ihrer Obliegenheit.

Gerald setzte dann ein nachgiebiges Lächeln auf." Das ist genau ein Grund, warum ich dich liebe. Dein starker Wille! Aber trotzdem möchte ich, dass du auf dich aufpasst. Frau Doktor Horchler hat auch gesagt dass...."

Weiter kam er meistens nicht, denn spätestens bei der Erwähnung dieses Namens versuchte sie, ihn mit Bewegungen zu unterbrechen oder sie ging aus dem Raum. Wenn es nach der Ärztin gegangen wäre, hätte sie noch längere Zeit in Innsbruck bleiben müssen. Erst das Versprechen, einen empfohlenen Arzt in Frankfurt möglichst zeitnah aufzusuchen, um die Behandlungen fortzusetzen, hatten endlich dazu geführt, dass sie die Entlassungspapiere unterschrieben hatte.

Aber genau darauf pochte Gerald auch immer wieder. Zwar war Rebecca gleich am zweiten Tag ihrer Rückkehr in dessen Praxis vorstellig geworden und erhielt auch einen Zeitplan für die Nachsorgetermine, aber schon bald ließ sie die Konsequenz, diese wahrzunehmen, vermissen. Gerald versuchte sie dann anfangs spielerisch streng, später tatsächlich mit deutlichem Nachdruck, dazu zu bewegen – ihrer Gesundheit zuliebe! – erreichte damit aber nur eine zunehmende negative Anspannung ihrerseits. Auf ihren Einwand hin, ob er denn selbst so konsequent wäre, erntete sie einen Gesichtsausdruck, der das dazu gesprochene Wort "Natürlich" als Lüge enttarnte.

Auch musste sie erkennen, dass sie nicht – vielleicht auch noch nicht – in der Lage war, permanent eine andere Person um sich herum zu haben. Bei aller Liebe, aber irgendwann zeigte sich immer deutlicher ihr Wunsch nach eigenen Gestaltungen, die logischerweise anfangs noch nicht möglich waren, aber mit zunehmender körperlicher Unabhängigkeit immer dringlicher wurden.

Die Nächte, ja, da genoss sie seine Anwesenheit auch dann, wenn sie einfach nur nebeneinander einschliefen, nachdem sie vorher vielleicht noch jeder ein paar Seiten in einem Buch gelesen hatten. Der Sex war zwar nicht zu kurz gekommen, aber eben nicht jede Nacht, denn dann wäre es schon wieder zur Routine geworden. – *Die obligate Nummer vor dem Einschlafen oder nach dem Aufwachen* – nein, das war nicht nach ihrer beider Geschmack. Ihre Liebesakte waren immer etwas Besonderes und immer wieder anders. Sie merkten sich auch gegenseitig an, wenn sie körperlich Lust aufeinander hatten. Das war wirklich eine schöne Erfahrung für Rebecca, denn in früheren Beziehungen gab es da durchaus Situationen, in denen nicht immer beide Partner das gleiche erfuhren, körperlich genauso wie gefühlsbetrachtet.

Aber jeder Tag begann mit dem Aufwachen und Rebeccas Wohnung besaß nur ein Badezimmer, der erste Punkt für entstehende Konfrontationen, die man natürlich regeln konnte, aber eben jeden Tag! Und sie war es eben nun einmal gewohnt, dieses Zimmer als Teil ihrer Wohnung zu nutzen, wann und wie sie wollte. Jetzt war es auch zu einem Ort der eigenen Intimität geworden, nicht nur für sie, auch für Gerald.

Dazu schon beim Frühstück, das sie nicht so frugal gestaltete wie er, die Frage ob irgendwelche Arzttermine anstünden –" Sie sind so wichtig für dich!"

Mit der Zeit dann, wenn sie einkaufen gehen wollte:" Soll ich dich begleiten? Ich kann dir die Taschen tragen!" Natürlich war es lieb gemeint, aber allmählich musste er doch erkennen, dass sie ihre körperlichen Defizite wieder aufgeholt hatte. Das verdankte sie auch ihrem Jogging, zum Teil am Main entlang, die er als viel zu verfrüht einstufte. Wenn sie dann mit rotem Gesicht, etwas atmend, aber innerlich befreit, wieder zurück kam, konnte sie deutliche Sorgenfalten ob ihres äußerlichen Befindens in seinem Gesicht erkennen, gerade seit dem er es sich abgewöhnt hatte, dies auch verbal zu äußern. Sie hatte ihn gebeten, schriftlich natürlich, seine Vorhaltungen endlich zu lassen. Er sah nur ihre körperliche Müdigkeit danach, aber nie die mentalen Auswirkungen, die so ein Lauf bei ihr positiv bewirkte. Wenn sie etwas länger brauchte, aus welchen Gründen auch immer, konnte sie danach seine Unruhe aufgrund der ausgestandenen Ängste deutlich spüren.

In den weiteren Tagen freute sie sich richtig, wenn Gerald alleine fortging, aber sie lernte es fast zu hassen, dass er ihr immer genau sagte, wann er wieder zurückkehren würde.

Und immer bestand die Hauptschwierigkeit darin, dass sie all das nicht direkt in sanftem, versöhnlichem Ton sagen konnte. Immer musste sie mit den Händen fuchteln, oder bei komplexen Konversationen zum iPod greifen. Das machte alles noch schwieriger und bei allem Einfühlungsvermögen, das er doch besaß, waren Missverständnisse nicht auszuschließen gewesen. Ihre iPod - Erläuterungen waren dann manchmal etwas harsch ausgefallen, denn Rebecca war schon immer auch ein ungeduldiger Mensch.

Mit der Zeit merkte auch Gerald, dass er es mit seiner Fürsorge übertrieb und versuchte dem entgegenzuwirken. Er ließ ihr mehr Eigenständigkeit, aber immer begleitet von einem Nebensatz, in dem dann doch wieder Sorge versteckt war.

Sie traf sich auch wieder mit Christina, ihrer Freundin, mit der sie per Mail auch schon von Innsbruck aus den Kontakt wieder hergestellt hatte, nachdem diese ihre Mails von anfangs lustig, über später besorgt, weil keine Rückantwort erfolgte, bis zum Schluss deutlich ungehalten, was auch auf Rebeccas Anrufbeantworter bei ihrer Rückkehr zu hören war, verändert hatte. Jetzt waren sie natürlich wieder die besten Freundinnen und Rebecca nahm zu den Treffen auch immer das iPad mit, um Christinas Redefluss wenigstens schriftlich etwas entgegensetzen zu können.

Christina war bei ihren Schilderungen natürlich zunächst auf Geralds Seite." Sei doch froh, dass sich dieser Mensch so sehr um dich kümmert. Und er hat schon recht, wenn er dich anhält, auf deine Gesundheit zu achten!" Aber als Rebecca ihr dann ihre Gefühle schilderte und sie dazu aufforderte, sich einmal vorzustellen, wie sie reagieren würde, zumal mit diesem verbalen Handikap, wurde auch Christina Rebeccas Dilemma bewusst. Vor allem, weil sie ihr auch immer wieder betonte, wie sehr sie diesen Mann liebte und wie sehr sie die Sorge umtrieb, diese Liebe zu verlieren. Christina konnte darauf auch keinen universellen Rat finden und so fand sie sich immer mehr in einem Zustand wieder, der sich in zunehmender Genervtheit ausdrückte. Der Leidtragende, aber auch der Schuldige daran war Gerald.

Peter hatte sich auch schon einige Male per E-Mail gemeldet und ihr seine wirklich sehnsüchtige Bitte ausgedrückt, doch wieder in seinem Team mitzuarbeiten. Diese Bitten hatte er anfangs immer mit der Entschuldigung für sein unmögliches Verhalten beim gemeinsamen Abendessen versehen. Mit der Zeit spürte Rebecca auch immer mehr den Drang, selbst wieder kreativ zu werden. Und diese Kreativität konnte sie nun mal am besten in ihrer Arbeit ausleben. Das Schreiben von Artikeln für die FAZ. Peter hatte auch ein paar für sie interessante Themen gefunden und es war nur noch eine Frage der Zeit, bis sie sich mit konkreten Absichten im Internet mit diesen befasste.

Irgendwann sah ihr Gerald bei diesen Recherchen über die Schulter und erkannte sofort die Zusammenhänge." Du willst doch nicht schon wieder anfangen zu arbeiten?"

Rebecca lächelte in voller Zuversicht an: *Doch das will ich!*

Denk nur daran, wie sehr du dich dann wieder in die Materie einarbeiten musst und wie viel Zeit du dabei aufwendest! Die wird dir für deine endgültige Wiederherstellung fehlen!"

Wieder der gleiche Blick von ihr mit einem deutlichen Trotz in der Nuance: *Ich will das!*

„Und was ist, wenn du dich übernimmst?"

Oh nicht schon wieder dieser Satz!

"Lass dir doch noch etwas Zeit! Zwei, drei Monate, dann schaffst du das alles viel besser."

So jetzt reicht es! Rebecca holte ihr I-Pod und begann zu schreiben. Allein wie sie ihre Finger bewegte, dazu das nun deutlich verkniffene Gesicht – Gerald war schon ohne Text klar, dass diese Zeilen nicht erfreulich werden würden, wenn er sie zu lesen bekam.

Merkst du denn nicht, wie sehr du mich einengst! Jeden Fortschritt, den ich glaube, für mich erzielt zu haben, stellst du infrage! Ich weiß, du meinst es gut mit mir, aber ICH lebe in diesem Körper und ich weiß ganz genau, **besser als du**, was ich ihm zutrauen kann und was nicht. Ich will endlich wieder in mein Leben zurückfinden und in mir drängt sich immer mehr die Überzeugung auf, **dass du mich daran hinderst!** Das Angebot von Peter, wieder für seine Redaktion zu schreiben kommt für mich zur allerbesten Zeit!

„Du willst wieder für Peter arbeiten. Hast du bereits vergessen, wie er auch dich damals beleidigt hat? Hat dir der Unfall etwa die Erinnerung daran genommen?" Kaum hatte Gerald diesen Satz ausgesprochen, war ihm bereits bewusst, dass dies ebenfalls eine Beleidigung für Rebecca war.

Ihr Blick durchbohrte ihn förmlich und das Funkeln, das oft so liebreizend war, war nun in seinen Augen fast schmerzhaft. Der Satz zeigt doch genau, dass ihr Männer alle gleich seid! Du beleidigst mich nun ebenfalls, aber im Gegensatz zu Peter, der damals zu viel getrunken hatte, bist du völlig nüchtern und das macht es noch viel schlimmer! Damals warst du so souverän und ich habe dich bewundert. Für diesen Satz jetzt habe ich nur noch Mitleid mit dir!

„Rebecca entschuldige, der ist mir in meiner Sorge um dich so herausgerutscht!"

Das mag schon sein, aber gerade von dir habe ich ihn trotzdem nicht erwartet! Ich will für MICH wieder ALLEIN verantwortlich sein!

"Das heißt., du willst das ich gehe?"

JA!

V

" Das hast du ja fein hinbekommen!" Miles sah Gerald sichtlich betroffen in die Augen." Ich wusste gar nicht, dass du so einen Hang zu einem " Mutter-Theresa-Benehmen" hast. Du hast Rebecca doch genau deshalb so geliebt..."

„Ich liebe sie immer noch! Und das wird auch so bleiben, also sprich nicht in der Vergangenheitsform!"

271

„… Du liebst Sie genau wegen ihres selbstbestimmten Wesens und ihrer Eigenständigkeit. Da sollte dir doch wohl klar gewesen sein, dass sie eine Bevormundung nicht lange hinnehmen würde."

Gerald nickte, während er einen kleinen Schluck aus dem Whiskyglas nahm." Ich habe mir einfach Sorgen gemacht, dass sie sich übernimmt. Ich dachte, sie will mir, gerade deshalb weil sie nicht sprechen kann, erst recht ihre Stärke beweisen. Aber du hast schon recht, ich habe wirklich übertrieben. Aber am meisten bereue ich, dass ich sie am Schluss auch noch beleidigt habe."

Miles legte ihm seine Hand auf den Arm." So wie ich Rebecca kennengelernt habe, wird sie dir das wohl als erstes verzeihen. Da steht sie mit Sicherheit drüber. Aber den Bevormunder Gerald, den wird sie nicht brauchen können." Auch er gönnte sich nun wieder einen Schluck.

Es trat wieder eine Pause ein, in der sie beide in ihre Gläser starrten und den darin befindlichen Restinhalt hin und her schwenkten. Es wirkte so, als würden sie versuchen, die Zukunft aus der Bewegung der bernsteinfarbenen Flüssigkeit herauszulesen.

„Hast du denn schon einmal versucht, mit ihr Kontakt aufzunehmen?"

„Ich habe ihr zwei Mails geschrieben, aber sie hat keine Antwort gegeben."

„Was hast du denn, wenn ich fragen darf, geschrieben?" Miles beugte sich mit einem fast süffisanten Lächeln zu Gerald herüber." Lass mich raten: du hast dich für deine Beleidigung entschuldigt, aber du hast mit Sicherheit auch dazu geschrieben, dass sie auf sich aufpassen soll."

Gerald nickte nur." So in etwa!"

„Meine Güte Gerald, du schreibst so gute Romane, in denen du auch das Zwischenmenschliche richtig zum Ausdruck bringst, aber für dich selbst und deine Situation gilt das wohl nicht. Deinen Büchern nach kann man glauben, dass du die Frauen kennst, aber in der Praxis hast du doch deutliche Defizite!"

Gerald war aufgesprungen und die Flasche Bowmore wackelte bedenklich." So, du Schlauberger, was glaubst du denn, was ich machen soll?"

Miles zog ihn sanft wieder zurück auf seinen Stuhl." Ich muss dir nicht zuraten, du weißt es doch selbst! Rebecca ist kein Kind, sondern eine erwachsene Frau, die selbst genug Lebensweisheit und vor allem Intelligenz besitzt, um ihr Leben wieder in den Griff zu bekommen. Lass sie doch einfach machen!"

„Aber ich liebe sie doch!" und dann ganz leise kam es aus Gerald Mund: „Ich brauche sie auch, sie ist das Beste, was mir je in meinem Leben begegnet ist."

Miles deutete kurz auf den Bowmore, doch Gerald schüttelte nur kurz den Kopf.

„Obwohl wir uns, was die gemeinsame Zeit anbetrifft, der größte Teil davon war auch noch ihre Komaphase, nur relativ kurz kennen, weiß ich genau, dass Rebecca die Richtige ist!"

„Das denke ich auch, und ich kenne sie noch weniger als du." Miles Augen wirkten bestätigend." Allein ihr Auftreten hier im Lokal, ihr frisches Wesen und ihre Art zu sprechen! Sie ist es wirklich für dich." Dann wurde sein Blick träumerisch: „Und sie ist auch noch eine wunderschöne Frau!"

„He, he, willst du mir jetzt auch noch Konkurrenz machen?" Gerald musste kurz lachen, so hatte Miles seine Augen am Ende seines Satzes verdreht.

Auch Miles lachte: „Nein, keine Angst, ich bin mit Vivian wirklich glücklich, aber Rebecca ist einfach schön." Miles hob sein Glas und prostete Gerald zu: "Slàinte".

Gerald stieß mit an und beide verharrten wieder für eine Zeit, in der sie die Wirkung, das Aroma und den besonderen Geschmack über den letzten verbliebenen Rest im Glas würdigten. Fast andächtig stellten sie danach die leeren Gefäße wieder auf den Tisch. Das Lokal war mittlerweile komplett leer. Der Koch war schon längst gegangen, nur Ruppert stand noch etwas verloren an der Bar. Miles nahm ihn erst jetzt war und nickte ihm einfach zu, worauf der Barkeeper seine

Jacke nahm und ebenfalls mit einem Nicken die Bar nach draußen in den Regen verließ.

„Die Lücke, die bei mir ohne Rebecca entstanden ist, lässt sich nicht schließen. Seit ich von Frankfurt zurück bin, ist in mir ein Loch, vor allem im Herzen!"

„Und, was willst du machen?" Miles sah Gerald durchdringend an: „Dich etwa umbringen?"

Gerald zuckte mit den Schultern.

„Erschießen, wie Hemingway? Hast du denn eine Waffe?"

Gerald schüttelte den Kopf.

„Aufhängen?"

„Da tut mir die Person leid, die mich dann finden würde. Das könnte ich Marthe nicht antun. Sie ist so eine gutherzige Person."

„Tabletten oder Gift?" Miles schüttelte den Kopf." Ist für einen Mann wie dich zu feige und zu unspektakulär!" Er beugte sich wieder zu Gerald über den Tisch:" Jetzt weiß ich es: Tot saufen mit gutem Whisky!"

Gerald neigte prüfend den Kopf: „Wäre eine Überlegung wert, ist aber von allen Varianten die mit Abstand teuerste und auch die unwirtschaftlichste. Aber vom Ansatz her wäre zumindest diese Richtung vielleicht die beste. Wenn ich an Honoré de Balzac denke, der hat einmal geschrieben: **Unmaß im Genuss ist der König der Tode.** Aber ich werde nicht meinen geliebten Whisky dazu verwenden, außerdem kann das eventuell sehr lange dauern." Er richtete seinen Kopf wieder gerade: „Nein, Selbstmord wäre eine miese Art, vor allem Rebecca gegenüber, denn Schuld trage ich und nicht sie. Außerdem habe ich nur ein Leben und das werde ich so lange aufrechterhalten, wie es mir die Natur schenkt. Und – ich werde alles daran setzen, dies mit Rebecca zu tun! So, und jetzt schenke uns noch einen winzigen Schluck ein!"

Miles grinste und zog den Korken aus der Flasche um noch einmal gerade 1 mm hoch die Gläser zu füllen." So gefällst du mir schon viel besser, mein Freund." Er hob sein Glas: „Auf die Frauen!"

„Da kann ich mich nicht anschließen!" Gerald hielt kurz in der Bewegung inne: „Auf Rebecca und deine Vivian!"

VI

Miles hatte schon recht: Was war ich nur für ein Idiot! So gut hätte ich Rebecca schon kennen müssen, um zu wissen, dass sie sich mein Verhalten nicht lange bieten lassen würde. Vor lauter Sorge um sie habe ich ihr einfach nicht aufmerksam genug in ihre Augen geblickt. Oder ich wollte es nur nicht sehen. Wenn ich so zurückdenke, hat sie sie doch des Öfteren mehrmals deutlich verdreht und ich habe es übergangen. Dabei sind ihre schönen Augen doch für mich immer der magische Anziehungspunkt meiner Blicke! Könnte ich doch nur die Zeit zurück drehen! Aber ich fürchte, ich hätte es wohl beim zweiten Mal wieder genauso gemacht.

Ich wollte ihr überdeutlich zeigen, dass ich sie vor allem in der Welt beschützen würde. Das war so lange gut, solange sie im Krankenhaus hilflos lag, aber dann, als sie wieder mobil wurde und wieder über sich selbst entscheiden wollte, war ich nicht imstande, meine bereits etwas gefestigte Rolle aufzugeben. Dabei ist es doch gerade ihre Selbstständigkeit, verbunden mit ihrer Intelligenz, die in mir diese große Liebe ihr gegenüber entfacht hatte. Dieses " auf Augenhöhe einander gegenüberstehen" war für mich immer der ausschlaggebende Punkt in unserer Liebe und mit Sicherheit auch für Rebecca. Aber genau diesen Faktor hatte ich ihr entzogen!

Aber ich habe beim Abschied auch eine Wehmut in ihrem Blick sehen können. Das lässt mich hoffen, dass ich ihre Liebe zu mir nicht vollständig zerstört habe. Ich werde auf jeden Fall nicht aufgeben! Sie nicht! Und wie hatte Miles mich betitelt?" Du bist doch Schriftsteller!" Es wird mir doch hoffentlich gelingen, die passenden Worte zu finden, die Rebecca akzeptieren wird!

Vielleicht sollte ich mein gegenwärtiges Romanvorhaben, bei dem ich ohnehin im Moment nicht sonderlich vorankomme, erst einmal auf Eis legen und mich auf etwas Neues konzentrieren. Ein neuer, anderer Roman? Vielleicht! Aber vor allem soll er sich um eine besondere

275

Frau drehen! Eine Frau, die weiß was sie will, die ihr Leben im Griff hat, auch unter den schwierigsten Umständen. Die eine innere Größe besitzt, dass sie selbst als Sandkorn noch Schatten spenden kann, während viele andere nicht im Entferntesten an diese Größe heranreichen können. – Und ich werde Rebecca per E-Mail immer wieder Auszüge senden, vielleicht bricht sie daraufhin ihr Schweigen. – Hoffentlich!

Wenn ich über Rebeccas schreibe, ist vielleicht auch die Leere in mir nicht mehr so groß, die sich durch ihre Abwesenheit ausgebreitet hat. Schon die Gedanken, die mich jetzt überschütten, geben mir in dieser Hinsicht Hoffnung! Allerdings wird meine Sehnsucht nach dieser wundervollen Frau dadurch noch größer werden und an mir nagen, aber ich habe nun wieder eine Aufgabe und ein Ziel!

VII

Marthe war völlig überrascht von dem Elan, mit der sie Gerald am nächsten Morgen begrüßte. Er sprühte vor Tatendurst. Seine Haltung war deutlich gestraffter und auch seine Bewegungen ließen seine positive Stimmung durchklingen. Sie freute sich sehr, ihn endlich einmal ohne diese bedrückte Melancholie zu sehen, obwohl sie immer noch Schatten wahrnahm. Doch scheinbar hatte der gestrige Besuch in Miles Bar eine Wende in seiner Einstellung bewirkt. Das größte Indiz dafür war für sie, dass sie Gerald zum ersten Mal ein Bad in seinem Pool nehmen sah. Er musste den Pool mit einer Erinnerung verknüpft haben, die diese Gefühle in ihm hervorriefen. Aber sie hatte sich gehütet, ihn darauf anzusprechen.

„Wie war es gestern bei Miles?"

Geralds Augen waren von kleinen, freundlichen Lachfalten umkränzt. „Oh, wirklich gut, ich hätte das schon viel früher machen sollen. Ab jetzt werde ich mich auf jeden Fall nicht mehr so lange verkriechen, sondern wieder unter die Leute gehen."

„Ja, jetzt geht auch die Saison wieder los, wenn die Regenzeit endlich vorbei ist. Da kommen viele Leute wieder nach Nassau!" Irgendwie stand ein erwartungsvoller Blick in Marthes Augen.

„Da muss ich dich enttäuschen, an neuen Kontakten bin ich wohl nicht so interessiert. Und außerdem, welche Touristen fallen am meisten über die Bahamas her?"

Marthe verdrehte ihre großen Augen. " Amerikaner! – Ich bewundere da immer meinen Mann, wie er es so lange drüben in Florida mit denen aushält. Und was er mir schon alles erzählt hat, was da alles abläuft. Am Schlimmsten ist es im Frühjahr, wenn die Studenten kommen."

„Springbreak!"

„Genau! Francis meint, wenn man das nicht mit eigenen Augen gesehen hat, dann ist es nur schwer zu glauben. Seine Trinkgelder schießen dann zwar richtig nach oben, denn seine Bar und auch alle anderen sind ganz hervorragend besetzt und der Alkohol fließt in Strömen. Aber was er dafür auch miterleben muss: diese Hemmungslosigkeit bis zur Schamlosigkeit! Er als Angestellter wird von vielen dann eigentlich nicht mehr als Mensch angesehen, sondern nur noch als lebender Zapfhahn, vor dem dann alle möglichen Intimitäten unter den Gästen ausgetauscht werden, ohne dass auch nur irgendjemand auf die Idee käme, dass er auch eine Würde hat."

„Weil er schwarz ist?"

„Nein, es sind ja auch dunkelhäutige unter den Gästen. Rassismus gibt es bei den Amerikanern aber trotzdem. Der wird aber subtiler zum Ausdruck gebracht, denn es soll dann nach Möglichkeit nicht auffallen." Marthe beugte sich leicht zu Gerald nach vorne. Ihre Augen verengten sich leicht." Wie sieht es da bei dir in Europa aus?"

„Also, ich denke, dass in Westeuropa Rassismus nicht so deutlich zum Ausdruck kommt wie in den USA, denn es wird auch viel dagegen getan. Antirassismuskampagnen im Sport, besonders beim Fußball, sind bei uns im Fernsehen zu sehen, aber natürlich kommt es bei uns auch vor und ist zur Zeit leider wieder stark im Wachsen, wobei sich vieles aber nicht an der Hautfarbe aufhängt, sondern eher an den Religionen. Wir haben zur Zeit sehr viele Flüchtlinge aus dem Nahen Osten aufgrund der dort herrschenden Bürgerkriege und der Radikalisierung des Islam. Dazu kommen eben auch Anschläge von diesen Radikalen und so kommt es auch in Europa zu Gegenbewegungen, die sich dann rassistisch äußern."

Marthe nickte." Von den Anschlägen habe ich schon im Fernsehen einiges mitbekommen."

Gerald legte seine Hand auf ihre: " Glücklicherweise bin ich jetzt hier und muss mich mit diesen Problemen nicht befassen. Sie kommen vielleicht am Rande in meinen Büchern vor, aber nur als Hintergrund, denn in meinen Werken versuche ich, mich aus der Politik herauszuhalten, was aber nicht immer gelingt, da die Themen einfach zu viel überschatten."

„Aber du hast selbst einige Probleme?" Marthe hatte ihren Mut zusammen genommen und sprach Gerald direkt darauf an.

„Da hast du recht, aber es ist nur ein Problem."

Marthe lächelte fein: " Eine Frau!"

Sie bemerkte nur das leichte Nicken ihres Gegenübers und sein Blick schweifte wieder einmal weit in die Ferne ab. Wieder machte sich diese Melancholie breit, aber nicht mehr so unzugänglich wie in den Tagen zuvor. " Ja, es ist eine Frau. Eine wundervolle Frau, der mein ganzes Herz gehört und die mir ihre Liebe geschenkt hatte. Aber ich habe es leider verbockt."

„Wenn sie dir, wie du gerade eben gesagt hast, ihre Liebe geschenkt hat, dann wird doch sicherlich nicht das letzte Wort zwischen euch gesprochen worden sein!"

„Bis jetzt habe immer nur ich gesprochen, besser gesagt geschrieben. Sie hat noch auf keine meiner Mails geantwortet."

Marthe berührte ihn an der Schulter: „Werde nicht ungeduldig, das macht es nur schlimmer, vor allem für dich."

„Eigentlich ist die Geduld der Faktor, den Rebecca an mir immer bewundert hat. Ist sie doch mehr der Typ, der alles möglichst schnell und natürlich auch perfekt hinter sich bringen will." Gerald musste lachen: " Allein das Warten auf das bestellte Essen in einem Restaurant ist für sie zum Teil unerträglich. Dabei ist sie auf der anderen Seite eine Fast-Food-Hasserin wegen der geringen Qualität des Essens, vor allem weil es in ihren Augen auch noch extrem ungesund ist."

„Mit Recht!" Marthe rollte wieder einmal herrlich dramatisch ihre Augen. " Da ist doch nichts drin an Vitaminen, Spurenelementen und wertvollen Ballaststoffen. Selbst der Salat liegt so lange im Wasser, bis alles daraus ausgelaugt ist. So einen Fraß wirst du bei mir niemals vorgesetzt bekommen, das schwöre ich dir!" Ihre Augen nahmen ein fast drohendes Glitzern an.

Gerald legte beruhigend seine Hand auf ihren Unterarm. " Dafür habe ich dich ja schließlich auch eingestellt, dass ich mir durch deine Küchenkünste meine Gesundheit bewahre." Sein Lächeln bewirkte, dass das Drohende in ihrem Blick verschwand.

„Aber du kannst doch selbst auch gut kochen!"

„Das kann ich, und werde es auch gelegentlich machen, aber jeden Tag ein Gericht auszusuchen, die Einkäufe zu erledigen, die dafür notwendig sind, dafür habe ich eigentlich nicht die Zeit. Zumindest sollte ich diese Zeit dafür nicht haben, denn eigentlich bin ich zum Schreiben hier auf der Insel. Aber im Moment fallen mir einfach nicht die passenden Wörter ein, um meine Gedanken in lesenswerte Sätze zu verpacken."

„Ich mache dir heute Abend ein Gericht, das so schmackhaft und anregend sein wird, dass deine Gedanken nur so sprudeln werden! Dazu noch ein guter Wein....."

„Nein, kein Wein heute, lieber einen Saft mit Wasser verdünnt. Aber weißt du," Gerald legte eine kurze Pause ein," das Schlimme ist die Tatsache, dass es nicht die Ideen sind, die mir fehlen, sondern wie schon gesagt die richtigen Worte. Wenn ich einen von mir geschriebenen Satz lese, dann möchte ich zumindest ein bisschen stolz darauf sein, dass dieser auch wirklich von mir ist. Sonst könnte ich meine Ideen mit abgekupferten Worten und Sätzen Anderer ausdrücken. Viele aus meiner Leserschaft würden es vermutlich gar nicht merken. Vielleicht würden sich meine Bücher sogar noch besser verkaufen lassen, aber das wäre dann nicht ich!"

„Aber diese – Frau – die würde es merken?"

„Und wie! Rebecca, so heißt sie, würde mir schon nach drei Sätzen das Papier um die Ohren werfen und dann ganz leise, aber sehr scharf sagen, dass so etwas unter meiner Würde wäre und ihr selbst vollkommen zuwider."

Marthe wurde nachdenklich. "Merkt man das wirklich so schnell?"

„Wieso fragst du so?"

„Naja, manchmal sind die Briefe von meinem Mann so unterschiedlich, da habe ich auch schon manchmal gefragt, ob er bei seinen Liebesbotschaften, die ich von ihm so erhalten habe, nicht auch hin und wieder irgendwo abschreibt."

„Bei Briefen ist das Geschriebene meist kurz, im Vergleich zu einem Buch oder Roman. Da können deshalb schon Abweichungen auftreten, sodass du zu der Meinung kommen könntest, Francis hätte irgendwann abgeschrieben. Und selbst wenn, wäre es denn so schlimm, wenn er an dich denkt und vielleicht gerade zu müde ist von der Arbeit, jetzt noch rhetorisch etwas Hochwertiges zu produzieren, mit dem alles bestimmenden Wortlaut: **ich liebe dich und vermisse dich!** Freu dich einfach so über jedes Wort von ihm, denn zumindest hat er den Brief selbst mit der Hand geschrieben. Bei mir ist das etwas ganz anderes, denn ich verdiene damit Geld und habe mittlerweile auch einen Ruf, den ich auf keinen Fall aufs Spiel setzen will."

Marthe sah ihn ein wenig traurig an." Ich würde gerne einmal etwas von dir lesen, ich habe schon in der Stadt in einem Buchladen nachgefragt und stell dir vor, die kennen dich gar nicht!"

Gerald musste lachen. " Weil ich in deutscher Sprache schreibe! Im englischsprachigen Raum, auch in England bin ich bislang kaum bekannt, deshalb gibt es auch keine Übersetzungen meiner Bücher. Dann müsste mir schon etwas Außergewöhnliches gelingen. Außerdem ist es leider auch so, dass durch die Übersetzung ein nicht zu vernachlässigender Teil meine Stiles und vor allem der Wortwahl verloren geht. Da müsste sich ein Übersetzer schon außerordentlich viel Mühe machen, um die exakten, adäquaten Worte zu finden. Ich bin überzeugt, dass ein Norman Mailer oder ein Hemingway in einer deutschen Fassung, die es auch gibt, deutlich an der künstlerischen Individualität und der sprachlichen Finesse gegenüber dem Original verloren hat. Ein Literaturpreis wird immer für das Original vergeben und nicht für die jeweiligen Übersetzungen, die aber dann natürlich auch hohe Verkaufswerte erzielen."

Marthe blickte Gerald mit einem verschmitzten Ausdruck an und ihre Stimme klang verschwenderisch." Dann schreib doch dein nächstes Buch auf Englisch, dann wirst du auch hier Erfolg haben."

Gerald konnte ein belustigtes Glucksen nicht unterdrücken: „Wenn es so einfach wäre, dann könnte ich alle meine Romane auch selbst übersetzen, aber dazu fehlt mir doch zu viel Sprachverständnis in eurer Sprache. Ich kann mich eben nur in meiner Muttersprache optimal ausdrücken, in einer Fremdsprache wäre dies literarisch wohl eher banal zu lesen. Deshalb gibt es ja Literaturübersetzer und selbst die bringen es, wie ich vorhin schon gesagt habe, niemals absolut authentisch mit den richtigen Ausdrucksnuancen zu Papier. Ich fürchte, wenn du eines meiner Bücher lesen möchtest, dann musst du Deutsch lernen."

„Dann werde ich das machen!" Ihre Augen lieferten ein begeistertes Rollen, in dem sich ihre dunkle Iris in atemberaubendem Tempo mit dem umgebenden Weiß abwechselte.

„Darüber würde ich mich sehr freuen und ich werde dir auch helfen, immer wenn wir miteinander sprechen. Aber du wirst viel Geduld brauchen, gerade deshalb, weil das Deutsche eine schwierige Grammatik beinhaltet, die man beim Schreiben eines Buches auch richtig ausreizen sollte."

„Gleich morgen werde ich mit dem Wörterlernen anfangen." Voller Elan wandte sie sich in Richtung Küche ab, drehte sich aber noch einmal um und schenkte Gerald ein strahlendes Lächeln, das durch das Weiß ihrer Zähne noch sympathischer wurde. "Was machst du heute? Kommst du endlich zum Schreiben?"

„Ich glaube schon, dass es wieder geht, aber vorher fahre ich mit dem Boot hinaus. – Vergangenheitsbewältigung und Zukunftsorientierung!"

Marhte schien die beiden letzten Worte nicht im richtigen Konsens verstanden zu haben, fragte aber nicht weiter." Dann einen schönen Tag!" Noch einmal drehte sie sich um: „Willst du heute hier essen?"

„Ich denke schon, ich muss nicht schon wieder zu Miles. Was willst du mir den kochen?"

Ihr Blick wurde geheimnisvoll: „Wie sagst du so oft: Fisch ist immer gut!" Dann ging sie in die Küche und ihr sehr ausladendes Hinterteil wackelte dabei im Einklang mit ihrer Zuversicht.

Gerald sah ihr nach und beglückwünschte sich wieder einmal zu seiner Wahl. Marthe tat ihm gut – nicht nur kulinarisch, sondern auch psychologisch!

VIII

Das Boot war auch nach der sehr langen Standzeit gut angesprungen. Der Hafenmeister hatte dafür gesorgt, dass es mit einer Schutzhülle versehen den großen Wassermassen, die in den vergangenen Monaten vom meist bewölkten Himmel fielen, widerstanden hatte. So funkelt nach der Entfernung aller festgezurrten Planen das dunkle Holz im Glanz des unbeschädigten Lackes und auch die Elektrik hatte keinen Schaden durch Kondenswasser erlitten.

Mit leise blubberndem Motor fuhr Gerald zunächst zur Tankstation und füllte frischen Treibstoff in den Tank, der ohnehin ziemlich leer gewesen war. Er war seit dem Ausflug mit Rebecca noch zweimal damit auf dem Wasser gewesen, einmal zum Fischen mit Miles, was zur Folge hatte, dass danach in dessen Bar viele Bekannte zum Barracudaessen eingeladen waren, denn Gerald war ein kapitaler Vertreter dieser Raubfische an die Angel gegangen. Es hatte ihm beim Drillen sehr viel Kraft und Schweiß gekostet und der Fisch konnte nur mit Miles Hilfe ins Boot gezogen werden. Der Genuss seines herrlichen Fleisches entlohnte dann mehr als ausgiebig die Mühen.

Im Hafen wurde ihm noch empfohlen, diesen Fisch an die Waage zu hängen, er würde große Chancen haben, damit einen der begehrten Sportfischerpreise für die größten Anlandungen zu gewinnen, aber Gerald war ein absoluter Gegner dieser rein auf die Trophäe ausgerichteten Art des Angelns und lehnte ab. Viele solcher herrlichen Tiere wurden nur wegen dieser seltsamen Wettbewerbe, die mit Sport nichts zu tun hatten, getötet und dann häufig achtlos weggeworfen. Den Fisch danach zu essen, wie Miles und er es taten, kam für viele dieser sogenannten Sportler nicht in Betracht. Sein

282

Barracuda war dagegen nicht umsonst gestorben, sondern gereichte am Abend zu einem großen Fest, das seiner würdig war.

Der zweite Bootsausflug war ein Pflichttermin mit einem Mäzen, der ihm von Felix aufs Auge gedrückt worden war. Gerald mochte so etwas zwar nicht besonders, sah aber die Notwendigkeit solcher Aktionen ein. Zum Glück war die Fahrt sehr schnell beendet, da der Gast sich als sehr wenig seefest herausstellte und Gerald ihn nach dessen kompletter Entleerung seines gesamten Mageninhaltes wieder in den Hafen zurückbrachte und mit ihm als Entschädigung dann in Miles Bar noch zwei Bier trank. Es war immer wieder erstaunlich, wie schnell sich die Seekrankheit fast schlagartig verzog, wenn der Betroffene wieder festen Boden unter den Beinen hatte. Auch der Appetit stellte sich schnell wieder ein, sodass die Unbillen auf See schnell wieder vergessen waren und der Magen des Sponsoren auch wieder mit neuem verdaubaren Inhalt versehen war. Seltsamerweise war er ebenfalls von Seekrankheit betroffen, aber nur wenn das Boot etwas größer war als seine kleine Motorjacht. Vermutlich war er in erster Linie empfindlich gegen das "Rollen" des Bootes, zu dem nur größere Exemplare befähigt waren.

Gerald steuerte das Boot an der Mole vorbei und ließ es mit geringer Motorkraft über die wenigen Wellen hüpfen. Erinnerungen an seinen Ausflug mit Rebecca wurden wach. Diese waren so intensiv, dass er sich ein paar Mal am Steuer umdrehte, weil er festen Glaubens war, dass sie hinter ihm auf einem der Ledersitze saß, in einem leichten creme-fliederfarbenen Sommerkleid, das sie leicht zurückgeschoben hatte, um etwas Sonne auf ihre wohlgeformten Beinen, mit der unendlich glatten Haut zu lassen, wodurch deren samten-hellbrauner Teint wie glänzend hervortrat. Aber leider wehte weder ihr halblanges Haar im Fahrtwind, noch war Gerald dieser, für ihn atemberaubende, Blick auf ihre Beine vergönnt, um seine Fantasie noch mehr zu erwecken und ihn zu erregen. Der Sitz war einfach leer, aber Geralds Fantasien waren gekommen und dies war schließlich der Grund, warum er überhaupt alleine hinaus zur Sandbank fahren wollte. Er wollte dort draußen eine Zeit verbringen, – mit Rebecca im Herzen.

Lang würde er aber nicht bleiben können, denn für den Abend waren Gewitter mit Sturmböen vorausgesagt worden.

Die Sandbank hatte sich während der Stürme, die in der Regenzeit aufgetreten waren, kaum verändert. Die kleine Bucht, in der er damals mit Rebecca vor Anker gegangen war, war vielleicht etwas tiefer als damals, aber immer noch gut geschützt, sodass er auch diesmal das Boot gefahrlos verteuern konnte. Das Wasser war klar und frisch, nicht ganz so warm wie damals, aber die Sonne würde in den nächsten Wochen die Temperaturen schnell wieder ansteigen lassen.

Er schwamm ein paar Runden in der Bucht und zugleich sah er fast bildlich wieder Rebeccas Eleganz, die sie in diesem Element fast noch mehr ausgezeichnet hatte als normal. Ihre fließenden Bewegungen, die mit dem Schattenspiel, das die leichte Kräuselung der Wasseroberfläche auf ihren Körper, zu einer harmonischen Einheit verband. Dazu das Treiben ihres Haares. Ihre Füße, wenn sie auf dem Sandboden stand und diesen wie Staub im Wasser fein aufwölkte, sodass sich darunter wieder andere Schatten bildeten. Er bildete sich wieder jedes Sandkorn im flachen Wasser glitzernd ein und darunter – den Schatten dieses Sandkornes. Ihm war es, als schwämme diese atemberaubende Frau direkt vor ihm, wobei er jedes Mal den erregenden Moment herbeisehnte, wenn sich ihre Oberschenkel zum Beinschlag öffneten. Dass sie dabei auch in seiner Fantasie ein Bikinihöschen trug, förderte noch seine Erregung, die nun ebenfalls einen Schatten auf den Sandboden warf, denn er hatte, da er allein war, keine Badehose angezogen. Das Spiel ihrer Muskeln war eine Sinfonie von Anmut, Stärke, Kraft und doch unendlicher femininer Grazie. Gerald wunderte es nicht, dass er sich noch all die Details derart real vorstellen konnte. Noch nie hatte er eine Frau so intensiv betrachtet, sich jede Zone, jede schöne Besonderheit, und davon gab es bei Rebecca ein Unmaß, ihres absoluten makellosen Körpers eingeprägt. Ein Körper der ohne Untertreibung mit denen deutlich jüngerer Frauen jederzeit konkurrieren konnte. Doch darauf hatte Rebecca es nie abgesehen, aber sie tat selbstverständlich trotzdem viel für dieses Aussehen.

Gerald schwamm ans Ufer und breitete ein Tuch auf dem silbrig-golden glänzenden Sand aus und legte sich darauf. Kleine weiße Wölkchen zogen sanft am Himmel dahin, hin und wieder ergänzt durch die gerade Linie eines Kondensstreifens, den ein in großer Höhe dahin schwebendes Flugzeug hinter sich her schleppte. Ein warmer, nicht zu heißer, in seiner Intensität moderater Wind strich über seinen Körper und kühlte diesen, indem er die Feuchtigkeit auf seiner Haut zum Verdunsten brachte. Besonders in seinem noch immer leicht erigierten Glied spürte er diese Kühle, wodurch seine Gedanken zugleich wieder etwas mehr als ein halbes Jahr zurückgingen, zu Rebecca, wie sie bei ihm lag auf der Sandbank, wie sie ihn berührt hatte! Auch damals war der Wind kühl und jede Berührung durch ihre Hände, Finger, oder den gesamten Körper, wenn sie sich aneinander rieben als heiße, aufregende Reflexionen spürbar.. Das Salz auf ihren Lippen lieferte beim Küssen den entsprechenden Geschmack. Ihre Lippen auf seinem Mund und darüber der weiß gefleckte Himmel. Das leise Rauschen des Meeres verbunden mit dem Säuseln des Windes, der sogar das Rieseln des Sandes für Gerald hörbar machte. Er schloss die Augen für diesen imaginären, aber trotzdem intensiv, zärtlichen Kuss.

Die Blätter der Bananenstauden erwiderten die Berührungen des Luftstromes und flatterten leise auf und ab, wobei die etwas ausgefaserten Enden ein leises Singen erschallen ließen. Die Sonnenstrahlen brachen sich in den breiten Wedeln und verwandelten die Umgebung zu einem grünen Labyrinth, das dafür sorgte, dass das helle Tageslicht von seiner Kontraststärke verlor. Inmitten dieser Plantage war eine kleine Lichtung mit weichem tropischen Gras ausgepolstert. Die Pflanzen ringsum standen dicht und vermittelten den Personen in der Mitte ein starkes Gefühl der intimen Verborgenheit, wie geschaffen für die Entfaltung und das Auskosten ihrer gegenseitigen Liebe, die sich im Moment in unersättlichem körperlichen Verlangen ausdrückte.

Beide hatten sich ihrer Kleidung entledigt und waren bereit für die Harmonie ihrer nackten Körper, die sie beide so sehr am Partner schätzten.

Gerald drehte Rebecca auf den Rücken und erfreute sich an dem Anblick, der ihm so geboten wurde. Ihre Augen leuchteten ihn an, viel heller als es die Sonnenstrahlen vermochten. Das Grün-Braun ihrer Iris lieferte ein Funkeln, das die großen Pupillen, die eine gewisse Bereitschaft zeigten, umkränzten. Ihre Mundwinkel waren nur leicht nach oben gezogen, ein eindeutiges Zeichen ihrer Liebe, und erfreut sich mit dem Körper hinzugeben. Ihr Atem ging ruhig, vielleicht ein klein wenig beschleunigt, sodass sich die kleinen Hügel, die sich auf ihrer Brust wölbten, kaum wahrnehmbar mit den Atemzügen hoben und senkten. Ihre Brüste, die so zart und empfindlich waren, besonders an den schwach rosa gefärbten Spitzen, von denen eine leicht erigiert sich aufgerichtet hatte. Für Gerald der Inbegriff der Weiblichkeit!

Darunter ihr flacher, straffer Bauch mit dem Nabel, der bei Rebecca nicht in einer Grube versenkt war. Es wäre eine Vergeudung gewesen, dieses anmutige Körperteil in einer Versenkung zu verstecken.

Wie um den Bauch einzurahmen, ragte ihr glatter Venushügel wieder etwas aus dem Körperniveau hervor, was der Wortbedeutung „Hügel" gleich kam. So wurde ihr Bauch zwischen Brüsten und der Schamwölbung wie eine Ebene umgrenzt, in der sich die feinen Härchen wie Miniaturblüten im Licht der Sonne zart-silbern abzeichneten.

Rebecca hatte ihre Beine ausgestreckt. Aus Geralds Perspektive betrachtet zogen sie sich endlos in die Länge und wirkten wie eine formvollendete Einheit, die von den schönen Knien in zwei Abschnitte getrennt wurden. Direkt vor Gerald ragten die Füße senkrecht in die Höhe mit zarten, feingliedrigen Zehen, deren Nägel dunkelgrau lackiert waren. Eine Farbe, die mit dem hellbraun ihrer Haut auch an den Füßen hervorragend harmonierte.

Geralds Blick wanderte wieder an den Beinen nach oben. Rebecca hatte es bemerkt und öffnete ganz leicht den Winkel zwischen ihren Oberschenkeln, sodass ein ihm verführerischer Blick auf ihre zarten Schamlippen gewährt wurde, die oben von einem winzig kleinen Bündel feiner Schamhaare dekoriert wurden. Auf ihren inneren Schamlippen, die fast keck, aber extrem erregend hervorlugten war wiederum silbern schimmernd etwas von ihrer Lust ausgetreten. Eine Feuchtigkeit, die Gerald die größten inneren Erwartungen entlockte.

Er legte sich auf ihren Körper, ganz vorsichtig, damit sie nicht von seinem Gewicht erdrückt wurde. Dann nahm er ihre Hände und zog sie über ihren Kopf und fixierte so ihren gesamten Oberkörper. Sein Gesicht näherte sich langsam dem ihren. Noch einmal das Strahlen ihrer Augen wahrnehmend, bis der Abstand für ein scharfes Sehen zu kurz war, aber da hatten sich bereits ihre Lippen zu einem dieser unnachahmlichen Küsse getroffen, die nur noch Unendlichkeit verhießen. Ganz vorsichtig, aber doch vertraut umspielten sich ihre

Zungen, wie ein Vorspiel, zu dem was folgen sollte. Nie fordernd aber immer gebend.

Gerald fühlte die Wärme ihres Körpers, den er nun mit seinem ganzen Leib bedeckte. Er spürte das Herz unter ihrer herrlichen kleinen linken Brust schlagen und er spürte auch, dass dieses Pulsieren ihm galt, genauso wie er es auch für sie empfand. Sein steifer Penis war zwischen ihren geöffneten Schenkeln und berührte – küsste – den Eingang zu Ihrer Vagina. Ganz leichte Bewegungen verstärkten dieses Empfinden. Der Geruch, den ihr erregter Körper am Hals verströmte, verbunden mit dem zarten Parfüm, das sie aufgetragen hatte, verstärkte noch seine Vorfreude und ließ sein geschwollenes Glied noch etwas an Volumen zunehmen. Ihre Finger hatten sich ineinander verhakt, wobei Rebecca sanften Druck auf seine Spitzen ausübte. Dabei war das Spiel ihre Zungen und das sanfte Gleiten ihrer Lippen aufeinander etwas schneller geworden, genauso wie die Atemfrequenz. Eine Schweißperle tropfte von seiner Nase herab auf ihre Oberlippe, was Rebecca bei einer kurzen Kusspause mit einem liebevollen Lächeln beglich.

Langsam löste sie eine Hand aus Geralds Umklammerung, die natürlich nur symbolisch war und wanderte an seinem Körper hinab, bis sie seine steife Männlichkeit erfassen konnte. Mit einem kurzen Ruck, der bei ihm ein Aufstöhnen erzeugte, strich sie seine Vorhaut zurück und führte dann sein Glied in ihre erwartungsfeuchte Vulva ein. Jetzt ließ auch sie einen tiefen Atemzug vernehmen.

Sein Penis sollte aber nicht gleich tief in sie eindringen, denn sie hielt ihn so, dass sie ihn immer nur mit der ersten Hälfte seiner Eichel eingetaucht in sich spürte. Es war wie eine zärtliche Begrüßung an der Pforte zum vollendeten Glück. Es war wohl das Liebevollste und zugleich Erregendste, was Gerald sich je vorstellen konnte. Dazu kam noch die begleitende, innige Verschmelzung ihrer Lippen mit dem sanften Zungenspiel.

Irgendwann ließ Rebecca seinen Penis los und der Gesichtsausdruck war mehr als eindeutig. Gerald nahm ihr linkes Bein und hob es an, wobei er es anschließend mit seinem Arm erhöht fixierte. Nun war es ihm möglich, so tief es sein Glied zuließ, in sie einzudringen. Rebecca wirkte zunächst etwas irritiert, fast hätte er das Bein wieder freigegeben, aber dann konnte er am Leuchten ihrer Augen sehen, dass sie seine Initiative begann zu genießen. Seine Bewegungen wurden stärker, fordernder. Ein glückliches Lächeln breitete sich auf ihrem Gesicht aus und machte es noch schöner, als es ohnehin schon war.

Dann forderte sie ihn auf, ihre Pobacken fest zu umklammern, wobei er ihren Unterleib dadurch etwas anhob, während Rebecca sich bei jeder fließenden Bewegung seines Gliedes in sie hinein, ihm leicht entgegen stemmte. Für ihn war es ein liebevolles Zeichen: sie genoss es, dass er sie genoss! Ihre Weiblichkeit, ihren Körper, ihre Stärke, ihre Hingabe, ihre Aufnahmebereitschaft, ihre Feuchtigkeit, die nur so aus ihr herausquoll, – Ihre Liebe! Und es war ein überaus zärtliches, harmonisches Spiel, denn beide achteten auf den Partner, ohne sich selbst dabei zu vergessen, und eben gerade in der körperlichen Vereinigung sich gegenseitig zu respektieren. – Liebe ist eben nicht nur ein Wort!

Rebeccas Po so zu halten und den Takt für ihre Bewegungen anzugeben, war für Gerald noch zusätzlich etwas Besonderes. Er liebte ihr Hinterteil, hatte ihr schon oft gesagt, dass sie einen geilen Arsch hätte. Das meinte er überhaupt nicht sexistisch, sondern war in diesem speziellen Fall für ihn genau die richtige Bezeichnung. – Ja, Rebecca besaß einen überaus geilen Arsch und ihn nun im Liebesspiel so kneten und halten zu dürfen, war ihm fast eine Ehre und gleichzeitig ein Geschenk von ihr, das seine Lust auf sie noch weiter anstachelte. Eine Lust, die sich von seiner Peniswurzel bis in die Spitze seiner Eichel ausbreitete, sodass er das Gefühl hatte, sein Glied wäre nie härter gewesen. Eine Härte, die sich in fast zurückhaltenden, weichen Bewegungen – keine Stöße! – zu entfalten schien. – Ja, er war auch egoistisch, wenn er so Rebeccas Hingabe, ihre Liebe, ihre Feuchtigkeit, die sie ihm schenkte, förmlich aufsog. Aber er wusste auch, ihr Gesichtsausdruck, ihre Küsse und die Anspannung ihre Muskeln beim Empfangen seines Gliedes zeigten es überdeutlich, dass sie ihn ebenfalls genoss.

Als er merkte, dass seine Arme allmählich zu zittern anfingen, es war trotz aller liebevollen Intimität auch anstrengend, ließ er ihren Po, zwar nur ungern, aber leider erforderlich, los und glitt aus ihr heraus. Fast bedächtig löste sich sein Körper von ihrem, der auch durch einen von ihm verursachten Schweißfilm angezogen wurde. Ein kühler Hauch machte sich deshalb auf seiner Brust und seinem Bauch breit, aber in ihrer beider Blicke stand eindeutig: das soll noch nicht alles gewesen sein!

Gerald legte sich auf den Rücken und nun war es an Rebecca, seinen Körper zu betrachten. Es tat ihm auch gut, dass sie es ebenso tat. Noch viel schöner war, dass er erkennen konnte, dass er ihr auch wirklich gefiel und sie ihn anziehend fand, denn sie tat es ausgiebig, bevor sie sich auf ihn setzte und seine Männlichkeit wieder in sich aufnahm. Nun konnte er ihre Bewegungen annehmen. Ihre kleinen Brüste waren nun dicht vor seinen Augen und beschenkten ihn mit ihrer Zartheit. Schon bald jedoch verlangte Rebecca, dass er wieder ihren Po ergriff, er wusste, dass sie es sehr liebte, wenn er dort durchaus fest zugriff und so war es wieder an ihm, den Takt vorzugeben, mit dem sie nun auf ihm ritt, lustvoll aufgespießt. Hin und wieder fixierten sich die Blicke ihrer Augen und Gerald konnte sehen, dass es gut so war. Es ging gar nicht darum, einen sexuellen Höhepunkt zu erleben, sondern es war einzig und allein das gegenseitige Beschenken durch ihre Körper, deren Wärme und innere Liebe, obwohl es gleichzeitig die wohl höchste Form von Lust darstellte, die zwei Menschen im Akt vollbringen konnten.

Rebecca bog ihren Oberkörper soweit es ging nach hinten, dass Gerald der erregende Anblick seines Penis in ihrer Scheide steckend vergönnt war. Er nutzte auch die Gelegenheit und massierte mit seinem Daumen so sanft es möglich war, ihre kleine, etwas verhärtete Erhebung am vorderen Ende Ihrer Vagina. Ihr angespannt-entspannter Gesichtsausdruck dankte es ihm.

Dann beugte sie sich wieder nach vorne und ließ ihren Oberkörper auf seiner Brust nieder. Beiden verlangte es wieder nach einem Kuss!

Eine Banane fiel gegen Geralds Kopf.

Der Kuss war lang und intensiv in der intimsten Vereinigung ihrer Lippen.

Das Rascheln der Bananenblätter schwoll zu einem Rauschen an.

Ihre Zungen umkreisten sich leicht.

Das Rauschen wurde zu einem Heulen, das immer lauter wurde. Noch einmal traf eine Banane Geralds Kopf und zerplatzte, wodurch sich kalte Nässe auf seinem Gesicht ausbreitete.

Der Kuss erstarb jäh.

Gerald schlug die Augen auf. Tiefschwarze Wolken jagten am Himmel dahin. Der Lärm des Sturmes war in einem Wettkampf mit dem Dröhnen des Meeres, das von Schaumkronen bedeckt war. Es war keine Banane, die Geralds Kopf traf, sondern seine Wasserflasche, die umgefallen war und nun durch die Böen getrieben gegen seinen Kopf rollte. Der Regen kam in Schauern vom Himmel und in der Ferne zuckten Blitze aus den Wolken und bewirkten bizarre Verzerrungen über dem Meer und der Sandbank, die mit dem Grau des Wassers verschmolz und genauso in der Ferne in das Schwarz des Himmels überging.

Gerald war eingeschlafen und wurde nun abrupt aus diesem herrlichen, erregenden, sein Penis zeugte immer noch davon, Traum gerissen.

Schnell packte er seine wenigen Utensilien zusammen und brachte sie watend zum Boot, das lustig auf den Wellen in der geschützten Bucht der Sandbank schaukelte. Draußen würde es weitaus unangenehmer werden! Er hatte das Boot vor drei Jahren gekauft und es war ihm als hochseetauglich angepriesen worden. Das konnte es nun unter Beweis stellen! Gerald zog sich nur seine Hose an, alles andere würde ohnehin nur nass werden, durch den Regen und wahrscheinlich auch durch die Gischt, die über die Bordkante vom Sturm hereingetragen wurde.

Das Blubbern des Motors ging im Geheul des Windes unter und war auch auf dem Meer bei höherer Drehzahl kaum zu hören. Vollgas konnte Gerald nicht geben, da die Wellen schon zu hoch waren und das Risiko, in eine solche einzutauchen, war bei großer Geschwindigkeit sehr wahrscheinlich. Manche Schläge durch die Wogen klangen schon jetzt bedenklich, aber er musste es schaffen vor dem eigentlichen Gewitter, *hoffentlich war es kein Hurrikan! – Nein, der war vom Wetterdienst nicht vorhergesagt worden* – in Nassaus sicheren Hafen anzukommen.

Das Boot taumelte auf den immer höher werdenden Wellen und es war nicht leicht, den Kurs zu halten, denn auch das Blinken des Leuchtturmes der Hafenmole war durch den prasselten Regen nicht wahrzunehmen. Im Boot sammelte sich allmählich Wasser an und schwappte am Boden je nach Wellenlage unregelmäßig hin und her. Er musste die Absaugpumpe, die hinten im Boot einzuschalten war, aktivieren. Der kurze Weg dorthin gereichte aber für die Bildung einiger blauer Flecken, denn Gerald kam zu Fall, als das Boot seitlich mit brachialer Gewalt von einer schäumenden Welle getroffen wurde. Deutlich vorsichtiger und in gebückter Haltung kroch er nach der Pumpenaktivierung wieder nach vorne ans Steuer. Seine Augen begannen zu brennen, weil ihm die salzige Gischt ins Gesicht spritzte und nicht schnell genug vom Regen wieder abgewaschen werden konnte. Dieser war außerdem unangenehm kalt und vertrieb jedes Gefühl der inneren Wärme, die durch den Traum entstanden war. Die Blitze kamen immer näher und auch der nachfolgende Donner war im Lärm des Sturmes nun deutlich zu hören.

Endlich vor ihm ein grünes Blinken, gefolgt von einem weißen Strahl, der sich im Grau der Gischt verlor. Die Hafeneinfahrt! Gerald hielt nun direkt darauf zu und erreichte nach einigen fast abenteuerlichen Sprüngen über die tosenden Wassermassen des aufgewühlten Meeres die Mole und war gleich im ruhigen Hafenbecken angelangt.

John, der Hafenmeister kam sofort aus seinem Office herausgelaufen, während er gleichzeitig seine wasserdichte Jacke anzog und half Gerald, das Boot am Steg zu vertäuen. Sein vorwurfsvoller Blick streifte Gerald: „Warum bist du nicht rechtzeitig zurückgekommen?“

„Bin eingeschlafen,“ gab Gerald lapidar zurück.

„Da musst du aber tief geschlafen haben!“

„Das auch und noch besser geträumt!“ In Geralds Leib kam die Wärme zurück *REBECCA!*

IX

Meine geliebte, wunderschöne Rebecca,

291

es ist schon eine ganze Weile her, dass ich dir das letzte Mal geschrieben habe. Glaube nicht, dass ich dich vergessen habe! Wie könnte ich! Ganz im Gegenteil, ich bin fast jede Minute in Gedanken bei dir, gerade jetzt wieder besonders, denn die Regenzeit ist beendet und die Sonne scheint wieder genauso schön und warm vom Himmel, wie im letzten Jahr, als du hier warst. Ich bin überzeugt, es würde dir wieder hier gefallen.

Deine Entscheidung hat mich wirklich hart getroffen und es ging mir, das muss ich sagen, die erste Zeit hier wirklich nicht gut. Ich habe mich in meinem Haus und in meiner Arbeit vergraben, obwohl ich eigentlich hätte wissen müssen, dass das für meine Inspirationen und Ideen, die ich zum Schreiben brauche, eher kontraproduktiv ist. Ich brauche Eindrücke von außen, die mir Input geben und meine Fantasien anregen. Wie du lesen kannst, habe ich auch hier zunächst wieder alles falsch gemacht, aber ich bin ja noch jung genug, daraus zu lernen. Und fühlen tu ich mich noch jünger! Das hast du in mir bewirkt und dieses Gefühl hält immer noch an.

Ich wünsche dir so sehr, dass es dir gut geht, dass dich deine Arbeit, die du so sehr brauchst für dich und deine innere Stärke, ausfüllt. Ich habe schon zwei Artikel von dir lesen dürfen. Schreibtechnisch, was deinen Wortwitz, aber auch deine kritischen, ironischen Sätze anbetrifft, bist du schon wieder die Alte. Chapeau! Das zeigt mir, was für eine außerordentlich starke Frau du bist, die immer mit beiden Beinen im Leben steht und stehen muss. Eigentlich hätte ich dies wissen müssen, aber irgendwie hat mich vermutlich deine anfängliche Hilflosigkeit während deines Komas geprägt und ich konnte deshalb nicht zu schnell wieder auf DEIN Leben umschalten, wie du es getan hast und auch von mir hättest erwarten dürfen. Ich werde mich deshalb aber nicht entschuldigen, denn ich habe dich so behandelt, weil ich der Meinung war, dass es so richtig war. Du hast mich eines Besseren belehrt und im Nachhinein bin ich froh, dass du mir das aufgezeigt hast.

Vermutlich lag mein Verhalten aber auch daran, dass ich dich unendlich liebe und die Angst in mir, dass du einen Rückfall hättest erleiden können, hat mir in diesen Wochen wohl keine andere Wahl gelassen. Und du hast mir auch und das im Besonderen aufgezeigt, dass man sich nie aufgeben sollte, dass man immer noch für sein Schicksal selbst verantwortlich ist. Du hast dich selbst wieder zu dem gemacht, was du auch vor dem Unfall warst.

Und ich? Ich hätte mich beinahe vor Selbstmitleid wie ein Kind, dem man sein Spielzeug weggenommen hat, in den hintersten Winkel meines Hauses verkrochen um Trübsal zu blasen. Ich wollte mich mit den süßen Gedanken an dich wie in Watte einpacken und von außen nichts eindringen lassen. Das hat aber dazu geführt, dass ich unfähig war, irgendetwas zu schreiben. Mein Papierkorb in meinem Arbeitszimmer ist jeden Tag fast übergequollen von vergeblichen Versuchen und vernichteten schrecklichem Bla-Bla, was ich immer schon nach wenigen Zeilen erkennen musste.

Von meinem Zimmer aus kann ich auf den Swimmingpool blicken und selbstverständlich sehe ich dich darin baden. Bis vor kurzem hat mich das bedrückt. Es kam mir vor wie ein Sonnenuntergang für immer, dem dauerhaft Nacht folgen sollte. – Ist doch klar, dass mir deshalb nichts mehr eingefallen ist, aber ich für mich war zunächst unfähig, dies zu ändern.

Sehr zu meinem Glück gibt es dabei eine Frau, mit der ich täglich zusammen treffe, der ich meinen Sinneswandel zu verdanken habe: Marthe, meine neue Haushälterin! Sie hat so ein unbeschwertes Wesen an sich, wirkt auf mich immer so gut gelaunt – ich glaube fast, das ist sie wirklich! – und ist auch noch so vielfältig interessiert, wie es eben junge Leute, die mit offenen Augen durch die Welt gehen wollen, tun sollten. Sie hat natürlich meine Depression – ein zu hartes Wort – mitbekommen, aber mit der Zeit ist es ihr gelungen, meine Mauer des Trübsals einzureißen. Ich glaube, Selma hätte das nicht geschafft. Die hätte vermutlich zusammen mit mir ständige Trauer getragen – sicherlich nicht wegen dir, denn du warst für sie das Böse an sich – aber wegen mir. Dann hätte sie höhere Mächte angefleht – natürlich erfolglos – und dann hätten wir letztendlich den Strick betrachtet, mit dem wir uns gemeinsam aus dem Leben hätten verabschieden sollen, es aber nicht durchgeführt, weil so ein Schicksal natürlich eine Prüfung ist, die man in Demut ertragen soll. Aber Selma ist glücklicherweise nicht mehr hier. Und Marthe war wohl das Beste, was mir passieren konnte. Miles hatte eine gute Vorauswahl getroffen. Sie hat es tatsächlich geschafft, dass ich wieder lachen kann. Sie hat mich zu Miles geschickt, mit dem ich bei einem Glas Whisky ein langes Gespräch geführt habe. Er versteht dich übrigens voll und ganz! Ich soll dich auf jeden Fall von ihm grüßen. Er hat mir aufgezeigt und das sehr deutlich, du kennst ihn, was ich für ein bescheuerter Typ bin.

Marthe und Miles, sie haben den alten Gerald wieder aus seiner Gruft gezogen. Du wirst es nicht glauben, es hat funktioniert. Gestern saß ich den ganzen Tag am Schreibtisch. Ich glaube, die Spitze meines Schreibstiftes hat danach geraucht, so viel habe ich geschrieben. Kein einziges Blatt landete im Papierkorb!

Dazu habe ich aber den bereits angefangenen Roman, mit dem ich nicht weitergekommen bin, zur Seite gelegt und etwas ganz Neues angefangen. Ich werde dir, wenn es ein paar Seiten mehr geworden sind und die Aussagekraft größer ist, etwas davon zu lesen geben. Ich bin gespannt, wie du es beurteilst. Du weißt, deine Kritik ist mir wohl die Wichtigste.

Vorgestern war ich mit dem Boot auf der Sandbank. Natürlich holten mich all die schönen, wunderbaren, erregenden, liebevollen Momente wieder ein, bei den Gedanken, die ich dort für dich empfunden habe. Aber sie taten mir nicht mehr weh, sondern sie erfüllten mich wieder mit Wärme und allertiefster Zuneigung. Ich bin dort eingeschlafen und habe geträumt, von dir, von uns! Ich werde das im neuen Werk aufschreiben, so du es mir erlaubst. Geweckt worden bin ich aber etwas unsanft, denn es war ein furchtbares Gewitter heraufgezogen und die Rückfahrt war wenig spaßig. Aber ich hatte so eine Freude in mir, dass ich es als halb so wild empfunden habe.

Zuhause habe ich mich dann trotz des Unwetters in den Pool geworfen, um das Salz abzuwaschen. Du wirst es dir sicherlich denken können, an wen ich im Pool sitzend wohl gedacht habe. Erst der Geruch eines wunderbaren Fischgerichtes, dass Marthe gekocht hatte, ließ mich aus

X

Mit einem Lächeln auf den Lippen schloss Rebecca ihren E-Mail Account. Ja, sie wäre jetzt gerne ebenfalls auf den Bahamas, allein schon der Sonne wegen. Die heißen Tage in Frankfurt waren nur ein kurzes, heftiges Aufflackern des Sommers gewesen und dann auch noch mit völlig übertriebenen Temperaturen, dass die Bevölkerung darunter schon wieder zu ächzen begann. Aber die Abkühlung trat schon bald ein und das auch noch dauerhaft. Ein Regenguss folgte dem anderen und alle schienen an einem Wettbewerb teilzunehmen, wer die ergiebigsten Wassermengen zu Boden fallen ließ. Die Wolken, hinter denen sich die Sonne verkrochen hatte, waren einheitlich, strukturlos, dunkelgrau nicht im Geringsten mit der Neigung heller zu werden, um Rebeccas Hoffnungen zu nähren, dass doch noch ein bisschen sommerliche Freude zurückkehren würde. Was würde sie dafür geben, sich auf der von Gerald erwähnten Sandbank zu räkeln und die feinen Wellen, die gegen das Ufer plitschten, an den im Wasser eingetauchten Füßen zu spüren. Dazu der feinkörnige Silbersand der im Wind dahin grieselte.

Halt! Sie könnte dies alles haben, es würde sie lediglich ein Flugticket kosten. Gut, das war nicht billig, aber sie könnte es sich problemlos leisten. Aber sie konnte sich im Moment kaum vor Aufträgen retten. Sie saß fast den gesamten Tag an ihrem Schreibtisch beim Arbeiten. Peter war der Meinung, dass halb Deutschland auf ihre Artikel gewartet hätte, denn sie hatte alle trotz der Sachlichkeit mit einem, so hatte er sich ausgedrückt, Biss versehen. Rebecca hatte auch so richtig Freude am Schreiben und sie war auch der Ansicht, dass ihre

Reminiszenzen und Beurteilungen besser waren als früher, vor dem Unfall.

Ein Schatten legte sich auf ihren Geist. – *Wie denn auch, wenn ich nicht sprechen kann. So ist wenigstens das Schreiben mein Ausdrucksmittel, um mich der Umwelt mitteilen zu können.* Aber im Grunde genommen war Rebecca sehr froh darüber, wie leicht ihr die Worte in schriftlicher Form fielen. Das war für sie der Strang der Hoffnung, dass sich auch irgendwann das Verbale bei ihr wieder einstellen würde. Ihr Psychotherapeut und ihr Logopädin, zu dem sie seit kurzer Zeit ebenfalls ging, waren sogar überzeugt davon, dass es sich nur um eine temporäre Blockade ihres Sprachzentrums handeln könne.

Aber jetzt auf der Sandbank müsste sie gar nicht sprechen. Sie würde dem Rauschen des sicherlich türkisfarbenen Meeres lauschen, vielleicht durchbrochen vom kurzen Schrei einer Möwe. Obwohl damals war auch keine Möwe dagewesen, nur der Wind, das Wasser – der Delphin natürlich – und… Gerald!

Gerade als sie sich wohlig in ihre Gedanken verkriechen wollte, wurde ihr auch wieder bewusst, dass sie außer ihrer verloren gegangenen Sprache noch ein zweites Problem hatte, das sie sogar als viel gravierender ansah. Jeder Gedanke an diesen wundervollen Mann erfüllte sie mit Wärme und großer Sehnsucht. Sie hatte an ihrem Körper auch feststellen müssen, dass er ihr erotischer Traum war, der vieles verkörperte, was sie sich wünschte. Alles was bisher zwischen ihnen geschehen war, verstärkte dieses Empfinden in ihr. Dabei ging es ihr gar nicht so sehr um den reinen Sex, sondern um diese Verbundenheit, die sie empfand, wenn sie sich mit ihm vereinigt hatte. Der Höhepunkt, egal ob von ihm oder von ihr, war nicht so wichtig. Sie genoss es einfach, wenn er sich in ihr bewegte, mal ganz zart und langsam, dann wieder kraftvoll, wobei sie mit ihren Händen auf seinen Pobacken auch die Kraft spürte, wenn sich seine Muskeln bei der schwebenden und ziehenden Bewegung anspannten. Sie konnte seine Stärke spüren, die sich in ungemein liebevoller Sanftheit in ihr entfaltete. Manchmal nur ein wenig vorne an ihrem Scheidenseingang, wie ein sachtes Anklopfen, dann wieder tief in ihr. Ein leichtes Seufzen entrann ihrer Kehle. Ja, sie sehnte sich nach Gerald, verspürte überdeutlich, wie sehr sie ihn liebte.

Aber auf der anderen Seite war sie eine selbstbestimmte Frau, die schon immer ihren Weg gegangen war und sich von niemanden ihr Privatleben vorschreiben lassen wollte. Schon gar nicht, wenn es um ihren Beruf ging, der ihr eben wegen dieser Selbstbestimmung so wichtig war. Und gerade unter diesen Aspekten war sie sich nicht sicher, ob sie sich an Gerald binden wollte. Sie war nun einmal eine rational denkende Frau, das wusste Gerald auch an ihr zu schätzen und eine Bindung bedeutete auch immer, dass man etwas anderes aufgeben oder zumindest reduzieren musste.

Dazu kam dann noch der Gedanke an ein Zusammenleben. Die Preisgabe ihrer Badezimmerintimität hatte es ihr über deutlich aufgezeigt. Natürlich gibt es auch Wohnungen oder Häuser mit mehreren Badezimmern – Geralds Haus auf den Bahamas zum Beispiel – aber würde sie bei Gerald dauerhaft wohnen wollen? Es gab viel, was dafür sprechen würde. Allein schon das Ambiente, der Swimmingpool im Garten, die warme, feuchte Exotik der Luft, dass Meer! Arbeiten würde sie auch von dort aus können, dem Internet sei Dank. Deshalb konnte sie Gerald verstehen, dass er sich dorthin zurückgezogen hatte. Fast beneidete sie ihn! Er besaß natürlich auch genügend Geld durch den Verkauf seiner Bücher, dass er sich immer wieder Flüge in die Heimat leisten konnte, wenn ihn das Heimweh packte, wie er es ihr gegenüber schon einmal zugegeben hatte. Aber trotzdem zusammen mit ihm unter einem Dach leben, sich immer wieder zu begegnen, was dann nichts Besonderes mehr wäre, sondern einfach Alltag. Würde sie mit diesem tollen Mann und Liebhaber Alltag haben wollen? Sie hatte fast Angst davor, dass das Prickeln, wenn sie sich trafen, einer Normalität, einer Gewöhnlichkeit weichen würde.

Alles was sie bisher mit Gerald erlebt hatte, bis auf die letzten Wochen in Frankfurt, waren für sie seelischer Ausnahmezustand im positivsten Sinne. Sogar in ihrer Komazeit hatte sie ihn wahrgenommen und in ihrer Alptraumwelt als den Anker zur Wirklichkeit bestimmt. Würde sie ihn tatsächlich jeden Morgen neben sich aufwachen sehen wollen? Der liebevolle Morgenkuss würde zu einem Verbundenheitsbussi oder gar - Schmatz auf die Wange oder Stirn verkommen.

Sicherlich wäre die Liebe da – obwohl? Vielleicht würde auch der Sex zwischen ihnen zur Routine werden. Es war im Moment für Rebecca nicht vorstellbar, denn zu sehr verzehrte sie sich nach seinen Berührungen, die doch jedes Mal anders waren, wenn sie Zärtlichkeiten austauschten. Auch Gerald wird kein unerschöpfliches Repertoire besitzen, um an ihrem Körper die Glut zu entfachen, wenn sie jeden Tag nebeneinander ins Bett gehen würden.

Wenn Sie nur an seine Augen und seinem Blick dachte, mit der er sie betrachtete. Darin lag so viel Sinnlichkeit, Wärme, Liebe, aber auch Gier, Wollust, Leidenschaft, alles zusammen das, was sie an ihm so außerordentlich erregend empfand. Seine Berührungen waren niemals fordernd, trotz einer gewissen Zielstrebigkeit, und schon gar nicht besitzergreifend. Sie waren vor allem eines: ihren Körper achtend und unendlich begehrend.

Rebecca gab sich keinen Illusionen hin, vieles von diesem fantastischen Reiz würde auf Dauer verloren gehen. Dagegen hätte auch ihre Liebe und die Geralds, dessen war sie sich nach der gerade gelesenen Mail absolut sicher, nur wenig Chancen. Sicher, man konnte sich einiges vornehmen, damit dem Alltag eine Ausgrenzung in bestimmten Bereichen vorgeschoben wird, aber auch das würde ihr nicht reichen. Sie liebte diesen Mann so sehr – und das würde sie immer so wollen!

Sie musste sich darüber klar werden, ob sie dazu bereit wäre, Einschränkungen ihres Liebesempfindens hinzunehmen oder nicht. Oder und darüber dachte sie schon seit dem Abflug Geralds nach, es gab noch einen dritten Weg. Einem Plan C, der dem Ausleben ihrer Liebe nicht im Weg stand.

Diese Gedankengänge verfolgten sie bis in den Schlaf hinein und endeten häufig in einem wunderschönen Traum, aus dem sie meist mit einer Hand in ihrem Schritt erwachte und eine gewisse Feuchtigkeit an ihren Fingerspitzen fühlte. Sie merkte es selbst, ihre Sehnsucht wurde immer größer, immer unwiderstehlicher. Aber noch war sie sich nicht ganz im Klaren darüber, wie es ihrer Meinung nach weitergehen sollte. Ganz abgesehen davon, was Gerald dann dazu sagen würde. Vielleicht hatte er ganz andere Vorstellungen? Bei diesem Punkt angelangt wurde es ihr wieder bewusst, dass sie sich eigentlich noch gar nicht so lange kannten. *Vielleicht ist es nur ein Strohfeuer: hell, lodernd, verzehrend – bis nichts mehr übrig geblieben ist.* Keine Liebe führt immer nur steil nach oben, manchmal stagniert sie und glücklich sind nur die, bei denen sie niemals deutlich abnimmt. Ihre Liebe zu Gerald hatte bereits ein hohes Level erreicht…

So leid es ihr für Gerald IHREN GELIEBTEN tat, sie würde ihm noch immer nicht antworten. Sie musste für sich erst einmal alle ihre Gedanken ordnen, um ihre Liebe zu ihm dauerhaft zu erhalten, das war für sie das Wichtigste.

Sie würde ihn nicht enttäuschen wollen. Niemals!

XI

Die nächsten Tage vergingen wie im Flug. Rebecca hatte sich in einen neuen Auftrag hineingestürzt und wie eine Besessene geschrieben. Nicht nur tagsüber, sondern teilweise auch in der Nacht. Dabei fiel ihr alles so leicht, sie schwebte förmlich über dem Papier bei ihren Notizen, bevor sie sie im Computer speicherte. Es gab auch kaum Augenblicke, in denen sie gestört wurde. Ans Telefon ging sie sowieso nicht, aufgrund dessen, dass sie nicht in der Lage war zu antworten und die meisten Freundinnen und Bekannten sowie natürlich ihre Arbeitskollegen hatten sich darauf eingestellt und riefen nur an, um ihr per Anrufbeantworter etwas Wichtiges mitzuteilen.

Auch aus ging sie relativ selten. Meist aus den gleichen Gründen. Immer das Notebook mitzuschleppen und dann ein paar karge Antworten einzutippen um an einem Dialog teilzunehmen, war ihr auf Dauer zu mühsam und auch etwas frustrierend. Dafür führte sie aber regen E-Mail-Verkehr mit fast allen – außer mit Gerald.

Mittlerweile war das Wetter doch wieder besser geworden und für den nun beginnenden September waren die Tage richtig spätsommerlich warm. Wenigstens konnte sie jetzt etwas schwimmen gehen, wenn auch nur ins Freibad, das aber nun, da in Hessen keine Ferien mehr waren, tagsüber weitgehend leer war, sodass sie unbehelligt ihre Bahnen schwimmen konnte, ohne auf andere achten zu müssen. Wenn sie in der Nacht gearbeitet hatte, nutzte sie das Sonnenbad auch für eine kleine, manchmal auch ausgedehnteren Siesta. Da die Sonne nicht mehr die Kraft hatte wie noch einem Monat zuvor, genügte auch ein geringerer Lichtschutzfaktor, um vor einem Sonnenbrand zu schützen.

299

Auch die heutige Siesta begann wie immer mit dem Lesen von ein paar Seiten in einem Buch, während die Haut langsam am Abtrocknen war nach dem Bad. Dieses Buch war ihr auch dabei behilflich, schneller abzuschalten, um nicht permanent außerhalb der beruflichen Zeiten ihre persönlichen Probleme durchzuwälzen. Natürlich war sie sich dabei im Klaren, dass sie dadurch eine Verdrängungspolitik betrieb, von der sie auch wusste, dass sie so zu keinem Ergebnis kommen würde. Manchmal schien es so, als würde sich alles von selbst erledigen, denn häufig waren dabei ihre Sehnsüchte so groß, dass sie nur zu gerne diesen erlag, aber ihre Kopfargumente, die nicht so häufig auftraten, erwiesen sich dann wieder als die Stärkeren. So blieb oft nur die Flucht, ins Schwimmbad, auf die Liegewiese, zu einem Buch!

An diesem Tag war es aber anders, denn sie hatte kaum zwei Seiten gelesen, da verdeckte ein Schatten die Sonnenstrahlen, die vom fast wolkenlosen Himmel herunter schienen. Gegen das Licht konnte sie trotz ihrer Sonnenbrille nicht erkennen, wer ihr gerade diesen Genuss nahm. Erst nachdem sie sich aufgesetzt hatte erkannte sie die Person, die über ihrem Kopfende stand. Ein breites, offenes Gesicht, das zwei Reihen strahlend weißer Zähne durch ein Lächeln freigab, hatte sich leicht vorgebeugt und bot ihr zum Gruß die Hand an. Der Körper des schlanken Mannes ließ vom Teint her eindeutig einen notorischen Sonnenanbeter vermuten, denn die Pigmentierung war deutlich über der eines Durchschnittseuropäers und passte auch nicht so ganz zu dem hellblonden Haar, das Rebecca schon immer etwas merkwürdig vorgekommen war. Die helle, eierschalenfarbene, deutlich zu knappe Badehose verstärkte noch diese Bräune.

Rebecca kannte dieses braune Gesicht und dieses Blendaxlächeln schon seit geraumer Zeit. Vor ihr stand ihr Logopäde, den sie wegen ihrer Aphasie zusätzlich zum Psychotherapeuten zu regelmäßigen Terminen aufsuchen musste, da beide Behandlungsmethoden ineinander verschränkt waren. Anton Merkel hatte sie schon als einen Lebemenschen eingestuft, als sie ihn zum ersten Mal in seiner Praxis begegnet war. Allerdings war ihr schon damals diese Offenheit seiner Mimik etwas aufgesetzt vorgekommen. Aber vielleicht musste er schon von Berufs wegen eine Zuversicht ausstrahlen, um seine Patienten bei der Stange zu halten.

„Schönen guten Tag, Frau Sattler!"

Rebecca erwiderte den Gruß durch ein Nicken." Ist das nicht ein herrlicher Tag heute, wie geschaffen dazu, den Sommer noch einmal so richtig aufleben zu lassen."

Wieder nickte sie.

„Ich muss ein Hellseher letzte Woche gewesen sein, als ich mir für heute Nachmittag keine Termine von meiner Sekretärin habe geben lassen. So kann ich einmal etwas entspannen und..." er hielt in seinem Redefluss kurz inne und betrachtete Rebecca mit einem ausgiebigen Blick," und die schönen Dinge des Lebens genießen. Ich darf mich doch zu Ihnen setzen?"

 Da hatte er sich aber bereits auf dem Gras vor ihrem Tuch niedergelassen und ließ erneut seine Zähne aufblitzen.

Rebecca rang sich ein freundliches Mundwinkelhochziehen ab. Was konnte sie schon machen? Sie hatte ihr i-Pod zur Kommunikation nicht mitgenommen, um ihm freundlich zu erklären, dass sie eigentlich allein sein wollte. Ihm durch eine verneinende Geste dies zu bescheiden, kam ihr zu brüsk und auch etwas unhöflich vor. Außerdem würde er wahrscheinlich ohnehin bald wieder gehen, da ja keine großartige Kommunikation möglich war.

„Haben Sie sich auch für heute frei genommen?" Er wartete gar nicht erst ihre Antwort ab sondern fuhr fort: „Eine gute Wahl, so ungestört im Freibad mitten in der Stadt, das ist normalerweise doch kaum möglich. Ich liebe es, wenn man mal ganz für sich allein hier die Stille genießen kann. Hören Sie, sogar Vögel kann man hier wahrnehmen."

Rebecca hörte gar nichts, denn Merkel redete wie ein Wasserfall.

„Wussten Sie, dass die Wildtierpopulation in den Städten in neuester Zeit wieder am Zunehmen ist. Gerade an solchen Orten, die nicht permanent von Menschen frequentiert werden, wie Schwimmbäder, diese nur an besonders warmen schönen Tagen, oder auch Friedhöfe, da ist es noch stiller."

Dann geh doch auf einen Friedhof oder spring ins Wasser und tauche unter. Da ist es nämlich noch ruhiger. Rebecca fürchtete, dass sie diesen Mann wohl doch nicht so schnell würde losbekommen.

„Wenn man dann auch noch so eine außergewöhnliche schöne Frau trifft," wieder machte er eine Pause, die er für ein Sightseeing über ihren Körper nutzte, " dann kann man doch diese Ruhe auch etwas gemeinsam in sich aufnehmen. Finden Sie nicht, Frau Sattler oder,-- ich darf doch Rebecca sagen?"

Nein, darfst du nicht! Rebeccas Kopfbewegung fiel aber wohl zu undeutlich für ihn aus.

„Ich bin Anton, nein Toni ist mir lieber, besonders wenn er aus ihrem Mund kommt! Ach nein, entschuldigen Sie, das ist ja nicht möglich im Moment. Haha!" Er brachte es tatsächlich fertig über seinen eigenen platten Witz zu lachen. Schon rückte er etwas näher zu ihr heran und nahm bereits einen kleinen Teil ihres Badetuches mit in Besitz.

Rebecca rückte dafür etwas mehr ans andere Ende ihres Tuches, aber auch das schien ihm in seiner selbstgefälligen Art nicht aufzufallen. Mit jedem Satz, den er von sich gab, versuchte er, die Distanz zu ihr noch weiter zu verringern. Dass er so ohne Punkt und Komma ununterbrochen sprechen konnte, war ihr in den Sitzungen in der Praxis gar nicht so sehr aufgefallen. Sie wäre jetzt schon froh gewesen, wenn sie wenigstens einen Satz hätte herausbekommen können, mit dem sie ihn höflich aber bestimmt zum Ausdruck gebracht hätte, dass sie gerne ihr Buch lesen möchte, um dann bei etwas Vogelgezwitscher ein kleines Schläfchen zu tätigen.

Aber nichts dergleichen! Merkel – Toni – wie er noch ein paar Mal hervorhob, schwadronierte weiter und die Blicke, die sie trafen, empfand sie zunehmend als anzüglich. Seine Absichten waren eindeutig zu erkennen!

Rebecca dachte an ihr erstes Zusammentreffen mit Gerald. Seine Zurückhaltung war ihr damals als äußerst angenehm vorgekommen. Aber Toni?

Dann war er nahe genug heran und begann an ihrem rechten Ringfinger zu spielen." Wissen Sie Rebecca, schon am ersten Tag, als Sie meine Praxis betraten..."

Weiter kam er nicht, denn Rebecca fuhr mit einem tiefen Atemzug hoch. Mit einer entschiedenen Geste verkreuzte sie ihre Arme vor der Brust und sah Merkel mit ablehnender Miene in die Augen.

Dies schien ihn aber wenig zu beeindrucken." Warum werden Sie denn gleich so heftig Rebecca?" Er ließ wie zur Bestätigung des nächsten Satzes, seine Zähne blitzen." Ich finde, Sie sehen außerordentlich anziehend aus, wenn Sie sich echauffieren. Ich mag das! Zeigen Sie mir Ihre Kraft!

Die bekommst du gleich zu spüren, wenn du mich nicht in Ruhe lässt!

Nachdem er dieses unverschämte Grinsen noch ausbreitete, und von unten nach oben ihre Beine taxierte und dann wie festgezurrt seinem Blick auf ihren Schritt verankerte, ließe ihn einfach stehen und ging raschen, aber nicht überhasteten Schrittes, diesen Triumph wollte sie ihm nicht vergönnen, zum Becken und sprang ins Wasser. Kaum wieder aufgetaucht stellte sie fest, dass der Kerl ihr tatsächlich gefolgt war und ebenfalls ins Wasser kam. Dabei ließ er seinen Körper wenig anmutig vom Beckenrand vorsichtig ins Wasser gleiten. Überhaupt ließ seine Eleganz sehr zu wünschen übrig! Dann versuchte er sie einzuholen, was ihm aber nicht gelang. Er besaß zwar einen schlanken Körper, der aber nicht durch Sport entstanden war, sondern wohl eher seinem Leptosomenstatus geschuldet. Selbst ein ausgiebiges Training würde bei solchen Männern keinen vermehrten Muskelzuwachs bringen. Außerdem und das machte sein Verhalten fast schon lächerlich, hielt er seinen Kopf beim Schwimmen weit aus dem Wasser gereckt. Fast schien es, als würde er vermeiden wollen, dass seine Haare nass werden.

"Warten Sie doch, wir können doch zusammen ein paar Bahnen ziehen!"

So wie du schwimmst, schaffst du nicht einmal eine halbe! Rebecca zog an ihm vorbei, ohne dass er die Chance hatte ihr zu folgen.

Irgendwann musste eingesehen haben, dass er schwimmtechnisch nicht mithalten konnte und setzte sich an den Beckenrand, ohne Rebecca aus den Augen zu lassen. "Sie sehen toll aus, wenn sie so durch das Wasser schweben." Wieder dieses aufdringliche Grinsen. " Warten Sie, ich hole Ihnen Ihr Handtuch, dann kann ich Sie abtrocknen, wenn Sie herauskommen."

Das wirst du nicht wagen! Wenn du mich anfasst, wirst du es bereuen!

Tatsächlich stand er kurz danach mit ihrem Handtuch am Beckenrand. Sein Grinsen war mittlerweile von einer kaum zu ertragenden Widerwärtigkeit. Trotzdem stieg Rebecca aus dem Wasser. *Du hast es nicht anders gewollt!* Als er ihr das Handtuch umlegen wollte und schon dabei war, mit der anderen Hand sie zu umschlingen, wendete sie einen ihrer gut geübten Abwehrgriffe an, die sie im wöchentlichen Training so oft geübt hatte. Da diese Maßnahme auch noch außerordentlich schmerzhaft für ihn war, bedeutete dies das sofortige Ende seiner versuchten Grabscherei, die sie im Keime erstickt hatte. Mit einem Schmerzlaut sank er am Beckenrand zusammen. Sein Strahler-80-Lächeln war ihm ebenfalls vergangen. Er sah sie jetzt mit einem wehleidigen Blick an, aber Rebecca hatte noch nicht genug. Er kauerte so nah am Wasserrand, dass sie ihn mit einem, zwar nicht weiter schmerzhaften, aber doch kräftigen Tritt ins Wasser beförderte.

Als er eintauchte löste sich seine Echthaarperücke, die er über seinen kahlen Schädel gezogen hatte und sank neben ihm auf den Grund des Beckens. Rebecca konnte sich ein prustendes Lachen nicht verkneifen. *Wie komplexbeladen muss ein Mann sein, der nicht einmal zu seinem Haarausfall steht und sich trotzdem für unwiderstehlich hält?* Sie packte ihre Badeutensilien samt Buch in ihre Tasche, zog sich an und verließ das Schwimmbad. Zuhause würde sie sofort alle ihre Termine bei Merkel absagen. Es war ihr ohnehin nicht klar, warum bei einer psychologischen Sprachstörung ein Logopäde so hilfreich sein sollte.

Mit deutlicher Wut im Bauch fuhr sie nach Haus. *Warum sind Männer im Umgang mit uns Frauen solche Arschlöcher?* Es fiel ihr wieder die nächtliche erste Begegnung mit Gerald ein: *Na gut, nicht alle!*

XII

Rebecca war ungeduldig. Sie saß im Wartezimmer ihres Psychologen und überflog die Seiten eines Magazins. Um welches es sich dabei handelte, wusste sie gar nicht, sie hatte einfach das oberste Heft vom Stapel genommen um blätterte darin. Allein durch die vielen Hochglanzbildchen von Prominenten und solchen, die es gerne wären und sich deshalb besonders auffällig vor den Fotografen in Positur warfen, schloss sie daraus, dass es eine typische Frauenzeitschrift war. Ein Blick auf die Frontseite bestätigte ihre Vermutung. Sie fand es eigentlich erschreckend, dass es tatsächlich Leserinnen gab und davon musste es viele geben, denn sonst würde sich so eine Illustrierte gar nicht rentieren, die solche, in ihren Augen unwichtige, Klatschnachrichten interessant fanden. Sie war doch auch eine Frau, aber für derartigen Lesestoff war ihr ihre Zeit zu schade. Wenn schon eine Frauenzeitschrift, dann wenigstens eine solche über Mode. Da war sie eher typgerecht, denn als Frau in der Gesellschaft, das war sie allein wegen ihres Berufes schon, musste man auch, was das Outfit anbetraf, mit dem Zeitgeschmack gehen. Außer man wäre die Queen höchstpersönlich. Aber es war doch völlig egal, welches Sternchen gerade mit welchem Star liiert war oder mit diesem auf einem Bankett gesehen wurde. Und schon gar nicht, was dann von den Journalisten mit mehr oder weniger schwülstigen, oder gar anzüglichen Texten dazu interpretiert wurde.

Sie stellte sich gerade beim Weiterblättern vor, sie selbst wäre so richtig prominent und hätte, wie es gestern gewesen war, einen Geschäftstermin mit abschließenden Dinner in einem der angesagten Frankfurter Lokale. Irgend ein Paparazzo knipst dann ein Foto und in der nächsten Ausgabe wird dann spekuliert, welche der vier Männer, die mit ihr als einziger Frau am Tisch saßen, nun der neue Mann ihres Herzens wäre. Da sie jeden dieser Kollegen zugeprostet hatte, die Kommunikation aber ausschließlich über I-Pod erfolgte würde ihr wohl attestiert werden, dass sie noch unschlüssig sei oder sogar, dass sie eventuell mit allen vieren ein Verhältnis hätte. Rebecca musste schmunzeln: *Am besten mit allen gleichzeitig – Vierer mit Steuerfrau!*

Sie legte die Zeitschrift wieder auf den Stapel und suchte nach einer anderen. Als drittes Heft hielt sie eine Sportbild in der Hand. *Stilistisch nicht gerade hoch qualifiziert, aber wenigstens sind da ein paar Neuigkeiten über Fußball drin!* Sie war sich bewusst, dass diese Lektüre nicht unbedingt frauentypisch war. Prominentenklatsch nein, weil zu unwichtig, aber Fußball schon, der für die meisten ihrer Geschlechtsgenossinnen genauso unwichtig war. Aber bei Männern, zumindest den meisten, konnte sie mit ihrem dezidierten Wissen trumpfen. Und sie hatte auch wirklich eine eigene Meinung. So zum Beispiel, dass beim FC Bayern zu viele Spanier – *Mal abwarten, was der neue Trainer – ein Italiener – daraus macht.* – spielen. Sie hatte gerade die Seite mit den neuesten Transfers der Bundesliga, die in ihren Augen absoluter finanzieller Wahnsinn sind, beschäftigt, als sie endlich aufgerufen wurde.

Doktor Fürste war rein äußerlich so ganz das Gegenteil von Merkel. Sehr zurückhaltend, bedächtig sprechend, dafür aber gut betont, nur selten lächelnd, völlig ohne weiße Zahnreihen, aber trotzdem freundlich wirkend. Sein angegrautes Haar, er war nach Rebeccas Meinung um die 50, war schütter und deshalb relativ kurz geschnitten. Rebecca stufte ihn vom Typ her als gutmütigen Brummbären ein, aber mit einem hellwachen Intellekt. Brummbär wegen seiner tiefen Stimme und dem sehr gemütlichen Aussehen. Essen war bestimmt eine seiner Lieblingsbeschäftigungen. Hellwach, weil er sich sofort auf die Situationen seiner Patienten einstellte, was sie an seinen Zwischenfragen, die er immer wieder blitzschnell stellte und von ihr sofort beantwortet werden mussten, erkannte. Machte sie eine kurze Denkpause, während sie eintippte, trieb er sie sofort an: "Nicht nachdenken! Antworten sie ganz spontan!"

Obwohl die Gespräche – Halbgespräche wegen ihrer Tipperei –, zum Teil sehr persönlich waren, wahrte er immer die Distanz zu ihr, nicht nur physisch sondern auch psychisch.

Als er nach den Erfolgen von Merkel fragte, musste sie ihm natürlich erzählen, dass sie dessen Behandlungen nicht weiter fortsetzen würde. Als er auch noch den Grund erfahren hatte, war er sehr aufgebracht über dessen absolute Unprofessionalität. Er war schon kurz davor sich Notizen zu machen, um diesen Kollegen bei der Ärztekammer zu melden. Rebecca konnte ihn gerade noch davon abbringen, als sie ihm auch schilderte, in welchem Fiasko seine Annäherungsversuche geendet hatten. Doktor Fürst gab ein tiefes Lachen von sich, wobei sein Bauch über dem sein Hemd leicht spannte, sich lustig bewegte. Rebecca musste an Gerald denken und es befiel sie sofort eine wehmütige Stimmung.

Fürste hatte es sofort erkannt und sogleich kam wieder eine seiner, wie aus der Pistole geschossenen Fragen: „Woran haben Sie gerade eben gedacht?"

Rebecca musste wie immer sofort antworten und für das Ausdenken einer Lüge ließ er ihr keine Zeit. Also blieb sie bei der Wahrheit: An einen Mann, den ich sehr sehr schätze!

„Den sie lieben?"

Ja, von ganzem Herzen! Nun sprudelte es aus ihr heraus. Sie schrieb Fürste ihr ganzes Dilemma auf, indem sie sich befand. Sie wusste zwar nicht, was das mit ihrer Sprachstörung zu tun hatte, aber sie bemerkte auch, dass es sehr gut tat, mit einem Menschen, – Mann! – zu sprechen, der außer als Arzt keinerlei Berührungspunkte mit ihrem Leben hatte. Ein Mann von absoluter Neutralität, dem allenfalls ihr Genesungsprozess am Herzen lag, sonst aber nichts. Er konnte immer gleich mitlesen, was sie schrieb und machte sich seine Notizen.

Sie können sich doch das, was ich schreibe auch kopieren!

„Nein, das sind ihre persönlichen Worte, die will ich so nicht verwenden, ich verlasse mich da auf meine spontanen Aufzeichnungen, mit denen kann ich besser arbeiten.

Es wurde das längste Schreiben, dass Rebecca bisher eingetippt hatte. Danach sah sie den Psychologen erwartungsvoll an.

„Erwarten Sie jetzt nicht, dass ich Ihnen sofort ein Allheilmittel präsentiere. Aber ich denke, dass Sie bereits auf einem guten Weg sind, der in Ihrem Inneren zu einer Entscheidung führt. Vor allem, wie sie über diesen Mann schreiben, entwickelt in mir im Moment nur einen Rat. Sie dürfen auf keinen Fall den Kontakt abbrechen! Ihre selbst auferlegte Schweigsamkeit führt Sie nicht weiter und erzeugt im Partner, der er auch in ihren Augen immer noch zu sein scheint, ein Frustgefühl, das auf Dauer natürlich zu quälenden Fragen führt."

Rebecca nickte und lächelte fast befreit.

„Ich war noch nicht fertig!" Fürste sah fast streng aus, aber die Wärme in seinen Augen reduzierte diesen Eindruck." Auch glaube ich, dass Sie sich einen mentalen Druck aufbauen, der auch der Sprachblockade gegenüber hinderlich wirken kann!

Aber ich habe auch während seiner Anwesenheit, mit ihm zusammen dies nicht geschafft!

„Vergessen Sie nicht, jetzt sind schon wieder ein paar Monate vergangen, in denen sich Ihr Gehirn weiter von den Unfallfolgen regenerieren konnte. Vielleicht, ich kann es natürlich nicht versprechen, ist jetzt allmählich der Zeitpunkt gekommen, wo eine gewisse Tiefenentspannung, hervorgerufen durch ein liebevolles Losgelöst sein diesen Zustand, in dem sich ihre Neuronenverschaltung im Gehirn befindet, endlich lösen kann."

Sie meinen wirklich⋯

„Ich meine gar nichts," wieder unterbrach er fast brüsk, aber Rebecca war das von ihm schon gewohnt," aber es wäre eine Möglichkeit. In der Psychologie läuft leider oft vieles ab, was einfach unberechenbar ist, aber wir sind es gewohnt, jeden Faden zu ergreifen, der eventuell Erfolg versprechen kann. Aber eine Garantie kann Ihnen niemand geben, sonst wäre er ein Scharlatan."

Dann werde ich mich noch heute bei ihm melden!

Er schüttelte den Kopf." Ich habe vorhin von einem guten Weg gesprochen, das bedeutet nicht, dass Sie jetzt gleich, wahrscheinlich überhastet loslegen. Sie haben schließlich auch von den Spannungen, die zwischen Ihnen beiden am Ende vorhanden waren, geschrieben. Lassen Sie sich auch das durch den Kopf gehen, vielleicht ergibt sich daraus bereits ein Ansatz, wie Sie miteinander umgehen wollen und wie viel Nähe gerade Sie, Frau Sattler, ertragen wollen. Vielleicht gelingt es Ihnen dann beim weiteren Kontakt, die für Sie wichtigen Grenzen zu setzen und trotzdem wieder die Leichtigkeit Ihrer Beziehung ausleben können." Er lächelte nun fast milde." Lassen Sie sich noch etwas Zeit!"

Aber wenn es hilft, dass ich dadurch eventuell bald wieder sprechen kann....

" Sie sind in der letzten Zeit ganz gut ohne verbale Kommunikation ausgekommen, abgesehen vielleicht von dem Vorfall mit Herrn Merkel, also werden Sie auch noch ein paar weitere Tage schaffen. Meine Erfahrung sagt: Überhasten führt meist zu einem Misserfolg. So wie ich Sie bis jetzt einschätzen durfte, sind Sie ein sehr rationaler Mensch, also verlassen Sie diese Position nicht. Es wird nicht mehr lange dauern, glauben Sie mir!" Wie zur Bekräftigung drückte er einmal beide Augen fest zu.

Rebecca wollte sich erheben, um sich zu verabschieden, aber Doktor Fürste bot ihr noch einmal den Platz an." Merkel fällt nun als Logopäde aus. Sie brauchen einen Ersatz für ihn." Er holte aus der Schublade seines Tisches einen kleinen Ordner heraus und begann darin zu blättern." Ich werde übrigens meine Zusammenarbeit mit ihm ebenfalls beenden. Das wird ihm sicherlich wehtun, hatte er doch durch mich viele Patienten bekommen, aber so ein Verhalten kann ich einfach nicht tolerieren."

Rebecca deutete auf ihr I-Pad, wo für ihn zu lesen war: Brauche ich überhaupt einen Logopäden? Mir hat sich der Sinn seiner Behandlungen nie erschlossen.

„Glauben Sie mir, es ist nötig. So können wir die Behandlung von zwei Seiten her angehen. Und auch wenn Sie jetzt über Merkel eine negative Meinung haben, die sicherlich gerechtfertigt ist, so ist er doch ein absoluter Könner seines Faches. Leider…" Er vollendete seinen Satz nicht weiter." Da habe ich sie. Ich werde Sie an Frau Doktor Schüller überweisen, mit ihr habe ich auch schon ein paar Mal sehr gut zusammengearbeitet." Er sah Rebecca kurz etwas nachdenklich an:" Erschrecken Sie nicht, sie ist manchmal etwas ruppig im Ton, aber sie ist eine von den Guten!" Er füllte einen gelben Zettel aus." Lassen Sie sich draußen von meiner Assistentin gleich mit ihr verbinden, dann können Sie so schnell wie möglich bei Frau Schüller in Behandlung treten." Er reichte Rebecca zum Abschied die Hand." Wir sehen uns dann nächste Woche wieder. Zur gleichen Zeit?"

Rebecca nickte

„Also dann, machen Sie es bis dahin gut und" er hob seinen Zeigefinger, lächelte aber dabei:" nichts überstürzen!"

Rebecca ließ sich noch schnell einen Termin bei der neuen Logopädin machen und verließ dann die Praxis. Auf der Straße, die von Spitzpappeln wie eine Allee gesäumt war, wechselte ihre Mimik in eine entspannte Gelöstheit. *Gerald, ich werde eine Entscheidung treffen!*

XIII

Rebecca befolgte den Rat Dr. Fürstes gerne. In weiteren Gespräche mit ihm kamen sie auch immer wieder auf dieses private Problem von ihr zu sprechen und sie bemerkte, wie sich allmählich die Nebel der Unklarheit in ihren persönlichen Wünschen, Bedürfnissen und auch Träumen lichteten. Dabei halfen ihr auch so manche provokativen Fragen ihres Psychologen. War sie am Anfang ihrer Besuche bei ihm eher noch skeptisch, wobei sie oft den Sinn der ganzen Behandlung infrage stellte, so hatte sich ihre innere Einstellung mittlerweile gedreht. Sie ging sogar gerne zu den wöchentlichen Terminen und manchmal glaubte sie sogar, dass nur noch ein kleiner zusätzlicher Antrieb, welcher Art dieser auch sein mochte, fehlte, um das erste Wort wieder äußern zu können. Die Geduld Fürstes ging dann auf sie über, weshalb sie es nicht als persönliches Debakel ansah, wenn dann doch wieder kein Ton ihrer Kehle entrann.

Auch bei Frau Doktor Schüller fühlte sie sich besser behandelt als bei Merkel, obwohl sie eigentlich nichts recht viel anders machte als dieser. Aber sein Zahncremewerbungslächeln vermisste sie ohnehin nicht. Dr. Schüller kam ihr wesentlich authentischer vor und die Ruppigkeit, vor der Rebecca gewarnt worden war, hatte sie schon am zweiten Besuchstag abgelegt. Sie verstanden sich gut. Die Folge davon war, dass Rebecca nun auch gerne die ihr auferlegten Hausaufgaben machte und sich vor den Spiegel stellte und so mimisch überprüfte, ob ihre Mundpartie so aussah, wie die Buchstaben und manch einfache Worte es erforderten. Es sah zwar etwas lächerlich aus, aber sie wurde dadurch selbst zum Schmunzeln angeregt.

Der Sommer hatte wirklich noch ein ausgiebiges, verspätetes Gastspiel gegeben, sodass Rebecca ihre Freizeit auch noch des Öfteren im Schwimmbad nutzen konnte. Glücklicherweise war sie " Toni" nicht noch einmal begegnet. Seine Aufdringlichkeit dürfte ihm hoffentlich vergangen sein. Das Dösen in der Sonne wirkte zusätzlich entspannend auf ihre Psyche, was sich auch auf ihren Arbeitselan auswirkte.

Besonders freute sie sich über ihre Gedanken, die Gerald betrafen und immer präsenter wurden. Nicht nur deshalb, weil er fast wöchentlich eine Mail schrieb. Bei dessen Durchlesen fühlte sie sich immer mehr zu ihm hingezogen und ihre Träume wurden ebenfalls immer konkreter. Natürlich lag sie dann nicht auf einem Handtuch im öffentlichen Freibad, sondern auf sonnendurchflutetem Sand bei der kleinen Bucht, wo Geralds Motorboot ankerte und hörte dem leisen Plätschern der Wellen zu, die ihre Zehen umspülten, während Gerald ihren Rücken streichelte. Seine weichen Hände, die ihr Wirbel für Wirbel vom Nacken herunter glitten bis zum Gesäß, aber dort nicht aufhörten, bis sie sich auf dem Steintreppchen seines Swimmingpools in enger Umschlungenheit küssten.

Das war das Schöne an Träumen, die Örtlichkeiten wechselten je nachdem, wo man sich für bestimmte Tätigkeiten am Wohlsten fühlte. Dieses Umschlingen am Sandstrand führte unweigerlich zu Reibereien genau im Sinne der Wortbedeutung. Dafür konnte der Pool aber nicht das große Rauschen des Meeres ersetzen, ganz abgesehen von dem magischen Azurblau, das sich schon kurz hinter dem Ufer erstreckte. Aber am Schönsten waren doch Geralds Hände und seine Augen und seine Haare und sein Mund und seine Küsse und und und…

Ja, sie würde ihm schreiben und ihm ihre Gefühle zum Ausdruck bringen. – In zwei Tagen, denn zuerst musste sie geschäftlich nach Stuttgart, zusammen mit Peter. Kurz hatte sie gezögert, als er mit diesen Terminen bei ihr vorsprach, aber sie hatte mittlerweile so viel über ihn und seine neue Beziehung erfahren, dass von dieser Seite mit Sicherheit keine erneute Offerte erfolgen würde.

Stuttgart empfing sie am Bahnhof mit Regen, der nahezu waagerecht den Vorplatz entlang peitschte. Moritz, das erste große Herbsttief läutete die Wetterwende nach der schönen Periode zuvor ein. Schon bei der Zugfahrt konnte Rebecca aus dem Fenster heraus beobachten, wie sich der Himmel vom Westen her immer mehr verdüsterte, bis dann die ersten Sturzbäche am Fenster entlang glitten. Durch die Geschwindigkeit des ICE verliefen diese quer zur Schwerkraft von vorne nach hinten. Trotz der angenehmen Temperaturen im Inneren zog sich Rebecca bei diesem Anblick den Schal um ihren Hals etwas enger. Beim Aussteigen spürte sie dann trotzdem deutlich den Temperatursturz, genauso wie ihn der Wetterbericht prognostiziert hatte.

Glücklicherweise war der Taxistand direkt in Front des Bahnhofsgebäudes, sodass sich die Nässe nicht allzu sehr in ihrer Kleidung ausbreiten konnte. Das Taxi kam aber nur mühsam im

Verkehr voran, was zum Teil auch dem herniedergehenden Unwetter geschuldet war. Aber Stuttgart lag, was die Verkehrsstaus anbetraf, ohnehin bundesweit an erster Stelle. Der Chauffeur war dies anscheinend gewöhnt und ertrug das ständige Anfahren und wieder Stehenbleiben mit stoischer Ruhe. Ganz anders dagegen Peter, der ständig auf die Uhr blickte und immer wieder "Wir kommen zu spät!" vor sich hinmurmelte. Dabei würden sie am Anfang ohnehin nicht viel verpassen, denn wie immer bei solchen Veranstaltungen, diesmal war es die der Landespreisträger Prosa, begannen diese mit Begrüßungsreden, die in der Regel inhaltlich keine besonderen Highlights darstellten. Peter und Rebecca hatten diese schon so oft zu hören bekommen, weshalb diese Verspätung zu verschmerzen war. Ihre Plätze waren auch reserviert, also mussten sie auch nicht irgendwo im Gang später stehen.

Endlich tauchte schemenhaft aus dem Regenvorhang heraus ihr Ziel, das Commundo-Tagungscenter in der Universitätsstraße auf, sogar mit einer überdachten Auffahrt, was einen Eintritt trockenen Fußes bedeutete.

Tatsächlich war gerade der zweite Stuttgarter Bürgermeister mit seiner Ansprache am Rednerpult. Rebecca nickte Peter zu, was soviel heißen sollte wie: *„Na also, warum denn so eine Hektik?"*

Peter grinste nur und zuckte entschuldigend seine Schultern. Sie mussten ohnehin die beiden Tage Sitzfleisch beweisen, bis alle Autoren Auszüge aus ihren Werken präsentiert hatten.

Dazu kam dann das leidige Fachsimpeln mit anderen Journalistenkollegen, unter denen auch immer einige dabei waren, die sich unbedingt zu profilieren versuchten. Zum Teil, indem sie irgendeinen der Autoren in den höchsten Tönen protegierten und besonders tiefsinnige Abschnitte in deren Werken hinein interpretierten. Wenn man dann ein paar Monate wartete, erschien das Buch oftmals im selben Verlag, dem auch der Journalist angehörte. Andere machten das Gegenteil und verrissen einen Großteil der gehörten Werke, zum Teil mit den absurdesten Begründungen. Sie regten sich über Satzstellungen auf, obwohl sie oftmals selbst nicht in der Lage waren, komplizierte Sätze fehlerfrei zu schreiben. Rebecca hatte schon einige solche Kritiken gelesen und war der Meinung, dass man gerade beim Schreiben einer negativen

Kritik doch wohl selbst pedantisch auf eigene Fehler achten sollte, oder zumindest den Artikel einer zweiten Person noch zu Korrektur vorzulegen hatte.

Dieses besserwisserische oder oberlehrerhafte Gelaber fand dann in der Regel abends an der Hotelbar statt. Wobei der Alkohol sein Übriges dazu tat. Manche Teilnehmer dieser Diskussionsrunden waren dann bald in heftige verbale Auseinandersetzungen verwickelt, wodurch die Lautstärke am Tresen immer höher wurde genauso wie die Wortwahl zum Teil immer, vorsichtig ausgedrückt, unqualifizierter.

Rebecca war diesmal fein heraus, da sie sich nicht direkt an diesen Querelen beteiligen musste, denn es dauerte für die meisten „Barhocker" zu lange, bis sie ihre Antworten getippt hatte. Auch Peter war an den Diskussionen nicht sonderlich interessiert, sondern sah immer wieder mit stetig verkürzten Abständen auf seine Uhr.

Erwartest du noch jemand?

„Das nicht, aber Katharina wollte eigentlich noch anrufen."

Wie läuft's denn so bei euch? Rebecca wollte eigentlich nicht zu persönlich werden, aber es lag ein bestimmter Ausdruck auf Peters Gesicht, der sie zu dieser Frage förmlich aufforderte.

Tatsächlich bekam seine Mimik jetzt einen fast träumerischen Anklang." Es ist fantastisch!" Peters Augen bekamen einen entrückten Glanz." Wir verstehen uns so ausgezeichnet, dass wir beschlossen haben, demnächst zumindest teilweise zusammenzuziehen. Katharina kommt zu mir, da ich die größere Wohnung habe, behält aber ihre auch noch."

Rebecca nickte etwas zögerlich.

Peter hatte es bemerkt." Weißt du, wir waren beide lange Zeit alleine und sind es demnach gewohnt, eine gewisse Individualität auszuleben. Da kann es schnell zu Konflikten kommen, wenn man nicht mehr alleine ist und alles auf Dauer abstimmen muss."

Rebecca fiel sofort ihr Badezimmer ein und drückte verstehend ihre Augen zu.

„Deshalb haben wir beschlossen, dass Katharinas Wohnung als quasi Rückzugsrefugium bleibt. Es sind oft die kleinen Dinge, die, wenn sie sich summieren, eine Beziehung zu Ende bringen können und das wollen wir unter allen Umständen vermeiden."

Das ist eine wirklich gute Idee! Gerade wenn du mal wieder, wie früher die halbe Nacht hindurch an deinem Schreibtisch sitzt und deine Ruhe brauchst···

" Katharina würde das sicherlich verstehen, aber sie würde dann vermutlich aufwachen, wenn ich tief in der Nacht erst ins Bett komme und ich dann umgekehrt, wenn sie früh am Morgen aufsteht. Außerdem bin ich mir gar nicht sicher, ob ich es auf Dauer in permanenter Zweisamkeit aushalten würde. Katharina hat sich übrigens fast genauso geäußert."

Ich denke auch, dass das eine gute Lösung ist. Rebecca verriet nicht, dass sie sich ebenfalls Gedanken in diese Richtung bezüglich Gerald gemacht hatte.

Gerade als Peter noch etwas erwidern wollte, ließ sein Mobiltelefon eine Melodie erklingen, die Rebecca noch nie bei ihm so gehört hatte. Er hatte scheinbar für Katharinas Anrufe sein Handy mit einem speziellen Signal programmiert. " Das wird jetzt länger dauern! Du entschuldigst mich?"

Rebecca nickte, sie wollte nur noch schnell ihren Drink lehren und dann zu Bett gehen. Morgen waren noch sechs Lesungen zu überstehen.

Kaum hatte sie ausgetrunken und wollte gerade die Rechnung auf ihr Zimmer schreiben lassen, stellte ihr der Barkeeper ein neues gefülltes Glas hin. Es war der gleiche Drink, den sie gerade schon geleert hatte. Rebecca sah ihn fragend an.

"Von den beiden Herren dort am Ende des Tresens." Er deutete mit einem undefinierbaren Lächeln auf zwei jüngere Barbesucher, keiner der beiden war ein Kollege von ihr, die mit etwas zu weit geöffneten Hemden sie erwartungsfroh, aber auch anzüglich angrinsten. Allein das große, goldene Panzerarmband am rechten Handgelenk des einen war für sie bereits Abschreckung genug.

Sie holte noch einmal ihr I-Pad heraus, dass sie bereits in ihrer Tasche verstaut hatte, tippte und hielt es dem Barkeeper hin. Sagen Sie den Herren, es täte mir aufrichtig leid, aber eine erquickende Unterhaltung ist mit mir ohnehin nicht möglich außerdem muss ich morgen wieder fit sein und kann mir deshalb einen weiteren Drink nicht mehr mit Genuss leisten. Sie schob den Drink etwas von sich, nickte den beiden Herren, deren Mimik Unwiderstehlichkeit bedeuten sollte zu und wollte den Raum verlassen. Im Abgehen konnte sie aber noch die Reaktion der Abgeblitzten vernehmen, als ihnen vom Barmann Bescheid gegeben wurde.

„So eine blasierte Zicke! Dabei weiß sie gar nicht, was ihr mit uns entgangen ist!" Beide ließen danach ein meckerndes Lachen erschallen.

Rebecca konnte es kaum glauben. *Die wollten es mit mir zu zweit treiben!* Im Fahrstuhl musste sie schon fast wieder lachen darüber. Was sich Männer so manchmal alles einbilden!

In ihrem Zimmer ließ sie sich aufs Bett fallen. Doch zu viele Gedanken trieben durch ihren Kopf. Auch nach dem Abschminken und Ausziehen wurde es nicht besser, im Gegenteil! Eine tiefe, innere Unruhe breitete sich aus. Nach mehrmaligem Wälzen von der einen Seite des Bettes zur anderen und wieder zurück, warf sie sich die dünne Wolldecke vom Fußende des Bettes um die Schultern und ging an den Tisch wo sie ihren Computer aus der Tasche zog.

Mein edler Ritter und Gentleman···

XIV

" Felix, das kannst du mir nicht antun!" Gerald schrie fast in den Hörer hinein." Diesen aufgeblasenen Wicht, der nichts anderes im Sinn hat als seinen Unterleib und das Wohlbefinden des daran hängenden Anhängsels. Nein, Felix, diese Sprüche und sein gesamtes Gehabe soll ich hier ertragen? Wie stellst du dir das vor? Kommt nicht infrage! Den will ich hier nicht haben, das wäre für mich eine absolute Zumutung!"

„Jetzt beruhige dich einmal!" Die Stimme am anderen Ende der Leitung war um Besänftigung bemüht." Horst Rappenfels ist nun einmal im Vorstand unserer Verlagsgruppe, da kann ich nichts machen."

„Schmeißt ihn raus oder wählt einen anderen Vorstand! Warum ist der überhaupt in dieser Position?"

„Ohne das Geld seines Vaters wäre unser Unternehmen vor neun Jahren bankrott gegangen. Der alte Rappenfels war für uns damals der rettende Anker, den wir ergreifen mussten. Als er sich vorletztes Jahr aus dem Verlag zurückzog, mussten wir allerdings die Kröte in Gestalt seines Sohnes schlucken…"

Gerald ließ Felix nicht ausreden." Im Moment bin ich wohl dieser Amphibienfresser! Ich kann mich noch gut an ihn erinnern, damals vor vier Jahren auf dem Oktoberfest, wie er dastand in seiner Dachauer Tracht. Heraus geplustert wie ein Pfau und wahnsinnig wichtig. Dabei schon ordentlich mit Bier abgefüllt. Und obendrein noch seine Stimme. Ich würde wirklich gerne meinen heimatlichen Dialekt hören, aber nicht in dieser Lautstärke und schon gar nicht, wenn dadurch ausschließlich Zoten verbreitet werden. Bitte Felix tu mir das nicht an! Komm wenigstens mit, dann muss ich mich nicht allein um den kümmern."

„Gerald, es tut mir leid, ich würde selbst liebend gerne einmal wieder bei dir zu Besuch sein, aber zur Zeit bin ich hier unabkömmlich."

„Gib es doch zu, dir ist er mindestens genauso unsympathisch wie mir. Du versteckst dich doch nur hinter deinen Aufgaben."

" Ja, zugegeben, ich kann ihn auch nicht leiden. Aber sein Geld oder vielmehr die Stiftung zugunsten unseres Verlages die er eben auch im Auftrag seines Vaters verwaltet, ist leider immer noch lebensnotwendig für alle Mitarbeiter hier."

„Aber nicht für mich! Ich kann mir auch einen anderen Verlag suchen!"

Felix Taschner holte tief Luft bevor er mit schneidende Stimme antwortete: „Ja, das kannst du! Aber vergiss dabei nicht, wer dich am Anfang gefördert hat. Ganz abgesehen davon, wie gut dotiert dein Vertrag schon am Anfang war. Und ich habe ihn noch mehrmals aufgebessert! Natürlich auch, das gebe ich zu, weil deine Romane ein Zugpferd für unseren Verlag sind."

Gerald wurde leise und zurückhaltender. Wenn Felix diesen Ton anschlug, dann war das ein mehr als deutliches Signal, dass er den Bogen überspannt hatte." Es tut mir leid. Du hast recht. Außerdem gibt es vermutlich bei jedem anderen Verlag ebenfalls irgendeinen von der Sorte Horst Rappenfels. Aber –" er machte eine kleine Pause, wie zur Besänftigung –" nur einen Felix Taschner!" Noch einmal eine Pause: „Wie lange wird er denn bleiben?"

Er ist auf einer Geschäftsreise durch die USA für seine eigene Firma. Ich denke so drei Tage."

Gerald fiel fast das Telefon aus der Hand." Drei Tage! Was soll ich denn mit dem so lange machen? Mir seine despektierlichen Witze anhören? Nein, drei Tage niemals!"

Felix wirkte nun etwas geknickt. Da kann ich nichts dran ändern, er hat uns so seine Buchung vorgelegt. Er will drei Tage auf den Bahamas bleiben und das rein privat, denn er will dich kennenlernen, warum kann ich auch nicht sagen. Erst dann will er seine Geschäftsreise fortsetzen."

„Und ich soll ihn so lange bespaßen? Nein, Felix, höchstens zwei Tage und das ist für mich schon hart an der Schmerzgrenze. Sag ihm doch, ich wäre am Anfang durch einen Termin verhindert. Vielleicht habe ich ja Glück und er hat schon am ersten Tag eine Frau aufgerissen, was ohnehin für ihn das Wichtigste ist, dann braucht er mich hoffentlich nicht mehr. Also zwei Tage und nicht länger!"

Taschner lenkte ein." Gut, ich werde ihm das so vermitteln. Er wird dich also erst am zweiten Aufenthaltstag kontaktieren, also am Dienstag."

„Das ist ja schon in drei Tagen!" Sofort stieg Geralds Adrenalinspiegel wieder deutlich an." Das hast du ja gut hinbekommen!"

„Nein, das ist gut für dich!" Felix war wieder die Ruhe in Person." So kann ich ihm mitteilen, dass du durch die kurze Vorlaufzeit natürlich kein umfassendes Programm für ihn zusammenstellen konntest. Fahr mit dem Boot raus. Führ ihn abends in eine Bar."

„Aber nicht zu Miles, dem tu ich Rappenfels nicht an. Obwohl, der Umsatz wird bestimmt deutlich steigen." Plötzlich befiel Gerald ein noch größerer Schauer des Unbehagens." Aber nächtigen tut er hoffentlich nicht bei mir?"

„Da kann ich dich beruhigen, er hat für alle Tage ein Hotelzimmer gebucht. Da es eine Geschäftsreise ist, wird er es wohl von der Steuer absetzen können."

„Das ist die erste gute Nachricht unseres heutigen Gesprächs."

Felix` Lachen ertönte aus dem Lautsprecher." Das Gute kommt immer zum Schluss." Apropos Gutes, hast du etwas von Rebecca gehört?"

„Nein, leider immer noch nicht. Ich habe ihr mehrmals geschrieben, aber ohne Antwort. Aber ich denke mir, dass sie, falls sie tatsächlich nichts mehr von mir wissen will, das schon schreiben würde. Sie ist nicht der Typ, der sich einfach davonschleicht und mich Gerald sein lässt."

„Das glaube ich auch, dafür ist sie viel zu ehrlich und feige ist sie schon gar nicht. Vielleicht will sie mir nur nicht zur Last fallen? – Nein, dafür ist sie wiederum zu taff. Sie wird sich melden, da bin ich mir ganz sicher."

"Eines kann ich dir sagen Felix: Sie fehlt mir! Ich sehne mich nach jedem Wort von ihr, egal ob es gesagt oder geschrieben ist. Noch mehr Sehnsucht habe ich aber nach ihr selbst. Ihrem Lächeln, ihren Augen, ihren…"

Felix unterbrach ihn: „Lass es, ich kenne sie auch gut genug, du musst mir nicht alle ihre Vorzüge aufzählen, sonst dauert unser Gespräch noch drei weitere Tage bis Rappenfels kommt."

„Da hast du recht! Aber wenn dieser Rappenfels da ist, wäre es ohnehin besser, wenn sie sich nicht meldet. Denn so schnell kann ich nicht von genervt auf liebevoll umschwenken."

Wieder musste Taschner lachen:" Und ob du das könntest! Du würdest ihn sogar besser ertragen, wenn du Rebecca mit ihrer ausgleichenden Art an deiner Seite hättest."

Gerald schüttelte energisch den Kopf, was Felix natürlich nicht sehen konnte." Wenn du dich da mal nicht täuscht! Ich glaube, bei dem Verhalten, das Rappenfels so im Allgemeinen abzieht, ist Rebecca noch schneller in Rage als ich! Zumal er garantiert versuchen würde, sie an zu graben. Und wie er das macht, das hast du mir schon einmal erzählt."

„Dann wird ihn Rebecca, wenn er zu aufdringlich werden würde, mit irgendeiner Kampfsporttechnik schon zur Räson bringen."

Jetzt lachte Gerald lauthals." Der Anblick wäre allerdings einiges wert. Schade dass es dann unvermutet kommen würde, sonst würde ich es filmen und dann ins Netz stellen!"

„Gerald denk an unseren Verlag!"

„Ist schon recht! Rebecca ist ja nicht da. Leider!"

„Gib ihr noch Zeit, sie meldet sich schon. Also Gerald mach's gut!"

„Ich werde mich bemühen."

„Lass mir den Rappenfels am Leben, hörst du!"

„Vielleicht fällt er bei der Bootstour zufällig ins Wasser, gerade dann, wenn ein großer Hai darunter ist!" Felix` Lachen hörte Gerald nicht mehr, denn er hatte das Gespräch durch einen Tastendruck bereits beendet.

XV

Mit Unbehagen erwartete Gerald am Dienstagmorgen den Anruf von Rappenfels. Interessant war allerdings die Tatsache, dass je mehr Zeit verstrich, er immer ruhiger wurde. *Jede Minute, die ich nicht mit ihm verbringen muss, ist ein Geschenk!* Allerdings wusste er noch nicht, wie und wo sie sich treffen wollten. Marthe wollte auch bereits etwas einkaufen, zumindest für einen kleinen Imbiss, aber Gerald gelang es, ihr dieses Vorhaben auszureden. Dabei musste er wohl bei der Beschreibung des Gastes etwas zu sehr übertrieben haben, denn für Marthe war Horst Rappenfels von da an nur noch das Scheusal. Natürlich musste er Marthe dann erklären, warum er sich mit diesem Menschen treffen musste.

319

„Warum hat er sich gerade dich ausgesucht?"

„Wie du weißt, bin ich zur Zeit für den Verlag, der meine Bücher herausbringt, der Schriftsteller mit den höchsten Auflagezahlen. Das bedeutet auch die höchsten finanziellen Umsätze. Da hat ein Vorstandsmitglied schon das Recht, sich mit diesem Autor zu treffen. Und da er gerade in der Gegend ist, passt das eben. Vor zwei Monaten war doch dieser Alfred Schaumberger da, wie du dich erinnern kannst."

"Ja, das war der, der mir danach sagte, er würde niemals mehr in ein Boot steigen."

„Das war ebenfalls so ein Besuch, der mir vom Verlag aufgebunden worden war. Ich mag das allgemein nicht so sehr, aber glücklicherweise finden nicht so viele hierher nach Nassau."

„Aber dieser Alfred war doch ganz sympathisch oder? Vielleicht wird es diesmal..."

Gerald unterbrach sofort: „Doch Marthe, das wird ganz anders! Der ist wirklich nicht besonders nett."

Marthe gab sich mit dieser Antwort zufrieden und Gerald wartete. *Hoffentlich noch lange!*

Gegen 11:15 Uhr hörte er draußen einen Motor mehrmals laut aufheulen. Danach war Ruhe bis auf das Gelächter einer Frau. Gerald schwante nichts Gutes, als es kurz darauf an seiner Türe klingelte. Marthe ging hin um zu öffnen.

„So da sam ma!"

Marthe sah den sehr bunt gekleideten, kleinwüchsigen Mann erstaunt an. Noch erstaunter allerdings die beiden Frauen, die kichernd hinter ihm hertänzelten. Rappenfels hatte erkannt, dass er wohl zunächst Marthe auf Englisch sein Anliegen vortragen musste. Dies tat er allerdings auf eine Art, dass Marthe sogleich aufgrund Gerald Schilderungen wusste, wer sich da an ihr so einfach vorbei drängelte und von der Seite her ihr zumurmelte: „I ´m the visitor of Mr. Piller! Ok?"

Die beiden Frauen, die eine in einer hautengen, weißen Hose, in der
sich ihr Schritt deutlich abzeichnete, die andere in einem knallroten
Minirock, bei dessen Kürze sie sich nicht einmal um 30° nach vorne
bücken durfte, ohne dass das Hinterteil frei lag, stöckelten auf deutlich
zu hohen Schuhen hinter ihm her. Wäre Marthe nicht vorbereitet
gewesen, sie wäre noch fassungsloser über diese Unhöflichkeit
gewesen. Zum Glück kam Gerald gerade aus dem Salon, um die
Gäste zu empfangen. An seinem erstaunten Blick konnte sie
erkennen, dass auch er nicht mit drei Personen gerechnet hatte.
Normalerweise wäre es jetzt ihre Aufgabe gewesen, für Getränke zu
sorgen, der sie auch gleich nachkommen wollte, aber ein kurzer
Augenkontakt mit Gerald bedeutete ihr, damit erst einmal zu warten.
Er hatte scheinbar die Absicht, diesen Horst möglichst kurz in seinem
Haus als Gast zu ertragen.

Er reichte Rappenfels die Hand und stand dann stocksteif da, als ihn
die beiden Frauen mit überschwänglichen Bussi links, Bussi rechts,
das in der Mitte konnte er gerade noch verhindern, begrüßt wurde.
Dabei warfen sie sich mit ihren Brüsten *-waren die echt?-* deutlich in
Pose, sodass er nicht umhin kam, tief in deren Ausschnitte zu blicken.

"Ah, i sig scho, i hab die richtige Begleitung dabei." Jovial fasste
Rappenfals der Brünetten an den Hintern, was diese mit einem
freudigen Quieken honorierte. "Mia kenna ganz normal redn, die
verstengan koa Deutsch. Aber zur Konversation hab i de zwoaa net
mitgnumma haha!" Er zwinkerte Gerald kumpelhaft zu.

Oh Felix, ich bring dich um! Gerald war sich der Tatsache bewusst,
dass es noch schlimmer kommen würde, als er es sich vorgestellt
hatte. Allein die fast vollkommene Nichtbeachtung Marthes zeugte
schon davon, dass Rappenfels eindeutig soziale Defizite hatte. *Hatte
Felix nicht mehrmals erwähnt, welch angenehmer Mensch der Vater
dieser personifizierten Heimsuchung ist. Da muss scheinbar der Apfel
sehr weit vom Stamm gefallen sein!* " Ich dachte, Sie würden anrufen.
Ich hätte Sie dann abgeholt."

„Na, i hab mir an Leihwagen bsorgt, dann bin i flexibler und es macht
mehr Spaß! Also, was mach ma? Da Taschner hat gsagt, Sie fahrn
mit uns mit am Boot raus?"

„Wenn Ihnen das recht ist, mache ich das gerne!" *Gerne! Oh wie gut ich lügen kann!* " Dann würde ich sagen, wir gehen gleich los zum Hafen."

„ Na, na gehn tuan mir net, mia fahrn dahin. Dafür hab i ja des Auto."

Gerald ergab sich in sein Schicksal, nahm seine Tasche, die er gepackt auf der untersten Treppenstufe abgestellt hatte und ging seinen Gästen voraus. Den mitleidigen Blick, den im Marthe zuwarf, nahm er dankbar an.

Draußen auf der Straße stand der Grund für das vorherige Motorengeräusch. Ein schneeweißer Maserati Cabrio, dessen zwei chromglänzende Auspuffrohre deutlich über das hintere Wagenniveau herausragten. Leider gab es auf den Bahamas so etwas wie Lärmschutzvorschriften nicht, sodass sich die Autoverleiher natürlich auch auf extreme Kundenwünsche eingestellt hatten. Wenn es nicht so traurig gewesen wäre, hätte Gerald so richtig lachen können. Für knapp 500 m zum Hafen wurde nun der Motor angeworfen, der zunächst einmal fast angenehm tief zu summen anfing, sich aber sofort in ein infernalisches Kreischen steigerte, als Rappenfels im Leerlauf zwei bis drei Mal das Gaspedal durchdrückte. Gerald zog sich seine Schirmkappe so tief über die Sonnenbrille, dass er hoffentlich von niemandem auf dem Beifahrersitz erkannt würde.

"Geiler Sound ha? Is halt a Italiener! Dahoam hab i a Harley, die fahr i offen, dann klingts a besser, nur die Polizei deaf halt net zuhören haha!" Begeistert legte Rappenfels den ersten Gang ein und fuhr fast bedächtig aus der Parklücke. Gerald wollte schon fast seine Meinung ein klein wenig revidieren, als dieser das Gefährt mit einem deutlichen Tritt aufs Pedal zu einer heftigen Beschleunigung animierte, die wiederum mit einem Aufbrüllen des Motors einherging und die Aufmerksamkeit sämtlicher Passanten auf sich zog. Der Mann am Steuer genoss es sichtlich, im Fokus zu sein. Der Mann auf dem Beifahrersitz wollte am liebsten unsichtbar werden. Die beiden Damen im Fond kreischten vor Begeisterung mit dem Motor um die Wette, was sie aber deutlich verloren.

Am Hafen angekommen trat das ein, was Gerald bereits befürchtet hatte. Es zeigte sich nicht die kleinste Lücke zum Abstellen des noblen Fahrzeuges.

„Was mach ma jetzt?" Rappenfels ließ erneut den Motor aufheulen, wodurch aber auch keine Parkmöglichkeit geschaffen wurde.

"Sie müssen zurück in die Stadt fahren, dort gibt es genügend Möglichkeiten. Ich mache einstweilen das Boot klar."

„Wenns net anders geht. I lass eana die Madln scho mal da."

Gerald fühlte förmlich, wie er zu schwitzen begann. " Nein, gönnen Sie ihnen doch den Spaß in diesem Auto, das ist genau das Richtige für sie. Ich muss ohnehin erst noch mit dem Hafenmeister reden." Er wollte sich schon abwenden, dann fiel ihm noch etwas ein: „Platz 74 in der dritten Reihe von der Mole an gezählt."

„Find i!" Rappenfels gab dem Maserati wie erwartet wieder die Sporen.

Das hätte Gerald gerade noch gefehlt, allein mit den beiden Möchtegerndivas. *Wo Rappenfels die nur aufgetan hatte? Der englische Sprache waren sie nur rudimentär mächtig. Soll sich Rappenfels mit ihnen vergnügen, ich werde nur mein Pflichtprogramm abspulen. Eine Rundfahrt um die Insel ist wohl das Beste! Zur Sandbank ganz bestimmt nicht, die gehört Rebecca!* Er machte das Boot seeklar und musste glücklicherweise wieder warten. Leider nicht allzu lange. Das schon bekannte schrille Quieken, ein besseres Wort fand Gerald dafür nicht, der beiden „Damen", auch hier verbot sich eine andere Bezeichnung, war schon zu hören, bevor das Trio zu sehen war. Auch die männliche Stimme war wegen ihrer Lautstärke schon von Weitem zu vernehmen. Der Dialog zwischen den Dreien wurde auf Spanisch geführt. *Sollen sie!* Gerald sprach Spanisch nicht, so konnte er nicht involviert werden, wenn die drei sich unterhielten.

Rappenfels hatte eine dicke Zigarre im Mund, die sich in seiner Sonnenbrille widerspiegelte. *Der Lude führt seine Dirnen aus!* Gerald schalt sich sofort für diesen Geistesblitz. Den Zutritt mit der Zigarre würde er Rappenfels aber auf jeden Fall verbieten.

Zu seiner großen Überraschung zeigte dieser Proll aber beim Erblicken des Bootes so etwas wie Ehrfurcht. Er wies seine Begleiterinnen an, die Schuhe auszuziehen. "Damit koa Kratzer neikummt!" Auch seine Zigarre löschte er noch am Steg. *Er scheint zumindest eine Ahnung von sachlichen Werten zu haben. Ganz im*

Gegensatz zu seinen Mitmenschen. Als Gerald den Motor anließ und dieser sanft zu blubbern begann, konnte Gerald ein anerkennendes Nicken erkennen, während die Hand seines Gastes wie prüfend über den Lack der Holzverkleidung strich. Dann aber setzte er sich breitbeinig zwischen seine Gespielinnen, wobei er beide an den Schultern zu sich heran zog und dabei abwechselnd seine Nase in deren beider Ausschnitte versenkte, um dabei ein wohliges Grunzen ertönen zu lassen.

Außerhalb des Hafens schob Gerald das Gaspedal fast bis zum Anschlag nach vorne, wodurch das Blubbern in ein dröhnendes Grollen überging. Schon bald sprang das Boot von einer Welle zur nächsten und gelegentliche Gischtspritzer schlugen seinen Mitfahrern ins Gesicht, was Rappenfels scheinbar nichts ausmachte und seinen Begleiterinnen das schon bekannte Quieken entlockte.

Hin und wieder wollte Gerald etwas erklären, wenn sie an besonders markanten Stellen der Insel vorbeifuhren, aber das Interesse für Sehenswürdigkeiten hielt sich sehr in Grenzen.

Sie hatten schon fast die Hälfte der Insel umrundet, als Rappenfels plötzlich auf eine Bucht zeigte. " Kann man da stehen bleiben? A bisserl Schwimmen war net schlecht."

Gerald war ein bisschen irritiert, hatte er bei allen dreien keine Badesachen erkennen können. Er hatte zwar immer Handtücher in einem Fach des Bootes verstaut und für sich auch eine Badehose, die könnte er aber allenfalls Rappenfels leihen. *Aber nur ungern!*

Er ließ das Boot in die Bucht gleiten und warf den Anker. Als er sich zu seinen Fahrgästen umdrehte, waren diese gerade damit beschäftigt, sich gegenseitig auszuziehen, nicht ohne die eine oder andere intime Berührung. Die Brüste der beiden Frauen waren tatsächlich nicht echt! Ohne Scham standen alle drei bald nackt vor Gerald. Als die Brünette mit wiegender Taille und wippenden Busen drei Schritte auf Gerald zu machen wollte, vermutlich um ihn ebenfalls zu entkleiden, hob er schnell beschwichtigend die Hände." Nein, ich muss an Bord bleiben, falls der Anker nicht hält. Ich kann nicht mit Ihnen schwimmen."

„Des is aber schad! Wir wollten da ans Ufer und a bisserl Sonne tanken, oder so..." Dabei ließ Rappenfels seinem Blick lüstern über den nackten Körper der Frauen gleiten. Gerald konnte erkennen, dass dessen Penis leicht zuckte. " Dann schwimm i mit Luisa rüber ans Ufer und Felicitas vertreibt Eana derweil die Zeit." Er sagte etwas auf Spanisch zu der Brünetten, worauf diese nickte und sich auf der ledernen Sitzbank in Positur warf und ihre Beine leicht spreizte, während sie Gerald herausfordernd ansah.

Rappenfels griff Luisa von hinten über den Po in den Schritt, stieß einen Laut der Zufriedenheit aus und schubste sie auf diese Weise von Bord, was mit einem schrillen Schrei beantwortet wurde. Dann sprang er mit einem nicht gerade eleganten Hechtsprung hinterher und tauchte zwischen den beiden Brüsten Luisas, die wie Bojen im Wasser standen, wieder auf. " In a halben Stund san ma wieder zruck. Viel Spaß einstweilen." Er deutete auf Felicitas. Dann sagte er zu Felicitas noch etwas, was diese nickend beantwortete und ihre Haare in den Nacken warf, während sie Gerald frech zulächelte.

Sie war eigentlich recht hübsch, wenn man mal von den unnatürlichen Brüsten absah. Dunkle Augen, die von den schön geschwungenen Brauen zur Geltung gebracht wurden. Ihre Haut samtbraun, wie bei vielen Latinas. Auch ihr Mund wäre schön gezeichnet, wenn sie ihn nicht so vulgär verzogen hätte. Es sollte vielleicht aufgeilend wirken und hätte bei Rappenfels sicherlich Erfolg, aber Gerald liebte nur einen Mund.... Und dieser war auch nie nur annähernd so vordergründig aufdringlich wie der von Felicitas. Auffordernd ließ sie ihren Blick auf seinem Schoß ruhen und leckte sich dazu anzüglich über ihre Lippen. Dabei spreizte sie ihre Beine noch etwas weiter und griff sich mit einer Hand in ihre Scham und begann an ihrer Klitoris zu reiben, während sie mit der anderen Hand ihre pralle linke Brust anhob und zu ihrem Mund führte. Dann leckte sie über ihre eigene Brustwarze, die sich tatsächlich erigiert aufstellte.

Gerald betrachtete dieses Schauspiel mit sichtlichem Unbehagen. Es machte ihn in keiner Weise an. Es war irgendwie billig. Dazu kam als weiterer, ausschlaggebender Punkt, diese belanglose Beiläufigkeit in Felicitas Augen. Da war keine Lust zu erkennen. Und Liebe, so wie in Rebeccas Augen, schon gar nicht. Es war der stumpfe Ausdruck von gespielter Sexualität. Diese Frau, fast noch ein Mädchen, sie war Anfang bis Mitte 20, so schätzte Gerald, hatte eigentlich kein Interesse an ihm. Genauso wenig wie er an ihr. Für ihn gab es nur eine einzige Frau, die sofort seine Lust entfachen konnte. *Rebecca wann schreibst du endlich!*

Doch zunächst musste er auf elegante Weise dieses Problem hier in seinem Boot lösen, ohne dass es zu einem Eklat kommen würde. Er setzte sich zu Felicitas auf die Bank, was diese zunächst als Einverständnis seinerseits ansah und sofort am Gürtel seiner Leinenhose zu nesteln begann. Gerald nahm diese Hand sanft weg und lächelte ihr ins Gesicht, das nun einen fragenden Ausdruck bekam. Es war nun an ihm, ihr mit Gesten zu verstehen zu geben, dass er keine Zärtlichkeiten mit ihr austauschen wollte. Dabei griff er mit der anderen Hand zur Seite, um ihr ihren Slip und auch die restliche Bekleidung wieder zu reichen. Durch Blicke und Handbewegungen gelang es ihm, ihr trotzdem Komplimente zu machen, ohne sie zu berühren und ohne sie zu brüskieren. Dann plötzlich geschah ein kleines Wunder. Felicitas Mund wurde weich und ein melancholisches Lächeln breitete sich darauf aus. Alles vorher so abstoßend Gewöhnliche war verschwunden. Sie nickte Gerald zu, nahm ihren Slip und ihr Shirt und zog es sich über. Irgendwie kam es Gerald so vor, als wäre sie tief in ihrem Inneren dankbar darüber, dass sie nicht „musste". Sie schmiegte sich an Gerald und sagte deutlich artikuliert: „Gracias". Noch unerwarteter war das anschließende fröhliche Herum hüpfen im Boot .

Erst als das andere Paar zurückgeschwommen kam, legte sie wieder ihren vorher gezeigten künstlich-geilen Gesichtsausdruck auf. Rappenfels` Gesicht war stark gerötet, was nicht von der Anstrengung des Schwimmens herrührte und Luisa hatte einen derart leeren Gesichtsausdruck, dass sie Gerald richtiggehend leid tat. Sie war schnell wieder angezogen, während Horst sich noch eine ganze Weile schamlos in seiner Nacktheit gefiel und versuchte Felicitas zu irgendwelchen Handlungen zu bewegen. Gerald hatte das erkannt und zog sie an der Hand auf den Sitz neben sich, während er den Motor startete und danach den Anker lichtete. Rappenfels nahm dies mit einem anerkennenden, aber unwissenden: " Aha, so ist des also!" zur Kenntnis und wandte sich wieder der bedauernswerten Luisa zu. Diese auch noch zu retten, war Gerald allerdings unmöglich. Die ganze weitere Fahrt hindurch wurde Gerald von Felicitas bei jedem Blickkontakt mit einem warmen Lächeln belohnt.

Gerald war nun in einer persönlichen Zwickmühle. Sollte er schneller fahren, dann müsste er sich vermutlich, sobald sie im Hafen von Nassau angekommen waren, ein Programm überlegen, das für seinen Gast zufriedenstellend ausfallen würde. Darauf hatte er im Moment aber wenig Lust, denn das Testosteronverhalten auf der hinteren Bank war vorsichtig ausgedrückt, nur als peinlich zu beschreiben. Auf der anderen Seite müsste er dadurch dieses permanente Gegrunze, das manchmal sogar den Motor übertönte, aushalten, was wiederum ein Argument für schnelleres Fahren und lauteres Motorengeräusch wäre. Letztendlich entschied er sich für die zweite Variante. Er musste ja nicht unbedingt nach hinten blicken. Immerhin konnte er so Felicitas noch ein paar Eindrücke der Uferlandschaft vermitteln, was aber wegen der Sprachbarriere nicht so einfach war.

Nach einer weiteren Stunde Fahrt wies Rappenfels jedoch Felicitas an, sich auf die Rückbank zu setzen und nahm deren Platz nun ein. Luisa zog ihre Gefährtin, Gerald wusste nicht so genau wie freundschaftlich er das Verhältnis der beiden Frauen beschreiben sollte, nahe zu sich heran und sie begannen leise miteinander zu tuscheln, wobei aus den Augenwinkeln zu beobachten war, dass deren Blicke mal auf Horst, mal auf ihn gerichtet waren, je nachdem wer gerade sprach.

„Vom Boot aus betrachtet ist die Insel fast schöner zu bewerten, als wenn man mit dem Auto fährt." Rappenfels sprach auf einmal völlig dialektfrei.

"Wenn Sie in diesem Sportwagen dahinbrausen, wird Ihnen auch nicht viel von der Landschaft und seinen Vorzügen auffallen, dazu müssen Sie sich schon mehr Zeit nehmen". Gerald dachte mit Wehmut an seine Inselfahrt mit Rebecca.

Sein Gesprächspartner sah ihn mit einem undefinierten Blick an, reagierte aber sonst nicht auf diese kleine Spitze." Erzählen Sie mir von Ihrem neuen Buch, an dem Sie gerade schreiben!" Er registrierte die leichte Überraschung in Geralds Blick." Ich habe zwei ihrer Bücher gelesen. --Ja, jetzt schauen Sie noch verdutzter." Er ließ ein amüsiertes Kichern seiner Erkenntnis folgen." Rein durch meine Funktion im Verlag muss sich manche Werke lesen. Viele überfliege ich nur, weil sie mich nach ein paar Seiten schon wieder nicht mehr interessieren. Bei ihrem Roman HERZENSHERBST war das nicht der

Fall. Er hat mich regelrecht gefesselt." Geralds Mimik musste sehr extrem ausgefallen sein, denn Rappenfels schloss sofort eine Begründung an: „Ich weiß, dass Ihre Romane hauptsächlich von Frauen gelesen werden, die Ihnen vermutlich viel Fanpost über den Verlag einbringen, aber ein guter Freund von mir hat mir mit seiner Meinung über diesen Roman den Einstieg sehr erleichtert und ich war mit zunehmender Seitenzahl immer mehr fasziniert von der Vielschichtigkeit, mit der Sie Ihre handelnden Personen charakterisieren. Ganz abgesehen von Ihrem Schreibstil, um den ich Sie beneide, wie ich so viele Männer beneide, die die Fähigkeiten besitzen, die ich nie haben werde." Sein Blick verlor sich in der Weite des azurblauen Meeres und ein sentimentaler Schatten zeigte sich auf seinem sonnengebräunten Gesicht. Nach einigen Momenten einer offensichtlichen Versunkenheit holte er tief Luft: „Nach dem Tod meiner Mutter, ich war gerade 13 Jahre alt geworden, war mein Vater für mich und meine Erziehung verantwortlich, hatte aber eigentlich so gut wie nie Zeit..."

Zum großen Erstaunen Geralds, wurde ihm nun eine recht detaillierte Schilderung der verschiedenen Lebensabschnitte Horst Rappenfels` dargelegt, was zur Folge hatte, dass es sich zumindest im Ansatz dessen großspuriges und zum Teil menschenverachtendes Verhalten erklären konnte. Auch über ROTE BOUGAINVILLES ließ dieser sich aus und bewies dabei erstaunliches Interpretationsvermögen, das Gerald ihm ebenfalls so nicht zugetraut hätte. Grob betrachtet war die ihm erzählte Geschichte sogar so interessant, dass er sich in seinen Gedanken kleine Merkhilfen machte, um das Gehörte irgendwann in einem seiner Werke zu verwenden. Natürlich so stark verfremdet, dass ein Bezug zu lebenden Personen nicht explizit hergestellt werden konnte.

Die restliche Fahrt verging aufgrund der verbalen Ausführungen Rappenfels` fast wie im Fluge und die Hafeneinfahrt war schon durchfahren, als Gerald erneut von seinem Mitfahrer überrascht wurde. Denn so tiefsinnig eben noch seine Gedanken waren, so schnell wandelte er sich wieder in diesem Kotzbrocken, der er vorher auch schon gewesen war, was auch sofort am wieder einsetzenden Dialekt zu vernehmen war. *Eigentlich liebe ich meinen Dialekt, aber nicht bei ihm!*

"So jetzat pack ma de Weiber ins Auto und fahrn zu mir ins Hotel. I hab da a Suit! Da werd uns nach dem Essen bei a paar Drinks scho was einfallen, was mir dann macha!" Er rieb sich vergnügt die Hände und wandte sich den beiden Frauen zu, während Gerald das Boot in den Hafen steuerte und anschließend verzurrte. Das kehlige Röhren des Maserati kündigte an, dass man auf ihn am Hafenkai wartete. Irgendwie war alles wie am Vormittag, sogar das Gequieke von Luisa und auch Felicitas. Trotzdem war Gerald froh, dass er nun kein weiteres Programm auf die Beine stellen musste.

Das Hotel, Gerald hatte gar nicht drauf geachtet, um welches es sich handelte, war vor allem – teuer! Sofort wuselten mehrere Hotelangestellte um sie herum, um eventuelle Wünsche noch während der Aufzugsfahrt zur Suite zu befriedigen und vielleicht ein größeres Trinkgeld zu erhaschen. Tatsächlich zeigte sich Rappenfels auch sehr großzügig, konnte es sich aber nicht verkneifen, den gesellschaftlichen Unterschied mehr als deutlich zum Ausdruck zu bringen. Wie nicht anders zu erwarten, spielten auch die beiden Mädchen bei dieser geckenhaften Demonstration mit, ohne sich bewusst zu sein, dass gerade sie in den Augen ihres Gönners ganz am Ende der Hierarchie standen. Gerald bedauerte es sehr, dass sich auch Felicitas wieder so schnell in ihre Rolle eingefügt hatte und kaum auf dem Zimmer angekommen es sich ohne ablehnende Regung gefallen ließ, dass Rappenfels besitzergreifend in die Bluse und an ihre silikonvergrößerte Brust griff. Der Roomservice rettete Gerald vor weiteren kompromittierenden Situationen. Auch dieser erhielt – von oben herab – ein üppiges Trinkgeld.

Das Essen war dem Hotel angemessen: Rinderfiletsteak, Cesars Salat und eine Art Kokoscreme. Insgesamt wenig charakteristisch. Es war zugegeben sehr gut zubereitet, was für die Küche eines Luxushotels aber selbstverständlich sein sollte. Im Gesamten betrachtet aber nichtssagend, da es solche Menüs wohl überall auf der Welt zu bestellen gab. Positiv war aus Geralds Sicht lediglich die Gemüsebeilage zum Filetsteak: Maniokwurzeln in Scheiben gedünstet mit feingeraffelten Zuckerrohrspitzen, die diesem Gericht wirklich eine besondere Note einhauchten und davon zeugte, dass der Küchenchef auch von der einheimischen Küche etwas verstand, zumal er das Fleisch auch mit einer Butter, die mit karibischen Kräutern vermischt war, umkränzt hatte.

Während Gerald versuchte, diesen wenigen kulinarischen Besonderheiten die verdiente Würdigung durch langsames Erschmecken zu geben, schlang Rappenfels das Fleisch in fast unzerkauten Stücken hinunter und aß dazu lediglich den Salat. Das Gemüse ließ er unbeachtet auf seinem Teller zurück. Erst auf Anraten Geralds kostete er davon und wieder bemerkte dieser, dass Horst Rappenfels tief im Inneren seines Wesens nicht dieser oberflächliche, ungehobelte Klotz war, den er zumeist herauskehrte. " Des schmeckt ja richtig guat!" Er probierte es mit weiteren – kleinen – Bissen und zeigte sich sehr angetan von dieser, für seinen Gaumen unbekannten Genussfreude. Doch als er zum Abschluss des Hauptgerichtes mit ein paar großen Schlucken des natürlich teuren Bordeaux – Chateau d'Yqem – förmlich" nachspülte", war er schon wieder in sein Verhaltensfahrwasser zurückgekehrt, das er, so hat es Gerald aus dessen Jugenderzählungen herausgelesen, sich als Protest zum distinguierten Gebaren seines wenig geliebten Vaters antrainiert hatte. Gerald hatte selten einen Menschen mit so verschiedenem und vor allem kontroversem Verhaltensmuster kennengelernt. Deshalb bestand für Gerald noch eine gewisse Hoffnung, dass eventuell noch eine weitere Unterhaltung zustande kommen würde, die tiefsinnige Inhalte behandelte. Rappenfels hatte bewiesen, dass er dazu fähig war, aber kaum war auch der Nachtisch verschlungen und mit dem Wein im Magen übergossen, wandte sich letzterer sofort den beiden Frauen zu, die für ihn wohl das eigentliche Dessert darstellen sollten. Diesmal wurde Gerald Luisa angeboten, aber die zu erwartende Situation war nun eindeutig zu viel.

Ohne auf seine Wortwahl zu achten, komplimentierte er sich aus der Suite hinaus: „Wenn Sie, Herr Rappenfels, jetzt glauben, dass ich mit Ihnen auf dieses Zimmer gegangen bin, um nach dem Essen einen Rudelbums mit wechselnden Frauen zu treiben, muss ich Sie enttäuschen. Mich widert Ihr ganzes Gehabe, das Sie anderen Menschen gegenüber an den Tag legen einfach nur an. Die beiden Mädchen werden von Ihnen vermutlich großzügig bezahlt, weshalb sie diese Spielchen scheinbar begeistert mitmachen. Aber ich rate Ihnen einmal in deren Augen zu blicken, dann erkennen Sie vielleicht, dass da keinerlei Freude oder gar Lust zum Vorschein kommt. Ich kann Ihnen nur raten, arbeiten Sie etwas an dieser unseligen Einstellung zu Ihrer Umwelt. Dass Sie auch anders können, haben Sie mir durch Ihren Einblick in Ihr Leben bewiesen. Aber jetzt ist für mich dieser Abend beendet! Machen Sie sich keine Umstände, ich nehme mir ein Taxi." Er sah Rappenfels fest in die Augen: Ich glaube, es ist besser, wenn Sie sich morgen alleine eine Freizeitbeschäftigung suchen, denn ich werde nicht mehr zur Verfügung stehen!

Er nickte Luisa und Felicitas noch einmal zu und verließ wortlos das Zimmer und langsam fiel die Tür ins Schloss.

XVI

Am nächsten Morgen empfing ihn Marthe voller Sorge. Er konnte sofort an ihrem prüfend, abschätzenden Blick erkennen, dass sie sich Gedanken gemacht hat. Das lag wohl auch zum Einen daran, dass er sehr spät aufgestanden war, was sie zu der Schlussfolgerung kommen ließ, dass er wohl erst spät in der Nacht heimgekommen war. Dafür hatte sie einen Grund gesucht.

Gerald nahm ihr aber sofort den Wind aus den Segeln." Ja, ich bin gestern sehr spät nach Hause gekommen. Aber nicht, weil ich den Reizen der beiden Mädchen, die Rappenfels da angeschleppt hatte, erlegen bin. Ich konnte diese Gesellschaft am Ende einfach nicht mehr ertragen. Am wenigsten diesen aufgeblasenen Wicht, der nun einmal der Ansicht ist, dass Geld eben alles möglich macht. Teure Autos – hast du den Maserati gesehen?"

Marthe schüttelte den Kopf." Gesehen nicht, aber gehört. Er hat sich eindrucksvoll angehört!"

„Das mag ja sein, aber braucht man so etwas auf einer so kleinen Insel? Dazu kommt ein teures Hotel mit einer noch teureren Luxussuite, in der er jetzt vermutlich noch immer mit seinen Gespielinnen zugange ist. Dass er sich die beiden auch gekauft hat, brauchen wir gar nicht zu recherchieren. Stell dir vor, er hat mich sogar aufgefordert da mit zu machen!"

Marthe nickte wissend:" Das war der Moment, wo du gegangen bist!"

„Genau!"

„Aber dann musst du trotzdem lange mit denen zusammen gewesen sein, wenn du erst so spät nach Hause kommst."

331

„Nein, gegangen bin ich dort schon relativ früh, kurz nach dem Abendessen, das natürlich auch wieder sehr teuer war, aber", er legte Marthe beide Hände auf ihre Schultern, " längst nicht so vorzüglich wie das, was du kochen kannst."

„Du Charmeur!" Marthe schüttelte spielerisch seine Hände ab. Ihr Blick blieb aber immer noch fragend.

„Ich bin anschließend zu Miles gefahren, denn auf diese Erfahrung hin habe ich einen Whisky gebraucht." Er dachte noch einmal über das Erlebte nach: „Aber einer hat diesmal nicht ausgereicht."

„Das kann ich mir denken!"

„Nein, das kannst du nicht! Weißt du was für mich am Schlimmsten war?"

Marthe sah ihn nur an.

„Der teilnahmslose, ins Schicksal ergebene Blick der beiden Mädchen, wenn sich dieser hormongesteuerte Gnom an ihnen zu schaffen machte und das vor meinen Augen. Das habe ich ihm auch als letzten Satz direkt ins Gesicht gesagt. Er soll doch mal in deren Augen schauen und suchen, was er dort findet! – Nichts! Rein gar nichts! Außer vielleicht eine gewisse Gier – nach Geld."

„Und heute musst du dich wieder mit ihm treffen?" Marthe wollte gerade anfangen Gerald zu bemitleiden.

„Nein, ich habe ihm gestern noch mitgeteilt, dass ich heute keine Zeit mehr für ihn habe."

„Was werden sie in deinem Verlag dazu sagen? Du hast doch erzählt, dass dieser Mensch eine wichtige Stellung dort hat. Da wirst du sicher Ärger bekommen!"

„Das glaube ich auch, aber wenn ich mich noch einmal mit diesem Rappenfels treffen müsste, dann bin ich doch auch, genau wie Luisa und Felicitas, in erster Linie eines: Käuflich! Und eines habe ich aus Felix Worten herausgehört: der Verlag braucht mich mehr als umgekehrt. – Natürlich werde ich einen Rüffel bekommen, aber der wird sich in Grenzen halten."

„Frühstück?“

„Gerne, aber so richtig mit Eiern und Speck! Das brauche ich jetzt gegen die Whiskyfolgen.“

„Waren es denn so viele?“

„Ja einige. Ich hatte Miles gleich am Anfang gesagt, er soll eine billige Flasche nehmen, ich möchte mich diesmal besaufen. Das habe ich zwar nicht gemacht, aber etwas mehr war es schon.“ Er lachte kurz auf.“ Weißt du, was Miles erste Frage nach meiner Whiskybestellung war?“

„Ob du schlechte Nachrichten von Rebecca bekommen hast.“ Marthes Antwort kam so trocken wie ein Gewehrschuss.

Gerald sah sie erstaunt an.“ Kannst du jetzt auch noch Gedanken lesen?“

„Das nicht, aber Miles wusste nichts von deiner Verabredung tagsüber. Und wenn du dich, wie du sagtest, bei ihm besaufen möchtest, auf welchen Grund wird er dann wohl zuerst kommen? Vermutlich hat er sich auch gleich zu dir setzen wollen.“

„Richtig und er war sichtlich erleichtert darüber, dass ich nur meinen Ärger über Rappenfels – „Fels“ ist bei seiner Größe, vor allem der geistigen, eigentlich ein Anachronismus.“ Kiesel“ ist das bessere Wort –“ Rappenkiesel“, so sollte er heißen.“ Wieder eine kurze Denkpause. Der Speck brutzelte in der Pfanne und verbreitete einen verführerischen Duft. “ Dabei hat der Typ sogar ein paar gute Seiten.“

Marthe sah ihn neugierig an, während sie zwei Eier mit etwas Salz und Chilipulver verquirlte.

Gerald nickte leicht versonnen. “ Der kann sogar feinfühlig, geistreich und so etwas wie rücksichtsvoll sein. Nein, Mathe du brauchst nicht den Kopf schütteln! Zweimal habe ich diese Seite an ihm deutlich erkennen können, aber er unterdrückt diese Einstellung in der Regel erfolgreich. Irgendetwas oder jemand hat ihn so geprägt, wie er ist. Er hat mir da etwas von seiner Beziehung zu seinem Vater erzählt, das dürfte das stärkste Motiv sein. –Mmh, das duftet herrlich Marthe!“ Er nahm etwas Brot und tunkte es in den Teller, den diese vor ihn hingestellt hatte. Dazu gleich eine ganze Flasche Orangensaft und natürlich etwas Tee." Marthe, du bist einfach ein Schatz!"

Sie nahm dieses Kompliment wortlos aber mit einem zufriedenen Lächeln entgegen.

Gerald war gerade genüsslich am Kauen des gebratenen Specks, den er sich mit etwas Ei in den Mund geschoben hatte, als das Telefon klingelte. Er nickte Marthe auffordernd zu, denn er selbst konnte wegen des vollen Mundes nicht sprechen.

Mit einem ironischen Seufzer nahm Marthe das Gespräch entgegen. "Hello, here is the connection to Mr. Piller."

"Oh, Hello Mr. Felix!" Sie sah zu Gerald an den Tisch.

„ Yes, Mr. Piller is here, one moment please." Sie reichte Gerald das Telefon mit einem gespielt diabolischen Lächeln." Der Rüffel kommt bereits!"

„Ja, Gerald hier. Felix, was hast du denn auf dem Herzen?" Gerald spielte die personifizierte Unschuld.

„Sag mal, was hast du denn mit dem Rappenfels gemacht?"

 Geralds leichte Kopfschmerzen, die er mit Orangensaft und Speck bekämpfen wollte, schwollen akut an." Felix, es tut mir leid, aber...."

Taschner unterbrach ihn sofort." Es muss dir nicht leid tun! Rappenfels hat vollstes Verständnis dafür, dass du heute wieder deiner Arbeit nachgehen musst. Aber er hat sich bei mir in den höchsten Tönen über den vollauf gelungenen gestrigen Tag bedankt."

Gerald glaubte sich verhört zu haben oder zumindest in einem falschen Film zu sitzen.

Felix fuhr fort: Ich habe Rappenfels noch nie so von einem Mann schwärmen hören, wie von dir!" Felix sprach die nächsten Worte mit besonderer Betonung aus: „Von deiner Integrität, deinen Wertvorstellungen, deiner Moral und deinem Verständnis, das du ihm entgegengebracht hast." Er machte eine kurze Pause." Was hast du denn mit ihm unternommen?"

„Wir sind mit dem Boot rausgefahren und haben uns unterhalten." Gerald wusste gar nicht so genau, was er Felix jetzt sagen sollte. Die Wahrheit im Detail oder alles kurz und oberflächlich. Er entschied sich dann für eine dritte Variante." Ich glaube, Felix, das möchte ich dir am liebsten bei unserem nächsten Wiedersehen selbst sagen."

„Warum erst dann?"

„Felix, stimmt das gerade eben, was du mir über Rappenfels berichtet hast?"

„Natürlich, warum fragst du so?"

„Weil ich bei unserem Gespräch dann dein Gesicht gerne sehen möchte."

XVII

Der Tag geht wirklich einmal gut los! Gerald konnte immer noch nicht so richtig fassen, was ihm Felix da gerade mitgeteilt hatte. Aber irgendwie passte auch diese Reaktion in das immer facettenreicher werdende Bild, das er von Rappenfels hatte. Fast bedauerte er es, heute kein Treffen mehr mit ihm zu haben. *Wer weiß, welche Abgründe sich noch auftun würden? – Aber vielleicht wäre sogar ein solcher der positiven Art darunter?* Er aß noch die letzten Bissen seines Frühstückes. Dann nickte er Marthe freundlich zu, die er zuvor noch kurz über das soeben vergangene Gespräch aufgeklärt hatte, was auch auf ihrem Gesicht einen Ausdruck des Unverständnisses hinterließ und ging nach oben in sein Arbeitszimmer. Er spürte fast körperlich eine Kreativität, die sich in ihm breitmachte und nach außen drängte.

Zuvor musste er aber noch seine Mails checken, die in den vergangenen zwei Tagen eingegangen waren. Es durchfuhr ihn wie ein Blitz, als er den Absender der vierten Mail las. Mit leicht zitternden Händen öffnete er das Schreiben, ohne auf die weiteren Eingänge zu achten. Dieses Schreiben hatte absoluten Vorrang.

Mein edler Gentleman,

du hast sehr lange auf eine Nachricht von mir warten müssen. Das tut mir aufrichtig leid, aber es schien mir nicht gut, auf

335

all deine lieben, schönen und vor allem positiven Mails gleich zu antworten. Glaube mir, ich hätte dir am liebsten jedes Mal gleich geantwortet. Genauso, wie ich am Flughafen bei deiner Abreise dich liebend gerne wieder zurückgehalten hätte. Aber jetzt, mit etwas vergangener Zeit - ich hoffe nicht zu viel Zeit - habe ich meine Gedanken, die alle wie Konfetti ungeordnet und genauso bunt in meinem Kopf herumschwirrten, zumindest etwas geordnet. Sei versichert, es schwirrt immer noch vieles, aber im Zentrum befindet sich etwas, das wie von selbst dafür sorgt, dass diese farbigen Papierschnipsel immer synchroner sich bewegen und mir helfen, meine doch deutlich durcheinandergebrachte Lebensphilosophie wieder zurückzugewinnen. Der Unfall hat so vieles meiner täglichen Abläufe und Gewohnheiten verändert oder sogar zerstört. Aber ich bin dabei, dies mental wieder zu reparieren. - Nicht alles, denn ich habe auch vor, mich von manchem, das nur als Ballast anzusehen war, zu trennen. Dafür ist anderes gerade dabei, bei meiner Sortierung in den Dringlichkeitsstufen ganz nach vorne zu kommen. Ich glaube, ich habe eine gute Mischung zwischen meiner ausgeprägten Logik und meinem Bauchgefühl gefunden. Ja, ich kann behaupten, die beiden bilden ein gutes Team. Meine Zuversicht und mein Optimismus - da hast DU deutlich auf mich ab gefärbt - steigen ständig an.

Doch zurück zu diesem stabilisierenden Zentrum, das ich vorhin schon erwähnt hatte. Dieses positive, ich nenne es auch Schwarzes Loch, das mir hilft, alle Gedankenausreißer wieder einzufangen, habe ich bei meinen Wegen in mein Innerstes, bei denen mich mein Psychologe anfangs immer begleitet hatte, sehr schnell entdeckt und identifiziert. Es ist ein Zentrum, in dem das Glas nie halb leer, sondern immer halb voll ist! - Ich sehe in Gedanken, dass du beim Lesen dieser Zeilen dein unnachahmliches Lächeln aufsetzt, das mir so viel bedeutet.

Ja, DU bist dieses Zentrum und alle Gedanken, Sehnsüchte und Hoffnungen gehen von mir zu diesem Mittelpunkt, zu DIR!

Jetzt stellst du dir sicherlich die Frage, warum ich mich dann erst jetzt melde. In deinen Schreiben hast du deine Hoffnungen, Wünsche und ebenfalls Sehnsüchte zum Ausdruck gebracht und mir dadurch schon viel Kraft gegeben. Trotzdem wollte ich mir ganz sicher sein, denn das Gefühl, das für dich brennt, sollte nicht durch eine vorschnelle Handlung zerstört werden. Du weißt, dass ich eine sehr ungeduldige Frau sein kann, aber diesmal habe ich mir die Zeit genommen, weil es eine Entscheidung werden würde, die mein Leben noch einmal verändert. Ich wollte mich durch Nichts von außen in dieser Wegweisung beeinträchtigen oder beeinflussen lassen! Ich weiß sehr wohl, wie deine Worte, ob nun gesprochen oder geschrieben, auf mich wirken! Deshalb habe ich dir nicht geantwortet, denn ich kenne dich doch so gut, dass ich wusste, dass du in der Lage bist, meine Gedanken zumindest ein bisschen zu manipulieren, aber dabei wären schon wieder einige Konfetti außer Kontrolle geraten und vielleicht noch neue hinzugekommen, weshalb ich alleine für mich diesen Weg gehen wollte, der mich, sei versichert, oft große Willensanstrengung gekostet hatte.

Oft saß ich an der Tastatur, um den Kontakt zu dir zu suchen, habe aber nichts eingetippt, bis auf einmal, da hatte ich nach zwei Seiten alles wieder gelöscht. Ich spürte mit jeder geschriebenen Zeile Wirbel, die diesem Zentrum eine Unordnung entgegenbrachten. Also verwarf ich alles Geschriebene, denn du warst und bist ja dieses Zentrum und immer mehr bemerkte ich, dass dieser Mittelpunkt nicht nur mir Halt geben konnte, sondern auch mich immer mehr beruhigte und geduldiger werden ließ. Und immer mehr spürte ich auch, wie mich dieses Zentrum anzog und ich wusste gleichzeitig, dass es gut war! Das Glas wurde wie von selbst immer voller!

Leider kann ich immer noch nicht sprechen. – Ich glaube, meine Sprache ist auch so ein bunter Papierschnipsel, der immer noch irgendwo in meiner Psyche herumschwirrt und seinen Platz noch nicht gefunden hat. – Ein paar Mal hatte ich das Gefühl, ganz nah dran zu sein, aber irgendetwas hat dann wieder dafür gesorgt, dass die Worte nur bis zum oberen Brustkorb kamen aber nicht weiter. Aber DU, das Positive in meiner Mitte, wirst auch dieses Fetzchen Papier wieder an seinen angestammten Platz führen, das weiß ich jetzt ganz sicher! Und mit genauso großer Sicherheit weiß ich jetzt, dass ich dich nicht verlieren möchte, dass meine Sehnsüchte nach dir und deinen unnachahmlichen Berührungen immer zwingender werden und, das ist das Wichtigste, – ich weiß, dass es gut so ist!

Ich habe deine Geduld auf eine sehr lange Probe gestellt, aber ich liebe dich eben auch wegen dieser Geduld, die du schon in Innsbruck so eindeutig bewiesen hast. Trotzdem bitte ich dich auch um Entschuldigung dafür, aber ich konnte und durfte nicht anders handeln.

Ich würde so gerne deine Stimme hören, auch wenn ich dir nicht antworten kann. Solltest du Lust haben, mir diesen Gefallen zu tun, so ruf einfach an. Sprich auf jeden Fall auf den Anrufbeantworter, denn ich gehe aufgrund des Sprachproblems normalerweise gar nicht ans Telefon, aber wenn ich deine geliebte Stimme höre, hebe ich ab und ich weiß, dass du mir immer was zu erzählen hast. – Und ich werde dir mit einer unglaublichen Freude zuhören!!!!

Eine Antwort bekommst du dann wieder schriftlich.

Mit UNZWEIFELHAFTER LIEBE

Rebecca

Gerald las den Brief mit großer Sorgfalt und er spürte, wie seine Beine bei jeder weiteren Zeile immer mehr zu zittern begannen. Sein Herz begann zu rasen und in seinen Augen breitete sich eine wässrige Trübe aus, in der sich seine innere Freude verfing.

Er blickte auf seine Armbanduhr: 11:45 Uhr – in Deutschland also 17:45 Uhr!

Mit nun auch leicht zitternder Hand griff er zum Telefon.

Nach dem doch etwas einseitigen Gespräch hatte er aber noch nicht genug, er musste ihr noch seine Geschichte mit Horst Rappenfels als Mail mitteilen.

Meine geliebte, schöne Rebecca,

du ahnst gar nicht, wie sehr mich deine letzte Mail gefreut hat. Ich habe mich all die Monate immer damit beschäftigt, wie ich deine Liebe zurückgewinnen kann. Dabei habe ich schon wieder einen Fehler gemacht, denn ich musste sie gar nicht wieder erneuern, denn sie war immer da, in dir!

Ich habe gerade in den letzten Tagen viel erlebt. Auch sexuell hätte ich mich auf ein Abenteuer einlassen können. Wobei dieses Wort gar nicht zutrifft, denn mit Sicherheit wäre ich danach um eine negative Erfahrung reicher gewesen. Ein Mäzen meines Verlages hatte einen Besuch bei mir angekündigt und ich sollte zwei Tage mit ihm verbringen. Was ich nicht wusste war, dass er zwei Prostituierte im Schlepptau hatte, die, so sein Gedanke, wechselweise für ihn und für mich zur Verfügung stehen sollten. Zwei junge Dinger, die aber schon gut für ihren Job ausgestattet waren: vergrößerte Brüste und diverse schönheitskosmetische Operationen. Ich nehme an, dass man beide auch bald in Hochglanzprodukten der Pornoindustrie bewundern wird können. Da müssen sie aber noch etwas Schauspielunterricht nehmen, denn beide hatten in ihrer Mimik nur Abgestumpftheit und Leere zu bieten. Da konnte der Körper noch so anregend aussehen – an den deinen kommt ohnehin kein anderer heran! – Es würde im Endeffekt nur einer Masturbation gleichkommen, in der die beiden Damen bestenfalls die eigene Hand ersetzen könnten.

Dass diese Tatsache aber scheinbar nur ich so sah, bewies mein Besucher, der tatsächlich mit Freude seinen Trieben mit den beiden Mädchen zum Teil auch vor meinen Augen nachgehen wollte, was ich mir aber schlussendlich verbat und deshalb schon am Abend des ersten Tages den zweiten Tag komplett cancelte, was ich auch mit deutlichen Worten ihm gegenüber unterstrich.

Merkwürdig war allerdings, dass er sich bereits am nächsten Tag per Mail im Verlag gemeldet hatte und mich in den höchsten Tönen für meine Gastfreundschaft lobte. – Verstehe einer alle Menschen! – Mich würde wirklich interessieren, was das für ein Mensch ist, denn er konnte auch geistreich und witzig sein. Auf der anderen Seite aber ungemein derb, unausstehlich und richtig widerlich.

Es wird dich aber wenig überraschen, dass diese Erfahrung mit ihm mich noch näher zu dir gebracht hat. Auf spiritueller Ebene sowieso, aber auch die Tatsache, dass Sex ohne dich mir nun mal keinen Spaß mehr machen würde. Von einer inneren Befriedigung danach ganz zu schweigen!

Du fehlst mir sehr, aber es wird wohl noch einige Zeit dauern, bis wir uns wiedersehen, aber ich bin mir auch ganz sicher, dass wir uns bald auch wieder gegenseitig hören können. Deine Stimme klingt so wunderbar, ich stelle sie mir jeden Tag vor, wie sie mir liebe Worte ins Ohr flüstert. Ich habe dir schon wieder so viel zu erzählen, das würde den Rahmen dieser Mail allerdings sprengen.

Voll innerer Wärme und Liebe

10000000000000000000000000000000000000000000000000 Küsse

dein G

XVIII

Mein lieber, lieber G,

du ahnst gar nicht, welche Freude es für mich war, endlich wieder deine Stimme zu hören. Schon beim ersten Ton auf dem Anrufbeantworter bin ich von meinem Stuhl aufgesprungen und zum Telefon gelaufen. Den lauten Knall, den du gehört hast, habe ich mit Absicht verursacht, damit du auch bemerken solltest, dass ich dir zu höre. Ich habe dabei mit meinem Knie gegen die Kommode gestoßen, auf dem das Telefon immer steht. Du hast es auch gleich begriffen, aber deine Sorge, dass ich mir weh getan habe, war natürlich unbegründet.

Ich habe jedes Wort von dir förmlich aufgesaugt. Sogar die Art, wie du beim Sprechen Luft holst, hat mich in eine Freude versetzt, die auch körperlich für mich zu spüren war. Du verwendest immer noch so schöne, einfühlsame und interessante Worte, mit denen du mich immer fesseln kannst. Immer wieder musste ich den Hörer von einem Ohr zum anderen wechseln, da taten mir schon diese Sekundenbruchteile leid, in denen ich dein Timbre in der Stimme nicht hören konnte. Was ich schon immer an deinen Sätzen so geschätzt habe, waren die ausgefeilten Betonungen. Ich weiß nicht, ob dir das bewusst ist, aber manchmal setzt du hinter einem Satz verbal ein deutliches Ausrufezeichen, wie ich es sonst so in Gesprächen noch nie gehört hatte. Vor allem die kleinen Pausen, die du danach immer machst, bringen dies noch deutlicher zum Ausdruck.

Was du über mich gesagt hast, wie sehr du mich begehrst und all die wunderschönen Komplimente, mit denen du diese Aussage begründet hast, haben mich in eine starke Erregung versetzt, zumal du es meisterhaft verstehst, mit ausgewählten, niemals derben Worten meinen Körper zu beschreiben und das, was du mit ihm und mit mir anstellen würdest, wenn du jetzt neben mir sitzen, oder besser noch liegen würdest. Ich war mit dem Telefon am Ohr bereits in dieser von dir so ausführlich geschilderten Traumwelt, dass ich manchmal fast vergessen habe, dass du so weit weg von mir bist. Wenn du mir schilderst, dass deine Hände über meinen Bauch langsam nach unten wandern und dort diese Stelle berühren, die links und rechts meines Hügels zu den Oberschenkeln überleiten, dann habe ich dies wirklich gespürt und mich in ein warmes, lustvolles, imaginäres Gewölk eingesponnen, in dem ich all das mental nachvollzogen habe. Wenn deine Hände dann, wie du es mir zugeflüstert hast, weiter zwischen meine Beine wanderten, sehr langsam aber doch zielstrebig, dann habe ich auf dem Sofa liegend diese für dich leicht geöffnet, damit du auch wirklich frei dorthin gelangen konntest, um meine Feuchtigkeit, die dich so sehr herbeisehnt zu empfangen.

Ich sah deinen Körper über mir, der trotzdem so sanft und zärtlich mich berührt und mir dabei gar nicht schwer vorkommt. Natürlich sah ich auch dein Gesicht mit diesem unendlichen Blick, der nichts anderes als pure Liebe ausdrückt. Dazu jeder Kuss von dir, der die Vereinigung zwischen uns beiden vollkommen macht. Besonders dann, wenn du in mir für eine Weile ruhig verbleibst und ich dich innigst umschlingen kann.

Oh, wie ich mich nach dir sehne! Nach all dem, was du mir gerade eben gesagt hast und noch viel mehr! Du bist eben doch ein bisschen anders als andere Männer, zumindest für mich.

Deinen Ärger über diesen Rappenfels kann ich gut nachvollziehen. Er achtet andere Menschen nicht und Frauen scheinbar überhaupt nicht. Ich habe mir die Szene in deinem Boot vorgestellt, die du mir geschildert hast, als er als einziger noch nackt und selbstverliebt sich vermutlich als den Größten betrachtend, nachdem was vorher am Strand stattgefunden hatte. Wenn ich da dabei gewesen wäre.... Das wäre vermutlich ganz schlecht für ihn ausgegangen!

Wie du mit Felicitas umgegangen bist, war für mich keine Überraschung, weiß ich doch, wie sehr du auf die Augen, besonders bei Frauen achtest. Deshalb weiß ich auch, dass es mir nur schwer, vielleicht doch gar nicht gelingen würde, dir ein Gefühl vorzugaukeln. Denn du liest doch gleich immer alles aus meinen Augen heraus. Aber ich schenke dir diese Blicke immer gerne, du hast sie alle verdient! Ich freue mich schon darauf, dir diesen Blick bald wieder einmal schenken zu dürfen.

Du hast dir gewünscht, dass ich zu dir kommen soll. Diesen Wunsch kann ich leider im Moment – nur im Moment – noch nicht erfüllen, da ich meine Termine beim Psychologen und bei der Logopädin einhalten muss, um dir endlich einmal auch wieder in Worten sagen zu können: „Ich liebe dich! “ Aber sobald du Zeit finden kannst, würde ich dir dies hier in Deutschland gerne zum Ausdruck bringen. Vorerst nur durch meine Augen und meine Berührungen und meine Küsse!

Ich möchte dich so gerne wieder einmal von hinten umarmen und mein Gesicht in die Beuge zwischen deiner Schulter und deinem Hals legen. Ich weiß noch immer sehr gut, wie du das liebst.

Ich freue mich unendlich auf dich!

Voller Sehnsucht!

Deine Fanrebecca

P.S. Die paar Leseproben, die du mir zugemailt hast, lesen sich außerordentlich vielversprechend! Du bist wieder zu einem flüssigeren Schreibstil zurückgekehrt. Deine Leser werden es dir danken!

Noch einmal viele Küsse

Rebecca

XIX

„Marthe das muss gefeiert werden!" Gerald hatte ihr natürlich sofort von den beiden Mails Rebeccas erzählt, was sie mit großer Freude erfüllte.

„Stellen wir beide gleich einmal zusammen, was ich einkaufen soll, damit es ein gelungenes Menü wird. Du wirst sicherlich jemanden einladen wollen?"

„Natürlich, Heinz Rappenfels mit seinen beiden Mädchen!" Gerald verzog keine Miene bei dieser Aussage. Erst als er Marthes erschrockenes Gesicht eine Weile ausgehalten hatte, prustete er schallend los." Nein," sagte er noch immer unter lautem Lachen" den laden wir ganz bestimmt nicht ein, nicht dass wir am Ende noch eine Orgie im Haus haben und wir morgen das Wasser im Pool komplett austauschen müssen. Nein, wir laden niemand ein! Ich werde dich einladen und wir werden uns bei Miles bekochen lassen und auch den einen oder anderen Schluck trinken."

„Aber du kannst mich doch nicht ausführen! Ich bin doch nur deine Angestellte"!

" Marthe wir kennen uns zwar nicht so lange, aber in dieser Zeit habe ich doch schon einiges von dir kennengelernt und auch schon viel mit dir besprochen, was man einer Angestellten normalerweise nicht sagt. Also bist du in meinen Augen bereits so etwas wie eine Freundin und Freundinnen kann man auch zum Essen ausführen! Also werde ich dir heute Nachmittag freigeben, damit du dich vorbereiten kannst. Außerdem hast du es schon lange verdient, auch einmal verwöhnt und bekocht zu werden."

Marthe war völlig aus dem Häuschen: „Oh weh, was ziehe ich denn da an?"

Gerald lachte: " Typisch Frau! Marthe wir gehen zu Miles, da musst du nicht in besonderer Garderobe daherstolziert kommen, außer du willst anschließend noch in einem Club auf Paradise Island einkehren."

" Gott nein, da will ich nicht hin! Da geht es doch genauso zu wie in den Hotels in Florida, wo mein Mann arbeitet." Sie griff sich an den Kopf und rollte wieder einmal ihre Augen, über die sich aber dann ein Schatten legte. " Halt! Heute Abend kommt doch Francis für drei

Wochen wieder einmal nach Hause. Da kann ich doch nicht fortgehen."

„Aber für mich hättest du kochen wollen!"

Sie schüttelte den Kopf.Das ist doch etwas ganz anderes! Das ist meine Arbeit, die ich tun muss! Aber Essen gehen und Feiern ist Vergnügen. Das würde er nicht verstehen. Außerdem würde er vielleicht auf den Gedanken kommen, dass wir beide...."

Gerald lachte noch lauter." Weißt du was Marthe, dann nimm ihn einfach mit, ich lade ihn mit dir zusammen ein. Ich denke, ich würde ihn gerne kennenlernen, nach allem, was du mir schon erzählt hast. Es sei denn, ihr beide wollt heute Abend alleine sein...." Er zwinkerte ihr bedeutungsvoll zu und glaubte fast zu bemerken, dass ihre Gesichtsfarbe um eine Nuance dunkler wurde. Frag ihn doch einfach und sag mir rechtzeitig Bescheid, damit ich bei Miles ein schönes Menü ordern kann." Er wandte sich ab, um zum Telefon zu gehen. " Ich werde gleich einmal Miles mitteilen, was ich heute vorhabe." Er drehte sich noch einmal zu Marthe um: „Gibt es irgendetwas, was du gar nicht essen magst?"

Sie sah ihn mit einem glücklichen Ausdruck an. " Ich, – wir – essen alles. Ich glaube auch, dass Francis gerne kommen würde, denn er hat ebenfalls schon einmal geäußert, dich auch kennenlernen zu wollen. Ich habe ihm nämlich schon viel von dir erzählt."

„Dann ist ja alles bestens! Aber wie gesagt, wenn ihr allein sein wollt..."

Wieder das Augenrollen und noch ein verschmitztes Lächeln dazu: " Dazu haben wir in der Nacht und die nächsten Tage noch genügend Zeit, glaube mir."

„Gut, dann würde ich sagen, so um sieben bei Miles?"

„O. k.!"

Miles freute sich ungemein mit Gerald." Ich bin sehr froh darüber, aber ich habe gewusst, dass sich Rebecca melden würde. Ich habe damals schon gesehen, wie sehr sie dich liebt, das kann einfach so schnell nicht vorbei sein, auch wenn so viel passiert ist wie bei euch."

„Du bist aber auch immer ein unerschütterlicher Optimist!“

Miles sah Gerald erstaunt an: „Von wem habe ich denn diesen Optimismus gelernt? Das warst doch du! Kannst du dich noch erinnern, als du auf die Insel gekommen bist und eigentlich nur wegen des strömenden Regens mal schnell Unterschlupf in meiner damaligen Spelunke gesucht hast? Ich war damals kurz davor, alles aufzugeben und mir eine Arbeit in den USA zu suchen. Und dann kamst du, klatschnass und irgendwann an diesem Abend saßen wir dann alleine zusammen und haben Whisky getrunken. Und du hast geredet und geredet, bis ich irgendwann gesagt habe:“ Führ doch du den Laden! “

Gerald lächelte versonnen am anderen Ende der Leitung.“ Und ich habe nein gesagt, aber ich hab auch gesagt, ich kann dir vielleicht helfen den Schuppen zu neuem Glanz zu führen.“

"Weißt du, was mich das damals alles gekostet hat?“

„Na und, hast du es bereut?“ Gerald konterte diesen scherzhaften Einwand von Miles sofort.

„Nein, niemals, aber ich zahl immer noch Kredite zurück an die Bank. Kredite, die ich allerdings ohne dich nicht einmal bekommen hätte, wenn du nicht gebürgt hättest. Das war schon ein großes Risiko, zumal du mich kaum kanntest. "

„Ich habe mich einfach auf meine Menschenkenntnis verlassen und wieder einmal Recht behalten. Außerdem glaube ich, so wie dein Laden mittlerweile brummt, wirst du nicht mehr lange Kredite zurückzahlen müssen!“

„Nein, an die Bank bald nicht mehr, da habe ich zum Jahresende alles abbezahlt. Aber den persönlichen Kredit an dich werde ich nie abbezahlen können, denn deine Freundschaft ist ziemlich unbezahlbar!“

„Du gibst mir doch genauso viel zurück. Gerade in letzter Zeit. Dafür ist eine Freundschaft doch da!“

„Ich freue mich auf jeden Fall auf heute Abend. Ich werde gleich mal den Koch auf den Markt schicken, damit er etwas Schönes für uns einkauft."

„Ich habe übrigens Marthe und ihren Mann, der gerade mal wieder auf der Insel ist, auch eingeladen. Selbstverständlich gilt das auch für deine Vivian."

„Das ist schön, dann sehe ich Marthe auch einmal wieder. Ihr Francis ist bis jetzt für mich immer ein Phantom gewesen, da bin ich doch sehr gespannt, aber passen wir lieber auf, dass wir ihn nicht überfordern, er kennt, soviel ich weiß, niemanden von uns. Aber wir sind ja alle nette Leute!" Miles lachte wiehernd auf.

„Dann also bis heute Abend."

„Ja, Gerry, bis heute Abend – und – irgendwann einmal wieder mit Rebecca!" Miles beendete das Gespräch.

Hoffentlich behälst du recht mein Freund!

XX

Das Essen war wirklich eine kulinarische Herausforderung. Miles Koch hatte auf dem Markt Mondfisch bekommen, eine besondere Köstlichkeit wegen des außerordentlich festen Fleisches. Einfach nur Fischsteaks aus den großen Scheiben zu machen und diese mariniert zu grillen, hätte ihn nicht sonderlich herausgefordert, sodass er diese Steaks sehr klein ließ und sie als Vorspeise zusammen mit einem Salat aus noch grünen Mangos und Papaya verfeinert mit grünem Pfeffer und einem Limettenkokosdressing auftrug.

Vom restlichen Fisch, den er in einer Whisky-, natürlich nicht den besten! – Kokossauce mit etwas Schalotten und Olivenöl beizte, kreierte er ein Fischstew, das er mit Tomaten, Palmschößlingen, etwas in Würfel geschnittenen Maniok und ein paar Felsengarnelen köstlich im Geschmack abrundete. Aufgrund des Maniok verzichtete er auf Reis und buk selbst ein spezielles Brot dazu, das er mit Korianderblättern als Teiggewürz vorher angekündigt hatte. Ein paar darunter gemischte, nicht allzu süße Bananenscheiben rundeten diesen Festschmaus ab.

Gerald fand dieses Essen absolut würdig für den Anlass seiner wiedergekehrten Liebe. Er war sich sicher, dass Rebecca bei diesen Gaumenfreuden ein paar enthusiastische Töne von sich gegeben hätte, wäre sie denn nur dabei gewesen! Gerald hatte vor, sich das Rezept aufschreiben zu lassen, um es Rebecca irgendwann zu einem passenden Zeitpunkt selbst zuzubereiten. Der Mondfisch dürfte vermutlich ein Problem beim Einkauf darstellen, aber es gab noch andere festfleischige Fische, auf die er ausweichen konnte.

Die Unterhaltungen waren heiter und gelöst, mit zunehmendem Abend auch dem kalifornischen Weißwein geschuldet, den Miles dafür auftragen ließ. Besonders die Geschichten, die Francis über seine Erlebnisse in Florida zum Besten gab, waren immer wieder einen Lacher wert. Gerald sah sich dabei auch in seinen Vorurteilen, die er den US-Amerikanern gegenüber hegte, wieder einmal vollauf bestätigt.

Was Gerald besonders imponierte, war das gegenseitige, vertraute Miteinander, das dieser und Marthe zum Besten gaben. Es wirkte in keiner Sekunde aufgesetzt oder inszeniert. Trotz der sehr langen Phasen, in denen sie getrennt waren, war eine unglaubliche Harmonie zwischen den beiden zu spüren. Speziell die Blicke, die sie sich gegenseitig zuwarfen und die Gerald manchmal mitbekam, zeugten von einer großen Vertraulichkeit, die in einer starken Liebe wurzelte. Gerald war sich sicher, dass sich Marthe keinerlei Gedanken machen musste, ob ihr Francis irgendwelchen Offerten einer amerikanischen Touristin erliegen würde.

So schön es für ihn anzusehen war, wie die beiden sich gegenseitig in ihren Gefühlen füreinander bestärkten, so weh tat es Gerald auch gerade in diesem Moment. Denn jetzt vermisste er Rebecca so unendlich. Auch sie besaß die Gabe, durch einem Blick so viel auszudrücken und er verstand es, dies zu lesen und richtig zu interpretieren. Obwohl er und Rebecca wirklich viel miteinander redeten, war die nonverbale Kommunikation bei ihnen beiden genauso stark ausgeprägt. Besonders was Verstimmungen anbetraf oder wenn einer von ihnen durch irgendetwas abgelenkt war, sie konnten es an ihren Mimiken gegenseitig ablesen.

Wie oft hatte er sich in den letzten Monaten vorgestellt, welchen Gesichtsausdruck sie hatte, wenn sie gerade arbeitete oder beim

Psychologen saß. Viele Bilder entstanden in seinem Kopf, doch egal welche Facette er bei ihrem Antlitz feststellte, ob belustigt, glücklich, ärgerlich, traurig, sentimental oder ernst dreinblickend, immer war sie unglaublich schön! Und er wusste auch immer, dass das keine Einbildung seinerseits war, sondern immer der Realität entsprach. Er sah sie nicht nur durch die rosarote Brille! Er brauchte sich kein Foto von ihr anzusehen, obwohl er das sehr gerne tat, gerade wenn sie ihr WhatsApp Image wechselte, was sie zu seiner Freude sehr häufig tat, um zu wissen, wie schön sie war. Aber das war mit ein Grund, warum er sie so sehr vermisste und Sehnsüchte entwickelte. Aber seit ihrer letzten Nachricht war sein ohnehin immer vorhandener Optimismus wieder auf höchstem Level. – Er würde sie wiedersehen und die Liebe war auch auf ihrer Seite nach wie vor vorhanden. Am liebsten würde er sofort ins Flugzeug steigen und ins kalte Deutschland fliegen, damit ihm warm ums Herz werden würde, aber er war sich sicher, dass ein bisschen Warten nach ihrer so positiven Nachricht vielleicht auch sein Gutes haben würde. Er wollte nicht gleich bei ihr wieder in ihre so geschätzte Selbstständigkeit eindringen. Er würde mit ihr zunächst einen dauerhaften Schriftverkehr per E-Mail betreiben, was sicherlich zur Folge hatte, dass ihrer beider Zusammengehörigkeitsgefühl wieder neu erwachte. Er hatte seine Lektion gelernt und wusste nun besser denn je: Rebecca war eben Rebecca und das sollte sie bleiben und das wollte sie auch! Genau das hatte er so an ihr geschätzt. Er wollte sie doch gar nicht anders! Eine intelligente, selbstbewusste Frau, mit der er auf Augenhöhe kommunizieren konnte und der er seinen Respekt, den sie absolut verdiente zollen konnte, ohne sich dabei in irgendeiner Weise klein zu machen. Und auch sie sollte dies niemals für ihn tun, was sie aber auch in den letzten Tagen in Frankfurt deutlich zum Ausdruck gebracht hatte.

Vor allem aber würde er sie lieben wollen: mental, spirituell und vor allem körperlich! Sie hatte nun einmal einen atemberaubenden Körper! Allein der Gedanke daran konnte ein Zucken in seinen Lenden auslösen und wenn er sich noch mehr damit beschäftigte noch einiges Anderes! Doch auch in den Gedanken an wilden Sex mit ihr, vergaß er nie, sie auch zu achten. Denn ihre erotische Weiblichkeit, gepaart mit ihrem ausdrucksstarken Intellekt war in Summe eben auch etwas, was ihn stimulierte – aufgeilte. Sie war einfach immer geistreich und kreativ gewesen, sagte immer was sie wollte oder deutete es mit ihrer Mimik an.

Gerald war so versonnen in seine Gedanken an diese Frau, dass ihn Miles irgendwann wieder zurück zum Dinner in der Realität riss, denn gerade wurde der Nachtisch aufgetragen. Ein Parfait aus teils frischen und teils in Rum eingelegten Früchten, das trotz seiner Alkohollastigkeit immer noch erfrischend war. Aber mit dem Alkohol war es ohnehin noch nicht zu Ende, denn es wartete immer noch der – Whisky!

Bevor es aber dazu kam, verabschiedeten sich Marthe und Francis. Gerald hatte dafür vollstes Verständnis, denn deren Liebe durfte an diesem Tag keinesfalls zu kurz kommen!

Ihm selbst war klar, dass dieser Abend noch lange dauern würde. Vermutlich würde er zusammen mit Miles wieder einmal an einem einzigen Glas Whisky hängend sein Glück und ihre Freundschaft genießen!

XXI

Meine geliebte, wunderschöne Rebecca,

Ich habe vor einiger Zeit bereits ein Gedicht verfasst, das ich dir nun einfach zusenden muss. Mich hat e4s bereits beim Schreiben sehr erwärmt und ich hoffe sehr, dass es auf dich die gleiche Wirkung hat.

Wünsche

Reden mit einer Frau

Deren Stimme so angenehm klingt
Deren Lächeln ich sogar durchs Telefon sehen kann
Deren Worte zutreffend und gewählt sind
Deren Sätze mich zum Denken auffordern
Deren Worte bayerisch gefärbt sind
Deren Interesse so vielfältig ist
Deren Gedanken ich immer gerne teile
Deren Aussagen mich gerne zuhören lassen

350

Reisen mit einer Frau

Die   gerne   neue   Eindrücke   liebt
Die neben mir im Auto sitzt und mein Knie streichelt
Die hinter mir auf dem Motorrad sitzt und mich umarmt
Die   immer   wieder   lächelt   und   sich   freut
Die   mir   dieses   Lächeln   auch   schenkt
Die   mit   mir   auch   träumerische   Pläne   macht
Die   nicht   gerne   ein   Wohnmobil   dafür   benutzt
Die allem Fremden mit offener Neugier begegnet

Essen mit einer Frau

Die   bereit   ist   kulinarische   Abenteuer   einzugehen
Die gerne ihren Mund öffnet, wenn ich etwas zum Kosten habe
Die   genießerisch   die   Augen   verdreht
Die, wenn sie die Gabel in den Mund steckt, mich schon träumen
lässt
Die   Spinat   und   Fisch   genauso   liebt   wie   ich
Die bei Kerzenschein eine anmutige Silhouette besitzt

Streiten mit einer Frau

Die   das   auch   gerne   tut
Die   es   für   etwas   Reinigendes   hält
Die   mir   zeigt,   wo   meine   Grenzen   sind
Die   dabei   trotzdem   nicht   bösartig   ist
Die   selbst   nicht   nachtragend   ist
Die auch von mir mal was vertragen kann

Liebe mit einer Frau

Die   so   schön   ist,   wie   ich   es   nur   wünsche
Die   so   intelligent   ist,   wie   ich   es   fordere
Die   so   sanft   ist,   dass   ich   dahinschmelze
Deren Haut so zart ist, dass ich ihren Flaum spüren kann
Deren Geruch so aufregend ist, dass ich nur noch atmen will

Deren Gesicht so voller Ausdruck ist, dass ich darin lesen kann
Deren Brüste klein sind, dass ich sie vollständig küssen kann
Deren Bauch so flach ist, dass der Nabel hervor steht
Deren Nabel mich ständig zum Küssen anregt
Deren Arme mich sanft umschlingen, aber Stärke besitzen mich festzuhalten
Deren Beine so lang und gerade sind, dass auch Mini ihr steht
Deren Schenkel weich und hart zugleich erscheinen
Deren Po so herrlich fest und trotzdem rund geformt ist
Deren Brustwarzen sich aufstellen bei meinen Küssen
Deren Mund mich beim Küssen empfängt
Deren Zunge mit meiner ein wildes Spiel aufführt
Deren Zähne zärtlich mein Ohr beknabbern
Deren Lippen so weich auf meine gepresst sind
Deren Augen dabei sinnlich geschlossen sind
Deren Finger meinen Rücken und Körper bestreichen
Deren Hände mich zu sich heranziehen
Deren Körper sich mir entgegen wölbt
Deren himmlischster Ort vor Feuchtigkeit glänzt
Deren Duft mich betört, wenn meine Zunge darin tanzt
Deren Atem dabei heftiger wird
Deren Schenkel mein Gesicht noch näher heran drücken
Deren Herzschlag ich zwischen ihren Beinen spüren kann
Deren Hände sanft meine Eichel liebkosen
Deren Blicke mir zeigen, was Liebe für sie ist
Deren Lippen sich sanft um mich schließen
Deren Haare dabei meine Lenden kitzeln
Deren Augen dabei liebevoll zu mir blicken
Die sich auf mich setzt
Die mich in sich aufnimmt
Die sich rhythmisch bewegt
Die sich gegen mich stemmt
Die sich gleichzeitig zu mir heranzieht
Die mich tief in sich spürt
Die mein Keuchen gerne hört

Die   ihre   Brüste   mir   entgegen   drückt
Die   immer   schneller   sich   bewegt
Die   ihre   Finger   in   meinen   Rücken   krallt
Die   leise   stöhnt   in   höchster   Lust
Die   mich   auffordert   ihr   etwas   zu   geben
Die   lächelt   wenn   ich   es   dann   tue
Die   auf   mir   liegt   voller   Glück
Die,   um   die   ich   meine   Arme   nun   schließe
*Die,   der   ich   sage   ***"Ich   liebe   dich"****
Die,   die   mich   danach   küsst
Die, die bald wieder von vorne beginnt

So viele Wünsche, aber alle vereint!

Du!

XXII

Liebster G

Ich wusste gar nicht, dass du auch Gedichte schreiben kannst. Da steckt auch verborgenes Potenzial in dir!

Die Worte, die du verwendest, hören sich für mich so verführerisch an. Sie umschmeicheln mich wie ein warmer Sommerwind, der über meine Haut streicht, während ich im knappen Bikini auf einem ausgebreiteten Handtuch in der Sonne liege und dem Rieseln der Sandkörner zusehe, die vom Luftstrom angetrieben dahinrollen.

Deine einfachen, kurzen Sätze, deine Anspielungen, und das stetige Wissen, dass ich die Angesprochene bin, haben in mir Sehnsüchte erweckt, die zu den ohnehin schon vorhandenen ein permanentes, wohliges, warmes Ziehen in meinem Körper verursachen, das mich förmlich, aus meinem Innersten kommend, nach dir schreien lässt!

353

Wenn meine Situation es erlauben würde, ich wäre schon längst im nächsten Flugzeug um mit dir wieder einmal auf "Unserer" Sandbank zu liegen, um den Schatten der Sandkörner verfolgen zu können, wenn sie, wie eben angedeutet, dahin treiben. Deine Hände zu spüren und deinen Körper neben mir zu wissen, während deine ruhige, tiefe Stimme mir noch einmal dieses Gedicht in mein Ohr spricht, begleitet vom Rauschen des Meeres. Aber noch kann ich nicht kommen, denn ich muss auf einige Veranstaltungen gehen und dort etliche Interviews führen. Dazu habe ich mir die wichtigsten Fragen in mein I-Pad geschrieben und werde dann die Antworten damit aufnehmen. Eigentlich schon toll, was die Technik heute alles ermöglicht! Eine Journalistin, die der eigenen Sprache beraubt ist, führt Interviews, als wäre es das Normalste der Welt!

Es ist erstaunlich, wie schnell ich mich an diese Umstände gewöhnt habe. Zumindest was meine Arbeit anbetrifft. Im Privaten, ganz ehrlich, bin ich schon gehandicapt. Allein der Gedanke, wie gerne ich dich mit meiner Stimme erfreuen würde und wie sehr ich mich danach sehne, dir meine Liebe auch verbal ausdrücken zu können, versetzt mich immer wieder in ein Wechselbad der Stimmungen. Doktor Fürste, mein Psychologe wird zwar immer zuversichtlicher, denn ich muss ihm ständig meine Alltagssituationen schildern, Vor allem dann, wenn ich ihm beschreibe, wie mittlerweile schon ganze Sätze in meinen Gedanken vollkommen vorformuliert jedes Mal bei Gesprächen mit Freundinnen oder mit Peter regelrecht an meinem Kehlkopf anklopfen und meine Zunge sich bereit zu machen scheint, diese Töne zu modellieren, und dann erfahren muss, dass wieder alles umsonst war. Dann bekomme ich von ihm mit einem Lächeln gesagt, dass es nur noch kurze Zeit dauern würde. Irgendwie stimmt es ja auch. Ich habe dieses Gefühl des unmittelbaren Lossprudelns vorher nicht gehabt und es wird tatsächlich immer stärker! Ich hoffe so sehr, dass du dann bereits bei mir bist oder ich bei dir, denn wem würde ich meine Stimme lieber schenken als dir. Und vor allem würde ich dir all die lieben

Worte wieder zurückgeben wollen, die du in dieser Zeit mir geschenkt hast!

Ich glaube fast, du musst dich wirklich beeilen zu mir zu kommen, sonst kann ich nur auf das Telefon zurückgreifen, wenn meine Stimme wieder da ist und diese Ferngespräche sind immer noch teuer, vor allem bei der Flut, die ich dir zu erzählen hätte.

Als einzige Ablenkung zu der fast körperlich spürbaren Sehnsucht, die mich mal zuckersüß und mal fast reißend anspringt, bleibt mir nur meine Arbeit. Da läuft es allerdings richtig prima! Ich kann mich vor Aufträgen zur Zeit gar nicht retten und scheinbar ist meine schriftliche Artikulation, ganz im Gegensatz zu meiner verbalen, derzeit so ausgefeilt, dass alle meine Texte fast unkorrigiert in den Zeitschriften erscheinen. Sogar im Fernsehen sollte ich auftreten, mit einer Option auf einen dauerhaften Vertrag in einem Kulturmagazin. – Du weißt, das sind die Sendungen, die bei uns in Deutschland nur von den Öffentlich-Rechtlichen ausgestrahlt werden und dann meistens weit nach Mitternacht noch ein breites Publikum erreichen sollten. – Du auf den Bahamas könntest sie allerdings per Satellit aufgrund der Zeitverschiebung zur Prime-Time sehen. Ich hätte das auch gerne gemacht, einfach weil es für mich auch etwas Neues dargestellt hätte, aber es ist eben aus bekannten Gründen momentan unmöglich.

Neulich ist mir zu Ohren gekommen, dass einige Autoren sogar im Verlag angefragt hätten, um von mir interviewt zu werden. Deren Begründungen klingen fast unglaublich, wenn sie nicht unabhängig von mehreren Personen gleichzeitig getätigt worden wären. Ich würde zwar sehr kritische Fragen stellen, diese aber mit großer Feinfühligkeit und voller Sachkenntnis, was den Inhalt ihrer Werke anbetreffe. Da zahlt sich eben aus, dass ich mich immer genauestens und fast akribisch auf alles vorbereite. Meistens besitze ich für Notfälle, sollte ich tatsächlich einmal ins Schwimmen kommen, immer noch einen Plan B oder sogar Plan C!

Was mein Einfühlungsvermögen anbetrifft, das man mir nachsagt: Das habe ich zu einem großen Teil auch dir zu verdanken, denn du bist einer der tiefsinnigsten Männer, die ich kenne und ich würde mich mit jedem Problem bei dir gut aufgehoben fühlen. Das hast du mit deinen Worten, mit deinen Schriften, aber auch mit einer Zärtlichkeit und einer ungeheuren Erotik bei unseren Zusammensein immer wieder bewiesen!

Vor allem die letzten beiden Punkte fehlen mir in zunehmenden Maße. Deshalb habe ich eine große Bitte an dich: Schreibe mir ein erotisches Zusammensein zwischen uns beiden. Besonders würde ich mich freuen, wenn du dabei wirklich ins Detail gehen würdest. Das hast du schon in diesem hinreißenden Gedicht bewiesen und deshalb bin ich auch ein wenig neugierig geworden, wie du das als Text schreiben würdest. Und ich bin mir sicher, dass du das auch so schreiben kannst, dass ich schon beim Lesen dieser Zeilen von selbst zu knistern beginne.

Mit großer Vorfreude und viel Sehnsucht nach dir und deinen 100000000000000000000000000000 Küssen

deine Fanrebecca

XXIII

Gerald hatte schon einige Bücher geschrieben, in denen auch Sexszenen vorkamen, aber noch nie diese detailliert dargestellt. Er hatte auch die Vermutung, dass solche Beschreibungen in seinem Verlag nicht wohlgelitten wären. Die Furcht, in eine Schmuddelecke gedrängt zu werden, war bei den Vorstandsmitgliedern vermutlich noch viel zu groß, außer vielleicht bei Rappenfels, aber dessen Vorlieben wollte Gerald nun auch wieder nicht bedienen. Aber Rebeccas Ansinnen hatte auch seine Neugierde erweckt, ob er in der Lage war, auch erotisch und niveauvoll zu schreiben. Vor allem konnte er dabei noch besser an Rebeccas Körper denken. Wie sie reagieren würde, wie ihre Augen auf seine Bewegungen hin zu glänzen begannen, welche lustvollen Geräusche sie machen würde...

Allein das Schreiben erregte ihn so sehr, dass er wieder dieses eindeutige Hitzegefühl in seiner Penisspitze spürte und tatsächlich war sein Glied, obwohl in der Hose gut verpackt, deutlich steif eririgiert.

Er fand richtigen Spaß daran, Rebecca diesen Wunsch zu erfüllen und es kam ihm auch immer mehr in den Sinn, vielleicht unter einem anderen Pseudonym einen erotischen Roman zu verfassen. Seit Shades of Grey, das er allerdings nicht gelesen hatte und auch nicht lesen würde, waren derartige Bücher auch salonfähig geworden. Und stand nicht Charlotte Roche sogar eine Weile auf der Nummer eins der Spiegel-Bestseller-Liste mit ihren Feuchtgebieten? Und dort waren wirklich etliche Geschmacklosigkeiten, er hatte das Buch gelesen, ebenfalls genau beschrieben.

Als er mit seinem Text, den er in einem durchgeschrieben hatte, fertig war und noch einmal durchlas, war er jedenfalls sehr zufrieden mit seiner Ausdrucksweise. Pornographisch?

Ja!

Aber mit Niveau, wie er befand.

Hoffentlich sah es Rebecca genauso!

Träume mit DIR

Es wird immer das Gleiche sein!

Kaum haben wir uns verabschiedet, schon beginnt in mir die Sehnsucht, dich gleich wieder sehen zu wollen, dich zu küssen bis der Geschmack deiner Lippen und Zunge zu meinem Eigenen geworden ist.

Dabei habe ich das unwiderstehliche Bedürfnis, meine Hände auf deinem Körper auf Wanderschaft zu schicken.

Sie beginnen meist fast unverfänglich auf deinen Armen oder deinen Knien. Dabei bin ich so sehr auf dich sensibilisiert, dass ich die kleinsten Regungen deines wundervollen Körpers wahrnehmen kann. Ob sich die zarten Härchen auf deiner Haut aufstellen oder wenn meine Hände auf deinem Oberschenkel streicheln, ob sich deine Beine minimal spreizen, um mir den Zugang zu deren Innenseiten zu erlauben. Wie verändert sich dabei dein Atem, den ich im Mund beim Kuss spüre? Was machen deine Hände? Gehen Sie unter mein Shirt? Suchen Sie meine Haut, die bei jeder deiner Berührungen in mir ein Zucken auslösen? Deine Finger erregen mich derart, dass ich den Moment herbeisehne und kaum erwarten kann, bis du mir wie zufällig über meine Hose streichst, die sich an der Stelle, die du dort berührst, etwas ausgebeult hat.

Mittlerweile hat sich dein Schritt noch etwas weiter geöffnet, meine Hand drückt deutlich an diese in meinen Sinnen sehr heiße Stelle, wo sich unter deiner Hose das Körperteil verbirgt, das in seiner Zartheit eine extreme Weiblichkeit zum Ausdruck bringt. Dein Atem wird sich beschleunigen und der Druck deiner Finger auf meinem erregten Glied etwas stärker. Meine Hände verlassen nur ungern deinen intimsten Punkt, werden aber sogleich wieder belohnt, wenn sie deinen BH etwas anheben und darunter wandern, wo versteckt der nächste Anziehungspunkt deines hinreißenden Körpers auf eine Berührung wartet. Deine Brüste mit den zarten, rosa Spitzen, die von herrlichen kleinen Vorhöfen umgeben sind mit ihrer kleinen filigranen, weichen, formschönen Gestalt auch meinen Mund wie magisch anziehen, um sie zu küssen und sanft daran zu saugen, während mein Glied, das du mittlerweile aus seiner Enge etwas befreit hast, in deiner Hand zu voller Größe anschwillt und du, wenn du mir die Vorhaut zurückstreichst, sehen kannst, dass auch bei mir eine Feuchtigkeit meine Eichel überzieht.

In mir bereitet sich Freude und nur schwer zu bezähmende Lust aus, deine Feuchtigkeit, mit der du mich erwartest zu spüren. Ein tiefer Atemzug von dir begleitet meine Hand, die, nachdem sie sich in dein

Höschen gezwängt hat, nun zwischen deine bereits etwas geöffneten Schamlippen gelangt und es einem Finger erlaubt gegen den zuckersüßen Strom deiner Lust in dein Innerstes zu dringen und sich dort sanft zu bewegen, während sich unsere Zungen im Kuss umtänzeln und unserer Liebe den Geschmack liefern.

Dein Griff um meinem Penis wird fordernder, will mir bedeuten, dass du mich umschließen möchtest.

Du lehnst dich zurück und hebst dein Becken an, damit ich auch deine Orte der tiefsten Vereinigung enthüllen kann.

Dein Blick voller Lust und Liebe auf meinen steifen Penis gerichtet zeigt mir, wie sehr du bereit bist, dich mir hinzugeben.

Das Lächeln, das du mir jetzt schenkst, gehört für mich zu der Sorte UNVERGESSLICH!

Ich kann mit Sicherheit sagen, dass ich noch nie diesen Blick, diese Intensität gesehen habe, außer von dir! Dazu bist nur du imstande, da du die ausdrucksstärksten Augen besitzt, die sich ein Mann vorstellen kann, wenn er von einer Frau geliebt wird!

Ich umfasse den Bund deiner Jeans, die so eng deine Beine und einen Po umschließt, dass ich fast neidisch auf sie werden könnte. So innig den Hautkontakt mit dir zu spüren, ist leider aufgrund der Anatomie kaum möglich. Langsam, genussvoll ziehe ich die Hose aus und sofort erfreut mich der Anblick deiner herrlichen Beine, die auf mich in ihrer endlosen Länge eine immense Faszination ausstrahlen.

Dein cremefarbener Slip ist jetzt die einzige, hauchdünne Barriere, die mich noch vor deiner und meiner Hingabe trennt. Trotzdem nehme ich mir die Zeit und lasse meinen Blick darauf verharren.

Du weißt, wie sehr ich deinen Körper in der Betrachtung liebe und wie er mich anmacht! Deshalb öffnest du deinen BH mit der verheißungsvollen Spitze, die ihn verziert und schiebst dein Shirt hoch, sodass ich deine

Brüste ebenfalls in meinem Blickfeld habe. Dein flacher Bauch mit den silbernen Härchen hebt und senkt sich in erwartungsvoller Lust. Trotzdem greife ich zunächst an deinen Busen, indem ich meine Hände zu Halbschalen forme, um diese zu umschließen und dann sachte zu drücken. Wiederum werde ich von einem deiner unvergleichlichen Blicke belohnt.

Noch einmal muss ich dich küssen und dein Oberkörper hebt sich mir entgegen, während du mit der anderen Hand mein hellblaues T-Shirt noch oben ziehst. Du sehnst dich ebenfalls nach dem Hautkontakt mit mir, der uns noch mehr Innigkeit und damit verbunden, Lust verschafft. Deine Körperwärme geht auf mich über und entfacht eine Hitze, in meinem Inneren, die in meinem Mund ein angenehmes Feuer entzündet, während sich unsere Lippen in zärtlichem Kuss vereinigen und unsere Zungen ein umschmeichelndes Spiel aufführen, geleitet von unser beider Erregung. Das Zungenspiel ist vergleichbar mit zwei Schlangen im Liebesspiel, bei dem sich ihre Vorderkörper auch ständig umschlingen. Dieses Umgleiten der Schlangen habe ich schon immer als faszinierend, zärtlich empfunden und passt so gar nicht zu dem Ruf der kalten, furchteinflößenden Reptilien, den die Menschheit ihnen andichtet . Es hat etwas Liebevolles, Inniges. Deshalb drängt sich mir dieser Vergleich auch bei unserem Zungenspiel auf, das zwangsläufig auch ein ständiges Streicheln und Liebkosen mit unseren Armen und Händen begleitet.

Die Hitze in meinem Körper schleicht sich deutlich bemerkbar, aber auch sehr willkommen in meinen Unterleib. Meine Becken- und Pomuskulatur spannt sich an und drückt mich fest auf deinen Leib. Du zeigst mir deine Bereitschaft, in dem deine Oberschenkel meine Hüften umschließen und dadurch den Druck auf dich noch etwas erhöhen. In meinen Leisten wird ein lustvolles Ziehen spürbar, dass sich in der Spitze meines Penis zu diesem angenehmen Brennen entwickelt, das genau in diesem Moment noch an Potenzen gesteigert wird, da du eine Hand sanft zwischen unsere Körper schiebst und mich dort berührst. Ich kann nicht anders – ein Stöhnen tief aus meinem Körper kommend entweicht meiner Kehle und verliert sich in deinem küssenden Mund, der mich immer noch bedeckt.

Nun ziehst du mir meine Jeans über den Po nach unten und meine graue Short darunter gleich mit. In der Umarmung spüre ich deine erregten Atemzüge und bilde mir ein, die Härte deiner Brustwarze zu spüren. Es macht mich einfach nur geil auf deinen wundervollen Körper!

Ich löse den Kuss fast bedauernd, aber ich weiß, dass mich gleich etwas anderes erfreuen wird. Ich trenne den Blick unserer liebenden Augen und wandere die Schönheit genießend über deinen Hals, deine Brüste, deinen Bauch zu dem cremefarbenen Stück Stoff, das ich nun mit fiebernden Händen von deinem Körper löse und über deine Schenkel nach unten streife. Der Anblick, der sich mir nun eröffnet, lässt meine Peniswurzel noch einmal einen kleinen Wachstumsschub auslösen. Deine leicht geöffneten Schamlippen, die vor Lust etwas gerötet sind, glänzen durch den ausgetretenen Liebestau, mit dem du mein Hinein gleiten erleichtern wirst.

Ich schiebe meinen Körper vor dich, sodass mein Glied direkt vor dieser aufregenden, warmen Grotte steht und darauf wartet, dass du mit deiner Hand ihn einführst. Ich dringe nur ein kleines Bisschen in dich ein und sehe dir dabei in deine glänzenden Augen, ganz leichte Bewegungen am Scheideneingang bedankst du mit einem Lächeln. Meine Sinne sind nur auf dich, deinen Körper und dessen Bewegungen fokussiert. Deine Hände umfassen meinen Po und drücken mich sanft zu dir, sodass ich beim Tiefer gleiten jede Muskelbewegung deines Innersten spüre. Ich spüre wie mich deine Vagina aufsaugt und deutlich vernehmbar, fest umschließt. Ein leichter Griff deiner Hand an meinen Hoden lässt dieses Umschließen noch stärker werden, da mein Penis noch weiter anschwillt. Erst jetzt bin ich so tief in dir, wie es mir möglich ist und ich verharre wie eingefroren in meiner Bewegung. Ich spüre nur dich und deine Scheide. Deine Oberschenkel drücken mich in der Umschließung und ein freier Arm zieht mich am Nacken zu deinen mir entgegenkommenden Brüsten.

Haut auf Haut!

Wärme!

Hitze!

Leidenschaft!

Ich gebe mich dir hin und bemerke ebenso deine bedingungslose Hingabe. Das Funkeln deiner Augen verschwimmt, weil ein unwiderstehlicher Zwang unsere Münder zueinander führt bis der Kreislauf unsere Liebe fest geschlossen ist. Langsam zieh ich mein Glied etwas aus dir heraus und genauso langsam komme ich wieder zurück, tief hinein in die Organe deines Beckens. Ein sanftes für mich extrem stimulierendes Stöhnen deinerseits begleitet diese Bewegung, während unsere Lippen innig aufeinandergedrückt sind und unsere kleinen Schlangen sich umschmeicheln.

Jedes Mal wenn ich etwas aus dir herausgleite, spüre ich den Sog deiner Liebe, der mich wieder zurück, tief hinein in dich wünscht. Unsere Körper pressen sich aneinander – vollkommene Einheit! Ein unglaubliches Gefühl grenzenlosen Vertrauens und liebevoller Innigkeit.

Ich spüre dich nicht nur mit meinem Glied, sondern mit meinem gesamten Körper. Ich habe nur einen Wunsch: Es soll nicht aufhören! Das Grün-Braun deiner nah vor mir liegenden Augen bekräftigt diese Wärme, die unsere Leiber sich gegenseitig schenken.

Manchmal gleite ich nicht sanft in dich, sondern dringe mit einem kräftigen Stoß bis zum Maximum in dich ein. Dein Lächeln zeigt mir wieder, dass auch dies so richtig war.

Meine Hände umfassen deinen Po und drücken dich mir bei weiteren kräftig-sanften Stößen entgegen, bis du wieder einen Lustlaut von dir gibst, der mich noch mehr erregt. In meiner Eichel breitet sich dieses in seiner Angenehmheit fast widernatürliche Brennen aus. Dann halte ich dich ganz fest umklammert tief in dir steckend. Dein Atem lässt deine Brüste beben. Es sieht umwerfend aus! Aber umgeworfen werden kann ich nicht, denn ich bin in dir! Voller Lust, voller Kraft, voller Liebe! Ich *genieße dich! Ich sauge deine Liebe auf! Gleichzeitig gebe ich dir alles zurück – am liebsten vielfach verstärkt, denn du bist einzigartig für mich!*

Der Akt kann mit drei Worten beschrieben werden: **Es passt einfach!**

Es geht mir nicht darum, in dir zu kommen. Es ist nur Vereinigung, **das in dir sein,** *ist das, was mich so unnachahmlich erfüllt.*

Immer wieder diese Bewegungen: heraus und wieder hinein, letzteres mal sanft und gleitend, mal stoßweise. Eigentlich immer dasselbe und trotzdem ist jede Regung anders – irgendwie immer wieder neu! Bis dann für einige Momente das erreicht ist, was man kaum zu wünschen wagt: ein **UNS!**

Es gibt kein ich, es gibt kein dich, es ist nur noch ein **UNS!**

Dein Mund, mein Mund – unser Mund!

Dein Körper, mein Körper – unser Körper!

Ich gleite hinein, du nimmst mich auf!

Ich ziehe mich zurück, du saugst mich an und schon sind wir wieder **UNS!**

Danach sitzen wir nebeneinander und teilen unser Glück durch Küsse.

Und wenn ich dann Abschied nehmen muss von dir, beginnen von neuem meine Sehnsüchte: nach dir – nach dem **UNS!**

XXIV

Rebecca machte sich einen heißen Tee und setzte sich mit der Kanne, einem Glas Honig und der Tasse auf ihren Lieblingsplatz im Wohnzimmer, wo sie immer ihr kleines Beistelltischchen wusste, auf dem alles Wichtige für ein paar Mußestunden lag. Sie nahm genüsslich ein paar Schlucke und empfing die wohlige Wärme, die sich schon bald in ihrem Körper ausbreitete. Ihre Augen geschlossen haltend erwartete sie die Ruhe, von der sie wusste, dass sie mit ausgestreckten Beinen am besten zu finden war. Ihr Atem und ihr Pulsschlag verlangsamten sich, aber ohne den schläfrigen Effekt, der normalerweise damit einhergehen würde. Das kleine bisschen Schwarztee, das der Mischung beigesetzt war, sorgte für diese Wirkung. Sie hatte die Post, die sie in ihrem Briefkasten aufgelesen hatte, auf dieses kleine Tischchen gelegt. Sie würde sie später öffnen und durchsehen, doch jetzt war erst einmal Zeit für etwas Entspannung, um den Tag zu reflektieren. Der Raum war nur schwach durch eine abgedimmte Lampe erleuchtet, sodass das Licht der Straßenlaternen noch etwas Helligkeit durch die Fenster hereinbrachte.

Es war ein schöner Tag gewesen, obwohl es der erste echte Wintertag dieser beginnenden Jahreszeit war. Rebecca fühlte sich zwar als Sommermensch, aber den hatte sie für diese Jahreszeit schnell abgehakt. Dafür war er bis auf den Schluss auch nicht gut genug gewesen. Dazu die ständigen Behandlungen, die mit zunehmender Dauer immer zermürbender wurden, obwohl auch sie allmählich bei sich Fortschritte erkennen konnte. Zumindest glaubte sie das, denn Doktor Fürste redete es ihr immer wieder ein. Rebecca war sich da nicht sicher, ob dies nicht auch Teil seiner Therapie war. Aber wenn es tatsächlich so war, dann war er ein hervorragender Schauspieler, der diesen Elan und die exorbitante Begeisterung perfekt seinem Publikum, also ihr, vermitteln konnte. Aber Fakt war, dass sie ihre Stimmungen seit kurzem wieder in Lauten äußern konnte. Zwar noch nicht artikuliert, aber die Töne waren ein eindeutiger Spiegel.

Rebecca war der Meinung, dass wenn man einen Sommer genießen konnte, wie sie es üblicherweise tat, auch ein Winter dazugehören musste. Leider waren richtige Wintertage in Frankfurt äußerst rar, sodass man diese wenigen richtig durchleben sollte. Dies hatte sie heute getan. Noch an der Haustür am Morgen blieb sie kurz stehen und beobachtete die kleinen Atemwölkchen, die sich aus ihrer Nase in die klare Luft ergossen. Deshalb blies sie ganz bewusst einige Atemzüge durch den Mund aus. Aus dem richtigen Winkel zur Sonne betrachtet, die noch sehr tief am Morgenhimmel stand, konnte man einen kleinen Regenbogen sehen, wenn sich das Licht in den Tröpfchen des Wölkchens brach. Allein dieser morgendliche Effekt ließ ihre Sinne jubeln. Sie zog sich ihre Mütze über die Ohren, wickelte sich ihren Schal etwas enger um den Hals und startete mit

Handschuhen ihren morgendlichen Lauf. Mit jedem Schritt spürte sie, wie die Kälte immer mehr von ihrem Körper abließ, während die Dampfwölkchen, die sie bei jedem Ausatmen regelmäßig von sich stieß, wie bei einer kleinen Lokomotive vom leichten Wind verweht wurden. Ihr Kreislauf kam nun so richtig in Schwung und die anschließende heiße Dusche brachte ihre Haut noch mehr zum Prickeln. Ein herrliches Gefühl! Nur Geralds Hände hätten es vermocht, dieses Prickeln noch zu steigern. Rebecca konnte es kaum erwarten, dieses Gefühl auch endlich wieder zu spüren. Gerade nach dieser Mail, die er ihr geschrieben hatte, war diese Sehnsucht nach lustvoller, liebevoller Leidenschaft noch um Potenzen gesteigert worden. Schon beim Lesen hatte sie des Öfteren den Eindruck, es körperlich zu spüren. Sein Glied, das langsam in sie eindrang und sie ausfüllte und jeder kleinen Bewegung neuen Raum gab und ihn zugleich aufs Engste umschloss. Dazu seine Hände, mit denen er ihren Po umschloss und dadurch ihren Körper zu sich heran drückte. Ja – sie spürte es und gleichzeitig wurde das Verlangen nach dieser Realität immer größer. Je öfter sie diese Mail las, sie hatte sie mittlerweile ausgedruckt, desto stärker spürte sie seine Lippen an ihrem Mund und die kleinen Entladungen, wenn sich ihre Zungen berührten. Schloss sie die Augen, wurden seine Zeilen zu Träumen und die Hitze brach aus ihrem, allein durch das Lesen, erregten Körper heraus. Sie musste Gerald dazu bringen, auch einmal einen Roman mit solchen Inhalten zu verfassen. Sie war sich sicher, dass er auch damit eine große Leserschaft begeistern würde.

Auf dem Weg in die Redaktion fielen ihr auch die kleinen Wolken auf, die aus den Auspuffen der Autos hervorquollen. Es waren zwar Abgase, stinkend und schädlich, aber trotzdem kräuselten sie lustig empor und erfreuten allein dadurch ihr Auge.

Trotz der positiven Erfahrungen durch ihr morgendliches Jogging war sie froh über die Warmluft im Verlag. Die Besprechung war wie fast immer in letzter Zeit, recht kurz, denn ihr Artikel, den sie vorab schon zugesendet hatte, wurde wieder bis auf ein paar winzige Kleinigkeiten nahezu zur Gänze akzeptiert und würde in der bevorstehenden Wochenendausgabe abgedruckt werden. Auch der neue Auftrag, sie hatte diesbezüglich selbst einen Vorschlag gemacht, ließ ihr Herz frohlocken. Eine Vorstellung ausgewählter Texte des neuen Literaturnobelpreisträgers Bob Dylan. Manchen Lesern, die seine Lieder nicht kannten, sollte dieser Artikel gewidmet sein, um ihnen ein

Verständnis zu vermitteln, warum ein Musiker einen Literaturpreis bekommen sollte. Rebecca wusste, dass dieser Auftrag auch für sie eine Herausforderung darstellen würde, da sie sich nicht unbedingt mit seiner Musik vom Geschmack her identifizieren konnte. Dazu kam noch seine gewöhnungsbedürftige nasal klingende Stimme, die ihrer Meinung nach so gar nicht zu einem männlichen Sänger passte. Aber vielleicht würde sie ihre Meinung nach Beendigung ihrer Arbeit ändern. Es würde auf jeden Fall einer der spannendsten Aufträge ihrer beruflichen Laufbahn werden. Die Wände ihrer Wohnung waren gottlob dick genug, denn in den nächsten Tagen würde hier wiederholt Bob Dylans Stimme in nicht unerheblicher Lautstärke ertönen.

Rebecca nahm einen weiteren Schluck Tee und füllte gleich wieder ihre Tasse nach, nicht ohne noch etwas Honig hinein zu träufeln. Der schwere, süßliche Geruch dieses Bienenproduktes umwehte ihre Nase und ließ sie noch weiter entspannen. Der ohnehin stark gedämpfte Verkehrslärm war mittlerweile so weit zurückgegangen, dass man sich fast konzentrieren musste, um einzelne Fahrzeuge noch bewusst zu hören. Alles um Rebecca herum strahlte nun tiefe Wärme aus.

Nach der Redaktionssitzung kam der eigentlich unangenehmste Teil dieses Tages – der Termin bei Frau Doktor Schüller. Unangenehm deshalb, weil sich Rebecca hier immer am Deutlichsten ihrer verbalen Unzulänglichkeit bewusst würde. Sie bewunderte die unendliche Geduld ihrer Logopädin und auch deren schier unerschöpfliches Reservoir an immer neuen Ansatzpunkten und Techniken, die sie ihr angedeihen ließ. Aber bisher ohne herausragenden Erfolg. Frau Schüller schien Rebeccas Meinung nach, bei weitem nicht so optimistisch zu sein, wie Doktor Fürste, obwohl auch sie immer wieder voll des Lobes über die – angeblich – erzielten Fortschritte war. Dabei war diese Frau von einer unglaublichen Ernsthaftigkeit. Rebecca war bisweilen der Meinung, dass Frau Schüller zum Lachen in den Keller gehen würde. Aber wahrscheinlich war es wohl eher Professionalität. Trotzdem wünschte sie sich gerade bei diesen Sitzungen einmal einen richtigen Erfolg, allein um sehen zu können, ob ihre Logopädin auch Lachmuskeln in ihrem Gesicht besaß.

Genau so ein Erfolg, wenn auch nur ein kleiner, hatte sich an diesem Nachmittag eingestellt. Rebecca war es zweimal hintereinander gelungen, eine kurze Abfolge stimmloser Laute, die ihr vorgegeben wurden, nachzumachen. Beim ersten Mal ging es nur langsam, mit viel Anstrengung und Konzentration. Beim zweiten Mal deutlich besser und auch lauter. Rebecca jubelte innerlich und auch um die Mundwinkel von Doktor Schüller zeigte sich ein – Lächeln? Leider gab es kein drittes Mal. Es ging danach nicht mehr. Ihre Enttäuschung war danach viel größer als die Freude über die ersten beiden erfolgreichen Versuche. Da war es nur wenig Trost für sie, dass der Erfolg von der Logopädin viel höher bewertet wurde." Beim dritten Mal haben Sie viel zu sehr verkrampft, gerade um den Erfolg noch einmal zu erzielen und deshalb hat es nicht funktioniert. Versuchen Sie es zu Hause, wenn Sie völlig entspannt sind noch einmal und noch einmal, aber ohne sich unter Druck zu setzen. Brechen Sie sofort ab, wenn Sie merken, dass es nicht geht!"

Rebecca setzte sich auf und startete einen Versuch. Erfolglos! Danach bemerkte sie, dass sie ihre Beine nun angezogen hatte. – Sie hatte also verkrampft! Sie griff wieder zur Teetasse und streckt ihre Beine wieder aus. Das Honigaroma tat sein Übriges dazu.

Nach dem Besuch bei Frau Doktor Schüller besorgte sich Rebecca eine größere Anzahl an Tonaufnahmen von Bob Dylon und ging zu Fuß, noch einmal durch die Kälte, warm verpackt, genießend nach Hause.

Sie stand auf und legte die erste CD in den Player ein. Etwas säuerlich verzog sie ihr Gesicht. Diese Stimme! – Vielleicht würde sie dieser Auftrag auch an ihre Grenzen bringen. Trotzdem gelang es ihr, wieder zu entspannen.

Sie griff nach dem kleinen Stapel, der ihr postalisch zugekommen war. Natürlich war das meiste Werbung!

Rebecca stellte sich die Frage, wie hoch wohl der Stapel Papier sein würde, der für einen einzigen bundesweiten Werbedruck benötigt wird und wie viele Bäume dafür in Kanadas Wäldern oder sonst wo, dafür gefällt werden mussten. Werbung, deren Existenz zu sicherlich 99 % daraus bestand, ungelesen oder auch ungeöffnet im Papierkorb zu verschwinden. Hochglanzfarbdrucke, deren Herstellungskosten auch erst wieder amortisiert werden müssen. Das bedeutet, dass der Promillesatz an erfolgreich angesprochenen potentiellen Kunden dieses Budget finanzieren und gleichzeitig für ausreichenden Gewinn des werbenden Betriebes sorgen muss. Aber Rebeccas Meinung nach war der Erfindungsreichtum in den PR Abteilungen weitgehend erschöpft, denn wirklich Neues um Kunden anzuwerben, war ihr in letzter Zeit nicht aufgefallen. Allerdings landeten eben die meisten dieser Zuschriften bei ihr ungeöffnet im – Papierkorb! Aber genauso verhielt es sich auch mit den Telefonanrufen durch irgend ein Callcenter. Allein in den letzten Monaten hatten bei ihr fünf Personen angerufen, ob sie sich schon einmal Gedanken gemacht hätte, ob ihr Energieversorger noch der richtige sei. Es gäbe doch noch viel preisgünstigere Anbieter mit famosen Monatspauschalen, aber vermutlich nur für eine äußerst begrenzte Anfangszeit mit einer Nichtausstiegsklausel, die deutlich über diese preisgünstige Zeit hinausgehen würde, damit sich die Gewinnmargen letztendlich doch rechneten. – Natürlich für das Unternehmen. Rebecca war es mittlerweile leid, sich diesen Unfug an Versprechungen anzuhören und unterbrach die Verbindung bereits nach dem ersten Satz des jeweiligen Call-Center-Mitarbeiters. Deren Haut würde mit der Zeit schon dick genug geworden sein, um nicht gleich von Selbstzweifel befallen zum nächsten Strick zugreifen.

Die zweite Art von Post, die leider nicht gleich weggeworfen werden durfte, waren diverse Rechnungen oder sonstige Bescheide, die sie zwar widerwillig aber trotzdem lesen musste und in irgendeiner Form auch beantwortet werden wollten. Genau ein solcher Brief befand sich an diesem Tag unter den anderen Schreiben. Der Brief kam aus Österreich von der dort ansässigen Staatsanwaltschaft Salzburg. Rebecca ahnte bereits den Inhalt. Es ging um das Gerichtsverfahren gegen Linus Otis, dem fahrlässige, schwere Körperverletzung, verbunden mit unerlaubtem Entfernen vom Unfallort durch Flucht vorgeworfen wurde. Als Geschädigte hätte sie das Recht, dem Verfahren beizuwohnen.

Der für sie interessanteste und erfreulichste Absatz stand etwas weiter unten, denn als Zeuge geladen war, neben einem Paar, das ihr unbekannt war, auch ein gewisser Gerald Piller.

Ein laute Freude entrann ihrer Kehle. Rebecca stutzte kurz, nahm einen Schluck Tee und versuchte die Konsonantenfolge von Frau Doktor Schüller zu wiederholen. Es gelang! Und gleich darauf noch ein zweites Mal!

Sie lehnte sich sichtlich erregt, aber hoch zufrieden mit sich und der Welt zurück.

Gerald, jetzt musst du kommen! Endlich!

Viertes Buch

I

Es war wie ein Déjà-vu. Das Sitzen im Flugzeug, das sich mit großer Geschwindigkeit über den Atlantik hin nach Osten bewegte. Durch das Fenster betrachtet wirkte es allerdings so, als wäre der Jet einfach irgendwo über dem Meer aufgehängt, ohne sich zu bewegen. Und es war dieser Eindruck, der Gerald so sehr zermürbte, obwohl er es sich verstandesmäßig immer wieder einredete, dass es nicht so war. Zu groß war seine Ungeduld und seine Sehnsucht, endlich Rebecca wieder in seine Arme schließen zu können. Er hatte versucht etwas zu schlafen, denn es war weitgehend ein Nachtflug, aber seine Gedanken begannen sofort zu kreisen, sobald er die Augen geschlossen hielt. Das immer gleichbleibende Rauschen der Triebwerke wirkte normalerweise einschläfernd auf ihn, aber diesmal war es leider nicht der Fall. Genauso wenig wie vor fast einem Jahr, als er zum letzten Mal diesen Flug genommen hatte. Auch da ging es zu Rebecca und auch damals flog ihm die Maschine viel zu langsam. Ja, die Concorde wäre in diesem Fall das richtige Vehikel gewesen, aber die flog schon lange nicht mehr, seit dem Unfall in Paris.

Er hatte es mit einem Bier versucht. Ein typisch Englisches, fast kein Schaum im Glas, aber der erwünschte Erfolg, nämlich einzuschlafen, blieb leider aus. So quälte er sich durch den dritten Film, den das Bord-Video ihm zur Auswahl angeboten hatte. Ein stumpfsinniger Actionreißer mit jeder Menge geschrotteter Autos, die meistens in riesengroßen Feuerbällen versuchten, sich in Nichts aufzulösen. Er hatte gar nicht gewusst, dass jedes Fahrzeug gleich explodierte, selbst wenn es nur von der Fahrbahn abgekommen war. Gerald musste darüber lächeln, mit welchem hanebüchenen Unsinn die Filmindustrie das Publikum versuchte zu faszinieren. Sämtliche Gesetze der Physik waren da teilweise komplett außer Acht gelassen worden. Aber immerhin besaß der Film eine Handlung und diese war für Gerald immerhin der Hinweis, das noch Zeit verging, in der man sich London allmählich näherte.

Aber dann musste er noch umsteigen und wieder warten, bis der Start in Richtung Frankfurt erfolgen konnte. Dort wo er endlich die geliebte Frau wieder sehen durfte. Hoffentlich waren seine Augen bis dahin nicht rot angeschwollen, wie sie allgemein nach Schlafentzug auszusehen pflegten. Er wollte schließlich Rebecca nicht als Zombie gegenübertreten, um dann, wenn alle Sehnsucht nach dem ersten Kuss und den damit verbundenen Zärtlichkeiten, noch in der Abflughalle, reduziert war, von einer unüberwindlichen Müdigkeit befallen zu werden und noch auf der Fahrt zu ihr in ihren Armen einzuschlafen würde. Obwohl dieser Gedanke auch etwas Reizvolles für ihn besaß. Er wusste aber auch, dass Rebecca ihm dies nicht vorwerfen würde. Vielleicht war sie auch genauso müde wie er, weil sie ebenfalls keinen Schlaf gefunden hatte.

Der Film ging zu Ende und endlich bemerkte er auch am Triebwerksgeräusch, das nun dumpfer klang, dass der Sinkflug eingeleitet worden war. Leider war es bewölkt, sodass er nicht erkennen konnte, wie tief sie schon waren. Die üblichen kleinen Turbulenzen begleiteten das Durchdringen der Wolkendecke, die sich erst kurz vor dem Aufsetzen komplett lichtete und den Blick auf braune Wiesen freigab, die von ein paar kargen, blattlosen Bäumen gesäumt waren.

Fast hastig verließ Gerald das Flugzeug, obwohl er wusste, dass er noch 2 Stunden warten musste, bis der Anschlussflug nach Frankfurt aufgerufen werden würde.

Da er nur wenig Handgepäck mit sich führte, sein Koffer war komplett nach Frankfurt durchgecheckt, verlief die Zollkontrolle unproblematisch. Den Weg zum Abfluggate legte er zu Fuß zurück, wodurch wieder etwas Zeit verging, die er sonst mit nervendem Warten hätte verbringen müssen. Dort angekommen machte er es sich in einem der Stühle so bequem, wie es nur irgendwie möglich war. Er schloss die Augen. *Rebecca, jetzt dauert es nicht mehr lange!*

Er sah ihre Augen blitzen und sog das umwerfende Lächeln in sich auf, das sie ihm schenkte, während sich ihre Hände zart mit den Fingerspitzen berührten. Ihre Lippen waren nur noch wenige Millimeter voneinander entfernt.

„Last call to Lufthansa-Flight 583 to Frankfurt. Mister Piller please come immediately to gate number 37!"

Gerald hob den Kopf. Tatsächlich, er war eingeschlafen und nahe daran, seinen Flug zu verpassen! Er nahm sein Handgepäck und lief schnell zum Schalter. Ein nicht mehr ganz freundlicher Blick der Dame vom Abfertigungspersonal wurde ihm zugeworfen. Es setzte eine bedauerten Blick auf und zeigte ihr, unter den Worten, „Sorry I´m still sleeping", seine Boarding Karte. Er war tatsächlich der letzte Passagier, der den A310 betrat, denn gleich hinter ihm wurden die Türen geschlossen. Die Flugbegleiterin musste seinen gehetzten Blick richtig gedeutet haben: „Es ist ja gerade noch rechtzeitig, entspannen Sie sich jetzt."

„Sollte ich jetzt wieder einschlafen, vergessen Sie bitte nicht, mich aufzuwecken, wenn wir gelandet sind, nicht dass ich gleich wieder zurückfliegen muss." Gerald versuchte sich in einem Grinsen das Verlegenheit darstellen sollte.

„Zurück geht nicht, denn diese Maschine fliegt dann weiter nach Rom, aber vielleicht gefällt Ihnen das sogar besser?" Die Stewardess hatte wirklich gute Laune und versprühte sie mit jedem Satz.

„Nein, Frankfurt ist mein Ziel und nirgendwo anders möchte ich in der nächsten Zeit sein!"

Er musste bei diesem Satz einen verträumten Blick zur Schau gestellt haben, denn die Folgerung war messerscharf:" Sie werden erwartet?"

„Ja, und ich kann es selbst kaum mehr aushalten."

Ein fast neidischer? -- Blick der Flugbegleiterin traf ihn, wurde aber sofort von einem umwerfenden Lächeln abgelöst."Ich nehme an, dass dort jemand genauso glücklich ist wie Sie, wenn Sie sich treffen."

„Das hoffe ich sehr! Nein...." Gerald zögerte kurz, bevor den Satz weiter sprach: " Ich weiß es, dass es so ist!" Er ließ sich in seinen Sitz fallen und schnallte sich sofort an.

„Darf ich Ihnen noch etwas zum Lesen anbieten? Eine Zeitung oder den Kicker?"

" Nein, danke, aber wenn wir in der Luft sind wäre ein möglichst starker Kaffee das Richtige, denn ich möchte nicht bei der Begrüßung gleich wieder einschlafen."

„Mach ich gerne!" Sie wendete sich im Abgehen aber noch einmal um."Ich passe auf Sie auf, dass Sie fit in Frankfurt ankommen!"

Langsam rollte das Flugzeug rückwärts vom Finger weg und rumpelte anschließend mit leichtem Flügelschwingen die Rollbahn zum Startpunkt entlang.

„Cabincrew ready for take-off!" Das Bordpersonal nahm ihre Plätze ein und gleich darauf beschleunigte der Jet, der schon nach kurzem Anlauf steil in den wolkenverhangenen Londoner Himmel stieg. Gerald lehnte sich entspannt zurück. Draußen gab es ohnehin nichts zu sehen, außer Wolkenfetzen, die am Fenster vorbei waberten. Schon kurz nachdem die Crew wieder aufstehen durfte, kam die Stewardess an Geralds Platz mit einer Tasse dampfenden Kaffees. „ Ich habe ihn so stark gemacht, wie es mit unserer Bordausstattung nur möglich ist."

Gerald nahm die Tasse dankbar entgegen und nippte vorsichtig an der heißen, wirklich fast schwarzen Brühe.

Die Flugbegleiterin stand noch immer etwas unsicher wirkend neben seinem Platz, weshalb Gerald fragend zu ihr aufsah.

„Entschuldigung, Herr Piller – der sind Sie doch?"

Gerald nickte.

„Ich weiß, wir dürfen das zwar nicht, aber könnten Sie mir ein Autogramm geben? Wissen Sie, meine beste Freundin ist eine begeisterte Leserin ihre Bücher."

„Sie nicht?" Gerald zuckte seinen Schreibstift, den er immer in seiner Brusttasche trug.

Sie lächelte etwas verlegen." Nein, ich habe versucht, ein Buch von ihnen auf Empfehlung meiner Freundin zu lesen, aber ich habe schnell feststellen müssen, dass ihre Art zu schreiben, mich nicht sonderlich fesselt oder fasziniert, wie es bei ihr der Fall ist." Sie sah Gerald kurz an." Ich hoffe, Sie nehmen mir das nicht übel und geben mir trotzdem ein Autogramm."

„Aber selbstverständlich und glauben Sie mir, Ehrlichkeit besitzt bei mir einen sehr hohen Stellenwert. Außerdem wenn alle nur meine Bücher lesen würden, was würden dann all die anderen Schriftsteller machen? Ich lese auch Vieles meiner Kollegen und es ist ganz normal, dass man gewisse Präferenzen besitzt." Gerald setzte seine Unterschrift auf die Lufthansakarte, die ihm dargereicht wurde und schenkte der Frau noch ein gewinnendes Lächeln.

Sie bedankte sich noch einmal herzlich: „Meine Freundin wird entzückt sein, wenn ich ihr von unserer Begegnung erzähle und wer weiß, jetzt wo ich Sie kennengelernt habe," sie hielt kurz inne im Satz,"vielleicht versuche es doch noch einmal mit einem anderen Roman von Ihnen. Vielleicht gefällt mir der dann besser?" Sie kicherte leise in sich hinein." Aber jetzt muss ich mich auch wieder um die anderen Gäste kümmern." Sie wandte sich entschlossenen Schrittes mit der Autogrammkarte in die Galley.

Schon nach ein paar Schluck entfaltete sich die Wirkung des Kaffees mit Wärme im Bauch und einem leichten Prickeln im Kopf.

Kaum hatte das Flugzeug seine Reiseflughöhe erreicht, nahm das Triebwerksgeräusch schon wieder den dunkleren Ton an. Es ging bereits wieder an den Sinkflug. Eine andere Stewardess nahm im Vorbeigehen die leere Kaffeetasse wieder mit und schneller als Gerald gedacht hatte, musste sich das Personal wieder für die Landung anschnallen.

Wie um Geralds Stimmung weiter anzuheben und seine Vorfreude zu beflügeln, riss die Wolkendecke auf und er sah die Wälder und Felder, die um Frankfurt herum einen Kranz bildeten. Wie ein grauer Wurm schlängelte sich eine Autobahn durch dieses Grün-Braun der Landschaft, das vereinzelt von roten oder grauen Dächern kleinerer Ortschaften unterbrochen wurde. Der Main – oder ist es noch der Rhein? – wurde überflogen und man konnte immer mehr Details unterhalb des Flugzeuges erkennen. Ein Bauer, der mit seinem Traktor über ein Feld fuhr, ein Güterzug der sich wie eine Schlange über die Gleise dahin bewegte. Jetzt waren sogar schon zwei Pferde auf einer Koppel zu identifizieren und kurz darauf wurden die ersten Positionsleuchten vor der Landebahn überflogen. Der Pilot setzte den Jet sachte auf den Asphalt und ging sogleich auf Gegenschub. Die Triebwerke dröhnten auf und Gerald wurde nach vorne in den Sitzgurt gepresst.

Die Runway führte am Flughafengebäude vorbei und Gerald blickte mit großer Vorfreude auf diesen Betonbau. Dort drinnen würde Rebecca auf ihn warten! Jetzt war er auf einmal ganz ruhig. Die Hektik, die er noch anfangs in Heathrow entwickelt hatte, war nicht mehr zu spüren. Gelassen nahm er seine Tasche und verließ als einer der letzten Passagiere das Flugzeug, nicht ohne sich noch einmal bei der Flugbegleiterin für den herrlichen Kaffee zu bedanken.

Sie formte mit den Händen noch einmal den Umriss der Karte und nickte ihm ebenfalls dankend zu.

Der Weg zum Gepäckband war nicht weit und es war noch kein Stück auf dem Förderband. Sein kleiner Koffer war einer der ersten, der aus dem Bauch auf das Band von unten herauf quollen. Er nahm dem Koffer und bekam jetzt doch Herzklopfen und spürte ein leichtes Zittern in seinen Knien. Dort vorne war die blickdichte Türe und dahinter würde sie warten. Gerald holte tief Luft und ging mit einem unbewussten, dafür umso erwartungsvolleren Lächeln hindurch.

Es war wie beim letzten Mal. Er drehte seinen Kopf und entdeckte sie sofort genau an derselben Stelle wie vor einem Jahr.

Rebecca, jetzt bin ich da, wieder bei dir!

II

Rebecca war es diesmal besser gelungen, ihre Nerven zu schonen. Sie war am Vormittag noch zum Shoppen gegangen. Eine Tätigkeit, bei der sie immer auch etwas entspannen konnte, gerade jetzt, um auch ihre Gedanken kurz auf etwas anderes zu fokussieren, als immer nur an Gerald zu denken. Es war dabei auch gar nicht wichtig, ob sie etwas Kaufenswertes fand, denn von schönen Dingen zu träumen, war eben auch ein Luxus, den sie sich gönnte.

Diesmal allerdings war sie tatsächlich fündig geworden. Eine hellblaue Jeans, die ihr wie angegossen passte, extrem eng und dadurch ihre langen Beine hervorhebend, ließ schon bei der Anprobe ihr Herz derart frohlocken, dass sie sie gleich anbehielt, um eben mit diesem Kleidungsstück Gerald zu empfangen. Ein Blick über die Schulter in der Anprobekabine verriet ihr, dass diese Hose auch vortrefflich ihren Po zur Geltung brachte, worüber sich der von ihr so sehnsüchtig erwartete Gerald sicherlich freuen würde. Rebecca wusste schließlich seinen Aussagen zufolge noch ganz genau, wie gut ihm dieses Körperteil gefiel und sie freute sich bereits darauf, wenn er sie dort berührte. Gleich nach der Bezahlung fiel ihr auch eine Bezeichnung für ihren Kauf ein: "Geraldjeans". Schon bei den ersten Schritten darin, das ursprüngliche Kleidungsstück trug sie in der

375

Einkaufstasche, bemerkte sie die formidable Tragequalität dieser Hose. Sie fühlte sich an wie eine zweite Haut und nirgends spürte sie ein Kneifen, nicht einmal im Schritt, obwohl alles so enganliegend war. Die Erwartung von Geralds Blick steigerte ihre Vorfreude um eine weitere Potenz. Sie hatte ihr Timing so gestellt, dass sie selbst bei einem Stau noch rechtzeitig in der Ankunftshalle ankommen würde.

Tatsächlich musste sie auch nur 10 Minuten warten, die trotzdem schon wieder einen erheblichen Quälfaktor für sie besaßen, bis die Anzeigetafel anzeigte: LH-780 Baggage Claim!

Sie frohlockte und ihr Herz begann wild zu schlagen, als Gerald durch die Schwingtüre kam. Er trug eine dunkelblaue, etwas sommerlich anmutende Stoffhose, die eng anlag, ein graues Shirt und ein dunkles Jackett dazu. Er sah absolut sexy darin aus. Der strahlende Blick seinen grün-braunen Augen genau die gleiche Farbe, wie bei ihr, nur dass ihre mehr ins bräunliche gingen, sorgte dafür, dass ihre Knie weich wurden und sie sofort in seine Umarmung sinken ließ, als er vor ihr zu stehen kam.

Trotz der Unbequemlichkeit beim Gehen hatte sie sich hochhackige Schuhe angezogen und das wurde jetzt sogleich belohnt. Sie standen sich Auge in Auge gegenüber. Ein besonderes Element ihres gegenseitigen Umgangs. Der gegenseitige Respekt füreinander wurde dadurch besonders hervorgehoben. Keiner wollte auf den Anderen herabsehen. Trotzdem war dieses angenehme Gefühl des Versinkens da. Sein fester Griff um ihre Hüften, mit der er sie an sich heran drückte, ohne jedoch besitzergreifend zu wirken und seine weit geöffneten Pupillen, aus deren Schwarz eine unbeschreibbare Leidenschaft ihr entgegen loderte, befeuerten sämtliche Gefühle in ihr. Sie wollte ganz nah an Gerald heran und sie zog auch ihn zu sich her. Sein warmer Atem, der aus seiner Nase kam, strich über ihr Gesicht und endlich berührten sich ihre Lippen. Es war wie ein Stromschlag, voller Intensität aber gleichzeitig auch mit der ihnen ureigensten Zärtlichkeit. Diese sanfte Berührung ließ ihren Körper erschauern und noch mehr als Gerald einen seiner tiefen Atemzüge, als Seufzer hatte sie sie bezeichnet, ausstieß und seine Arme sie noch enger umschlangen. Und dann stieß seine Zunge tastend, fast vorsichtig zwischen ihre Lippen hindurch und suchten die ihre, die ihm bereitwillig entgegenkam, um den süßen Geschmack seiner Liebe aufzunehmen und diesen Genuss ihm gleichzeitig auch wieder zurückzugeben. Es war wie beim letzten Mal, an genau der gleichen Stelle. Die Umgebungsgeräusche traten immer mehr in den Hintergrund. Die gelegentlichen Rufe anderer Passanten, die sich begrüßten, wurden diffus und unverständlich. Selbst ein Aufruf per Lautsprecheranlage degenerierte zu einem bedeutungslosen Blubbern.

Eine Hand Geralds tastete nach der ihren und die Finger umschlossen sich und spielten miteinander, wie um das Wirbeln ihrer Zungen zu kommentieren und zu verstärken.

Ein paar Wartende, deren Angehörige noch nicht durch die Schleuse gekommen waren, setzten ein verstehendes Lächeln auf, als sie das die Umwelt vergessende Paar bemerkten. Mit Sicherheit beneideten einige die beiden!

Geralds eine Hand wanderte von ihrer Hüfte etwas weiter hinab in Richtung von Rebeccas Po, der diese tatsächlich auch sehnsüchtig erwartete. Sie kehrte aber nach halber Strecke wieder um nach oben. – Sie waren hier schließlich nicht allein, sondern auf einem Flughafen! Geralds Seufzer, den er ohne den Kuss zu unterbrechen ausstieß, klang deutlich bedauernd. Rebecca bedauerte es ebenfalls, aber sie wusste auch, dass sich dadurch ihre Vorfreude noch verstärken würde.

Langsam lösten sich ihre Lippen wieder und das Grün-Braun der Augen verlor seine Verschwommenheit. Das Hintergrundrauschen wurde ebenfalls wieder differenzierter und die Realität – die herrliche Realität! – weil Zweisamkeit erlebt, nahm wieder Besitz von ihnen.

"Endlich bin ich bei dir!" Gerald nahm nun auch Rebeccas zweite Hand in die seine. "Der Flug war für mich fast nicht zu ertragen, solange hat er gedauert." Er holte tief Luft." Aber jetzt ist alles gut! Dein Kuss ist schöner, als ich es mir in den besten Gedanken ausgemalt hatte." Wieder zog er Rebecca zu sich heran und noch einmal versank die Realität für eine kleine Weile." Das war die Zugabe für die liebenswerteste und schönste Frau der Welt!" Ein offenes Lächeln und ein unbeschreibliches Funkeln in Geralds Augen bekräftigten diese Aussage.

Erst jetzt, mit etwas Abstand betrachtete er sie. Was er zu sehen bekam, schien ihm zu gefallen, denn seine rechte Augenbraue zog sich leicht nach oben. Wieder zog er sie zu sich heran und flüsterte ihr eine Frage ins Ohr: „Tust du mir einen Gefallen?"

Rebecca ahnte es bereits, aber sie sah sich verpflichtet, etwas zu kokettieren. Sie zuckte fragend mit den Schultern.

„Das ist ganz leicht!"

Wieder dieser gespielte ratlose Ausdruck.

„Würdest du etwas vor mir hergehen, wenn wir uns jetzt nach draußen bewegen?" Die Richtung, in die Geralds Blick ging, war unmissverständlich, aber Rebecca wollte, dass er es aussprach. Genau dafür hatte sie diese Jeans gekauft und zugleich angezogen.

Seine Verlegenheit, die er nun versuchte zum Ausdruck zu bringen, war aber schlecht gespielt." – Nun – nun – ach einfach so!"

Rebecca spielte ihre Rolle weiter und sah ihn vermeintlich prüfend an. Es fiel ihr schwer, aufgrund seines hilflosen Gesichtsausdruckes, das Lachen zu verkneifen.

Sein Blick ging fast verzweifelt kurz zur Hallendecke, dann gab er sich geschlagen: "Die Hose steht dir so gut und betont deinen Körper. Ich will deinen Po sehen, wenn du vor mir her gehst!"

Na also, geht doch! Rebeccas gedankliche Aussage stand im krassen Gegensatz zu dem, was sie fühlte. Sie zuckte wieder mit der Schulter was so viel heißen sollte "Na gut, wenn das alles ist, dann gehe ich eben etwas voraus, du Voyeur!" Sie drehte sich um, natürlich mit einem gekonnten Hüftschwung und schritt voran. Die hohen Absätze ermöglichten es ihr, die Schritte so zu setzen, dass ihre Pobacken bei jeder Bewegung für Gerald ein aufregendes Schauspiel bieten würden. Ihre akustische Aufmerksamkeit war nach hinten gerichtet und sie musste auch nicht lange warten auf den ersten Seufzer. Irgendwie wusste sie seinem Blick auf ihrem Hinterteil und fast bemerkte sie, wie eben dieses allmählich richtig warm wurde. Auch täuschte sie sich nicht, dass ihr Schritt geschmeidiger wurde. *Oh, wie sehr habe ich dich vermisst!*

Sie war diesmal mit dem eigenen Wagen vorgefahren, der im Parkhaus abgestellt war. Dort angekommen verstaute er sein Gepäck im Kofferraum und sah sie dann mit einem unverhohlen, gierigen Blick an.

Das scheint dir wohl sehr gefallen zu haben? Rebecca war zufrieden mit sich und ihrer Wirkung auf ihn. Aber wie groß diese Wirkung tatsächlich war, damit hatte sie nicht gerechnet. Ungestüm umschloss er sie mit seinen Armen und hob sie hoch. Ein prüfender Blick nach links, rechts war die Mauer des Parkhauses, dann legte er sie auf die Motorhaube ihres Minis, die von unten leicht warm heraufstrahlte. Sie lag so da, dass er zwischen ihren gespreizten Beinen stand und sich zu ihr herabbeugte. Sein Atem hatte etwas Keuchendes an sich, als er ihren Hals mit Küssen bedeckte, während seine Hand unter ihr cremefarbenes Shirt glitt, den BH leicht anhob und ihre linke Brust so zärtlich berührte, dass es fast ein Anachronismus zu seiner aufgestauten Erregung war. Wie sehr es ihn antörnte, konnte Rebecca auch durch ihre Hose spüren, als er seinen Unterleib gegen den ihren presste. Sie glaubte, das Pochen seines steifen Gliedes an ihrer Vagina zu spüren und ihre vorherige Geschmeidigkeit verwandelte sich in einen kleinen See, der ihre Schamlippen zu benetzen schien. Auch ihr Atem ging schneller und heftiger. Wie sehr hatte sie sich nach diesen Berührungen gesehnt!

Leider bog schon kurz darauf ein Fahrzeug um die Ecke und Gerald richtete sich etwas auf und zog sie wieder in eine senkrechte Position. *Schade eigentlich!*

Nach dem Einsteigen musste sie noch kurz ihren BH richten, der noch verschoben war. Dann warf sie Gerald einen eindeutigen Blick zu, den er mit einem Grinsen beantwortete.

„Du hast einfach einen geilen Arsch!“

Sie drehte den Zündschlüssel und fuhr aus dem Parkhaus. Die Sonne schien immer noch und machte die Fahrt erfreulich. Während der Fahrzeit erzählte er ihr davon, dass er in Heathrow beinahe eingeschlafen wäre und von der lustigen Begegnung mit der Lufthansastewardess. Rebecca lauschte seinen Worten, genoss vor allem seine tiefe Stimme, die sie wieder aufs Neue bezauberte. Dazu seine blumige Aussprache, die sie ebenfalls so animierte. Gleichzeitige bedauerte sie jedoch, dass sie ihm nicht antworten konnte, wusste sie doch, dass auch er ihre Stimme sehr liebte.

Bei ihr zu Hause angekommen parkte sie auf der gegenüberliegenden Straßenseite. Gerald stieg aus, öffnete den Kofferraum und holte sein Gepäck. Er streckte den Rücken durch und warf den Deckel wieder zu. Mit der Tasche über der Schulter, den Koffer in der anderen Hand hinter sich herziehend, ging er zwischen Rebeccas Wagen und dem dahinter stehenden Fahrzeug hindurch, während sie mit einem Knopfdruck abschloss.

Ein näherkommendes Motorengeräusch ließ ihren Blick in diese Richtung gehen, während Gerald über die Straße schritt. Aufgrund der Tasche hatte er scheinbar das Auto nicht wahrgenommen, das sich unaufhaltsam näherte. Rebeccas Magen krampfte sich zusammen." Gerald, pass auf!" Sie schrie es mit voller Lautstärke.

Gerald reagierte und erreichte mit einem Sprung die andere Straßenseite, während das Auto hupend an ihm vorbeischoss. Gerald drehte sich schuldbewusst grinsend um: „Ich muss mich scheinbar erst wieder an den deutschen Straßenverkehr gewöhnen! Danke!" Er sah zu ihr herüber, wie sie an ihrem BMW gelehnt stand, die Hand vor dem Mund.

„Komm, es ist ja nichts passiert, du hast mich ja rechtzeitig gewarnt!"

Rebecca stand immer noch da, zu keiner Bewegung fähig.

„Was hast du denn?" Gerald stellte den Koffer und die Tasche ab, überzeugte sich, dass diesmal keine Gefahr drohte und wechselte wieder die Fahrbahnseite. Dann sah er, dass Rebecca Tränen in den Augen hatte, aber es waren keine Tränen der Trauer! In Rebeccas Mimik lag so etwas wie maßloses Erstaunen, gepaart mit enormem Glück. Erst jetzt begriff er, was gerade geschehen war. Die Hand, die immer noch über Rebeccas Mund lag, verdeutlichte es noch mehr."Du hast gerade gesprochen!"

Langsam nahm sie ihre Hand vom Mund und nickte."Ja!" Kam es leise aus ihrer Kehle, dann fiel sie ihm weinend um den Hals.

III

Es kostete Gerald einige Überredungskünste, Rebecca davon zu überzeugen, dass es jetzt erst einmal wichtig war, Kontakt zu ihrem Psychologen aufzunehmen. Natürlich musste er das am Telefonat

380

erledigen, denn dieser Satz beruhte in erster Linie auf der emotionalen Grenzsituation, in der sich Rebecca gerade eben befunden hatte. Auch das anschließende "Ja" war noch in diese Kategorie einzuordnen. An komplexe Sätze, noch dazu am Telefon, war deshalb noch lange nicht zu denken. Aber zumindest würde Doktor Fürste neue Ideen haben, wie dieses zarte Pflänzchen an wiedergewonnener Sprache nun zum weiteren Aufblühen gebracht werden könnte. Dieser verwies Gerald aber sogleich an die Logopädin, die jetzt bessere Therapiemöglichkeiten vorzuschlagen hätte.

Frau Doktor Schüller ließ sich durch Gerald Rebecca ans Telefon holen. Eine direkte Übermittlung der Anweisungen wäre besser und Rebecca müsste auch nur zuhören. Er sah das Glück in den Augen seiner Geliebten, als diese sogar fähig war die Instruktionen der Logopädin mit kurzen Ja-Lauten zu bestätigen. Danach bekam er noch einmal den Hörer in die Hand gedrückt.

„Das ist ein hervorragendes Zeichen, vor allem, dass Frau Sattler sogar während dieser Stresssituation in der Lage war, zumindest die richtigen Töne hervorzubringen. Wirken sie beruhigend auf sie ein, besonders dann, wenn nicht alles nach Plan läuft. Frau Sattler ist sehr ehrgeizig und würde sich einen zu hohen Druck aufbauen, der auch wieder einen Rückschritt bewirken könnte. Das müssen Sie unbedingt abfedern! Sie soll nicht zu viel machen, dann bin ich sehr zuversichtlich, dass sich das Sprachproblem von alleine allmählich löst." Schüller legte eine kurze Pause ein."Haben Sie noch Fragen?"

Gerald zögerte kurz. „Nein, ich glaube es ist alles klar. D.h. eine Frage hätte ich doch noch!"

„Nur zu fragen Sie ruhig!"

Gerald vergewisserte sich kurz, ob Rebecca, die in die Küche gegangen war, gerade nicht zuhörte."Ich weiß selbst, wie ungeduldig Frau Sattler sein kann, deshalb wäre es für mich auch etwas hilfreich, wenn Sie mir wenigstens ansatzweise eine Prognose über die Zeit geben könnten, bis sie sich wieder gut artikulieren kann."

„Erwarten Sie nicht zu viel! Es ist nicht sicher, ob die Sprachfähigkeit komplett wiederhergestellt werden kann, aber ich denke, dass zumindest einfache Sätze mit einfachen Wörtern bei der gegenwärtigen Entwicklung innerhalb eines Monats möglich sein könnten. Aber wie gesagt, das ist wirklich nur eine Prognose!"

„Ich danke Ihnen sehr Frau Doktor Schüller, damit haben Sie mir schon sehr geholfen. Auf Wiederhören."

„Bei so positiven Anlässen immer gerne!" Die Logopädin unterbrach die Verbindung.

Gerald legte den Hörer auf die Station und begab sich ins Wohnzimmer, in dem sich mittlerweile auch Rebecca eingefunden hatte. Vor ihr standen zwei Tassen dampfenden Tees und ein Kännchen mit Milch. Sie lächelte ihn mit einem fragenden Gesichtsausdruck an.

„Sie hat mir nur noch mitgeteilt, dass du weiterhin Geduld haben sollst, dann geht es fast von alleine."

Rebecca tippte in ihr bereitliegendes I-Pad: Das werde ich, ich verspreche es dir! Sie sah sich ihren Satz an und ein kurzes "Ja" kam über die Lippen.

Gerald zog sie zu sich heran und küsste sie. Erst nach diesem längeren Kuss griff er zu seiner Teetasse und nahm einen Schluck daraus."Und ich werde dich dabei unterstützen, so gut ich kann!" Wieder ein Kuss.

„Ja", war Rebeccas Antwort und er wusste, dass dieses Ja alles bedeuten würde.

"Jetzt gehe ich aber erst einmal duschen, um den Flugzeuggeruch loszuwerden!"

Als er wieder aus dem Badezimmer herauskam, ein klein wenig hatte er schon gehofft, wieder Besuch von Rebecca während des Duschvorgangs zu bekommen, hörte er eine ständige Tonfolge aus Vokalen, begleitet von einem gelösten Kichern. Rebecca saß entspannt auf dem Sofa mit einem Zettel und einem Stift bewaffnet und gab diese Laute von sich, dann unterbrach sie kurz, machte einen Strich auf den Zettel, lachte verhalten und setzte die nächste Lautfolge an. Ohne diese Tätigkeit zu unterbrechen, winkte sie Gerald zu sich heran und deutete auf ihr I-Pad, wo schon ein Satz geschrieben stand: *Das ist die Aufgabe, die mir Frau Doktor Schüller aufgegeben hat. Ich soll es einfach so oft wie möglich versuchen, ohne mich dabei anstrengen zu müssen. Allein die Tatsache, dass ich dich in meiner Nähe weiß, verhindert schon, dass ich Stress bekomme. Setz dich einfach neben mich es tut mir gut, ruhig etwas näher, damit ich dich auch spüren kann. Ich habe mir selbst ein Limit gesetzt, dass ich ohne Fehler erreichen möchte. Dann höre ich auf und freue mich auf deine Küsse und.............*

Gerald setzte sich also neben sie, so nah, dass er ihren Körper an seiner Seite spüren konnte. Der Kontakt war elektrisierend für ihn. Er blickte auf den Zettel, auf dem sie in 5-er-Strichen ihre Erfolge dokumentierte. Sie war bereits bei 67 angekommen und etwa alle 25 Sekunden kam ein neuer Strich hinzu.

Gerald konnte seine Hände nicht bei sich behalten und begann Rebecca zu streicheln."Sag es, wenn es dich stört, aber ich muss dich einfach berühren!"

Rebecca nahm einfach seine Hand, ohne ihre Übungen zu unterbrechen und unterstützte kurz als Bejahung seine Handbewegungen.

Wie sehr hatte er sich all die Wochen und Monate zuvor danach gesehnt, diesen schlanken, elastischen, drahtigen und doch zugleich so ungemein femininen Körper wieder berühren zu dürfen. Seine Hand glitt unter ihr Shirt und er spürte mit seinen Fingerspitzen ihre zarte weiche Haut. Fast bildete er sich ein, dass sie sich ihm entgegenstreckte. Zugleich bemerkte er, wie sich ihre Stimme in eine tiefere Lage herabsenkte. Sie schien sich durch seine Berührungen noch mehr zu entspannen. Seine Hände wanderten über ihren Bauch nach oben und strichen unter leichtem Druck über ihren BH, spürte die Spitze, von der die Körbchen gesäumt waren und bemerkte auch, wie sich ihre Brust hob und wieder senkte. Dazu kam das leichte Vibrieren, dass durch die von ihr abgegebenen Töne entstand. Er zwängte von unten her seine Hand unter ihre linke BH Hälfte und ließ seine Finger zärtlich tastend über die rosa Knospe gleiten, die sich darunter befand und die sich ihm aufrichtend entgegenwölbte.

Seine Tätigkeit wurde von einem deutlichen "Ja" unterbrochen. Rebecca hatte ihre Vorgabe, 100 Lautfolgen zu schaffen erfolgreich abgeschlossen. Sie griff zu ihrem Notebook: Absoluter Rekord! Bisher bin ich einmal bis 17 gekommen, im Durchschnitt vielleicht gerade neun Versuche. "

Gerald freute sich mit ganzem Herzen für sie."Willst du, dass ich weiter mache...... so mit dir?"

„Ja"

„Das scheint ein neues Lieblingswort zu werden."Gerald sah in ihre glücklichen Augen. Rebecca sah ihn mit geweitetem Blick an und nickte mehrmals heftig mit dem Kopf."Ja!" Sie lehnte sich zurück und gab so ihren wunderbaren Körper für Geralds Hände komplett frei.

Er freute sich so sehr auf den Anblick, den sie ihm schenken würde, also zog er seine Hand unter dem Shirt hervor und versuchte es ihr auszuziehen, tatkräftig von ihr unterstützt. Ihr straffer Bauch mit dem absolut ebenen Nabel, der in keiner Vertiefung lag, ließ ihm kurz den Atem stocken."Du bist sehr schön!"

„Ja?" Es gelang Rebecca sogar bereits dieses Wort in mehreren Bedeutungen zu betonen.

„Glaube mir, du bist für mich die schönste Frau der Welt!"

Rebecca zog ihn zu sich heran und ihre Lippen berührten sich zu einem Kuss. Gleichzeitig zog sie ihm sein frisch angelegtes graues T-Shirt mit V-Ausschnitt nach oben und ihre warmen Hände erfreuten die Haut seines Rückens. Sie unterbrach nur kurz den Kuss, um das Stück Stoff komplett von ihm abzustreifen. Dann löste sie selbst den Verschluss ihres Spitzen-BHs und zog ihn wieder zu sich herunter, wo sie Haut auf Haut den nächsten Kurs auslebten.

Längst schon hatte Gerald seine Erregung in sich aufsteigen gespürt. Dieser Hautkontakt mit ihrem duftenden Körper verstärkte dieses Gefühl um Potenzen."Ich will dich ganz nackt! Ich will dich ansehen! Ich will dich spüren!" Gerald hauchte es ihr unter Küssen ihres Halses ins Ohr.

„Jaaaa!" Diesmal war das Wort lang gezogen, lustvoll! Sie begann bereits an seinem Gürtel zu nesteln, um ihn aufzuziehen. Er hatte ihn dafür extra nur locker gebunden. Als sie in den Hosenschlitz griff, um sein Glied aus dem Slip zu befreien, spürte er bereits wieder dieses Pochen in der Spitze dieses Körperteiles. Sie umfasste seinen Penis zart und machte sanft etliche Bewegungen auf und ab. Dann strich sie mit einem jähen Ruck seine Vorhaut zurück und legte seine Eichel frei, nicht ohne selbst einen lustvollen Blick darauf zu verschenken. Gerald stöhnte auf. Sie befeuchtete ihre Hand und die Finger mit etwas Speichel und begann ein unnachahmliches Spiel von zärtlichen Griffen, manchmal etwas kräftiger, mit dem sie seinen erigierten Schaft zu höchster Größe anschwellen ließ. Als sie auch noch die kleine Öffnung auf der Spitze der dunkelrot angelaufenen Eichel auf das Leidenschaftlichste verwöhnte, begann es zum ersten Mal in Geralds Lenden zu zucken. Er musste sich schwer beherrschen, um eine vorzeitige Ejakulation zu vermeiden.

Doch bald lehnte sich zurück und lag mit freiem Oberkörper vor ihm. Ihrem Mund entwich ein Laut, der sich wie "Immiuu" anhörte. Dabei glitt ihr Blick herunter auf ihren Schritt, der immer noch fest von ihrer Gerald-Jeans umschlossen war.

Auch ohne diesen Blick hätte Gerald die Wortbedeutung dieser Laute verstanden. "Dann prüfe ich einmal, wie voll dein Swimmingpool bereits ist!"

Er öffnete den Reißverschluss und zog die Hose über dem Po herunter, was sie durch das Anheben ihres Beckens erleichterte. Ein herrliches mintfarbenes Höschen mit einem Spitzensaum verhüllte nun noch den Ort, der für Gerald die himmlische Glückseligkeit bedeutete. Er spürte wie sich Rebeccas Bauchmuskulatur anspannte, als er seine Hand langsam in ihr Höschen gleiten ließ. Den ebenmäßigen Hügel über ihre Vulva vergaß er nicht mit ein paar kreisenden Fingerbewegungen zu umschmeicheln. Dann nahm er die ursprüngliche, von ihr geforderte Zielrichtung wieder auf und traf mit der Spitze seines Mittelfingers auf ihre Schamlippen, die sich diesem Eindringling bereitwillig öffneten und mit dieser herrlich duftenden, so wusste er es von früher, gelartig sich anfühlenden Feuchtigkeit, die ihm entgegenquoll, den weiteren Weg vorzeichnete. Während sein Finger ganz langsam tiefer in Rebeccas Intimstes vorstieß, wurden ihre Atemzüge flacher, aber auch schneller, bis ein leises, trotzdem wohliges Stöhnen über die Lippen kam, den er mit dem gleichen Laut erwiderte, denn Rebecca hatte nicht aufgehört gleichzeitig seinen Penis zu verwöhnen. Tief im Innersten ihrer Scheide bewegte er nun sein erstes Fingerglied in dieser feuchten, erregend, weichen Umgebung. Er hatte das Gefühl, sein Finger steckte in einem kleinen See. – Swimmingpool!

Rebecca zog seinen Kopf zu sich heran und er spürte und hörte ihren lustvollen Atem an seinem Ohr, bevor sich die Lippen zu einem erneuten Kuss vereinten.

Ohne die anderen beiden Bewegungen zu unterbrechen umfasste seine andere Hand ihre Pobacke und seine Finger griffen beherzt in diese, sich so unsagbar feminin anfühlende Rundung. Mit einem tiefen Atemzug bäumte sich Rebeccas Unterleib etwas auf, wodurch sein Finger noch 1 mm tiefer in ihre Vagina eindrang. Es war wirklich schwer für ihn, zu entscheiden, was ihm im Moment am besten gefiel. Der Kuss? Sein Finger in ihrer Lust? Das Spiel ihre Finger auf seinem steifen, heftig pochenden Glied? Seine Hand knetend auf ihrem herrlichen Po? Nein, er wusste es nicht. Er musste aber auch nicht entscheiden, denn es lief ja alles gleichzeitig ab und vereinigte sich im Gefühlszentrum seines Gehirns zu einem einzigartigen Crescendo von Erotik, Liebe und sexueller Obsession. Dazu kam noch das warme Empfinden, dass Rebecca dies ebenfalls so empfand. Allein dieses Vorspiel ergab schon wieder eine Einzigartigkeit, die Gerald beim Zusammensein mit Rebecca erfahren durfte. Trotz größter körperlicher Erregtheit, die durchaus mit Geilheit tituliert werden konnte, war immer der liebevolle Partnerumgang und das mentale Bewusstsein der gegenseitigen Zugehörigkeit nie außer Acht gelassen. Vor allem die zärtlichen Küsse, die sie sich gegenseitig schenkten, waren ein eindeutiges Zeugnis davon.

Langsam zog er seinen Finger wieder heraus und befreite seine große Liebe von den letzten, sie vom absoluten Hautkontakt noch trennenden Kleidungsstücken. Rebecca tat es ihm nach. Dann legte er sich einfach auf sie. Rebecca umschloss seinen Oberkörper mit ihren Armen und sein Becken mit ihren Beinen, dann lagen sie still ohne jede Bewegung aufeinander und spürten in tiefster Innigkeit ihre Nacktheit und die Eindrücke, die ihnen ihre olfaktorischen Sinne lieferten. Dadurch stieg Geralds Erregung noch weiter an. Rebecca roch einfach fantastisch! Die meisten dieser Aromen, gerade die, die sie körperlich produzierte, waren gar nicht beschreibbar, weil sie direkt auf sein limbisches System wirkten und seine sexuelle Bereitschaft unterschwellig förderten. Dazu kam das Wissen, dass seine pralle Eichelspitze direkt vor ihrer bereitwillig geöffneten, feuchten Vulva stand.

Rebeccas grün- mehr braunen Augen lagen wie tiefe unergründliche Zisternen vor ihm. Sie strahlten einen Zauber auf ihn aus, dem er sich nicht entziehen konnte und schon gar nicht wollte. Er wusste genau, was diese Augen ausdrückten.

Wie zur Bestätigung fühlte er den Druck ihre Schenkel stärker werden. Nur zu gerne gab er diesem nach und tauchte genauso langsam wie sein Finger beim Vorspiel vorher in die sein Glied empfangende Feuchtigkeit ein, die ihn hitzeerregend aufnahm.

Gerald entfuhr ein "Endlich"!

Rebecca nickte glücklich: "Ja"!

Das war von allen "Ja" bisher das Schönste, das er vernommen hatte.

„Ich liebe dich!" Er flüsterte es direkt in Rebeccas Ohr, während er zugleich immer noch von ihrem Aroma betörend elektrisiert wurde.

Der Druck ihrer Schenkel wurde schwächer.

Er glitt ein wenig heraus – nicht weit.

Der Druck ihre Schenkel wurde wieder stärker.

Sein Penis bohrte sich lustvoll wieder in ihren Leib.

Rebecca gab den Takt an, sehr zärtlich, fast bedächtig, aber von einer tiefen Innigkeit, die Gerald jede Faser ihrer Innenwände spüren ließ.

Als Rebecca ihre Schenkel von ihm löste, fuhr er in diesem Takt fort, nur dass er etwas länger, fast herausfordernd, auch für ihn selbst, am Scheidensausgang verharrte, bis er deutlich spürte wie sich ihr Unterleib ihm entgegen bog, obwohl er auf ihr lag. Mit einem moderaten Stoß befriedigte er ihrer beider Vereinigung in der Tiefe ihres Körpers und beide gaben einen nicht zu unterdrückenden Laut ihrer Lust ab. Trotz des mäßigen Bewegungstaktes bemerkte Gerald, wie ihm allmählich der Schweiß auf die Stirn trat. Die Hormone, die Rebeccas Traumkörper und ihr liebevoller Blick, den sie bei jeder kurzen Entfernung ihrer Körper ihm zuwarf, in ihm zur Ausschüttung kommen ließen, sorgten für eine wollüstige Hitze in seinem Körper. Die Feuchtigkeit suchte sich um seine Augen herum den Weg, den ihr die Schwerkraft gebot und sammelte sich an seiner Nasenspitze zu Tropfen, von der Sie auf Rebeccas Gesicht abperlten.

„Entschuldige, aber mir wird so warm!"

„Schschsch", Rebecca blickte kurz irritiert, dann kam ein glückliches Glucksen aus ihrer Kehle.

Es war Gerald klar warum: Sie freute sich, über ihre gelungene Konsonantenfolge. Ihre Schenkel schlossen sich wieder über seinem Po und gaben erneut den Takt vor, den er kurz vergessen hatte fortzuführen.

Was ihn noch mehr faszinierte, war seine Beobachtung, dass sie versuchte, seine Schweißperlen mit dem Mund aufzufangen. Manchmal gelang es ihm danach, seine salzige Flüssigkeit wieder zurückzuholen, indem er sie küsste und den Tropfen ihrer Zunge entwand.

Irgendwann, es war schon lange dunkel und das Zimmer mit den beiden vor Erregung dampfenden Körpern wurde nur noch durch das einfallende Licht der Straßenbeleuchtung erhellt, drückte Rebecca seinen Körper sanft von sich weg. Auch auf ihrem Körper zeigten sich ein paar wenige Schweißperlen, die im schwachen Licht wie kleine Diamanten schimmerten. Ihr ausgestreckter Finger zeigte auf die Teekanne, deren Inhalt aber bereits erkaltet war. Dies registrierte Gerald sehr positiv, weil auch bei ihm ein großes Durstgefühl entstanden war und er gegen dieses Bedürfnis am liebsten ein kaltes Getränk zu sich nahm.

„Soll ich dir einen neuen Tee heiß machen?" Er richtete sich von dem Sofa auf. Sein immer noch steifes Glied glänzte vom Tau der Feuchtigkeit, die aus Rebeccas Zentrum der Lust stammte. Doch sie hielt ihn am Arm zurück und nahm ebenfalls ein paar Schluck von dem kalten Aufgussgetränk, während Gerald gleich zwei Tassen begierig in sich hineinschüttete.

Nun stand sie ebenfalls auf, um ihn, wie nicht anders zu erwarten, im Stehen zu küssen. Sein Glied stand zwischen ihren beiden Bäuchen. Im Kuss umfasste er mit beiden Händen ihr Hinterteil und hob sie hoch zu sich. Es war zwar ein Zufall, aber ein mehr als angenehmer, dass er dabei sein Glied wieder in sie eindringen lassen konnte. Er ging vorsichtig mit ihr zum Türstock, um sich etwas von hinten abstützen zu können, um anschließend dieses herrliche Gesäß immer wieder kurz anheben zu können und wieder abzusenken. Rebecca belohnte die dadurch entstandenen Bewegungen in Ihrer Vagina mit leisen, hechelnden Atemstößen.

Gerald spürte allmählich, dass ihn die Kräfte in den Armen verließen, als sich ihr Oberkörper nach hinten spannte, ihre Oberschenkel um seine Hüften sich noch deutlicher verschränkten, während der mittlerweile immer heftiger gewordene Atem in einem zarten, fast erstickten Schrei eruptierte. Er hielt in seiner Bewegung inne, während Rebecca seinen verschwitzten Hals mit Küssen abtrocknete, bevor sie sich wieder seinen Lippen zuwendete.

Der Kuss war leider kürzer, als Gerald sich dies wünschte."Jetzt kann ich nicht mehr!" Er stellte diese bezaubernde Person wieder auf ihre eigenen Beine. Das Lächeln, das er dafür zurück bekam, war ebenso bezaubernd. Dann fiel Rebeccas Blick auf seine erhobene Mannespracht und führte ihn anschließend an diesem Glied wieder zurück zum Sofa und fing an dieses mit ihrer unnachahmlichen Bewegung wieder zu liebkosen bis er schon lange vorher durch das Ziehen in seinen Leisten und dem wohligen Brennen seiner Eichel angekündigt, sich mit einem nicht ganz so verhaltenen Stöhnlaut mit dem Rücken nach hinten warf.

Mit einem liebevollen Blick verfolgte Rebecca den weißen Saft, der in Stößen aus seiner Eichelspitze hervorquoll.

IV

Beim anschließenden Essen, das sie zusammen zubereitet hatten, war Rebecca von einer weichen, warmen, wohligen Wolke umgeben. Sie war nicht einmal verwundert über die sofort wieder eingetretene Harmonie, die sich zwischen ihr und Gerald aufgebaut hatte. Der Sex mit ihm und eben das Kochen, bei dem sich ihre Körper immer wieder umschmeichelten und die Küsse, die obligat dazwischen stattfanden, ließen die immer noch in ihrem Körper aufgestaute Erregung nur langsam abklingen, aber nicht bis zu einem vollständigen Nullpunkt. Dazu trug auch der Name des Gerichtes "Spaghetti putanesca" bei, immer wieder erotische Gedanken zu pflegen und Träumen nachzuhängen, die sie so gerne mit Gerald Wirklichkeit werden lassen mochte. Dabei fielen ihr so manche Spielarten ein, die sie durchaus mit dem Gerichtnamen "nach Hurenart" in Verbindung bringen könnte, ohne sich natürlich gerade in Geralds Begleitung als solche fühlen zu müssen. Dafür war dieser Mann viel zu sehr Gentlemen und flexibel genug, auf Ihre Wünsche eingehen zu können. Auf der anderen Seite war sie sich sicher, mit ihm einige Praktiken durchführen zu können, die sie sich normalerweise nie trauen würde. Bei ihm wusste sie aber, dass er niemals ihr Vertrauen, das sie ihm ohne Schranken schenkte, ausnutzen würde. Im Gegenteil, manchmal hatte sie leichte Sorgen, dass er zu sehr auf sie einging und seine körperlichen Bedürfnisse hinten anstellen würde. Aber dafür hatte sie schnell in Gedanken einen Plan geschmiedet.

Sie würde ihm bei einem der nächsten Male einfach einen Gegenstand symbolisch in die Hand drücken, als Zeichen dass jegliche Initiative allein von ihm ausgehen sollte. Allein der Gedanke daran steigerte schon wieder die Erregung in ihrem Körper und ihre Vaginamuskeln zogen sich lustvoll etwas zusammen.

Warum dieses Nudelgericht diesen Namen hatte, entzog sich jedoch ihrer und auch Geralds Kenntnis. Der Sugo bestand aus frischen, gekochten Tomaten mit Zwiebeln angeschwitzt und mit Knoblauch in Scheiben geschnitten verfeinert. Dazu kamen als kulinarische Höhepunkte, besonders für Gerald, denn er liebte sie – Kapern! Als Farbklecks und zur endgültigen geschmacklichen Abrundung kamen am Schluss, die Sauce sollte auch schon bei der Zugabe der Kapern nicht mehr kochen, noch grüne und schwarze Oliven hinzu.

Gerald bestreute seinen Teller gerade mit frisch geriebenem Parmesan und drehte nun unter Zuhilfenahme eines Löffels die ersten Nudeln um seine Gabel. Allein der Blick, den er ihr dann mit der ersten Portion im Mund zuwarf, elektrisierte sie förmlich. Nicht ganz unschuldig an dieser Wirkung war eine Nudel, die noch ganz frech zwischen seinen Lippen heraushing. Rebecca ertappte sich dabei, diese Teigware sogar etwas zu beneiden. Ihre Zunge würde sie jetzt viel lieber ein wenig zwischen diese, in ihren Augen so schönen, sinnlichen Lippen zwängen.

Warum eigentlich nicht? Sie beugte sich zu ihm herüber und biss zunächst einmal diese Nudelkonkurrenz ab, was sich Gerald in freudiger Erwartung dessen, was kommen würde, natürlich allzu gerne gefallen ließ. Sein Atem roch natürlich nach diesem Sugo und entwickelte durch diesen Kuss in ihr ein einzigartiges, befeuerndes Aroma von genialem Geschmack, aber zugleich auch außergewöhnliche Erotik, gepaart mit aufbrandender Lust.

Anschließend drehte Gerald eine zweite Portion auf die Gabel, die er aber Rebecca in den Mund schob und nun war er an der Reihe dieses Kusserlebnisses.

Irgendwann siegte aber ihrer beider Hunger und sie widmeten sich der, im Anbetracht des gerade Geschehenen, fast schon profanen Nahrungsaufnahme. Die gegenseitige Anregung oblag derweil ihren Füßen und Beinen, die sich gegenseitig streichelten und vor allem ihrer beider Augen, die sich permanent Blicke zuwarfen, die auch das kleinste Rinnsal an Gefühlen in einen reißenden Strom des Wollens und Begehrens umwandeln konnten. Rebecca wusste nur zu genau, wie sehr Gerald auf ihre Augen fixiert war, aber umgekehrt war es auch nicht anders. Gerade wenn sie sich gegenseitig zuprosteten, waren die Blicke besonders intensiv. Der Wein, ein junger Pinot Noir mit einem hellen Rubinton aus dem Friaul, umschmeichelte dabei den Gaumen mit seiner Fruchtnote und einem Nachgeschmack, der einem nachhallenden Kuss durchaus nicht fern war. Trotz dieses Erlebnisses hielten sich beide mit dem Getränk zurück, sie wollten sich nicht durch Alkohol die Sinne vernebeln lassen, sondern durch ihrer beider körperlichen Vorzüge.

Schon beim anschließenden Aufräumen der Küche und der Beschickung der Spülmaschine konnten sie es wieder nicht unterlassen, sich gegenseitig zu berühren und zu reizen. Irgendwann packte Gerald sie an ihrem Po und setzte sie auf die Anrichte, sodass er zwischen ihren Schenkeln stand. Seine Hände glitten auf ihrem Rücken langsam kreisend nach vorne, während sie sich soweit es ging nach hinten lehnte, als er wieder unter ihren BH griff und ihre Brüste liebkoste. Dabei spürte sie durchaus etwas Drängendes in ihrem Schritt.

„Lass uns wieder ins Bett gehen! Ich will dich wieder spüren!" Gerald hob sie sanft von der Anrichte herunter.

„Ja!"

Sie lagen nackt nebeneinander, aber so, dass sie permanent Hautkontakt zueinander hatten. Mal Seite an Seite, dann wieder Rücken an Rücken und selbstverständlich auch Bauch auf Bauch. Oft auch mit unterschiedlichen Körperpartien aneinander. Rebecca konnte sich gar nicht auf einzelne Partien konzentrieren, dem von überall her jagten kleine, angenehme Impulse, winzigen Entladungen gleich durch ihren Körper. Dazu kam der schon wieder äußerst vertraute Geruch, den ihr Geliebter ausströmte und ihre Sinne öffnete für mehr! Im Gegenzug spürte sie sein Schnuppern an ihren Hautpartien. Gerald hatte es schon früher oft genug betont, wie sehr er ihre Aromen liebte, besonders diejenigen, die sich gar nicht so leicht beschreiben ließen, weil sie nur unterschwellig auf ihn wirkten. Sie bemerkte, dass sich seine Atemzüge allmählich beschleunigten und er sich nicht mehr allein mit dem Hautkontakt der Körper zufrieden gab, sondern seine Hände wieder zu Hilfe nahm, die erneut begannen, die Regionen ihres Körpers tastend und streichelnd zu erforschen.

Jetzt lag er hinter ihr und hatte sie mit einem Arm umschlungen, während seine Finger der zweiten Hand langsam von ihren Knien, die sie leicht angezogen hatte, auf ihren beiden Oberschenkeln nach oben wanderten und dabei beide Innenseiten, an denen ihre Haut ohnehin sehr empfindlich war, sanft umschmeichelten. Rebecca drückte ihren Po fest gegen seinen Unterleib und gab sich diesem herrlichen Gefühl hin. Irgendwie fanden seine Finger immer genau die Stellen, an denen sie sich gerade nach einer Berührung sehnte, um gleich darauf zum nächsten Sehnsuchtspunkt zu gelangen. Herrlich und zugleich quälend aufreizend glitten diese virtuosen Finger an ihren vor Erwartung und Sehnsucht geöffneten Schamlippen vorbei und ließen ihre Erregung ins Unermessliche steigen. Es gelang ihm, wenn er von einer Seite ihrer Vulva auf die andere wechselte, eine wie zufällig wirkende ganz kurze Berührung am Vordereingang ihre Scheide zu erreichen, die ihr einen leisen Laut der Lust entlockte. Sie spürte, wie sich ihre Bauchmuskulatur anspannte und sich auf ein erlösendes Eindringen eines seiner Finger vorbereitete. Aber er tat ihr diesen Gefallen nicht, obwohl sie an seinem harten Glied, das sich in ihrem Rücken spürbar zu voller Pracht entfaltet hatte, seine Geilheit auf sie und ihren Körper ebenfalls deutlich erkennen konnte.

Sein Fingerspiel kam ihr endlos vor, denn mit jeder Sekunde, die er benutzte, ihren Körper zu manipulieren, wurde ihre Lust zu einer immer stärker anschwellenden süßen Qual, die ihr – eigentlich paradox – extrem gefiel. Irgendwann war der Punkt gekommen, an dem diese immer deutlicher werdenden Reize für sie nicht mehr auszuhalten waren. Sie zog ruckartig ihre Oberschenkel ganz an ihren Körper heran, um dieser aufgestauten Energie der puren Leidenschaft, die sie in der Unbeweglichkeit nicht mehr zu ertragen fähig war, entgegenwirken zu können.

Als hätte Gerald nur darauf gewartet, nutzte er diese Bewegung um seinen Penis in die Position zu bekommen, wo er ohne Ansatz von hinten in ihre feuchte Liebeshöhle eindringen konnte.

Beide gaben ein erlösendes Seufzen von sich. Rebecca spürte, wie sich ihre Scheide um seinen Schaft schloss, als würde sie diesen Pfahl der Liebe nie mehr aus sich herauslassen wollen. Aber Gerald dachte gar nicht daran, seinen Penis herauszuziehen, sondern ließ diesen still in ihrem Innersten verharren, um die knetenden Bewegungen, die Rebecca nun vollzog, zu genießen. An der Art und Weise, wie sein Atem an ihrem Hals die heiße Luft der inneren Hitze ausstieß, erkannte sie, dass es genau so richtig war.

Jetzt war es an ihr, seine Erregung so weit zu steigern, dass für ihn ebenfalls dieser süße Schmerz der Qual sich zum Höhepunkt steigerte, bis er ihn in einigen heftigen Stößen kulminieren ließ, was dann auch für Rebecca ein wundervoller Lohn war.

Wie lange diese Vereinigung andauerte, war für das Paar nicht abzuschätzen. Zu sehr waren sie miteinander beschäftigt, sich ihre gegenseitige Liebe zu schenken. Und genauso irrelevant war für beide ein abschließender Orgasmus, denn sie schafften durch dieses zärtliche, hocherotische Spiel eine Vielzahl von Höhepunkten, die immer wieder Lust auf die Fortsetzung dieser Handlung machte, sodass sie kein Ende fanden.

Geralds Körper war irgendwann vor Erregung und den damit verbundenen permanenten Hormonschüben und der körperlichen Bewegung derartig erhitzt, dass ihm der Schweiß in Strömen aus seinen Poren rann. Für Rebecca war es ein herrliches Pendant zu ihrer Feuchtigkeit, die sie dauerhaft in ihrem Unterleib produzierte, sodass auch nach – Stunden? – jede seiner Bewegungen in ihr angenehm empfunden wurde.

Irgendwann in den frühen Morgenstunden fiel Gerald zur Seite und glitt aus ihr heraus. Sein Atem rasselte leicht und seine Stimme hatte etwas Krächzendes an sich, was Rebecca als durchaus erregend empfand.

„Ich brauche dringend etwas zu trinken!"

„Ja!"

Gerald lief zur Küche und kam mit einer Flasche Wasser wieder zurück ans Bett, um diese Rebecca zu reichen. Auch sie trank begierig ein paar Schluck, während er anschließend die Flasche in einem Zug leerte.

Irgendwann, es war draußen schon taghell, erwachte Rebecca, weil Gerald ihre Stirn sanft küsste. *Was für eine Nacht!*

V

Der kleine Gerichtssaal strahlte fast eine gewisse Intimität aus. Es ging lediglich um fahrlässige Körperverletzung und erschwerend dazu unerlaubtes Entfernen vom Unfallort durch Flucht. Eine dreireihige Zuschauerbank, die nur mit wenigen Besuchern besetzt war, befand sich gleich neben der Eingangstüre. Vor dem Richtertisch waren zwei Stühle nebeneinander aufgestellt, auf denen die Personen zu sitzen hatten, die vom Vorsitzenden befragt wurden. Rechts vom Richter war ebenfalls ein Tisch mit einem Stuhl dahinter, auf dem der Verteidiger saß. Vor diesem hockte der angeklagte Südafrikaner seinem Platz und konnte direkt hinüber auf den des anklagenden Staatsanwaltes blicken.

Die Selbstsicherheit, die Gregory Dasselbloem noch beim Eintritt in den Saal an den Tag gelegt hatte, war mit dem Verlesen der Anklage deutlich geringer geworden. Die Fragen des Richters zu seinen Personalien beantwortete er mit leiser, kaum hörbarer Stimme, sodass der Richter einige Male bewusst nachfragen musste und den Studenten aufforderte lauter zu sprechen. Allerdings kamen ohnehin nicht mehr viele Worte über seine Lippen, da er durch seinen

394

Verteidiger zu verstehen gab, dass er in diesem Verfahren sämtliche Aussagen verweigern würde.

Sein Anwalt, ziemlich renommiert wie Rebecca erfahren hatte, prangerte auch sogleich die unverhältnismäßige Behandlung seines Mandanten seitens der österreichischen Justiz an. Er war zwar bis zur Verhandlung auf freien Fuß gesetzt worden, durfte aber Deutschland, in dem er seinen Wohnsitz hatte, nicht verlassen. Außerdem war die zu leistende Kaution, den Beschwerden des Verteidigers nach, viel zu hoch.

Der Richter nahm dies zur Kenntnis, erläuterte aber trotzdem noch einmal, dass in diesem Fall durchaus Fluchtgefahr nach Südafrika bestand und das Vermögen der Eltern des Studenten durchaus eine Kaution in dieser Höhe rechtfertigen würde. Die Eltern Dasselbloems, die hinten auf den Bänken Platz genommen hatten, schüttelten dabei scheinbar entrüstet den Kopf, enthielten sich aber einer Zwischenbemerkung, während der Student, mittlerweile wieder etwas selbstsicherer, nur ein verächtliches Schnauben von sich gab.

Seine vor der Brust verschränkten Arme ließen deutlich erkennen, dass ein Gefühl der Reue bis dahin noch nicht sein inneres Wesen erreicht hatte.

Rebecca war als Erste zur Vernehmung in den Saal eingelassen worden. Dem Richter waren ihre noch immer anhaltenden Sprachstörungen bekannt, sodass er Rebecca die Fragen so stellte, dass sie die meisten mit einem Nicken oder Schütteln des Kopfes beantworten konnte. Umso erstaunter war er, als Rebecca bereits die erste Frage: „Ihr Name ist Rebecca Sattler, wohnhaft in Frankfurt?“ Mit einem deutlichen „ Ja!“ beantworten konnte.

Aus den Augenwinkeln konnte sie erkennen, dass der Verteidiger sich dabei sofort einige Notizen in seine Unterlagen schrieb.

Erst bei den Fragen zum Geschehen vor und während des Unfalls musste Rebecca ihr Notebook zu Hilfe nehmen, wobei sie ohnehin nichts Wesentliches zu dieser Thematik beisteuern konnte, da sie an die Momente des Unfalls keine Erinnerungen hatte. Alles Weitere, ihr Klinikaufenthalt und die nachfolgenden Behandlungen, wurde wieder seitens des Vorsitzenden verlesen und Rebecca musste wieder nur mit „Ja“ bestätigen.

Der Staatsanwalt, der als nächster an der Reihe mit der Befragung war, verzichtete jedoch, da alles bereits vom Richter bekannt gegeben worden war.

Der Verteidiger ließ es sich dagegen nicht nehmen Rebecca anzusprechen. Zunächst ließ er erkennen, wie leid ihm die Schädigungen täten, die sie erlitten hatte. Dies tat er mit einer durchaus mitfühlenden und sympathischen Stimme und wohldurchdachter Wortwahl. Doch allmählich wurden seine Fragen schärfer und auch bestimmender. Er wollte Rebecca sogar die Zeit beschneiden, die sie für ihre schriftlichen Antworten benötigte. Jedes Mal, wenn Rebecca etwas von sich gab, das sie beim Tippen äußerte, fragte er sofort nach: " Haben Sie etwas gesagt?"

Ihr war klar, er wollte sie herausfordern etwas zu sagen. Scheinbar war es seine Absicht, sie als Simulantin zu denunzieren. Doch Rebecca hatte seine Taktik schnell durchschaut und wurde von da an deutlich ruhiger und nahm sich genügend Zeit für ihre Antworten, die auf einer Leinwand, per Beamer für alle sichtbar im Saal, erschienen. Selbst das unverschämte Grinsen, das ihr Dasselbloem verstohlen zuwarf, brachte sie nicht aus dem Konzept.

Irgendwann hatte auch Rafael Kaiser, der Verteidiger erkannt, dass er mit diesem Trick keinen Erfolg erzielen würde und verzichtete auf weitere Fragen.

Als nächstes wurde das Ehepaar als Zeugen getrennt voneinander vernommen, die damals beim Unfall auch zugegen waren. Auch hier versuchte der Verteidiger, durch ständiges Nachfragen und auch Wiederholungen von Schilderungen der Abläufe Widersprüche zu erhalten, aber im Wesentlichen waren auch diese beiden Aussagen deckungsgleich.

Allmählich schien Dasselbloem zu begreifen, dass diese Verhandlung nicht unbedingt in seinem Sinne ablief. Auch die aufmunternden Blicke seiner Eltern, die Rebecca gut beobachten konnte, wurden mit zunehmender Dauer immer seltener.

Anschließend wollte der Richter dem Studenten scheinbar noch einmal eine Chance geben, durch eine eigene Aussage und eine eventuelle Entschuldigung das Gericht in seinem Sinne zu beeinflussen. Aber seine Arme blieben weiterhin verschränkt und der

Mund geschlossen. Die Gendarmeriebeamten die Dasselbloehm im Hotel ausfindig gemacht hatten und anschließend auf die Wache brachten, gaben zu Protokoll, dass dieser bereits am Packen war, um so bald wie möglich das Hotel zu verlassen, was eindeutig als Flucht zu werten war, besonders weil er noch für drei weitere Tage seinen Aufenthalt gebucht hatte. Außerdem weigerte sich der Angeklagte, ihnen gegenüber das Snowboard und seinen Aufbewahrungsort bekanntzugeben, damit diese eventuelle Spuren an diesem Sportgerät sichern konnten. Es wurde letztendlich aber doch gefunden und einige kleine Blutspuren auf der Oberseite und am Fangriemen eindeutig Rebecca zugeordnet. Damit war auch die Indizienlage nahezu eindeutig.

Dann endlich wurde Gerald als letzter Zeuge aufgerufen. Bei seinem Eintreten spannte sich Rebeccas Körper deutlich spürbar an. Seine Erscheinung und sein wacher Blick mit dem er sich kurz prüfend umsah und vor allem, wie sich kurz seine Augen für andere unbemerkbar, aber für sie überdeutlich weiteten, bestätigten ihre Gefühle, dass sie mit der Wiederaufnahme ihrer Beziehung alles richtig gemacht hatte. Er war einfach eine Persönlichkeit, nicht nur für sie, sondern er wirkte auch auf andere so!

Gerald fixierte Dasselbloem mit einem kurzen, aber eindringlichem Blick, was zur Folge hatte, dass dieser seine Grundhaltung aufgab und die Verschränkung seiner Arme lockerte, wodurch seine Schultern nach vorne fielen und sein Blick hilfesuchend zu seinen Eltern wanderte.

Gerald war hervorragend in der Lage, den Snowboarder perfekt zu beschreiben, welche Kleidung er getragen hatte, sogar die Marke und die Farbe der Skibrille konnte angeben. All diese beschriebenen Stücke konnten von der Gendarmerie sichergestellt werden. Auch der eigentliche Unfallhergang konnte durch seine Aussage detailliert festgehalten werden. Gerald vergaß dabei auch nicht zu erwähnen, dass Dasselbloem den Unfall gar nicht vermeiden konnte, weil dieser sich, sobald er im Pistenbereich war, in der Luft befand, was eventuell einen geringen Milderungsgrund darstellen könnte. Die Gendarmerie hatte auch belegen können, dass diese Spur abseits der Piste schon bestand, also war sie auch von anderen Skifahrern oder Snowboardern benutzt worden. Entweder hatten diese Glück und waren mit niemanden kollidiert oder eine zweite Person war dabei, die einen sicheren Sprung in die Piste hinein gewährleisten konnte. Als grob fahrlässig ist aber die alleinige Nutzung dieser Spur zu werten, da man doch je nach Geschwindigkeit die Piste einige Zeit nicht im Blickfeld haben konnte.

Bei Gerald war auch Kaiser mit seinen Fragen wesentlich vorsichtiger, versuchte aber trotzdem noch, das Bestmögliche für seinen Mandanten zu erreichen. Dies betraf in erster Linie den Tatbestand des Entfernens vom Unfallort. "Kann es sein, dass Herr Dasselbloem eventuell von dem Zusammenstoß gar nichts mitbekommen haben könnte? Immerhin befand er sich in Kopfhöhe zum Unfallopfer und traf diese nur mit dem Brett."

Gerald musste auf diese Frage gar nicht überlegen. " Nein, das ist ausgeschlossen!"

Der Verteidiger beugte sich etwas nach vorne. " Was macht Sie da so sicher?"

Gerald wechselte seinen Blick vom Verteidiger zum Angeklagten und wieder stellte sich dieser eindringliche Ausdruck in seiner Mimik ein." Erstens gab es ein deutlich zu vernehmendes Geräusch am Brett, als es den Kopf von Frau Sattler traf. Zweitens wurde der Mandant durch den Aufprall entscheidend aus seiner Flugbahn geworfen, sodass er danach große Schwierigkeiten hatte einen Sturz zu vermeiden." Gerald wandte sich dem Richter zu: „Wissen Sie, Herr Vorsitzender, für mich ist das ganze Geschehen wie in Zeitlupe abgelaufen, deshalb hat sich jedes Detail bei mir förmlich in mein Gedächtnis eingebrannt. Vor allem die Bilder nach dem Unfall werden mir nie mehr aus dem Kopf gehen!"

Rebecca konnte sehen, wie es in Geralds Gesicht arbeitete. Er hatte darüber mit ihr noch nie gesprochen, aber jetzt wurde ihr so richtig klar, wie er damals gelitten haben musste, während sie von alldem gar nichts mitbekommen hatte. Trotzdem waren die nächsten seiner Worte auch für sie etwas überraschend.

„Im Endeffekt war es ein Unfall, zwar mit verheerenden Folgen, bis heute, aber doch eine Laune des Schicksals. Ich möchte Herrn Dasselbloem deshalb keine sonderlich großen Vorwürfe machen. In der Jugend ist man zu manchem, auch Gefährlichem schnell bereit und kann die Risiken schlecht einschätzen. Aber.........." er machte eine Pause und wandte sich dem Angeklagten zu und fuhr dann mit völlig veränderter, schneidende Stimme fort: „.......... aber man sollte wenigstens Manns genug sein, für seine Fehler einzustehen und sich nicht der zu erwartenden Konsequenz entziehen wollen! Damit haben Sie es nur schlimmer gemacht! Sie können eigentlich von Glück sprechen, dass ich und noch andere Personen so schnell Hilfe herbeibekommen haben, sodass bei Frau Sattler die Schäden nicht noch größer ausgefallen sind." Wieder machte er eine Pause und wieder arbeitete es in seiner Mimik. "Ich kann Ihnen nur raten, stehen Sie jetzt endlich zu dem, was Sie getan haben!"

Rebecca war beeindruckt mit welch ruhiger, aber doch nachhaltiger Stimme Gerald sprach. Innerlich musste sie schmunzeln, denn diese Worte standen im krassen Gegensatz zu einigen Schimpfworten, mit denen Gerald auf der Heerfahrt einige andere Verkehrsteilnehmer tituliert hatte. Auch beim Fluchen war er in irgendeiner Weise ein Wortakrobat, wobei er dies auch noch in mancher Fremdsprache, zum Beispiel Italienisch, von sich gab.

Nach Geralds Aussage, es waren keine weiteren Zeugen mehr aufgerufen, begann der Staatsanwalt mit seinem Plädoyer, gefolgt von dem des Verteidigers, der noch einmal versuchte seinen Mandanten in ein etwas besseres Licht zu rücken.

Der Richter sprach Dasselbloem noch einmal persönlich an, dass dieser wie in jeder Verhandlung das Recht des letzten Wortes habe, aber auch diese Chance ließ der Student ungenutzt verstreichen. Stattdessen warf er seinen Kopf nach hinten, als würde er seine mittlerweile abgeschnittenen Rastalocken, mit denen er noch auf der Piste aufgefallen war, zurückwerfen, was aber bei seinem konventionellen Haarschnitt nur noch aufgesetzt wirkte. Mit trotzigem Blick schüttelte er den Kopf, als auch Herr Kaiser versuchte, ihn dazu zu ermuntern.

Rebecca bemerkte, wie auch seine Eltern sich konsternierte Blicke zuwarfen.

Anschließend zog sich der Richter kurz zurück, um das Urteil anhand der vorliegenden Fakten und der Gesetzeslage zu bestimmen.

Wenigstens fanden die Eltern des Studenten es angebracht, sich im Namen ihres Sohnes bei Rebecca in der Pause zu entschuldigen, was aber für den Ausgang des Verfahrens nunmehr keinen Belang mehr hatte.

Nach einer halben Stunde, in der Gerald für sich und Rebecca etwas zu Trinken geholt hatte, wurde der Saal für den Urteilsspruch wieder geöffnet.

Alle erhoben sich als der Richter eintrat und das Strafmaß anschließend verkündete. "Im Namen des Volkes ergeht folgendes Urteil: Der Angeklagte Gregory Dasselbloem wird der fahrlässigen schweren Körperverletzung und des unerlaubten Entfernens vom Unfallort für schuldig gesprochen. Er wird deshalb zu einer Freiheitsstrafe von einem Jahr und zwei Monaten sowie einer Geldstrafe von 8500 € verurteilt. Die Freiheitsstrafe wird zur Bewährung ausgesetzt.

Alle setzen sich wieder hin. Die Mutter der Studenten hörte man leicht schluchzen. Im weiteren Verlauf begründete der Richter seinen Schuldspruch und die Strafen. Die zur Bewährung ausgesetzte Freiheitsstrafe resultierte allein aus der Unfallflucht und auch dem Verhalten des Angeklagten während der Verhandlung. Im Wesentlichen wiederholte der Richter Geralds Worte, dass es immer einfacher ist, in solchen Fällen zu seiner Schuld zu stehen und nicht die Opfer ihrem Schicksal zu überlassen. Die Geldstrafe selbst für die Körperverletzung war auf die Vermögenslage der Eltern, die das Leben des Studenten finanzierten, bemessen.

Niemand hatte erwartet, dass Dasselbloem noch irgend eine Reaktion auf das Urteil zeigte. – Es kam auch keine!

Auf der Fahrt ins Hotel in einem Linienbus der Salzburger Verkehrsbetriebe schüttelte Gerald nur den Kopf, während er Rebeccas Hand hielt: „Wie kann man nur so dumm sein und sich seine halbe Zukunft verbauen!"

Es waren die einzigen Worte, die sie bis zum Hotel wechselten und das, so wusste Rebecca, war für sie beide außergewöhnlich.

VI

Es war ein herrlicher Wintermorgen mit einem strahlend, hellblauem Himmel, der über Salzburgs Dächern einen Glanz zauberte und das

Rot der Dachziegel in ein schimmerndes Gold verwandelte. Die Salzach zog sanft und glitzernd ihre Spur durch die Stadt, die allmählich zum Leben erwachte. Ein paar Dohlen flatterten keckernd um die Mauern der historischen Altstadt, in deren Gassen es momentan noch still und ruhig war, bis auf die Ladenbesitzer, die ihre Geschäfte für den täglichen Besucheranstrom herrichteten, der täglich in diese Stadt hineinstürmte. Vieles in diesen Gassen war selbstverständlich dem berühmtesten Sohn dieser Stadt, Wolfgang Amadeus Mozart, gewidmet, der sich allerdings die meiste Zeit seines Lebens an anderen Orten Europas aufgehalten hatte. Sein Geburtshaus in der Getreidegasse war aber einer der touristischen Hotspots dieser Stadt, die aber eigentlich noch so viel Anderes zu bieten hatte. Gerald hätte sich am ehesten für das Haus der Natur entschieden, wenn nicht das Wetter eher zu einem Aufenthalt in der realen Natur gelockt hätte. Ein Museumsbesuch wäre bei Regenwetter die ideale Alternative aber so entschlossen sich Rebecca und Gerald für eine kleine Rundfahrt durch das Salzkammergut und seine wirklich sehenswerten Seen.

Das Hotelzimmer war nur für zwei Nächte gebucht, die die beiden schon mit einem wunderbaren Ausblick auf die Feste Hohensalzburg schon am gestrigen Morgen vor der Verhandlung genießen konnten.

So verließen sie also nach dem Frühstück die Stadt und fuhren in Richtung Mondsee, dem ersten der großen Seen dieser Region. Eine kleine Straße führte direkt am südlichen Ufer entlang und ließ immer wieder reizvolle Blicke auf das für diesen See typische türkisblaue Wasser zu.

Rebecca, die am Steuer ihres Wagens saß hielt bei so mancher Parkbucht an, um die Reize dieses Gewässers besser auskosten zu können. Parkgelegenheiten gab es genug, es war schließlich keine Badesaison. Der See bezeugte dies mit absolut klarem Wasser, auch in Ufernähe. Schwärme von Jungfischen zogen sich in andere Abschnitte zurück, als die Schatten der beiden Besucher auf die glatte Wasseroberfläche fielen. Eine kleine Entenschar zog von einem nahe gelegenen Uferdickicht heran, vermutlich in Erwartung von kleinen Fütterungsgaben, die sie im Sommer überreichlich erhalten hatten. Mit einem lauten Schnattern zogen sie dann enttäuscht davon und hinterließen kleine Wellen im Wasser, die am dicht darunterliegenden

Seegrund farbige Schlieren des gebrochenen Sonnenlichts erscheinen ließen.

Am Westende des Sees mündete das Sträßchen in die Hauptstraße, die sie aber bald wieder verlassen konnten, denn es zweigt eine weitere Straße rechts ab, die um eine Felsnase herum führte. Dieser kleine Gebirgsstock trennte den Mondsee vom Attersee.

Da es immer noch Vormittag war, lag die nun folgende Uferstraße ebenfalls im schönsten Sonnenlicht, das von keiner Wolke getrübt war, sodass Rebecca sofort die neue Farbe dieses Sees auffiel: „... ellblau!"

„Ja, das ist das Interessante an diesen großen Seen: Jeder besitzt eine andere Farbe und macht sich damit zu einem Unikat!"

Sie standen wieder am Ufer und genossen die Weite dieses größten der Salzkammergutseen. Vom Westufer aus war das Ostufer nicht mehr zu erkennen, auch nicht bei klarsten Luftbedingungen. Bei 19 km Länge machte sich die Erdkrümmung bemerkbar! Trotzdem war der Blick nach Osten ein Augenschmaus, denn die schroffen Felswände hinter ihnen fielen deutlich zugunsten einer hügeligen Landschaft ab, die das Nordufer umgrenzte, während sich im Süden ein etwas höherer, im oberen Teil dicht bewaldeter Höhenzug den See entlang zog. Ein Schwanenpaar zog majestätisch etwas vom Ufer entfernt seine Bahn, wobei sie ganz nah aneinander schwammen.

Rebecca spürte Geralds Nähe und in diesem Augenblick noch viel mehr, da er ihre Hand ergriff. "...ön!" Sie scheute sich nicht, ihre noch unvollkommenen Lautäußerungen abzugeben. Im Gegenteil, sie freute sich darüber und noch viel mehr, weil Gerald es fast immer verstand. Sie machte auch immer wieder Übungen, auch jetzt während der Fahrt und sie war glücklich darüber, dass Gerald sie dabei mit einem sehr liebevollen Ausdruck ansah.

„Ja, es ist sehr schön hier! Früher bin ich meistens diese Strecke in die andere Richtung gefahren und hier am Westufer lag alles bereits im Schatten. Naja, im Sommer und mit Motorradkleidung war das auch manchmal ganz angenehm. Aber jetzt mit dir..." Er nahm sie fest in den Arm: ".... wirkt die Sonne noch viel mehr, auch weil du mit deiner Anwesenheit meine Sinne weitest! Mir kommt es so vor, wenn wir hier zu zweit stehen, dass ich auf einmal wie mit vier Augen sehen könnte. Es fällt mir so viel Neues auf, das ich allein gar nicht wahrgenommen hätte!"

Rebecca drehte sich zu ihm herum und ein intensiver Kuss bestätigte seine Worte, dass auch sie diese neuen Erfahrungen machte. Ein Kuss mit Gerald im Stehen war für sie immer wieder etwas Außergewöhnliches.

Geralds Arm wies in südlicher Richtung den Höhenzug entlang, wo sich ziemlich in der Mitte ein kleiner Einschnitt befand."Dort geht es über einen Sattel hinüber und auf der anderen Seite liegt dann schon der nächste See, der Traunsee!"

Die Abzweigung von der Atterseeuferstraße ging zunächst steil nach oben durch eine Siedlung und dann über eine weite Wiesenfläche bis diese vom Wald abgelöst wurde. Irgendwie kam es Rebecca so vor, als würde sie schon bei der Auffahrt wie magisch von diesem Wald angezogen. Tatsächlich hatte das Spiel zwischen Licht und Schatten bei der weiteren Fahrt hinauf etwas Märchenhaftes, wenn sich kahle Laubbäume mit dunkelgrünen Nadelhölzern abwechselten.

Bei der nächsten Kehre führte ein Forstweg in den Wald hinein, der jedoch gleich einen scharfen Knick nach links machte und einen atemberaubenden Blick auf die Landschaft darunter und den still, blau daliegenden See gewährte. Rebecca hielt an und sie stiegen aus. Hier oben wehte ein leichter Wind, der sich in den Bäumen singend verfing. Ein Tannenhäher flatterte aufgebracht davon und gab seine typischen, keckernden Laute von sich. Alles um sie herum verschmolz zu einer Idylle, die sie eng umschlungen in sich aufnahmen.

Rebecca spürte, wie sich Geralds Hand unter ihre Jacke schob und sie sanft am Rücken zu streicheln begann. Sie freute sich über jede Berührung seiner Finger an ihrem Körper, wie sie langsam ihre Rippen umkurvten und sich nach vorne zu ihren Brüsten vortasteten. Sie konnte es kaum erwarten, bis sie sich endlich unter ihren BH wagten und alle Zärtlichkeit entfalteten. Ein heißer Schauer durchlief davon ausgehend ihren gesamten Körper und unweigerlich drückte sie ihren Po nach hinten, wo sie Geralds Unterleib wusste und zugleich auch die erregte Härte, die sich dort bei ihm abzeichnete. Sie hörte seinen Atem, als er ihren Hals mit Küssen bedeckte.

Ein kurzer Windstoß hinterließ auf diesen geküssten Stellen ein erregendes, kühles Gefühl, wodurch sich die Wärme seiner Küsse noch deutlicher spürbar bemerkbar machte. Sie spürte sein Glied an ihrem Po und sie wusste, dass sie noch mehr spüren wollte. Jetzt sofort! Sie zog Gerald zum Auto und öffnete die Türe hinten zum Fond.

„Du willst ..... hier im Wagen?" Gerald sah sie überrascht, aber alles andere als abgeneigt an.

„Ja!"

Geralds Augen weiteten sich freudig." Dann schaffen wir erst einmal etwas Platz!" Er stellte die Lehnen der Vordersitze senkrecht und fuhr beide so weit wie möglich nach vorne. Dann kroch er wieder zu Rebecca nach hinten und zog sie zu sich heran."Du schaffst es immer wieder aufs Neue, mich zu überraschen! Ich komme mir vor wie ein Teenager!"

Rebecca sah ihn fragend an.

„Na so im Auto halt! Aber ich finde es toll! Und ich bin jetzt auch echt scharf auf dich!" Bei diesen Worten hatte er bereits den obersten Knopf und den Reißverschluss ihrer Jeans geöffnet und ließ seine Hand in ihren Schritt gleiten. Oh, ich glaube, dir geht es nicht anders, wie ich fühlen kann!"

Er wollte seine Finger wieder aus ihrer feuchten Vagina herausziehen, doch sie hielt seine Hand fest. "Wei...!"

Es war ein herrliches Gefühl, seine Finger sich leicht krümmend und wieder ausstreckend und in ihr sich bewegen zu fühlen. Sie zog seinen Kopf zu sich heran und ihre Lippen umschlossen sich gegenseitig. Ihre andere Hand benutzte sie jetzt dazu, sein steifes Glied aus dem Gefängnis seiner Hose zu befreien, was er mit einem Stöhnlaut quittierte.

Nur zu gerne ließ sie sich von ihm Hose und Slip ausziehen und gönnte ihm einem Blick zwischen ihre geöffneten Schenkel. Sie spürte in ihrer Hand, dass sein Penis noch etwas härter wurde. Dann hatte er ihr ihre Bluse mitsamt dem BH hochgeschoben und erfreute sich sichtlich an dem ihm Dargebotenen. "Du bist so schön!"

Rebecca freute sich jedes Mal, wenn er ihr das sagte, denn sie wusste, dass er dies immer ernst meinte. Sie lehnte sich mit ihrem Rücken gegen die Türe der hinteren Beifahrerseite und bereitete sich mit geschlossenen Augen auf sein Eindringen vor.

Langsam, fast zögerlich, genauso wie sie es für den Anfang am meisten liebte, befiel sie ein Gefühl der inneren Weitung, als sich seine Männlichkeit in ihr seinen Platz verschaffte. Es war herrlich, wie er sich immer tiefer in sie hineinschob. Dort drinnen verharrte er zunächst für einige Augenblicke regungslos, um dann langsam, wie der Kolben eines anlaufenden Schiffsmotors, in ihrer Scheide begann sich zu bewegen. Zunächst mit immer schneller werdenden Stößen und später variabel, mal wie quälend verharrend an ihrem Eingang, dann erlösend in sie hinein gleitend, um nun mit durchgestrecktem Rücken tief in ihr steckend wieder genauso regungslos, aber nicht mehr quälend, zum Stillstand zu kommen. Immer wenn er seinen Penis aus ihr ein Stück herauszog, sehnte Rebecca sich schon wieder danach, ihn tief in sich zu spüren. Auch das leichte Zucken seiner Eichel konnte sie wahrnehmen, was ihre Lust noch mehr steigerte. Seine Bewegungen und das Spiel der Sonnenstrahlen, die durch das Heckfenster auf ihn fielen, ließen sie bei diesem Liebesspiel alle bisher gesehenen Eindrücke noch einmal Revue passieren. Allerdings bekamen alle diese gemachten Wahrnehmungen nun einen erotischen Aspekt: die Enten am Mondsee waren im Ufergestrüpp beim Balztanz, die Fische umschmeichelten sich gegenseitig mit ihren Flossen und die Schwäne legten ihre langen Hälse umeinander, genauso wie Geralds Zunge und ihre dies gerade taten, während er sich weiter in ihrer Vagina bewegte und ausbreitete.

Doch mit einem Mal wollte sie den Takt bestimmen und das nicht nur durch den Druck ihrer Hände auf seinem Po, sondern komplett eigenständig. Sie setzte sich auf seinen Schoß und lehnte sich nach hinten gegen den Vordersitz. Nun spürte sie sein Glied noch tiefer in sich und er konnte auch nicht mehr so aufreizend weit aus ihr herausgleiten. Die Bewegungen, die sie nun machte, waren aber genauso lustvoll wie seine und am Atem Geralds konnte sie erkennen, dass es ihm genauso erging. Dann forderte sie ihn auf, ihren Po mit beiden Händen fest zu umfassen und gab sich nun mit allen offenen Sinnen dem Rhythmus hin, den er mit festem Griff um ihre Rundungen vorgab. Sie hörte Gerald immer heftiger stöhnen.

Oder war es gar sie selbst? Egal! Es war einfach nur warm, liebevoll, hoch erotisch und vor allem – geil!

Schweratmend ließen sie irgendwann voneinander ab und sie setzte sich neben ihn. Gerald beugte sich zu ihrem Bauch herab und begann diesen zu küssen, während seine Hand ihren Schamhügel streichelte. Aber nicht lange, denn sie nahm diese Hand und führte sie zu ihrer feuchten Vulva und genoss noch einmal seinen Finger in ihrem Innersten.

Etwas gemächlicher als die Auffahrt führte die Straße, nun fast immer von Wald gesäumt hinunter zum Traunsee, der mit einer dunkelgrünen Farbe emporlockte. Leider führte hier die Fahrt in westlicher Richtung auf einer Hauptstraße, sodass man die Schönheit dieses Sees nur am Rande genießen konnte.

Durch Bad Ischl hindurch, wo früher der Kaiser Franz Josef seine sommerlichen Freizeiten absolvierte, führte eine Bundestraße rasch nach Bad Goisern, wo der nächste See, der Hallstätter See, mit einer dunkelgrauen Farbe auf sie wartete. Er ist der kleinste der fünf großen Seen und fast vollständig von Bergen eingerahmt, sodass immer weite Teile von ihm im Schatten liegen. Besonders beeindruckend ist natürlich das Südwestufer des Sees, über dem sich das mächtige Massiv des Dachsteins über 3000 m erhebt. Davor liegt aber, nur durch einen Tunnel mit dem Auto erreichbar, eine absolute Perle im Alpenland. Laut Gerald ist es der schönste Ort, den er bisher gesehen hatte. Hallstatt am See!

Mittlerweile war es bereits später Nachmittag und die Sonne hinter dem Dachstein verschwunden. Gelbliche Lampen beleuchteten die kleine Ortschaft, die sich eng an die steil aufsteigenden Felsen schmiegte. Von der Parkharfe, die in der Mitte des Straßentunnels abzweigte, führte eine steile Treppe hinunter auf den zentralen Platz des Ortes, den man auch von oben sehen konnte. Der Abstieg wurde begleitet vom Rauschen des Wildbaches, der mehr über die Felsen herunterfiel, als dass er floss. Gerald schien genau zu wissen, wohin er wollte, denn er ging ohne zu zögern über den Hauptplatz nach Westen zum Bräugasthof.

„Ich hoffe nur, dass sie offen haben!"

Aber Geralds Befürchtungen waren unbegründet, der Gasthof hatte ganzjährig geöffnet und alle Zimmer wiesen einen Seeblick auf. Rebecca freute sich schon darauf, dies am nächsten Morgen erleben zu dürfen.

Spezialität des Gasthofes waren natürlich Fischgerichte, die man im Winter zwar nicht auf der Seeterrasse verspeisen konnte dafür aber in den uralten Gemäuern dieses Gasthofes, dessen Geschichte weit in die Vergangenheit reichte. Beide entschieden sich für den Hauptfisch des Sees, die Reinanke, die gebraten mit Petersilienkartoffeln und einem Spinatgemüse serviert wurde. Für den Anfang hatte sich sowohl Rebecca als auch Gerald für ein Bier entschlossen, das aber nach dem sehr delikaten Fisch einigen Gläsern Weißwein weichen musste.

Rebecca war noch immer verzaubert von der herrlichen Fahrt durch eine wunderschöne und abwechslungsreiche Landschaft und mit besonderer innerer Wärme dachte sie an ihr kleines Zwischenspiel auf dem Bergsattel.

VII

Die Sonne kitzelte schräg durch das Fenster herein und spiegelte sich in einem Bild, das gegenüber an der Wand hing. Dieses indirekte Licht war ideal zum Aufwachen. Draußen war alles still. Autoverkehr war in Hallstatt ohnehin nur den wenigen Anwohnern und Lieferanten gestattet. Da der Gasthof für diese Jahreszeit nur spärlich belegt war, waren auch noch keine Geräusche aus dem Untergeschoss zu vernehmen.

Gerald richtete sich leicht auf und betrachtete Rebecca, die gleichmäßig atmend neben ihm lag. Ihr Gesicht formte auch im Schlaf ein Sinnbild der entspanntesten Ebenmäßigkeit. Fast wirkte es so, als wären ihre Lippen zu einem Lächeln verzogen. *Vielleicht träumte sie noch vom gestrigen Abend?* Trotz der Müdigkeit, die beide nach dem Wein verspürten, war in Rebecca noch einmal Lust aufgekommen – auf Gerald zu sitzen und ihn in sich zu spüren. Kaum hatte sie diesen Wunsch ausgesprochen, zuckte es bereits freudig, lustvoll in seinen Lenden. Irgendwie war die innere Hitze trotz des Abendessens noch nicht abgeklungen. *Wie auch, wenn wir uns am Tisch permanent*

407

berührt haben, auch im Intimbereich, wenn wir uns unbeobachtet gefühlt hatten! Das Vorspiel war dementsprechend auf dem Zimmer recht kurz ausgefallen. Rebecca wollte, das sich Gerald auf einen Sessel setzte und sie nahm auf ihm Platz. Genauso wie am Mittag konnte sie ihn so am tiefsten in sich spüren. Sie bog ihren jetzt völlig nackten Körper nach hinten, wobei sie von Gerald gehalten wurde und schwang ihre Beine an seinem Schultern vorbei auf die Rückenlehne dieses Sitzmöbels, dessen breite Volumität ihrem Vorhaben entgegenkam. Dann drückte sie ihre Beine fest nach innen und begann sich zu bewegen. Ein äußerst intensives Gefühl breitete sich von seiner Eichel über den gesamten Schaft bis zur Peniswurzel aus. Rebeccas Bewegungen wurden heftiger, auch weil Gerald mit seiner Hand ihre linke Pobacke ergriffen hatte und so das Tempo weiter steigerte. Ihr Gesicht sah wundervoll aus: leidenschaftlich, erregt, liebevoll, auf eine besonders erotische Art angespannt, ohne verzerrt zu wirken. Sie genoss die Gefühle, die auch in ihrem Unterleib tobten. Ihre kleinen, wunderschönen Brüste bebten ganz leicht im Rhythmus des Liebestaktes, der von Bewegung zu Bewegung an Intensität zunahm. Gerald bemerkte, wie sein Atem allmählich stoßweise aus seinen Lungen drängte. Gleichzeitig spürte er auch die heiße Luft, die ihrem leicht geöffneten Mund entwich und so seine Erregung potenzierte.

Er war jetzt nur noch Körper – nein Penis! – der im schönsten und intimsten Ort Rebeccas aufgenommen worden war und all ihre Leidenschaft und auch animalischen Gelüste so deutlich zu spüren bekam, wie es einem Mann nur vergönnt sein konnte.

Sie liebten sich bis zur körperlichen Erschöpfung, die auch tatsächlich irgendwann eintrat, als Gerald Rebecca nicht mehr halten konnte und sie das Gleichgewicht nach hinten verlor und auf den Teppich plumpste. Zuerst waren beide etwas konsterniert, aber dann fing Rebecca lauthals zu lachen an und er wurde davon angesteckt. Irgendwie war auch das ein Abschluss, der zu ihrer Liebe passte, die nun wieder deutlich aus Rebeccas Antlitz ihm entgegen strahlte. Irgendwie schafften sie es noch ins Bett und schliefen sich an einer Hand haltend nach einem langen innigen Kuss – der musste unbedingt noch sein! – ein.

Nun am Morgen beugte sich Gerald zu Rebecca herunter und küsste sanft ihre Stirn und dann ihre Nase, die sich bei der Berührung seiner Lippen leicht kräuselte. Sie war aufgewacht!

" Mit einem Kuss sind wir eingeschlafen, mit einem Kuss beginnt auch der neue Tag!"

Rebecca zog ihn zu sich heran und wiederholte dieses Kusserlebnis.

„Müssen wir heute schon zurückfahren oder hast du noch Zeit bis übermorgen?"

„.... eute ni..t, no.... Zeit." Es kam zwar langsam über ihre Lippen, aber doch so verständlich, dass selbst sie, die immer Ungeduldige, vor Freude eine Träne im Augenwinkel bekam.

Gerald freute sich mit ihr und noch mehr erfreuten ihn die Geräusche, die sie im Badezimmer während des Duschens von sich gab. Wie er zu hören bekam, gingen ihr die Übungen, die ihr Frau Doktor Schüller aufgetragen hatte, gut von den Lippen.

Nach dem Frühstück schlenderten sie zunächst durch die Ortschaft. Es lag zwar leider kein Schnee, aber im hellen Sonnenlicht hatte alles seinen besonderen Reiz. Rebecca hatten es vor allem die Spalierbäume an den Häuserfronten am Hauptplatz angetan. Sie machte mit dem Handy einige Fotos und natürlich musste bei einigen auch Gerald ins Motiv. Selbstverständlich verlangte sie auch einige Bilder von sich, manche mit ganz natürlichem Auftreten, aber auch welche auf denen sie sich etwas in Positur warf. Gerald liebte ihre Poserfotos!

Dann ging es hinauf zur Kirche mit seinem kleinen Friedhof. Gerald hatte Rebecca schon am gestrigen Abend von der Besonderheit der Hallstädter Totenruhe erzählt. Die Verstorbenen wurden ab 1720 nach etwa 10-20 Jahren wieder exhumiert und in ein Gebeinhaus verlegt. Die Schädel wurden dabei mit allerlei Ornamentik und auch Beschriftungen versehen. Wobei manche dieser kurzen Texte sich auch über die Charaktere der jeweiligen Personen ausließen. Nicht immer waren diese schmeichelhaft, aber Tote können sich nicht mehr wehren.

Viele Tourismusführer beschrieben dieses Phänomen als makaber, aber Gerald empfand auch diesmal wieder viel mehr ein Gefühl der Ehrfurcht den Toten gegenüber. Auch Rebecca, die beim Betrachten der Schädel seine Hand ergriffen hatte, war mehr von diesem Gefühl beseelt, als dass sie diesen Anblick als makaber betrachtete. Das gleiche Gefühl hatte Gerald auch befallen, als er vor Jahren in Palermo einige Mumiengruften besuchte. Ein natürlich verstorbener Mensch hatte für ihn nichts zur Schaugestelltes, sondern es war aus einem bestimmten Totenkult heraus entstanden und sollte eben der Ehre und des Gedenkens der Verstorbenen dienen. Hier hatten wenigstens die Toten alle einen Namen, im Gegensatz zu den in unzähliger Zahl aufeinander getürmten Gebeine all der Soldaten, die vor Verdun gefallen waren und die man nicht mehr identifizieren konnte und deshalb in den Katakomben des Fort Douaumont ihre letzte Ruhestätte finden ließ.

Für Gerald war das Gebeinhaus in Hallstatt ein schöner Ort, der irgendwie zu diesem herrlichen Fleck Erde passte.

Beim Abstieg konnten sie ein Schiff sehen, das gerade die Anlegestelle anfuhr."Hast du Lust eine Seerundfahrt zu machen?"

Rebecca nickte.

„Sie haben Glück, das ist eine bestellte Seerundfahrt mit einer Gesellschaft, denn normalerweise haben wir um diese Jahreszeit den Betrieb weitgehend eingestellt. Es sind aber noch genügend Plätze frei, besonders oben an Deck. Sie können gerne mitfahren." Der Bootsmann begrüßte sie freundlich und reichte ihnen auch ein paar Decken." Bei diesem schönen Wetter wird es Ihnen darunter schon warm werden."

Eng aneinander gedrückt und von den Decken zusammen umschlungen saßen sie im herrlichsten Sonnenschein und erlebten die Fahrt wie eine Einheit, auch deshalb weil ihre Hände unter den Decken schon wieder auf Wanderschaft gingen.

Per Lautsprecher wurden Sehenswürdigkeiten erklärt, aber auch Geschichtliches. So zum Beispiel, dass Hallstatt das älteste Salzbergwerk der Welt aufzuweisen hatte. Alle Durchsagen waren gut dosiert, sodass man immer noch die Stille erfahren durfte, die über diesem herrlichen See lag. Der leise Elektromotor des Schiffes trug ebenfalls dazu bei. Die Fahrt ging über Obertraun am südlichen Ufer entlang bis ganz nach vorne zum Ort Bad Goisern und dann am Nordufer wieder zurück nach Hallstatt. An jeder Bucht gab es irgendetwas zu entdecken: Wasserfälle, die in den See stürzten, Geröllabgänge die ihre Last darin entladen hatten, aber auch lauschige Plätzchen, mit ein klein wenig Strand, falls man überhaupt von Land aus dorthin gelangen konnte. Denn der größte Teil des Ufers war schroff und steil aufsteigend und die Schatten die nun bereits wieder den Lauf der Sonne gefolgt waren, warfen bizarre Bilder auf das dunkle Wasser. Sicher war dieser See für Malermotive beliebt.

Es war so abwechslungsreich und unvergleichlich schön, dass die Fahrt schon wieder viel zu schnell endete, aber es war für beide ein Erlebnis! Der Vorteil lag aber darin, dass noch genügend Zeit war, um das Salzbergwerk zu besichtigen, zu dessen Eingang ein Schrägaufzug hinauf führte. Wie so oft bei solchen Schaubergwerken, lagen die Orte, an denen tatsächlich heute noch das Salz abgebaut wurde, mittlerweile an ganz anderen Stellen, aber man musste sich trotzdem in Bergmannskleidung hüllen. Die Männer in Schwarz mit schwarzen Kappen, die Frauen auch in schwarz mit hellblauen Hauben. Rebecca sah für Gerald wie immer hinreißend darin aus.

Es hatte sich ganz gut getroffen, dass die Sonne noch bei der Auffahrt schön leuchtete und jetzt als sie auf dem Grubenhunt saßen, diese sich anschickte, wieder hinter dem Dachstein zu verstecken. Die Fahrt hinein ließ schon einen Vorgeschmack zu, auf ein klein wenig Abenteuer im Berginneren. Rebecca saß vor Gerald auf dem hölzernen Bock der kleinen Bahn, als sie in den Stollen hinein rumpelten, der nur gelegentlich von trüben Lampen erleuchtet wurde. Sie hatte ihren Rücken an seiner Brust angelehnt und er hielt sie mit den Armen umschlossen, während der Fahrtwind ihnen doch deutlich ins Gesicht blies. Im Winter merkte man aber nicht die deutliche Temperaturabnahme bei der Einfahrt ganz im Gegensatz zum Sommer.

Gerald fühlte wieder ein bisschen das Kind in sich erwachen, als sie am Ende der Fahrt abstiegen und die erste Rutschbahn in sein Blickfeld geriet. Doch zuerst mussten sie noch einen Film über die Salzentstehung und die Geschichte des Bergbaus in diesem ältesten Bergwerk ansehen. Alles war mittlerweile computertechnisch animiert und dadurch auch wesentlich effektvoller zu betrachten, als die frühere Diaschau, die vor allem Kinder nur am Rande interessierte.

Dann ging es die erste Rutsche hinunter. Rebecca saß wieder vor ihm und sie lehnten sich beide weit zurück, dadurch wurde die Fahrt, etwa 60 m lang, deutlich rasanter!

Nach ein paar Stollen, die einige Ausstellungsstücke demonstrierten, konnte schon die nächste Rutsche, die längste, wie der Führer bemerkte mit fast 120 m Länge, absolviert werden. Rebecca rieb sich unten angekommen etwas ihr Hinterteil.

„Ich hab dir schon immer gesagt, dass du einen heißen A.... äh Po hast!"

Rebecca drohte ihm gespielt mit einer Ohrfeige. Weiter ging es durch den Berg bis zu einer weiteren großen Halle, in der sich, erst als das Licht angeschaltet wurde, ein Highlight offenbarte, das von allen Besuchern mit vielkehligen Begeisterungslauten kommentiert wurde. Vor ihnen lag in verschiedenen Farben angestrahlt, ohne eine einzige Kräuselung ein unterirdischer See. Ein kleines Floß schwamm direkt vor ihnen mit ein paar Holzbänken, auf denen sie sich niederließen. Lautlos setzte sich das eigenwillige Gefährt in Bewegung. Der Führer leitete sie an, ihre Finger ins Wasser zu tauchen. Es schmeckte extrem salzig. Eine Sole, die durch Auswaschung des Salzes aus dem Gestein mit Wasser entstand und in dieser Form durch Rohre in die Saline, vermutlich Bad Ischl, gebracht wurde. Als Musikbegleitung wurde dazu von Edvard Grieg das Stück "In der Halle des Bergkönigs" gespielt. Zusätzliche Lasereffekte erzeugten die visuellen Gegenpole dazu. Es war einfach schön, ein bisschen kitschig vielleicht, aber das darf es auch einmal sein! Das Lächeln um Rebeccas Mund bestätigte dieses Gefühl. Natürlich war auch diese Fahrt, wie schon auf dem großen See am Morgen viel zu kurz. Aber viel mehr Eindrücke konnte man eigentlich in dieser Berghalle auch nicht mehr erzeugen.

Noch eine letzte kurze Rutsche, dann wartete bereits am Ende des Stollens wieder der Grubenhunt zur Ausfahrt. Diesmal noch mehr ruckelnd und auch langsamer, weil es bergauf ging und die Bahn von einem Seil gezogen wurde.

Wieder draußen angekommen, war die Dämmerung bereits weit fortgeschritten, aber dadurch konnte man bei der Abfahrt mit dem

Schrägaufzug die Lichter von Obertraun am südlichen Zipfel des Sees erkennen.

Im Gasthof angekommen fiel Rebecca Gerald im Zimmer glücklich an den Hals und bedeckte diesen mit Küssen, bevor sie ihr Laptop hervorzog: Jetzt verstehe ich, warum du immer so sehr von hier geschwärmt hast! Ich habe dich immer beobachtet und ich sah das Glück in deinen Augen! Es ist so schön für mich, dies alles jetzt mit dir geteilt zu haben. Der See ist einfach himmlisch schön, obwohl er nicht meine Lieblingsfarbe hat. Aber alles darum herum ist so stimmig und immer noch einfach Natur pur! Dass wir auch noch Glück hatten mit dem Schiff, ist für mich die Vollendung! Und weißt du was? Jetzt habe ich Hunger, zunächst auf etwas zu essen und danach....!

"Durch dich habe ich das alles noch viel schöner erlebt! Das Rutschen war für mich aber immer noch das Vergnügen, wie ich es schon als Kind immer geliebt habe, aber mit dir vor mir hat sich auch der Mann in mir gemeldet.....!" Gerald ging ins Badezimmer, um sich noch etwas frisch zu machen. Rebecca saß derweil am Fenster und genoss den Anblick, als die Schatten der Felsen und Bäume immer mehr im dunklen Sees versanken, bis nur noch Stille herrschte.

Als Rebecca dann auch aus dem Bad kam, war er schon fast ein wenig ungeduldig: "Ich habe noch ein kleines Extra für uns! Wir essen heute beim Zauner, der hat eine hervorragende Hallstädter Fischplatte, falls du noch einmal mit mir Fisch essen möchtest!"

Rebecca nickte mehrmals heftig mit dem Kopf " ja!"

„Wenn die Gasträume noch immer so sind, wie ich sie in Erinnerung habe, dann wirst du dir trotz Winter wie in einer sommerlichen Laube vorkommen. Mehr verrate ich dir jetzt aber nicht!" Gerald setzte eine verschwörerische Miene auf und schlüpfte in seine Jacke.

Tatsächlich war die Laubenatmosphäre im Gasthaus Zauner noch immer so. Rebecca entfuhr ein deutliches "Oh", als sie die Decke des Lokals betrachtete, deren Holzbalken von Efeu umrankt wurden, der von draußen herein gewachsen war. In diesem Ambiente war die Fischplatte aus Forelle, Reinanke und Saibling ein noch größerer

Genuss, als es die Fische ohnehin schon zu versprechen schienen. Der Weißburgunder vom Neusiedlersee war das ideale Getränk dazu. Und der Nachtisch – der wurde nicht im Zauner serviert – der fand nach einem kurzen Spaziergang dann im Hotelzimmer statt!

VIII

Am nächsten Tag, Freitag, verließen sie schon früh Hallstatt. Wie zum Abschied zeigte sich noch einmal die Sonne, aber schon bevor sie Salzburg erreicht hatten, waren graue Wolken aufgezogen und sorgten für ein Dämmerlicht, das so gar nicht zur Mittagszeit passte und die umgebende Landschaft seitlich des grauen Autobahnbandes schemenhaft zu verhüllen versuchte. Aber die Sonne, die im Herzen der beiden Insassen des BMW immer noch hell erstrahlte, sorgte dafür, dass auch diese Wetterkapriole ihnen nicht die Laune verdarb. Zudem kamen sie bis Nürnberg auch noch gut voran, erst ab da war die A3 Richtung Frankfurt wegen des einsetzenden Wochenendverkehrs voller geworden. *Aber wann war sie eigentlich einmal richtig leer?* Rebecca verzog das Gesicht zu einem sarkastischen Lächeln, da gefühlte 50 Prozent der Verkehrsdurchsagen in Frankfurt die A3 betrafen.

Ab dem Bibelrieder Dreieck war dann endgültig nur noch Stopp and Go angesagt. Aber es saß ja Gerald neben ihr, der so manchen Stopp zu einer kleinen Kusspause umfunktionierte. Trotzdem wurde es Rebecca schwer ums Herz, je näher sie ihrer gegenwärtigen Heimatstadt kamen. Gerald hatte sich noch nicht dazu geäußert, was er vorhatte. Er war ja eigentlich nur für die Gerichtsverhandlung gekommen. Vielleicht wollte er zurück auf die Bahamas, er war schließlich mittendrin im Schreiben an seinem neuen Roman. Und sie selbst? Sie konnte definitiv nicht weg aus Deutschland. Sie hatte in der Vorweihnachtszeit einfach zu viele Termine. Schon nächste Woche war eine große Journalistentagung in einem Hotel auf Amrum. Im Vorfeld hatte sie sich sogar darauf gefreut, aber es würde vermutlich wieder den Abschied von Gerald bedeuten.

--

Gerald saß auf dem Beifahrersitz und blickte zum Fenster hinaus auf die Büsche und Bäume, die die Autobahn säumten. Seine Hand ruhte auf Rebeccas Oberschenkel, aber nur wenn sie standen oder so langsam fuhren wie gerade eben. Er war sehr versonnen und es schlich sich auch ein wenig Beklemmung in seine Gedanken. Rebecca hatte noch nicht gesagt, wie es nach ihrer Rückkehr in Frankfurt weitergehen sollte. Nach dem Debakel vom Frühjahr war er sich nicht sicher, ob er bei ihr bleiben sollte oder wieder zurück fliegen würde in die Karibik. Aber diese Entscheidung konnte er nur ihr überlassen. Die Liebe zwischen ihnen beiden sollte nicht noch einmal durch ein Missverständnis infrage gestellt werden. Aber allmählich musste dieses Thema einmal auf den Tisch kommen!

Bedingt durch den Verkehrsstau auf den letzten Kilometern kamen sie doch erst am Abend in Frankfurt an. Die Läden waren gerade dabei zu schließen, sodass ein Einkauf fürs Abendessen zeitlich nicht mehr möglich war.

„Sollen wir noch irgendwo etwas essen gehen?"

Rebecca schüttelte den Kopf, hielt aber nicht vor ihrem Haus, sondern fuhr noch eine Kreuzung weiter und bog dort ab. In dieser Straße hielt sie vor einem Thai-Asia-Imbiss, der auch Take away anbot. "Is.. gut!" Danach kam ein kleiner Jauchzer und danach längere Zeit nur „g, g, g...." Rebecca konnte das G wieder aussprechen!

Viele dieser kleinen asiatischen Imbissläden boten häufig ein viel besseres und auch authentischeres Angebot an Speisen als die großen Restaurants mit zum Teil über zehn Seiten Speisekarte. Auch in diesem Geschäft waren die angebotenen Gerichte in sehr überschaubarer Zahl, dafür wurden sie aber ganz frisch zubereitet, bis auf den Reis oder die Nudeln, die nur noch einmal erwärmt werden mussten. Auch einige Sushi standen zum Verkauf, die Rebecca gerne als Vorspeise kaufte. Gerald schloss sich ihr an.

Beim Hauptgericht entschied sich Rebecca für ein vegetarisches Gemüsecurry aber ohne Tofu und Gerald für Hühnerfleisch in grüner Thai-Sauce, die er auf Wunsch auch sehr scharf zubereitet bekam. Schon bei der Präparation stieg ein verführerischer Duft aus den beiden Woks.

Der einzige Wermutstropfen waren die Styroporverpackungen, aber die mussten sie nun einmal gezwungenermaßen in Kauf nehmen. Sie hatten zwar beide noch nicht davon gekostet, aber beim Bezahlen war ihnen bereits klar, dass es ein ausgezeichnetes Preis-Leistungs-Verhältnis war.

Danach ging es schnell wieder um die beiden Straßenecken zurück zu Rebeccas Wohnung. Sie balancierte neben ihrer Tasche in der anderen Hand noch die drei Behälter mit dem Essen, während Gerald die beiden Koffer nach oben trug. Zwei Teller, Messer und Gabeln, auf Essstäbchen hatten beide verzichtet, Gerald war darüber sehr dankbar und für jeden ein eiskaltes Bier aus Rebeccas Kühlschrank und ihr privates Menü konnte starten.

Schon beim Sushi wurde Gerald deutlich, dass dieser kleine Imbiss Potenzial hatte. Der Reis war nicht zu weich und vor allem auch nicht so körnig, wie es oft sonst bei Sushi der Fall ist. Die Röhrchen verfielen erst im Mund beim Druck der Zunge. Auch der mit eingepackte Ingwer und der Wasabi machten einen sehr frischen Eindruck, was sich besonders in der Schärfe des japanischen Meerrettichs zeigte. Er war noch nicht durch langes Stehen ausgeraucht.

Das Curry schien ein Gedicht zu sein, denn Rebecca verdrehte genüsslich ihre Augen und das fast bei jedem Bissen."Gut, gut, gut!" Noch mehr schien sie sich aber über ihre sprachlichen Fortschritte zu freuen. "Dein au...?"

Gerald schob eine Gabel in den Mund: „Koste einfach selbst!"

„Gut, gut, gut!" Rebecca lachte so herzerfrischend und gab Gerald einen Kuss, wodurch sich ihre beiden Gerichte etwas vermischten.

Nach dem Essen holte Rebecca ihr Notebook an den Tisch. Ich muss nächste Woche auf ein Symposium nach Amrum, da gibt es vermutlich die nächsten Aufträge für mich. Ich habe mich schon erkundigt, ein paar davon klingen außerordentlich interessant. Während Sie diese Zeilen schrieb bekam sie Herzklopfen. *Wie würde er reagieren?*

„Ich habe zwar noch kein Rückflugticket, aber ich denke, dass ich am Montag noch eine Maschine buchen kann."Gerald sah Rebecca an. *War da eine Spur von Trauer in ihrem schönen Gesicht?*

Ja, dann werde ich mich nach meiner Rückkehr gleich auf die neue Arbeit stürzen! Nur Rebeccas Mund verzog sich dabei zu einem Lächeln, ihre Augen wirken dagegen wie ein dunkler Schlund, in dem sie einiges zu verbergen schien, aber keine Freude.

Rebecca ließ sich nur allzu gerne von Gerald zu sich heranziehen. Sein Antlitz wurde durch eine bittere Sehnsucht gezeichnet. *Er will gar nicht fort!* Diese Erkenntnis fuhr wie ein gleißender, silbern funkelnder Komet durch ihre Gedanken. Sie nahm seinen Kopf in ihre Hände und küsste seine Lippen, die sich gerne für ihre Zunge öffneten. Dann sprang sie förmlich zurück zu ihrem Schreibgerät. Willst du hierbleiben, bis ich wieder zurückkomme? "

„Nein!"

Rebecca verstand nicht warum seine Augen bei dieser Absage so freudig strahlten.

Warum nicht?

Jetzt wurde seine Mimik noch wärmer und liebevoller. " Weil ich in drei Tagen dann nach Amrum kommen könnte und wir ein verlängertes Wochenende dort verbringen könnten, wenn du noch Zeit hättest und dich nicht gleich in Arbeit stürzen möchtest." Er stand auf und nahm sie in die Arme. " Was meinst du dazu?"

„Ja, ja, ja!"

IX

Gerald packte seine Tasche. Seine innere Freude war heute Morgen, als er aufwachte, auf überwältigende Art über ihn hereingebrochen. Ganze drei Tage war Rebecca fort und seine Sehnsucht begann bereits wieder mit dem Tag des Abschieds, als er sie noch zum Flughafen brachte. Dort hatte er sich, schon fast egoistisch, gewünscht, dass der Flug ausfallen sollte, die Lufthansa hatte in letzter Zeit oft genug Streiks der Piloten über sich ergehen lassen müssen. Aber an diesem Tag verlief alles normal und Rebecca entschwand in einem eleganten dunkelblauen Kostüm und hohen Pumps, die ihre Beine so herrlich zur Wirkung brachten, hinter den Türen der Sicherheitskontrolle. Seine Trauer wurde aber schnell von der Vorfreude auf ein paar traumhafte Tage auf Amrum verdrängt. Und das schloss alles in seinen Gedanken mit ein.

417

Das Wochenende nach ihrer Rückkehr aus Salzburg war in voller Harmonie verlaufen. Sie hatten beide auch einiges zu tun, vor allem Rebecca musste sich auf das bevorstehende Symposium vorbereiten und das tat sie mit einer bewundernswerten Akribie, die Gerald stark beeindruckte. Wenn er ehrlich zu sich war, dann musste er sich eingestehen, dass er bei weitem nicht so gewissenhaft in seinen Arbeiten war. Bei Recherchen im Internet begnügte sie sich nicht nur mit zwei Quellen sondern gab sich erst zufrieden, wenn sie noch eine dritte oder vierte gefunden hatte, die die beiden vorherigen bestätigten. Man muss immer auf alles vorbereitet sein und ich brauche zumindest immer einem Plan B, falls etwas Unvorhergesehenes passiert. Diesen Satz hatte sie ihm geschrieben, aber wenn er sich recht erinnerte, hatte er ihn schon einmal auch aus ihrem Mund gehört, vor dem Unfall.

Während der Pausen, die sie zwischen ihren beruflichen Tätigkeiten einlegte, hörte er sie ihre Sprachübungen machen und er glaubte erkennen zu können, dass sie darin auch immer besser wurde. Ihr oft sehr zufriedener Gesichtsausdruck danach war wie eine Bestätigung.

Er selbst nutzte natürlich auch die Zeit und schrieb an seinem Roman weiter. Wenn er an die quälende Zeit auf den Bahamas zurückdachte, als ihm wochenlang nicht die richtigen Wörter einfielen, die er für seine Geschichte brauchte, dann war es jetzt das genaue Gegenteil. Allein das Wissen, dass seine große Liebe in derselben Wohnung war, beflügelte ihn in seiner künstlerischen Expressivität. Es fielen ihm immer zum richtigen Zeitpunkt Ausdrücke ein, um die er auch in guten Zeiten früher fast ein wenig ringen musste. Bei einem Abschnitt war er so begeistert, dass er nicht umhin konnte, diesen Rebecca vorzulesen. Sie machte sich gerade einen Tee und deshalb war er sich sicher, dass es sie gerade nicht in ihrer Arbeit stören würde.

Ihre Augenbrauen schoben sich anerkennend nach oben: „Das is.. gut!" Sie nickte bestätigend und gab ihm einen Kuss, der ihre Aussage noch mehr bekräftigte.

Es war ganz anders als im Frühjahr. Jeder hatte in Rebeccas Wohnung seine eigene Zone, sodass sie sich nicht permanent im Weg standen. Im Gegensatz zu damals genoss auch Gerald diesen Freiraum, den er ihr damals durch seine übertriebene Fürsorge so stark beschnitten hatte. Aber die Zeit, die sie für ihre Zweisamkeit fanden, war dann durch eine tiefe Harmonie geprägt.

Am Samstagabend, nachdem sie gegessen hatten, Spaghetti mit einer Basilikumpesto, schlug Rebecca vor, noch in einen Club zu gehen und etwas zu tanzen. Das hatte Gerald schon lange nicht mehr gemacht und er war innerlich gespannt, was ihn erwartete. Viele der neuen Musikrichtungen, die er im Radio manchmal mitbekam, entsprachen zwar nicht unbedingt seinen Präferenzen, aber er war sich sicher, dass allein die Begleitung dieser wundervollen Frau auch ihn dazu bringen würde, das Tanzbein zu schwingen. Nur bei Rap Musik würde er sich ausklinken, denn dieser Stil der musikalischen Ausdrucksweise machte ihn mit zunehmender Dauer aggressiv. Aber er wusste auch, dass Rebecca, dies sicherlich bei der Wahl des Nachtlokales berücksichtigen würde, denn diese Abneigung hatte er ihr schon öfters kundgetan.

Die Clubs heute hatten meist schon von außen ein edleres Ambiente, als er es aus seinen früheren Zeiten gewohnt war. Sein bevorzugtes Lokal damals in seinen jungen Jahren war eine reine Hardrock-Diskothek in München, die in einem aufgelassenen und umgebauten Kino entstanden war. Es gab zwar auch da, zumindest an den Wochenenden, einen Türsteher, aber der ließ eigentlich alle herein, außer der Laden war wirklich so voll, dass es keinen Platz mehr gab oder die Eintritt begehrende Person war zu betrunken, dann wurde ihr der Zutritt verweigert. Dass dieses Lokal in der Nähe der Theresienwiese lag, auf der im Herbst das Oktoberfest stattfand, führte dann dazu, dass manchmal auch zwei Türsteher vorhanden waren.

Vor dem von Rebecca ausgewählten Club stand auch ein solcher Wachhund, aber nicht in Lederjacke wie damals, sondern in Jackett und mit Krawatte! Trotzdem wirkte er weitaus weniger freundlich als die Männer damals. Es war irgendwie paradox, der Club wollte, dass Menschen hineingehen und dort möglichst viel Geld ausgaben, aber draußen steht einer, der eher abschreckend als einladend wirkt. Deshalb mussten sich Gerald und Rebecca in eine Schlange einreihen, um eingelassen zu werden. Als sie endlich an der Reihe waren, wurde die Miene des Hauszerberus noch eine Spur eindringlicher. Er musterte Gerald misstrauisch und wies ihn darauf hin, dass das Publikum drinnen deutlich späteren Produktionsdatums war als er. Er verzog keinen Gesichtsmuskel, als Gerald ihm zu verstehen gab, dass dies ihm egal sei, er hätte seine Partnerin schließlich dabei. Hauptsache die Musik würde einigermaßen seinen Geschmack treffen. Daraufhin musterte dieser anzugtragende Sumoringer Rebecca, die freundlich lächelnd seinem Blick widerstand. Den kurzen, schwarzen Minirock, den sie unter der grauen Steppjacke trug, die aber auch ihre schlanke Figur bereits andeutete, konnte er noch gar nicht sehen und die weiße Bluse mit dem herrlichen V Ausschnitt, die ihren schönen Hals mit der silbernen Kette noch mehr zur Geltung brachte, natürlich auch nicht. Aber das was er an Rebecca sah, ließ ihn sich dazu entschließen, die beiden einzulassen.

Rebecca kicherte amüsiert, als sie Gerald einen Kuss hinhauchte und ein Wort von sich gab, das irgendwie dem Wort „Opi" gleich kam. Auch er musste jetzt lachen.

An der Garderobe gaben sie ihre Jacken ab und stiegen die Treppe hinunter in das eigentliche Lokal. Das erste was Gerald auffiel, war die Lautstärke, die eindeutig geringer war, als er es von früher her gewohnt war. Dafür waren die Bässe so stark im Vordergrund, dass man ein permanentes Kribbeln im Bauch verspürte. Das zweite für ihn ungewohnte Phänomen war die Lichtflut, die hier vorherrschte. Die Tanzfläche war so hell bestrahlt, dass sich alle Gesichter scharf abzeichneten. Verglichen mit den dunklen Schuppen, häufig nur von Schwarzlicht erfüllt, die er früher bevorzugte, ließ dieser Club jede Art von Intimität vermissen. Früher konnte er sich mit seiner Freundin zum Küssen und auch um etwas zu Fummeln in ein finsteres Eck verziehen, was damals enorm wichtig war, solange sowohl er als auch seine gerade Angebetete noch bei den jeweiligen Eltern wohnten. Aber hier dagegen war dies unmöglich, zumindest hatte er noch kein Eck ausmachen können, indem es wenigstens ein bisschen schummriger war.

Aber in der Helligkeit lag auch ein Vorteil für die Besucher dieses Clubs, die diesen nutzten, um einen Partner zu finden. Bei der Dunkelheit früher war manchmal das Erwachen am nächsten Morgen eine leicht unangenehme Überraschung, denn die fast nicht vorhandene Helligkeit kaschierte beim Kennenlernen so einiges und dann waren die Hormone schon so ausgeschüttet, dass es zumindest für diese Nacht kein Zurück mehr gab. Gerald wusste dies aus der

Aussage seines Bruders, der ihm dies einmal mit immer noch schreckgeweiteten Augen erzählte. Umgekehrt würde es natürlich den Frauen genauso ergehen. Hier in diesem Lichtdom war zumindest diese Gefahr gebannt!

Die Musik war glücklicherweise eine Mixtur aus verschiedenen Stilrichtungen und auch Epochen. Sehr erfreut registrierte Gerald, dass auch hin und wieder etwas Hardrock gespielt wurde und seine Tänzer fand. Nur das typische Headbanging war mittlerweile aus der Mode gekommen. Es hätte auch nichts mehr gebracht, weil kaum noch jemand der Männer so lange Haare besaß, dass er diese im Takt der Gitarrenriffs durch die Luft schleudern konnte. Aber wenigstens ein bisschen Kopfwackeln erlaubte sich Gerald dann doch. Bei diesen Rockeinlagen wurde er von Rebecca, die am Rand stand, beobachtet. Bei manchen Hip-Hopstücken tanzte dann sie alleine und er konnte ihre eleganten, geschmeidigen Bewegungen im Takt vor allem der Bässe nicht nur bewundern, sondern auch genießen. Selbst ohne die rosa-rote Brille betrachtet war sie eine absolute Schönheit auf der Tanzfläche, mit einer Figur, die die meisten, viel jüngeren Geschlechtsgenossinnen zu Mauerblümchen verkommen ließen. Tatsächlich wurde sie auch von etlichen der Männer angetanzt, was sie auch sichtlich genoss, nur bei zweien, die versuchten ihren Körper zu sehr nach dem ihrigen auszustrecken, wurde sie dann energisch, verlor aber nie ihren hinreißend, freundlichen, zufriedenen Gesichtsausdruck. Bei der Musik, die sie zusammen tanzen ließ, spürte Gerald so manchen neidischen Blick in seinem Rücken. Besonders dann, wenn Rebecca ihre Arme um ihn schlang und ihren Körper an den seinen drückte. Aufgrund ihrer hohen Absätze konnte er direkt in ihre Augen sehen und einen glücklichen Glanz darin erkennen. *Das wäre in den dunklen Discos unmöglich gewesen!*

Ein dritter Aspekt fiel Gerald erst mit zunehmender Verweildauer auf. Es breitete sich allmählich ein zwar dezenter, aber trotzdem vorhandener Schweißgeruch aus. Früher wurde dieser komplett überdeckt vom Qualm der Zigaretten.

Interessant fand Gerald, dass ihm auch einige Musikstücke gefielen, die er als Synthopop beschreiben würde, aber sie hatten einen guten Takt und auch eine annehmbare Melodie. Mit fortschreitender Nacht wurden aber immer mehr von den Compilations gespielt, wo verschiedene Musikstücke auch unterschiedlichen Alters, sogar Oldies, aneinandergereiht wurden und dann mit einem breiigen Einheitsrhythmus verbunden wurden, der auf Dauer nur noch eintönig klang. Dem Jungvolk schien das aber zu gefallen, man konnte so ewig durchtanzen, ohne den Stil verändern zu müssen.

Irgendwann bemerkte Gerald aber, dass er doch vielleicht etwas aus der Zeit der heutigen Jugend gefallen war. Früher ging man um 22:00 Uhr zum Tanzen und kam um 3:00 Uhr wieder heraus, was seine Eltern, so konnte er sich erinnern, schon schrecklich fanden. Heute hatten sie erst um Mitternacht den Club betreten, denn vorher war ohnehin nichts los und sie hätten dann bis 7:00 Uhr am Morgen darin feiern können, aber gegen 4:00 Uhr befiel ihn dann doch allmählich eine gewisse Müdigkeit und er sah Rebecca nur noch zu, wie sie ihren Körper bewegte, bis sie ein Einsehen mit ihm hatte und mit ihm zum Ausgang ging. Trotzdem wusste er, dass er das mit ihr unbedingt wiederholen wollte. Allein um sie tanzen zu sehen!

Nach Rebeccas Abflug war es für ihn zunächst vollkommen ungewohnt, allein in ihrer Wohnung zu sein. Die Räume und vor allem das Bett im Schlafzimmer kamen ihm so leer vor. Eine Stille umgab ihn, die sogar etwas bedrückend wirkte. Er vermisste ihr Plappern bei den Lautfolgeübungen. Das Knarzen einiger Dielen wurde nur von ihm selbst verursacht und allein am Tisch zu sitzen, um etwas zu essen, war langweilig. Er vermisste ihre Augen! Das frische Grün darin und das sanfte liebevolle Braun, das diesen einzigartigen Blick ausmachte. Das Essen verlegte er deshalb am zweiten Tag vor den Fernseher, um durch eine Sport- oder Nachrichtensendung etwas abgelenkt zu sein.

Beim Schreiben schien aber allein das Ambiente und die Aura, die Rebecca in jedem Raum immer noch ausstrahlte, ohne anwesend zu sein, seine Kreativität weiterhin zu forcieren, sodass er in diesen drei Tagen sehr gut voran kam.

Jetzt aber hatte er seine Tasche gepackt und machte sich auf den Weg zum Bahnhof. Rebecca hatte ihm beim letzten ihrer langen Chats die sie abends führten und bei denen sie sich immer etwas zu erzählen hatten, mitgeteilt, dass sie eine Überraschung für ihn hätte, wenn er auf der Insel ankommen würde. Sie freute sich wahnsinnig auf ihn und sie würde ihn am Fährhafen Wittdün abholen.

Gerald hatte als Transportmittel die Bahn gewählt. Die reine Fahrzeit nach Hamburg war zwar etwas länger als mit dem Flugzeug, aber zusammengerechnet mit   Check-In, Security und Baggage-Claim bei der Landung würde es effektiv vielleicht sogar länger dauern. Darüber hatte auch Rebecca geklagt, die die Anreise von ihrer Redaktion gebucht bekam. Dazu kam noch, dass sie vom Flughafen in die Innenstadt zum Hauptbahnhof fahren musste, um dort ebenfalls mit dem Zug weiter zu kommen. Gerald dagegen konnte dann direkt von einem Zug in den anderen umsteigen. Außerdem genoss er gerade in einem ICE die Geschwindigkeit, die auf manchen Streckenabschnitten möglich war. Dadurch verstärkte sich bei ihm das Gefühl des Vorankommens und Näherbringen zu seinem Ziel: Rebecca! Am Schönsten war dieser Effekt, wenn die Bahngleise parallel zur Autobahn verliefen und man den direkten Vergleich zu den Fahrzeugen hatte, die auch mit beträchtlicher Geschwindigkeit nach Norden rollten, sofern sie nicht von der einen oder anderen Baustelle ausgebremst worden waren. Selbst wenn der PKW mit 180 km/h dahinrollte meinte Gerald, dass dieser fast stand, wenn er bei Tempo 266 an diesem vorbei zog. Umgekehrt war ihm dieser Eindruck auch schon im Auto vorgekommen. Auch die Sicht, auf die bei dieser Geschwindigkeit sich ständig verändernde Landschaft, war beeindruckend und wurde nur bei den leider im Mittelgebirge recht zahlreichen Tunneldurchfahrten unterbrochen. Im Kontrast zur rasenden Fortbewegung stand die Ruhe, die im Waggon herrschte. Selbst das Rascheln der Zeitung eines Herrn zwei Sitze vor ihm war deutlich zu hören. Zugfahren war für Gerald etwas total Entspannendes,   auch   wenn   die   vorbeihuschenden Oberleitungsmasten nur schemenhaft zu erkennen waren. Wenn dann der Zug vor einem Halt herunter bremste, kam ihm Tempo 100 so vor, als könnte man mit dem Fahrrad daneben herfahren und ein paar Worte wechseln.

Die 3 Stunden 20 Minuten vergingen wie im Flug, wodurch sich der Anfangsvergleich schon wieder bestätigte. In Hamburg musste er in einen Regionalzug umsteigen, der über Heide und Husum nach Niebüll führte. Dort hatte er noch einmal den Zug zu wechseln, da er sonst auf Sylt, statt auf Amrum ankommen würde. Die restlichen fast 14 km mussten mit der Kleinbahn Niebüll-Dagebüll zurückgelegt werden. Diese endete direkt an der Mole in Dagebüll. Die Strecke dorthin verlief zum Teil in recht engen Kurven und auch oben auf Deichen. An Geschwindigkeiten wie beim ICE war also nicht einmal im Entferntesten zu denken, dafür konnte Gerald das umgebende Marschland, das typisch für die deutsche Nordseeküste war, genießen. In Dagebüll führten die Gleise sogar durch einen Deichdurchlass, der durch Fluttore verschließbar war, sollte eine Sturmflut drohen.

Als der Zug anhielt, fielen Gerald zuerst die Schreie einiger Silbermöwen auf, die ihren im Ton abfallenden hohen Ruf erschallen ließen, als wollten sie alle ausgestiegenen Fahrgäste begrüßen. Der Flug dieser eleganten Vögel reizte Gerald im Besonderen, vor allem dann, wenn sie sich in den an der Küste immer vorhandenen Wind stellten und ohne einen Flügelschlag in der Luft schwebten, als wären sie schwerelos. Nur durch leichte Verdrehungen der Schwanzfedern steuerten sie dieses Dahingleiten, wobei ihren wachsamen Augen nicht das geringste Detail entging, das für sie eine Bedeutung haben könnte. So zum Beispiel ein paar heruntergefallene Krumen vom Vollkornbrot der älteren Dame, die vor ihm her ging.

Ihrer beider Weg führte sie nun kurz über die Breite der Mole hinweg und ein paar Schritte darauf entlang zum Fährschiff Rangholt, das mit offener Laderampe auf Passagiere wartete. In deren Bauch hatten ein paar wenige Autos auch schon Platz gefunden. Das Rot der Überdachung der Steuerkabine stand im Einklang mit der Farbe des Bahntriebwagens, der gerade am Rangieren war, um seine Fahrt zurück nach Niebüll anzutreten. Auch die Rampe des Schiffes klappte nun nach oben und verschloss den Laderaum.

Das Schiff der Wyker Dampfschiffreederei gab einen tiefen dunklen Hornton ab, um seine Ausfahrt anzukündigen. Wie zur Bestätigung antwortete der Zug mit einem Pfiff. Natürlich ließen das die Möwen, die an diese Geräusche gewöhnt waren, nicht unkommentiert. Es war herrliches Wetter, der Wind ging nur mäßig, sodass eine ruhige Überfahrt nach Wittdün auf Amrum zu erwarten war. Genau das wurde eben über den Bordlautsprecher auch bestätigt. Mit Schiffen oder Booten zu fahren ist eine von Geralds großen Leidenschaften, der er so oft wie es nur ging frönte. Selbst bei einigen Flussüberquerungen mit dem Motorrad suchte er sich auf der Karte Stellen aus, wo dies durch eine Fähre anstatt einer Brücke möglich war. Aber auf dem Meer zu fahren, war immer noch eine Steigerung, besonders bei Sonnenschein.

Aufgrund des kalten Windes hatte er sich einen Schal um den Hals geschlungen, um nicht zu frieren, denn er wollte die gesamte Fahrzeit an Deck bleiben. Die Strecke war bei dieser Sicht auch wirklich interessant, verlief sie doch entlang der Insel Föhr mit seinem Fährhafen Wyk, nachdem die Reederei ihren Namen trug. Dort legte das Schiff noch einmal an und ein großer Teil der Passagiere stieg aus, während nur wenige von dort die Fähre betraten, um weiter nach Amrum zu fahren. Die Möwen, die die ganze Zeit über Eskorte geflogen waren, hatten sich auf einigen Pfählen niedergelassen und schauten interessiert zu.

Dann ertönte wieder das dumpfe Tuten und es ging weiter nach Westen zum eigentlichen Ziel der Fahrt. Es gab zwar auch zwei Direktverbindungen, aber die legten zu anderen Uhrzeiten ab und die 30 Minuten mehr an Fahrzeit, die es jetzt dauern würde, wurden durch die Natur und die Ausblicke wieder wettgemacht.

Die meisten Segelboote und Motoryachten lagen mit Planen abgedeckt und fest verzurrt an den Pieren. Es war nicht mehr die Jahreszeit für derartige Trips. Aber dafür, so wusste er es bereits von Rebecca, war es auf Amrum herrlich leer, abseits ihres Hotels auf dem diese Tagung stattgefunden hatte. Doch jetzt, als er ankam waren wohl auch die meisten von Rebeccas Kollegen schon wieder abgereist. Sie hingegen würde wohl ihr Zimmer behalten oder gegen ein Doppelzimmer eingetauscht haben. *Hoffentlich hatte es eine schöne Aussicht!*

Die Fähre hatte nun auch Nordmarsch-Langeneß im Süden passiert, wodurch von dort nun eine langgezogene Dünung auf das Schiff traf, das sich nun gemächlich in deren Takt wiegte. Das war mit ein Grund, warum er auch an Deck bleiben wollte, denn bei einem Segeltörn mit Freunden während seiner Studentenzeit hatte erfahren müssen, dass die Seekrankheit vor ihm nicht halt machen würde. Aber die Fähre war groß genug, dass er heute keinerlei Anzeichen in diese Richtung verspürte.

Dann tauchte verschwommen gegen die tief stehende Sonne im Westen Amrum auf. Gerald blieb jetzt so weit wie möglich vorne an Deck, denn er war sich sicher, dass er Rebecca schon von weitem erkennen würde. Und es dauerte auch nicht lange, da sah er eine einsame Gestalt ganz vorne am Pier, zunächst nur grau und schemenhaft, aber von Minute zu Minute deutlicher. Natürlich hatte sie warme Kleidung an, eine von einem schwarzen Kunstpelzkragen gesäumte dunkelgraue abgesteppte Jacke und eine Mütze mit einem Kunstfellbommel, unter der ihre Haare zum Vorschein kamen und im Wind leicht flatterten. Dazu Stiefel und eine hautenge hellblaue Jeans – die Gerald-Jeans! Mit jedem Meter, den sich das Schiff in den Hafen schob, sah sie hinreißender aus und ihr Lächeln, das sie zu ihm herüber sendete, ließ auch den langsam voran kriechenden Schatten wieder wärmer erscheinen. Gerald winkte ihr zu und sie hüpfte sogar ein wenig vor Freude.

Kaum lag die Fähre still, konnte Gerald es kaum erwarten, diese zu verlassen, so sehr er vorhin noch die Überfahrt genossen hatte. Aber jetzt gab es für ihn nur noch einen einzigen Anziehungspunkt: Rebecca!

Wie immer ein langer Kuss, nachdem sich ihrer beider Lippen berührt hatten, der sämtliche Kälte und den Wind um sie herum vergessen machte. Gerald zog sie ganz fest zu sich heran, hob sie etwas hoch, wobei sie ihre Beine um seine Hüften schloss.

„liK liebe dich!"

„Ich dich auch! Sehr sogar! Aber wie ich höre, hast du fleißig weiter geübt! Es wird immer besser! Ich freue mich so sehr für dich!" Wie von einem Zwang beseelt erfolgte der nächste Kuss, die Rebeccas " ja!" fast untergehen ließ.

Auch hier schrien die Möwen. Gerald glaubte aber nicht, dass es noch die gleichen waren wie auf Daqgebüll, aber sie waren genauso elegant und noch schöner als dort, weil er dazu auch noch Rebecca an der Hand führte, während sie zu einem wartenden Taxi gingen.

Gerald war schon gespannt auf die Überraschung, die Rebecca ihm angedeutet hatte. Sie setzten sich an den Händen haltend zusammen in den Fond des Mercedes, der die Straße entlang nach Norden fuhr. Es ging durch den eigentlichen Ort hindurch bis an den Ortsrand, wo eine kleine unbefestigte Straße zu einer reetgedeckten Kate führte, vor deren Eingang das Taxi zum Stehen kam. Gerald war sofort klar, dass das die Überraschung war. Rebecca hatte kein Hotelzimmer gebucht, sondern dieses kleine Häuschen, neben dem eine noch kleinere Hütte stand, deren Zweck sich Gerald im Moment noch nicht erschloss. Er registrierte ihren erwartungsfrohen Blick und brachte trotzdem zunächst keinen Ton heraus, so sehr freute er sich über diese Idee.

„Ich bin sprachlos!" Er stieg aus dem Taxi mit seiner Tasche in der Hand. Rebecca tat es ihm gleich.

„Aber zahlen können Sie schon noch?" Der Taxifahrer lachte aber bei dieser Aufforderung.

„Oh ja natürlich!" Die Fahrt kostete gerade einmal sieben Euro, Gerald gab dem Fahrer einen Zehn-Euro Schein. Vielleicht brauchten sie dieses Taxi noch für eine Inselrundfahrt – irgendwann.

Dann gingen sie in das Haus, das Rebecca bereits aufgesperrt hatte, während das Brummen des Diesels in ihrem Rücken entschwand.

Innen war es bereits warm und Gerald vernahm ein Knistern und Knacken, das einem Raum, der rechts am kleinen Flur angrenzte entstammte. Auch der Geruch, der diesem Zimmer entwich, war charakteristisch und vollendete in seinem Geist das fertige Bild. Dort befand sich ein Kamin, der mit Holzscheiten befeuert wurde.

Alle Böden waren mit dunklen Holzbohlen, die gut eingelassen glänzten, ausgelegt, was das Gefühl der Wärme noch verstärkte. Im Flur befand sich eine kleine Garderobe, an der beide ihre Jacken und Schals sowie Rebeccas Mütze aufhängten. Am Ende dieses Vorraumes befand sich eine dunkelbraune, fast schwarze Kommode, auf der einige Prospekte lagen, die der Vermieter ausgelegt hatte, damit seine Gäste sich besser auf der Insel zurechtfinden und auch solche, die aktuelle Veranstaltungen avisierten, jahreszeitlich bedingt aber so gut wie nichts. Der einzige Raum außer einer Toilette gegenüber, der durch eine offen stehende Tür abging, übertraf bei weitem die Erwartungen, die Gerald ohnehin schon recht hoch angesetzt hatte. Er kannte Rebeccas Vorlieben, was echte Gemütlichkeit anbetraf und dieses Zimmer war in punkto dieses Anspruchs wohl kaum noch zu übertreffen. Der Holzboden war mit Fellen bedeckt, die ein harmonisches Ensemble mit dem Dielenboden und dem Mobiliar bildeten, das aus einem einfachen Holzschrank, etwas heller als der Rest, und einem schweren Eichentisch bestand, der von vier Stühlen aus dem gleichen Material umstanden wurde. Gegenüber dem Schrank an der anderen Wand stand eine große, gemütliche Couch, die mit dunklen Schaffellen und einigen flauschigen Kissen überzogen war. Eine antik wirkende Leuchte beschien zusammen mit einer ebensolchen Stehlampe den Raum. Aus dem Kamin, der der Lampe gegenüber lag, waberte eine hellrote Glut, die gerade danach verlangte, mit ein paar Scheiten neu beschickt zu werden. Gleich neben dem Schrank zog sich bis ins andere Eck hinauf eine Holztreppe, die nach oben führte in einen weiteren Raum, der so vermutete Gerald, die Schlafgelegenheit barg. Hinter einer kleinen Tür musste sich noch ein weiterer Raum befinden, vermutlich die Küche. Das einzige, was in dieser geschmackvollen Gemütlichkeit störend wirkte, war der große Flachbildschirm eines TV Gerätes, das auf einem modernen Kunststoffsockel neben dem Schrank stand. Seine dunkle Oberfläche wirkte wie ein schwarzes Loch, das die Glut des Kamins in sich hineinsog. Aber ein Ferienhaus ohne Fernseher stellte nun mal eine deutliche Wertminderung dar, denn viele Touristen wollten darauf nur ungern verzichten!

Rebecca, die die ganze Zeit, während er diesen Raum in sich aufgenommen hatte, hinter ihm gestanden war, sah ihn erwartungsfroh an.

„Wie hast du dies so schnell gefunden? So eine hinreißende, lauschige Unterkunft, ich bin wirklich schwer beeindruckt und unendlich glücklich, hier ein paar Tage mit dir zu verbringen!" Gerald zog sie an den Schultern zu sich heran, um sie zu küssen.

Sie nahm ihn bei der Hand und zog ihn mit zum Sofa, wo auf einem kleinen Beistelltischchen ihr Notebook lag. Ich habe im Hotel nach einer zu mietenden Kate gefragt und der Hotelier konnte mir sofort eine Adresse geben, an die ich mich schon vorgestern gewendet hatte. Das dritte Häuschen, das mir die Vermieterin, eine Frau Kahmke gezeigt hatte, war dieses. Aber da wusste ich noch nicht, dass noch eine Überraschung dabei war....

„ So welche denn?"

„...omm mit!"

Sie zogen sich wieder ihre Schuhe an, die beide ausgezogen und im Flur abgestellt hatten. Mit Schuhen auf Rinderfellen zu laufen empfanden beide als absoluten Frevel. Sie gingen über den Vorhof hinüber zu der kleinen Hütte. Rebecca sperrte auf und es zeigte sich eine hochmoderne kleine Sauna. Jetzt begriff Gerald auch die Bedeutung des fassähnlichen Gebildes, zu dem eine kleine Leiter hinaufführte, das neben der Hütte stand. Das Abschreckbecken! Zwei blütenweiße Bademäntel und auch Badelatschen befanden sich neben der Türe. Gerald hätte es aber auch nichts ausgemacht, nackt die paar Meter zu Hütte zu gehen, zumal es ohnehin schon dunkel war.

„Sollen wir die heute schon ausprobieren?"

Rebecca nickte nur still lächelnd und schaltete das Thermostat ein. Eine Uhr gab an, wann sie diesen „Schwitzkasten" nutzen konnten: 50 Minuten!

Da ist noch genügend Zeit, auf dem Schaffell mit Rebecca zu kuscheln! Aber als Gerald sie im Haupthaus eben dorthin ziehen wollte, führte sie ihn energisch zu der noch verschlossenen Türe, zur Küche.

„Sag bloß, du hast auch schon eingekauft für ein Abendessen!"

„Ja schon!" Sie öffnete die Tür zum Kühlschrank, der neben einem Elektroherd und einer Spüle auf der einen Seite des Raumes stand. Auf der anderen Seite befand sich eine Anrichte mit Unterschrank für Kochgeschirr und Besteck. Teller und anderes Geschirr befanden sich in dem kleinen Hängeschrank darüber. Die Küche war so klein, dass man sich vom Herd nur um 180° drehen musste, um auf der Anrichte die anderen Arbeiten verrichten zu können.

„Jetzt lass mich raten, was du eingekauft hast: Fisch!"

Rebecca nickte und holte einen Teller aus dem Kühlschrank, auf dem sich zwei schöne Schollen befanden. Dazu zeigte sie ihm ein Päckchen mit Schinkenwürfeln und einen Becher mit Nordseekrabben. Kräuter und Kartoffeln standen auf der Anrichte. Im Gefrierfach war tiefgefrorener Blattspinat.

Gerald griff nach den Schinkenwürfeln: "Finkenwerder? Oder...." Er nahm die Krabben: "Büsumer Art? Was ist dir lieber? Nein, halt, ich weiß es: Büsumer, da muss ich gar nicht überlegen, obwohl man zu dieser Sauce etwas Sahne geben muss!"

Rebecca deutete mit Daumen und Zeigefinger an: aber nur ein bisschen!

Gerald sah auf die Uhr. Es war 4:30 Uhr am Nachmittag. "Ich bereite schon mal ein wenig vor, dann können wir gleich nach der Sauna kochen. *Obwohl ich mir da nicht so sicher bin!* So wie Rebecca vor ihm stand, erwachten seine körperlichen Gefühle, die sich in der Sauna sicherlich noch verstärken würden. *Dann essen wir halt später und schlafen morgen länger aus!*

Er holte einen Topf aus dem Unterschrank und füllte ihn voll mit Wasser, um darin die Kartoffeln kochen zu lassen." Die werden noch gar, bevor wir ins Schwitzbad gehen. Aber jetzt bist erst einmal du dran, ich habe dich noch gar nicht so richtig begrüßt. Er zog sie aus der, in diesem Falle sehr unvorteilhaft ausgestatteten Küche, hinüber auf die Schaffelle und ließ seine Hände und Finger auf ihrem Körper auf Wanderschaft gehen.

XI

Rebecca sehnte sich förmlich nach seinen Berührungen. Schon jetzt, während sie noch in der Küche beim leisen Singen des Kartoffeltopfes, das dann beim Sieden in ein Blubbern überging, die Zwiebeln schälte und schnitt, elektrisierte sie jeder Kontakt, den sie mit Gerald in der Enge dieser Küche spürte. Es war fast unvermeidlich, aber sie provozierte die Zufälligkeiten nur allzu gerne. Und wenn er dann auch noch, was für ihn fast zwanghaft war, mit der Hand oder seinem Unterleib ihren Po berührte, liefen die ersten Schauer der Erwartungsfreude durch ihren Körper. Dabei wirkte der Geruch, den er verströmte, auf sie wie ein Aphrodisiakum. Dazu kam in dezenter Form noch das Aroma seines Parfüms, das den Namen eines ehemaligen englischen Fußballstars trug. Sein Eigengeruch und dieses Duftmittel zusammen waren eine Mischung, die sie so anzogen und in eine sexuelle Bereitschaft brachten, wie sie es noch nie bei einem anderen Mann erlebt hatte. Aber sie wusste auch, dass er sich an ihr ebenfalls nicht satt riechen konnte. Wenn er ihren Hals

430

küsste, spürte sie förmlich seinen heißen Atem an ihrer Haut, besonders wenn er dann auch noch zu schnuppern anfing.

Dazu kamen seine Küsse, die so fantastisch zärtlich waren und die sie diesem großen, kräftigen Mann im Vorfeld gar nicht zugetraut hatte. Die Berührungen seiner Zunge zeugten von einer ungeheuren Feinfühligkeit, die sich auch im Spiel seiner Hände auf oder auch in ihrem Körper zeigte, obwohl er durchaus manchmal auch stärker, wilder zupackte gerade an ihrem Gesäß, dass sie so gern von ihm verwöhnt wusste. Überhaupt war bei aller Vertrautheit, die sie mittlerweile zu ihm besaß, doch immer etwas Neues dabei. Das lag aber auch an ihr, sodass sich beide in ihren Fantasien so wunderbar ergänzten, dass das Liebesspiel genauso wie ihre Gespräche nie langweilig wurden.

Deshalb freute sie sich jetzt auch besonders auf die Sauna, die mit ein Grund war, warum sie sich gerade für diese kleine Klinkerkate mit dem Reetdach entschieden hatte. Dass es innen zudem auch so rustikal gemütlich war, wertete sie als besonderes Sahnehäubchen dieses Anwesens. Das einzig richtig Moderne in diesem Häuschen war das Badezimmer im ersten Stock, das in hellem Marmor ausgekleidet war. Dort hinauf über die Treppe zum Schlafraum ging sie jetzt auch, um sich zu entkleiden und den aus der Saunahütte mitgebrachten Bademantel anzuziehen. Dazu noch ein winziger Hauch ihres Parfums um die Schulterpartie, damit Gerald auch wieder so unwiderstehlich an ihr schnüffelte. Im Spiegel betrachtete sie noch einmal kritisch, wie es für sie typisch war, ihren nackten Körper. Ja! Sie würde ihm gefallen! Aber daran hatte sie bislang auch noch nie gezweifelt, denn all seine Begeisterung über ihre gesamte Erscheinung hatte er ihr eigentlich immer kundgetan. Sie musste sich selbst auch eingestehen, dass ihr jedes Kompliment aus seinem Mund gut tat. Nicht dass sie vor ihrer Beziehung an mangelndem Selbstbewusstsein gelitten hätte, aber allein die Worte, mit denen er ihren Körper beschrieb und dabei auch immer noch neue fand und sie das obendrein noch in seinen Augen und seiner enthusiastischen Mimik ablesen konnte, waren schon etwas Besonderes, das sie mental aufsaugte. Ihre Brüste erschienen ihr etwas zu klein, aber ihm war es gelungen, sie davon zu überzeugen, dass sie genau so richtig waren. Und wie er es ihr demonstrierte! Durch zarteste Berührungen oder durch Küsse, die so intensiv waren, dass sie mittlerweile sicher war, dass ihre beiden Brüste für ihn die Schönsten waren, die er sich vorstellen konnte.

Und die Worte: „Du hast einen geilen Arsch!" waren keine sexistische Floskel, sondern meinte er als echtes Kompliment, was sie natürlich dazu veranlasste, ihn mit diesem Körperteil durch die richtigen Bewegungen, etwa wenn sie in hohen Schuhen vor ihm her ging, zu reizen. Und es gelang ihr eigentlich immer! Quot erat demonstrandum, gerade eben in der Küche! All diese Gedanken hatten sie in eine erregte Anspannung versetzt, als sie jetzt wieder die Treppe herunter stieg nur in den weißen Bademantel gehüllt . Sein erfreuter Blick, in dem sogleich ein Hauch von lustvoller Gier aufblitzte, entlohnte sie schon für diesen Auftritt. Er machte sich sogleich ebenfalls auf den Weg nach oben, um sich für die Schwitzkur – und nicht nur dafür fertig zu machen. Dabei vergaß er aber nicht, sie zu küssen, während eine Hand unter ihren Bademantel glitt und beherzt in ihre rechte Pobacke griff. Rebecca schauerte es wohlig und ihre kleinen Härchen stellten sich auf. Eigentlich wollte sie nur saunen, aber jetzt wusste sie, dass eine Programmänderung unabdingbar war. Sie würde ihm ein kleines Schauspiel bieten. Und was danach kam..........!

Sie ging schon einmal vor, um etwas anzuschwitzen. Als Gerald dann kam, hatte sich ein feiner, glänzender Film auf ihre Haut gelegt, die durch die Hitze jetzt auch im typischen Dämmerlicht einer Sauna etwas rosiger war. Sie saß auf der mittleren Bank mit angezogenen Beinen. Als er kam, wollte er sich neben sie setzen, aber sie bedeutete ihm, dass er ums Eck auf der rechtwinkligen Bank Platz nehmen sollte. Als er das Handtuch öffnete, das er um die Hüften gewickelt hatte, konnte sie eine gewisse – ja das war das richtige Wort! – Erwartungshaltung an seinem Penis erkennen. Er hing zwar noch, aber deutlich vergrößert und schräg nach vorne!

Das erleichtert mein Spiel! Sie stellte es zufrieden fest. Sie fixierte ganz offensichtlich sein Glied, sodass ihm dieser Blick nicht entgehen würde. Die erste Wirkung ließ nicht lange auf sich warten. Er begann leicht zu zucken und wurde etwas steifer.

Gerald legte sich seitlich auf seine Bank, betrachtete Rebecca ebenfalls."Wie schön du bist!" Dabei schien es ihm nicht im

Geringsten zu stören, dass sich seine Männlichkeit noch etwas mehr entfaltete.

Natürlich wirkte das auch auf Rebecca, aber sie hatte als Frau den Vorteil, dass man das nicht zu offensichtlich erkennen konnte, außer vielleicht am vergrößerten Nippel ihrer Brustwarze. Deshalb wartete sie genüsslich ab, was weiter an Geralds Körper passieren würde. Der Schweiß stand ihm auf jeden Fall bereits auf der Stirn. Dass das allein der Hitze geschuldet war, glaubte sie jedoch nicht. Weiterhin hatte sie jedoch hauptsächlich den Blick auf seinem Penis gerichtet, der etwas schief von seinen Lenden abstand.

Es war an der Zeit, wieder einen kleinen Impuls zu setzen. Sie leckte sich mit einer Nuance von Laszivität über die Lippen und deutete einen Hauch von Stöhnen an.

Sofort begann sein Glied wieder zu zucken!

Rebecca selbst fühlte ein wohliges Brennen zwischen ihren Schamlippen. *Aber das sieht man nicht!*

Gerald machte dieses Spiel schweigend mit. Natürlich genoss er den Anblick ihres Körpers, das war unverkennbar. Aber er hatte selbstverständlich längst bemerkt, dass sie ihn reizen wollte und er war, auch das wusste sie, Genießer genug, um in dieser Situation nicht selbst die Initiative zu ergreifen, sondern mit zunehmender Erregung abzuwarten, was da noch kommen würde.

Vielleicht kann er doch sehen, wie feucht ich mittlerweile bin? Wohl eher kaum, denn auch auf ihrer Haut hatten sich nun Schweißperlen gebildet, sodass ihr Zustand optisch nicht verraten wurde. Aber sie war sich sicher, dass er es annahm. Ihm lief dafür die Transpiration in Strömen von seiner Haut auf sein Handtuch. Sein Blick hatte mittlerweile einen gierig-gequälten Ausdruck angenommen. Seine Leidenschaft schien ihn zu verzehren!

Jetzt stand sie auf, um die kleine, hölzerne, mit Wasser gefüllte Schale zu nehmen, um davon etwas über die heißen Steine des Saunaofens zu gießen. Dabei drehte sie sich so, dass er ihren Po vor sich hatte, während sie gebückt vor im Stand. Diesen Anblick wollte sie ihm nun gönnen und würde ihn endgültig in einen ekstatischen Zustand versetzen.

Tatsächlich vernahm sie ein deutliches Seufzen, aber sie spürte auch eine lustvolle Berührung an Ihrer Vagina und gleich darauf seinen Finger, der sich ohne Ankündigung rasch und tief in ihre Scheide versenkt hatte und dort sein vorderstes Glied immer wieder krümmte und ausstreckte. Damit hatte sie nun wirklich nicht gerechnet, aber es war einfach nur geil! Sie blieb einfach in dieser gebückten Position stehen und vergaß völlig den Aufguss, den sie eigentlich machen wollte. Stattdessen ergriff sie mit ihrer anderen Hand sein komplett versteiftes Glied und hielt es fest umschlossen.

Doch schon bald zog er den Finger wieder heraus, was ihr fast leid tat und drängte sie aus der Sauna heraus in den kleinen Vorraum, auf dessen kleiner Bank sie ihre Bademäntel abgelegt hatten. Sanft aber bestimmt drückte er ihren Oberkörper darauf herunter, während er von hinten in ihren feucht-heißen Glutofen eindrang. Jetzt hatte er die Initiative übernommen und sie gab sich ihm voller Lust hin.

Die Zubereitung des Fisches lief unter einer extrem prickelnden, sexuell aufgeladenen Stimmung ab, denn Gerald hatte den Akt nach der Sauna nicht bis zum Ende vollzogen."So wird uns das Essen noch besser schmecken!" Und er sollte Recht behalten. Nur selten dürfte eine Mahlzeit zwischen einem Paar unter solch einer erotisch aufgeladenen Atmosphäre abgelaufen sein wie diese Scholle nach Büsumer Art bei Gerald und Rebecca.

Sie schenkten sich gegenseitig ihre Bissen, die sie mit kurzen, aber leidenschaftlichen Küssen verbanden. Beide waren so bekleidet, dass gelegentliche Berührungen gewollt, zufällig danebengingen und Körperpartien betasteten, die normalerweise bei der Nahrungsaufnahme keine Rolle spielten. Bratkartoffeln und Krabben waren tatsächlich Lusthappen in des Wortes bester Bedeutung. Nur mit dem Spinat waren sie etwas vorsichtig wegen eventueller grüner Flecken! Der ausgezeichnete Moselriesling, den Rebecca ebenfalls besorgt hatte, wurde nie aus dem eigenen Glas getrunken, sondern unter Begleitung jeder möglichen Zärtlichkeit eingeflößt. Die Scholle war ausgezeichnet, nach Müllerinart gebraten und mit der Kräuter-Krabben-Sauce überzogen. Der Spinat wurde extra gereicht und die Bratkartoffeln hinterließen einen mild-schmelzenden Geschmack, der regelrecht danach verlangte, mit der Partnerzunge etwas geteilt zu werden.

Ihrer beider Erregung steigerte sich bei diesem Essen aber derart, dass der Nachtisch, eine Schokoladencreme die Rebecca bereits am Nachmittag angefertigt und kaltgestellt hatte, verschoben werden musste.

Sie rissen sich unter Küssen die ohnehin nur leichte Kleidung von sich und verfielen in einen innigen Rausch der Liebe auf dem schaffellbezogenen Sofa oder auch auf einem der Rinderfelle davor. Glücklicherweise stand diese Kate alleine, denn es war das erste Mal, dass beide ihre Lust auch in deutlichen Lauten äußerten!

XII

Als er erwachte, war es bereits Tag und obendrein immer noch strahlender Sonnenschein, der durch einen kleinen Schlitz in der heruntergelassenen Jalousie hereinfiel und das Zimmer in ein warmes Halbdunkel tauchte. Gerald drehte sich etwas zur Seite und betrachtete Rebecca, die mit kaum hörbaren Atemzügen noch immer schlafend neben ihm lag. Bei diesem Anblick der absoluten Entspanntheit und dem wie zu einem Lächeln verzogenen Mund war Gerald von einem unsagbaren Gefühl des Glückes, aber auch des Dankes beseelt, dass er diese wundervolle Frau kennenlernen durfte und noch viel mehr dafür, dass sie ihm ihre Liebe schenkte. Und wie sie das zum Ausdruck brachte! Allein diese traumhafte Unterkunft, die Sorgfalt mit der sie diese ausgesucht hatte, damit sie sich zusammen wohlfühlten. Denn es ging um diese Tatsache – dieses Zusammen, denn es war nicht ihr Geschmack und es war auch nicht seiner, sondern ihrer beider. Das war der Grund, der Gerald mit diesen Glücksgefühl erfüllte. Dazu natürlich ihr fabelhaftes Aussehen und dieses unglaubliche Vertrauen, das sie ihm schenkte, wenn sie sich, so wie gestern, ihm mit jeder Faser ihres Körpers hingab. Er musste nur kurz die Augen schließen und alles lief noch einmal ab. Ihre Schenkel, die sich um seine Hüften schlossen und durch etwas Druck dafür sorgten, dass er möglichst tief in sie eindringen sollte, was ihr einen leisen Laut der Lust entlockte, den er so sehr liebte. Dabei sah sie ihn mit ihren grünbraunen Augen an, die so viel Ausstrahlung hatten und ihr Gefühlsleben ihm Preis gaben. Sie ist eine fantastische Liebhaberin und bescherte ihm immer wieder aufs Neue höchste körperliche Reize und sexuelle Freuden, von denen er in dieser Vielzahl niemals geträumt hätte. Sie gab beim Akt alles hin bis zur körperlichen Verausgabung und er versuchte ihr das Gleiche

435

zurückzugeben. Jetzt lag diese wunderschöne Frau neben ihm und träumte wahrscheinlich. *Hoffentlich etwas, was zu ihr passte – also etwas Schönes!*

Gerald kroch vorsichtig aus dem Bett. Auf eine Dusche verzichtete er, denn er wollte noch etwas den verführerischen, hocherotischen Duft ihres Körpers und ihrer Liebe bei sich behalten. Außerdem wollte er sie nicht aufwecken und ging die Treppe hinunter ins Erdgeschoss, um etwas einzuheizen, denn es war sogar ihm etwas zu kühl. Er schichtete kleine Holzspleiße zusammen und legte darunter einen Grillanzünder, der auch für solche Kamine gut geeignet war und erst danach, als die Spleiße in Flammen standen, kamen die größeren Scheite darüber. Schon bald danach erfüllte der charakteristische Geruch eines Holzfeuers den Raum und das gelegentliche Knallen und Puffen im Holz gefangener und nun entweichender Gase, die sofort explosionsartig verbrannten, lieferten das passende Geräusch dazu.

Er ging in die kleine Küche, um etwas Wasser für einen Tee aufzusetzen, mit dem er vorhatte, Rebeccas Lebensgeister wieder zu erwecken. Das Geschirr vom Vorabend das sie aus gewissen Gründen gestern nicht mehr abwaschen konnten, reinigte er in der Spüle, denn für eine Maschine reichte das Platzangebot dieser Küche nicht aus.

Gerade als er das heiße Wasser in die Teekanne geschüttet hatte und der Tee zu ziehen begann, spürte er zwei Hände um seine Hüften und einen elektrisierenden Kuss im Nacken. Rebecca war aufgewacht und für ihn unhörbar die Treppe herunter gekommen.

„Hallo, meine Liebste, Schöne! Ich hoffe, du magst jetzt eine Tasse Tee?" Er drehte sich zu ihr um und war schon wieder fasziniert von ihrem Aussehen, das schon jetzt, so kurz nach dem Aufstehen an Anmut nicht zu übertreffen war. Er wusste aber auch, dass sie das ganz und gar nicht so sah. Im Gegenteil, sie bezeichnete sich eher als Morgenmuffel.

„Und wie!" Völlig klar gelang ihr diese Bestätigung.

„Setz dich rüber, ich komme gleich mit dem Tee. Möchtest du noch etwas dazu essen? Ein Brot mit Marmelade?" Er lachte kurz auf:

„Vielleicht den Nachtisch, zu dem wir gestern nicht mehr gekommen sind?"

„Tee ist ... gut!"

Gerald war fasziniert und glücklich zugleich. Es war ihm,, als hätte Rebecca in der Nacht ein intensives Sprachtraining gemacht. " Sag mal, hast du heimlich geübt?"

„Nein, wieso?"

„Hör dir doch einmal zu, es ist fantastisch, wie du sprichst!"

„I...k glaube, das lie..gt an dir! Du ma...gst mi... freier!" Sie strahlte Gerald an, als er mit dem duftenden Tee und zwei Tassen auf einem Tablett herüber kam und sich zu ihr setzte.

Gerald füllte sich geschmeichelt." Dann werde ich alles versuchen, dich weiterhin zu unterstützen!" Dabei zog er sie zu sich heran zum ersten Morgenkuss, der wieder besonders gut schmeckte. Wenn er in Rebeccas glückliches Gesicht blickte, dann war es in seinem Inneren so, als würde ein Komet den dunklen Nachthimmel zum glühen bringen. Dazu kam ihre Körperwärme, die er mit seinen Händen spürte. Diese konnte er wie fast immer nicht bei sich behalten und sie begannen, wie selbstständig auf ihr zu wandern. Er musste sich dafür keine Vorwürfe machen, denn er wusste, dass Rebecca schon etwas sagen würde, wenn sie diese Berührungen in diesem Moment nicht gutheißen täte. Im Gegenteil, sie schmiegte sich noch näher an ihn heran.

„Es ist ...ön mit dir!"

„Das kann ich nur zurückgeben. Diese Kate ist einfach zauberhaft und durch dich bekommt sie für mich ein ganz spezielles Flair." Er trank einen Schluck von dem Tee, den er mit etwas kalter Milch auf für ihn trinkbare Temperatur abgekühlt hatte."Zeigst du mir jetzt dann die Insel? Heute ist noch einmal ein guter Tag dafür, ab morgen soll das Wetter deutlich schlechter werden!"

Rebecca nickte und ging dann nach oben, um sich für diesen Winterspaziergang anzuziehen. Mit einem dunkelblauen Anorak und einem pinkfarbenen Schal um den Hals, kann sie wieder herunter.

Alles passte, wie fast immer bei ihr zusammen und zeugte von ihrem exzellenten Geschmack.

Auch er zog sich etwas Wärmeres an. Er war vorher kurz draußen und hatte feststellen müssen, dass ein kalter Wind von Norden über die Insel wehte. In der Sonne war es aber durchaus auszuhalten und da hier im Westen nur wenige Bäume vorhanden waren, die in der Lage waren, einen Schatten zu werfen, würde dieser Spaziergang immer lichtdurchflutet sein. Geralds Blick fiel auf das Holz, das seitlich des Hauses auf der windabgewandten Ostseite aufgeschichtet war. *Das wird vermutlich nicht von der Insel stammen!* Gerald hatte allerdings die Ostseite der Insel noch nicht gesehen, wo es durchaus auch kleinere Wälder gab.

Vom Haus weg führt ein Pfad durch das Marsch zu einer Düne. Je näher sie kamen, desto deutlicher konnten sie das Rauschen der Nordsee hören, was darauf schließen ließ, dass gerade Flut war. Bei Ebbe würde sich hier erst einmal das Watt ausbreiten, das auf dieser Seite nicht mehr so ausgedehnt war wie im Osten der Insel. An ihrem nördlichen Ende war auch die Breitenausdehnung mit vielleicht 400 m sehr schmal, sodass es sogar möglich war, vom Dünenscheitel beide Ufer zu sehen und auch Föhr, das vielleicht nur 3 km entfernt im Nordosten lag. Unterhalb der Düne breitete sich ein ausgedehnter Sandstrand aus, der Kniepsand, der im Süden mehr als 2 km Ausdehnung erreichte. Seggen und andere Salzgräser beugten sich geschmeidig unter dem Dauerdruck des Windes, der hier eigentlich nie zum Erliegen kam.

In einer geschützten, aber sonnenbeschienenen Mulde in der Düne setzen sie sich in den Sand und ließen ihre Blicke über den Strand und das Meer gleiten. Mit kleinen weißen Schaumkronen rollte Welle auf Welle ans immer flacher werdende Ufer, brachen sich dort und liefen kraftlos im dunkelgrauen feuchten Sand aus. Kleine Vögel, Gerald konnte unter ihnen auch einige Austernfischer erkennen, liefen nach jeder Welle, die dort ihr Ende gefunden hatte, zu den schaurigen Überresten und suchen nach etwas Nahrung. So manche hatten dabei Erfolg, wenn eine kleine Garnele bis dahin mit gespült worden war. Darüber kreisten wieder ohne Flügelschlag die Lach- und Silbermöwen, die aber mehr nach Fischen spähten, die in dem flachen Wasser nur wenig Chancen hatten zu entkommen, wenn diese schönen Vögel herunterstießen. Allerdings mussten die

Erfolgreichen unter ihnen ihre Beute schnell im Kropf verschwinden lassen, denn noch einige, wesentlich größere, graue Raubmöwen versuchten, sofort ihnen den Fang zu entreißen. Immer wenn sie dabei Erfolg hatten, wurden sie beim Davonfliegen mit einem protestierenden Geschrei ihrer um die Mahlzeit gebrachten Opfer bedacht.

Rebecca hatte sich ganz nah an Gerald herangekuschelt und sie beobachteten beide dieses Naturschauspiel. Ihm fiel dabei auf, dass sie genauso wie er das Staunen aus den Kindertagen noch nicht verlernt hatte. Ebenfalls ein Prädikat, warum sie so unglaublich und zugleich erfrischend jung auf ihn wirkte.

Bis auf die Vögel war der Strand komplett leer, nur ein paar Strandkörbe verloren sich auf der weiten Sandfläche. Ihre bunten Anstriche schenkten dem hellen Beige des Strandes ein paar Farbtupfer, die trotz des nicht natürlichen Ursprungs auf diesen einen freundlich, belebenden Einfluss ausübten.

„Vielleicht können wir uns in einen hineinsetzen, wenn er nicht verschlossen ist!" Gerald reichte Rebecca die Hand um ihr aufzuhelfen. Natürlich nicht ohne Hintergedanken, denn er zog so heftig an ihrem Arm, dass sie ihm entgegen flog und er sie schnell mit seinen Armen auffing und anschließend umschloss, um ihr einen Kuss abzuverlangen. Erst danach gingen sie hinunter über den erstaunlich festen Sandboden, um die Körbe zu inspizieren. Leider hatten alle ein Gitter, das mit einem Vorhängeschloss versehen war, vor der Sitzbank. Aber das machte ihnen nichts aus, denn sie hatten ohnehin vor, am Ufer entlang zu gehen. Möglichst nahe an der Wasserlinie, die aber im Vergleich zu vorhin, als sie in der Mulde Platz genommen hatten, schon etwas weiter in Richtung Meer zurückgegangen war. Die Ebbe hatte bereits eingesetzt.

Urplötzlich blieb Rebecca stehen, hielt sich an Gerald fest und zog einen Schuh und die dazu passende Socke aus und tauchte ihren nackten Fuß in die nächste gerade soeben versiegende Welle. Ein kleiner Schrei, der Erstaunen aber auch Schock zum Ausdruck brachte, entfuhr ihrer Kehle: „e...t kalt!"

Gerald war da nicht so experimentierfreudig und griff nur kurz mit der Hand ins Wasser, aber das reichte auch aus, um ein Urteil abgeben zu können."Da hast du recht, eiskalt! Möchtest du vielleicht auch noch darin schwimmen?"

„Nein, ni...t die ..i..tige Farbe!" Sie grinste ihn mit einem Unschuldsausdruck an.

Gerald musste lachen. Sie hatte sich dadurch elegant über seine Provokation hinweg gesetzt, denn er wusste genau, was ihre bevorzugte Badewasserfarbe war: Azurblau wie am Mittelmeer oder auch bei ihm zu Hause auf den Bahamas. Da konnte die, selbst bei diesem strahlenden Sonnenschein, immer noch graue Nordsee nicht mithalten. Sie passierten gerade ein Holzschild auf dem der Hinweis stand, dass sie nun den FKK-Bereich des Strandes betraten. Es lag in der Natur der Dinge, dass Gerald sich Rebecca in diesem Moment natürlich genauso vorstellte. Mit einer sexy Gänsehaut und einer steil aufgerichteten Brustwarze! Natürlich fiel ihm auch sogleich ein, wie er sie dann wärmen würde.

Rebecca musste seine Mimik richtig gedeutet haben, denn sie schüttelte gespielt entrüstet den Kopf, deutete nur auf der Schild und sagte ein einziges Wort, das aber vollkommen richtig ausgesprochen war: "Lüstling!"

„Aha, beschimpfen kannst du mich also schon wieder!" Er hielt sie dabei wieder fest, während sie den Socken wieder anzog. Dabei verlor sie trotzdem kurz das Gleichgewicht und ließ die Fußbedeckung kurz los. Eine Raubmöwe stieß von oben herab und fischte sie vom Boden auf, noch ehe sie wieder danach greifen konnte und drehte sich mit ihrer neuen Beute wieder nach oben. Fassungslos schauten beide dem Vogel nach, der erst jetzt bemerkte, dass seine Beute wohl nicht essbar war und sie kurz vor der Düne wieder fallen ließ, wo sie auf dem Dach eine Strandkorbes landete. Rebecca stürzte sofort in diese Richtung, bevor der Wind das Kleidungsstück noch etwas weiter wegblasen konnte. Gerald kam ihr mit dem Schuh nach, als sie ihre Socke triumphierend in die Luft streckte. Irgendwie war es im Nachhinein wie eine Fügung, denn dieser Korb war nicht verschlossen und sie drückten sich lachend nebeneinander auf dessen Sitzbank. Trotz der warmen Kleidung hatte dies so etwas wie sommerliche Strandatmosphäre, woran das Wetter sicherlich einen großen Anteil hatte. Im Korb war es fast windstill. Dafür war nun für sie möglich, den stetig rieselnden Sand zu ihren Füßen in

Augenschein zu nehmen. Wie kleine Fahnen wehte er über die einander abfolgenden Miniaturberge in die dazugehörigen Täler, sodass sich auf der hellen Unterfläche ein kleiner Schatten ebendieser Sandkörner bildete. Es war wie im Sommer, wenn der Wind ging. Der einzige Unterschied war die Temperatur der bewegten Luft. Aber so eng aneinandergerückt mit Rebecca und ihren Kopf an seiner Schulter spürend war diese Kühle vernachlässigbar und von der inneren Wärme vollkommen in den Hintergrund gedrängt.

Sie saßen dort eine geraume Zeit und lauschten dem Rauschen des Meeres, das allmählich leiser wurde, weil sich die Wellen immer weiter entfernt vom Ufer brachen. Dafür erhellten sich immer mehr Strandabschnitte, weil sie rasch vom Wind abgetrocknet wurden, sobald kein benetzendes Wasser mehr darüber schwappte. Weiter draußen bildeten sich die ersten kleinen Priele, durch die das Wasser zurück zum Meer lief. Es kam Gerald so vor, als würde es sich beeilen, um nicht von der See getrennt zu werden. Die Vögel hatten ihre Reviere auch weiter nach draußen verlagert und konnten jetzt etwas mehr aus dem Vollen schöpfen, da einige Wasserkreaturen einfach zu langsam waren, um dem abfließenden Lebensraum zu folgen. Es gab nun weniger Streitereien unter den Vögeln, da auch die großen Raubmöwen jetzt manch größeren Happen selbst erbeuten konnten. Der Schaum, den die Wellenkronen zurückgelassen hatten, trocknete ebenfalls schnell ein bis nur noch feine Maserungen davon zeugten, welche Kraft einst jede Welle besessen hatte. Irgendwie zeigte dieses Strandmotiv auch die Vergänglichkeit auf. Gerald fasste Rebecca etwas fester an den Schultern und drückte sie noch näher zu sich heran. *Meine Liebe zu dir wird nicht vergehen!*

Als hätte sie seine Gedanken gelesen, sah sie ihn irgendwie verstehend an und forderte dadurch einen Kuss, den er mehr als bereitwillig ihr schenkte.

Es war schon früher Nachmittag, als sie den gelb-rotgestreiften Strandkorb wieder verließen und die Düne auf einem mit Holzbrettern ausgelegten Weg durch das Marschland überquerten, zur Ortschaft Norddorf, wo es mit Sicherheit ein kleines Café gab. Seltsamerweise spürten sie jetzt auch wieder mehr die Kälte, obwohl hinter der Düne der Wind bei weitem geringer war als am Strand. Leider waren die Cafés, von denen es gerade einmal zwei gab geschlossen, aber wenigstens hatte die zum Cafe gehörige Bäckerei Schult geöffnet, sodass sie sich zwei große Stücke Apfelkuchen, der so animierend in der Vitrine unter der Ladentheke sich präsentierte, kauften, um ihn zu Hause bei einem frisch aufgebrühten Tee zu genießen.

Für heute mussten sie auch nichts Weiteres einkaufen, denn Rebecca hatte auch für diesen Abend vorgesorgt. Gerald war fasziniert, welche Bestimmtheit sie ihrem Leben zuzuordnen wusste. Ein Leben, dass er nur zu gerne auch als das Seine annahm!

XIII

Wenn nicht das leise Klappern der Tastatur ihres Notebooks gewesen wäre, es hätte völlige Lautlosigkeit im Wohnraum des kleinen Häuschens geherrscht. Selbst die schon ziemlich weit heruntergebrannte Glut im Kamin lies jegliches Knacken vermissen und waberte still und rot vor sich hin. Bequem auf dem Sofa liegend ging Rebecca ihren Recherchen nach, die die nötigen Anhaltspunkte für ihren neuen Artikel liefern sollten. Ein Stift und etwas Papier lag griffbereit neben ihr, falls sie sich ein paar Notizen machen wollte. Gelegentlich blickte sie kurz auf und sah die paar Meter hinüber zum Tisch, an dem Gerald äußerst in Gedanken vertieft vor einem Schreibblock saß, während sein Federhalter unaufhörlich über die jeweils aufgeschlagenen Seiten wirbelte.

Er schien gut voranzukommen. Von der Schreibblockade, von der ihr erzählt hatte, war nichts mehr zu erkennen. Hin und wieder überzog ein zufriedener Ausdruck sein Gesicht, dann hatte er wohl wieder eine treffende Wortwahl gefunden. Genauso gut konnte sie aber auch erkennen, wenn er mit einem Ausdruck, der ihm eingefallen war, nicht zufrieden war. Dann konnte sie sogar hören, wie energisch er diese Buchstabenfolge durchstrich und kurz absetzte, um ein besseres Synonym zu finden.

Rebecca war gespannt darauf, wann er ihr wieder einmal eine kleine Kostprobe vorlesen würde. Seine handgeschriebenen Texte selbst zu lesen, war für sie, und wohl für fast alle anderen Menschen, nahezu unmöglich, denn seine Schrift war so ungelenk, Buchstaben, die kreuz und quer in alle Richtungen standen, wobei manche von diesen sogar nur andeutungsweise zu erahnen waren, dass jeglicher Versuch diese zu entziffern sehr schnell seine Grenzen fand. Aber durfte sie selbst darüber ein Urteil fällen? Ihre Handschrift war auch nicht gerade die

442

beste. Nicht umsonst bezeichneten sie sich beide als sogenannte Grobmotoriker.

Doch gleich danach ging ihr durch den Kopf, dass seine Hände und Finger durchaus eine exzellente Virtuosität an den Tag legen konnten, wenn die richtige Klaviatur für diese bereitstand. – Ihr Körper! Wenn Sie daran dachte, wie er jede Nervenzelle mit den sanftesten Berührungen reizte und in ihrem Inneren Gefühlsklänge erzeugte, kam sie sich wie ein Musikinstrument vor, das dann in der Lage war, die klarsten Melodien von sich zu geben, die überhaupt möglich waren. Und das versuchte sie auch ihm zu zeigen. Durch ihre eigenen Zärtlichkeiten, bei denen sie keine Motorikprobleme besaß. Sie sah ihn an, den Mann, der in ihr ein unglaubliches Feuer entfachen konnte und lächelte still in sich hinein. In seiner Gegenwart empfand sie eine Gelöstheit, durch die jeder äußere Druck abfiel. Der beste Beweis dafür waren ihre Fortschritte beim Sprechen. Sie war selbst verblüfft, dass sie innerhalb so kurzer Zeit bereits wieder ganze Sätze artikulieren konnte. Nur mit den Konsonanten tief hinten im Hals, wie "ch" und "k", hatte sie noch Schwierigkeiten. Auch sprach sie noch langsam, aber das musste nicht immer von Nachteil sein. Etwas Unüberlegtes konnte ihr so nicht zu leicht über die Lippen rutschen. Aber das war in Geralds Gegenwart ohnehin nie der Fall. Alle ihre Aussagen waren für ihn schlüssig. Er hatte das so ausgedrückt, dass eine Unterhaltung zwischen ihnen beiden immer auf absoluter Augenhöhe stattfand. Dieser Fakt war für ihn ungemein wichtig und auch sie schätzte es sehr, in ihm einen Mann gefunden zu haben, der so gut wie nie Unsinn erzählte. Bei Gesprächen, von denen er wenig Ahnung hatte, hörte einfach zu, ohne eine unqualifizierte Äußerung zu tätigen. Das hatte er mit ihr absolut gemeinsam, wie so vieles, was sie bisher zusammen erfahren hatten und wohl auch noch das viele, das sie weiterhin aneinander entdecken würden. Wenn sie an die Bootsfahrt auf dem Hallstätter See dachte, dann fiel ihr dieses gemeinsame Genießen der Schönheit, wie sie die Natur Ihnen dort bot, in ihrer beider Schweigsamkeit auf. Auch das konnten sie, obwohl sie so gerne miteinander sprachen und ihre Stimmen so sehr liebten!

Aber lieben konnten sie sich auch, ohne Worte. Hin und wieder trafen sich ihre Blicke über diese kurze Distanz hinweg und für Rebecca sprach sein Ausdruck dabei Bände. Genauso wusste sie auch dass er in ihr dasselbe lesen konnte.

Ein Rascheln, nur sehr leise aber trotzdem vernehmlich entstand oben auf dem Dach. Es hatte begonnen zu regnen. Dem Wetterbericht zufolge sollte auch der Wind komplett auf Nord drehen und zu einem Sturm anwachsen. Außerdem war ein Temperatursturz zu erwarten. Bei der Sturmwarnung war allerdings Gerald wenig begeistert. Für ihn hatte es immer etwas Unheimliches, wenn die Luftmassen die Äste der Bäume zum Knacken brachten oder sogar welche Abriss. Dabei hatte er auf den Bahamas schon ein paar Wirbelstürme erlebt. Aber er konnte sich nie daran gewöhnen. Nachdem er gehört hatte, dass der Sturm in den frühen Morgenstunden sogar Orkanstärke annehmen sollte, hatte er sich am Vormittag noch schnell das Taxi kommen lassen und war zum Einkaufen gefahren. " Ich setze bei so einem Wetter keinen Fuß vor die Türe!"

Rebecca musste bei dieser Ankündigung fast ein bisschen lächeln, aber irgendwie war sie auch stolz darüber, dass ihr Gerald auch seine Schwächen nicht verheimlichte. Jetzt stand er das erste Mal auf und schüttete etwas Holz auf die fast abgebrannte Glut im Kamin. Er hatte auch schon einen großen Vorrang an Brennholz neben der Feuerstelle angelegt. Die Gründe waren Rebecca klar, er wollte auch nicht, dass sie morgen vor die Tür gehen musste.

Aufgrund Geralds Einkauf, zur Sicherheit gleich für zwei Tage, entfiel das für heute Abend geplante Nudelgericht, denn er ergatterte beim Fischhändler in Süddorf einen Sack ganz frischer Miesmuscheln. Eigentlich war es keine Fischhandlung, sondern ein Verkauf direkt vom Kutter, deshalb hatte Gerald auch noch ein paar Krabben dabei für eine kleine Vorspeise, obwohl sie doch erst vorgestern welche zur Scholle hatten. Aber Rebecca war das ganz recht, denn alles was aus dem Meer kam, ob Fisch, Muscheln oder Krabben war in ihre Hitliste der Speisen immer ganz weit oben!

In Nebel, dem größten Ort Amrums, hatte er auch noch Brot, eingelegten grünen Pfeffer, einen billigen Weißwein zum Kochen und etwas Sahne mitgebracht. Letzteres ließ Rebecca kurz ihre Augenbrauen nach oben ziehen, denn sie war immer etwas versucht, Milchprodukte zu vermeiden. Aber Gerald beruhigte sie schnell. "Ich geb nur ganz wenig an die Sauce, aber der grüne Pfeffer kommt dadurch in seinem Geschmack besser zur Geltung!"

Sie wusste aber auch, dass Gerald für diese Muschelzubereitung schwärmte und sie war auch ein bisschen glücklich, dass er sich darauf freute. Außerdem waren die Muscheln schnell zubereitet und so stand einer vielleicht wieder erotischen Sauna vorneweg nichts entgegen, die sie sogleich einmal drüben in der Hütte auf Temperatur brachte.

Begleitet vom Knistern und den kleinen Verpuffungen im Kamin, machte sie sich aber danach erst mal wieder an die Beendigung ihrer Arbeit, doch in ihrem Unterleib breitete sich eine deutliche Vorfreude auf ein körperliches Zusammensein mit diesem Mann dort drüben aus. Und für seine Küsse fiel ihr in diesem Moment eine neue Bezeichnung ein, als sie auch daran einen intensiven Gedanken pflegte: "Nonkussultra"!

XIV

Rebecca erwachte von einem entsetzlichen Heulen, das manchmal etwas abschwoll, dann sich wieder erhob und sogar brüllende Lautstärke erreichte. Der Sturm! Sie drehte sich herum zu Gerald, aber ihre tastende Hand fand ihn nicht. Sie knipste das Licht an. Tatsächlich, seine Seite war leer!

„Gerald?“

„Ich bin hier unten! Bei dem Lärm kann ich nicht schlafen und ich habe auch nachgesehen, ob alle Fensterläden geschlossen sind.“

„Aber….“

„Ich weiß, das haben wir gestern Abend schon gemacht, aber ich fühl mich dann einfach sicherer.“ Das Unwohlsein war seiner Stimme deutlich anzuhören.

Rebecca stand mittlerweile oben an der Treppe und konnte sehen, als die nächste Sturmbö das Häuschen zum Erzittern brachte, wie Gerald instinktiv etwas den Kopf einzog. Das scheinbare Wackeln der Wände war aber nur eingebildet, denn in Wirklichkeit waren es Luftdruckschwankungen, wenn sich draußen die Windgeschwindigkeit sprunghaft veränderte, was durch den offenen Kamin hier im Haus dann noch besser zu spüren war. Auch das stetige Heulen wurde über den Rauchabzug noch deutlicher.

Die nächste Böe erfasste das Haus, noch stärker als die vorangegangene und Gerald zuckte wieder etwas zusammen. Aber auch sie war froh, dass selbst diese kleine Kate aus massiven Klinkersteinen erbaut worden war und vermutlich schon vielen dieser Stürme widerstanden hatte – auch das Dach, das eigentlich nur aus gebündeltem Schilfrohr bestand.

Gerald saß vor seinem Schreibblock mit dem Stift in der Hand. Rebecca fiel ein, dass er in einem früheren Roman schon einmal einen Wirbelsturm absolut treffend beschrieben hatte. Die tobenden Luftmassen, die alles mit sich fortrissen, was nicht absolut fest verankert war. Bäume, in der damaligen Beschreibung Palmen, die sich zum Teil bis zum Boden krümmten, Blätter, Papier, Plastikteile und sogar Blechdächer, die alle zusammen einen wilden Tanz aufführten und trotz jeglicher nichtvorhandener Grazilität einer bestimmten Choreografie folgten, die der Hurrikan vorgab. Gerade das ständige Wirbeln und einander Umkreisen, wie lauernde Dämonen, die gleich auf zerstörerische Weise übereinander herfallen würden, passte zu diesem entsetzlichen Heulen, Jaulen, Brüllen und vor allem die nur Sekundenbruchteile dauernden Phasen einer kurzen trügerischen Stille, bevor es wieder von Neuem mit noch brachialeren Geräuschen weiterging. Der Unterschied bei dem Orkan hier auf Amrum war, dass die Windrichtung nicht von allen Seiten kam, sondern nur aus einer. Nicht umsonst wuchsen alle Bäume im Küstenbereich schräg nach Osten. Und es gab vor allem kein Auge. Diese gespenstisch wirkende absolute Ruhe, die genau im Zentrum eines Wirbelsturms vorhanden war und alles in einer bösartigen Stille in Sicherheit wog, die Hoffnung aufkommen ließ, dass es nun vorbei war. Und genau dann, wenn die Ängste einem inneren Aufatmen gewichen waren, schlugen dieselben zerstörerischen Kräfte ohne Vorwarnung erneut und erbarmungslos zu, um das Land und seine Bewohner erneut unter das Joch zu zwingen. Im Auge eines Wirbelsturms zeigte sich der diabolische Charakter der Natur. Diese Hinterhältigkeit fehlte einem Orkan, der ohne Unterlass seine Muskeln spielen ließ und allein dadurch schon demonstrierte, wie klein alle Bewohner dieses Planeten waren. Allen voran die Menschheit, die sich doch sonst als Krone der Schöpfung betrachtete. Alle mussten sich verkriechen, um des Teufels Beitrag zu Gottes Werk zu ertragen. John Irving hatte allerdings keinen Sturm in seinem Roman beschrieben, aber der Vergleich an sich passte trotzdem.

Gerald versuchte sich an einem schiefen Lächeln und kam die Treppe herauf, wo Rebecca ihn mit ihren Armen empfing und umschloss. Sie spürte seine Hände auf ihrem Rücken. Sie waren ganz kalt. Wieder so ein Indiz, wie unwohl er sich fühlen musste, denn er hatte eigentlich immer warme Hände.

Sie zog ihn zurück ins Bett unter die warme Decke und kuschelte sich ganz eng heran. Seine kräftigen Arme spürend, war es jetzt jedoch sie, die ihm in liebevoller Weise einen schützenden Halt gab. Seine zärtlichen Küsse in ihrem Nacken empfand sie auch als Dankbarkeit.

Sie dachte an den gestrigen Abend zurück. Natürlich hatte auch dieser Saunagang ein sexuelles Nachspiel, wobei es aber nicht zur eigentlichen Vereinigung kam. Diesmal spielten ihre Hände und Finger die Hauptrolle. Sofort spürte sie wieder seine Berührungen auf ihrer vom Schweiß feuchten Haut, die jede Stelle liebkosten, von der Zehenspitze über die Oberschenkel. Vom Scheitel über ihr Gesicht und die Schultern nach unten. Das sanfte Umkreisen ihre Brustwarzen, ehe sich seine Hand etwas fester um ihren Busen schloss und die rosige Mitte mit den Fingern fast unmerklich, aber dadurch für sie noch intensiver, kneteten. Das Umkreisen ihres Nabels, das dafür sorgte, dass sich ihre Bauchmuskeln anspannten und ihr Becken sich leicht anhob. Der feste aber auch zärtliche Griff in das feste Fleisch ihres Gesäßes, wobei seine Finger wie zufällig, aber natürlich gewollt, auch etwas zu weit vordrangen und ein lustvolles Brennen in ihrer Scham erzeugten und die Erwartungen immer weiter steigerten. Sein Atem, der sich beschleunigt hatte und stoßweise austrat, wenn sie mit ihrer Hand seine Eichel zusammendrückte. Seine kreisenden, kaum merklich zentrierten Bewegungen an den Innenseiten ihrer Schenkel, ihres Schamhügels und eben der Ausläufer ihrer Pobacken, die allesamt dafür sorgten, dass ihr das Wasser zusammen lief – nur eben nicht im Mund! Er trieb dieses Spiel so lange, bis sie es nicht mehr aushalten konnte und in genau dem Moment beugte er sich mit seinem Kopf herunter und tauchte seine Zunge in die hervorgequollene Feuchtigkeit, während sein Finger tief in ihre Vagina eindrang und sie ihrer Lust mit einem kleinen Stöhnlaut die Freiheit schenkte.

Kurz danach spürte sie, wie sich auch sein Körper komplett versteifte, während sich eine heiße Nässe über ihre rechte Hand ergoss. Sie hatte sich zwar ganz auf sich und ihren Körper konzentriert, aber trotzdem nicht vergessen auch ihm seine Geilheit zu erfüllen.

Das anschließende genüssliche Essen der Muscheln passte dann so richtig zu dieser immer noch erotisch aufgeladenen Stimmung. Jeden dieser kleinen Genusshappen, einzeln aus der geöffneten Schale unter Zuhilfenahme der Zunge herauszuziehen – eigentlich mehr herauszulecken – war schon beim Zusehen für jeden Partner ein Ereignis, dass viele Gedanken aufkommen ließ, die nur in den wenigsten Fällen mit der profanen Nahrungsaufnahme zu tun hatten. Dass sie hervorragend schmeckten stand außer Zweifel, was auch der gigantischen Sauce aus Weißwein, gehackten Zwiebeln, etwas Knoblauch, Petersilie und den grünen Pfefferkörnern geschuldet war, die durch etwas Sahne zu einer Komposition der Gaumenfreude mutierte. Dazu gab es Weißbrot und einen spritzigen Moselriesling, der mit seiner Säure eine Antipode zur milden Sahne lieferte.

Rebecca riss die Augen auf, weil sich der Sturm urplötzlich in ein infernalisches Kreischen erhoben hatte. Jetzt brach erst der eigentliche Orkan aus! Gerald zog sie noch fester zu sich heran. Fast zu einer Einheit verschmolzen, ließen sie unter der weichen, flauschigen Bettdecke das Toben einer brachialen, urzeitlich anmutenden Gewalt über sich ergehen.

In der Wärme unter der Decke stellten sich Fantasiebilder ein, die den Geräuschen ebenfalls entsprechen konnten. Ein Urwald, in dem alle Tiere gegeneinander einen Existenzkampf führten. Das Trompeten der Elefanten, wenn sie gegen ein Heer von Tigern an stampften, welche sie mit fauchendem, wütendem Gebrüll versuchten einzuschüchtern. Kreischende Affenhorden, die die beiden Kontrahenten ihrerseits von oben mit Kokosnüssen bewarfen und bei jedem Treffer ein schmerzerfülltes, zorniges Geschrei entgegengeschmettert bekamen. Vögel, deren schrille laute Steine zum Zerspringen brachten, während sich aus den Sümpfen Nilpferde und Krokodile erhoben, um gegen tobende Nashörner vorzugehen, die mit ihren stämmigen Beinen quakende, riesige Frösche mit verzerrten Fratzen zerstampften.

Vor ihren Augen spielte sich ein Inferno ab, wie es sich nicht einmal Dante Alighieri in seiner Göttlichen Komödie für die Unterwelt ausgedacht hatte. Das große Wüten des Orkans beflügelte immer noch mehr ihre Gedanken und jetzt suchte auch sie Halt an Gerald und nicht nur er an ihr. So einen Sturm hatte sie noch nie erlebt!

Es breitete sich nun doch auch etwas Besorgnis in ihr aus. Sie waren ja nicht sonderlich weit vom Strand entfernt. Schon stellte sie sich die tobenden Wassermassen vor, wie sie am Ufergestade nagten und fraßen, sich über die Düne herüberstülpten und weiß-gischtig, schäumend auf das Haus zu rasten. *Hatte man nicht fast nach jedem Orkan in den Nachrichten zu hören oder zu lesen bekommen, dass die Insel Sylt, die gar nicht so weit von Amrum entfernt war, Teile ihrer Fläche verloren hatte?*

Aber Rebecca war auch eine Frau, bei der die Logik dominierte und ihr zu verstehen gab, dass dieses Horrorszenario unmöglich war.

Mit einem zufriedenen Seufzer lehnte sie sich an den warmen Körper Geralds.

XV

Gerald empfand diese Nacht als apokalyptisch. Er hatte nicht wirklich Angst – gut, draußen im Sturm den Kräften ausgesetzt zu sein, würde dieses Gefühl erzeugen und wäre dann auch berechtigt, aber hier innerhalb der gemauerten Wände war es ein tief aus ihm herausquellendes Unwohlsein, das sich in alptraumhaften Bildern in seinem Geist manifestierte. Er konnte noch so oft versuchen, seinen Verstand einzusetzen, der ihm klar vor Augen legte, dass dieses Haus einem Orkan standhielt, schließlich befand er sich nicht in einem dieser amerikanischen Heime, die komplett aus Holz erbaut waren und sich dann wie Pappe in ihre Einzelteile zerfetzen ließen, wenn ein Sturm daran rüttelte. Doch dieser infernalische Lärm, der draußen tobte, ließ keine Gedanken zu, vor einem stillen, tiefen Bergsee zu stehen, in dem sich das Mondlicht spiegelte und Schwäne im Konvoi darüber zogen. Die deutlichsten Bilder, die er im Dunkel des Zimmers vor sich sah, waren die eines Personenzuges, der in einen Tunnel einfuhr und dessen Decke unter stetigem Knacken und Krachen Risse bekam, bevor mit lautem Gepolter kreischende Felsbrocken herunterstürzten und den Weg zurück verhinderten. Nach vorne geblickt war kein Ende des Tunnels durch einen Anklang von Licht erkennbar, aber die Risse zogen sich bereits über den Waggons nach vorne, wo sie vom funzeligen Schein der Lokomotive ausgeleuchtet wurden. Durch die dunkle Färbung der Tunnelwand entstanden immer

449

neue Schattenbilder. Jede Unebenheit tat sich als weit aufgerissenes Maul auf, bereit alles zu verschlingen, was sich darauf zubewegte. Im nächsten Moment war der Rachen verschwunden, zeigte sich weiter vorne in noch beeindruckender Größe und Schrecklichkeit.

Gerald was sichtlich froh darüber, in dieser Situation nicht alleine zu sein. Schon der Kontakt und die Wärme des Körpers dieser geliebten Frau zogen ihn immer wieder in die Wirklichkeit zurück, in der zwar das Tosen und Pfeifen genauso vorhanden war, aber eben die Realität darstellte, die aufgrund der Behausung keine effektive Gefahr darstellte. An Schlaf war aber für ihn trotzdem nicht zu denken, bei dieser akustischen Apokalypse.

Auch Rebecca wurde durch diese an- und abschwellende ohrenbetäubende Dauerbelastung wach gehalten und er konnte spüren, wie sie sich förmlich in die Kuhle, die er mit seinen leicht angewinkelten Oberschenkeln und der gerundeten Körperform bildete, hin einkuschelte. *Was für eine starke Frau sie war!* Ihr sehr schlanker Körper, der auch so zart wirkte, ließ niemanden vermuten, welche Kraft Rebecca besaß. Körperlich und vor allem mental! Für Gerald war sie auch ein Anker durch ihr absolut realistisches Wesen. Trotzdem gestattete sie sich und auch ihm zu träumen, Wünsche zu haben. Und wenn sie diese auch noch äußerte, so befielen ihn immer wieder Glücksgefühle, auch wenn diese nicht immer realisiert werden konnten. Meist hängte er an solche unerfüllten Wunschträume einen kleinen Nachsatz an: "Noch nicht!"

Er war ein unerschütterlicher Optimist und daran konnte auch diese außer Rand und Band geratene Natur dort draußen nichts ändern. Irgendwann würde die Sonne wieder aufgehen!

Gerade als er diesen Gedanken weiterspinnen wollte, war für wenige Sekunden eine Helligkeit im Raum, die durch die Ritzen der Fensterläden hereingedrungen war. Fast zeitgleich erfolgte ein gewaltiger Knall, der das Häuschen nicht nur erzittern, sondern so richtig zum Beben brachte. Rebecca fuhr erschrocken hoch.

„Jetzt haben wir auch noch ein Wintergewitter genau über uns! Der Blitz muss gleich in der Nähe eingeschlagen sein!" Aber der Donner hatte kurzzeitig das Brüllen des Orkans übertönt und demonstrierte, dass er bei weitem noch lauter sein konnte als die wirbelnden Luftmassen. Seltsamerweise sorgte diese Tatsache dafür, dass

Gerald sein Unwohlsein etwas verlor. Denn ein Donner hatte auf ihn noch nie negative Auswirkungen gehabt.

Jetzt nahm er Rebecca fest in die Arme und genoss ihre Weiblichkeit. Dass sie dabei wohlig, tief einatmete konnte er allerdings nicht hören, denn der Sturm trieb und zerrte weiterhin an allem, was ihm draußen im Wege war. – Aber nicht an ihnen beiden, im fast windstillen Schlafzimmer unter der warmen Decke!

Einfach so dazuliegen und ihre Nähe zu spüren, war für ihn schon ein Ereignis, für das er immer wieder einen Arm geben würde. Im sanften Streicheln ihres Körpers spürte er seine Liebe auf sie wieder übergehen und wenn sie sich dann noch enger an ihn drückte empfand er es so, als gäbe sie ihm all ihre Zuneigung und Wärme zurück. Ihre samten glatte Haut war eine Belohnung, die er mit seinen Fingerspitzen aufnahm und die von dort aus in alle Nervenendigungen seines Körpers übermittelt wurden.

Irgendwann drehte sich Rebecca zu ihm um und ihre Lippen vereinigten sich zu einem Kuss, der in Geralds Geist ebenfalls Blitze erzeugte, aber ganz ohne den Knall des Donners. Als ihre Zunge die seine suchte, kam er ihr bereitwillig entgegen und die kleinen Entladungen, die dabei entstanden, erzeugten ein Prickeln in seinem Gehirn, das die Apokalypse draußen vor dem Haus immer mehr in den Hintergrund drängte.

Ihre Liebe besiegt den Orkan! – Zumindest hier drinnen im Haus!

XVI

Irgendwann, es war bereits Morgen, hatten sie dann doch Schlaf gefunden. Vermutlich auch deshalb, weil dem Orkan allmählich in wahrster Wortbedeutung die Luft ausgegangen war. Es war zwar immer noch windig, ein stetiges Säuseln, das gelegentlich zu einem verhaltenen Heulen anschwoll, zeugte davon, aber Krachen und Knacken war nicht mehr zu hören.

Als beide dann am schon späten Vormittag erwachten, klangen alle Geräusche außerhalb des Häuschens gedämpft, wie in Watte gepackt.

451

Wieder wurde Gerald von Rebecca geküsst, aber bevor er seine Finger auf Wanderschaft schicken konnte, war sie bereits aus dem Bett gesprungen und öffnete die Fensterläden: "Schnee!" Fast jauchzend kam dieses Wort über ihre so küssenswerten Lippen.

„Was? Hier an der Küste?" Gerald kroch auch aus dem Bett, nicht so elegant wie Rebecca, aber er schaffte es auch ans Fenster und sah sich die weiße Pracht, die einen dünnen Teppich über das Marschland gelegt hatte, an." Wir haben doch erst Anfang Dezember!" Er konnte kaum glauben, was er da sah.

Rebecca war regelrecht aufgedreht . " I ... mö...te an den Strand. Sandstrand, Meer und Schnee habe i... no... nie gesehen!"

Auch Gerald war der Meinung, dass dies, zumindest für einen Süddeutschen ein Gegensatz war. Er und Rebecca verbanden Meer und Sand immer mit hellem Sonnenlicht und Wärme. Nun kam eine gänzlich neue Erfahrung auf sie zu. " Dann müssen wir aber schnell machen, denn ich denke, der wird bald wieder weggetaut sein!"

Rebecca nickte und lief ins Bad, während er nach unten ging und Wasser für einen Tee aufsetzte.

Das Frühstück fiel sehr frugal aus, denn sie hatten es wirklich eilig hinauszukommen. Den Toast mit Marmelade aßen sie während sie sich die Jacken anzogen, spülten noch kurz mit etwas Tee nach und dann ging es ins Freie.

Draußen lagen einige Gegenstände kreuz und quer, die der Sturm losgerissen hatte, aber das konnten sie auch später aufräumen. Es zog sie magisch in Richtung Düne und dahinter wartete der Strand. Selbst mit verbundenen Augen hätten sie die Richtung erkennen können, denn über die Düne hinweg leitete sie ein mit abnehmender Entfernung immer stärker werdendes Dröhnen, Brausen und Donnern. Nein, der Sturm schwoll nicht schon wieder an – es war die von diesem aufgewühlte, tobende Nordsee. Sicherlich auch ein Schauspiel, das die beiden so noch nicht erlebt hatten.

Auf dem Dünenkamm wurde der Wind so heftig, dass sich dort kein Schnee halten konnte. Dafür mussten sie in der Senke am Fuß der Düne sogar durch Verwehungen von fast 20 cm Tiefe stapfen. Für Gerald erstaunlich war die Tatsache, dass dieser Orkan in der Nacht den Gräsern nichts anhaben konnte, denn sie flatterten genauso im Wind, wie zwei Tage zuvor, nur dass jetzt keine Sonne schien. Und dann hatten sie den Kamm der Düne erreicht.

Es war der gleiche Strand wie vor zwei Tagen und doch ein völlig anderer. Beim ersten Mal war alles irgendwie im Einklang mit dem von der Sonne beschienenen Sand und dem Meer, das in gleichmäßigen Zügen ihre Wellen an das Ufer warf. Diesmal war im Vordergrund eine stille Idylle, wenn man vom immer noch heftigen Wind absah. Der Schnee hatte sich wie eine flauschige Matte gleich hinter der Düne ausgebreitet und war vom Wind glatt gestrichen worden. Eine absolut flache, von keiner Furche durchzogene, einheitlich weiße Ebene, völlig unberührt. Nicht einmal Vogelspuren verloren sich darauf. Das allein schon als einen Strand zu bezeichnen fiel Gerald schwer. "Hast du so etwas schon einmal gesehen?" Beeindruckt zog er Rebecca fester zu sich heran.

„No... Nie!" Es ist fast unnatü..li.., aber wunderschön."

 Ehrfürchtig standen beide auf der Dünenkrone und blickten auf diese natürliche Unschuld herab, die aber nur für den Streifen galt, den die Nordsee nicht erreichen konnte. Abrupt endete dort das Weiß und ging in ein Dunkelgrau des nassen Sandes über. Diese Farbe wirkte dafür extrem abweisend und kalt und stand somit im Einklang mit den flott dahinziehenden Wolken am Himmel, die immer noch derartig vorangepeitscht wurden, als wäre es dem Sturm ein Anliegen, noch an diesem Tag Tausende Kilometer entfernt weiter sein Unwesen zu treiben, nur um danach die von ihm gepeinigte Landschaft mit dem Weiß zu bedecken, wie ein Leichentuch.

Das Abweisende des Sandes konnte und sollte man aber auch als Warnung verstehen. Denn das Schauspiel, das sich hinter diesem nur kurzen, dunklen Band abspielte, war noch atemberaubender anzusehen. Die beiden Sätze, die Gerald und Rebecca gesprochen hatten, mussten sie fast schreien, denn das Meer war gar nicht als solches zu bezeichnen. Mit Tosen ergossen sich tobende, gischtende Fluten aus allen Richtungen strömend über das flache Gestade. Es gab kein Auslaufen der Wellen. Sie hoben sich kurz vor dem Strand noch einmal in die Höhe und brachen dann donnernd in sich zusammen, nur um sogleich von der nächsten Woge überrollt zu werden. Zurück blieb schmutzig-grau wirkend der Schaum, der vom

Wind fortgerissen wurde und erst von der Düne, auf der die beiden Beobachter standen, aufgehalten wurde. Weiter draußen war eine Unruhe, die kaum zu beschreiben war. Die Wellen schienen sich gegenseitig zu bekämpfen. Jede gegen jede! Dabei gab es keine Sieger, denn sie vergingen ineinander, nur damit danach wieder neue Wogen entstanden, um sich schaumgekränzt erneut gegeneinander zu werfen.

Über all diesem Inferno schwebte ruhig, ohne einen Flügelschlag eine große Raubmöwe, deren graues Gefieder die perfekte Balance zum Grau des Wassers bildete. Tatsächlich wagte es dieser Vogel sogar, sich in diese tobende See zu stürzen. Und noch mehr konnte es verwundern, dass er schon nach kurzer Zeit mit fast lässig wirkendem Flügelschlag wieder aus dieser brodelnden Masse erhob, um seinen stoischen Segelflug gegen die Windrichtung fortzusetzen.

Erst jetzt nahm Gerald auch die kleinen Vögel wahr, die im dunklen, von Gischt überzogenen Sand wieder nach Nahrung suchten. Er stellte sich die Frage, wo diese kleinen Tiere, alle höchstens 15 g schwer, den Sturm der Nacht überdauert hatten. Außer der meerabgewandten Dünenseite war nichts zu sehen, was irgendwie Deckung oder gar Schutz bot. Selbst jetzt konnte er hier auf der Düne stehend das Zerren des Windes spüren und so manches Mal musste er einen neuen Tritt fassen, um wieder ins Gleichgewicht zu kommen. Rebecca mit ihren gerade mal 50 kg noch viel mehr. Aber diese kleinen Vögel? Die Natur hielt eben immer faszinierende Geheimnisse bereit, die zum Staunen aufriefen, so der Mensch dazu noch in der Lage war. Rebecca und Gerald konnten dies und deshalb breitete sich in ihnen ein erhabenes Gefühl aus. Damit blieben sie einfach am Deich stehen und nahmen all diese wirklich widersprüchlichen Eindrücke in sich auf. Sie hatten auch in keinster Weise die Ambition, die Düne hinunter zu laufen. Dieses makellose Weiß gebot ihnen Einhalt. So oft liegt kein Schnee am Strand!

Urplötzlich riss nur für kurze Zeit die Wolkendecke über ihnen auf und ein einziger Sonnenstrahl stach herunter auf die weiße Fläche und brachte sie genauso kurz zum Leuchten.

Jetzt bot der Schnee jedem einzelnen Sandkorn einen Schatten!

XVII

Obwohl die Inseln eine gewisse Wellenbrecherfunktion besaßen, war die Überfahrt von Wittdün zurück nach Dagebüll für Gerald kein großes Vergnügen. Trotz leichten Regens und einem schneidenden Wind, der sogar ihn zum Frösteln brachte, hielt er sich die meiste Zeit an Deck auf. In der warmen Kabine war es für ihn nicht zum Aushalten, denn schon der geringste Geruch irgendwelcher Speisen, die andere Passagiere zu sich nahmen, verursachte ein Zusammenkrampfen seines Magens. So stand er draußen an der Reling, den Blick geradeaus auf die vorbeiziehende Insel Föhr gerichtet, die allerdings im Einheitsgrau des Himmels und des Meeres sich selbst kaum davon abhob. Aber so konnte er wenigstens einigermaßen das Stampfen und Schlingern des Fährschiffe aushalten. Das Schlimmste für ihn waren die Wellen, die von hinten das Heck anhoben, es auf die Krone brachten und dann nach vorne langsam, wobei der rückwärtige Teil der Fähre mit ekelhaften links-rechts-Bewegungen, von der Woge wieder herunterrutschen ließ. Zum Erholen kam man allerdings nicht, weil schon der nächste Wasserberg herandriftete, um den Magen erneut zu strapazieren.

Die Seekrankheit ist für die, die dafür anfällig sind, eine teuflische Sache, die je nach Ausprägung in mehrere Phasen unterteilt wird:

In der ersten Phase verspürt man Schwindel und Unbehagen. Der zweite Abschnitt ist mit deutlicher Übelkeit verbunden, dann versucht man verzweifelt den Mageninhalt bei sich zu halten. In der vierten Phase gibt man alles freiwillig von sich und kann sich kaum auf den Beinen halten. In der letzten Phase sehnt man sich nur noch nach dem Tod!

Bei Gerald reichte es glücklicherweise nur bis zur dritten Stufe, die er erst kurz vor der Hafeneinfahrt in Dagebüll verlor. Aber gleich danach lag das Schiff im von der Mole geschützten, ruhigen Hafenbecken und alles war wieder völlig normal, als hätte dieses hässliche Gefühl niemals stattgefunden.

Rebecca wusste, dass sie ihm keine Linderung bringen konnte, denn dagegen gab es einfach kein Mittel. Irgendwie gelang es ihm auch, die Sache mit Humor zu nehmen, denn er wusste, dass die Überfahrt nur etwas mehr als 90 Minuten dauern würde. Deshalb saß sie die meiste Zeit im warmen Inneren des Schiffes, aber immer so, dass sie ihn sehen konnte. Er tat ihr aufrichtig leid, aber auch sie war sich darüber im Klaren, dass dies nur eine falsche Reaktion seines Gleichgewichtssinnes war und deshalb seine Körperfunktionen störte. Sie ging zweimal zu ihm hinaus, aber helfen konnte es ihm nicht. Vielleicht war es für ihn ein Trost, dass er noch drei andere Leidgenossen hatte, von denen sich eine Frau im dicken, aber ethisch völlig danebenliegenden Pelzmantel schon mehrmals an der Reling übergab, wobei einiges an Mageninhalt ihre teure Bekleidung besudelte. Aber in so einem Zustand stellte man sich auch nicht ins Luv! Dauerhaft bei Gerald konnte Rebecca aber nicht bleiben, denn ihr war es bei dieser nass-kalten Witterung einfach zu kühl und krank werden wollte sie auf keinen Fall.

So saß sie also am Fenster und beobachtete ihren Geliebten, der sich manchmal ganz kurz zu ihr herdrehte und ihr den Daumen nach oben entgegenstreckte. Der verkrampfte Gesichtsausdruck führte diese Geste aber ad absurdum. Trotzdem war auch sie deutlich erleichtert, als die Fähre anlegte und sich sein Zustand von einem Moment zum nächsten schlagartig besserte.

Der Zug nach Niebüll wartete bereits und schon bald fuhren sie im gemächlichen Tempo über den Deich und das Marschland wieder zurück zum Umsteigebahnhof in Richtung Hamburg. Rebecca hatte nie unter Seekrankheit gelitten, deshalb war es für sie kaum zu begreifen, wie schnell sich Gerald wieder erholt hatte und ihr von seinen Plänen für die nächsten Tage erzählte. Sie wusste bereits, dass sie sich in Hamburg trennen mussten, denn er musste hier noch zwei Tage dranhängen, denn er war von einem anderen Verlag zu Vertragsgesprächen eingeladen worden. Er war sich zwar ziemlich sicher, dass er bei seinem Verleger bleiben würde, aber zumindest wollte er sich das Angebot anhören, das man ihm offerieren würde. Diese finanzielle Rückendeckung konnte er dann benutzen, um bei Felix Taschner auch etwas mehr herauszuschlagen.

Sie aber musste zurück nach Frankfurt, wo sie jede Menge Arbeit erwarten würde. Außerdem war es auch wieder an der Zeit, sich bei Doktor Fürste und Frau Schüller zu melden. Auf diese beiden Termine freute sie sich sichtlich, denn beide würden große Augen machen, wenn sie sie verbal begrüßen würde, zwar noch ohne "ch" und manchmal auch "k", aber alles andere ging nun schon fast wieder in normalem Sprechtempo.

Da ihr Flug nach Frankfurt erst gegen 20:00 Uhr abging, hatten sie noch genügend Zeit in Hamburg etwas zu essen. Gerald hatte einen Bärenhunger, was kein Wunder war nach seiner nahezu kompletten Magenentleerung kurz vor Dagebüll.

Sie nahmen die S-Bahn vom Hauptbahnhof in Richtung Landungsbrücken und von dort am Hafen entlang den Bus, bis zum Restaurant Fischerhaus in Altona. Dieses bürgerliche Lokal kannte Gerald schon von früher und er hoffte, dass es sich seine gute Hamburger Küche bewahrt hatte. Da es bereits Nachmittag war, waren genügend freie Plätze vorhanden und sie konnten sich direkt an ein Fenster setzen, mit Blick auf den Hafen. Da die Küche ganztägig geöffnet war, bekamen sie schnell die Speisekarten vorgelegt.

Gerald warf einen ganz kurzen Blick hinein, dem ein breites, zufriedenes Grinsen folgte.

„Hast du etwa schon etwas gefunden?" Rebecca blickte kurz über ihren Kartenrand zu ihm hinüber.

„Klar!" Seine Miene wurde noch breiter.

„Was denn?"

„Sag ich nicht!" Jetzt grinste er schon unverschämt.

Dadurch war Rebeccas Ehrgeiz angespornt. Sie durchsuchte also zuerst die Karte nach dem möglichen Gericht für ihn. Nachdem sie Scholle in welcher Variante auch immer ausschließen konnte, war sie sich sicher, was er gewählt hatte. Sie zückte einen Stift aus ihrer Tasche und schrieb etwas auf ihre Serviette, die sie sogleich umdrehte.

„Was hast du da geschrieben?" Gerald beugte sich neugierig vor.

„Sag i.. ni..t!" Jetzt war es an ihr, zu grinsen. Erst jetzt wählte sie für sich den Steinbeißer mit Kräuterbutter und Salzkartoffeln, wobei sie nur wenig der Butter zu sich nehmen würde.

Ein neugieriger Blick traf sie: " Und was nimmst du?"

Rebecca schüttelte verschlossen den Kopf.

Bevor Gerald noch etwas weiter mit seiner Ausfrage fortfahren konnte, war der Kellner wieder an ihrem Tisch. "Haben die Herrschaften gewählt?“

Beide bestellten ein Weißbier, da ihre Zungen und Gaumen an den herben Bieren Norddeutschlands keine Freude hatten, und dann ihre Speisen, Rebecca zuerst.

„Der Steinbeißer ist soeben ganz frisch gekommen, eine sehr gute Wahl!“ Die Bedienung nickte Rebecca freundlich zu während er den Auftrag in das Handgerät eintippte.

Dann gab Gerald seine Bestellung an. Nun erst drehte Rebecca ihre Serviette um und zeigte ihm, was sie geschrieben hatte: Heringe mit Bratkartoffeln.

Gerald lächelte sie mit einem warmen Blick an: “ Du kennst mich schon sehr gut!“

Gleich darauf konnten sie sich mit Weißbier zuprosten. Beim Essen erzählte Gerald von einer Sehenswürdigkeit Hamburgs, die er ihr irgendwann einmal zeigen musste: das Miniaturwunderland! Er selbst hatte als Kind zwar eine Autorennbahn einer elektrischen Modelleisenbahn vorgezogen, weil es einfach auf Dauer langweilig ist ein oder zwei Züge in einem Kreis mit einem Tunnel und einer Kunstlandschaft fahren zu lassen, aber was dort in dieser Ausstellung geboten wurde, schilderte er Rebecca mit so einer Begeisterung, dass sie förmlich mitgerissen wurde. Tatsächlich fuhren hier auch nicht zwei, sondern Hunderte von Zügen auf einem riesigen Areal, das mit so viel Liebe zum Detail errichtet worden war, dass nicht nur Männer, sondern auch Frauen ihre Freude daran haben würden. Geralds Augen brannten bei seinen Ausführungen wie Feuer, so wie es sich normalerweise in den Augen eines Kindes spiegelte, wenn es seine Geschenke unter dem Weihnachtsbaum auspackte. Rebecca war sich sicher, dass dieses Kind im Manne noch mehr zum Vorschein kommen würde, wenn sie mit ihm dort tatsächlich einen Besuch machte. – Und sie freute sich darauf!

Der Fisch war fantastisch, auch der Hering, von dem Rebecca selbstverständlich kosten musste. Es tat ihr fast leid, dass sie in

Frankfurt eine Gaststätte dieser Art nicht kannte. Vermutlich gab es auch keine, sondern eben nur die restlos überteuerten Spezialitätenrestaurants, die den Fisch französisch oder italienisch zubereiteten, wobei so etwas Banales wie ein Hering oder eine Scholle gar nicht auf den Tisch kam, sondern Dorade, Loup de Mer – Seewolf, sein deutscher Name, wurde meist gar nicht angegeben und natürlich wie fast immer Seezunge! Schade wirklich, dass sie nicht noch ein oder zwei Tage Zeit hatte, um mit Gerald durch Hamburg zu streifen. Seine Augen zu sehen, wie sie glückselig glänzten beim Vorbeifahren von Modelleisenbahnen und selbstverständlich bei einem Besuch auf der Reeperbahn zum Beispiel in einer Travestieshow im Pulverfass! Und danach noch einmal den gigantischen Sex mit ihm genießen!

Stattdessen fuhren sie nach dem Essen mit der S-Bahn zum Flughafen. Gerald hatte es sich nicht nehmen lassen, sie dorthin zu begleiten. Sein Gepäck hatte er am Hauptbahnhof in dem Schließfach gelassen, aus dem sie ihres vorher noch schnell geholt hatten. Glücklicherweise war dieser Abschied nicht so schmerzvoll wie derjenige im Frühjahr, wussten sie doch beide, dass sie schon in ein paar Stunden wieder miteinander telefonieren konnten, um ihre Liebe verbal weiterwachsen zu lassen. Aber den letzten Kuss, bevor Rebecca durch die Personenkontrolle verschwand, dehnten sie noch einmal bis zur letzten Sekunde aus.

Zurück blieb ein Nachgeschmack aus Wärme, Zärtlichkeit, Erotik und unendlicher Liebe!

XVIII

Kaum dass Gerald das Flughafengebäude verlassen hatte, begann es schon wieder ein bisschen in seiner Brust zu kribbeln. Die letzten Tage waren wieder viel zu schnell vergangen. Eine Unzahl an Eindrücken nahm er mit und besonders freute er sich, wie Rebecca mit seiner Schwäche umgegangen war. Der Angst vor dem Orkan! Irgendwie tat es ihm gut, sich auch einmal anlehnen zu können. Zu oft musste er erfahren, dass er aufgrund seiner Größe und des kräftigen Körperbaus möglichst stark zu sein hatte. Das war schon in seiner Jugend so. Er war nun einmal bereits in der Grundschule der Größte in der Klasse und wurde dementsprechend behandelt, obwohl die meisten Verantwortlichen auch wissen mussten, dass er gleichzeitig auch der Jüngste in dieser Gemeinschaft war. Wie oft hatte er in diesem Alter die Kleinen beneidet, die von allen als die süßen, lieben Kinder gesehen wurden, auch wenn sie in Wahrheit kleine Teufel waren und genau wussten, wie sie sich hinter ihrer geringen Körpergröße verschanzen konnten. Wie gerne hätte er damals die Körpergröße getauscht!

Aber schon in der späteren Jugend hatte sich das gedreht und er konnte seine körperlichen Stärken nutzen. Vor allem im Sport, der viel dazu beigetragen hatte, ein gesundes Selbstbewusstsein zu entwickeln. Es war zwar fast unausweichlich, dass diese Erkenntnis zunächst ins Gegenteil umschlug. Aus dem schlaksigen, hochaufgeschossenen Kind, das sich nur allzu gerne und so oft wie möglich versuchte klein zu machen, um nicht gesehen zu werden, war ein überheblicher Kerl geworden, der in der postpubertären Zeit doch recht häufig seine Muskeln spielen ließ. Natürlich war der Ärger mit den Lehrern und auch im Elternhaus erneut vorprogrammiert. Aber in einem reinen Knabengymnasium musste man sich gegen eine männliche Jugend behaupten. Da die geistige Reife bei allen noch nicht sonderlich ausgeprägt war, musste eben der Körper die Defizite ausgleichen, die die Ratio noch nicht füllen konnte.

Auch die Kontaktaufnahme zu Mädchen fiel ihm schwer. Die oftmals losen und auch despektierlichen Sprüche seiner Klassenkameraden, die erstaunlicherweise auch noch häufig zu Erfolg führten, wollten ihm nie über die Lippen kommen. Dafür hatte er aber das Glück, im Sport eine bekannte Größe geworden zu sein, was ihn für die dort im Vergleich zur heutigen Zeit in deutlich größerer Zahl zu findenden Mädchen interessant machte. Da diese aber immer abwarteten und ihn nie ansprachen, er dies aber noch immer nicht so richtig gelernt hatte, waren seine ersten Mädchenbekanntschaften aus dem rein direkten Umfeld im Verein und dementsprechend eher auf der freundschaftlichen Basis. Wahrscheinlich war seine zur Schau gestellte Überheblichkeit auch ein größeres Hindernis. Einfach einmal schwach zu sein, erlaubte er sich nur in den eigenen vier Wänden seines Zimmers. Dies war eigentlich immer so geblieben, von ein paar Versuchen einmal abgesehen, die häufig Unverständnis oder gar Missbilligung hervorriefen.

Aber jetzt bei Rebecca war es wirklich anders. Zu ihr hatte er absolutes Vertrauen und empfand es umgekehrt genauso. Ihr musste er nie etwas vorspielen. Warum auch? Außerdem hätte sie ihn sofort durchschaut. Sie war selbst eine so starke Frau mit ausgeprägtem Selbstbewusstsein, ihm in vielen geistigen Ansichten gleich. Und sie scheute auch nicht davor, ihm gegenüber schwache Momente zu zeigen, sodass er endlich auch dazu fand, seine Defizite nicht mehr zu kaschieren. Bei ihr konnte er immer er selbst sein. Außerdem waren sie beide in der Lage, gegenseitige Ehrlichkeit auszusprechen. Er wusste genau, dass sie ihm gegenüber sofort Einwände ansprach, wenn ihr etwas gegen den Strich ging. Seit dem vergangenen Frühjahr war ihm auch klar geworden, diese zu respektieren und nicht zu übergehen.

Er wusste auch, dass sie ihn niemals aufziehen würde, wenn wieder einmal die Luft um sie herum zu heulen und kreischen anfing. Und er würde sich auch dann wieder an sie lehnen, als seinen Anker! Zu viel würde es ihr nicht werden, denn so häufig würden sie keine Stürme in diesem brachialen Ausmaß erleben.

Erdbeben! – Ja, das fiel ihm noch ein, ist auch ein Ereignis, das in ihm absolutes Unbehagen hervorrufen würde. Er hatte einmal in Österreich ein leichtes Beben erlebt, natürlich ohne jeglichen Schaden anzurichten, aber diese Minute, länger hatte es nicht gedauert, war schon in die Kategorie " Richtig Unheimlich" einzuordnen. Vermutlich würden sie sich beide aneinander festhalten, denn seismische Aktivitäten, die man körperlich spüren konnte, waren vermutlich für kein Lebewesen Ereignisse, die man instinktiv als neutral abtun konnte.

Dagegen empfand er Turbulenzen in einem Flugzeug, obwohl sich diese ähnlich äußerten wie Erdbeben, als absolut spannend. Und er hatte auch schon einige stärkere erlebt. Aber sein Vertrauen in die Konstruktion dieser Maschinen war sehr ausgeprägt, besonders als er einmal einen Bericht gelesen hatte, welchen mechanischen Belastungen man einen Jet in der Testphase aussetzte, bevor dieser das Zertifikat bekam, sich überhaupt in die Lüfte erheben zu dürfen.

Jetzt saß er aber in der Hamburger S-Bahn und auch die rumpelte manchmal erheblich, was er schon gar nicht mehr wahrnahm. Zu intensiv waren seine Gedanken bei Rebecca. Bei der wunderbaren Überraschung, die sie ihm mit dieser kleinen Kate und allem, was sie darin zusammen erleben durften, bereitet hatte. Dazu kamen diese neuen Eindrücke, wie der Schnee auf dem Sandstrand, die er in ihrer Gegenwart unvergleichlich tiefer aufnahm. Diese Bilder hatten sich unlöschbar in seinem Geist verankert. Jede Berührung ihrer Hand, jeder Kuss, jedes Blitzen ihrer braun-grünen Augen machten daraus für ihn ein tief empfundenes Erlebnis.

Es waren prägende Bilder, die er nicht nur nie mehr vergessen würde, sondern die er auch nutzen konnte in seinen Romanen. Vor allem aber entstand in ihm ein Verlangen danach, solche Eindrücke wieder zu erleben. Sie zu zweit zu empfinden. Sie mit vier Augen zu sehen oder mit vier Ohren zu hören. Das Essen mit zwei Zungen und ebenso vielen Gaumen zu schmecken und den Duft mit beiden Nasen zu riechen. Einen Schneeball zu formen und diesen in Richtung Rebecca zu werfen. Nicht im Sinne einer Schneeballschlacht wie in der Jugend, sondern als einen runden, weißen Boten seiner Liebe, der auf ihrer Jacke auftraf und zerplatzte und einzelne Kristalle daran haften blieben, wie kleine Zeichen, dass sie diese Botschaft empfangen hatte. Wenn sie dann in der Sonne schmolzen und auf eine andere Art wieder zu glänzen begannen, erotische Gedanken in ihm erzeugten und seine Hormone ihm wieder zu verstehen gaben, dass er ein Mann war.

Dann stellten sich sofort die Sehnsüchte ein, egal wie kurz erst die Zeit war, die er jetzt wieder alleine verbrachte. Alle seine Zellen wurden von diesen Hormonen beeinflusst und reagierten. Seine Muskelzellen, die seines Magens, seines Herzens, seines Gehirnes, das nur allzu bereit schöne Bilder lieferte, die dazu führten, dass sich sein Glied versteifte, gerade jetzt, wo er sich der Station Hauptbahnhof näherte. Er würde wieder einmal seine Hand, ganz lässig, in der linken Hosentasche versenken müssen, damit man beim Aussteigen nicht seine Erektion erkennen konnte. Er wusste aus Erfahrung, dass diese nicht zu schnell abschwellen würde und schon gar nicht, solange seine Gehirnzellen weiter solche Bilder produzierten.

Rebecca hatte einfach einen traumhaften Körper. Ihr langer Hals mit den beiden Schlüsselbeinen, die so deutlich hervorragten und in ihre Schultern übergingen, die so schmal wirkten. Ihre Arme und Hände, die filigran erschienen, doch einen kräftigen Druck erzeugen konnten. Ihre herrlichen Brüste, die sie unter BHs verstecken konnte und trotzdem dabei allen Sinnen Erfüllung versprachen, die er sich ausdenken würde. Ihr flacher Bauch mit dem kaum versenkten Nabel als magischen Anziehungspunkt. Sie dort zu küssen, wenn er in den glatten, unbehaarten Schamhügel überging, der erst kurz vor ihrem atemberaubenden Zentrum ein paar Härchen sprießen ließ, die seiner Zunge ein zartes Vlies gönnten, bevor sie zwischen die leicht hervorstehenden Schamlippen dringen konnte, um die herrliche duftende Umgebung in all ihrer Feuchtigkeit zu schmecken. Die grandiose Rundung ihres Gesäßes, das seinen Augen immer jeden Blick wert war, wenn er hinter ihr herging, oder eine Treppenstufe tiefer noch mehr sehen konnte. All diese körperlichen Reize standen auf zwei langen, schlanken Beinen, die dieser Figur einen mehr als würdigen Abschluss nach unten verliehen.

Gerald konnte nie genug von diesem Körper haben. Von dieser wundervollen Frau, die ihm das absolute Gefühl gab, so geliebt zu werden, wir er nun einmal war, genauso, wie er es ihr gegenüber ebenso empfand. Und seine Sehnsüchte und sein Verlangen wuchsen. Nach jedem Femtogramm von Rebeccas Körper.

Mit der Hand in seiner Hosentasche stieg er aus der S-Bahn, um seine Utensilien aus dem Schließfach zu holen und anschließend sein Hotel aufzusuchen, wo er schon bald zum Hörer greifen konnte, wenn Rebecca ihn anrief. Und er wusste und freute sich schon darauf, dass es eine absolut erotische Nachbesprechung der vergangenen Tage werden würde.

XIX

Doktor Knapp der Verleger des Hansa-Verlages ließ es sich nicht nehmen, Gerald persönlich im Gespräch gegenüber zu sitzen. Er wurde von zwei Anwälten flankiert, die bei einem eventuellen Vertragsabschluss alles Rechtliche vermerken sollten.

Gerald hatte zwar darauf hingewiesen, dass er mit Sicherheit nicht spontan unterschreiben würde und er das Angebot, sollte es tatsächlich für ihn interessant sein, ebenfalls einem in solchen Belangen versierten Rechtsbeistand zunächst vorlegen würde.

Trotzdem gab sich Doktor Knapp sehr optimistisch. " Hören Sie sich mein Angebot erst einmal an, vielleicht kann ich Sie doch überzeugen." Seine joviale Art hatte aber irgendwie etwas Lauerndes, dass Gerald noch vorsichtiger werden ließ. Tatsächlich entstand bei

463

seiner blumig, ausschweifende Darstellung wirklich der Eindruck, dass dieser Kontrakt für Gerald nur Vorteile bringen würde. Das Honorar, die Tantiemen und auch die eventuell anfallenden Spesen, die für die Transatlantikflüge anfallen würden, waren derart großzügig, dass Gerald nicht umhin kam, dieses Angebot wenigstens in Erwägung zu ziehen. Im Vorfeld war es bei ihm nur die Neugierde gewesen und im gedanklichen Hintergrund eine gewisse Sicherheitsgrundlage für einen eventuell besser dotierten Vertrag mit Felix. Aber dieses Angebot ging weit darüber hinaus. Das würde Felix niemals zahlen, bei aller Freundschaft, die ihn mit Gerald verband. Aber das, was da vor ihm lag, war etwas, das Gerald, wenn er es von sich aus gefordert hätte, er selbst als unverschämt und überzogen bezeichnet hätte. Trotzdem schob einer der beiden Anwälte dies nun schriftlich ausformuliert zu ihm herüber.

Gerald las es sich in aller Ruhe und mehr als aufmerksam durch, aber nicht einmal bei den Ansprüchen, die der Verlag an ihn stellte, war irgend ein Haken zu erkennen. Die Sätze waren auch nicht juristisch verklausuliert, sodass auch er als rechtlich weniger versierter Leser alles verstehen konnte. Es gab kein Schlupfloch oder eine versteckte Fußangel, die Doktor Knapp zu seinen Vorteilen hätte nutzen können. Gerald war klar, dass er dumm wäre, würde er diesen Vertrag nicht unterzeichnen. Er las sich das Schriftstück noch ein zweites und sogar noch ein drittes Mal durch. Doktor Knapp und die beiden Juristen waren derweil aus dem Zimmer gegangen, damit sich Gerald "in aller Ruhe" dieser Verlockung hingeben konnte.

Aber je mehr ihn sein Unterbewusstsein dazu drängte, sofort seinen Federhalter aus der Brusttasche zu ziehen, um seine Unterschrift am unteren Ende des Papieres zu setzen, umso deutlicher kamen in ihm Fragen auf. Vor allem ein Wort stand im Mittelpunkt seiner Gedanken: „Warum?" Knapp musste irgendeinen Grund oder eine Motivation haben, dieses Angebot ihm so vorzustellen.

Mit einer Tasse Kaffee in der Hand betrat der Verleger wieder den Besprechungsraum und stellte das Getränk vor Gerald hin. Bei dem kurzen Blick, den er auf das immer noch leere Unterschriftsfeld geworfen hatte, zeigte er Gerald seine Enttäuschung, fast schon mehr eine Verstimmung.

„Sie können mir ruhig etwas mehr Vertrauen schenken, ich will Sie nicht übertölpeln. Ich möchte Sie einfach als neues Zugpferd in meinem Verlag engagieren." Er verzog sein Gesicht zu einem breiten, offenen Lächeln, während seine beiden Adlaten immer noch stoisch daneben standen.

Gerald fragte sich, was in deren Gedanken sich abspielte. Sollte dieser Vertrag so, wie es hier schwarz auf weiß stand, tatsächlich in Kraft treten, müsste es diesen Herren wirtschaftlich gesehen den Magen umdrehen.

Gerald sah Doktor Knapp fest in die Augen. "Haben Sie sich schon einmal Gedanken darüber gemacht, was andere Autoren, die bei Ihnen unter Vertrag stehen, denken, oder gar machen würden, sollten Sie dieses Angebot einmal zu Gesicht bekommen? Oder haben alle Schriftsteller bei Ihnen derartige Verträge? Dann müssten Sie aber die Bücher dieser Leute deutlich über den marktüblichen Preisen verkaufen, damit ihre Buchhalter bei den zu erwartenden Bilanzen keine grauen Haare bekommen würden."

Knapp zögerte kurz, kam aber schnell wieder zurück in seine lockere Grundstimmung, die aus Geralds Sicht aber eher zur Schau gestellt war. "Nein, wo denken Sie hin! Das wäre unmöglich! Ich möchte **Sie** haben, als **Unseren** Autor! Selbstverständlich würden wir mit Ihrem Namen für unserem Verlag einen sprunghaft gewachsenen Imagegewinn bekommen und das auch werbewirksam ausnutzen, wie es der jetzige Verlag auch tut."

Gerald dachte über diese Worte kurz nach. "Ich habe mich im Vorfeld natürlich über Ihr Unternehmen erkundigt. Es besitzt eine hervorragende Reputation und steht in keinerlei finanziellen Schwierigkeiten. Der Absatz, der von ihnen herausgegebenen Schriften, verläuft mehr als zufriedenstellend. All das erweckt in mir die Frage, warum Sie mich so unbedingt wollen?"

„Wer sagt denn, dass ich Sie unbedingt will?"

„Dieser Vertrag! Den kann man eigentlich nicht ausschlagen!"

„Dann unterschreiben Sie doch einfach! Vielleicht könnte ich Ihnen bei den Tantiemen sogar noch etwas mehr entgegenkommen." Knapp,

Worte riefen im Gesicht eines seiner beiden Anwälte konvulsivische Zuckungen hervor.

Gerald kam immer mehr zu der Überzeugung, dass hier irgendetwas begann, zum Himmel zu stinken. Er wusste nur noch nicht was. An dem Vertrag gab es nichts zu bemerken, also musste irgendetwas anderes als Grund vorliegen.

Knapp schien seine Gedanken zu erraten. "Sie sind einer der bedeutendsten deutschen Schriftsteller der Gegenwart! Ich hätte Sie einfach gerne bei mir unter Vertrag!" Knapp sah fast Hilfe suchend zu seinen Begleitern herüber, aber diese verzogen wie schon die gesamte Zeit vorher bis auf einmal keine Miene. "Lassen Sie uns das ganze bei einem Mittagessen weiter besprechen. Es gibt hier gleich in der Nähe ein ausgezeichnetes Restaurant, auch für Fisch. Mir ist zu Ohren gekommen, dass Sie dafür eine große Vorliebe haben!"

Mit Speck fängt man Mäuse! Gerald musste lächeln. "Da hat man Ihnen nichts Falsches gesagt!"

Das Restaurant war genauso eines, wie es Gerald befürchtet hatte. Franco-Italienisch aber ohne jegliche dafür typische Stimmung und selbstverständlich sehr teuer! Das Fischangebot war tatsächlich reichhaltig, aber ohne einen einzigen Fisch aus der Nordsee. Bei der Durchsicht der Speisekarte beschloss Gerald Doktor Knapp noch etwas mehr auf die Probe zu stellen. Da kamen ihm sechs Fin Claire, die einheimischen Sylter Royal gab es wie erwartet natürlich nicht, als Vorspeise und der Coda di Rospo in einer Safransauce mit Reis als Hauptgericht gerade recht.

Knapp wählte ebenfalls die Austern nur auf den Fisch verzichtete er und bestellte ein Filet Mignon vom Kalb.

Das Essen war tatsächlich hervorragend, wie Gerald zugeben musste und rechtfertigte so wenigstens etwas den abnormen Preis. Vertragliches wurde zu seinem Erstaunen während der Mahlzeit nicht besprochen. Vielmehr gelang es Doktor Knapp Gerald dazu zu bringen, ihm zu erklären, warum er seinen Wohnsitz in die Karibik verlegt hatte. Er gab sich sehr erstaunt darüber, dass der eigentliche Grund nicht die Landschaft, das tropische Klima oder die Exotik waren. Gerald machte keinen Hehl daraus, dass das alles eher Gründe wären, schnellstmöglich woandershin zu ziehen, aber gerade die fehlende Abwechslung und landschaftliche Eintönigkeit, der doch relativ kleinen Insel ermöglichten es ihm, seiner Kreativität uneingeschränkt nachgehen zu können. " Dort kann ich einfach schreiben und schreiben. Tagelang, denn dort verpasst man nur in den seltensten Fällen etwas."

„Warum wollen dann so viele Touristen dorthin?"

Gerald nahm etwas Reis mit Safransauce auf die Gabel und betrachtete sie. "Sehen Sie, dieser Bissen hier schmeckt vorzüglich, bereitet mir höchsten Genuss, aber spätestens heute Abend oder morgen möchte ich etwas anderes essen. Genauso ist es dort. Nach ein paar Tagen kennt man alles und es ändert sich nie oder kaum etwas. Und dann wird es langweilig. Für meine Zwecke der Ungestörtheit absolut genial, zumal mich obendrein dort niemand kennt, außer meinen wenigen Freunden."

Erst beim abschließenden Kaffee nahm das Gespräch wieder einen offiziellen Charakter an. Nach dem Knapp noch einmal alle Vorzüge des zu beginnenden Arbeitsverhältnisses für Gerald beschrieben hatte, war es an diesem, endlich sein Unbehagen zum Ausdruck zu bringen.

"Herr Doktor Knapp, ich möchte es kurz machen. Der Vertrag ist ausgezeichnet, aber er fällt derartig aus dem Rahmen, dass ich mich permanent fragen muss, was sie damit bezwecken. Irgendetwas muss Sie motivieren, mir so ein Angebot vorzulegen."

Noch ehe sein Gegenüber zu einer Antwort ansetzen konnte, fuhr Gerald mit seinen Argumenten fort. "In mir drängt sich der Verdacht auf, dass Sie persönlich einen Grund haben, mich unter Vertrag zu nehmen und dazu sind Sie bereit, bis über die Schmerzgrenze hinaus zu gehen!"

„Wie kommen Sie darauf, dass ich das mache?"

„Nun, die Mimik ihrer beiden Juristen zeigt mir mehr als deutlich, dass von deren Seite ein großes Unbehagen besteht. Ich bin mir sicher, dass beide nicht ohne mehrmaliges Nachfragen diesen Vertrag entworfen haben. Ich weiß nicht, ob Sie die beiden Herren darüber aufgeklärt haben, worin Ihr spezielles Interesse an mir liegt, aber ich persönlich würde schon gerne wissen, was sie damit bezwecken!"

Knapp begann etwas unruhig zu werden. Er rutschte etwas auf seinem Stuhl herum und in seinem Gesicht arbeitete es. Es dauerte lange, bis er zu einer Antwort ansetzte. " Ich will einfach den führenden Verlag in Deutschland leiten und dafür brauche ich die besten Autoren, dafür brauche ich Sie!" Er sah Gerald bemüht entwaffnend an und genau darin lag der Grund, dass Gerald ihm nicht glaubte.

„Hätten Sie etwas dagegen, wenn ich eine Kopie Ihres Kontaktes mitnehme, um ihn meinem Rechtsbeistand zur Einsicht zu geben?"

Knapp erhob sich leicht von seinem Stuhl und stützte sich auf der Tischkante ab. "Behaupten Sie etwa, der Vertrag wäre nicht sauber?"

Gerald blieb gelassen."Nein, das denke ich ganz und gar nicht, aber ich bin es einfach gewohnt, solche Entscheidungen nicht alleine zu treffen." Gerald fiel in dem Moment Rebecca ein. Es würde ihn brennend interessieren, wie sie über dieses Angebot denken würde.

„Ich möchte den noch nicht unterschriebenen Vertrag eigentlich nicht gerne aus der Hand geben, aber sie können gerne mit Ihrem Anwalt bei mir im Verlag erscheinen, damit er sich von der Seriosität....." Dieses Wort betonte Knapp extrem, " überzeugen kann."

„Gut Doktor Knapp, dann machen wir das so. Ich werde mich mit meinem Anwalt in Verbindung setzen. Stellen Sie mir irgendeine Frist?"

„Nein keineswegs! Meine Tür steht Ihnen jederzeit offen. Melden Sie sich einfach bei mir." Erhielt kurz inne und blickte Gerald eindringlich an. "Und vergessen Sie nicht, ich will Sie!"

XX

Rebecca bestätigte nach Geralds Schilderung die Vermutung, dass irgendetwas an diesem Vertrag zum Himmel stank, wie sie sich wörtlich ausdrückte. Sie fragte sogar mehrmals nach, ob er irgendetwas im Kontrakt eventuell übersehen hatte, aber Gerald verneinte. Es war alles so eindeutig ausformuliert, dass zweifelsfrei alle Bedingungen klar ersichtlich waren.

„Aber warum macht er das? Das ist wirtschaftlich völlig unrentabel! Und er war sogar noch bereit, die Tantiemen weiter zu erhöhen?"

"Ja!" Gerald fiel die Mimik eines der Juristen ein, als Knapp diesen Vorschlag machte. " Sein Rechtsbeistand war allerdings wenig begeistert bei diesen Angeboten."

Rebecca überlegte kurz. " Das kann nur bedeuten, dass dieser Doktor Knapp ein starkes persönliches Interesse daran hat, dich zu en...agieren."

Erst bei diesem letzten Wort, das Rebecca Schwierigkeiten bei der Formulierung bereitete, fiel Gerald auf, dass sie alle anderen Sätze zwar langsam, aber flüssig und ohne Fehler ausgesprochen hatte. – Und das sogar noch am Telefon, wo sie eher etwas unsicherer war. " Ich glaube Frau Doktor Schüller wird bald eine Patientin weniger haben, du sprichst schon fast wieder fehlerfrei!"

Rebecca lachte kurz auf, gefolgt von einem tiefen Seufzer. "Ganz so ist es leider nicht. Mit dir kann ich so sprechen, bei anderen Personen bin ich noch lange nicht so weit. Da läuft noch eini...es schief. Doktor Fürste meint, das läge an unserer sehr vertrauensvollen Beziehung. Bei dir wäre ich eben absolut gelöst und verspüre keinen Druck. Bei fremden Personen wäre ich dagegen mental nicht locker genug, um denselben Erfolg zu haben, wie bei dir."

„Aber manche, Peter zum Beispiel, kennst du doch schon länger als mich, da kannst du doch ebenso locker sein wie bei mir!"

"Bei ihm ist es sogar ganz schlimm, wie bei allen, mit denen ich beruflich zu tun habe." Wieder stieß sie einen Seufzer aus. "Du weißt selbst, welchen Ehrgeiz ich in meinem Job entwickle. Dadurch entstehen dort noch oft solche Blockaden."

„Und was rät dein Psychologe dir für solche Situationen?"

„Der bleibt ganz ruhig, ich soll mich um die Schwierigkeiten nicht kümmern und einfach eine innere ...elassenheit entwickeln, dann wird es schon von selbst wieder gut. Schließlich wären die Gespräche mit dir der Beweis, dass ich es ...ann!" Sie holte tief Luft um diese sogleich wieder auszustoßen. "Aber jetzt wieder zurück zu deinem

Problem. Ganz ehrlich: ziehst du denn überhaupt in Erwägung, diesen Vertrag zu unterschreiben und den Verleger zu wechseln?"

"Vom finanziellen Aspekt her, wäre es dumm dieses Angebot nicht anzunehmen, aber irgendetwas in meinem Inneren lehnt sich permanent dagegen auf. Dazu kommt noch meine Freundschaft mit Felix." Allein bei dessen Namen bekam Gerald regelrechte Gewissensbisse.

„Ich glaube, du musst ohnehin mit ihm sprechen. Auf jeden Fall darfst du ihn nicht vor vollendete Tatsachen stellen." Energisch fuhr Rebecca fort. "Das wäre bei eurer langen Beziehung Verrat! Du musst Felix wenigstens die Chance geben, darauf zu reagieren!"

"Ja, du hast recht, das werde ich jetzt gleich machen!"

Natürlich war es nicht so gleich, denn die Verabschiedung von Rebecca fiel wie immer lange und sehr persönlich aus.

„Taschner!"

Gerald bekam Herzklopfen, als sein Freund sich meldete. "Felix, wie geht es dir?" *Zuerst einmal unverfänglich anfangen ist vielleicht die beste Taktik!*

Ein kurzer Moment der Stille am anderen Ende. "Danke, ich kann nicht klagen." Wieder so ein Augenblick des Einhaltens. „Selbst?"

„Ja ja, mir geht's soweit auch gut. Ich war gerade ein paar Tage mit Rebecca auf Amrum. War das ein Sturm, den ich dort erlebt habe! Ich kann dir sagen, das hat vielleicht rumge...."

„Gerald, hör auf um den heißen Brei herum zu reden!"

Mist, der hat mich schon durchschaut! " Wieso, wie kommst du darauf?"

„Komm schon, du fängst nie mit einer solchen Floskel ein Telefonat an: Wie geht es dir? So eine Phrase habe ich von dir zur Begrüßung noch nie gehört. Also was hast du auf dem Herzen? Ist irgendetwas mit Rebecca?"

„Nein, da ist wirklich alles so, wie ich es mir nur wünschen kann. Wo bist du denn gerade?"

"Ich bin in Hamburg, wir haben übermorgen ein großes Treffen unter ehemaligen Studienkollegen und so kann ich vorab noch ein paar Dinge für den Verlag regeln. Wo bist du?"

„Auch in Hamburg."

Gerald konnte sofort die Freude in der Stimme seines Freundes wahrnehmen. "Fein, dann können wir uns auch treffen und müssen nicht telefonieren. Bring Rebecca auch mit, ich möchte den Lichtblick deines Lebens auch einmal wieder sehen!"

„Das geht leider nicht, sie ist schon wieder in Frankfurt, da sie viel zu tun hat. Du musst mit mir allein Vorlieb nehmen."

„Schade, aber dann muss ich dir absagen!"

Noch ehe Gerald seiner Verblüffung Ausdruck verliehen hatte, fing Felix aber schon zu lachen an. "Natürlich freue ich mich auch dich zu sehen. Sagen wir in 2 Stunden in meinem Hotel, die haben eine sehr gemütliche Bar mit einer großen Auswahl an Single Malts. Es ist das Lindner Hotel am Michel in der Neanderstraße 20."

2 Stunden später stand Gerald seinem Freund in der Lobby gegenüber. Allein ihn mit seinem Problem zu konfrontieren, kam ihm schon wie Verrat vor. Er blieb zunächst bei einem Wasser als Getränk, während sich Felix ein Jever schmecken ließ, wobei Gerald schon irgendwie darauf wartete, dass dieser beim ersten Schluck das Gesicht verzog, wegen des bitteren Geschmacks. Aber diese Freude wurde ihm nicht gewährt, es schien seinem Gegenüber tatsächlich zu schmecken. Dieser sah ihn nun durchdringend an. "Also, was ist los mit dir? Ich sehe dir deine Stimmung allein wegen deiner Haltung, so wie du da sitzt, bereits an."

Gerald versuchte sich zu straffen.

" Das hilft dir jetzt auch nicht mehr! Also sag schon!"

"Es wird dir nicht gefallen!"

Felix nahm wieder einen großen Schluck von seinem Bier. "Ich hab schon einiges in meinem Leben gehört, was mir nicht gefallen hat und bin immer noch ganz gut drauf!" Trotzdem verfinsterte sich seine Miene etwas, als er Geralds Mimik versuchte zu deuten.

„Ich hatte heute ein Gespräch zu einem Vertragsangebot."

Als Felix sein Glas absetzte, war ein deutlicher Knall vernehmbar. "Sag nicht mit dem Hansa-Verlag!" Fast gequält kam dieser Satz über seine Lippen.

Gerald nickte nur bestätigend.

„Knapp! Hieronymus Knapp! Taschner stieß diesen Namen wie einen Fluch aus. "Er kann es nicht lassen! Eigentlich hätte ich damit schon lange rechnen müssen an!" Er sah Gerald in die Augen und sein Ausdruck wandelte sich von enttäuschtem Zorn in ein süffisant, provozierendes Lächeln. "Sag schon, mit wie viel hat er dich geködert? Hast du schon unterschrieben?" Er setzte sein Glas erneut an und trank es in einem Zug aus. Dann drehte er sich zum Barmann um und bestellte noch ein zweites Bier.

„Nein, ich habe noch nicht unterschrieben! Denn genau diese Vertragsinhalte sind es, die mir sagen, dass irgendetwas nicht stimmt." Er konnte jetzt zum ersten Mal direkt in Felix` Augen sehen. "Rebecca hat mir geraten mich mit dir zu besprechen."

„Wenigstens eine, die einen kühlen Kopf behält. Kluges Mädchen!"

„Lass sie diesen Nachsatz ja nie hören! Ich glaube, das könnte sich bitter rächen! So wie du den Namen Knapp ausgesprochen hast, scheint ihr euch zu kennen?"

„Sehr gut sogar! Wie viel Zeit hast du mitgebracht?"

Gerald stieß nur die Luft aus und fuchtelte etwas mit den Armen.

Felix winkte dem Barkeeper. "Einen Talisker Dark Storm für den Herrn!" Er zeigte auf Gerald, dann lehnte er sich zurück. " An dem wirst du dich jetzt eine Weile festhalten müssen, denn es wird eine längere Geschichte!"

Wenn Felix schon extra darauf hinwies, dass etwas länger dauern würde, dann war es tatsächlich so. Aber Gerald wusste auch, dass sein Freund ein hervorragender Geschichtenerzähler war. Langweilig würde es ihm also nicht werden, zumal er nun auch endlich den Grund für dieses fast schon unmoralisch zu nennende Angebot erfahren würde.

„Hieronymus und ich sind sogar auf dieselbe Schule gegangen. Ich war zwar eine Klasse höher als er, aber wir kannten uns gut, da wir beide in der Schulmannschaft zusammen Fußball spielten. Er war rechter Außenstürmer, wie es damals noch hieß, und ich rechter Verteidiger. Das bedeutete, dass wir sehr viel zusammen am Spiel beteiligt waren. Bei Ballbesitz war er meist mein bevorzugter Anspielpartner. Dadurch entstand über vier Jahre hinweg an der Schule eine Freundschaft, die auch unsere gemeinsame Bundeswehrzeit überdauerte. Wir hatten wirklich einen sehr guten Draht zueinander, auch wegen der gemeinsamen Interessen und so war es auch wenig verwunderlich, dass wir uns im Studium wieder begegneten. Literaturgeschichte war für uns beide das ideale Studienfach. Wie schon in der Schule arbeiteten wir zusammen. Damals hatte er noch als Klassentieferer von mir profitiert, da ich ihm alle meine geschriebenen Arbeiten in Kopie überlassen hatte, was manchmal von Vorteil war, besonders wenn er den gleichen Lehrer hatte und dieser in seiner Aufgabenstellung wenig erfinderisch oder variabel war. Jetzt im Studium war es eine echte Arbeitsgemeinschaft, die dann auch für mich so manche Vorteile brachte, denn Hieronymus sprühte nur so vor Ideen, die wir dann zusammen gut umzusetzen wussten.

Wenn wir uns abends noch in einer Kneipe trafen, war er immer in Begleitung seiner Leni, wobei er die Betonung sehr auf das Wort „seiner" legte. Daran ließ er auch keinen Zweifel aufkommen, denn sobald sich ein anderer Mann ihr nur näherte, suchte er sofort in irgendeiner Form demonstrativen Kontakt mit ihr, um jeden vermeintlichen Konkurrenten unmissverständlich zu bedeuten, dass eben Leni "seine" war. Lediglich meine Gegenwart, als sein bester Freund, war davon zumindest nach einiger Zeit nicht mehr betroffen.

Leni, so schien es, machte das scheinbar nicht viel aus, dass er sie eigentlich nie aus den Augen ließ. Aber er war natürlich auch so eloquent und witzig ihr gegenüber und außerordentlich zuvorkommend und sah damals auch noch blendend aus. Das einzige, das er in der Öffentlichkeit ihr gegenüber vermissen ließ, war der liebevolle Umgang mit ihr. Wie gesagt, Körperkontakt mit ihr ja, aber nur als besitzanzeigende Geste. Aber ich dachte damals immer, dass er dies, wenn die beiden alleine waren, dann um so intensiver bei ihr nachholen würde.

So waren wir oft zu dritt unterwegs, manchmal auch zu viert, wenn sich bei mir temporär mal eine Liaison ergeben hatte. Meist nie von langer Dauer, was in der Regel an mir lag. Den Grund dafür wusste ich damals noch nicht, der zeigte sich mir erst viel später.

So ging das einige Jahre und wir hatten alle unseren Spaß, zumindest wir Männer. Doch eines Tages kreuzte Hieronymus mit einem anderen Mädchen im Arm in der Nische unsere Stammlokales auf. Er sah sofort meinen überrascht, fragenden Blick und beschwichtigte mich mit einer Geste, die ich sofort verstand. Wir waren ein eingespieltes Team! Als seine neue Eroberung mal für eine kurze Zeit verschwinden musste, um sich das Näschen zu pudern, klärte er mich auf, dass er Moni, schon wieder mit einem "Kose-I" am Ende des Namens, einfach umwerfend sexy finden würde und sie diesen Eindruck auch tatsächlich schon in trauter Zweisamkeit bestätigt hat. Das schien also schon eine Weile zu gehen, obwohl er doch zwei Tage zuvor noch mit Leni zusammen hier an diesem Tisch saß. Sie sollte davon natürlich nichts erfahren, denn sie war ja " seine" und Moni war nur die Granate im Bett, die er als Mann sexuell voll auskosten wollte.

Sie muss im Bett schon gewaltige Qualitäten haben, denn als Gesprächspartnerin am Tisch taugte sie nicht viel. Aber wenigstens gönnte sie Hieronymus immer wieder Blicke in ihr nicht zu übersehendes, üppiges Dekolleté und sie hatte einen derart lasziven Gesichtsausdruck, besonders wenn der Abend etwas fortgeschritten war, der ihm mehr als eindeutig signalisierte, dass sie bereit war, ihm das erotische Nirwana zu bereiten, was er dann relativ schnell auskosten wollte. Manchmal auch mit einer kurzen Nummer auf der Toilette des Lokals. Seine glühenden Blicke, die er mir danach zuwarf, bestätigten diesen Sachverhalt.

Aber irgendwann kam ihm Leni auf die Schliche. Wie, wusste ich damals nicht und von da an war sie nicht mehr " seine". Dies musste ihn tief getroffen haben. Ich weiß nicht, welche Art von Liebe er ihr gegenüber empfand, aber er hatte danach wirklich seelisch einen schweren Knacks erlitten. Vielleicht war er auch in seiner Eitelkeit verletzt, aber alles Gejammer, begleitet von Wutausbrüchen, Treueschwüren und einem fast stalkinghaften Verhalten halfen nichts. Seine Leni war nicht mehr die Seine! Er hatte aber auch nie erfahren, wie Leni dahinter gekommen war. Und irgendwann fiel dann sein Verdacht auf mich und damit begann das Zerwürfnis, das bis heute zwischen uns besteht."

Gerald hatte fasziniert zugehört. "Aber wenn er so weit geht, dir richtig schaden zu wollen, zum Beispiel indem er mich aus meinem Vertrag mit dir heraus kaufen will, dann muss es bis heute echter Hass sein!"

Felix nickte versonnen und ein melancholisches Lächeln umspielte seinen Mund."Ja, denn er fühlt sich ja auch in dem Verdacht immer noch bestätigt, dass ich seine Beziehung zu Leni verraten hätte, aus Eigennutz."

„Wieso das denn?" Gerald verstand nicht so ganz diesen letzten kryptischen Satz.

„Nun, wenn ich später in der Öffentlichkeit in Begleitung auftrete, manchmal sind wir auch auf gleichen Veranstaltungen – berufsbedingt, dann sieht er " seine" Leni an meiner Seite!" Felix konnte sein Schmunzeln nicht verbergen, besonders dann nicht mehr, als Gerald erstaunt nachfragte.

" Ich verstehe nicht, du erscheinst doch immer bei öffentlichen Anlässen mit Magda, deiner Frau?"

Das Schmunzeln löste sich in einem Lachen. "Hast du es noch immer nicht begriffen? Die Leni von Hieronymus ist meine Magda! Es ist ein und dieselbe Person! Sie heißt mit vollem Namen Magdalena! Aber ich war es trotzdem nicht, der ihn bei ihr angeschwärzt hatte, obwohl ich im Nachhinein wusste, warum meine früheren Beziehungen nur temporär waren. Leni war für mich trotz seiner Affäre tabu! Es hatte über ein Jahr gedauert, bis ich Magda dann einmal zufällig wieder getroffen hatte. Zuerst wollte sie gar nicht mit mir sprechen, als immer noch bester Freund von Hieronymus, aber dann gab irgendwann ein Wort das andere und das Gespräch wurde lang und länger und am Ende dieses Abends wurde aus seiner Leni eine Magda, für die ich aber noch etliche Abende und Gespräche aufwenden musste, bis sie sich endlich meinem Werben ergab.

Natürlich hatte ich sie nie dabei, wenn ich mich mit Hieronymus traf. Diese Treffen fanden dann ein abruptes Ende, als er in einem Artikel Magda im Abendkleid an meiner Seite erkannte."

„Und seit dieser Zeit, ihr seid doch schon mindestens 20 Jahre verheiratet, ist dein Verhältnis zu Doktor Knapp derartig gestört?"

„Er glaubt bis heute, dass ich der Verräter war, obwohl ich es immer wieder beteuert hatte, wie wertvoll mir seine Freundschaft war."

„Und wer waren es dann, der Leni damals aufklärte?"

„Ganz einfach, eine Freundin von Leni hatte Hieronymus gesehen mit Moni und es ihr gesagt. Magda hat sogar versucht, ihm dies schriftlich zu erklären, aber er hat sich so in seine eigene Theorie verrannt, dass er es bis heute nicht glaubt. Manchmal bin ich der Meinung, dass sein Hass auf mich immer noch zunimmt. Deshalb scheut er keinen finanziellen Aufwand, um mir zu schaden. Leider kann er es sich finanziell leisten, da er auch noch eine grandiose Erbschaft gemacht hat. Aber ich kann leider mit seinen Angeboten nicht mithalten. Es tut mir leid Gerald, aber bei mir verdienst du eindeutig weniger. Natürlich könnte ich deinen Vertrag etwas besser dotierten aber...."

„Lass gut sein Felix!" Gerald nahm sind Whiskyglas in die Hand und prostete ihm zu. " Ich habe bei Knapp noch nicht unterschrieben und werde es auch nicht tun! Deine Freundschaft ist mir sehr viel mehr wert, als alles Geld auf der Welt!"

Jetzt bestellte Felix auch einen Whisky und einen zweiten für Gerald dazu.

„Vermutlich hat es Hieronymus mit einer Vertragsunterzeichnung deshalb so pressiert, weil er bei dem morgigen Treffen ebenfalls dabei ist und mir vermutlich brühwarm seinen Erfolg präsentieren wollte."

Gerald nahm einen Schluck von seinem Whisky: „Nein, nun wird Doktor Knapp Morgen vor Wut rotieren, wenn er meine Absage noch vor diesem Treffen erhält!"

XXI

Endlich wieder in Frankfurt angekommen kamen Gerald die vergangenen Tage wie Ewigkeiten vor, trotz der täglichen Gespräche. Nun saßen er und Rebecca bei einem Glas Wein zusammen und er schilderte ihr noch einmal ausführlich die Unterredung mit Felix. Sie war sichtlich froh über seine Entscheidung, wobei er aber auch nicht vergaß zu betonen, dass sie auch einen großen Teil dazu beigetragen hatte.

„Stell dein Licht nicht unter den Scheffel!" Ermahnte sie ihn. "Ich war mir ohnehin absolut sicher, dass du diese Freundschaft zu Felix nie aufgegeben hättest, auch wenn die Umstände völlig anders gewesen wären! Aber so ist es wesentlich besser, da dir die Hintergründe für diese doch so verlockende Offerte nun bekannt sind."

Gerald nickte nur bekräftigend. *Wie gut sie mich doch kennt!*

Sie sprachen noch lange an diesem Abend, wobei sie mit zunehmender Dauer einander immer näher kamen, bis sie sich wie so oft in einem liebevollen Kuss wiederfanden. Und selbstverständlich blieb es auch diesmal nicht bei diesem Kuss.

Von diesem Tag an war vieles zwischen Gerald und Rebecca anders. Überhaupt kein Vergleich mehr zum vergangenen Frühjahr, als seine Anwesenheit für sie zu einer zunehmenden Belastung wurde. Sie ließen sich gegenseitig viel Spielraum, wobei ihre Wohnung entgegen all ihrer Erwartungen vollkommen ausreichte. Es gab Tage, da sahen sie sich nach dem Frühstück erst am Abend wieder zur meist gemeinsamen Zubereitung des Abendessens, obwohl sie beide die Wohnung nicht verlassen hatten. Das Einzige, was sie von ihm im Verlauf eines solchen Tages wahrnahm, waren die leisen Geräusche der Tastatur, mit der er seinen Text in den Computer eingab. Beide hatten genug Arbeit, sodass die Tage wie im Flug vorübergingen. Gerald wollte endlich seinen neuen Roman beenden und sie konnte sich seit der Tagung auf Amrum vor Aufträgen gar nicht retten. Einige Arbeiten fertigte sie auch für andere Zeitschriften an, was Peter, wenn sie ihn in der Redaktion antraf, zu einigen Unmutsäußerungen verleitete, aber sie wusste sich auch durch die Angebote, die sie bekam, sehr bestärkt und pochte auf ihren Status als freie

Journalistin. Außerdem hatte Andrasch auch keinen Grund sich zu beklagen, denn die meisten Artikel schrieb sie immer noch für seine Redaktion und das sollte auch so bleiben, denn mittlerweile hatte sich die Freundschaft zu ihrem Chef wieder normalisiert.

Er hatte sich aber auch deutlich verändert. Seine Beziehung zu Katharina hatte überaus positive Auswirkungen auf seinen Charakter und machte Rebeccas Umgang mit ihm deutlich leichter. Rebecca musste bei den Gedanken daran lächeln. *Wie eng doch manchmal einschneidende Erlebnisse beieinanderlagen!* Zuerst brach aufgrund des Streites, den Peter mit Gerald provoziert hatte, seine berufliche Zusammenarbeit mit Rebecca auseinander, wenn auch nur temporär und am gleichen Abend lernte er endlich sein privates Glück in Form dieser absolut selbstbewussten Frau kennen. Rebecca war mittlerweile ein paar Mal auch auf Katharina getroffen und obwohl diese wusste, dass Peter einmal sehr verliebt in Rebecca war, zeigte sie keinerlei Ressentiments ihr gegenüber. Der Umgang war von gegenseitigem Respekt geprägt und durchaus freundschaftlich. Irgendwann sollten Sie einmal zu viert ausgehen, es würde bestimmt ein angenehmer Abend werden. Sie wusste, dass Gerald nicht nachtragend war und Peter würde unter Garantie nicht noch einmal angetrunken erscheinen. Aber das war ohnehin nur eine Ausnahme gewesen, denn Peter war dem Alkohol allgemein nicht sonderlich zugetan.

Selbst die gemeinsame Nutzung ihres Badezimmers war für sie kein Problem mehr, denn Gerald hatte ein kleines Board gekauft, auf dem er seine Hygieneartikel, natürlich deutlich weniger als ihre, lagerte.

Lustig war, dass im Verlaufe der Zeit sich ein Ritual eingespielt hatte, indem sie sich nach dem Frühstück durch einen kurzen, erstaunlicherweise wirklich kurzen Kuss voneinander verabschiedeten, jeder an seine Arbeit ging, um sich dann am späten Nachmittag wieder in der Küche zu treffen, diesmal aber mit einem langen Kuss. Das gemeinsame Kochen war immer ein Highlight für beide. Natürlich stand die Zubereitung von Fischen gemäß ihrer beider Vorlieben sehr häufig auf dem Speiseplan. Leider waren viele exotische Fische, die Gerald aus Miles Restaurant kannte, hier nicht erhältlich, aber das was Frankfurts Fischhandlungen manchmal zwar nur auf Bestellung anlieferten, konnte sich durchaus sehen lassen. Dazu kam eine reichhaltige Palette an Süßwasserfischen, die es im

Gegenzug bei Miles überhaupt nicht gab. Rebecca steuerte, ganz in Geralds Sinne, mit traumwandlerischer Sicherheit immer ein passendes Gemüse zu diesen Gerichten bei und dann begann das eigentliche Zeremoniell der Zubereitung – mit allen zwischen ihnen typischen erotischen Zwischenspielen.

Sooft sie nur konnten, suchten sie dabei die körperliche Nähe und rochen aneinander, was vor allem Gerald sehr antörnte. Sehr häufig zeigte sich an seiner Hose eine deutliche Schwellung. Und der Anblick dieser Erektion versetzte sie meist in eine unstillbare Vorfreude auf das, was da noch kommen sollte. Manchmal musste ein Gericht eine gewisse Zeit garen und diese Momente wurden von beiden schamlos ausgenutzt. Dabei war es fast normal, dass Gerald nicht zum Höhepunkt kam, aber auch nicht kommen wollte, denn so blieb immer eine noch größere Lust in seinen Lenden, nach dem Essen das Vorangegangene noch einmal zu vertiefen.

Auch bei diesen Gedankengängen musste Rebecca lächeln. Gerald hatte anfangs immer betont, dass er in seinem Alter eventuell längere Pausen benötigte, um sich zu erholen. Aber sein Umgang mit ihr und ihrem Körper strafte diese damalige Aussage Lügen. Wenn er sie zu sich heran zog und seine Nase seitlich zwischen Hals und Kopfansatz unter ihre Haare steckte, konnte sie jedes Mal das Anschwellen seines Gliedes spüren.

Außerdem schenkte er ihr Blicke, wenn er ihren Körper betrachtete, egal wie viel sie gerade am Leib trug, die Bände sprachen. Es waren stetige unaufhörliche Wechsel zwischen Liebe, Wärme, Leidenschaft, Sehnsucht und unverhohlener sexueller Gier, die darin mehr als deutlich zu erkennen waren. Und ebenso unaufhörlich hörte er nicht auf, ihr zu versichern, wie gut sie ihm gefiel. Dabei machte er Komplimente über Details ihres Körpers, genauso wie über ihre gesamte Erscheinung. Manchmal waren seine Detailbeschreibungen so intim, dass es ihr fast peinlich war, aber durch die wirklich ausgewählte Wortwahl und seine liebevolle, warme, zärtliche Stimme wurde ihr sogleich die Peinlichkeit wieder genommen und sie freute sich über die Aussage, dass ihre leicht hervor stehenden inneren Schamlippen ihm so gut gefielen, besonders wenn er sie durch ihre Erregung leicht vor Feuchtigkeit glänzend, sah. Durch seine Komplimente lernte sie sogar, ihren Körper noch mehr zu lieben und manche Stellen mit anderen, seinen männlichen Augen zu sehen.

Zum Beispiel liebte er ihren Po derart, weil er so fest und hart war, dass sie damit Nüsse knacken konnte, aber dieses Hinterteil besaß eben auch die weiche Schicht über dieser ausgeprägten Muskulatur, sodass ihr Gesäß für ihn der Inbegriff der Weiblichkeit war. Sehr oft bekam sie das von ihm zu hören und immer wieder mit anderen Worten. Sie liebte es und sie liebte diesen Mann. Immer mehr!

XXII

Es war eine herrliche Gegend, gerade jetzt im späten Frühjahr. Jagsthausen am südöstlichen Rand des Odenwaldes gelegen, eingebettet in eine Hügellandschaft, die von zahllosen kleinen Flüssen und Bächen durchzogen war. Der vorherrschende Laubmischwald strotzte im zarten Hellgrün der erst vor kurzem voll entfalteten Blätter vor lauter ungebändigter Naturkraft. Am Fuße der teilweise mächtigen Buchen breitete sich ein bunter Teppich aus, der von einer Vielfalt an Kräutern gebildet wurde, die mit ihrer ungezügelten Farbenpracht vom Weiß der Anemonen über Zartrosa der wilden Rose bis zum satten Gelb der Sumpfdotterblumen, die das Ufer der mehr gischtenden als murmelnden Jagst säumten, gebildet wurde. Die dazwischen summenden und brummenden Insekten waren emsig beschäftigt, diese Fülle an Nektar zu verarbeiten. Dazu kamen die Rufe der vielfältigsten Vogelarten, die sich gegenseitig ihre Freude über diesen fast wolkenlosen Tag entgegen schallen ließen. Das dunkle Alt eines Kuckucks harmonierte mit dem fast unscheinbaren Lauten eines Zilpzalps, der irgendwo verborgen im Geäst eines Baumes saß, um die wärmenden Strahlen der Sonne zu nutzen, während er mit dem Hudern der gerade eben geschlüpften Brut beschäftigt war. Zu seinem Glück war kein Kuckucksei darunter gemischt.

An einem Hang über der Jagst thronte die Burg, die der Stammsitz des Adelsgeschlechtes der von Berlichingen seit dem Mittelalter darstellte. Auch der bekannteste von Berlichingen, der von Goethe in seinem Drama als Titelheld personifizierte Götz wohnte in diesem immer noch in wesentlichen Teilen erhaltenen Schloss. Ein Teil dieser Götzenburg wurde als Hotel genutzt. Alle Zimmer darin waren mit Namen der Helden des Goethedramas gekennzeichnet.

Rebeccas Zimmertür war mit dem Namen Adelheid von Walldorf versehen, eine von Goethe als intelligent und schön, aber auch gefährlich wegen ihrer Machenschaften, beschriebenen Frau. Gerald musste lachen, als ihm Rebecca am Telefon davon erzählte, denn obwohl es ein Doppelzimmer war, konnte er leider nicht als Begleitung fungieren. Er musste in Berlin zusammen mit Felix die Präsentation seines neuen Buches vorbereiten. Es war sehr bedauerlich, dass die beiden Termine unverschiebbar waren, aber eben zu ihren Pflichten gehörten.

Rebecca hatte den Kontakt zu einem Schriftsteller eingefädelt, der seinen Roman, ein Thriller über die Machenschaften des jugoslawischen Geheimdienstes aus der Tito-Ära und deren Auswirkungen bis in die heutige Zeit, geschrieben hatte. Dieser Roman sollte in Auszügen in der Wochenendausgabe der FAZ erscheinen, ähnlich wie vor mehr als einem Jahr auch der Roman von Gerald, was aber damals gescheitert war. Natürlich war auch Peter als der federführende Redakteur mit angereist und hatte dies gleichzeitig genutzt, Katharina mitzunehmen, quasi als Verlobungsgeschenk, wie er kurz vor der Abreise Rebecca geheimnisvoll zuflüsterte. Wenn der Vertrag unter Dach und Fach war, würde er noch ein paar Tage anhängen um diese mit Katharina hier zu verbringen, in der Hoffnung, dass diese seine Offerte annehmen würde. Rebecca war dann längst wieder zu Hause in Frankfurt.

Am Abend des Anreisetages stand noch eine kleine Führung durch die Gemäuer der Burg auf dem Programm, mit einem abschließenden Rittermahl. Der eingeladene Autor, Dragomir Strbac, ein schon lange in Deutschland lebende Kroate schien dieses Ambiente sichtlich zu genießen, ebenso sein Lebensgefährte, mit dem er zusammen im Zimmer Liebetraut untergebracht war. Rebecca musste lächeln, denn der Zimmername passte zu dem wirklich liebevollen Umgang der beiden Männer. Das Zimmer "Abt von Fulda", in dem Peter die Nächte verbringen würde, war allein vom Namen und der Einstellung der katholischen Kirche zur Homosexualität, besonders zur damaligen Zeit, wohl eher nicht so geeignet.

Die Führung durch das Schloss und die Hintergrundinformationen über den Götz fand Rebecca sehr anregend. Besonders die Kellerräume und Verließe mit ihren morbiden, von kühler Luft durchzogenen Mauern, regte ihre Fantasie an. Sie konnte sich das Rasseln der Ketten der dort eingesperrten Gefangenen durchaus vorstellen, obwohl es keinen eigentlichen Folterraum gab.

Beim anschließenden Mal im Rittersaal stellte sie sich einen Maskenball vor, zu dem allerdings das für ihren Geschmack viel zu rustikale sehr fleisch- und wursthaltige, mittelalterliche Mahl, das sie dort zu sich nahm, nicht so ganz passend war. Katharina war dabei geschmacklich vollkommen auf ihrer Ebene und sie fragten bei der Bedienung nach, ob es eventuell auch möglich wäre, einen Salatteller noch zusätzlich zu bekommen. Zu ihrer beider Freude wurde unverzüglich eine riesengroße Platte mit bunten, rein pflanzlichen Vitaminspendern gereicht.

Die Vertragsverhandlungen verliefen völlig unkompliziert und wurden mit einer guten Flasche badischen Sylvaners besiegelt, was einen versöhnlichen Abschluss gegenüber dem doch sehr gehaltvollen Essen bildete.

Noch ein kleines, aber intensives Telefongespräch mit Gerald, der ebenfalls einen erfolgreichen Tag gehabt hatte und Rebecca fiel in tiefen Schlaf.

Sie erwachte und spürte einen kühlen, aber nicht unangenehmen Luftzug auf ihrer Haut. *War es so dunkel?* Sie konnte nichts sehen. Irgendwie wurde sie sich ihrer Nacktheit bewusst, obwohl sie doch einem Pyjama angezogen hatte. Irgendwie ließen sich ihre Arme und Beine nicht bewegen. Beide standen in einem deutlichen Winkel von ihrem Körper ab. Zugleich registrierte Rebecca auch ihre unbedeckte Scham. Ein warmer Lufthauch strich darüber und erzeugte ein tiefergehendes Kribbeln. Trotz ihrer Unbeweglichkeit und Blindheit, die sie eigentlich hilflos wirken lassen sollte, fühlte sie sich sehr wohlig. Sie hörte auch keinen einzigen Laut. Der einzige Sinn, der wirklich zu funktionieren schien, waren Berührungsreize. Bisher vernahm sie aber in dieser Richtung bis auf die schmeichelnde Wärme entlang ihrer Schamlippen nichts. Urplötzlich stellte sich ein weiterer Sinn in ihren Dienst. Sie vernahm einen Geruch, der ihr irgendwie bekannt vorkam und den sie mit Angenehmem verband. Er war dezent, irgendwie in seinen Nuancen und Parfüms nicht zu beschreiben, aber er war da. Schon bald darauf bemerkte sie eine Veränderung an ihrem Scheideneingang. Das streichelnde Gefühl, das die Luft dort erzeugte, wurde intensiver, ohne dass der Luftstrom stärker geworden war. Ihre Erregung, die sich mit diesem Geruch eingestellt hatte, sorgte für Feuchtigkeit. Irgendetwas ging mit ihr vor. Sie wusste aber nicht was. Aber sie verspürte keine Angst. Im

Gegenteil, sie freute sich darauf, was mit ihr passieren würde. Etwas Warmes, Feuchtes, benetzte zart ihre Brustwarzen. Eine Zunge! Jetzt wusste sie definitiv, dass sie komplett nackt war. Auch ihre andere Brustspitze erfuhr diese erregende feuchte Berührung. Sie spürte, wie sich die kleinen Muskeln darin zusammen zogen und die zarten, rosa Knospen aufstellten. Ihre Fantasie zeigte ihr deutlich, wie dies aussah.

Etwas schob sich langsam, ohne Hast zwischen ihre Lippen, die der Erregung geschuldet ohnehin leicht geöffnet waren. Ihre Zähne bissen vorsichtig hinein. Es fühlte sich weich, aber doch leicht knackig an. Sogleich ergoss sich ein süßsaurer Saft auf ihre Zunge. Eine Erdbeere! Dieser Geruch und Geschmack vereinigte sich in ihrem Inneren mit den Trieben, die die anderen Sinne mit ihr anstellten. Sie hatte das Bedürfnis ihre Beine noch weiter zu öffnen, aber es gelang ihr keine Bewegung, obwohl sie genau wusste, dass ihre Gliedmaßen nicht fixiert waren. *Was war mit ihr geschehen? Was sie etwa gelähmt? – Nein, denn ihre Zehen und auch die Muskeln ihres Gesäßes konnte sie zusammenziehen!* Gerade eben tat ihr Po diese Bewegung und ihre Vulva berührte etwas Feuchtes Warmes. *Die Zunge, die vorhin bereits an ihren Brüsten geleckt hatte?*

„Wer bist du?" Sie konnte diese Frage nicht artikulieren, aber irgendwo in ihrem Unterbewusstsein wusste sie die Antwort. Sie kam nur nicht zu ihrem Innersten durch. Aber diese Unklarheit empfand sie als ungemein erotisch. Ihr Atem beschleunigte sich. Gleichzeitig spürte sie zwei Hände, die zart von ihrem Hals abwärts über ihre Schlüsselbeine strichen. Sie konnte deutlich ahnen, welche Kraft sich in dieser unglaublichen Zärtlichkeit versteckte. Sie wünschte sich diese Hände überall und wie wenn sie es steuern könnte, bewegten sich diese Finger über ihren Körper und liebkosten genau die Stellen, an denen sie sie gerade gewünscht hatte. Sie bemerkte auch, dass sie die Intensität dieser knetenden, streichelnden, massierenden, drückenden Bewegungen beeinflussen konnte.

Wer immer du bist, du machst es fantastisch!" Kein Wort kam ihr bei diesem Kompliment über die Lippen. Alles geschah in völliger, dunkler Lautlosigkeit.

Ein Kuss drückte sich genau in die Vertiefung an ihrem Hals, zwischen den beiden Schlüsselbeinen. Hitze stieg von dort über ihren

Brustkorb zum Nabel und schon spürte sie diesen Kuss an dieser Vertiefung. Fast leidend musste sie feststellen, dass die Küsse nicht weiter nach unten wanderten, sondern wieder hinauf, beide Brüste liebkosend und dann drang eine Zunge zwischen ihre Lippen und wartete darauf, dass sie ihre entgegenstreckte zu einem erregenden Tanz.

Kurz danach drückte wieder etwas gegen ihre Lippen. Es war länglich, rund, fühlte sich auf der dünnen Haut irgendwie geschmeidig an. Riechen konnte sie nichts, denn gleichzeitig wurde ihr mit sanftem Druck die Nasenöffnung verschlossen gehalten. Trotzdem ließ sie sich darauf ein und das phallusähnliche Objekt drang in ihren Mund. Sie leckte mit ihrer Zunge daran. Feine Rippen konnte sie ertasten. Beim Druck gegen den Gaumen gab die Konsistenz schnell nach. Vorsichtig bis sie ab. Gleichzeitig wurden ihre Atemöffnungen wieder freigegeben. Ein intensiver, leicht säuerliche Geruch dehnte sich sofort in den Rachenbereich aus. Eine Banane! Bereitwillig biss sie zu und das Aroma entfaltete sich zu einer Geschmacksexplosion, bestärkte aber durch die vorangegangene Irreführung ihre erotischen Fantasien.

Wieder glitten die Hände an ihrem Körper seitlich entlang von oben nach unten über die Hüften und die Außenseiten ihrer Oberschenkel und verloren erst an den Knien den Kontakt. Warm und weich wurde ohne eine Pause an ihren Zehen geleckt und gelutscht und sogar sanft geknabbert. Sie war nur noch Sensorik – reine Sensorik, die jede noch so geringe Veränderung auf ihrer Haut wahrnahm. Kleinste Temperaturschwankungen oder Veränderungen des Drucks. Sogar einzelne Härchen die berührt wurden, nahm sie wahr und ihre innere sexuelle Erwartungshaltung stieg ins Unermessliche. *Ja, sie würde alles über sich ergehen lassen, denn sie wusste, es würde alles schön und intensiv sein!*

Zwei kalte Gegenstände zogen an den Innenseiten ihre Oberschenkel mit aufreizend langsamer, gleitender Bewegung nach oben und zogen eine kühle Spur hinter sich her, die beim Abtrocknen immer heißer wurde. Sie spürte aber die Stellen, die von den – Eiswürfeln? –noch nicht bestrichen worden waren auf deren Weg nach oben noch viel erhitzter und konnte die schockartige Abkühlung gar nicht erwarten. Sie wusste wo diese fließenden Bewegungen zusammen trafen und dort entstand bei dieser Erkenntnis eine Glut, die noch mehr heiße

Lava aus ihrer Scheide quellen ließ. Sie erwartete sehnsüchtig das Eintreffen der kalten, glatten Brocken, um sie mit ihrer intensivsten Leidenschaft zu verdampfen, sobald sie über ihre Schamlippen glitten. Aber die Eiswürfel machten einen quälenden, geilen Umweg um ihre intimste Stelle herum, umschifften aufreizend langsam ihren Nabel im gegenläufigen Fluss und kehrten dann erst über ihren erwartungsfrohen Venushügel hinab in ihre brennende, eruptiv geöffnete, empfangende Vulva und entlockten ihr einen lautlosen Schrei der Verzückung, als sie darin schlagartig ihre Kälte verloren und sich in magische, brennende, vibrierende Lust verwandelten. Ihre Scheidenmuskeln und der gesamte Unterleib zogen sich konvulsivisch zusammen.

Ihr Körper begann zu beben, als die starken Hände über ihre schmalen Hüften nach unten glitten und ihre beiden Pobacken kräftig kneten und ihr Becken anhoben. *Wozu?*

Sie wusste genau, dass kurz vor ihrer Lustöffnung etwas lauerte, das sie nur zu gerne in ihre Hitze aufnehmen würde und gab sich bereitwillig den knetenden Bewegungen an ihrem Po hin. Diese Massage wurde immer intensiver, der Griff der Hände härter und für sie noch erregender. Sie wollte ihre Beine und Schenkel noch weiter spreizen, aber darauf hatte sie keinen Einfluss. *Waren sie weit genug offen? Konnte er in sie eindringen?* Nichts erwartete sie sehnlicher, als wenn dieser – Unbekannte? – *Nein, sie kannte ihn!* endlich in sie eindringen würde. Mit unglaublicher Langsamkeit aber ebenso kraftvoll ihre Schamlippen teilen und leidenschaftlich von unten nach oben sich in ihre Scheide drängen würde, bis sie vollständig von ihm ausgefüllt war. Ja, sie wünschte es sich so sehr, aber noch musste sie sich gedulden. Denn nun begann die Zunge – seine Zunge – an ihr zu lecken. Von den Ohren abwärts über ihr Gesicht den Mund, den Hals, um ihre Schlüsselbeine herum, um an ihren Brüsten etwas länger zu verweilen und diese sanft zu umschmeicheln, um sich nach einiger Zeit weiter hinunter in ihrem flachen Bauchnabel zu verlusttieren. *Würde wenigstens seine Zunge ihr etwas Erlösung verschaffen?*

Sie hob ihr Becken wieder an, aber die leckende Bewegung hörte genau an ihrem Hügel, dicht darüber auf.

Quälend lange dauerte der Moment, in dem gar nichts mit ihrem zu allem bereiten, aufgegebenen Körper geschah. *Hatte er aufgehört? War er gegangen? War sie ihm zu brünstig geworden?*

Nein! Mit unendlicher, begehrender Freude nahm sie ganz zart einen Lufthauch an ihrer extrem feuchten Stelle war. *Er roch an ihr! Machte ihn das ebenso an, wie sie es bereits mit ihrem ganzen Körper war?*

Wieder griffen die Hände in ihren Po und dann drang er in sie ein! Mit einem Schrei stemmte sie sich ihm entgegen und alle Lust suchte sich den Weg durch ihren Körper.

Rebecca erwachte mit einem gurgelnden Laut auf den Lippen. Fahl drang das Mondlicht in ihr Zimmer. Ihr Körper bebte. So einen Traum hatte sie noch nie gehabt und der Geruch des Mannes war allgegenwärtig. Jetzt kannte sie ihn auch beim Namen!

Rebecca war völlig aufgewühlt. Ihr gesamter Körper brodelte, als hätte sie dies tatsächlich erlebt. Ihre Haut war schweißnass und der Zwischenraum ihrer Schenkel fühlte sich an, als würde ein Gel auf ihre Scham sich ausbreiten.

Sie wusste, dass sie in diesem Zustand niemals Schlaf finden würde. Außerdem wollte sie diesen Traum dem Mann, der darin vorkam unbedingt mitteilen:

Geliebter G

ich liege hier in meinem Bett und alle meine Gedanken sind bei dir. Du ahnst gar nicht, wie ich dich im Moment vermisse. Ich hatte einen Traum, den ich dir unbedingt schreiben möchte.

Ich bin in einem Kellerverließ irgend eines Schlosses aufgewacht........

.... ich kann dir nur sagen, so etwas Erregendes habe ich noch nie erlebt! Aber ich möchte es erleben! Mit dir! Es wäre mein innigster Wunsch!

Und jetzt eine gute Nacht.

Ich bin sicher, dass ich noch einmal von dir träumen werde, denn ich schlafe mit den heißesten Gedanken an dich ein!

Deine Fanrebecca

XXIII

„Meine Liebste, hättest du Lust, mich auf eine kleine Erkundungsreise zu begleiten?" Gerald, bestrich sich gerade ein Brot mit etwas Streichleberwurst.

„Wohin soll es denn gehen?" Rebecca führte ihre Teetasse zum Mund, um einen Schluck zu trinken.

„Ich müsste ein paar landschaftliche und kulturelle Recherchen machen für meinen neuen Roman und da brauche ich ein wenig mediterrane Umgebung, die ich gerne beschreiben würde."

Es war nun schon wieder eine ganze Weile her, seit der Veröffentlichung des letzten Buches, dessen Verkauf in den ersten Wochen etwas schleppend angelaufen war. Aber nach ein paar weiteren Präsentationen, die Gerald in einigen Städten Deutschlands, Österreichs und der deutschsprachigen Schweiz auf Felix` Anregung hin durchgeführt hatte, schnellten die Absatzzahlen nach oben. Auch die Kritiken in einigen Zeitungen, die alle wohlwollend, eine sogar begeistert, waren, trugen dazu bei.

Dies und das harmonische Leben mit Rebecca führte zu einer inneren kreativen Stimmung bei, die Gerald nutzen wollte. Die Ideen schossen nur so durch seinen Kopf. Gerade das Mittelmeer kam dabei in außergewöhnlichem Maße vor. Dazu trugen natürlich Rebeccas begeisterte Schilderungen bei, wenn sie von den Felsenküsten erzählte, die von azurblauem Wasser umspült wurden. Der Duft der Pinienwälder und der Kräuter, die dort gedeihen, wurden von ihr mit so viel Verve geschildert, dass Gerald fast glaubte, diese Gerüche wahrnehmen zu können, obwohl sie nur bei einer Tasse Tee in Rebeccas Wohnzimmer zusammen saßen.

„Oh ja, Italien wäre jetzt wirklich schön!" Sie blickte zum Fenster hinaus, wo sich ein tristes Schmuddelwetter über Frankfurts Dächern

487

ausgebreitet hatte, sodass man nicht einmal die Hochhäuser des Bankenviertels erkennen konnte. Dazu kam ein unangenehmer Sprühregen, den man optisch kaum wahrnehmen konnte, der aber sofort jegliche Kleidung durchdrang und von überall her zu kommen schien, denn trotz eines Regenschirms war man innerhalb weniger Minuten bis auf die Haut durchnässt. Vom Frühsommer und den damit zu verbindenden Wonnen war gar nichts zu spüren, aber Frankfurt war dafür ohnehin nicht die geeignete Stadt.

Ja, Ligurien, die Toskana oder gar noch weiter unten die Amalfiküste mit den kleinen, manchmal wie verzaubert wirkenden Buchten mit ihren Kiessträndn, da könnte sie sich schon daran erfreuen, zumal jetzt noch nicht die großen Reisezeiten angebrochen waren. Auf Touristenkonvois auf den Straßen und Männer in kurzen Hosen mit Socken und Sandalen hatte Rebecca keine große Lust. Sie hatte zwar genügend Aufträge, aber die Schreibarbeit konnte sie ohne Probleme mit ihrem Laptop auch außer Landes erledigen. *Und hatte nicht auch Doktor Fürste ihr geraten, dass ein kleiner Urlaub wohl endgültig zu ihrer vollkommenen Genesung beitragen könnte?* Ihr Sprachproblem hatte sich mittlerweile auf ein absolutes Minimum reduziert, das eigentlich nur noch dann auftrat, wenn sie sich über irgendetwas geärgert hatte und deshalb aufgeregt war. Beim Autofahren zum Beispiel, was Gerald dann sogar richtig lustig fand, wenn ihr beim Schimpfen die Buchstaben weg bröckelten.

„Italien wäre nur während der Anreise kurz zu durchqueren, wenn wir mit dem Auto fahren, aber ich habe daran gedacht, dass wir das Flugzeug nehmen und uns ein Mietauto besorgen." Geralds geheimnisvoller Unterton erweckte ihre Neugierde.

Sie bewies ihm aber sogleich ihre Kombinationsgabe und ihre geographischen Kenntnisse.„ Dann kann es eigentlich nur auf zwei Inseln gehen: Korsika oder Sardinien?"

Gerald zog anerkennend, aber wenig überrascht die Augenbrauen nach oben.„Ich habe an Korsika gedacht, weil das teils schroffe Bergpanorama in einem tollen Kontrast zu einigen Küstenregionen steht und diese Insel wirklich alles bietet, was mir an Umgebung und Ambiente für meinen Roman so vorschwebt. Außerdem liegt mir die französische Sprache mehr als die italienische! Darüber hinaus weiß ich, dass du lieber auf eine Insel möchtest."

Rebecca war begeistert. Auf Korsika war sie schon lange nicht mehr gewesen, aber soweit sie es in Erinnerung hatte, war diese Insel landschaftlich viel schöner als Sardinien, in dessen Binnenland hauptsächlich Plantagen angelegt waren. Das war allein wegen der schroffen Berge, die von tiefen Schluchten durchzogen waren, auf Korsika gar nicht möglich."Ich denke auch, dass eine Flugreise besser wäre." Und für die schmalen Straßen, die es dort sicherlich immer noch gibt, wäre ein Kleinwagen, den sie anmieten konnten, sicherlich besser geeignet, als ihr eigenes Auto." Aber dann musst du auf eine Fahrt mit dem Schiff verzichten." Sie sah Gerald gespielt bedauernd an.

„Ja, da hast du recht, aber ich habe auch keine große Lust darauf, in Livorno zu übernachten, um die Morgenfähre zu nehmen. Da gehen uns allein durch Hin- und Rückfahrt zwei Tage verloren. Und der Flug nach Ajaccio dauert auch nicht lange, sodass wir eine ganze Woche dort verbringen könnten, wenn du möchtest."

„Solange werde ich es schon mit dir aushalten. Außerdem sollen die korsischen Männer sehr temperamentvoll sein."

Gerald drohte ihr mit dem Zeigefinger." Untersteh dich, sonst lernst du gleich jetzt mein Temperament kennen!"

Rebecca ließ ihrem Blick taxierend über seinen Körper schweifen und schlug demonstrativ ein Bein über das andere, aber in einer äußerst berechnenden Geschwindigkeit, sodass Gerald einen kurzen Blick auf ihr Höschen erlangen konnte."Dann zeig mir doch dein Feuer!"

Gerald sprang hinüber zu ihr auf die Couch und umarmte sie ungestüm, aber doch so kontrolliert, dass sie gerne darin versank.

Nachdem sie ihre Lippen wieder voneinander gelöst hatten sprang Rebecca auf und holte ihr Laptop." Hast du schon ein Datum, wann wir abreisen?"

"Ich habe gedacht, so im Laufe der nächsten Woche, da sind auch die Pfingstferien in Bayern vorbei, dann dürfte die Insel uns fast alleine gehören."

„O. k., dann schaue ich schon einmal nach geeigneten Flügen! "

„Ja, mach das! Und ich kümmere mich um den Mietwagen und das Hotel."

Rebecca hielt ihn zurück."Nein, bitte lass mich das Hotel übernehmen, ich verspüre da schon eine große Vorfreude, wenn ich das aussuchen kann. Außerdem denke ich, dass du vielleicht flexibler bist als ich. Du kennst ja meine Vorlieben, was die Farbe des Meeres anbetrifft und die möchte ich auch vom Hotel aus sehen!"

Gerald küsste sie als Zeichen seines Einverständnisses und ging an seinen Computer." Ich freue mich schon jetzt darauf, mit dir die Insel zu erkunden!"

XXIV

Als sie endlich im Flugzeug saßen befiel Rebecca eine körperliche Entspannung. Jetzt konnte der Urlaub beginnen. Ja, es war Urlaub, obwohl sie die Arbeit, die sie trotzdem verrichten musste, sicherlich mit einiger Zeit ausfüllen würde. Aber es würde sicherlich mehr Arbeitsfreude bereiten, wenn sie bei jedem Aufblicken während ihre Schreibtischtätigkeit das Meer sehen konnte. Ein Meer, das ganz nach ihrem Geschmack war, so hoffte sie zumindest. Aber die Wetteraussichten waren für die nächsten Tage schon einmal ausgezeichnet, sodass von den Lichtverhältnissen her alles gegeben war, um dem Wasser die richtige Farbe zu verleihen.

Für die Hotelsuche hatte sie sich lange Zeit genommen. Es sollte kein allzu großer Betrieb sein und auch nicht völlig mondän abgehoben, natürlich mit einem direkten Zugang zum Meer und auch einem Pool, denn Gerald liebte es, auch im Pool zu plantschen, wie er sich ausdrückte. Nach einigem Durchforsten diverser Internetplattformen hatte sie sich für ein Hotel in Calvi an der Westküste entschieden: Das Logis Saint Christophe , das an einem Felsenstrand gelegen war mit absolut kristallklarem Wasser, das keinerlei Trübung von aufgewühltem Sand aufweisen würde. Über ein paar Stufen konnte man vom Poolbereich hinuntergehen. Den Bildern zufolge waren die Felsen glatt, sodass man darauf auch ohne Probleme eine Weile liegen konnte, ohne danach irgendwelche Einkerbungen auf der Haut für eine Weile mit sich herumtragen zu müssen.

490

Natürlich hatte sie es sich nicht nehmen lassen, vor der Abreise noch einmal shoppen zu gehen. Sonnencreme und wasserfestes Make-up mussten ohnehin wieder erneuert werden. Ein Bikini, den sie ebenfalls brauchte, fand sich gottlob auch in der richtigen Farbe – marineblau – passend zum Meer, der vor allem ihren Po betonen sollte. Das war gar nicht so einfach gewesen, denn so viele Höschen, auch bei der Unterwäsche, waren Strings und die gefielen ihr einfach nicht, außerdem empfand sie das Tragen dieser winzigen Körperbedeckung als nicht angenehm. Gerald war auch kein Fan dieser Tangas. Wieder so ein Punkt unter vielen, den er mit ihr gemeinsam hatte.

Blusen, Röcke und Kleider, sowie Shirts und Shorts hatte sie genügend im Kleiderschrank und bereits herausgesucht, aber irgendetwas fehlte ihr noch. Beim Schlendern durch die Einkaufstraßen in der Innenstadt wurde sie wie magisch von einem Dessousladen angezogen. Sie brauchte noch ein Stück Stoff, von dem sie glaubte, dass Gerald begeistert sein würde. Etwas, was man nicht oft tragen würde oder im männlichen Fall zu sehen bekam. Dementsprechend lange dauerte ihr Aufenthalt in diesem Geschäft, denn vieles, was sie so betrachtete, gefiel ihr wohl, war aber nicht außergewöhnlich und sie wollte eben genau das. Ein Hauch von Stoff, der für ihn wie ein Schlüsselreiz wirken sollte. Wenn sie es trug und sein Blick darauf viel, wollte sie eine schnell wachsende Schwellung in seiner Hose, sofern er überhaupt eine anhatte, erkennen. Und dann endlich, kurz bevor sie den Laden wieder verlassen wollte, fand sie ganz hinten in einer Ecke etwas, das genau ihren Vorstellungen entsprach. Das Bild, dass dieses Dessous auf dem Leib eines Models zeigte, war vom Effekt her genau so, dass es Männern unmöglich machte, eine Frau darin zu ignorieren. Sie war sich zwar nicht ganz sicher, ob es nicht etwas zu vordergründig, aufreizend war, aber sie konnte ihrem sich einstellenden inneren Drang nicht widerstehen und nahm es mit zur Kasse. Sogar die junge Dame dort blickte kurz auf und sah Rebecca taxierend an, als sie das flache Paket am Scanner vorbei zog. Dabei konnte Rebecca fast so etwas wie Neid im Blick der Anderen erkennen. Vermutlich aus zweierlei Gründen: Zum einen hatte die Verkäuferin wahrlich nicht die Figur für so einen Hauch von Verführung, zum anderen musste sie für diese Sünde einen exorbitanten Preis bezahlen. Aber sie war sich sicher, dass Gerald darauf reagieren würde, in dem ihm die Luft wegblieb. *Hoffentlich kollabiert er mir dabei nicht!*

Zufrieden mit sich und einem deutlich erleichterten Bankkonto war sie anschließend wieder nach Hause gegangen. Fast konnte sie es nicht erwarten, ihm das Gekaufte vorzuführen. Allein bei dem Gedanken auf seine Reaktion spürte sie ein leichtes Ziehen zwischen ihren Schenkeln und schon bald danach eine gewisse Geschmeidigkeit an ihren Schamlippen.

Glücklicherweise gab es von Frankfurt aus Direktflüge nach Ajacchio. Gerald hatte einen Abflug um 10:40 Uhr gefunden, der etwa 2 Stunden später in Korsika zur Landung ansetzen würde.

Der Landeanflug von der Meeresseite her war herrlich und Rebecca genoss den Ausblick vom Kabinenfenster. Sie flogen die Küstenlinie des Golfes von Ajacchio entlang. Im Vordergrund das herrliche Blau des Meeres und dahinter das Ufer mit kleinen Buchten und den typischen mediterranen Häusern in hellen Erdfarben oder weiß getüncht mit den roten Ziegeldächern. Dahinter das dunkle Grün der Pinienwälder die sich die Hügel hinaufzogen und manchmal grauen oder rötlichen Fels freigaben. Als der Jet bereits sehr tief war, tauchte die Stadt auf. Einige Palazzos waren zu erkennen und sogar die palmengesäumte Uferpromenade war zu sehen. Das alles huschte nur so vorbei, aber trotzdem hinterließ es bei Rebecca Eindruck und sehr viel Vorfreude. *Es wird schön werden!*

Auch bei Gerald stellte sich eine Wirkung ein, denn er drückte fest ihre Hand, die fast den ganzen Flug über in der seinen gelegen war."Ich freue mich so sehr, dass du mitgekommen bist!"

„Klar ich kann dich jedoch nicht alleine lassen!" Er konnte ihr Lächeln nicht sehen, denn sie blickte immer noch freudig aus dem Fenster, gerade als sie die Umzäunung des Flughafens überflogen hatten und gleich darauf mit einem deutlich zu spürenden Ruck aufsetzten.

Der Flughafen war nach dem größten Korsen benannt, obwohl dieser von der Statur her eher klein war. Gleich in der Ankunftshalle war eine Bronzestatur dieses selbsternannten Kaisers zu bestaunen.

Nach Calvi gab es mehrere Möglichkeiten zu fahren, aber Gerald hatte sich entschieden, die schnellste Route zu nehmen, die trotzdem noch fast 3 Stunden dauern würde für die 150 km. An der Küste entlang zu fahren, würde wesentlich länger dauern, da jede Bucht ausgefahren werden musste und die Straßen sehr eng waren. Aber die Hauptstraße über Corte und L Île Rousse war durchaus ebenfalls sehr reizvoll. Sie führte durch das gebirgige Inselinnere und am Nationalpark vorbei. Ständig wechselnde Landschaften, die schon einen Vorgeschmack gaben, was die Insel alles zu bieten hatte.

Das Verkehrsaufkommen war nur mäßig, sodass sie relativ flott vorankamen. Wenn sie durch einen Lastwagen etwas aufgehalten wurden, traten als Entschädigung sofort die zum Teil atemberaubenden Ausblicke in Seitentäler oder Schluchten auf, sodass Gerald manchmal sogar darauf verzichtete, das Hindernis zu überholen.

An Corte, der alten Hauptstadt der Insel, führte die Schnellstraße vorbei, aber sie bogen ab, um in der Altstadt einen Kaffee zu trinken. Überall waren kleine Lokale zu finden, sodass sie die Qual der Wahl hatten, aber vermutlich würde der Cappuccino überall gleich gut schmecken. Die alten Häuser waren zwar nicht alle renoviert, aber gerade das machte das Flair dieser Kleinstadt aus. Verschiedenste Gerüche zogen an ihren Nasen vorbei, während sie die nachmittägliche Sonne geschützt unter einer Markise genossen. Sie warf scharfe Schatten um die alten Gemäuer oder Mauerrisse, hob diese deutlich hervor und dadurch schuf sie noch mehr Kontraste. Der Kaffee war wirklich hervorragend und eine kleine Tarte durfte es für jeden der beiden auch sein. Geralds Tarte aux Myrtilles war zwar nicht so saftig, wie die Birnentarte Rebeccas, aber dafür unglaublich geschmacksintensiv. Man schmeckte sofort, dass hier wilde Heidelbeeren verarbeitet worden waren, die bereits jetzt Früchte trugen. Dazu kam immer ein Geruch von Nadelbaum und Kräutern, der schon die gesamte Fahrt durch das Fenster des Wagens hereingeweht war. Selbst hier in der Stadt war dieses Aroma noch intensiv genug, um von ihrer beider Nasen gewürdigt werden zu können. Besonders erfreute sich Rebecca an Geralds blauer Zunge, das endgültige Indiz, dass es Wildfrüchte waren.

Kurz nach der Passhöhe hinter Corte teilte sich die Straße. Rechts ging es in Richtung Bastia, wo die Fähren nach Italien abgingen. Geradeaus führte ihre Richtung nach LÎle Rousse an der Nordküste, von wo es nur noch etwa 20 km nach Calvi waren.

Bei der Durchfahrt durch den reinen Touristenort, war Rebecca froh, nicht in LÎle Rousse ein Hotel gebucht zu haben, obwohl eines auf ihrer Auswahlliste stand. Irgendwie hatte dieser Fleck etwas Steriles, wenig Gewachsenes. Gerade wenn man den Vergleich zum vorher besuchten Corte zog. Die Hotels wirkten wie aus dem Boden gestampft, außerdem war der Ort in einer Bucht angesiedelt, die weitläufig war. Die Berge, die für Korsikas Küste meist so typisch waren hielten hier einen Kilometerweiten Abstand zum Meer.

Jetzt wurde die Straße deutlich schmaler und überquerte auch immer wieder die Gleise der Schmalspurbahn, die sie seit der Fahrt von Ajaccio her schon mehrfach gekreuzt hatten. Auf der Schnellstraße meist durch Brücken oder Unterführungen, jetzt unbeschrankt mit Signalanlagen. Zweimal hatten sie sogar die dieselgetriebenen Züge auf ihrem gewundenen Weg durch das Gebirge bewundern können. Gerald hatte schon einmal eine Fahrt von Corte nach Ajacchio mit diesem Zug gemacht und es gelang ihm, diese Fahrt nach all den Jahren, die seither vergangen waren, noch immer mehr als eindringlich zu schildern. Vor allem das permanente Ruckeln und Schaukeln sowie das andauernde Klackern, wenn der Zug über die kleinen Gleissprünge rollte, hatten auf ihn einen unvergesslichen Eindruck gemacht und er konnte es gut nachvollziehen, wieso der Zug bei den Korsen den Beinamen TGV – "Train à grand vibration" – trug.

Hin und wieder musste er scharf bremsen, weil hinter einer Kurve von Felsvorsprüngen verdeckt eine Schaf- oder Ziegenherde die Straße querte oder gar Rast darauf in der nun abendlichen Sonne machte. Aber sie hatten es nicht eilig, sodass auch ein paar Fotos von der jeweiligen Tierart möglich waren. Zweimal waren auch bereits Wildschweine zu sehen gewesen. Eigentlich waren es verwilderte Hausschweine, aber da sie sich selbst überlassen aufwuchsen und sich an den Eicheln und anderen Waldfrüchten delektierten, galt ihr Fleisch als Delikatesse und wurde, wie beide wussten, fast in jedem Restaurant angeboten. Für Nachschub war immer gesorgt, wie man an den vielen Jungtieren der Rotten erkennen konnte.

Dann endlich tauchte Calvi vor ihnen auf und sie ließen sich die letzten Meter zu Ihrem Hotel vom mitgebrachten Navigationsgerät leiten. Vorbei an der beeindruckenden Zitadelle, die aus genuesischer Zeit stammte, führte sie der Weg um die Halbinsel herum, wo die Logis Saint Christophe dann leicht zu finden war. Allein bei der Vorbeifahrt am malerischen kleinen Hafen, der von schmalen, pittoresken Häusern gesäumt war und den Bars mit den typischen

Sonnenschirmen am Ufer, gelangte Rebecca zu der Überzeugung, dass sie den richtigen Ort ausgewählt hatte.

„Sieht richtig gut aus hier," bestätigte Gerald ihren Eindruck.

Dann endlich hatten sie das Hotel erreicht und bekamen nach kurzer Begrüßung durch eine freundliche Concierge ihr Zimmer zugewiesen. Rebecca riss die Läden vom Balkon auf und hielt die Luft an: Das Meer lag direkt vor ihr und seine Farbe war: BLAU!

XXV

Das kleine Restaurant direkt am Hafen war eine gute Wahl gewesen. Gerald hatte es schon deshalb ausgewählt, weil es im Gegensatz zu den in der Nachbarschaft befindlichen Konkurrenten die Speisekarte ausschließlich in Französisch gehalten hatte. Er wertete dies als kleines Indiz dafür, dass die angebotenen Speisen eine größere Authentität aufwiesen. Natürlich wusste er, dass dies nicht zwangsläufig der Fall war, aber in diesem Falle konnte er sich nachträglich zu seinem Entschluss beglückwünschen. Beide hatten sich ein Menü ausgewählt, wie es in den meisten französischen Restaurants üblich war und rein preislich dem à la carte Essen vorzuziehen war.

Gerald hatte als Vorspeise eine Soupe de Poisson mit Rouille gewählt, weil der intensive Fischgeschmack dann wunderbar mit dem Hauptgang, einem gebratenen Loup de Mer, der mit einer Thymian-Basilikum-Marinade zubereitet worden war, harmonierte. Das Ratatouillebett auf dem der Fisch angerichtet worden war, setzte dem Ganzen noch die Krone auf.

Rebecca hatte sich für überbackene Miesmuscheln, die herrlich nach Kräutern und einem Hauch von Knoblauch dufteten, entschlossen. Zuvor hatte sie sich aber spaßeshalber bei Gerald erkundigt, ob er sie danach immer noch küssen würde. Er versicherte ihr, dass dies kein Hindernisgrund wäre, zumal er ohnehin damit rechnete, dass seine Gerichte ebenfalls mit diesem Zwiebelgewürz abgeschmeckt sein würden. Ein unaufdringlicher Hauch bestätigte dies bereits beim ersten Bissen in das saftige, weiße Fleisch des Seewolfs. Der Koch verstand eindeutig sein Handwerk! Rebeccas zweiter Gang, ein Knurrhahn in einer mit getrockneten Tomaten abgeschmeckten Safransauce, war appetitlich mit einem Thymiansträußchen verziert

495

und der Reis dazu besaß die absolut richtige Körnung, dass auch für sie keine Wünsche mehr offen blieben.

Der korsische weiße Landwein unterstützte durch sein kräftiges Bukett die deutliche Kräuternote der Gerichte und war auch wegen seines geringen Alkoholgehaltes sehr süffig.

Die Abendsonne beschien Rebeccas Gesicht und erzeugte zusammen mit ihren Augen ein besonderes Farbenspiel, an dem sich Gerald nicht satt sehen konnte. Ihre Iris färbte sich durch die Strahlen ganz innen um die Pupille herum braun und wurde nach außen hin immer grüner. Fast beneidete er jeden Bissen, der in ihrem wunderschönen, sinnlichen Mund verschwand. Sie besaß eine Art zu essen, die er als würdevoll bezeichnen würde und er versuchte, sich etwas an ihr zu orientieren. Im Allgemeinen war er immer versucht, möglichst große Bissen in seinen Mund zu nehmen, aber er lernte eben gerne von ihr. Er hätte nie gedacht, dass diese Verbindung zu einer so großen und vor allem positiven Veränderung seiner Lebenseinstellung beitragen würde. Da war auf der einen Seite Rebeccas absolut klare Strukturierung, mit der sie Themen auf den Punkt zu bringen wusste, auf der anderen Seite eine riesige Portion Ironie, auf die er immer wieder herein fiel und damit zu ihrer Belustigung beitrug. Dann wieder ihre Anmut und Sanftheit, die durch ihre rein körperliche Ausstrahlung so unglaublich unterstützt wurde, sodass er auch jetzt beim Essen immer wieder einmal eine Berührung zu ihr suchte. Ihr feines Lächeln um ihre Mundwinkel bedeutete ihm, dass sie diese auch zu genießen wusste.

Die Bedienung des Lokals, vermutlich die Tochter der Wirtsleute, war extrem aufmerksam und von einer überwältigenden Freundlichkeit, sodass beide wussten, dass für die Zeit ihres Aufenthaltes hier in Calvi noch ein paar weitere Besuche einzuplanen waren.

Als Abschluss des Menüs ließ sich Rebecca einen Fruchtsalat, der mit frischen Minzeblättern aromatisiert worden war, schmecken, während Gerald lieber noch ein kleines Assortiment des Fromages genoss.

Auf einen Digestiv verzichteten beide. Irgendwie lag unausgesprochen eine Stimmung zwischen ihnen, dass dieser Abend noch nicht beendet war. Gerald musste auf jeden Fall noch seine Küsse loswerden, die er bei der Knoblauchfrage versprochen hatte.

Zurück im Hotel setzten sie sich auf den Balkon und verinnerlichten, eng aneinander sitzend, den Ausblick auf das Meer, das im Vordergrund bereits sehr dunkel erschien, aber in Richtung Horizont immer heller wurde, als der große rote Ball der Sonne sich anschickte, im Meer zu versinken, ihre Eindrücke des ersten Tages. Dabei entstanden durch die Wellenbewegungen tausende von Lichtreflexionen in allen Farben, die die Palette von Silber über Orange bis Gold zu bieten hatte. Sanft liefen die Wogen unten am Fels aus und erzeugten ein behagliches Murmeln und Glucksen, wenn sie durch die Spalten und Aushöhlungen im Gestein ihren Weg zurück in die Tiefe suchten. Es war das einzige Geräusch, das zu vernehmen war. Die Natur bereitete sich auf die beginnende Nacht vor. Die Fledermäuse schlüpften aus ihren Verstecken und begannen ihre lautlose Jagd. Gerald konnte sich erinnern, dass er als Jugendlicher die tieferen Schreie dieser Insektenjäger noch vernommen hatte, aber mittlerweile war sein Gehörsinn dazu nicht mehr imstande.

„Hörst du noch ihre Schreie?" Sein Finger deutete auf eine dieser hektisch dahin flatternden Tiere.

Rebecca schüttelte stumm den Kopf und legt ihre Hand auf sein Knie. Sofort ging von dieser Stelle ein Kribbeln aus. Schon während er ihr beim Abendessen gegenüber saß, war ihm eine dunkle Spitze aufgefallen, die ihr Dekolleté nach unten abschloss. Es schien etwas Neues zu sein, das sie an diesem Abend trug. Auch unter den Ärmeln ihrer cremefarbenen Bluse konnte er diese Spitze erkennen. Ein neuer Body!

Jetzt war nur noch eine schmale Sichel des nun tiefroten Gestirns zu erkennen und das Meer färbte sich dort blutrot. Nach nicht einmal einer Minute war vom Heimatsstern nichts mehr zu sehen, dafür war nun ein leichter Windhauch zu spüren, der typische Begleiter des Sonnenuntergangs. Er hatte aber glücklicherweise nicht die Kraft, vernehmlich zu kühlen.

Dafür wurde es Gerald aber deutlich wärmer, denn Rebeccas Hand wanderte seinen Oberschenkel hinauf. Dabei musste sie sich leicht nach vorne beugen und er konnte den unwiderstehlichen Duft aufnehmen, den ihre Halspartie verströmte. Trotz vieler Versuche, immerhin war er Schriftsteller, noch dazu mit einer sehr feinen Nase ausgestattet, gelang es ihm nie, dieses Aroma zu beschreiben. Viel besser konnte er aber schildern, was dieser Geruch in ihm und mit seinem Körper anstellte. Wie eine unaufhaltsame Welle breitete sich eine Wärme ausgehend von seinem Gehirn in ihm aus und suchte sich über verschlungene Pfade, so gut wie jede seiner Körperstellen erfassend, den Weg bis zu dem Zielpunkt, sein sich aufrichtendes Glied. Er war gegen diese Wirkung so gut wie machtlos. Natürlich wusste er, dass es bestimmte Pheromone waren, die als Auslöser dienten und im Endeffekt das Immunsystem ihrer beider Körper betraf, aber all diese Rationalität wurde de facto ausgeschaltet. Seine Hände begannen, ohne dass er darüber nachdachte, nun auch auf ihrem Körper zu wandern. Diesmal hatten es die Spitzenverzierungen ihres Dekolletés ihm besonders angetan. Er war voller Erwartung, wie dieses zarte Kleidungsstück ihren ohnehin immer aufregenden Körper noch mehr zur Geltung bringen würde.

Natürlich hatte er bereits erkannt, dass sie ganz entgegen ihrer sonstigen Gepflogenheit keinen BH trug, den musste sie beim kurzen Aufenthalt im Badezimmer nach dem Abendessen abgelegt haben. Erfreut stellte er fest, dass ihre Brustwarzen unter dieser Spitze ebenfalls eine Erregung andeuteten.

Ihre Hände hatten mittlerweile den Reißverschluss seiner Hose geöffnet und seinen Penis aus der allmählich zunehmenden Enge befreit. Äußerst zärtlich zupfte sie die Haut an der Spitze etwas zurück und befeuchtete sie mit etwas Flüssigkeit aus ihrem Mund, um alles etwas geschmeidiger zu machen, bevor sie mit einem Ruck seine Vorhaut ganz zurückstreifte. Gerald zuckte mit einem deutlichen Aufstöhnen zusammen. Er war auf diesen kurzen, aber absolut süßen Schmerz gefasst gewesen, denn Rebecca liebte diese Art der Stimulation, trotzdem erzeugte es in ihm einen eindringlichen Schauer der Lust.

Es war ihm mittlerweile gelungen, ihre Bluse zu öffnen und er betrachtete nicht ohne steigende Gier den Körper seiner Geliebten. In der Tat, dieser Spitzenbody der in feiner Maserung ihren Körper noch mehr betonte, als dass er ihn verhüllte, erweckte in ihm etwas Animalisches. Mit allen Sinnen war er darauf ausgerichtet, wobei sie nicht vergaß, durch Küsse und streichelnde Bewegungen auch seine Haut zu liebkosen und durch etwas Feuchtigkeit, die sie mit ihrer Zunge auf seinem Körper ausbreitete, noch eine anheizende Kühle zu erzeugen. Seine Haut begann zu brennen und fühlte sich trotzdem für ihn kalt an. Ein unglaublicher Kontrast!

Das Ziehen in seinem Unterleib wurde aber zu einem erregten Crescendo, als er ihre Hose ausgezogen hatte und erkennen konnte, dass dieser Spitzenhauch auch ihre Beine und Füße bedeckt. Der ganze Körper war enthüllend verhüllt bis auf die Abschnitte um ihr Geschlecht herum. Ihre feuchte Vagina war für ihn frei zugänglich wie er hoch erregt und erfreut feststellen konnte.

Rebecca nahm ihn nun bei der Hand und geleitete ihn ins Zimmer zum Bett, wo sie sich auf ihn legte. Es war ein völlig neues Gefühl diesen Körper zu spüren, das leichte Kratzen des Stoffes und trotzdem darunter ihre weiche zarte Haut. Mit einem lustvollen Seufzer umfasste er ihre Pobacken, die sich vertraut aber doch anders anfühlten und drückte ihren Körper noch mehr an den seinen. Mit sachten Bewegungen rieb sich Rebecca an ihm und er hörte ihren Atem, der sich beschleunigt hatte.

Mit einem Male riss sie sich von seinem Körper los, schenkte ihm ein vielsagendes und doch geheimnisvolles Lächeln und entfernte erst dann ihren Kopf von seinem. Sie streiften nun in einer Abwärtsbewegung mit ihrer Zunge seine Brust und seinen Bauch, der sich in Erwartung dessen, was kommen würde, lustvoll verkrampfte und spielte dann sanft mit der Zunge an der kleinen Öffnung an der Spitze seines Penis. Mit einem Mal war Gerald nur noch diese eine Körperpartie. Erst recht, als sie sein Glied tief in ihren Mund nahm, wobei diese abgeschlossene Wärme seine Erregung noch steigerte. Der Höhepunkt für ihn war aber ihre geschmeidige Bewegung, mit der sie sich nun ganz auf ihn legte, wodurch sein Gesicht, seine Nase und sein Mund unmittelbar vor dieser allein unbedeckten Körperpartie Rebeccas lagen. Sie verströmte eine olfaktorische Leidenschaft, die nur darauf wartete, von seiner Zunge geschmeckt zu werden. Ihre spitzenbedeckten Oberschenkel schlossen sich um seinen Kopf, als er mit der Zunge in ihre Vulva eindrang und ihren Liebessaft als Geschenk annahm. Leider konnte er dadurch ihr Aufstöhnen nicht hören, aber dafür spürte er, wie sie die Muskeln in ihrem Intimsten zusammenzog. Sie verwöhnten sich gegenseitig in einer steigenden Ekstase, wobei Gerald nicht vergaß, ihren prachtvollen Po weiter zu massieren und dadurch ihren Unterleib zu sich heran zu ziehen.

Eine liebevolle Geilheit brachte die beiden Körper zuckend zum Dampfen. Rebeccas Geruch war so intensiv und verführerisch, dass Gerald nichts anderes mehr wahrnehmen konnte, als die Reize dieser atemberaubend schönen Frau, die eine Virtuosin in der Liebkosung seines immer härter werdenden Gliedes war. Dabei spielten die Finger einer Hand, sich seiner Empfindlichkeit dort absolut bewusst, mit den beiden ovalen Körpern in seinem Hodensack. Gerald war sich darüber im klaren, dass er sich heute Nacht sein Gesicht nicht waschen würde. Diese an ihm haftende Betörung würde seine Träume mit Sicherheit beflügeln und er mochte gar nicht dran denken, was ihm sein Unterbewusstsein da so vorspielen würde. Bei diesen Gedanken wurde seine Erregung noch weiter verstärkt und er konnte dieses unaufhaltsame Ziehen in seinen Lenden spüren, bis sich alles in ihm zusammen krampfte und er sich in ihr ergoss, während ihre Schenkel seinen Kopf wie in einem Schraubstock einzwängten und er ebenfalls einen Schwall Feuchtigkeit mit seinem Mund aufnehmen konnte.

Erst nach einer Weile, wie um das Gefühl vollends auskostend verhallen zu lassen, rutschte Rebecca von ihm herunter, drehte sich zu ihm um und ihre Münder, jeweils nach dem Partner schmeckend, vereinigten sich zu einem Kuss.

XXVI

„Wo fahren wir denn heute hin?" Rebecca öffnete die Läden und gab den Blick frei auf das ruhige Blau des Meeres, auf dem mit majestätischer Ruhe ein Segelboot langsam dem Horizont entgegentrieb.

„Ich habe mir gedacht, wir machen eine Runde um den Finger der Insel, der nach Norden zeigt. Dazu werden wir zunächst nach Saint Florent Richtung Bastia diese Halbinsel durchqueren und dann die Küste entlang hochfahren. So sind wir immer auf der Meeresseite der Straße und auch immer auf der Sonnenseite." Die Vorfreude auf diesen Trip war Geralds Stimme anzumerken.

Rebecca nahm ein paar Kleidungsstücke prüfend in die Hand, um wie immer passend angezogen zu sein.

„Nimm irgendetwas Legeres. Shorts und ein T-Shirt. Auf keinen Fall das, was du gestern angehabt hast!"

Rebecca drehte sich schwungvoll zu ihm um."Hat es dir nicht gefallen?" Ihre Frage klang echt betroffen.

Er kam nicht umhin, seine Hände beschwichtigend zu heben."Das musst du doch bemerkt haben, wie ich auf dieses Teil abgefahren bin." Seine Stimmlage zog sich gedankenverloren nach oben, als er an diese letzte Nacht dachte. "Ich denke mir nur, wenn ich weiß, dass du neben mir in einer solch verführerischen Unterwäsche im Auto sitzt, dass wir dann nicht allzu weit kommen werden. Aber du darfst es gerne heute Abend wieder tragen."

" Ich packe auch ein paar Badesachen ein." Rebecca konnte sich ein Grinsen nicht verkneifen. Er war wieder einmal auf ihre Schauspielkunst hereingefallen und sah sich zu einer Rechtfertigung gezwungen. Sie hatte sehr wohl bemerkt, welche Freude sie ihm mit diesem Body bereitet hatte.

„Ja, mach das! Gerade auf der Westseite gibt es ein paar herrliche kleine Buchten, an denen wir uns in die Sonne legen können und vielleicht doch ungestört sind. Ich hatte heute Nacht einige Träume und ich kann mir überhaupt nicht erklären, warum du darin immer die Hauptrolle gespielt hast!"

„Naja, es ist außer mir auch niemand anderes da."

Gerald sah zu der Treppe hin, die vom Meer heraufführte. Eine sehr üppige Schwarzhaarige in einem Bikini, der mehr ent- als verhüllte, kam mit wiegenden Schritten die Stufen herauf. "Da täuscht du dich, meine Schönste!" Süffisant grinsend zeigte sein Finger auf diese nur vermeintliche Konkurrenz, denn Rebecca wusste genau, dass er auf Brüste in diesen Ausmaßen, wie sie die Körbchen des knallroten Bikinis der Frau zu bändigen hatten, nicht stand.

„Dann frag sie doch mal, ob sie mit dir schwimmen geht!"

„Aber nur bei hohem Seegang, dann dienen mir die Brüste als rote Bojen zur Orientierung!"

Rebecca prustete laut auf. Sie schien sich diese Situation gerade vorzustellen. "Dann lass uns jetzt mal aufbrechen, bevor ein Sturm heraufzieht und du diese optischen Blickfänge wirklich noch brauchst!"

Rebeccas Schlagfertigkeit beeindruckte ihn ein ums andere Mal. Bei ihren Wortwechseln ging er ihr wesentlich öfter auf den Leim, als umgekehrt. Sie forderte ihn permanent und er bemerkte auch, dass dadurch seine Wortwahl in seinen Schriften eine noch umfänglichere Palette erhalten hatte. Auch die Artikel, die sie schrieb, gereichten, soweit er dies beurteilen konnte den höchsten Anforderungen eines Journalisten. Dabei hatte er oft und auch ein klein wenig neidvoll miterleben dürfen, wie schnell und auch leicht ihre Formulierungen auf dem Rechner entstanden.

Auf einen Morgenkaffee verzichteten beide, denn während der Fahrt würden sich sicherlich Gelegenheiten bieten, in einem schönen Ambiente etwas zu sich zu nehmen. Außerdem war sich Gerald bewusst, dass abseits der Hauptstraßen alles wesentlich kurvenreicher wurde und aufgrund der montanen Struktur der Insel auch permanente Höhenwechsel zu befahren waren. Dies zeichnete sich schon nach der ersten Abzweigung ab, nachdem sie die Westküste hinter sich gelassen hatten und in Richtung Saint Florent fuhren. Die Straße war das ideale Training für das, was gerade auf der Halbinsel an engen Winkeln dem Autofahrer abverlangt wurde. Das kleine Städtchen besaß ebenfalls einen schönen Strand und war besser vor Wind und Wellen geschützt als Calvi, aber es besaß genau deswegen auch nicht den wilden Charme, den ihr Domizil verströmte und der an den meist schönen Sommertagen zumindest optisch ihm sehr zum Vorteil gereichte. Rebecca hatte eine gute Wahl getroffen!

Dann ging es hinauf auf die Passhöhe. Die Straße war gesäumt von der Macchia die hier nach dem Abholzen des ursprünglichen Waldes entstanden war. Wildgräser, Ginster und Wacholderbüsche waren lose über die immer wieder herausragenden Felsen verteilt. Glücklicherweise war der Großteil der Insel derartig schroff und gebirgig, dass es den früheren Mächten nicht gelungen war, den Wald für deren Holzhunger auszubeuten. Wegen der dunklen Nadelwälder im Inselinneren bezeichnet man Korsika auch als Ile Noir. Aber hier würde der Wind aus allen Richtungen, ohne einen natürlichen Sperrriegel auf die Landschaft treffen zum Landschaftsgestalter. Es war den Bäumen aufgrund dieser Tatsache fast unmöglich, eine gewisse Größe zu erlangen. Den zahlreichen Schafen genügten die Gräser und auch im Ginster konnten sie in den heißen Tageszeiten genügend Schatten finden. Am Scheitelpunkt hielt Gerald an und sie stiegen hinauf zu einer verlassenen Behausung neueren Datums, wie an den Betonmauern ersichtlich war. Von dort aus bot sich ein grandioser Panoramablick über den gesamten Nordteil der Insel. Beide Küsten waren bei diesem klaren Wetter zu sehen und im Süden zeichneten sich die hohen Berge um den Monte Cinto als Silhouette ab. Zusammen mit Rebecca kam es Gerald zuvor, als wäre diese Landschaft noch wuchtiger und erhabener als er Korsika in Erinnerung hatte. Mit ihr zusammen nahm er alle Eindrücke noch deutlich stärker in sich auf. Es war ja nicht nur der gigantische Ausblick, da waren noch die vielen, zum Teil nur in Nuancen wahrnehmbaren Gerüche der mediterranen Flora, die von einem Heer an Insekten umsummt und umbrummt wurde. Der stetige Wind spielte dazu im Moment eine fast wehmütige Melodie und war trotzdem in der Lage, die Gräser zum Flattern zu bringen. Ergriffen zog er Rebecca zu sich heran und sie erlebten als Einheit die Mächtigkeit der Natur. Irgendwann tauchten sie wieder in die ebenfalls vorhandene Realität zurück und setzten die Fahrt nach Bastia, der zweitgrößten Stadt der Insel fort.

Am Hafen vorbei, wo etliche Fähren angelegt hatten, führte die Straße nun immer am Ufer entlang nach Norden. Rebecca hatte rechts von sich immer das Meer im Sichtfeld und genoss die Farbenpracht, die sich ihr bot. Die Ostküste ist die weitaus lieblichere Seite des Fingers, aber dafür auch die unspektakulärere. Die Felsen fielen meistens flach zum Meer hin ab, dass hier nur sanft gegen die Gestade plätscherte. Trotzdem gab es genügend Stellen, die zu einem kurzen Verweilen aufforderten, allen voran die zahlreichen Torres. Wachtürme die von den Genuesern erbaut wurden, um die Küste gegen Angriffe vom Meer her abzusichern. Auch ein lockerer Pinienwald hatte es wieder geschafft, in windgeschützten Buchten Wurzeln zu schlagen und säumte den grobkönigen Sandstrand, der hier vorherrschend das Ufer bedeckte.

Eine nette Bar im Hafen von Santa Severa lockte mit azurblauen Sonnenschirmen zu einer Rast. Die Sonne stand schon fast senkrecht und ein kaltes Getränk würde jetzt nicht schaden. Am Nebentisch aßen ein paar Arbeiter, die in der zweiten Reihe des Dorfes ein Gebäude hochzogen, der Größe nach wird es wohl ein Hotel werden, Moules frittes. Dieses Gericht war mittlerweile in Frankreich fast überall zu bekommen, obwohl es ursprünglich aus Belgien stammend über Nordfrankreich und die Bretagne seinen Siegeszug angetreten hatte. Auch Gerald war dieser schnell zubereiteten Speise nicht abgeneigt und bestellte eine Portion davon, die er zusammen mit Rebecca essen wollte. Eigentlich trafen bei diesem Gericht zwei völlig verschiedene Welten aufeinander. Meeresfrüchte und Pommes, aber das erstaunliche war die Tatsache, dass es schmeckte. Ja, es war irgendwie Fast Food, aber selbst Rebecca erfreute sich an dieser kulinarischen Sünde, die ein Sternekoch wohl niemals auf seinen Speiseplan setzen würde. Oder doch?

Von Macinaggio schnitt die Straßen nun den äußersten Norden der Insel ab. Nur ein paar Stichstraßen führten zu einigen Buchten ganz oben. Hier abseits des Meeres war die Hitze, die eigentlich jahreszeitlich erst bevorstand, schon deutlich zu spüren. Nur ein paar winzige Ortschaften, meist nur einsame Gehöfte waren in dieser Wildnis eingelagert.

„Auf Dauer würde ich hier nicht leben wollen!" Rebecca hatte wohl dieselben Gedanken wie Gerald.

„Kurzfristig mag es vielleicht reizvoll sein, vor allem wenn du dabei bist, aber wenn es hier so richtig heiß wird oder im Winter ständig regnet, könntest selbst du mich nicht vor einem gewissen Defätismus retten. So ein Leben muss man von Jung an gewohnt sein."

"Aber heutzutage bleiben auch die Jungen nicht mehr hier. Jetzt sind wir schon durch drei solcher Weiler gefahren und ich habe nur Alte gesehen. Und schau nur, wie viele der Häuser schon verfallen sind! In 20 Jahren wohnt hier niemand mehr, da bin ich mir sicher." Rebecca zog tief die würzige Luft ein, die durch das offene Fenster hereinströmte.

„Vielleicht ein alter Schriftsteller mit seiner dann immer noch wunderschönen Gattin!" Er streichelte sanft ihr Knie, bevor er wieder zum Schalthebel greifen musste, um den Gang zu wechseln.

Rebecca schüttelte nur den Kopf, das war Aussage genug. Dafür folgte schon bald ein landschaftlicher Höhepunkt auf den nächsten. Die Straße wand sich an den Felsen entlang. Auf der rechten Seite ging es manchmal über 100 m senkrecht hinab ins Meer, das tief unten mit einem silbernen Glitzern lockte.

„Ich weiß, wo eine kleine Bucht ist, zu der wir herunterfahren können. Ich freue mich schon drauf mit dir etwas zu schwimmen!"

„So so nur schwimmen?" Rebecca räkelte sich in ihrem Sitz.

„Du weißt doch, du kannst mit mir über alles reden."

" Ich denke reden will ich gerade einmal nicht." Sie beugte sich zu Gerald herüber und berührte mit der Zunge sein Ohr.

Sogleich stellten sich bei ihm auf angenehme Weise die Nackenhaare auf, aber leider ließ die Enge und Führung der Straße es noch nicht zu, sich dieser wundervollen Frau zu widmen. Obwohl es eigentlich eine Hauptstraße sein sollte, war sie an manchen Stellen nur einspurig. Dafür fand sich aber um jede Biegung herum eine neue Faszination des Atemberaubenden. Permanente Postkartenmotive! Spitze Felsnadeln, windgedrückte, schiefe Pinien, mehr oder weniger stark verfallene Torres und unten die weißen Schaumkronen auf dem tiefblauen Wasser.

Zwischen Giottani und Sanelle fand Gerald einen schmalen Schotterweg, der zum Teil abenteuerlich nach unten zu einer Bucht führte, wo tatsächlich sicht- und windgeschützt ein Fleckchen Strand zu finden war.

Gerald traute seinen Augen nicht, wie schnell Rebecca auf einmal bereits im Bikini ins Wasser schritt. Sie sah hinreißend aus im Gegenlicht der schon schräg stehenden Nachmittagssonne. Ihr verführerisches Hinterteil wurde gerade von den Wellen umschmeichelt. Aber bevor sich Gerald an diesen Anblick gewöhnen konnte, sprang sie mit einer eleganten Bewegung kopfüber ins Wasser und tauchte nach ein paar Schwimmzügen an einer ganz anderen Stelle wieder auf. Gerald beeilte sich, ihr nachzukommen. Das Wasser war angenehm kühl, aber nicht kalt. Gerade richtig, um sich nach dieser zum Teil heißen Autofahrt zu erfrischen. Er versuchte sie im Wasser einzuholen, aber sie war die bedeutend bessere Schwimmerin. Sie ließ ihn immer wieder auf einige Meter an sich herankommen, um dann schnell seinem eventuellen Griff zu entkommen. Als er begriff, dass er so keine Chance hatte, schwamm er zurück zum Ufer und stellte sich so im Wasser hin, dass er bequem stehen konnte, aber nicht sie. *Zu irgendetwas mussten die paar Zentimeter Größenunterschied gut sein.* Und tatsächlich, Rebecca kam heran geglitten umschlang mit den Händen seinen Hals, während er unter Wasser nach ihrem Po griff und sie an sich herandrückte. Sofort wanden sich ihre Beine um ihn herum. Die Wellen sorgten für eine leicht wiegende Bewegung, die durch den innigen Kuss, der so herrlich nach Salz schmeckte, sofort seine körperlichen Bedürfnisse weckte.

Natürlich spürte sie es sofort. "Du fährst deinen Abstandshalter aus? Das lasse ich nicht zu!" Sie umschloss seine Hüften noch stärker mit ihren Beinen, sodass sein erwachender Penis gegen ihren Unterleib drückte, während er mit seinen Händen die vollen Pobacken knetete, was ihr einen leisen Laut der Entzückung entlockte.

Allein so mit ihr im Meer zu stehen und ihre Körper aneinander zu pressen, war ein Gefühl, das er gegen nichts eintauschen würde außer vielleicht....! Er dachte an die gestrige Nacht zurück. *Aber das war wieder etwas ganz anderes gewesen!* Das hier war jetzt und es war genauso dazu angetan, ihm die Sinne zu rauben, wie so vieles, was er mit dieser wunderschönen Frau bereits erlebt hatte und hoffentlich noch in vielen Varianten erleben würde.

Er hob sie an und trug sie, ihn immer noch umschließend, zurück auf den Strand, wo er sie auf ausgebreiteten Handtüchern ablegte. Nun war es Zeit, dass Salz auf ihrer Haut zu schmecken!

XXVII

Die Nacht war kurz gewesen. Die gestrige Fahrt hatte nach dem Bad noch eine geraume Zeit in Anspruch genommen. Gerald hatte sich, was die Dauer anbetraf deutlich verschätzt, sodass sie erst nach Einbruch der Dunkelheit in Calvi wieder zurück waren. Aber die Erinnerungen, die er mit diesem Ausflug nun verband, kamen gleich nach dem Erwachen wieder ins Gedächtnis.

Rebecca lag mit geschlossenen Augen neben ihm, nur von dem dünnen Leintuch bedeckt, das vollkommen ausreichte, um die Kühle der Nacht fernzuhalten. Ihre Figur zeichnete sich darunter deutlich ab und Gerald kam um einen inneren Zwang nicht herum, seinen Blick darauf verharren zu lassen. Ihre schmale Taille, die in die wohlgeformten Hüften überging. Ihre Brust, die sich in gleichmäßigen Atemzügen hob und senkte und die etwas dunkleren Stellen ihrer Brustwarzen, die im Morgenlicht mehr zu erahnen als zu sehen waren. Aber Gerald wusste, wie sie aussahen und er wollte sie immer wieder zu Gesicht bekommen. Die kleinen, weichen, aber doch festen Halbkugeln, auf denen sie saßen, regten immer wieder seine

506

Fantasien an. Gerald strich sanft mit der Hand darüber und Rebecca gab einen leisen, wohligen Summton ab. Gleichzeitig bemerkte er, wie sich ihre Schenkel leicht öffneten, wodurch der Hügel unter ihrem Bauch das Laken dort etwas zum Spannen brachte. Seine Hand wanderte von der Brust über ihren Bauch genau dort hinunter und drückten den weißen Stoff vorsichtig zwischen ihre Schamlippen. Wieder stellte sich dieser dunkle Ton ein. Langsam bewegte sich ihr Becken und dann schlug sie die Augen auf. Gerald zog seine Hände zurück.

„Nein, mach weiter, so ist das Erwachen noch viel schöner!" Mit einem sanften Griff sorgte Rebecca dafür, dass seine Finger an dieser Stelle blieben. "Ich glaube, ich bin immer noch etwas feucht von gestern!" Der Glanz, der von ihrem Gesicht ausging, sprach Bände.

Natürlich war es nicht bei den Zärtlichkeiten am Strand geblieben. Zu sehr hatte dieses Zusammensein ihre Erregung und das gegenseitige Verlangen gesteigert, sodass sie nach dem Essen, das kurz ausgefallen war, – Gerald entschuldigte sich in Gedanken bei der ausgezeichneten Seezunge, die gar nicht richtig gewürdigt worden war –, sogleich aufs Zimmer gingen und in einen engen Kontakt fielen.

Rebeccas Hände schienen überall auf seiner Haut zu sein. Sie kneteten, streichelten, liebkosten alle seine Körperteile. Ihre Küsse benetzen seine Haut und erzeugten ein in zunehmenden Maße begieriges Gefühl. Es kam ihm so vor, dass jede gerade von ihr nicht verwöhnte Körperpartie neidisch auf die Stelle war, mit denen sich diese Königin der Nacht gerade beschäftigte. Einem Teil widmete sie sich erst ganz zum Schluss, obwohl es durch sein hervorstehendes Auftreten eigentlich schon längst ihre Aufmerksamkeit hätte erregen sollen. Dann tat sie es aber mit einer Art und Weise, die Gerald, obwohl er in dieser Situation der völlig Passive war, nur als Hingabe bezeichnen konnte. Ihre Finger, ihre Zunge, ihr Mund gaben ihm das absolute Glück von ihr geliebt zu werden. Und als sie sich dann auf ihn setzte und seinen Penis vor ihrem Scheideneingang positionierte, konnte es kaum erwarten, das herrliche Gefühl zu spüren, wie er in sie hineinglitt und die Muskeln ihrer Vagina sich auseinanderdehnen ließen, um ihn danach sofort fest und liebevoll zu umschließen. Mit langsamen Bewegungen begann sich ihr Körper zu wiegen. Gerald vergaß komplett seine Umgebung. Er war in ihr! In Rebecca!

Und jetzt, als er diesen Blick nach dem Erwachen wahrnahm, wusste er, dass es für sie genauso faszinierend innig gewesen war. Und wirklich, es war noch etwas warme Feuchtigkeit durch das Laken zu spüren, ganz abgesehen von dem Duft, der ihrer Vulva entwich. Sie genoss mit einem Lächeln seine Liebkosungen, aber als er das Laken versuchte wegzuziehen, hielt sie es fest. " Nicht jetzt, ich möchte, dass du mich heute den ganzen Tag nur begehrst!" Sie zog ihn zu sich heran und flüsterte in sein Ohr: " Mit jeder Zelle deines Körpers und auch mit deinem Willen." Sie küsste ihn kurz und hauchte noch einen Nachsatz: " Ich kann es eigentlich kaum erwarten, dich schon wieder in mir zu spüren!"

Allein dieser Satz genügte schon, dass sich Geralds Penis zu vollem Leben entfaltete. Doch sie sprang mit einer schwungvollen eleganten Bewegung aus dem Bett und ging die Hüften absichtlich wiegend ins Bad. *Was für eine Frau!*

Das heutige Ziel, die Castanicchia, war schnell erreicht, da es auf der Hauptstraße in Richtung Corte kaum Verkehr gab. Sie hatten sogar noch die Zeit gefunden, im Hotel zu frühstücken. Ein herrlicher Ausblick auf das ruhige Mittelmeer war ein ausreichender Lohn dafür. Glücklicherweise boten die meisten Hotels in Frankreich mittlerweile ein ganz passables Frühstück an, nicht nur das frühe obligate Petit Déjeuner, das aus einer großen Tasse Café au lait und einem Croissant bestand. Die nächtlichen Aktivitäten hatten für ein deutliches Hungergefühl gesorgt.

Die Castanicchia waren ein Hügelgebiet mit lieblichen Tälern, die von kleinen Bächen durchzogen wurden, in denen auch im Sommer immer Wasser floss. Es war fast überall schattig und durch die Kronen der Maronenbäume, die dieser Landschaft ihren Namen gaben, fiel das Sonnenlicht sehr gedämpft hindurch. Überall waren kleine Gehöfte mit etwas Viehzucht, aber die Haupteinnahmequelle der Bauern waren immer noch die Esskastanien, die seit der genuesischen Herrschaft hier angepflanzt wurden.

Wie schon gestern machte Gerald ein paar Fotos mit einer echten Kamera. Er wollte eine möglichst hohe Auflösung, weil er die Eindrücke auch im Bild festhalten wollte, nicht nur im Gedächtnis. Heute Abend hatte er vor, sich auch erste Aufzeichnungen zu machen, damit er später auf eine gewisse Ordnung für sein Schreiben zurückgreifen konnte. Er hatte die Castanicchia schon einmal besucht, aber heute gefiel ihm diese liebliche, grüne Gegend noch viel besser als damals. Daran war natürlich seine Begleitung nicht ganz unschuldig.

Winzig kleine Straßen durchzogen in engen Kurven den Wald, der am Boden mit Adlerfarnen bedeckt war. Durch das Fenster wehte ein Geruch wie von trockenem Heu, das mit etwas Harz in Kontakt gekommen war. In einer Kehre war eine Quelle zu einem Brunnen gefasst und das davon ablaufende Wasser ergoss sich ein paar Meter weiter in einen kleinen Bach, der von Schwertlilien gesäumt am Grunde des Tales dahin mäanderte.

Sie waren ausgestiegen und folgten auf einem schmalen Pfad diesem Bach, der leise vor sich hin murmelte oder über kleine Stufen hinab plätscherte. Die Stimmen ungezählter Vögel drangen an ihre Ohren. Welcher Vogel gerade seinen Ruf erschallen ließ, war nicht zu bestimmen, meist sah man diese kleinen Federknäuel ohnehin nicht. Es war aber auch unerheblich, denn wichtig war die Stimmung, die hier in besonderer Weise vorherrschte. Eine kraftvolle Ruhe! Die Zivilisation mit ihrer Hektik und den viel zu lauten Geräuschen war weit entfernt. Fast konnte man sie vergessen. Je länger sie so dahinschritten, desto mehr Eindrücke drängten auf sie ein. Eine Rötelmaus, die schnell in einem Erdloch verschwand, oder der Schatten eines größeren Vogels, der majestätisch in der Höhe über eine Lichtung segelte. Ein Fels am Bachufer forderte sie zu einer Pause auf. Von dort ließen sie ihre Füße ins Wasser tauchen. Es war zwar hellbraun gefärbt, aber trotzdem absolut klar. Ein paar kleine Fische suchten zunächst Schutz unter einem Stein, kamen aber bald wieder zum Vorschein und schienen sich, nach einer kurzen Gewöhnungsphase sogar für Rebeccas Zehen zu interessieren.

Ganz entgegen ihrer Gepflogenheit sprachen sie nur wenig miteinander. Zu viel Gerede hätte hier wirklich nur gestört. Der Raubvogel von vorhin ließ einen hellen Schrei erschallen, danach war wieder nur das Murmeln des Wassers wahrnehmbar. Gerald beobachtete aus den Augenwinkeln heraus eine Schlange, die sich zwischen den Uferpflanzen in den Bach hineingleiten ließ. Stumm machte er Rebecca darauf aufmerksam. Mit eleganten Bewegungen zog sie auf der Oberfläche dahin. Für ihre Füße schien sich die Würfelnatter nicht zu interessieren, aber es hatte einen gewissen

Reiz! Eng aneinander sitzend sogen sie diese Kraft, die von dieser Stelle auszugehen schien, auf.

Gerald vermochte nicht zu sagen, wie lange sie dort gesessen hatten. Und es war etwas Außergewöhnliches, so kam es ihm vor. Eine unglaubliche Nähe zu Rebecca, ganz ohne den sexuellen Aspekt! Dieses Gefühl verdeutlichte ihm noch mehr seine Liebe, die er für sie empfand.

Irgendwann gurgelte etwas in ihrem Bauch.

„Hast du Hunger?" Gerald sah zum ersten Mal wieder auf die Uhr. Es war schon später Nachmittag geworden. Die Zeit hier war für sie stillgestanden, aber die Uhren waren unerbittlich weitergewandert. Sie mussten noch eine ganze Strecke zum Wagen zurückgehen. Rebecca wirkte versonnen. Auch sie schien tief beeindruckt zu sein von dem großen Nichts, das hier geschehen war. Nichts und doch so viel!

"Wir könnten nach Corte fahren und dort etwas essen. Ich hätte heute Lust auf Wildschwein mit vielen Kräutern!"

Sie lächelte und er wusste, dass sie sich mit ihm freute.

Gegen 6:30 Uhr waren sie in Corte angekommen. In der Altstadt hatten etliche Restaurants Tische und Stühle im Freien aufgestellt. Eine Auswahl zu treffen war schwer, denn alle sahen relativ gleich aus und auch die Menüs waren nur wenig unterschiedlich, das eine mal hier, dafür gab es das andere dann dort. Aber es war auch wieder leicht, weil alle Lokale authentisch waren, wenig touristisch. Die Touristen verloren sich zumindest abends nicht im Landesinneren, sondern waren schon längst wieder in ihren Hotels an der Küste.

Das Essen war wirklich fein, logischerweise deutlich rustikaler als ein Fischgericht, aber ausgezeichnet. Auch Rebecca hatte sich Wildschweineintopf bestellt, der ihre Augen vor Genuss zum Rollen brachte. Auch der Rotwein, den Gerald nur in wenigen Schlucken genießen konnte, mundete vorzüglich. Die Abendsonne neigte sich nach Westen und die umgebenden Berge warfen lange Schatten, die sich scharf um die Häuser abzeichneten. Jetzt brach dafür ein Schauspiel an, auf das Gerald gewartet hatte. Mit durchdringendem Sirren kamen immer mehr Vögel – Mauersegler – aus ihren Höhlen unter Simsen, unter Dächern und bildeten regelrechte Jagdgeschwader, mit denen sie auf Insektenfang gingen. Dabei war es absolut erstaunlich, wie wendig diese Vögel waren, vor allem wenn man die Geschwindigkeit in Betracht zog, mit denen sie um die Vorsprünge und Kanten der alten Gemäuer zogen. Sie stießen dabei nie mit etwas anderem, auch nicht mit den wenige Zentimeter entfernt fliegenden Artgenossen, zusammen. Man konnte die Insekten zwar nicht sehen, aber es mussten unendlich viele davon da sein, um all die hungrigen Schnäbel zu füttern, ganz zu schweigen von der schreienden Brut, die unter den Vorsprüngen versteckt auf die Fütterung durch ihre Eltern wartete.

Nach etwas mehr als 1 Stunde und fast genauso schnell, wie er begonnen hatte, war der Spuk der Mauersegler wieder vorbei und es kehrte wieder Ruhe über den Dächern Cortes ein.

Nach der Bezahlung und als sie wieder im Auto saßen, sagte Rebecca nur ein Wort: „Danke"! Was sich aber nicht auf die Begleichung der Rechnung bezog.

XXVIII

Was für ein Glück sie hatten! Das Wetter blieb gleichbleibend schön, sodass sie keinen sonderlichen Druck hatten, das Programm durchzuziehen, das sich Gerald vorgenommen hatte. Eine genaue Recherche der Örtlichkeiten war für ihn zwingend erforderlich, um in seinen Romanen authentisch zu wirken. Drei Orte hatte er noch vorgesehen zu besuchen, aber da es auch die nächsten Tage keinen dramatischen Wetterumschwung geben würde, ließ auch er einmal Muße einziehen. Außerdem musste er auch die Eindrücke der letzten Tage niederschreiben, damit auch kleine Details nicht in Vergessenheit geraten konnten.

Rebecca ließ es sich nicht nehmen, ein morgendliches Bad im Meer zu tätigen. Gerald begleitete sie hinunter zu den Felsen, von wo ein Sprung ins Wasser problemlos möglich war. Er selbst konnte sich aber noch nicht dazu überwinden, es ihr gleich zu tun. Am Morgen war sein Bedürfnis nach kühlem Wasser nur in sehr begrenztem Maße vorhanden. Dafür war es für ihn aber eine echte Freude, seiner Begleiterin beim Schwimmen zuzusehen. Es war für ihn faszinierend. Sie hatte einen sehr intensiven Bezug zum Wasser, was sich in ihren ästhetischen Bewegungen deutlich ausdrückte. Sie glitt durch das

Nass, als wäre es ihr Zuhause und ihr glücklicher Gesichtsausdruck, den sie dabei zur Schau stellte, sprach Bände.

„Es ist nur schade, dass ich keine Taucherbrille dabei habe, denn ich schnorchle doch so gerne!"

"Wir können ja eine im Ort besorgen, ich habe ohnehin vor, mit dir nach deinem Bad dort einen Spaziergang zu machen." Gerald kam bei ihrem Anblick nicht umhin, doch noch sein Hemd auszuziehen und zu ihr ins Meer zu springen.

Diesmal suchte sie seine Nähe im Wasser. Die Haare, die ihr im Gesicht klebten, machten ihr Antlitz noch entzückender.

„Komm, lass uns etwas weiter hinaus schwimmen!" Sie drehte sich auf den Rücken und kraulte langsam neben ihm her. Sie lag dabei so flach im Wasser, dass ihre Brüste und ihr Bikini über die Wasseroberfläche herausragten, was für ihn ein außerordentlich reizvoller Anblick war. Alles, was sie machte und was er sah, war immer eine Rechtfertigung für ihn, warum er so ein großes Verlangen nach ihr hatte. Sie war für ihn das vollkommenste weibliche Wesen, dass er sich vorstellen konnte.

Auch anschließend im Ort, als sie am Hafen einen Kaffee zu sich nahmen und dem Treiben der Fischer zu sahen, die laut palavernd über ihre Fänge in der vergangenen Nacht diskutierten, fand er dies bestätigt. Rebecca beobachtete genau wie er mit großem Interesse dieses Schauspiel. Genauso war sie neugierig darauf, was in die Netze gegangen war.

Leider war dies für sie eher enttäuschend, denn bis auf einen großen Meeraal waren in den Styroporkisten nur winzig kleine Fische auf Eis gelegt. Ein Schonmaß, wie es in Deutschland zumindest bei Süßwasserfischen Pflicht war, schien hier unbekannt zu sein. Kein Wunder, warum das Mittelmeer immer artenärmer wurde. Aber Gerald musste sich dabei auch selbst mit einbeziehen. Er als leidenschaftlicher Fischesser trug in gewissem Maße auch zu dieser desaströsen Abnahme der Bestände bei. Bei diesem wahrlich traurigen Anblick nahm er sich vor, heute Abend vegetarisch zu essen.

„Wollen wir heute Abend vielleicht nur eine Pizza essen?" Allein für diese Frage liebte er Rebecca schon wieder ein bisschen mehr. Sie hatte die gleichen Gedanken wie er.

Sie stiegen noch hinauf zur Zitadelle, die dem Ort früher Schutz gab und blickten auf das Meer hinaus bis dieses mit dem Blau des Himmels verschmolz. Die weißen Häuser Calvis mit ihren fleckigen, roten Ziegeldächern bildeten einen harmonischen Kontrast dazu.

Etwas in Gedanken versonnen machten sie sich auf den Weg zurück ins Hotel, denn schließlich hatten sie beide auch zu arbeiten. Aber unter dem Sonnenschirm am Pool, würden ihnen diese Tätigkeiten schon leicht fallen.

Gegen Nachmittag hatte sich Gerald auf das Zimmer zurückgezogen, denn draußen war es ihm etwas zu laut und auch zu warm geworden. Andere Hotelgäste, die mehr auf Urlaub eingestellt waren und dies im Schwimmbecken auch akustisch zum Ausdruck brachten, waren der Hauptgrund. Er konnte sich so nicht ausreichend auf seine Arbeit konzentrieren.

Auch Rebecca zog es vor, sich mit ihm zurückzuziehen. Sie hatte einige Texte zu lesen, was ebenfalls ungestört deutlich besser gelang.

Gerald saß am Fenster des Hotelzimmers, vor sich sein Schreibblock. Flott glitt sein Stift über das Papier und erzeugte die für ihn typische krakelige Schrift. Das hatte den Vorteil, sollte irgendjemand Fremdes seine Zeilen in den Händen halten, sie wären für diese Person nicht verwertbar, da niemand diese krummen Buchstaben zu Wörtern zusammensetzen würde können. Rebecca vielleicht ausgenommen, die gerade eben etwas unwirsch im Raum umher tigerte.

„Komm lass uns ans Meer gehen! Die Sonne steht gerade so schön über dem Meer. Später werfen die Palmen und Hecken wieder so lange Schatten, sodass ich nicht mehr trocken werde."

„Gleich, meine Schöne, ich will aber noch dieses Kapitel fertig schreiben. Es läuft gerade so schön flüssig."

Ihre Nase kräuselte sich ein wenig, was er extrem anziehend fand."Wie lange wirst du denn noch brauchen?"

„Das kann ich so genau nie sagen, du weißt doch, dass ich mich beim Schreiben manchmal so richtig treiben lasse." Bevor Rebecca etwas antworten konnte, fügte er schnell noch an: „Geh doch schon einmal vor, ich komme nach und kühle mich an dir dann ab, wenn du aus dem Wasser steigst."

Ein leises Murren zeigte ihm an, dass sie damit nicht sonderlich zufrieden war."Na gut, dann zieh ich mir mal meinen Bikini an."

Doch so schnell gab sie nicht auf, ihn vom Schreibtisch wegzubekommen. Kaum hatte er sich dem Blatt wieder zugewendet und gerade mal zwei Sätze geschrieben: „Du, soll ich diesen Bikini anziehen?"

Gerhard drehte sich halb um uns da stand sie nur mit dem Höschen bekleidet und warf sich in Pose, sodass sich ihm ihre Brüste aufreizend ins Blickfeld drängten. Sofort hatte sie bemerkt, dass seine ganze Aufmerksamkeit ihr galt. Sie zog ein rotes Oberteil an, das so gar nicht zum dunkelblauen Slip passte, zog aber sogleich diesen Aus und stand nun unten herum unbekleidet vor ihm. Das Licht, das vom Fenster hereinfiel, betonte den kleinen Haarschopf, der sich am Eingang Ihrer Vagina leicht glänzend gegen den hellen Venushügel abhob. Sie sah an der Vergrößerung seiner Pupillen, dass sie kurz vor ihrem Ziel stand, dass er aufhörte zu schreiben, denn er betrachtete ausgiebig ihren Körper, den sie nun noch etwas mehr zur Schau stellte, indem sie ein Bein auf den neben ihr stehenden Stuhl stellte, natürlich so, dass er noch etwas mehr von ihrem Intimsten sehen konnte.

Nach einer geraumen Zeit ihres Hoffens grinste er jedoch frech."Zieh den roten Bikini an, er passt gut zum goldenen Sand, wenn die Sonne noch tiefer steht." Dann drehte er sich um und fing, Rebecca konnte es kaum glauben, wieder an zu schreiben. *Na warte, du wirst es heute noch bereuen, mich einfach so zur Seite zu schieben. Ich werde dich heute noch so richtig leiden lassen!* Und sie wusste genau, dass er leiden würde, denn die Lust auf sie und ihren Körper war ihm tief ins Gesicht geschrieben gewesen. Deshalb konnte sie ihm auch nicht richtig böse sein, aber ein bisschen heimzahlen würde sie ihm diese Abfuhr schon. Es blieb aber die Frage, ob sie ihm widerstehen könnte, wenn er sich um sie körperlich kümmern wollte.

Sie zog sich entgegen Geralds Rat den blauen Bikini an, warf sich ihren cremefarben Seidenkimono um, dazu hochhackige, offene Schuhe, die ihre Beine und Füße deutlich zur Geltung brachten und verließ das Zimmer, wobei sie die Türe absichtlich etwas heftiger ins Schloss fallen ließ.

Gerald wusste, dass sie nicht beleidigt war, denn bei ihr war es auch nicht anders, wenn sie am Arbeiten war. Dann wollte sie sich auch nur ungern davon abbringen lassen. Er war sich aber auch bewusst, dass ihre Reize deutlich stärkere Argumente waren, aufzuhören zu schreiben, als seine körperlichen Vorzüge. Sie hatte ohnehin schon erreicht, dass er nicht mehr so konzentriert sich dem halbvollen Blatt Papier vor sich zuwenden konnte. Ein innerer Drang ließ ihn zum Balkon gehen, um versteckt im Schlagschatten der Trennwand ihren Weg durch die Poolanlage zum Strand zu verfolgen. Allein wie sie zwischen den beiden Becken dahinschritt, war für ihn die Erotik pur. Nicht dass sie sich aufreizend bewegte, nein, sie hatte einfach das bestimmte Etwas, das man im allgemeinen als Klasse bezeichnete.

Natürlich empfand das nicht nur er so, sondern auch eine Reihe von Männern, die sich zum Teil aufsetzten, ihre Lesebrillen, so sie welche benutzten, kurz auf die Stirn schoben, um sich diesen Anblick nicht entgehen zu lassen. Die Ehefrauen oder Freundinnen dieser Männer, die zum Teil deutlich jünger waren als Rebecca, waren davon nicht so erbaut. Ihre Reaktionen waren allerdings sehr unterschiedlich. Manche zogen ihre Begleiter zu sich heran, um ihnen ihre Reize zu demonstrieren. Eine zweite Gruppe redete danach intensiv auf den männlichen Part ein, wobei deren Mimik keine freundlichen Worte vermuten ließ. Eine nahm sogar den Spieleimer ihres kleinen Sohnes, den dieser mit Wasser gefüllt hatte und goss den Inhalt ihrem Gatten mitten auf die Hose, wahrscheinlich um zu verhindern, dass sich dort eine kleine Beule abzeichnete. On y soi qui mal y pense!

Rebecca nahm von alldem nichts war, da es sich meist in ihrem Rücken abspielte. Gerald nahm es mit Erheiterung auf. Rebecca hatte wirklich Klasse und dazu kam noch dieser atemberaubende Hintern, der durch den kurzen Kimono noch betont wurde. Jetzt wird es aber wieder Zeit zu schreiben, sonst würde er heute nicht mehr fertig werden. Er hatte schließlich noch etwas Anderes vor....

Das Meer war herrlich erfrischend, genau wie es die Farbe des Wassers prophezeit hatte. Im klaren Wasser zu schwimmen war für Rebecca eines ihrer Lebenselixiere. Ohne Meer und darin schwimmen konnte sie sich ihr Leben gar nicht vorstellen. Im Nassen dahin zu gleiten, fast schwerelos und ohne jegliche Anstrengung, das war etwas, das ihr Kraft und zugleich innere Ruhe gab. Trotzdem hätte sie jetzt gerne Gerald in ihrer Nähe gehabt. Sie würde um ihn herum schwimmen, ihn dabei wie zufällig berühren, an bestimmten Stellen etwas intensiver. Sie würde sich an seinen Reaktionen, die nicht ausbleiben würden, laben und dabei feststellen, dass sie ebenfalls Erregung verspürte. Sie wusste, dass sie es schaffen würde, dass er nicht sogleich aus dem Wasser heraus könnte, sonst würde er vermutlich wegen Erregung öffentlichen Ärgernisses des Hotels verwiesen werden, da seine Badehose nicht so geschaffen war, diese Erektion zu kaschieren. Aber leider war sie allein beim Baden. *Du wirst heute leiden!* Dieser Grimm half ihr darüber hinweg, dass sie auch bereits Lust verspürte und sie vermutlich mitleiden würde. Aber sie würde es sich ihm gegenüber nicht anmerken lassen!

Immer wieder blickte sie zum Ufer, aber Gerald war nicht auszumachen. Wahrscheinlich würde er immer noch schreiben, wenn sie wieder zurückkam. *Na warte!* Sie duschte sich am Pool das Salzwasser ab, nicht ahnend, dass sie schon wieder manch kleines Ehedrama in Gang setzte. Dann schüttelte sie auch noch ausgiebig ihr nasses Haar aus, was die Dramen noch etwas verschärfte. Sie warf sich den Kimono um, den sie mit einem lockeren, ebenfalls seidenen Gürtel vorne schloss, zog sich ihre Schuhe an und ging von weiteren, manchmal sehr heimlich verstohlenen, Blicken verfolgt wieder zurück aufs Zimmer. Tatsächlich – er schrieb immer noch! Sie legt ihre Arme um seinen Hals und spürte seine Wärme.

„Ah, du bist so herrlich kühl!" Er sah kurz von seiner Arbeit auf."

„Du hast dir doch gewünscht, dass ich dich mit meinem ganzen Körper abkühlen soll." Rebecca nestelte an ihrem Gürtel der den Kimono geschlossen hielt.

„Warte noch ein bisschen, ich hab das Kapitel gleich fertig."

Du wirst jetzt nicht mehr schreiben können, dafür werde ich sorgen! Rebecca zog ihren Bikini-BH aus, ließ den Seidengürtel nur locker um ihre Hüften geschlungen, sodass der leichte Abendwind in den luftigen Stoff, der sie nur andeutungsweise bedeckte, hineinfahren konnte und trat auf den Balkon. Schon im Zimmer hatte sie sich diese Stelle ausgesucht, da sie am besten von Gerald wahrgenommen werden würde und das von der Seite kommende Sonnenlicht ihre körperlichen Argumente am besten zur Geltung bringen könnte.

Es lief alles so ab, wie sie es sich vorgestellt hatte. Ein Luftzug blähte den Seidenstoff etwas auf, sodass ihre nackten Brüste beim seitlichen Einblick, den sie ihrem „Schreiberling" gönnte, zu sehen waren. Es war nur eine Nuance, aber sie wusste genau, wie er darauf abfuhr. Aus dem Augenwinkel heraus, sie wollte es ja nicht zu offensichtlich machen und ihn dabei auch noch herausfordernd ansehen, konnte sie aber wahrnehmen, wie er über den oberen Rand seiner Lesebrille hinweg sich diesen Anblick gönnte. Sie hatte sich das Höschen ihres mintfarbenen Bikinis mitgenommen und tauschte das nasse blaue Unterteil gegen eben dieses trockene. Dabei streifte sie den Stoff des Kimono zur Seite, dass Gerald nun neben ihren Brüsten auch ihre Beine bis zu den Hüften sehen konnte, während sie langsam den nassen Stoff herunterrollte. Sie konnte Gerald zwar jetzt nicht sehen, aber sie wusste dass er ihr zusah. *Du schreibst heute nicht mehr! Aber glaube ja nicht, dass du mich gleich bekommst!* Zum Anziehen des Mintslips drehte sie sich um, denn nun war wieder etwas von Geralds Reaktionen zu sehen, natürlich wieder verstohlen. Ein innerer Triumph machte sich breit, als sie erkennen konnte, dass eine Hand auf seinem Schoß lag. *Na, findest du es geil?*

Aber das konnte doch nicht wahr sein! Jetzt fing er tatsächlich wieder zu schreiben an!

Das feine, spitzbübische Grinsen um seine Mundwinkel konnte sie nicht sehen, denn er hatte seinen Kopf, zwar schweren Herzens, wieder gesenkt. Gerald liebte es, wenn Rebecca für ihn eine kleine Show abzog. Es war klar, dass er jetzt nicht mehr weiter schreiben konnte, er tat nur noch so. Die drei Sätze zum Abschluss dieses Kapitels konnte er sich auch bis morgen merken. Er könnte sie auch jetzt noch aufschreiben, aber das, was am Balkon passierte, war nun einmal viel interessanter. Der Wind spielte im Seidenstoff und immer wieder erhaschte er, manchmal erahnte er es nur, einen Schimmer von Rosa, wenn ihre Brustwarzen hervorblitzten. Natürlich sah er nicht direkt hin, sondern so dass Rebecca seine Augen nicht direkt sehen konnte.

Das mintfarbene Höschen, das sie endlich – leider – übergezogen hatte, war etwas knapper als das blaue. So konnte er nun zwischen Bund und brauner Haut einen kleinen weißen Streifen, der noch kein Sonnenlicht gesehen hatte, leuchten sehen. Ihre herrlichen Konturen wurden dadurch noch besser betont. *Mal sehen, meine Liebe, was du noch drauf hast.* Er sah kurz auf, setzte dabei eine nachdenkliche Miene auf *ja nicht anmerken lassen, das ihn das, was er zu sehen bekam, erregte,* streckte kurz seinen Rücken durch und begann von neuem irgendetwas, auf das Papier zu kritzeln. *Hauptsache, es sieht nach Schreiben aus.*

Dieser Schuft, jetzt schaut er auch noch an mir vorbei, als ob ich ihn gar nicht interessiere! Rebecca wusste genau, dass ihn das anmachte, aber er war eben auch ein guter Schauspieler. *Dann kommt jetzt die Lektion zwei!* Sie war sich bewusst, dass ihr Hinterteil fast magische Wirkung auf ihn hatte und den würde sie jetzt einsetzen. *Mal sehen, wie lange du dich noch beherrschen kannst!* Obwohl, Gerald war ein Meister in seiner Körperbeherrschung, was sie beim Liebesspiel schon oft erfahren und vor allem genießen durfte. Aber auf ihren Po und seine Lust darauf, war eigentlich immer Verlass! Durch die hohen Absätze würde das Ganze noch besser zur Geltung kommen. Sie drehte sich um 90° und machte den einen Schritt zum Balkongeländer, beugte sich leicht vor, wobei sie sich mit den Armen noch etwas nach oben zog, bis sie spürte, dass sich der Kimono an ihrem Rücken straffte und sich nach oben schob. *Jetzt wirst du wohl genug zu sehen bekommen!* Sie spürte förmlich seine Blicke, die sich in Wärme auf ihren beiden Backen ausbreitete.

Jetzt fährt sie aber das ganz große Geschütz auf! Das bei Gerald schon bekannte Ziehen in seinen Lenden breitete sich aus und verstärkte sich an der Spitze seines Gliedes, das langsam begann sich zu entfalten. Diese wohlgeformten Rundungen – eine Mischung aus Apfel und Birne – die er so unwiderstehlich fand, zogen seine Blicke magisch an. Jetzt konnte er diesen Anblick auch noch unverhohlen genießen, denn Rebecca hatte glücklicherweise hinten keine Augen im Kopf. Dazu wackelte sie auch sanft spielerisch mit ihren Hüften, wobei sich das Mint mal kräuselte, mal straff um die Schenkel anlag. Dazu kam jetzt, dass sich die Ausläufer dieses fantastischen Körperteiles auch noch weiß abzeichneten, was den Übergang von Gesäß zu Oberschenkel besonders reizend, im wahrsten Wortsinn machte. Gerald konnte nicht anders, als darauf zu starren und seine Fantasien nahmen ihren Lauf. Er stellte sich bei ihren schaukelnden Bewegungen vor, wie ihre Schamlippen, die sicherlich feucht waren, aber nicht nur vom vorangegangenen Bad, gegeneinander glitten und sich hin und wieder eine kleine glänzende Öffnung bildete. Er konnte den tiefen, wohligen Atemzug machen, denn Rebecca konnte ihn draußen auf dem Balkon nicht hören. Das Ziehen wurde an der Spitze seines nun errigierten Penis wieder zu jenem wollüstigen Brennen, doch gerade in dem Moment drehte sie sich um und er schaffte es gerade noch, sich wieder mit dem Schreibstift auf seinem Blatt zu beschäftigen. Aber seine Gedanken waren ganz woanders…

Hatte er jetzt wirklich nicht zugeschaut? Rebecca konnte es nicht glauben, aber er saß immer noch da und schrieb. Nein, er hatte sie angesehen! Sie konnte die Beule in seinem Schritt unter der Tischplatte sehen. *Dann kommt jetzt Lektion drei!* Sie schob den Stuhl, der auf dem Balkon stand zu sich heran und begann, ein Bein darauf gestellt, Dehnungsübungen zu machen. Dabei achtete sie bewusst darauf, dass der Kimono ihr Gerald zugewandtes Bein und auch diese Poseite freigab. So langsam es ihr möglich war, beugte und streckte sie nun diese Extremität. Nun konnte sie auch wieder aus den Augenwinkeln sehen, dass er sie beobachtete. Zwar immer noch verholen, aber doch gut zu erkennen. *Du schreibst gar nicht mehr! Du tust nur so!* Die Bewegungen seines Stiftes auf dem Papier waren viel zu unrhythmisch und sie konnte jetzt doch große blaue Flecken von seinem Gekritzel erkennen. *Gut, dann beginnt jetzt deine Leidenszeit!* Sie ordnete demonstrativ ihr Höschen, durch das Dehnen ist es – selbstverständlich! – etwas verrutscht, wobei sie sich wie zufällig auch zwischen ihre Beine griff. – *Swimmingpool!* – Hoffentlich schaffte sie es, länger standhaft zu bleiben als er. Dann drehte sie sich um 180° und begann das gleiche Schauspiel von vorne, mit dem anderen Bein. *Verflixt, jetzt verrutscht der Slip schon bei der Übung! Ja, schau nur genau hin!*

Geralds Fantasien wuchsen mit jeder von Rebeccas Bewegungen. *Ihre Fingerspitzen, hatten sie nicht gerade geglänzt, als sie sich den Slip zurechtgerückt hatte?* Es sollte zwar wie zufällig aussehen, aber ihre zu langsamen Bewegungen hatten sie verraten. Sie wollte ihn so richtig antörnten, sie wollte, dass er geil und voller Gier auf sie war! *Und wie ihr das gelang!* Aber noch war ein Funke Widerstand in ihm. Außenstehende Beobachter hätten jetzt begonnen, Wetten abzuschließen, wer eher nachgab. Der Mann saß zwar immer noch ruhig da und war somit kein optischer Anreiz für die Frau, aber das Funkeln und Blitzen in ihren grünbraunen Augen zeugten von dem Kopfkino, das in ihrem Geist ablief. Jetzt wurde es spannend, denn ihre Blicke trafen sich zum ersten Mal...

Rebecca konnte das Verlangen und seine Lust sofort erkennen, als sie seine Augen sah. Dazu der leicht geöffnete Mund, ein deutliches Zeichen seiner Erregung. Seine Gesichtszüge waren angespannt. Trotzdem saß er immer noch am Tisch und bewegte sich, bis auf die Hand mit dem Schreibstift, kaum. *Gut, dann kommt jetzt Lektion vier!* Sie stolzierte zurück ins Zimmer, stellte sich neben Gerald Stuhl. Er konnte mittlerweile nicht mehr anders und verfolgte mit gierigem Blick ihren Weg zu ihm. Gerade einmal 10 cm vor seinem Kopf, den er ihr zugewandt hatte, bückte sie sich vor ihm, um ihre Schuhe auszuziehen. *Die lassen sich aber wieder schwer ausziehen, das muss an den nassen Beinen liegen!*

Beim ersten Schuh konnte sich Gerald noch beherrschen, aber als sich Rebecca den zweiten ausziehen wollte, ihr Po war noch näher an seinem Gesicht, sodass er die feinen silbernen Härchen darauf erkennen konnte, war es vorbei mit seiner erzwungenen Zurückhaltung. Er griff nach ihren Hüften und zog sie ganz zu sich heran. Seine Zunge leckte genau über dieses schmale, weiße Band zwischen Saum und Oberschenkel.

Rebecca schaffte es gerade noch, einen stöhnenden Laut zu unterdrücken, als sie seine Zunge auf ihrer Haut spürte. Feuer breitete sich von diesen Stellen, die er bestrichen hatte, über ihren gesamten Körper aus. Eine Brustwarze stellte sich auf und bildete einen kleinen, harten Nippel. Auch bemerkte sie eine Geschmeidigkeit zwischen ihren Beinen. *Und der Swimmingpool!* Aber noch war sie nicht fertig mit ihrem Spiel, er sollte ja leiden, hatte sie sich vorgenommen. Dass sie dabei aber ebenso leiden musste, hatte sie sich nicht vorgestellt. Nachdem sie auch den zweiten Schuh von sich geworfen hatte, machte sie zwei Schritte nach vorne und blickte, so unbeteiligt wie möglich über ihre Schulter."Du musst doch noch dein Kapitel fertig schreiben. Ich will dich doch nicht davon abhalten!"

Geralds Augen verengten sich leicht. Sie konnte seine Enttäuschung deutlich ablesen. Zu gerne hätte er sich ihr nun ganz gewidmet. *Nein, ich bin noch nicht fertig mit dir!*"Schreib weiter, lass dich von mir nicht stören!" Sie nahm ein Buch zur Hand und legte sich bäuchlings auf das große breite Bett mit den schneeweißen Laken, wo sich ihre gebräunte Haut deutlich davon abhob. Ihre Beine hatte sie, leicht geöffnet, Gerald zugewandt. Mit dem Gesicht zur Wand begann sie zu lesen. Zumindest tat sie so, denn in Wahrheit war sie nur auf ihre Körperteile fixiert, die er jetzt gerade anstarren würde. Hin und wieder winkelte sie einen Unterschenkel an, der nun steil nach oben stand. Dadurch war die Statik etwas ungünstig, was nur durch eine größere Spreizung ihre Oberschenkel auszugleichen war. *Schau nur hin! Und mach endlich was!*

Aber Gerald tat ihr den Gefallen nicht. Durch ihre provokative Bemerkung, er solle doch weiterschreiben, wollte er dieses Spiel jetzt auch richtig mitmachen. Tatsächlich schrieb er die drei Sätze, die ihm zuvor noch zum Abschluss gefehlt hatten, nieder, aber dann widmete er sich ausschließlich dem Anblick, den Rebecca ihm bot. Ihre schlanken, geraden Beine, die sich so herrlich auf dem Weiß des Lakens abzeichneten. Dazu passte sensationell das Mint ihres Slips, der unter dem cremefarbenen Kimono, der weit über dem Po verschoben war – mit Absicht natürlich! – deutlich hervor lugte. Ihre Bewegungen, die sie möglichst auffällig, unauffällig mit ihrem Unterleib vollzog, feuerten seine erotischen Träume weiter an. Er stellte sich vor, wie sich ihre Schamlippen, die vor Feuchtigkeit glänzten, gegenseitig küssten und dann sich bereitwillig öffneten, um sein Glied aufzunehmen. Dieses würde dann durch dieses leichte Kneten von allen Seiten massiert.

Ein weiterer Traum überlagerte diesen ersten, ohne ihn völlig auszulöschen. Seine Zunge war wie vorhin, als sie neben seinem Stuhl gebückt stand, wieder an diesem weißen Streifen, nur diesmal lupfte er mit einer Hand den Gummizug an ihrem Höschen, genau so weit, dass er mit seinem Mund ihre Scham küssen konnte und mit leicht stippenden Bewegungen den Geschmack ihrer Lust auf seiner Zunge zu spüren bekam. *Was für ein geiler Traum! Gleichzeitig mit Mund und Penis in der Vagina der absoluten Traumfrau!* Die Zeit versank um ihn, er hatte auch nicht bemerkt, dass er mit seiner Hand sein in der Hose steifes Glied leicht streichelte. Es waren für ihn Rebeccas Scheidenwände.

„Nein, nein, was machst du denn da?" Rebecca hatte sich umgedreht, ohne dass er es in seinem Traum wahrgenommen hatte.

Er sah sie erwartungsvoll an und ging hinüber zu ihr aufs Bett.

„Du wirst doch nicht endlich fertig sein mit deiner Arbeit?" Sie sah ihn mit gespielter Entrüstung an."Und jetzt glaubst du, ich wäre bereit für dich? Täusch dich da mal ja nicht!"

Gerald legte sich auf sie und umschloss sie mit seinen Armen. Der lustvolle Ton, derst ihrem Mund entwich, strafte ihre vorangegangenen Worte Lügen. Sie drückte sich an ihn heran und genoss den leidenschaftlichen Kuss, den sie sich vorstellen konnte. Seine linke Hand wanderte an ihrem Oberschenkel hinauf, strich leicht über den Stoff, der ihre mehr als bereite Vulva bedeckte und dann schlängelte sich schon der Finger zwischen ihre erregte Feuchtigkeit.

Als sein Finger in sie hineinglitt,. spürte Gerald ein Zittern ihres Körpers, der sich heftig gegen den seinen drückte. Er zog das herrliche, aber nun hinderliche Kleidungsstück aus, umfasste ihre Pobacken und hob ihr Becken etwas an. Ihre Brüste lugten unter dem halbgeöffneten Kimono vor, als er mit einem stöhnenden Laut in sie eindrang, den sie mit einem ebensolchen quittierte. Er konnte es kaum fassen, sie machten nun mit ihren Scheidenmuskeln genau diese knetenden Bewegungen, die er sich, gerade eben noch auf dem Stuhl sitzend, vorgestellt hatte. Nur war es in der Realität noch viel besser, zärtlicher, erregender, geiler! Seine Lippen bedeckten ihren Mund. – Vereinigung! –

Irgendwann holte Rebecca tief Luft."Pause!"

Gerald zog seinem Penis langsam aus ihrer, in seiner Fantasie dampfenden Vagina heraus. Rebecca richtete sich leicht auf und betrachtete sein steifes, vor Feuchtigkeit schillerndes Stück Männlichkeit. Es gefiel ihr gut! *Und es passte so genau in mich hinein!* Sie nahm es in die Hand, streifte seine Vorhaut zurück. Der dunkelrot geschwollene Kopf seiner Eichel beflügelte ihre Erregung. *Ich weiß, was du jetzt magst! Das bekommst du jetzt als Entschädigung für deine Leiden!* Sie spitzte ihre Zunge und bohrte sich ein klein wenig in die winzige Öffnung hinein, die sie durch leichtes Zusammendrücken des Gliedes etwas vergrößerte. Der leise stöhnende Laut von Gerald war für sie wie ein Dank. Ihre Lippen umschlossen seine Eichel, aber sie hörte nicht mit den bohrenden Bewegungen ihre Zunge auf. Gleichzeitig spürte sie die kreisenden Bewegungen seiner Finger in ihrer Scheide.

Doch jetzt wollte sie sein Glied wieder in sich spüren. Zu einer unendlichen, liebevollen Vereinigung!

XXIX

Es waren ein paar herrliche Tage, die sie auf dieser landschaftlich außerordentlich reizvollen Insel noch verbringen durften. Zwar empfanden beide den Besuch der Gorges de la Restonica trotz der außergewöhnlichen Schönheit dieser Schlucht nur mäßig erquicklich, da sich, obwohl es Nebensaison war, enorme Massen an Fahrzeugen sich die schmale Straße entlang des in vielen pittoresken Kaskaden herabstürzenden Flusses hinauf quälten. Eigentlich hatten sie vor, ganz oben in der Hochgebirgsregion eine kleine Wanderung zu machen. Gerald freute sich im Besonderen auf eine eventuelle Sichtung von einem Bartgeier, denn er hatte gelesen, dass dort ein erfolgreiches Programm lief, um diese imposanten Vögel in ihrer angestammten Regionen wieder anzusiedeln. Aber nachdem die Stauzeiten hinauf immer länger wurden und des enormen Andrangs zufolge oben wenig Stille und Idylle zu erwarten war, hatten sie diesen Ausflug noch vor der Hälfte der Auffahrt abgebrochen und stattdessen die prähistorische Stätte von Filitosa im Süden besucht.

Kulturelle Orte waren für Rebecca immer etwas Besonderes und so war ihre Enttäuschung bezüglich der Restonica zwischen diesen teils noch gut erhaltenen Ruinen schnell verflogen. Das Tal, in dem diese Siedlung zunächst von den Corsi angelegt und später von den Torreanern übernommen worden war, musste schon damals ein Anziehungspunkt gewesen sein. Die geschützte Lage auch vor den Widernissen der Natur ließ das Leben der dort Ansässigen mit Sicherheit leichter gestalten, als es Andernorts möglich gewesen wäre. Viele Fundstücke, wie kunstvoll verzierte Menhire, die im Freilichtmuseum ausgestellt waren, wiesen eindeutig darauf hin, dass hier 1800 vor Christus ein gewisser Reichtum vorhanden war.

Nach einem ausgedehnten Spaziergang währenddessen sie die Kunstfertigkeit der damaligen Bewohner bewundern durften, machten sie sich auf die lange Rückfahrt entlang der Ostküste, da hier die Straße ein deutlich besseres Vorankommen ermöglichte. Die Berge

523

schoben sich nicht direkt an die Wasserlinie, sodass sich wenig Hindernisse der Straße entgegenstellten. Sie fanden auch ein kleines Restaurant, das mit Sicherheit noch nicht von den großen Touristenströmen wahrgenommen worden war und eine einfache, aber typische Küche anbot. Unter einer Pergola, die von wildem Wein überwuchert war, fanden sie einen Tisch mit einer großartigen Aussicht auf das Tyrrenische Meer.

Es war schon dunkel, als sie das Restaurant wieder verließen. Solange Rebecca den Wagen auf der Hauptstraße steuerte, war es relativ einfach zu fahren, aber in den engen Kurven ab Saint Florent musste sie sich sehr konzentrieren, zumal immer wieder einmal auch ein Tier über die Straße huschte.

Als sie endlich im Hotel in Calvi angekommen waren, fühlte sie sich rechtschaffen müde und fiel dankbar ins Bett, wo sie bereits kurz darauf in Geralds unmittelbarer Nähe in einen tiefen Schlaf versank.

Sie beobachtete aus einem Busch heraus ein junges Mädchen, das sich am Bach die Haare wusch. Das Fell, dass sie am Leib trug bedeckte nur wenig von ihrem sonnengebräunten, ausladenden, üppigen Körper. Ihre schweren Brüste lagen frei und schaukelten bei jeder ihre Bewegungen im Takt. Die Brustwarzen mit ihren großen Vorhöfen grenzten sich kaum von der dunklen Haut ab. Ihr großes, breites Hinterteil lugte weit unter dem Lendenschurz heraus. Über ihrer kleinen, flachen Nase dominierten dunkle Augen, die von einer schwarzen über die gesamte Stirnpartie verlaufenden, durchgehenden Augenbraue betont wurden. Ein monotoner Singsang begleitete ihr Tun. Es ließ die Vermutung zu, dass sie mit dieser mehr als einfachen Melodie die Aufmerksamkeit des ebenfalls nur mit einem Fellfleck bekleideten Mannes erregen wollte, der mit einem Steinmeißel einen großen Felsblock bearbeitete.

Es war warm und der Schweiß lief ihm in Strömen über den gedrungenen, aber durchaus muskulösen Körper. Auch sein Gesicht wirkte grobschlächtig, was ebenfalls an dieser durchgehenden Augenbraue lag. Ein zottiger Bart ließ keine Details über seine Mundpartie zu, aber vermutlich waren seine Lippen ähnlich wulstig, fleischig, wie die des Mädchens, das bei jedem Mal, wenn er eine

Pause einlegte, mit ihrem angedeuteten Lied in eine höhere Tonart wechselte.

Für die Beobachterin hinter dem Busch war es eindeutig. Sie lockte diesen Mann und endlich nach einiger Zeit ließ er sein Werkzeug einfach fallen und ging mit gemessenen, wiegenden, schweren Schritten zu ihr hinüber. Sie beugte sich noch weiter hinab in den kleinen Wasserlauf, sodass sich ihr Po ihm entgegenstreckte. Der Anblick, der sich für den Mann darbot, schien ihm durchaus zu gefallen, denn die Bedeckung seines Gemächts stülpte sich immer mehr nach vorne aus, je weniger Schritte er zu dieser Verheißung zu tätigen hatte.

Als er hinter ihr stand, war seine Erektion zur vollen Größe angeschwollen. Mit neugierigen Blicken verfolgte die Beobachterin, wie der Mann mit einem Grunzlaut sein Glied ohne Umschweife in die Vulva des Mädchens steckte. Auch ihr entfuhr dabei ein gutturaler Ton, der sogleich von einem hellen, fast wimmernden Geräusch abgelöst wurde. Die Beobachterin konnte aber feststellen, dass diese dabei den Kopf zurückwarf und das Gesicht verzog, aber in einer Art, die nicht auf einen Schmerzlaut zu deuten schien. Ihre Hände verkrallten sich um einen großen Stein im Bach und sie schob ihr Becken dem Mann entgegen, während er mit kraftvollen, harten Stößen seinen Kolben heftig in sie hinein stieß. Dabei wurde sein Grunzen immer lauter und entlud sich in einem brüllenden Schrei, als er seinen Samen in ihren Leib vergoss.

Es war nur ein sehr kurzes Schauspiel, das sich der Beobachterin darbot, denn der Mann zog das Mädchen anschließend grob an ihren nassen Haaren aus der gebückten Haltung über dem Bach empor, was ihr wieder dieses Wimmern entfahren ließ, knetete kurz ihre massiven Brüste, was die Beobachterin als Nachspiel wertete und stieß sie dann mit einem zufriedenen Brummen von sich, sodass sie ins Bachbett klatschte.

Mit einem grellen Laut spritzte sie ihm etwas Wasser hinterher, dessen Tropfen sich mit dem seines Schweißes vermischten. Mit bereits wieder erschlafft hängendem Penis ging er von dannen und kehrte zu seinem zu bearbeitenden Felsblock zurück.

Das Mädchen blieb im Bach sitzen und stimmte eine neue, ebenfalls einfache Melodie, in der ein zufriedener Unterton mitschwang, an.

Rebecca erwachte mit einem ziehenden Gefühl im Unterleib. Trotz der fast brutalen Archaik, die sie in diesem Traum erlebt hatte, waren ihre erotischen Bedürfnisse erwacht. Es wunderte sie ein wenig, denn die beiden Protagonisten entsprachen nun wirklich nicht dem heutigen Schönheitsideal. Ihre Hände glitten unter der Decke zwischen ihre Beine und sie spürte die Feuchtigkeit, die ihre Schamlippen überzogen hatte.

Gerald lag schlafend neben ihr auf dem Rücken und stieß einen leisen, blubbernden Ton beim Ausatmen aus. Rebecca war klar, dass sie ihn aufwecken würde. Vorsichtig hob sie das Laken, das ihm um die Hüften herum als Bedeckung diente, sodass sie ihren Kopf darunter schieben konnte. – Jetzt würde er gleich aufwachen!

XXX

Gerald lag auf dem Felsen unterhalb der kleinen Steintreppe, die vom Hotel herabführte. Er beobachtete Rebecca, wie sie in ihrem mintfarbenen Bikini im Wasser trieb. Es war ihnen gelungen, eine Taucherbrille aufzutreiben, die vorherige Gäste in der Unterkunft hatten liegen lassen und die Rebecca auch noch sehr gut passte. Sie liebte es zu schnorcheln und das verborgene Leben unter Wasser zu beobachten. Es gab scheinbar viel an diesem Felsen zu sehen, denn ihr Kopf war mehr unter als über der Oberfläche. Wenn Gerald ihr so zusah, kam ihm des Öfteren der Gedanke, dass ihre Abstammungslinie von den Fischen zum Mensch irgendwo ein paar Abkürzungen genommen hatte im Gegensatz zum normalerweise sehr verschnörkeltem Evolutionsweg, den die Natur durchgeführt hatte. Sie bewegte sich so anmutig und elegant im Wasser, dass Gerald manchmal versucht war, bei ihr ein paar Flossen zu suchen. Es wurde ihm sehr deutlich aufgezeigt, dass bei einem geplanten Urlaub mit Rebecca immer irgendwo eine Badegelegenheit, vorzugsweise das Meer, auf der Agenda stehen musste. Allein an ihrem Gesichtsausdruck, wenn sie wieder einmal aus den Fluten auftauchte, war dies unmissverständlich abzulesen. Sie strahlte dann so viel Glück und auch kindliche Freude aus, dass es ihn auch immer mitriss.

Aber das gelang ihr bei ihm eigentlich immer. Alles, was sie machte, verdeutlichte Gerald immer wieder aufs Neue, dass ihm nichts

526

Besseres hatte passieren können, als dass diese wundervolle und äußerst attraktive Frau in sein Leben getreten war. In ihrer Gegenwart fühlte er sich so energiegeladen und schwungvoll, wie er es schon lange nicht mehr gewesen war. Und vor allem war seine Sexualität wieder erwacht. Es brauchte nur ein paar eindeutige Worte von ihr am Telefon und schon begann sein Unterleib zu erwachen. Und wenn sie zusammen irgendwo ihre Körper erforschten, brannte in ihm eine Leidenschaft, die er durchaus auch mit Gier vergleichen konnte. Dazu verstand sie es meisterhaft, ihn zu verführen. Manchmal leise, unterschwellig, sodass er im Glauben war, dass diesmal der Sex von ihm ausgegangen war, dann wieder mit fordernden Worten und auch Taten, die ihm ein "Nein" schon im Vorhinein unmöglich machte.

So wie an diesem Morgen. Er war eigentlich noch gar nicht ausgeschlafen und vermutlich noch in einen tiefen Traum verstrickt, indem es mit Sicherheit auch um Rebecca ging, denn er träumte fast jede Nacht von ihr. Diesmal konnte er sich aber nicht an diesen Traum erinnern, was aber vermutlich daran lag, wie diese Göttin ihn aus dem Schlaf geholt hatte. Das erste, was er bewusst wahrnahm, war eine warme Feuchtigkeit, die langsam und zärtlich seine Vorhaut zurückstreifte. Das Gefühl, das dabei auf ihn wirkte war derartig intensiv, dass er sich beim Aufwachen beinahe verschluckt hätte. Erst nach einer kurzen Weile begriff er, wie sie dies an ihm anstellte. Ihre Lippen hatte sie um seinem Penis gepresst und so gelang es ihr, seine Eichel frei zu legen, um sie gleich darauf mit ihrer Zunge zu liebkosen. Dabei hatte es ihr besonders das kleine rosa Hautband angetan, das sich an der Rückseite seines Gliedes, welches sich nun wirklich beeilte, zu einer nutzbaren Größe und Härte anzuschwellen, befand und die Vorhaut mit dem Rest dehnbar verband. Sie wusste genau, dass er dort besonders berührungsempfindlich war. Rebecca leckte und züngelte dort mit einer Hingabe, dass allein dadurch sein Verlangen deutlich erwachte und seine linke Hand nach ihrer Pobacke griff und diese mit deutlichem Druck erfasste. Ihr entwich dabei ein leichter Seufzer, denn mehr brachte sie mit vollem Mund nicht heraus. Dafür wurde ihre Zunge noch einmal virtuoser und wechselte die Orte ihrer Liebkosungen. Mal verwöhnte sie das Bändchen, dann bohrte sie sich ein klein wenig in das kleine Löchlein an der Spitze seiner Eichel. Geralds gesamter Körper zuckte dabei immer wieder zusammen. Mit einer Hand massierte sie ebenso leidenschaftlich wie auch absolut zärtlich seine Hoden, die sich in seiner Lust ganz an seinen Unterleib herangezogen hatten.

Gerald hob leicht seinen Kopf an. Trotz des Halbschattens, die Sonne kam nur spärlich zwischen den Latten des Fensterladens hindurch, konnte er den makellosen, hinreißenden Körper betrachten, der schräg neben dem Seinen lag. *Was für eine schöne Frau! Sie ist wirklich eine Göttin!* Und sie machte ihn geil. Sie war für ihn die personifizierte Erotik! Alles an ihr, egal welches Körperteil er in Augenschein nehmen durfte, war für ihn die Vervollkommnung des weiblichen Bauplanes. Der lapidare Satz: "Du gefällst mir halt so gut!" hatte seine absolute Berechtigung und er konnte ihn Rebecca nicht oft genug mitteilen. Aber was sie mit diesem Körper, mit ihrem Mund, mit ihren Händen und natürlich mit ihrer unaussprechlich anziehenden Vagina alles vermochte, um ihm zu verstehen zu geben, dass auch sie ihn begehrte, bereitete ihm das größte Glück, welches seine Liebe zu dieser fantastischen Frau immer noch mehr verstärkte. Erst jetzt gab ihr Mund seinem Penis frei, der im Schein der paar Strahlen feucht glitzerte. Sie ging zum Fenster, wohl wissend, dass sich sein Blick sofort auf ihren Po heften würde und öffnete die Läden einen kleinen Spalt breit. Es sollte wohl so wirken, als würde sie einem Blick auf das Meer erhaschen wollen. Diese Sicht wurde ihr natürlich auch gewährt, aber sie stützte sich dabei auf dem Fensterbrett ab, sodass dieses für Gerald unwiderstehliche Hinterteil leicht nach oben gestreckt wurde und er im nun etwas helleren Zimmer auch ihre zartrosa Vulva, die dicht darunter lag, erkennen konnte.

Er sprang aus dem Bett, wobei er sich beinahe im Laken verheddert hätte und stolperte zu ihr hin. Seine Arme umschlangen ihre Schultern und seine Nase legte sich unter ihre Haare an ihren Hals. Sie strömte einen Geruch aus, der ihn derart betörte, dass er ihren Oberkörper noch etwas weiter herunter drückte, wodurch sie mit ihrem Becken ihm noch mehr entgegenkam. Er musste sein steifes Glied nicht einmal mehr führen. Rebeccas heißer, feuchter Ort der Verheißung befand sich direkt vor seinem hervorragenden Penis. Es kostete ihn wirklich große Beherrschung, jetzt ganz langsam, sanft, so wie sie es liebte, im richtigen Winkel in sie einzudringen. Er spürte, wie sie die Luft anhielt, aber ihren Unterleib ihm entgegen drückte. Lange verharrte er in ihr regungslos, aber so tief, wie es nur möglich war und beide spürten die Einigkeit ihrer beiden Körper, die nicht nur an dieser Stelle zueinander so kompatibel waren.

Dann zog er seine Männlichkeit genauso langsam wieder aus ihrer warmen Grotte, gerade so weit, dass nur noch der vorderste Teil seiner Eichel in ihr steckte. Ein gepresster kleiner, leiser Ton entwich Rebeccas Kehle und verstärkte seine Lust auf sie. Dann machte er ein paar kleine, kaum merkliche Bewegungen an ihrem Scheideneingang, die sie aber mehr als deutlich in ihrer sexuellen Anspannung empfand, um danach mit einem kraftvollen Stoß wieder ganz tief in sie hinein zu gleiten. Beiden entfuhr dabei ein fast erlösender Schrei. Dies war der Aufruf, dass Gerald nun in heftigen Bewegungen seiner Geilheit und Gier freien Lauf ließ und Rebecca ihm dies mit leisen sehr hohen Stöhnlauten ebenfalls zu verstehen gab. Ihre Pobacken klatschten dabei gegen seine Leisten und aus ihrer Vulva drang ein rhythmisches, schmatzendes Geräusch. Der Sex mit dieser Frau war einfach unvergleichlich und so war keine andere Zusammenkunft mit ihr vergleichbar. Es war immer wieder anders. Fast war Gerald geneigt zu behaupten, es wäre von Mal zu Mal schöner, aber das würde den früheren Liebesakten nicht gerecht werden, denn auch diese waren schon so unglaublich, dass sie jede Wiederholung wert wären. Und dann würde das Urteil auch wieder lauten: "So schön war es noch nie!"

Sanft massierte er ihre zarten Brustwarzen, wie um einen Kontrast zu erzeugen, zwischen hier oben und dem wilden Pulsieren im Unterleib. Seine Nase lag noch immer an ihrem Hals und die Aromen befeuerten seinen Eifer, sich in ihrem Körper zu recken und zu räkeln und sie zu genießen. Seine Zunge umschmeichelte ihren Hals etwas weiter unten und der Geschmack ihrer zarten Haut verstärkte noch mehr seine Triebe. Die Geschwindigkeit seiner Stöße hatte sich da doch noch einmal erhöht und Rebecca wirkte ihr mit ihrem Gesäß im Takt entgegen. Es war ein kompletter, furioser Einklang der Lust, der sich, er konnte es spüren, immer mehr in den Bereich seiner Lenden zog. Von dort aus krampfte sich alles mit einem Mal komplett zusammen und er hatte das Gefühl, dass sein Penis in ihrer heißen Vagina explodierte. Kurz darauf begannen ihre Beine zu zittern und auch Rebeccas Körper versteifte sich mit einem Mal. Mit einem erlösenden Stoß drang der Atem aus ihren zuvor prall gefüllten Lungen.

Gerald hatte gerade noch so viel Kraft, sie zurück auf das Bett zu tragen und beide versanken in einem unendlichen Kuss.

Ja, diese Frau war etwas Besonderes in seinem Leben und Gerald wusste, dass er diese Frau nie mehr missen mochte. Sein ganzes restliches Leben nicht mehr! Gerade eben tauchte der Kopf wieder aus dem Wasser auf und das Glück, dass in ihrem Gesicht stand, bedeutete ihm, dass sie wohl ebenso empfand.

Heute war ihr letzter Tag auf Korsika und es war der schönste Tag. Oder war es gestern? Oder war es der allererste Tag? Wie schon beim Sex, es war jeder Tag der schönste allein wegen ihrer Gemeinsamkeit.

Heute Abend würden sie noch einmal in das kleine Restaurant am Hafen gehen und leider wieder etwas dafür tun, dass das Mittelmeer noch fischärmer werden würde. Aber dafür aßen sie beide viel zu gerne von diesen Meeresgetier.

Gerald stand auf und ging nach vorne zur Felskante. Rebecca war gerade wieder abgetaucht und suchte sich vielleicht gerade ihren Lieblingsfisch heraus. Er sprang kopfüber ins Wasser, vielleicht etwas verunglückt, aber sie hatte es ja glücklicherweise nicht gesehen. Unter Wasser versuchte er, sie zu entdecken. Die Augen im Meer zu öffnen, machte ihm nichts aus. Knapp drei Meter seitlich von ihm hatte er sie entdeckt. Sie schien gerade nach ihm am Fels zu suchen. Unmittelbar hinter ihr tauchte er auf. Er zog sie an der Schulter zu sich herum. Sie sah lustig aus mit ihrer Taucherbrille und dem Schnorchel und ein gewaltiges Gefühl der Liebe machte sich in ihm breit.

"Rebecca, möchtest du mit mir auf die Bahamas kommen und mit mir dort zusammen sein? – Ich meine dort wohnen! Du kannst auch von dort aus deine Artikel schreiben!"

Sie sah ihn mit großen Augen an, aber wahrscheinlich war das der Effekt der Taucherbrille. Ein Lächeln umspielte ihren Mund. "Ja, nichts lieber als das!"

XXXI

Mit dröhnenden Triebwerken hob sich das Flugzeug in die Luft. Regentropfen peitschten gegen die kleinen Fenster. Schon bald war

530

das satte Grün, dazwischen zog sich hie und da eine Straße, unter den ersten Wolkenfetzen verschwunden. Es dauerte nur wenige Minuten und dann fiel strahlender Sonnenschein in die Kabine der Maschine, die sich auf einer geraden Flugbahn immer noch höher hinaufbewegte. Allerdings war durch das Fenster keine Bewegung zu erkennen. Es wirkte so, als würde der Jet über dem Wolkenmeer still stehen.

Gerald kam es fast vor wie die Ruhe bei einer Gedenkminute. Aber es war doch etwas völlig anderes. Die Stille genoss er als ein Innehalten in völliger, glücklicher innerer Ausgeglichenheit.

Die Hektik der letzten Tage lag nun hinter ihnen. Sie konnten sich nun völlig entspannt in die Sitze fläzen. Allerdings war dazu die Bestuhlung in der Economyklasse der British Airways nicht optimal geeignet. Zumindest für ihn mit seiner Größe, würde der Flug nicht angenehm werden. Er hatte deshalb auch vorgeschlagen, doch in der Businessklasse zu fliegen, aber Rebecca hatte dies kategorisch abgelehnt. Der Preisunterschied stand für sie in keinem Verhältnis zu den Verbesserungen gegenüber dem leichten Ungemach, das sie dafür eben ertragen mussten. Ganz abgesehen davon würde zumindest sie des Öfteren diesen Flug durchführen müssen, denn es war mehrmals im Jahr unabdingbar, dass sie sich in Deutschland aufhalten sollte. Es gab einfach Termine, an denen ihr Erscheinen Pflicht war. Aber das eigentliche Arbeiten für ihre Artikel konnte sie wirklich auch von ihrem neuen Domizil aus durchführen. Der globalen Datenvernetzung sei es gedankt! Gerald konnte sein Glück manchmal immer noch nicht so recht glauben. Jetzt würde endlich einmal, natürlich nach einer gewissen Eingewöhnungsphase für Rebecca, bei ihnen so etwas wie Alltag eintreten.

Die letzten Wochen und Monate waren eigentlich immer eine Art Ausnahmezustand gewesen. Auch die Tage bei ihr in ihrer Frankfurter Wohnung. Da war zunächst für ihn erst einmal wieder ein langsames Gewöhnen an seine Geliebte nach der langen Trennung zuvor. Dann die überaus glücklichen Wintertage auf Amrum, gerade wegen des Orkans, den sie dort miterlebten. Rebecca kannte nun ein paar Schwächen von ihm. Nicht alle, aber die restlichen würde sie jetzt im normalen Tagesablauf auch erfahren. Er hatte keine Angst davor, denn er hatte sie mittlerweile auch als eine außerordentlich tolerante Frau kennengelernt. Sie liebte nicht unbedingt alles Glatte. Ecken und

Kanten an denen sie sich reiben konnte kamen ihr da gerade recht. Und Gerald wusste sehr wohl, dass er kein einfacher Mensch war. Aber irgendwie fiel ihm bei ihr alles immer leicht. Er konnte mit ihr über alles sprechen und sie besaß die große Gabe, auch einfach nur zuhören zu können. Eine Eigenschaft, die er ganz besonders an ihr schätzte. Und die Worte, die dann über ihre Lippen kamen, waren zwar bei weitem kein Dogma und schon gar nicht von ihr so gewollt, aber die Logik, die dahinter stand, zeigte ihm immer wieder auf, wie recht sie hatte. Er konnte so viel von ihr annehmen, ohne kritiklos zu erscheinen. Er hoffte so sehr, dass es ihr genauso erging. Er hatte zumindest das Gefühl, dass sie sich geistig gegenseitig befruchteten. Er merkte es vor allem auch daran, wie leicht ihm beim Schreiben die Sätze einfielen, die gerade eben nötig und wichtig waren.

Auf der anderen Seite bot sie ihm auch die nötige Ablenkung und das in jeder Hinsicht. Natürlich und selbstverständlich war glücklicherweise der Sex zwischen ihnen ungeheuer wichtig, aber das Mentale kam eben auch nie zu kurz. Rebecca hatte aus ihm in vielerlei Aspekten wieder den Mann gemacht, der er früher einmal gewesen war. Er hatte wieder gelernt, den Tag zu leben und zu nutzen. Er spürte wieder so etwas wie Jugend in sich, aber besaß dazu eben auch die Erfahrung seines Alters und auch die der prägenden Erlebnisse vergangener Zeiten. Das zusammen ergab, wie er glaubte, eine gute Mischung. Und niemand anderem wollte er mehr von seiner wiedergewonnenen Lebenslust geben als ihr, der Frau, die er für alles, was sie getan hatte liebte und immer noch und immer wieder ein bisschen mehr. Jeden Tag! Und es sollten noch viele kommen!

Seit ihrer Rückkehr von Korsika hatte Rebecca ein riesiges Pensum an Arbeiten und persönlichen Gesprächen zu erledigen. Er konnte manchmal den Stress und die Müdigkeit, mit der sie nach Hause kam, schon beim ersten Blick erkennen, obwohl sie ihn immer mit einem glücklichen Gesichtsausdruck ihrer herrlichen Augen entgegentrat. Oft entspannte sie sich nur teilweise und ging am nächsten Tag wieder los, um sich neue Lasten aufzubürden. Aber er erkannte in ihr auch die unsägliche Kraft, die in diesem so zarten Körper steckte und sie hatte ihm auch deutlich zu verstehen gegeben, dass sie ein Ziel vor Augen hatte: fernab von hier mit ihm zusammen zu leben! Zwar auch wieder zu arbeiten, aber sie hoffte sehr darauf, dass es auf den Bahamas etwas leichter werden würde. Sie musste nicht mehr von

Termin zu Termin, von Diskussion zu Diskussion hetzen. Dort wollte sie nur schreiben, denn sie hatte den Beruf als Journalistin eben wegen des Schreibens gewählt und nicht wegen des ganzen Drumherum. Gerald war es in der ganzen Hektik, die er selbst so nur am Rande verspürte, gelungen, sie abends wenigstens, so sie einigermaßen früh angekommen war, mit einem guten Essen zu überraschen und zu verwöhnen.

Einen großen Termin hatten sie beide zusammen und der war besonders für Rebecca sehr erfreulich: Peter Andrasch hatte sie beide zu seiner Hochzeit mit Katharina eingeladen. Eine besondere Freude war es für Rebecca, dass die Feierlichkeiten auf der Götzenburg in Jagsthausen stattgefunden hatten. Peter hatte alle möglichen Zimmer reserviert und Rebecca hatte wieder "Adelheid von Walldorf" genommen. Sie hatte den Traum von damals nicht vergessen. Und natürlich nutzten sie diese Hochzeitsnacht, wenn es auch nicht ihre eigene war, ein wenig um diesen Traum nachzuspielen.

Dann endlich, als alle beruflichen Tätigkeiten beendet waren, es war bereits Anfang September, war es an Rebecca, ihren Koffer zu packen. Und – das war klar, es würde ein sehr Großer werden. Die meisten Überlegungen gingen dahin, ob ihm dies und jenes auch gefallen würde, wenn sie es trüge. Da war es das erste Mal ein bisschen, dass er sie nicht ganz verstand. Sie wusste doch, wie sie auf ihn wirkte und alle Kleidungsstücke, die sie je in seiner Gegenwart angezogen hatte, dienten dazu sein Auge zu erfreuen. Sie hatte doch einen erlesenen Geschmack! Aber es war trotzdem schwierig, obwohl ohnehin nur leichte Sommerkleidung nötig war. Sein Lieblingssatz: "Du gefällst mir halt so gut!" half da nicht unbedingt immer weiter.

Aber am Ende war auch das geschafft und sie konnten mit dem Taxi zum Flughafen fahren. Für die S-Bahn war der Koffer eindeutig zu schwer. Der Aufenthalt in Heathrow war gottlob nur kurz und jetzt saßen sie also nebeneinander und waren völlig entspannt.

Rebecca war es etwas zu kühl mit ihrem Kleid geworden, die Klimaanlage lief zwar nur mäßig, aber für sie schon etwas zu viel. Sie zog sich eine Decke über ihre Beine und wickelte ein Tuch um die Schultern und blickte ihn an.

"Ich freue mich!“

Gerald nahm ihre Hand und drückte sie leicht. Sie konnte es schon an seinem Ausdruck erkennen, wie es ihm ging. Sie drehte sich etwas zu ihm hin und er küsste sie auf den Hals. – Das hätte er lieber nicht machen sollen, denn sofort legte sich bei ihrem Geruch sein Schalter in Richtung Erotik um. Er wollte sich noch retten und versuchte seine Hand der ihren zu entziehen, aber sie hielt sie fest und führte sie unter die Decke, mit der ihre Beine bedeckt waren. Sie geleitete sie genau dazwischen und er fühlte die zarte, geschmeidige Haut ihrer Oberschenkel. Jetzt brauchte sie ihm nicht mehr weiterzuhelfen. Den restlichen Weg schaffte er auch alleine. Zart strichen seine Finger über das Höschen, das sie unter dem Rock trug. Ein leiser Seufzer begleitete die fast unmerkliche Bewegung, mit der sie ihm mit ihrem Becken entgegenkam. Seine Finger suchten den Einlass unter diesem dünnen Stück Stoff und erreichten die weichen, feuchten Lippen, während sie noch etwas weiter im Sitz nach vorne rutschte. Es war ein elektrisierendes Gefühl für Gerald zu spüren, wie sich ihre Vagina wieder in den von ihr so genannten Swimmingpool verwandelte. Er stippte vorsichtig, sanft in ihre Lust hinein und sie dankte es ihm mit einer deutlich erhöhten Atemfrequenz.

Nach einer Weile zog sie sich aber wieder etwas zurück. "Bitte hör auf, sonst müssen wir uns hier im Flugzeug noch einen einsamen Ort suchen!"

Er lächelte sie frech an, noch immer den Finger in ihr :"Meinst du wirklich?"

„Ja bitte, ich garantiere sonst hier für nichts mehr!" Sie nahm sein Handgelenk und zog es sachte aber doch bestimmt von ihr weg. Der Blick, den sie ihm dabei zuwarf, sprach dafür Bände. Es lag Hitze, Liebe und auch ein klein wenig Wehmut darin. Freilich überprüfte sie aber mit einer wie zufällig wirkenden Handbewegung, ob auch bei ihm eine Wirkung dieses kurzen erotischen Intermezzos zu erkennen war. Mehr als zufrieden lächelnd zog sie dann ihre Hand wieder zurück.

Unter ihnen waren die Wolken verschwunden und das weite Grün-Blau des Atlantiks war zu erkennen. Ein paar weiße Schaumkronen tanzten auf den Wogen, die von dieser Höhe aus wie winzig kleine Fältchen wirkten.

Die Flugbegleiterin bot ihnen etwas zu trinken und zu essen an. Beide beließen es bei den Getränken. Nach einem Essen war ihnen nicht zumute. Der Begriff Luft und Liebe hatte auch manchmal seine Berechtigung!

Beide dösten vor sich hin bis sich das Geräusch des Triebwerks änderte: Landeanflug!

Nassau empfing sie eher etwas ungemütlich. Es musste kurz vor ihrer Landung ein Wolkenbruch niedergegangen sein. Alles tropfte vor Nässe und dazu kam eine Schwüle, wie sie sie bis jetzt auch nur selten erlebt hatten, als sie die Gangway herunter schritten.

„Naja, ein freundlicher Empfang ist das nicht gerade!" Rebecca rümpfte etwas die Nase.

Gerald blieb gelassen: „Warte einfach ab, es wird schon noch freundlicher!"

„Wie meinst du das?"

Gerald zuckte nur mit den Schultern. Seine Vorfreude konnte er vor ihr kaum verbergen.

Endlich waren sie durch die Passkontrolle und hatten auch schon ihre Koffer vom Band geholt, die sie auf einem kleinen Gepäckwagen hinaus in die Ankunftshalle schoben, wo ein paar kleine buschige Palmen zur Dekoration standen. Hinter einer dieser Palmen sprang für Rebecca völlig überraschend Miles hervor mit einem selbst gefertigten bunten Schild: *Welcome to the Bahamas, Mrs Sattler*

Er hatte Wort gehalten, nachdem Gerald ihm den Ankunftstermin durchgegeben hatte und holte sie vom Flughafen ab. Er begrüßte zunächst Rebecca fast überschwänglich und wandte sich erst dann Gerald zu. Die beiden Freunde fielen sich in die Arme und hielten sich lange fest.

"Ich freue mich so sehr für dich, dass du dein Glück wieder auf die Insel zurückgebracht hast." Miles drückte ihn bei diesen Worten noch fester.

„Ich bin auch sehr glücklich und ich wünsche mir nichts mehr, als dass sie bleibt!" Gerald erwiderte den Druck.

„Dann sei nicht wieder so dumm wie schon einmal!"

"Ganz bestimmt nicht!" Geralds Blick fiel auf Rebecca, die mit echter Freude die Begrüßung der beiden beobachtet hatte.

„So, jetzt lass uns fahren! Marthe ist doch schon so aufgeregt! Sie war kaum zu bändigen, als ich ihr mitteilte, dass du wieder kommst und dazu nicht allein!"

"Eigentlich wollte ich sie auch anrufen, hab sie aber leider nie erreicht."

Miles winkte ab. "Das macht nichts, sie hat dein Haus tadellos in Schuss gehalten. Es wird dir so vorkommen, als wärest du nie weg gewesen!" Er wuchtete mit einiger Mühe Rebeccas Koffer auf die Ladefläche seines Pick-ups. Dann fuhren sie los.

Die Sonne hatte mittlerweile wieder die Regentschaft übernommen, aber dadurch wurde es noch ein bisschen heißer. Rebecca fing an zu schwitzen. Miles bemerkte es. " Willkommen in den Tropen!"

Er hupte kurz, als sie vor Geralds Haus anhielten und es dauerte keine 10 Sekunden, dann kam Marthe zum Tor heraus gestürzt.

"Oh Gerald, ich freue mich so!" Sie hielt ihm die Hand zur Begrüßung hin, aber es war ihr sichtlich eine Freude, als er sie stattdessen umarmte. Dann drückte er sie sanft von sich und reichte Rebecca die Hand zum Aussteigen und führte sie zu Marthe. "Marthe, darf ich dir Rebecca vorstellen. In Zukunft darfst du zwei Personen im Haus betreuen!"

„Es wird mir ein Vergnügen sein!" Sie hielt auch Rebecca die Hand hin, die diese ergriff, aber mit diesem Griff zog sie Marthe auch gleichzeitig zu sich heran, um sie ebenfalls zu umarmen.

„Ich freue mich dich kennenzulernen! Gerald hat so viel von dir erzählt!"

Marthe kicherte: „Er von dir auch, das kannst du mir glauben!"

Miles hupte noch einmal kurz und rief zum Fenster hinaus: " In 2 Stunden bei mir zur Welcome-Party! Es gibt Fisch!" Dabei sah er

Rebecca an und rollte mit den Augen. Danach richtete er seinen Blick auf Gerald: „und anschließend einen Whisky!"

„So ist es!" Gerald winkte ihm hinterher und sie betraten das Haus. Mit einem kurzen Blick verständigte er sich mit Marthe, die unter einem Vorwand dezent die Halle mit der großen Treppe verließ.

Gerald nahm Rebecca bei der Hand. "Willkommen zu Hause! Es ist von nun an auch deines! Und du machst mich unheimlich glücklich! Weißt du das?"

Sie blickte kurz zu Boden, fast ein bisschen scheu: " Du mich auch!"

Gerald holte seine Brieftasche heraus und holte einen Zettel daraus hervor den er schon vor dem Abflug beschrieben hatte. Er reichte ihn seiner großen Liebe.

Du bist für mich das einzige Sandkorn an allen Stränden der Meere, das in der Lage ist, einen Schatten zu werfen. In diesem Schatten habe ich wieder zu mir selbst gefunden! Ich freue mich auf ein Leben im Schatten des Sandkornes!

Anmerkung: Alle, in diesem Roman vorkommenden Personen sind von mir frei erfunden.

Eventuelle Namensgleichheiten oder Ähnlichkeiten wären rein zufällig.

Manche der beschriebenen Lokale existieren tatsächlich. Ich denke aber, dass sich keiner der Betreiber beschweren könnte, da alle Restaurants und Bars von mir wohlwollend beschrieben wurden.

Mein Dank gilt Frau Ellen Schulze, die mein Werk auf Fehler überprüft hat und damit wohl sehr viel Arbeit und ihre Freizeit aufgewendet hat.